Matthew Reilly
Operation Elite

Matthew Reilly

Operation Elite

Aus dem Englischen
von Norbert Stöbe

Ullstein

ISBN 3 550 08446 3

Titel der englischen Originalausgabe:
SCARECROW

Englische Originalausgabe 2003 by
Macmillan, an imprint of Pan Macmillan Ltd

Satz: LVD GmbH, Berlin
Gesetzt aus der Sabon
Druck und Verarbeitung:
Grafischer Großbetrieb Bercker, Kavelaer
Printed in Germany

Für Natalie,
auch diesmal wieder

Kreisend und kreisend im sich weitenden Rund,
kann der Falke den Falkner nicht hören. Die Dinge
fallen auseinander, das Zentrum kann nichts mehr
halten; Anarchie ist losgelassen auf die Welt.

W. B. Yeats
The Second Coming

Alle tapferen Männer sind tot.

Russisches Sprichwort

Prolog

Die Herrscher der Welt

London, England, 20. Oktober, 19.00 Uhr

Insgesamt zwölf Personen waren anwesend.

Ausnahmslos Männer.

Ausnahmslos Milliardäre.

Zehn von den Zwölfen waren über sechzig. Die anderen beiden waren Mitte dreißig; da sie die Söhne ehemaliger Mitglieder waren, konnte man sich ihrer Loyalität sicher sein. Die Mitgliedschaft im Rat war zwar nicht unbedingt erblich, doch im Laufe der Jahre hatte es sich eingebürgert, dass die Söhne irgendwann den Platz ihrer Väter einnahmen.

Ansonsten bedurfte es einer Einladung, um teilnehmen zu können, und Einladungen wurden nur selten ausgesprochen – was bei einer solch illustren Versammlung von Persönlichkeiten nicht verwunderlich war.

Der Mitbegründer der weltgrößten Softwarefirma.

Ein saudischer Ölmagnat.

Der Patriarch einer Schweizer Bankiersfamilie.

Der Besitzer der weltgrößten Reederei.

Der weltweit erfolgreichste Broker.

Der Vizevorsitzende der US-Notenbank.

Der frisch gebackene Erbe eines Waffenkonzerns, der Flugzeugträger für die US-Regierung baute.

Medienzaren waren in dem Rat nicht vertreten, denn es war bekannt, dass deren Vermögen weitgehend auf Schulden und heftig schwankenden Aktienkursen gründete. Der Rat kontrollierte die Medien dadurch, dass er die Banken kontrollierte, die den Medienzaren Geld zur Verfügung stellten.

Es waren auch keine Landesführer anwesend – wie der Rat wohl wusste, verfügten Politiker lediglich über die niedrigste Form der Macht, nämlich die Macht auf Zeit. Wie Medienzare verdankten sie ihren Einfluss anderen. Allerdings hatte der Rat bereits Präsidenten und Diktatoren gekürt und wieder abgesetzt.

Und es waren keine Frauen vertreten.

Nach Ansicht der Ratsmitglieder war – bislang – noch keine Frau der Welt würdig, an ihrem Tisch Platz zu nehmen. Nicht die Queen. Nicht einmal die französische Kosmetikerbin Lillian Mattencourt mit einem Privatvermögen von 26 Milliarden Dollar.

In diesem Jahr war der Rat bislang neunmal zusammengetreten.

Schließlich war dies ein besonderes Jahr.

Obwohl der Rat etwas von einem Geheimclub hatte, fanden die Sitzungen niemals im Geheimen statt. Geheimsitzungen einflussreicher Persönlichkeiten fielen auf. Nein. Der Rat vertrat seit jeher die Auffassung, dass sich Geheimnisse am besten wahren ließen, wenn sie vor den Augen der Öffentlichkeit und dennoch im Verborgenen stattfanden.

Ratssitzungen fanden für gewöhnlich am Rande von internationalen Zusammenkünften statt – beim alljährlichen Weltwirtschaftsforum in Davos; bei Sitzungen der Welthandelsorganisation; und einmal war der Rat sogar in Camp David zusammengetreten, in Abwesenheit des Präsidenten.

Heute tagte er im imposanten Konferenzsaal des Dorchester Hotels in London.

Die Abstimmung wurde offen durchgeführt.

»Dann sind wir uns also einig«, sagte der Vorsitzende. »Die Jagd wird morgen beginnen. Die Liste der Zielpersonen wird heute noch über die üblichen Kanäle übermittelt und die Prämien werden denjenigen Vertragspartnern ausgehändigt, die Monsieur J. P. Delacroix von AGM-Suisse mit den üblichen Beweismitteln belegen können, dass eine Zielperson eliminiert wurde.

Insgesamt gibt es fünfzehn Zielpersonen. Die Kopfprämie wurde auf jeweils 18,6 Millionen Dollar festgesetzt.«

Eine Stunde später endete die Sitzung und die Ratsmitglieder vertagten sich, um etwas zu trinken.

Auf dem Konferenztisch blieben die Sitzungsunterlagen zurück. Eines der Blätter vor dem Platz des Vorsitzenden lag mit der bedruckten Seite nach oben.

Es war eine Namensliste.

	Name	Nat.	Org.
1.	ASHCROFT, William H.	GB	SAS
2.	CHRISTIE, Alec P.	GB	MI-6
3.	FARRELL, Gregory C.	USA	Delta
4.	KHALIF, Iman	AFG	Al-Kaida
5.	KINGSGATE, Nigel E.	GB	SAS
6.	MCCABE, Dean P.	USA	Delta
7.	NAZZAR, Yousef M.	RL	Hamas
8.	NICHOLSON, Francis X.	USA	USAMRMC
9.	OLIPHANT, Thompson J.	USA	USAMRMC
10.	POLANSKI, Damien G.	USA	ISS
11.	ROSENTHAL, Benjamin Y.	ISR	Mossad
12.	SCHOFIELD, Shane M.	USA	USMC
13.	WEITZMAN, Ronson H.	USA	USMC
14.	ZAWAHIRI, Hassan M.	SA	Al-Kaida
15.	ZEMIR, Simon B.	ISR	I.A.F.

Die Liste war, zurückhaltend formuliert, eindrucksvoll.

Die Genannten gehörten den besten militärischen Eliteeinheiten der Welt an – darunter die britischen Spezialeinsatzkräfte der Luftwaffe (SAS), die Delta-Abteilung der US-Army und das Marine Corps.

Die israelische Luftwaffe war ebenso vertreten wie der Geheimdienst Mossad und der I. S. S. – der Intelligence and Security Service, die neue Bezeichnung der CIA. Außerdem Mitglieder von Terrororganisationen wie Hamas und Al-Kaida.

Die Liste enthielt Namen von Männern – von ganz besonderen Männern, die auf ihrem todbringenden Einsatzgebiet brillant waren –, die bis zum 26. Oktober, zwölf Uhr mittags US-Standardzeit, vom Antlitz der Erde getilgt werden sollten.

Erster Angriff

Sibirien
26. Oktober, 09.00 Uhr (Ortszeit)
E.S.T. (New York, USA) 21.00 Uhr (25. Okt.)

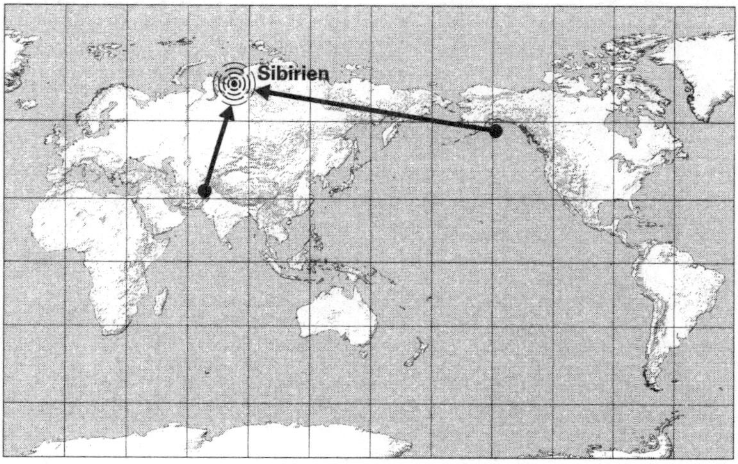

Die internationalen Kopfgeldjäger der Neuzeit weisen zahlreiche Ähnlichkeiten mit ihren Vorgängern aus dem Wilden Westen auf.
Sie sind *einsame Wölfe* – zumeist Exmilitärs, selbstständig agierende Mörder, bisweilen auf der Flucht vor der Justiz, berüchtigt für die Waffen und Fahrzeuge, die sie üblicherweise verwenden, und für ihre Methoden.
Es gibt *Organisationen* – Firmen, die aus der Jagd auf flüchtige Menschen ein Geschäft machen. Mit ihren quasimilitärischen Infrastrukturen werden Söldnerorganisationen häufig zu internationalen Menschenjagden hinzugezogen.
Und natürlich gibt es auch *Opportunisten* – auf Abwege geratene Spezialeinsatzkräfte, die sich an Kopfgeldjagden beteiligen; oder Polizeibeamte, die ein privat ausgezahltes Kopfgeld verlockender finden als ihre legalen Bezüge.
Man sollte die Komplexität der modernen Kopfgeldjagd jedoch nicht unterschätzen. Es kommt häufiger vor, dass ein Kopfgeldjäger mit einer Regierung zusammenarbeitet, die sich von gewissen Vorgängen zu distanzieren wünscht. Zudem kommt es vor, dass Kopfgeldjäger von Mitgliedsstaaten als Belohnung für erledigte „Jobs" Asyl erhalten.
Denn eines ist klar: Internationale Grenzen haben für internationale Kopfgeldjäger nur geringe Bedeutung.

Auszug aus UN-Weißbuch: *Inoffizielle Streitkräfte bei friedensbewahrenden Missionen der Vereinten Nationen,* Oktober 2001 (UN Press, New York)

Haftanstalt und Wartungseinrichtung
Sibirien, ehemalige Sowjetunion

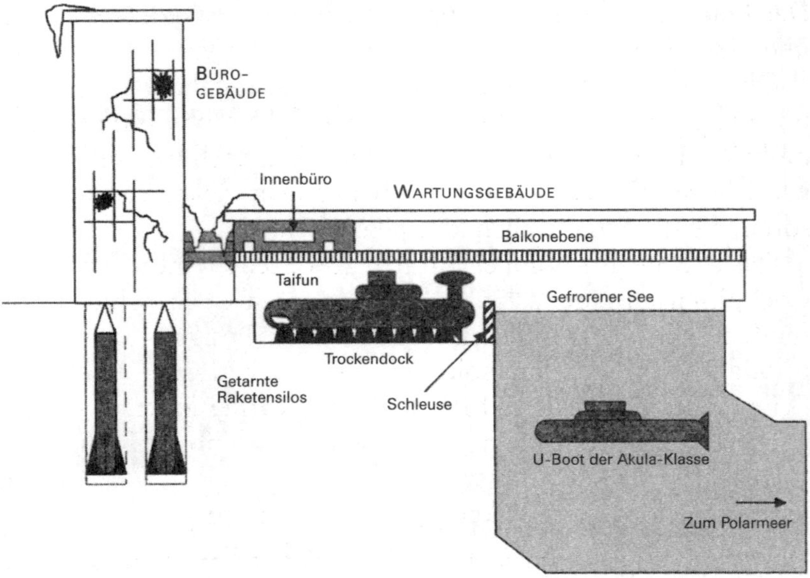

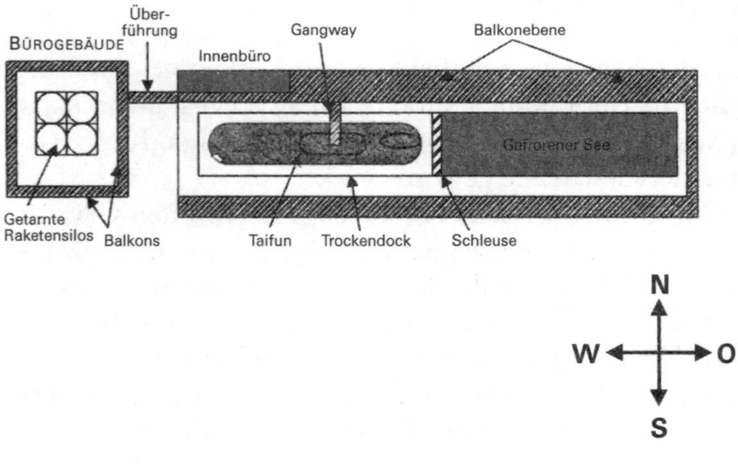

Luftraum über Sibirien
26. Oktober, 09.00 Uhr Ortszeit
(21.00 Uhr E.S.T. USA, 25. Okt.)

Das Flugzeug schoss mit doppelter Schallgeschwindigkeit über den Himmel.

Obwohl es sich um ein großes Flugzeug handelte, tauchte es auf keinem Radarschirm auf. Und obwohl es mühelos die Schallmauer durchbrach, verursachte es keinen Überschallknall – dafür sorgten neu entwickelte Sensoren, die die Schallwellen kompensierten.

Der B-2-Stealth-Bomber mit den abweisend wirkenden Cockpitfenstern, der schwarzen, Radarstrahlen absorbierenden Lackierung und dem einzigartigen Design wurde normalerweise nicht mit solchen Einsätzen betraut.

Er diente dazu, 40 000 Pfund Sprengkörper zu transportieren, angefangen von lasergesteuerten Bomben bis zu Cruise Missiles mit Atomsprengköpfen.

Heute jedoch hatte er keine Bomben an Bord.

Heute befand sich im Laderaum eine leichte, aber ungewöhnliche Fracht: ein schnelles Angriffsfahrzeug und acht US-Marines.

Captain Shane M. Schofield, der im Cockpit des dahinrasenden Stealth Bombers stand, wusste nichts davon, dass er vor fünf Tagen zur Zielperson der größten Kopfgeldjagd der Geschichte geworden war.

Der graue sibirische Himmel wurde von den Gläsern seiner dicht abschließenden verspiegelten Sonnenbrille reflektiert. Die Sonnenbrille verbarg zwei senkrechte Narben, die sich über beide Augen zogen. Sie stammten von einer Verletzung, die er sich bei einer früheren Mission zugezogen hatte, und waren der Grund, weshalb sein Rufzeichen jetzt »Scarecrow« lautete – Vogelscheuche.

Mit seinen knapp einsachtzig war Schofield schlank und muskulös. Der weißgraue Kevlar-Helm bedeckte schwarze Stachelhaare und ein angenehmes, zerknittertes Gesicht. Er war bekannt für seinen analytischen Verstand und seine Besonnenheit in schwierigen Situationen und genoss hohes Ansehen bei Marines in unteren Dienstgraden – er galt als ein Anführer, der sich um seine Männer sorgte. Es ging das Gerücht, er sei der Enkel des großen Michael Schofield, eines Marines, um dessen Heldentaten im Zweiten Weltkrieg sich im Marine Corps Legenden rankten.

Die B-2 steuerte einen abgelegenen Winkel in Nordrussland an, eine stillgelegte militärische Anlage aus der Sowjetzeit, gelegen an der unwirtlichen Küste Sibiriens.

Die offizielle Bezeichnung hatte gelautet: »Krask-8: Haftanstalt und Wartungseinrichtung«. Dies war der abgelegenste von acht gleichartigen Komplexen rund um die arktische Stadt Krask. Der einfallsreichen Sowjettradition entsprechend hatte man die Anlagen Krask-1, Krask-2, Krask-3 und so weiter genannt.

Bis vor vier Tagen hatte Krask-8 lediglich als vergessener Vorposten der untergegangenen Sowjetunion gegolten – halb Gulag, halb Wartungseinrichtung, wo politische Häftlinge Zwangsarbeit verrichtet hatten. In der ehemaligen Sowjetunion hatte es hunderte solcher Einrichtungen gegeben – riesige, hässliche, ölverschmutzte Monolithe, die bis zum Jahr 1991 das industrielle Herz der UdSSR gebildet hatten und nun schlafend dalagen und im Schnee verrotteten, die Geisterstädte des Kalten Krieges.

Zwei Tage zuvor, am 24. Oktober, war jedoch alles anders geworden.

Denn an diesem Tag hatte eine Gruppe von dreißig schwer bewaffneten und gut ausgebildeten tschetschenischen Terroristen Krask-8 besetzt und der russischen Regierung mitgeteilt, sie beabsichtigten, vier Atomraketen vom Typ SS-18 – Raketen, die nach dem Fall der Sowjetunion im Jahr 1991 einfach in den Silos zurückgeblieben waren – auf Moskau abzufeuern, sollte Russland nicht seine Truppen aus Tschetschenien abziehen und die Unabhängigkeit der abtrünnigen Republik anerkennen.

Die Frist endete heute, am 26. Oktober, um 10.00 Uhr.

Das Datum war nicht zufällig gewählt. Am 26. Oktober war es genau ein Jahr her, dass eine russische Eliteeinheit ein von tschetschenischen Terroristen besetztes Moskauer Theater besetzt hatte, was eine dreitägige Belagerung und den Tod sämtlicher Terroristen sowie von über hundert Geiseln zur Folge gehabt hatte.

Dass heute zufällig auch der erste Tag des muslimischen Fastenmonats Ramadan war, ein traditioneller Friedenstag, scherte die islamischen Terroristen anscheinend nicht.

Dass Krask-8 mehr war als nur ein Relikt aus dem Kalten Krieg, war auch der russischen Regierung neu.

Nachforschungen in alten sowjetischen Akten hatten die Behauptungen der Terroristen bestätigt. Es stellte sich heraus, dass das alte kommunistische Regime es während des Übergangs zur Demokratie versäumt hatte, die neue Regierung über Krask-8 zu informieren.

Dort gab es tatsächlich Atomraketen – und zwar insgesamt *sechzehn;* sechzehn mit Atomsprengköpfen ausgerüstete ballistische Interkontinentalraketen vom Typ SS-18; alle in unterirdischen Silos untergebracht, die für die amerikanische Satellitenortung unsichtbar waren. Offenbar gab es ähnliche Anlagen – als Industriekomplexe kaschierte Raketenabschussbasen – auch in ehemaligen sowjetischen Bruderstaaten wie dem Sudan, Syrien, Kuba und dem Jemen.

Und so hatten die Russen, ganz im Sinne der neuen Weltordnung – nach dem Kalten Krieg, nach dem 11. September – die Amerikaner zu Hilfe gerufen.

Die amerikanische Regierung hatte als erste Maßnahme eine schnelle und leichte Antiterroreinheit von der Delta-

Abteilung nach Krask-8 entsandt – befehligt von den Spezialisten Greg Farrell und Dean McCabe.

Verstärkung sollte später eintreffen, und dazu gehörte dieses Team, eine Vorauseinheit der US-Marines, angeführt von Captain M. Schofield.

Schofield betrat den für die Bomben vorgesehenen Frachtraum des Flugzeugs; eine Atemmaske bedeckte sein Gesicht.

Er erblickte einen mittelgroßen Frachtcontainer mit einem schnellen Angriffsfahrzeug vom Typ Commando Scout darin. Angeblich das leichteste und schnellste gepanzerte Fahrzeug für militärische Zwecke, wirkte es wie eine Kreuzung zwischen einem Sportwagen und einem Humvee.

In dem schlanken Fahrzeug saß ein Spähtrupp von sieben Marines, alle auf ihren Sitzen angeschnallt – die übrigen Mitglieder von Schofields Team. Alle trugen weißgraue kugelsichere Westen, weißgraue Helme, weißgraue Kampfuniformen. Und alle blickten mit einem Pokerface starr geradeaus.

Als Schofield ihre ernsten Gesichter musterte, fühlte er sich wieder in seine Jugend zurückversetzt. Es war schon seltsam, aber mit seinen 33 Jahren kam er sich in ihrer Gegenwart ausgesprochen alt vor.

Er nickte dem nächsten Mann zu. »Hey, Whip. Was macht die Hand?«

»Äh, der geht's prima, Sir«, antwortete Corporal Whip überrascht. Anfang 2002 war er bei einem heftigen Feuergefecht in der Bergfestung Tora Bora an der Hand getroffen worden, seitdem hatten Whip und Schofield nicht mehr zusammengearbeitet. »Die Docs meinten, Sie hätten meinen Zeigefinger gerettet. Hätten Sie Ihnen nicht geraten, ihn zu schienen, wär er jetzt krumm. Offen gesagt, hätte ich nicht gedacht, dass Sie sich noch daran erinnern, Sir.«

Schofields Augen funkelten. »Ich vergesse nie.«

Abgesehen von einer Soldatin war dies nicht sein reguläres Team.

Sein übliches Marine-Team – dem auch Libby »Fox« Gant und Gena »Mother« Newman angehörten – operierte gerade in den Bergen im Norden Afghanistans und jagte dort den Terroristenanführer und langjährigen Stellvertreter von Osama bin Laden, Hassan Mohammad Zawahiri.

Gant, die gerade die Offiziersanwärterschule abgeschlossen hatte und jetzt First Lieutenant war, befehligte in Afghanistan eine Erkundungseinheit. Mother, eine erfahrene Gunnery Sergeant, die Schofield geholfen hatte, als er noch ein junger Offizier war, stand Gant als Staff Sergeant zur Seite.

Schofield hatte eigentlich zu ihnen stoßen sollen, war aber im letzten Moment zu dieser ungewöhnlichen Mission abkommandiert worden.

Schofield hatte lediglich einen jungen Sergeant namens Buck Riley jun. mit dem Rufzeichen »Book II.« mitnehmen können. Schweigsam und verschlossen und für seine 25 Jahre ungewöhnlich konzentriert, war Book II. ein ernst zu nehmender zäher Krieger. Und Schofield fand, dass er mit seinen buschigen Augenbrauen und der lädierten Boxernase seinem Vater – dem im Kampf gefallenen »Book« Riley – immer ähnlicher wurde.

Schofield schaltete das Satellitenfunkgerät ein und sprach in das VibraMike, das er um den Hals trug. Anstatt Schallwellen aufzunehmen, registrierte das vibrationsempfindliche Mikrofon seine Kehlkopfschwingungen.

»Basis, hier ist Mustang 3«, sagte er. »Erbitte Lagebericht.«

In seinem Ohrhörer ertönte eine Stimme. Dies war die Stimme eines Air-Force-Funkers, der im Luftwaffenstützpunkt McColl in Alaska saß, dem für diese Mission zuständigen Kommunikationszentrum.

»Mustang 3, hier spricht die Basis. Mustang 1 und Mustang 2 haben Feindberührung. Sie haben die Raketensilos besetzt und dem Gegner schwere Verluste zugefügt. Mustang 1 hält die Silos und wartet auf Verstärkung. Mustang 2 meldet, dass im Hauptgebäude noch mindestens acht gegnerische Agenten Widerstand leisten.«

»Verstanden«, sagte Schofield. »Wie sieht's mit der Verstärkung aus?«

»Eine ganze Kompanie der 82. Luftlandedivision ist bereits unterwegs, Scarecrow. Einhundert Männer, die Sie in etwa einer Stunde erreichen sollten.«

»Gut.«

Book II. meldete sich aus dem gepanzerten Scout-Fahrzeug zu Wort. »Was liegt an, Scarecrow?«

Schofield drehte sich um. »Wir gehen runter.«

Fünf Minuten später löste sich der kistenförmige Frachtcontainer aus dem Bauch des Stealth-Bombers und fiel wie ein Stein nach unten.

Im Innern des Containers – in dem darin befindlichen Fahrzeug – wurden Schofield und seine sieben Marines von den Vibrationen des freien Falls durchgeschüttelt.

Schofield beobachtete die flirrenden Zahlen auf dem digitalen Höhenmesser an der Wand.

100 000 Fuß …

80 000 Fuß …

60 000 … 40 000 … 20 000 … 10 000 …

»Fallschirmauslösung bei fünftausend Fuß vorbereiten …«, sagte Corporal Max »Clark« Kent, der für den Abwurf zuständige Corporal, in gelassenem Ton. »Das GPS-Leitsystem hat die Landezone angepeilt. Die externen Kameras bestätigen, dass LZ sauber ist.«

Schofield beäugte die rasend schnell wechselnde Anzeige des Höhenmessers.

8 000 Fuß …

7 000 Fuß …

6 000 Fuß …

Wenn alles nach Plan lief, würden sie fünfzehn Meilen östlich von Krask-8 landen, knapp außerhalb der Sichtweite der Militärstation.

»Löse Primärfallschirme aus … *jetzt!*«, sagte Clark.

Ein heftiger Ruck ging durch den herabstürzenden Container, sodass Schofield und seine Marines in den Sitzen nach oben schossen und von den Sechspunktgurten und Überrollbügeln zurückgehalten wurden.

Und auf einmal schwebten sie, an den drei Lenkfallschirmen hängend.

»Wie läuft's, Clark?«, fragte Schofield.

Clark lenkte sie mit Hilfe eines Joysticks und der externen Kameras.

»Noch zehn Sekunden. Ich steuere eine unbefestigte Straße in der Talmitte an. Achtung, noch drei Sekunden bis zur Landung … zwei … eine …«

Wumm!

Der Container setzte auf, und auf einmal klappte die ganze Vorderseite weg, Tageslicht strömte durch die breite Öffnung, und das vierradangetriebene leichte Angriffsfahrzeug vom Typ Commando Scout machte einen Satz und preschte aus dem Bauch des Containers in den grauen sibirischen Tag hinaus.

Der Scout raste über die unbefestigte, an beiden Seiten von schneebedeckten Hügeln eingefasste Piste. Abweisende graue Baumskelette säumten die Hänge. Schwarze Felsen ragten aus der Schneedecke hervor.

Öde. Brutal. Und höllisch kalt.

Willkommen in Sibirien.

Schofield, der hinten im leichten Angriffsfahrzeug saß, sagte ins Kehlkopfmikrofon: »Mustang 1, hier spricht Mustang 3. Hören Sie mich?«

Nichts.

Daraufhin funkte er Mustang 2 an, das zweite Delta-Team. Wiederum keine Antwort.

Schofield tippte die Satellitenfrequenz ein und wandte sich an Alaska: »Basis, hier ist Mustang 3. Ich kann weder Mustang 1 noch Mustang 2 erreichen. Haben Sie Kontakt?«

»*Äh, positiv, Scarecrow*«, antwortete die Stimme aus Alaska. »*Gerade eben habe ich noch mit ihnen gesprochen –*«

Das Signal explodierte zu einem Rauschen.

»Clark?«, sagte Schofield.

»Tut mir Leid, Boss, das Signal ist weg«, meldete Clark sich von der Wandkonsole aus zu Wort. »Wir haben sie verloren. Scheiße, ich dachte, die neuen Satellitenempfänger wären zuverlässig.«

Schofield runzelte besorgt die Stirn. »Störsignale?«

»Nein. Kein einziges. Der Funkraum ist sauber. Das Signal müsste problemlos durchkommen. Die Ursache muss auf der anderen Seite liegen.«

»Auf der anderen Seite ...« Schofield biss sich auf die Lippen. »Berühmte letzte Worte.«

»Sir«, sagte der Fahrer des Scouts, ein ergrauter altgedienter Sergeant namens »Bull« Simcox, »wir sollten in etwa dreißig Sekunden Sichtkontakt bekommen.«

Schofield blickte über Simcox' Schulter nach vorn.

Die schwarze Schlammpiste raste unter der gepanzerten Schnauze des Scouts hindurch, während sie sich einer Hügelkuppe näherten.

Hinter dem Hügel lag Krask-8.

Im selben Moment blickte sich im Innern eines Hightech-Funkraums im Luftwaffenstützpunkt McColl in Alaska der junge Funker, der mit Schofield Kontakt gehalten hatte, verwirrt um. Er hieß Bradsen, James Bradsen.

Gerade eben war die Stromversorgung der Funkanlage ohne Vorwarnung unterbrochen worden.

Der Stützpunktkommandant betrat den Raum.

»Sir«, sagte Bradsen. »Eben ist der –«

»Ich weiß, mein Sohn«, sagte der Kommandant. »Ich weiß.«

In diesem Moment bemerkte Bradsen einen zweiten Mann, der hinter dem Kommandanten stand.

Bradsen hatte den Mann noch nie gesehen. Er war groß gewachsen und kräftig, hatte karottenrotes Haar und ein hässliches Rattengesicht. Er trug Zivilkleidung und musterte mit seinen kalten schwarzen Augen den ganzen Raum ohne zu blinzeln. Dass er dem ISS angehörte, sah man auf den ersten Blick.

»Tut mir leid, Bradsen«, sagte der Stützpunktkommandant. »Geheimdienstsache. Der Einsatz wurde unserer Zuständigkeit entzogen.«

Der Scout erreichte die Hügelkuppe.

Schofield atmete scharf ein.

Vor ihm erstreckte sich die Militärstation Krask-8 in all ihrer Pracht.

Sie nahm die Mitte einer ausgedehnten flachen Ebene ein, eine Ansammlung von schneebedeckten Gebäuden – Hangars, Lagerschuppen, eine riesige Wartungshalle, sogar ein fünfzehnstöckiger Büroturm aus Glas und Beton. Eine Stadt im Kleinen.

Die ganze Anlage war von einem sechs Meter hohen Stacheldrahtzaun umgeben, etwa zwei Meilen dahinter machte Schofield die Nordküste Russlands und die Wogen des Polarmeers aus.

Die Zeit nach dem Kalten Krieg war Krask-8 nicht gut bekommen, was Schofield nicht wunderte.

Die Stadt im Kleinen war verlassen.

Schnee bedeckte das halbe Dutzend Straßen. Zu Schofields Rechten schmiegten sich hohe Schneewehen an die Wand des Wartungsgebäudes – ein Bauwerk so groß wie vier Fußballfelder.

Links von der riesigen Halle, durch eine abgeschlossene Brücke mit ihr verbunden, lag der Büroturm. Mächtige Eiszapfen hingen vom Flachdach herab und trotzten der Schwerkraft.

Auch die Kälte hatte ihren Tribut gefordert. Da sich niemand mehr darum kümmerte, hatte sich nahezu jede Fensterscheibe in Krask-8 zusammengezogen und war geborsten. Die Glasflächen erinnerten an Spinnennetze und der schneidende sibirische Wind pfiff ungehindert hindurch.

Es war eine Geisterstadt.

Und irgendwo darunter befanden sich sechzehn Raketen mit Atomsprengköpfen.

Der Scout raste mit lässigen 80 Stundenkilometern durch das bereits aufgesprengte Tor von Krask-8.

Er schoss über eine abschüssige Straße auf die Anlage zu; einer von Schofields Marines hockte nun im Geschützturm des Maschinengewehrs vom Kaliber 7,62 mm am Heck des leicht gepanzerten Fahrzeugs.

Im Innern des Scouts blickte Schofield über Clarks Schulter hinweg auf einen Computerbildschirm.

»Checken Sie die Peilsignale«, sagte er. »Wir müssen rausfinden, wo die D-Jungs sind.«

Clark tippte auf sein Keyboard und rief eine Computergrafik von Krask-8 auf.

Ein Bild zeigte die Anlage von der Seite:

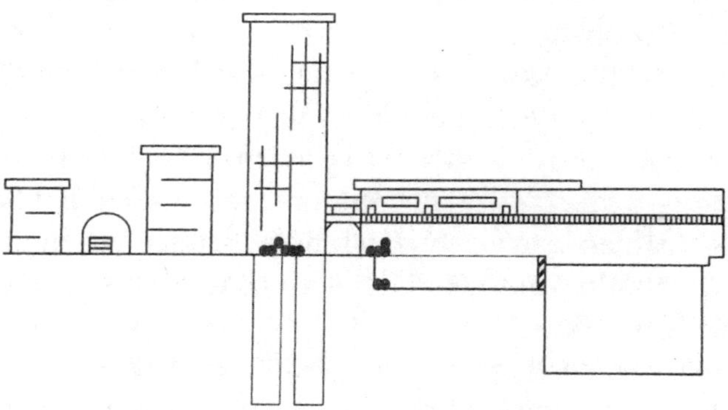

Es gab zwei Anhäufungen von blinkenden roten Punkten; eine im Erdgeschoss, die andere in der riesigen Wartungshalle.

Die beiden Delta-Teams.

Aber irgendwas stimmte nicht damit.

Keiner der blinkenden Punkte bewegte sich.

Alle verharrten an Ort und Stelle.

Ein kalter Schauder lief Schofield über den Rücken.

»Bull«, sagte er leise. »Nehmen Sie Whip, Tommy und Hastings mit. Überprüfen Sie den Büroturm. Ich sichere zusammen mit Book II., Clark und Rooster die Wartungshalle.«

»Verstanden, Scarecrow.«

Der Scout raste über unterirdische Verbindungsgänge hinweg eine schmale, menschenleere Straße entlang und bohrte sich durch die allgegenwärtigen Schneewehen.

Die gepanzerte Heckklappe des Scouts klappte auf, worauf Schofield und die drei mit weißen Tarnanzügen bekleideten Marines hinaussprangen und zum Eingang rannten.

Kaum waren sie draußen, fuhr der Scout zum angrenzenden Büroturm weiter.

Schofield betrat die Wartungshalle mit vorgehaltener Waffe.

Er war mit einer MP-7 von Heckler&Koch bewaffnet, dem Nachfolger der MP-5. Die MP-7 war eine kurzläufige Maschinenpistole, kompakt, aber gefährlich. Außerdem hatte Schofield noch eine halbautomatische Pistole vom Typ Desert Eagle dabei, ein K-Bar-Messer und in einem Rückenhalfter einen so genannten Maghook vom Typ Armalite MH-12 – eine magnetische Haftvorrichtung, die mit einem mit zwei Handgriffen ausgestatteten Gerät abgefeuert wurde, das Ähnlichkeit mit einer Pistole hatte.

Abgesehen von seiner Standardausrüstung hatte sich Schofield für diesen Einsatz noch mit zusätzlicher Feuerkraft versehen – mit sechs äußerst starken Thermit-Amatol-Sprengsätzen. Jeder einzelne tragbare Sprengsatz konnte ein ganzes Gebäude in die Luft jagen.

Schofield und sein Team rannten einen von Büros gesäumten kurzen Flur entlang, der vor einer Tür endete.

Sie blieben stehen.

Lauschten.

Kein Geräusch.

Schofield zog die Tür einen Spalt weit auf – und warf einen Blick in einen großen Raum, einen *gewaltigen* Raum …

Er öffnete die Tür etwas weiter.

»Allmächtiger …«

Die Montagehalle des Wartungsgebäudes wirkte wie ein riesiger Hangar, durch die geborstenen Glasscheiben des Dachs sah man den grauen sibirischen Himmel.

Allerdings war dies kein gewöhnlicher Hangar.

Und es war auch kein gewöhnlicher alter »Wartungsschuppen« einer Strafkolonie.

Nahezu drei Viertel der Bodenfläche dieses gewaltigen Raums nahm eine riesige – *gigantische* – rechteckige Betongrube ein.

Und an Schofields Seite der Grube, aufgebockt auf zahlreiche Betonblöcke, stand ein zweihundert Meter langes U-Boot.

Es sah beeindruckend aus.

Wie ein Riese auf seinem Thron, umgeben von Arbeitsbühnen und Laufplanken, die wie für Zwerge gemacht wirkten.

Und alles war mit einer Kruste aus Eis und Schnee bedeckt.

Kräne und Arbeitsbühnen bildeten oberhalb des U-Boots ein Zickzackmuster, während schmale, horizontale Laufplanken das Boot mit dem Hallenboden verbanden. Ein einzelner schwindelerregender Laufsteg führte vom drei Stockwerke hohen Kommandoturm des U-Boots zu einer höher gelegenen Balkonebene der Halle.

Als Schofield sich wieder gefasst hatte, begann sein Verstand auf Hochtouren zu arbeiten.

Zunächst einmal ordnete er das U-Boot ein.

Es war ein Taifun.

Die Taifun-Klasse war das Prunkstück des sowjetischen

seegestützten Atomwaffenarsenals gewesen. Obwohl man nur sechs davon gebaut hatte, waren die langnasigen U-Boote bereits in zahlreichen Romanen und Hollywood-Filmen zu Ruhm gelangt. Trotz ihres imposanten Äußeren waren die Taifuns fürchterlich störanfällig gewesen und mussten ständig verbessert und gewartet werden. Nach wie vor waren sie die größten U-Boote, die je gebaut worden waren.

Bei diesem hier hatte man gerade an den vorderen Torpedorohren gearbeitet, als Krask-8 aufgegeben worden war – rund um die Torpedorohre am Bug hatte man die Rumpfhülle Platte für Platte entfernt.

Wie man das U-Boot der Taifun-Klasse vom Polarmeer in das *zwei Meilen* landeinwärts gelegene Wartungsgebäude geschafft hatte, war eine andere Frage.

Eine Frage, die im hinteren Teil der Wartungshalle beantwortet wurde.

Hinter dem gewaltigen Trockendock machte Schofield eine große Wand aus Stahlplatten aus, die den Rest der Grube abtrennte.

Und hinter der Sperrwand war Wasser.

Eine große, rechteckige, teilweise gefrorene Wasseroberfläche, die durch die dammartige Rückhaltewand vom Trockendock getrennt war. Schofield vermutete, dass hinter dem kleinen See eine Art unterirdisches Höhlensystem lag, das sich bis zur Küste erstreckte – sodass U-Boote abgeschirmt von den amerikanischen Spionagesatelliten zur Reparatur nach Krask-8 hatten einlaufen können.

Jetzt wurde ihm alles klar.

Krask-8 – zwei Meilen von der Küste des Polarmeers entfernt, auf den Karten als Strafkolonie verzeichnet – war eine streng geheime Reparaturwerft für sowjetische U-Boote gewesen.

Schofield blieb jedoch keine Zeit, sich darüber Gedanken zu machen, denn plötzlich entdeckte er die Leichen.

Sie lagen am Rand des Trockendocks, alle bekleidet mit Tarnanzügen und kugelsicheren Westen der US-Army …

… und alle waren erschossen worden.

Überall war Blut. In den Gesichtern, auf den Oberkörpern, überall auf dem Boden.

»Scheiße«, murmelte Clark.

»Herrgott, Mann, das waren D-Boys, verdammt noch mal«, sagte Corporal Ricky »Rooster« Murphy. Wie Schofield trug auch er eine verspiegelte Sonnenbrille – vielleicht um ihn zu imitieren.

Schofield schwieg.

Ihm fiel auf, dass die Uniformen der Leichen individuell gestaltet waren: Einige Männer hatten sich die rechte Schulterklappe abgerissen, andere die Ärmel der Tarnanzüge an den Ellbogen abgeschnitten.

Individuelle Uniformen; das Markenzeichen der Deltas.

In der Grube lagen zwei weitere Leichen – zehn Meter unter Bodenniveau.

Hunderte von ausgeworfenen Patronenhülsen waren im weiten Umkreis verstreut. Die Delta-Männer hatten das Feuer erwidert. Wie es aussah, hatten die D-Boys *in nahezu alle Richtungen* gefeuert, als es sie erwischt hatte …

Stimmengeflüster.

»Wie viele sind es?«

»Bloß die vier hier drin. Team Blau meldet vier weitere im Büroturm.«

»Und welcher ist Schofield?«

»Der mit der verspiegelten Sonnenbrille.«

»Achtung, Scharfschützen. Auf mein Zeichen.«

Schofields Blick blieb an einer der Leichen hängen.

Er erstarrte.

Zunächst war es ihm nicht aufgefallen, weil der Oberkörper über den Rand des Trockendocks hing, jetzt aber sah er es ganz deutlich.

Bei einer der sechs Leichen *fehlte der Kopf*.

Schofield verzog angewidert das Gesicht.

Der Anblick war Ekel erregend.

Der Halsstummel der Leiche war ausgefranst; Speise- und Luftröhre waren zu erkennen.

»Heilige Mutter Gottes«, murmelte Book II., als er neben Schofield trat. »Was zum Teufel ist hier passiert?«

Während Schofield und dessen Marines, vier winzige Gestalten, den Ort des Schreckens auf dem Boden der Trockendockhalle musterten, wurden sie von nicht weniger als zwanzig Augenpaaren beobachtet.

Die Beobachter waren an strategischen Punkten an den Hallenwänden postiert – Männer in identischen weißen Tarnanzügen, aber mit unterschiedlicher Bewaffnung.

Sie beobachteten in angespanntem Schweigen und warteten auf den Einsatzbefehl ihres Kommandanten.

Schofield ging neben der kopflosen Leiche in die Hocke und untersuchte sie.

D-Boys trugen keine Erkennungsmarken, doch er kannte den Mann und seinen charakteristischen Körperbau.

Dies war Spezialist Dean McCabe, einer der Anführer des Delta-Teams.

Schofield musterte die nähere Umgebung. McCabes Kopf war nirgendwo zu sehen. Er runzelte die Stirn. Man hatte dem Mann den Kopf nicht bloß abgetrennt, sondern ihn *mitgenommen* –

»*Scarecrow!*«, dröhnte eine Stimme in seinem Ohrhörer. »*Hier spricht Bull. Wir sind jetzt im Büroturm. Sie können sich nicht vorstellen, wie es hier aussieht.*«

»Berichten Sie.«

»Sie sind alle tot, sämtliche Delta-Männer. Und noch was, Scarecrow. Farrell wurde der Kopf abgeschnitten.«

Eiseskälte schoss Schofield durchs Rückgrat.

Seine Gedanken überschlugen sich. Er ließ den Blick umherschweifen – die zerbrochenen Fensterscheiben und die vereisten, spiegelnden Wände flirrten, ein Kaleidoskop unsichtbarer Bewegung.

Krask-8. Verlassen und abgelegen …

Von tschetschenischen Terroristen keine Spur …

Der Funkkontakt mit Alaska abgebrochen …

Und alle D-Boys tot …

Auf einmal wurde Schofield alles klar.

»Bull!«, zischte er ins Kehlkopfmikrofon. »Kommen Sie schnellstmöglich her! Wir sitzen in der Klemme! Wir sind geradewegs in eine Falle getappt!«

In diesem Moment fiel Schofields suchender Blick auf eine kleine Schneewehe in der Ecke der gewaltigen Halle – und auf einmal nahm er *hinter* der Schneewehe etwas wahr, was sich als Mann im Tarnanzug entpuppte, der mit einem Colt Commando unmittelbar auf sein Gesicht zielte.

Mist.

Und dann eröffneten die zwanzig in der ganzen Halle verteilten Fremden das Feuer auf Schofield und dessen Männer, und das Trockendock wurde zum Schlachtfeld.

Schofield duckte sich reflexhaft, als zwei Kugeln über seinen Kopf hinwegpfiffen.

Book II. und Clark taten es ihm nach und warfen sich inmitten der toten Delta-Boys zu Boden, während die Kugeln überall um sie herum Funken aus dem Boden schlugen.

Rooster, dem vierten Marine, erging es schlechter. Vielleicht lag es an der verspiegelten Sonnenbrille – die ihn Schofield äußerlich so ähneln ließ –, oder vielleicht hatte er auch einfach bloß Pech. Jedenfalls trommelte ein wahrer Kugelhagel auf ihn ein, zerfetzte seinen Körper und brachte ihn noch zum Tanzen, als er längst tot war.

»In die Grube! Los!«, brüllte Schofield, stieß Clark und Book II. praktisch aus der Schusslinie, sodass alle drei gerade in dem Moment vom Rand der Grube rollten, als diese von zahllosen Kugeln getroffen wurde.

Als Schofield und die beiden Marines in die Trockendockgrube fielen, geschah dies unter dem wachsamen Blick des Kommandanten der schwer bewaffneten Einsatzgruppe, die sie umzingelt hatte.

Der Kommandant hieß Wexley – Cedric K. Wexley – und war in einem früheren Leben Major einer südafrikanischen Elite-Aufklärungseinheit gewesen, einer Einheit der so genannten Reccondos.

Das ist also der berühmte Scarecrow, dachte Wexley. *Der Mann, der Gunther Botha in Utah besiegt hat. Jedenfalls verfügt er über gute Reflexe.*

Bevor er vom Pfad der Tugend abkam, war Wexley ein Vorzeigesoldat der Reccondos gewesen, vor allem deshalb, weil er ein treuer Anhänger der Apartheid war. Irgendwie hatte er den Übergang zur Demokratie überlebt ohne mit seiner rassistischen Einstellung aufzufallen. Und dann hatte er in einem Ausbildungslager einen schwarzen Soldaten getötet, ihn bei der Zweikampfausbildung zu Tode geprügelt. Es war nicht das erste Mal, doch diesmal sah man nicht darüber hinweg.

Wenn Soldaten wie Cedric Wexley – Psychopathen, Soziopathen, Schläger – aus den regulären Streitkräften entlassen wurden, landeten sie unweigerlich bei den irregulären.

Und so war Wexley schließlich Kommandant eines Spezialeinsatzkommandos geworden, das einer der weltbesten Söldnerorganisationen angehörte – der in Südafrika beheimateten Profi-Organisation »Executive Solutions« oder »ExSol«.

ExSol war zwar auf Sicherheitsmissionen in der Dritten Welt spezialisiert – zum Beispiel stützte es diktatorische Regimes im Austausch gegen offizielle Schürfrechte in Diamantengebieten –, beteiligte sich aber auch an den bisweilen stattfindenden lukrativeren internationalen Kopfgeldjagden, wenn die Logistik es erlaubte.

Mit einer Prämie von fast 19 Millionen Dollar pro Kopf war dies die lukrativste Jagd aller Zeiten, und dank eines befreundeten Ratsmitgliedes hatte Executive Solutions freie Hand bekommen Jagd auf drei der ausgeschriebenen Köpfe zu machen.

Der Funker näherte sich Wexley. »Sir. Team Blau meldet, bis auf einen Marine wurden im Büroturm alle eliminiert.«

Wexley nickte. »Sagen Sie Team Blau, sie sollen ihm den Rest geben und dann über die Brücke ins Trockendock überwechseln.«

»Sir, da wäre noch etwas«, sagte der Funker.

»Ja?«

»Neidricht auf dem Dach meldet, dass er mit dem externen Radar zwei hereinkommende Signale aufgefangen hat.«

Er zögerte. »Den Signaturen nach zu schließen könnte es sich um den Ungarn und den Schwarzen Ritter handeln.«

»Wie weit sind sie noch weg?«

»Der Ungar ist etwa fünfzehn Flugminuten entfernt. Der Ritter weiter, vielleicht fünfundzwanzig.«

Wexley biss sich auf die Lippen.

Kopfgeldjäger, dachte er. *Scheißkopfgeldjäger.*

Wexley waren Kopfgeldjagden deshalb zuwider, weil er Kopfgeldjäger hasste. Entweder sie kamen einem zuvor oder die Mistkerle überließen einem die ganze Drecksarbeit, schlichen einem bis zum Zielort nach, *stahlen* im letzten Moment die Scheißzielperson und erhoben ihrerseits Anspruch auf das Kopfgeld.

Bei einem offenen militärischen Schlagabtausch war der Sieger der letzte Mann, der noch aufrecht stand. Anders bei einer Kopfgeldjagd. Da war der Sieger derjenige, der dem Auftraggeber die Beute präsentierte – egal, wie sie in seinen Besitz gelangt war.

Wexley knurrte: »Um den Ungarn kümmere ich mich, das ist ein primitiver Schläger. Aber der Schwarze Ritter ... der könnte uns Probleme machen.«

Der ExSol-Kommandant blickte zur Grube mit dem U-Boot hinunter. »Deshalb sollten wir uns besser beeilen. Schnappt euch diesen verfluchten Schofield und bringt mir seinen Scheißkopf.«

Schofield, Book II. und Clark rutschten die Wand der Trockendockgrube hinunter.

Nach etwa zehn Metern landeten sie mit einem dumpfen Geräusch auf den am Boden liegenden toten Deltas.

»Los, weiter! Schnell! Schnell!« Schofield zog die beiden Männer unter den großen schwarzen Rumpf des Taifun-U-Boots, das in der Grube aufgebockt war.

Jeder Block war etwa so groß wie ein Kleinwagen und bestand aus massivem Beton. Vier lange Reihen von Blöcken stützten das gewaltige U-Boot und bildeten unter der schwarzen Stahlhülle des Taifuns zahlreiche schmale, rechtwinklig angeordnete Gassen.

Während Schofield im Zickzack durch die dunklen Gassen rannte, rief er ins Kehlkopfmikrofon: »Bull! Bull Simcox! Melden Sie sich!«

Bulls Stimme, gehetzt und angespannt: *»Scarecrow, Scheiße! Wir stehen unter schwerem Beschuss! Die anderen sind alle hinüber, und ich ... ich bin schwer getroffen! Ich kann nicht mehr ... o Scheiße ... nein! –«*

Am anderen Ende war knatterndes Gewehrfeuer zu vernehmen, dann brach die Verbindung ab.

»Mist«, sagte Schofield.

Hinter ihm ertönten mehrere dumpfe Aufprallgeräusche.

Er wirbelte herum, die MP-7 schussbereit erhoben, und sah durch den Wald aus Betonblöcken die ersten feindlichen Kämpfer, die sich an Seilen in die Grube hinabließen.

Gefolgt von Book II. und Clark rannte Schofield Haken schlagend durch die düsteren Gassen unter dem Taifun und wich dem gegnerischen Feuer aus.

Auch die Verfolger – etwa zehn Männer insgesamt – waren mittlerweile in das dunkle Betonlabyrinth eingedrungen, deckten die lang gestreckten Gänge mit schwerem Feuer ein und trieben Schofield und dessen Männer zur anderen Seite des Trockendocks.

Schofield beobachtete die Bewegungen des Gegners, analysierte seine Taktik, taxierte die Bewaffnung. Die Taktik war nicht außergewöhnlich. Die Bewaffnung hingegen ...

Die Bewaffnung.

»Was sind das für Burschen?«, fragte Book II.

»Ich habe da eine Vermutung«, antwortete Schofield, »aber die Antwort würde Ihnen nicht gefallen.«

»Nur zu.«

»Werfen Sie mal einen Blick auf die Waffen.«

Book II. riskierte einen Blick. Einige der weiß uniformierten Männer waren mit MP-5 bewaffnet, andere mit französischen FAMAS-Sturmgewehren oder amerikanischen Colt Commandos. Einige hatten sogar alte AK-47 oder dessen chinesische Variante vom Typ 56 dabei.

»Sehen Sie die Waffen?«, fragte Schofield im Laufen. »Sie sind ganz unterschiedlich bewaffnet.«

»Verdammt noch mal«, murmelte Book II. »Söldner.«

»Scheint mir auch so.«

»Aber was soll das?«

»Keine Ahnung. Zumindest bis jetzt noch nicht.«

»Was sollen wir tun?«, fragte Clark verzweifelt.

»Ich arbeite dran«, meinte Schofield und suchte den dicken Stahlrumpf über ihren Köpfen nach einem Fluchtweg ab.

Mit dem Rücken an einen Betonblock gedrückt streckte er den Kopf ein Stück weit vor, bis er das Trockendock über die ganze Länge hinweg überblicken konnte. Sein Blick fiel auf die Stahlwand, die die Grube von der vereisten Wasserfläche an der anderen Seite der Halle trennte.

Er vergegenwärtigte sich die Funktionsweise eines Trockendocks.

Um ein U-Boot der Taifun-Klasse ins Dock zu bringen, wurde die Sperrwand abgesenkt, das Trockendock geflutet und das U-Boot hineinbugsiert. Dann wurde die Sperrwand wieder *angehoben* und das Trockendock leer gepumpt, sodass das U-Boot auf die Betonblöcke absank und man schließlich hübsch im Trockenen daran arbeiten konnte.

Die Sperrwand …

Schofield musterte sie aufmerksam und dachte an das viele Wasser, dass dahinter zurückgehalten wurde. Dann wandte er den Kopf, blickte zum Bug des U-Boots und auf einmal hatte er eine Idee.

Ihre einzige Chance.

Er wandte sich an die beiden Marines. »Habt ihr Burschen eigentlich Maghooks dabei?«

»Äh, ja.«

»Yeah.«

»Dann macht sie mal einsatzbereit«, sagte Schofield und blickte wieder zu der drei Stockwerke hohen und dreißig Meter langen Stahlwand hinüber. Er nahm seinen eigenen Maghook aus dem Rückenhalfter.

»Wollen wir da rüber?«, fragte Clark.

»Negativ. Wir nehmen die andere Richtung, aber vorher müssen wir die Wand sprengen.«

»Die Wand *sprengen?*« Clark wandte sich Hilfe suchend an Book.

Book II. zuckte die Schultern. »Die übliche Vorgehensweise. Er macht immer alles kaputt –«

In diesem Moment wurden die umliegenden Betonblöcke unerwartet mit einer Salve eingedeckt. Sie kam von der Sperrwand her.

Schofield duckte sich, streckte vorsichtig den Kopf aus der Deckung und erblickte zehn weitere Söldner, die sich an dieser Seite in die Grube abgeseilt hatten.

Herrgott noch mal, dachte er, *jetzt haben uns die Bad Guys in die Zange genommen.*

Die zweite Söldnergruppe begann vorzurücken.

»Alles halb so wild«, sagte er.

Cedric Wexley blickte von oben aufs Trockendock hinunter.

Er sah die beiden Söldnergruppen, die von zwei Seiten auf Schofield und dessen Marines vorrückten.

Ein grausames Lächeln spielte um seine Lippen.

Es war leichter als gedacht.

Schofield löste die beiden Thermit-Amatol-Sprengladungen vom Kampfgurt. »Gentlemen, und jetzt die Maghooks.«

Sie holten die Maghooks hervor.

»Nun macht ihr Folgendes.« Schofield bewegte sich zur Backbordseite des Taifuns, hob den Maghook und feuerte ihn aus nächster Nähe auf den U-Boot-Rumpf ab.

Klongggggg!

Clark und Book taten es ihm nach.

Klongggggg! Klongggggg!

Schofield spähte am U-Boot entlang. »Wenn die Welle uns erreicht, gebt Seil nach, damit wir am Rumpf entlanggetrieben werden.«

»Welle?«, fragte Clark. »Welche Welle?«

Schofield gab keine Antwort.

Stattdessen stellte er für die beiden Sprengladungen am Timer die gewünschte Verzögerung ein.

Die Timer von Thermit-Amatol-Sprengladungen haben drei Farben: Rot, Grün und Blau. Drückt man den roten Schalter, bleiben einem fünf Sekunden. Mit dem grünen dreißig Sekunden. Mit dem blauen: eine Minute.

Schofield wählte den roten.

Dann schleuderte er die beiden Sprengladungen durchs Trockendock, über die Köpfe des vorrückenden Söldnerteams hinweg, sodass die beiden hochexplosiven Granaten wie zwei Tennisbälle gegen die Stahlplatten der Sperrwand prallten.

Fünf Sekunden. Vier …

»Das wird wehtun …«, sagte Book II. und schlang sich das Seil des Maghooks um den Unterarm. Clark tat es ihm nach.

Drei … zwei …

»Noch eine Sekunde«, flüsterte Schofield und spähte, zum Damm hinüber. »Jetzt.«

Wumm.

Die beiden Thermit-Amatol-Sprengladungen brachten die Wände der Halle zum Erbeben.

Ein gleißender weißer Blitz erhellte die Sperrwand. Eine Qualmwolke raste durch die Grube, überflutete die Gassen zwischen den riesigen Betonblöcken, verschluckte die erste Söldnergruppe, hüllte alles und jeden auf ihrem Weg ein, auch Schofields Team.

Einen Moment lang herrschte gespenstische Stille …

Und dann ertönte das Krachen – ein gewaltiges, ohrenbetäubendes *Kraaaack* –, mit dem die Sperrwand unter dem Gewicht des dagegendrückenden Wassers einbrach, worauf sich fast 18 Millionen Liter Wasser ins Trockendock ergossen und den Qualm quasi *sprengten.*

Eine Wasserwand.

Die gewaltige Wassermenge erzeugte ein unglaubliches Geräusch – sie schoss *brüllend* durch die Trockendockgrube: schäumend, tosend, alles verschlingend.

Die erste Söldnergruppe wurde von der Wasserwand einfach umgeworfen und in Richtung Westen gespült.

Schofield, Book II. und Clark waren als Nächste dran.

Die Wasserwand riss sie einfach mit sich – eben noch hatten sie dagestanden, dann waren sie verschwunden. Das Wasser hob sie empor, schleuderte sie wie Stoffpuppen am Rumpf entlang zum Bugende des Taifuns.

Auch das zweite Söldnerteam wurde von der vorwärtstosenden Wasserwand eingeholt. Sie wurden gegen die massive Betonwand am anderen Ende des Trockendocks geschleudert, viele von ihnen gingen unter, als die peitschenden Wogen gegen den Rand der zweihundert Meter langen Grube krachten.

Schofield und seine Männer aber gelangten gar nicht erst bis zum Ende der Grube.

Als sie von den tosenden Wassermassen mitgerissen wurden, hatten sie sich unnachgiebig an die Abschussgeräte der Maghooks geklammert, während sich die mit den magnetischen Haftköpfen verbundenen Seile mit rasender Geschwindigkeit abspulten.

Als sie gleichauf mit dem Bug des Taifuns waren, hatte Schofield »Sichern!« gebrüllt.

Dann hatte er den Auslöser am Griff des Maghooks gedrückt und den Sicherungsmechanismus aktiviert, der das sich abspulende Seil abbremste.

Book II. und Clark taten es ihm nach ... und im nächsten Moment kamen alle drei unmittelbar am Bug des Taifuns abrupt zum Stillstand, während das aufgewühlte Wasser um sie herum riesige Gischtwolken auftürmte. Neben ihnen befand sich die gähnende Öffnung der backbordseitigen Torpedorohre, die Schofield zuvor aufgefallen war – die Rohre waren offenbar gerade repariert worden, als man Krask-8 aufgegeben hatte.

Gegenwärtig befanden sich die Torpedorohre etwa dreißig Zentimeter über der ansteigenden Wasseroberfläche.

»In die Rohre!«, brüllte Schofield ins Mikrofon. »Ins U-Boot!«

Book und Clark gehorchten, stemmten sich gegen das vorbeitosende Wasser und kletterten ins U-Boot.

Plötzliche Stille.

Schofield kroch als Letzter aus dem Torpedorohr und richtete sich im Innern des sowjetischen Atom-U-Boots auf.

Es war eine Welt aus kaltem Stahl. Leere Torpedoständer nahmen die Mitte des Raumes ein. Zahlreiche Rohre schlängelten sich an der Decke entlang. Eine abgestandene Mischung von Körperausdünstungen hing in der Luft – der Gestank der Angst, der Geruch der U-Boot-Fahrer.

Zwei dicke Ströme salzigen Meerwassers ergossen sich durch die offenen Torpedorohre in den beengten Raum, der rasch voll lief.

Es war nahezu stockdunkel: Lediglich durch die mittlerweile gefluteten Torpedorohre fiel ein Schimmer grauen Tageslichts. Schofield und die beiden anderen Marines schalteten die Zielscheinwerfer ihrer Gewehre ein.

»Mir nach«, sagte Schofield und rannte aus dem Torpedoraum, durchteilte das ansteigende Wasser.

Die drei Marines stürmten durch die imposante Silohalle des Taifuns – ein hoher Raum mit zwanzig Raketensilos; hohe, röhrenförmige Gebilde, die vom Boden bis zur Decke reichten und neben denen sie wie Zwerge wirkten.

Als er an den Silos vorbeirannte, bemerkte Schofield, dass bei einigen von ihnen die Zugangsluken offen standen, sodass man ins leere Innere sehen konnte. Bei mindestens sechs Silos aber waren die Luken geschlossen – was darauf hindeutete, dass sich noch Raketen darin befanden.

»Wohin jetzt?«, rief Book II. nach vorn.

»In den Kontrollraum!«, gab Schofield zurück. »Ich brauche Informationen über diese Arschlöcher!«

Er hechtete auf die nächstbeste Sprossenleiter zu.

Dreißig Sekunden später betrat Shane Schofield den Kontrollraum des Taifuns.

Alles war mit Staub bedeckt. In den Ecken wuchs Schimmel. Nur hin und wieder wurde der Strahl der Scheinwerfer von einer glänzenden Metalloberfläche reflektiert.

Schofield stürmte zur Kommandoplattform, wo sich auch das Periskop befand. Er riss das Periskop aus dem Boden und wandte sich an Book II.

»Sehen Sie mal nach, ob es hier Strom gibt. Das U-Boot war bestimmt mit der geothermalen Energieversorgung der Station verbunden. Vielleicht ist ja noch ein bisschen was übrig. Und dann schalten Sie ESM und Funkantennen ein.«

»Verstanden«, sagte Book II. und stürzte davon.

Das Periskop erreichte seine volle Ausdehnung. Schofield blickte durchs Okular. Da das Periskop im Wesentlichen optisch arbeitete, benötigte es keinen Strom.

Schofield sah jetzt das Trockendock – das den Taifun umtosende Wasser – und das halbe Dutzend Söldner, die vom Rand der Grube aus zuschauten, wie sie mit Meerwasser voll lief.

Schofield drehte das Periskop herum und ließ den Blick über die Balkonebene schweifen.

Dort sah er weitere Söldner, darunter einen heftig gestikulierenden Mann, der ein weiteres halbes Dutzend Kämpfer anwies, über eine Gangway zum Kommandoturm des U-Boots zu rennen.

»Ich sehe dich …«, murmelte Schofield. »Book? Wann gibt's endlich Strom?«

»Einen Moment noch, mein Russisch ist ein bisschen eingerostet … warten Sie mal, ich glaube, ich hab's …«

Book legte ein paar Schalter um und auf einmal – *Wmmm* – leuchteten rings um Schofield zahlreiche kleine grüne Lämpchen auf.

»Okay, Sie können's jetzt probieren«, meinte Book.

Schofield schnappte sich einen eingestaubten Kopfhörer und schaltete die ESM-Antenne des U-Boots ein – eine ESM-Antenne, die zur Standardausrüstung jedes modernen U-Boots gehört, ist im Grunde eine Art Scanner, der alle verfügbaren Funkfrequenzen nach Signalen absucht.

Schofield vernahm Stimmengewirr.

»*– der verrückte Bursche hat die Scheißsperrwand gesprengt!*«

»*– sie sind in die Torpedorohre geklettert. Sie sind im U-Boot!*«

Dann eine ruhigere Stimme.

Und als er durchs Periskop spähte, sah Schofield, dass er den Kommandanten auf dem Balkon hörte.

»*– Team Blau, stürmt das U-Boot über den Kommandoturm. Team Grün, sucht euch eine andere Gangway und benutzt sie als Brücke. Teilt euch in Zweiergruppen auf und dringt durch den vorderen und den hinteren Notausstieg ins U-Boot ein –*«

Schofield lauschte aufmerksam.

Ein steifer Akzent. Südafrikanisch. Ruhige Stimme. Keine Spur von Hektik oder Sorge.

Das war kein gutes Zeichen.

Normalerweise wäre ein Kommandant, der soeben mit angesehen hatte, wie ein Dutzend seiner Männer von einer Flutwelle fortgespült worden war, zumindest verunsichert gewesen.

Dieser Bursche aber war die Ruhe selbst.

»*– Sir, es handelt sich um ein Radarsignal. Der erste sich nähernde Luftkontakt wurde als Kampfjet vom Typ Yak-141 identifiziert. Das ist der Ungar –*«

»Wann trifft er ein?«, fragte der Kommandant.

»*– wenn er die gegenwärtige Geschwindigkeit beibehält, in fünf Minuten, Sir –*«

Der Kommandant dachte anscheinend nach. Dann sagte er: »*– Captain Micheleaux. Schicken Sie mir jeden einzelnen Mann her, den wir haben. Ich würde das hier gern vor dem Eintreffen unserer Mitbewerber abschließen.*«

»*– wird erledigt –*«, antwortete eine Stimme mit französischem Akzent.

Schofields Verstand schaltete einen Gang höher.

Der Gegner war im Begriff, den Taifun zu stürmen – und zwar über den Kommandoturm sowie durch den vorderen und hinteren Notausstieg.

Außerdem war Unterstützung unterwegs … aber woher kam sie?

Na schön, er fasste sich wieder. *Noch mal von vorn. Denk nach!*

Der Gegner. Wer ist das?

Irgendeine Söldnertruppe.

Warum sind sie hier?

Keine Ahnung. Der einzige Hinweis sind die fehlenden Köpfe. Die Köpfe von McCabe und Farrell.

Was sonst noch?

Der Südafrikaner hat von »Mitbewerbern« gesprochen, die unterwegs seien. Ein seltsamer Ausdruck ... Mitbewerber.

Welche Optionen hast du?

Nicht viele. Wir haben keinen Funkkontakt zur Heimatbasis; es gibt keinen unmittelbaren Fluchtweg; zumindest nicht bis zum Eintreffen der Ranger, und die kommen frühestens in dreißig Minuten ...

Verflucht noch mal, dachte Schofield, *eine volle halbe Stunde, mindestens. Das ist der größte Vorteil, über den der Gegner verfügt.*

Die Zeit.

Abgesehen von den erwähnten »Mitbewerbern« hatte der Gegner alle Zeit der Welt, Schofield und seine Männer zur Strecke zu bringen.

Dann müssen wir uns darum als Erstes kümmern, dachte Schofield. *Wir müssen den ganzen Ablauf verzögern.*

Er hatte Strom ...

Was bedeutete, dass er in der Lage war –

Er dachte an die sechs verschlossenen Raketensilos im Bauch des U-Boots.

Vielleicht waren noch Raketen darin. Die Russen hatten die Sprengköpfe bestimmt demontiert, aber die Raketen waren noch da.

»Hier«, forderte Schofield Clark auf, einen Blick durchs Periskop zu werfen. »Halten Sie mich über die Bad Guys auf dem Laufenden.«

Clark übernahm das Periskop, während Schofield zur nächsten Konsole eilte. »Book. Helfen Sie mir mal.«

»Was haben Sie vor?«, fragte Book II.

»Ich will wissen, ob die vorhandenen Raketen noch funktionieren.«

Als er den Hauptschalter drückte, erwachte die Konsole zum Leben. Er gab ein vom ISS stammendes Allzweckpasswort ein, das man ihm vor Antritt der Mission genannt hatte.

Das Passwort wurde als »universaler Entschärfungscode« bezeichnet und war eine Art elektronischer Dietrich, der *ultimative* Dietrich, der nur dem ranghöchsten sowjetischen Personal vorbehalten gewesen war. Es handelte sich um einen achtstelligen Code, geeignet für alle Tastaturschlösser aus der Sowjetzeit. Schofield sollte damit eventuelle Tastaturschlösser in Krask-8 öffnen. Offenbar gab es in Amerika einen ähnlichen Universalcode – der nur dem Präsidenten und einigen wenigen ranghohen Militärs bekannt war –, doch den kannte er nicht.

»Sechs Männer wechseln vom Balkon zur Gangway über!«, rief Clark. »Vier weitere Männer auf der Bodenebene bringen eine Rampe in Position und wollen an Bord gehen!«

Book II. drückte ein paar Schalter, worauf sich ein Monitor einschaltete. Ja, in einigen der Silos im vorderen Teil des Taifuns waren noch Raketen.

»Okay«, meinte Book mit Blick auf den Bildschirm. »Die Sprengköpfe sind demontiert worden, doch die Raketen scheinen einsatzbereit zu sein. Wie's aussieht, sind es insgesamt … einen Moment … sechs Stück …«

»Eine reicht«, bemerkte Schofield. »Öffnen Sie die Luken der sechs einsatzbereiten Raketen und noch eine zusätzliche Luke.«

»Eine zusätzliche?«

»Vertrauen Sie mir.«

Book II. tat kopfschüttelnd wie geheißen und drückte die Schalter, mit denen sechs Raketenluken geöffnet wurden.

Cedric Wexleys Augen weiteten sich.

Er sah das U-Boot, umgeben von einer riesigen Wasserfläche, sah, wie seine Männer sich ihm näherten …

Und dann sah er zu seiner Verblüffung, wie sich sieben der hydraulisch betriebenen Raketenluken langsam und stetig öffneten.

»Was zum Teufel hat der vor?«, fragte Wexley laut.

»Was zum Teufel haben Sie vor?«, fragte Book II.

»Den Zeitplan für den Kampf ändern«, antwortete Schofield.

Er schaltete einen weiteren Monitor ein und las die exakten GPS-Koordinaten von Krask-8 ab: **07914.74, 7000.01**. Sie entsprachen den Gitterkoordinaten, die er beim Abwurf aus dem Stealth Bomber benutzt hatte.

Schofield tippte die entsprechenden Informationen ein.

Die Raketen sollten unverzüglich starten und zwanzig Minuten lang fliegen. Als Zielkoordinaten wählte er: **07914.74, 7000.01.**

Er rechnete nicht damit, dass *alle* Raketen funktionierten. Der hypergolische Starttreibstoff hatte sich im Laufe der Jahre vermutlich zersetzt.

Eine reichte ihm schon. Beim vierten Versuch klappte es.

Als das grüne »Go«-Lämpchen zu blinken begann, wurde eine weitere Passwort-Eingabemaske angezeigt. Schofield tippte den Universalcode ein. Er wurde akzeptiert.

Dann drückte er die Starttaste.

Cedric Wexley hörte den Lärm, bevor er die Bescherung sah.

Aus dem U-Boot kam ein tiefes *Wrommm.*

Dann – mit einem ohrenbetäubenden Knall – schoss eine zehn Meter lange Rakete vom Typ SS-N-20 aus einer der offenen Luken des U-Boots!

Es sah aus wie beim Start eines Space Shuttles. Überall war Qualm, der sich explosionsartig ausbreitete, bis er die ganze Halle ausfüllte und das gewaltige U-Boot und die zu den Eingängen strebenden Söldner in einen grauen Nebel hüllte.

Die Rakete war senkrecht aufgestiegen, hatte das geborstene Glasdach durchstoßen und schoss nun in den grauen sibirischen Himmel empor.

Cedric Wexley ließ sich nicht aus der Ruhe bringen. *»Leute, setzt den Angriff fort. Captain Micheleaux, wo bleibt die Verstärkung?«*

Hätte jemand Krask-8 in diesem Moment am Horizont gesehen, wäre er Zeuge eines unglaublichen Schauspiels geworden: Über der Stadt im Kleinen schoss eine Qualmwolke senkrecht in den Himmel.

Und es schaute tatsächlich jemand zu.

Ein einzelner Mann, der im Cockpit eines hässlichen Kampfjets vom Typ Yak-141 aus russischer Fertigung saß, raste auf Krask-8 zu.

Im Kontrollraum des U-Boots fuhr Schofield herum.

»Wo sind sie?«, fragte er Clark, der das Periskop bediente.

»Da ist zu viel Qualm«, erwiderte Clark. »Ich sehe nichts mehr.«

Durchs Periskop war wenig mehr zu erkennen als grauer Nebel. Clark konnte nur die unmittelbare Umgebung des Periskops überblicken – den beengten Raum auf dem Kommandoturm und die schmale Gangway, die vom Kommandoturm zum Balkon führte.

»Da ist irgendwas –«

Ein Gesicht wanderte am Periskop vorbei, groß und deutlich zu erkennen, verhüllt von einer Gasmaske.

»Uff!« Clark riss den Kopf zurück. »Herrgott noch mal. Sie sind da. Unmittelbar über uns!«

»Macht nichts«, sagte Schofield und wandte sich zum Treppenabgang. »Wird allmählich Zeit, dass wir verschwinden, und wir nehmen einen anderen Ausgang.«

Schofield, Book II. und Clark stürmten in den Silo-Raum, durch den sie bereits gekommen waren. Der Boden war fußtief mit Wasser bedeckt, das immer noch anstieg.

Sie gelangten zu einem der leeren Silos – die Zugangsluke stand nach wie vor offen – und zwängten sich hinein.

Das leere Raketensilo war ein zehn Meter hoher Zylinder, an dessen Spitze eine sehr klein wirkende Austrittsluke zu sehen war – die *siebte* Außenluke, die Schofield zuvor geöffnet hatte. In den Wänden waren Vertiefungen angebracht, die nach oben führten.

Die drei Marines machten sich an den Aufstieg.

Sie erreichten die Spitze des Silos, Schofield spähte hinaus –

– und bekam gerade noch mit, wie zwei Söldner im drei Meter entfernten Notausstieg des U-Boots verschwanden.

Perfekt, dachte Schofield bei sich. *Wir steigen aus, die Söldner steigen ein.*

Außerdem war die Halle rings um das U-Boot noch immer in den weißen Qualm des Raketenstarts gehüllt.

Schofields Blick fiel auf den Balkon oberhalb des Taifuns, von dem aus der südafrikanische Kommandant den Einsatz der Söldner leitete.

Mit diesem Mann hatte er ein Wörtchen zu reden.

Er wandte sich zur Sprossenleiter an der Seite des U-Boots.

Schofield und die beiden anderen Marines kletterten auf den Kommandoturm und rannten über die Gangway zum Balkon hinüber.

Der Qualm verflüchtigte sich allmählich und am Ende des lang gestreckten Balkons konnten sie ein kleines Innengebäude erkennen.

Im Eingang stand, flankiert von einem einzelnen Bodyguard, Wexley, der Kommandant der Söldner, und schnauzte Befehle in ein Mikrofon, während er sich gleichzeitig bemühte durch den Nebel zum U-Boot zu spähen.

Schofield, Book II. und Clark pirschten sich von der Seite an Wexley an. Dann stürzten sie sich auf ihn. Schofield rief: »Keine Bewegung!« – der Bodyguard feuerte – Clark feuerte im selben Moment – der Bodyguard fiel mit dem Gesicht auf den Boden – Clark brach ebenfalls zusammen – dann zog Wexley die Pistole – während Schofield sich abrollte und zweimal seine Desert Eagle abfeuerte – *Bäng! Bäng!* Wexley wurde in die Brust getroffen und einen halben Meter zurückgeschleudert, prallte gegen die Wand des Verwaltungsgebäudes und brach zusammen.

»Clark? Alles okay?«, rief Schofield und kickte Wexleys Waffe fort.

Clark war in der Schultergegend getroffen worden. Als Book die Wunde untersuchte, zuckte er zusammen. »Ja, die Kugel hat mich bloß gestreift.«

Wexley war ebenfalls okay. Unter dem Tarnanzug trug er eine kugelsichere Weste. Er lag an der Wand des Verwaltungsgebäudes, außer Atem, aber unverletzt.

Schofield drückte Wexley den Lauf der Desert Eagle an die Stirn. »Wer zum Teufel sind Sie und was tun Sie hier?«

Wexley hustete und schnappte nach wie vor nach Luft.

»Ich habe gefragt, wer zum Teufel Sie sind und was Sie hier zu suchen haben!«

Wexleys Stimme war ein raues Krächzen. »Ich heiße ... Cedric Wexley. Ich arbeite für ... Executive Solutions.«

»Söldner«, meinte Schofield. »Und was tun Sie hier? Warum wollen Sie uns töten?«

»Nicht alle, Captain. Bloß Sie.«

»Mich?«

»Sie und die beiden Delta-Leute, McCabe und Farrell.«

Schofield erstarrte, als ihm Dean McCabes kopfloser Leichnam vor Augen trat. Außerdem fiel ihm ein, dass Bull Simcox gemeldet hatte, Greg Farrell habe das gleiche Schicksal ereilt.

»Warum?«

»Spielt das eine Rolle?«, erwiderte Wexley höhnisch.

»*Warum!* Verflucht noch mal!«

Wexley schaute kurz weg und blickte ins Leere, als überlege er, wie viel er sagen sollte. Dann blickte er achselzuckend wieder Schofield in die Augen.

»Weil auf Ihren Kopf ein Preis ausgesetzt wurde, Captain Schofield. Es geht um so viel Geld, dass für nahezu jeden Kopfgeldjäger auf der Welt die Versuchung unwiderstehlich sein dürfte.«

Schofields verspürte ein Ziehen in der Magengrube. »Was?«

Wexley nahm ein zusammengeknülltes Blatt Papier aus der Brusttasche und warf es Schofield geringschätzig zu.

Schofield fing es auf und glättete es.

Es war eine Namensliste.

Fünfzehn Namen insgesamt. Darunter Soldaten, Spione und Terroristen.

Auch McCabe, Farrell und er selbst waren aufgeführt.

Wexleys Südafrika-Akzent triefte vor grimmiger Genugtuung: »Ich könnte mir vorstellen, dass Sie in Kürze die Bekanntschaft einiger der weltbesten Kopfgeldjäger machen werden, Captain. Und Ihre Freunde ebenfalls. Kopfgeldjäger nehmen Freunde und nahe Verwandte gern als Geisel, um das Opfer herauszulocken.«

Bei der Vorstellung, seine Freunde könnten von Kopfgeldjägern als Geiseln genommen werden, gefror Schofield das Blut in den Adern.

Gant ... Mother ...

Mit großer Anstrengung konzentrierte er sich wieder auf das Naheliegende.

»Aber warum mussten Sie ihnen die Köpfe abschneiden?«, fragte er.

»Vielleicht habe ich mich ja unklar ausgedrückt«, meinte Wexley lächelnd. »Der Preis ist auf Ihren Kopf ausgesetzt, Captain, und das ist wörtlich gemeint. Derjenige, der Ihren Kopf auf einer bestimmten Burg in Frankreich abliefert, bekommt 18,6 Millionen Dollar. Das ist eine hübsche Summe, die größte, an die mich erinnern kann: genug Geld, um die höchsten Beamten zu bestechen, genug, um alle Spuren eines verdeckten Antiterroreinsatzes in Sibirien zu verwischen, genug um sicherzustellen, dass Ihre Verstärkung, eine Ranger-Kompanie aus Fort Lewis, *gar nicht erst startet*. Sie sind auf sich allein gestellt, Captain Schofield. Sie sind hier ... allein mit uns ... bis wir Sie töten und Ihnen den Scheißkopf abhacken.«

Schofields Gedanken überschlugen sich.

Damit hatte er nicht gerechnet. Mit einer dermaßen zielgerichteten, individuellen, sozusagen *persönlichen* Attacke.

Dann tat Wexley auf einmal etwas Seltsames: Er wandte abermals den Blick ab, doch diesmal blickte er über Schofields Schulter hinweg.

Schofield drehte den Kopf herum – und riss überrascht die Augen auf.

Wie der bedrohliche Vorbote eines Unterwasser-Vulkansausbruchs stiegen mächtige Blasen an die Oberfläche des eisbedeckten »Sees«, der mittlerweile das ganze Trockendock einnahm. Die dünne Eisschicht knackte laut.

Und dann brach inmitten der wogenden Blasen auf einmal wie ein riesiger Wal der dunkle Stahlrumpf eines sowjetischen Jagd-U-Boots der Akula-Klasse an die Oberfläche.

Obwohl es nicht die internationalen Verkaufszahlen der kleineren Kilo-Klasse erreichte, gewann es auf den internationalen Waffenmärkten, die die neue russische Regierung bereitwillig belieferte, doch rasch an Beliebtheit. Offenbar gehörte auch Executive Solutions zu den Kunden.

Kaum war es aufgetaucht, kamen auch schon Männer aus den Luken hervor, legten Gangways an und rannten auf den Boden der Trockenhalle hinüber.

Schofield erbleichte.

Das waren *mindestens dreißig weitere Söldner.*

Wexley lächelte böse.

»Ja, lächle nur, Arschloch«, sagte Schofield. Er sah auf die Armbanduhr. »Aber ihr habt nicht ewig Zeit, mich zu fangen. In genau sechzehn Minuten wird die Rakete zu dieser Basis zurückkehren. Bis dann, und amüsier dich ruhig weiter.«

Zack!

Schofield versetzte Wexley mit dem Knauf der Desert Eagle einen Schlag auf die Nase, Wexley brach bewusstlos zusammen.

Dann eilte Schofield an Books Seite und kümmerte sich mit ihm zusammen um Clark. »Packen Sie ihn bei der Schulter …«

Sie halfen dem jungen Corporal hoch. Clark versuchte sich aus eigener Kraft aufzurichten. »Es geht schon …«, ächzte er, als auf einmal ein Blutschwall aus seiner Brust schoss. Ein blutiger Klumpen flog ihm aus dem Mund

– unmittelbar aus der Lunge – und klatschte gegen Schofields Brustplatte.

Clark starrte Schofield fassungslos an, dann wich in Sekundenschnelle das Leben aus seinen Augen. Er brach auf dem Gitter des Laufgangs zusammen, von einer Kugel der neu eingetroffenen Söldner in den Rücken getroffen.

Schofield blickte entsetzt auf seinen toten Kameraden.

Er konnte es einfach nicht fassen.

Mit Ausnahme von Book II. waren alle Angehörigen des Teams tot, ermordet.

Und zusammen mit Book war er in einem verlassenen sibirischen Militärstützpunkt gestrandet, mit vierzig Söldnern auf den Fersen und ohne jede Aussicht auf Verstärkung oder einen Fluchtweg.

Schofield und Book II. rannten.

Sie rannten um ihr Leben, während um sie herum Kugeln die dünnen Fasergipswände zerfetzten.

Die frisch eingetroffenen ExSol-Söldner aus dem Akula-U-Boot hatten sich mit erschreckendem Elan in den Kampf eingeschaltet. Im Moment kletterten sie gerade sämtliche Sprossenleitern in ihrer Reichweite hoch und sprinteten durch die Trockendockhalle, angetrieben von einem einzigen Gedanken: *Sie wollten Schofields Kopf*.

Die Söldner, die zuvor in den Taifun geklettert waren, hatten inzwischen ebenfalls gemerkt, dass Schofield verschwunden war, und tauchten wieder daraus hervor; ihre Waffen spuckten Feuer.

Schofield und Book II. rannten nach Westen und betraten die Betonbrücke, die die Trockendockhalle und das Verwaltungsgebäude von Krask-8 miteinander verband.

Als sie sich der Brücke genähert hatten, war Schofield auf die Taktik der Söldner aufmerksam geworden – einige stiegen zum Balkon hoch, andere liefen parallel zu ihm und Book am Boden entlang, ebenfalls in Richtung Verwaltungsturm.

Eines war jedenfalls sicher: Er und Book mussten zum Büroturm hinübergelangen und von dort aus den Boden erreichen, ehe die Bad Guys dort ankamen. Sonst säßen sie in dem fünfzehnstöckigen Gebäude in der Falle.

Sie rannten über die Überführung, vorbei an geborstenen Betonfensterrahmen.

Dann hatten sie das andere Ende der Brücke erreicht, betraten das Verwaltungsgebäude ...

... und blieben wie angewurzelt stehen.

Schofield stand auf einem Balkon – einem winzigen Laufgang, einem von vielen, die die fünfzehn Stockwerke hohen Wände säumten, durch ein Gewirr von Leitern verbunden waren und einen gewaltigen quadratischen Raum umgaben.

Das war überhaupt kein Verwaltungsgebäude.

In Wahrheit war es ein hohles Gebilde aus Glas und Stahl.

Eine Attrappe.

Der Anblick war erstaunlich. Es war, als befände man sich in einem riesigen Gewächshaus: Durch die geborstenen Glasscheiben sah man die graue sibirische Landschaft.

Und als er nach unten blickte, wurde Schofield sich über die eigentliche Bestimmung dieser gewaltigen Konstruktion klar.

Vier gewaltige Silos für Interkontinentalraketen, zur Hälfte im quadratischen Betonfundament verborgen. Abgeschirmt von der Bürohausattrappe, waren sie den US-Spionagesatelliten entgangen. Schofield vermutete, dass unter den anderen »Gebäuden« von Krask-8 noch drei weitere Ansammlungen von Raketensilos verborgen waren.

Weiter unten machte Schofield neben den Silos zehn am Boden liegende Gestalten aus – die sechs Angehörigen von Farrells Delta-Team und Bill Simcox' vier Marines.

Er sah auf seine Armbanduhr, auf der der Countdown für die nach Krask-8 zurückkehrende Taifun-Rakete ablief: 15:30 ... 15:29 ... 15:28 ...

»Das Erdgeschoss«, sagte Schofield zu Book. »Wir müssen ins Erdgeschoss.«

Sie stürzten zur nächstgelegenen Sprossenleiter und schickten sich an hinunterzuklettern –

– als die Leiter mit einer Salve eingedeckt wurde.

Mist.

Die Söldner hatten das Erdgeschoss als Erste erreicht.

Offenbar hatten sie die schneebedeckte Straße zwischen dem Trockendock und dem falschen Büroturm überquert.

»Verflucht noch mal!«, schimpfte Schofield.

»Was nun?«, rief Book II.

»Sieht nicht so aus, als hätten wir eine Wahl! Nach oben!«

Sie kletterten hinauf.

Wie zwei flüchtende Affen kletterten sie in die Höhe und wichen dabei dem Feuer der Söldner aus.

Im zehnten Stock wagte Schofield anzuhalten und einen Blick in die Tiefe zu werfen.

Was er sah, zerstörte seine letzten Überlebenshoffnungen.

Rund um die Betonsilos am Boden des Gebäudes war die gesamte Söldnerstreitmacht versammelt – insgesamt etwa fünfzig Mann.

Und dann teilte sich die Gruppe der Söldner, und ein Mann schritt in ihre Mitte.

Cedric Wexley mit blutverschmierter Nase.

Schofield erstarrte.

Er fragte sich, wie Wexley wohl vorgehen würde. Der Kommandant der Söldner würde seine Männer die Leitern hochschicken – und dabei zusehen, wie Schofield und Book sie einen nach dem anderen abknallten, bis ihnen die Munition ausging und sie nur noch wehrlose Zielscheiben waren. Keine besonders reizvolle Strategie.

»Captain Schofield!« Wexleys Stimme hallte durch den riesigen Gebäudeschacht. *»Wegrennen können Sie! Nur können Sie jetzt nirgendwo mehr hin! Glauben Sie mir, bald wird Ihnen die Puste ausgehen!«*

Wexley löste mehrere kleine Gegenstände von seinem Kampfgurt.

Als Schofield genauer hinsah, erstarrte er.

Die kleinen, zylindrischen Gegenstände waren Thermit-Amatol-Sprengladungen. Insgesamt vier Stück. Wexley hatte sie offenbar den toten Marines abgenommen.

Auf einmal wurde ihm klar, was Wexley vorhatte.

Wexley reichte die Sprengladungen an vier seiner Männer weiter, die prompt in die vier Ecken des Gebäudes rannten und die Ladungen an den Eckpfeilern befestigten.

Schofield riss den Feldstecher vom Kampfgurt und drückte ihn sich an die Augen.

Er sah die an einer Säule befestigte Sprengladung, sah die farbigen Timer-Schalter: rot, grün, blau.

»*Timer aktivieren*!«, befahl Wexley.

Der Mann, den Schofield beobachtete, drückte den blauen Timer-Schalter an seiner Thermit-Amatol-Ladung.

Blau bedeutete eine Minute.

Auch die drei anderen Söldner drückten den entsprechenden Knopf.

Eine Minute …

Ihnen blieben noch sechzig Sekunden, dann würde das Gebäude in die Luft fliegen.

Schofield startete die Stoppuhr:

00:01 …

00:02 …

00:03 …

»*Captain Schofield! Wenn das hier vorbei ist, werden wir in den Trümmern nach Ihrer Leiche suchen! Und wenn wir Sie gefunden haben, reiße ich Ihnen persönlich den Scheißkopf ab und pisse Ihnen in den Hals! Gentlemen!*«

Die Söldner eilten wie eine aufgescheuchte Schar Hühner zu den verschiedenen Ausgängen.

Schofield und Book II. konnten bloß tatenlos zuschauen. Schofield legte das Gesicht ans nächste Fenster und beobachtete, wie die Söldner auf dem Schnee auftauchten, sich im weiten Umkreis um das Gebäude verteilten und auf jeden einzelnen der Eingänge zielten.

Er schluckte.

Sie saßen in der Falle – in einem Gebäude, das in 52 Sekunden in die Luft fliegen würde.

Während er zu den Söldnern hinuntersah, hörte Schofield ein Geräusch.

Ein tiefes, vibrierendes, *pochendes* Geräusch.

Das unverkennbare Geräusch eines Kampfjets.

»Der Funkspruch von gerade eben«, sagte Schofield atemlos.

»Was?«, fragte Book II.

»Als wir noch im U-Boot waren, haben Sie ein Signal aufgefangen: von einem Yak-141-Kampfjet. Mit einem gewissen ›Ungar‹ im Cockpit. Der hierher unterwegs war.«

»Ein Kopfgeldjäger?«

»Ein Konkurrent. Aber in einer Yak-141. Und die Yak-141 ist ...« Schofield stockte. »Los, auf geht's! Beeilung!«

Sie stürzten zur nächsten Sprossenleiter und kletterten in die Höhe – zum Dach des Büroturms, der auf seine Vernichtung wartete.

Schofield riss die Luke auf und kletterte mit Book II. aufs Dach hinaus – wo sie sogleich den schneidenden sibirischen Wind zu spüren bekamen.

Schofields Stoppuhr zählte unablässig weiter:

00:29

00:30

00:31

Sie boten einen kläglichen Anblick: zwei kleine Gestalten auf dem Dach eines Hochhauses, umgeben von den verlassenen Gebäuden von Krask-8 und den schneebedeckten sibirischen Hügeln.

Schofield eilte zum Rand des Daches und hielt Ausschau nach dem Ursprung des Geräuschs.

00:33

00:34

00:35

Da!

Die Maschine schwebte neben einem etwa fünfhundert

Meter westlich gelegenen niedrigen Kuppelbau: ein Kampfjet vom Typ Yakovlev-141.

Die Yak-141 war das russische Gegenstück des Harrier-Senkrechtstarters und möglicherweise das hässlichste Kampfflugzeug, das je gebaut worden war; mit seinen eckigen Flügeln und dem dicken Nachbrenner war es offenbar nicht nach ästhetischen Gesichtspunkten konstruiert. Aufgrund der beweglichen Heckdüse konnte es den Nachbrenner jedoch nach unten schwenken und senkrecht starten und landen und wie ein Helikopter auf der Stelle schweben.

00:39

00:40

00:41

Schofield legte die MP-7 an und feuerte einen ganzen Patronengürtel mit dreißig Schuss Munition über den Bug der Yak hinweg, um den Piloten auf sich aufmerksam zu machen.

Es funktionierte.

Wie ein von seiner Mahlzeit aufgeschreckter T-Rex schwenkte die Yak herum und nahm Schofield und Book II. ins Visier. Dann auf einmal machte sie einen Satz und näherte sich dem Verwaltungsturm.

Schofield schwenkte wie ein Idiot die Arme.

»Hierher!«, brüllte er. »Näher! Noch näher …!«

00:49

00:50

00:51

Die Yak-141 kam näher, bis sie nur noch fünfzig Meter vom Dach des Büroturms entfernt war.

Noch nicht nahe genug …

Schofield konnte jetzt den Piloten erkennen – einen Mann mit fleischigem Gesicht, der einen Flughelm trug und verwirrt dreinschaute. Schofield winkte heftig, versuchte ihn näher zu locken.

00:53
00:54
00:55
Die Yak-141 rückte noch ein Stück näher heran.
Noch vierzig Meter ...
00:56
»Herrgott noch mal, beeil dich doch!«, brüllte Schofield mit Blick aufs Dach, unter dem jeden Moment die Thermit-Sprengladungen hochgehen würden.
00:57
»Zu spät«, meinte Schofield mit viel sagender Miene und zog seine Lieblingswaffe. Book tat es ihm nach.
»Tun Sie einfach dasselbe wie ich«, sagte Schofield, »dann werden Sie das hier lebend überstehen. Und jetzt *laufen* Sie!«
Sie sprinteten los – Seite an Seite – und rannten auf den Rand des fünfzehnstöckigen Gebäudes zu.
00:58
Sie erreichten den Rand in vollem Lauf –
00:59
– und als Schofields Stoppuhr 1:00 anzeigte, sprangen er und Book II. in den klaren, weiten Himmel hinaus, ihre Füße lösten sich in dem Moment von der Brüstung, als der untere Teil des Gebäudes in einer gewaltigen Wolke aus Betonstaub explodierte und der ganze sechzig Meter hohe Büroturm – das Dach, die Glaswände, die Betonsäulen – unter ihnen wie ein riesiger gefällter Baum einfach in sich zusammensackte.

Der Pilot der Yak-141 beobachtete verdutzt, wie das fünfzehnstöckige Gebäude in geradezu unheimlichem Zeitlupentempo einstürzte und dabei eine gewaltige Staubwolke aufwirbelte.

Der Pilot war ein Bär von einem Mann mit einem breiten, runden Gesicht mit buschigen Brauen, in das sich auf ewig der skeptische Blick des Osteuropäers eingegraben hatte, und hieß Oleg Omansky.

Bloß nannte ihn niemand so.

Ein ehemaliger Major der ungarischen Geheimpolizei mit dem Ruf, eher die Fäuste als den Verstand einzusetzen, war er in Kopfgeldjägerkreisen als »der Ungar« bekannt.

Im Moment aber war der Ungar verwirrt.

Er hatte gesehen, wie Schofield – sein Foto war in der Kopfgeldliste aufgeführt – und Book in dem Moment vom Dach gesprungen waren, als das Gebäude eingestürzt war.

Jetzt aber sah er sie nicht mehr.

Eine riesige Staubwolke stieg von den Gebäudetrümmern auf und hüllte in einem Umkreis von einer halben Meile alles ein.

Der Ungar flog einen Kreis und hielt Ausschau nach der Stelle, wo Schofield gelandet war.

Er hatte gesehen, dass rund um das eingestürzte Gebäude ein Trupp bewaffneter Männer Aufstellung genommen hatte – höchstwahrscheinlich Angehörige einer Kopfgeldjägertruppe –, die nun, da keine Gefahr mehr drohte, vorrückten.

Von Schofield aber fehlte noch immer jede Spur.

Er legte seine Waffen bereit und schickte sich an, auf dem Dach eines angrenzenden Gebäudes zu landen.

Die Yak-141 setzte sanft auf dem Dach eines der kleineren Gebäude von Krask-8 auf, wobei die nach unten gerichtete Heckdüse Schnee und Unrat fortblies.

Kaum war das Flugzeug gelandet, öffnete sich das Cockpit, und der Ungar kletterte hinaus. Sein Körperbau war ebenso kräftig wie sein Gesicht, bewaffnet war er mit einem AMD-Sturmgewehr – der primitiven, aber effektiven ungarischen Variante des AK-47, die vorn einen zweiten Handgriff hat.

Er hatte sich gerade mal vier Schritte vom Flugzeug entfernt –

»Gewehr fallen lassen, Mister.«

Der Ungar drehte sich um ...

... und erblickte Shane Schofield, der unter der Yak-141 hervortrat und mit einer MP-7 auf seine Nasenspitze zielte.

Als der Glasturm einstürzte, waren Schofield und Book II. in die Luft gesprungen und in einem Bogen unter den Bug der Yak-141 gestürzt.

Vor dem Absprung hatte Schofield seine Lieblingswaffe – den Maghook – aus dem Rückenhalfter gezogen. Im Flug hatte er damit auf die Unterseite der Yak gezielt und gefeuert. Book II. hatte das Gleiche getan.

Die Maghooks waren in die Luft emporgeschossen und hatten das Seil abgespult. Mit einem dumpfen *Klong* hatten sich die beiden starken Magnete an der Unterseite der Yak verankert –, und als sich die Seile gespannt hatten, waren Schofields und Books Fall jäh gebremst worden.

Während die Yak sich dem nächsten Dach näherte, hatten sie sich mit den eingebauten Spoolern aufgeseilt und an der Unterseite des schwebenden Kampfjets in Sicherheit gebracht – wo sie zudem durch die aufgewirbelte Staubwolke vor den Blicken der Söldner am Boden geschützt waren.

Die Landung war aufgrund des umherfliegenden Unrats und des reflektierten Abgasstrahls des nach unten gerichteten Triebwerks der Yak ziemlich haarig gewesen, doch sie hatten das Manöver unbeschadet überstanden.

Die Yak-141 hatte aufgesetzt, und Schofield und Book II. hatten sich aufs Dach fallen lassen und sich abgerollt.

Jetzt hatte Schofield einen ganz simplen Plan.

Er wollte die Yak-141 in seine Gewalt bringen.

Schofield und Book II. standen auf dem Dach des niedrigen Gebäudes dem Ungarn gegenüber.

Der Ungar ließ das Sturmgewehr los. Es fiel klappernd zu Boden. Schofield hob das hässliche Gewehr auf.

»Sind Sie auch Kopfgeldjäger?«, übertönte er das Tosen des im Leerlauf befindlichen Düsentriebwerks.

»Da«, antwortete der Ungar.

»Wie heißen Sie?«

»Ich bin der Ungar.«

»Der Ungar, ach ja? Nun, Sie kommen zu spät. Die Söldner sind Ihnen zuvorgekommen. Sie haben McCabe und Farrell geschnappt.«

»Aber Sie nicht.« Die Stimme des Ungarn war vollkommen emotionslos.

Schofield kniff die Augen zusammen. »Die Söldner meinten, sie müssten meinen Kopf zu einer Burg in Frankreich schaffen, um das Geld zu bekommen. In welche Burg?«

Der Ungar musterte besorgt Schofields Waffe. »Valois. La Forteresse de Valois.«

»La Forteresse de Valois«, wiederholte Schofield. Dann erkundigte er sich nach dem Geld. »Und wer bezahlt das alles? Wer will meinen Tod?«

Der Ungar hielt seinem Blick stand.

»Keine Ahnung«, knurrte er.

»Sind Sie sicher?«

»Ich habe gesagt, ich habe keine Ahnung.«

Etwas im Tonfall des Ungarn veranlasste Schofield, ihm zu glauben. »Na schön …«

Ohne die Waffe zu senken, näherte sich Schofield rückwärts der Yak. Dabei verspürte er einen Anflug von Mitleid mit dem vierschrötigen Kopfgeldjäger. »Ich übernehme dein Flugzeug, Ungar, aber ich sag dir was, das ich eigentlich nicht zu sagen bräuchte. In elf Minuten solltest du hier verschwunden sein.«

Schofield und Book kletterten die Cockpitleiter hoch, zielten dabei unverwandt auf den Ungarn.

»Wissen Sie was?«, meinte Book II. »Eines Tages wird Ihr Maghook nicht funktionieren …«

»Schnauze«, sagte Schofield.

Sie kletterten ins Cockpit.

Als ehemaliger Harrier-Pilot bereitete Schofield die Steuerung der Yak keine nennenswerten Probleme. Er schaltete das vertikale Starttriebwerk ein und die Yak-141 hob vom Dach ab.

Dann aktivierte er die Nachbrenner und raste hinein in den eintönig grauen sibirischen Himmel, während die einsame Gestalt des Ungarn auf dem Dach ihm benommen und hilflos hinterherblickte.

Schofield und Book II. ließen Krask-8 hinter sich.

Schofield, der die Yak-141 steuerte, überlegte, wie er weiter vorgehen sollte.

Der hinten sitzende Book II. sagte: »Woran denken Sie, Scarecrow? Fliegen wir zu der Burg?«

»Die Burg ist wichtig«, meinte Schofield. »Aber sie ist nicht der Schlüssel.«

Er zog Wexleys Kopfgeldliste aus der Tasche.

»Das ist der Schlüssel«, sagte er.

Er las die Namen auf dem zerknitterten Blatt Papier und überlegte, was sie wohl miteinander gemeinsam hatten.

Die Liste war ein Who's Who internationaler Kämpfer. Aufgeführt waren Elitekommandos wie das von McCabe und Farrell; britische Spione vom MI-6; ein Pilot der israelischen Luftwaffe. Sogar Ronson Weitzman gehörte dazu – *Major General* Ronson Weitzman vom Marine Corps, einer der ranghöchsten Marines der Vereinigten Staaten.

Und dann waren da noch die Terroristen aus dem Mittleren Osten: Khalif, Nazzar und Hassan Zawahiri.

Hassan Zawahiri …

Dieser Name fiel Schofield besonders ins Auge.

Zawahiri war der stellvertretende Anführer von Al-Kaida, Osama bin Ladens rechte Hand.

Ein Mann, der gegenwärtig in den Bergen im Norden Afghanistans von den Truppen der Vereinigten Staaten gejagt wurde, von Schofields Freunden aus dem Marine Corps: Elizabeth Gant und Mother Newman.

Im Geiste hörte Schofield wieder Wexleys Stimme: *Kopfgeldjäger nehmen Freunde und nahe Verwandte gern als Geisel, um das Opfer herauszulocken.*

Schofield schürzte die Lippen.

Seine Freunde und mindestens eine weitere Zielperson – Zawahari – befanden sich am selben Ort. Eine hervorragende Ausgangssituation für Kopfgeldjäger.

Somit war seine Entscheidung gefallen.

Er stellte den Autopiloten auf Südsüdwest. Das Ziel: der Norden Afghanistans.

Elf Minuten nachdem Schofield Krask-8 hinter sich gelassen hatte, stürzte ein weißer Qualmfinger aus den Wolken über dem Stützpunkt herab – an seiner Spitze die SS-N-20, die vor zwanzig Minuten vom U-Boot aus gestartet war.

Die Rakete raste wie ein Unheil bringender Blitzstrahl auf Krask-8 zu.

Sie näherte sich dem Boden mit Überschallgeschwindigkeit.

5000 Fuß …

2000 Fuß …

1000 Fuß …

Einen Sekundenbruchteil später *explodierte* sie …

… 800 Fuß über dem Boden.

Die Rakete zerbarst wie ein Feuerwerkskörper in zahllose Fragmente, als sie seitlich von einer kleineren, aus der Luft abgeschossenen Rakete getroffen wurde.

Funkelnde Trümmerteile regneten auf Krask-8 herab, ohne Schaden anzurichten.

Als der Qualm sich legte, sah man am Himmel über der Stadt im Kleinen das zweite Kampfflugzeug schweben, das in Krask-8 erwartet wurde.

Es war viel schlanker und auch länger als die Yak-141 des Ungarn und nahezu komplett schwarz; nur der stumpfe Bugkegel war weiß lackiert. Außerdem hatte es nach vorn weisende Flügel und ein Zweimanncockpit.

Es war eine Sukhoi Su-37 – ein russischer Senkrechtstarter, der technisch viel weiter entwickelt war als die veraltete Yak-141.

Wie ein Geier schwebte sie über der zerstörten sibirischen Basis.

Nach einigen Minuten landete sie auf einer Freifläche in der Nähe der großen Trockendockhalle.

Zwei Männer kletterten aus dem Cockpit.

Der eine war über zwei Meter groß und mit einem schweren G-36-Gewehr bewaffnet.

Der zweite Mann war kleiner, aber auch mindestens einsachtzig und ebenso kräftig. Er war ganz in Schwarz gekleidet – schwarzer Kampfanzug, schwarze kugelsichere Weste, schwarzer Helm. In den Schenkelhalftern steckten zwei kurzläufige Pumpguns vom Typ Remington 870. Beide Waffen waren aus silbrig funkelndem Stahl.

Und noch etwas fiel ins Auge.

Er trug eine dicht abschließende Sonnenbrille mit gelb getönten Antireflexgläsern und schwarzem Rahmen.

Der Mann in Schwarz zog die silbernen Gewehre, als wären es Pistolen, und überließ es seinem Partner, die Sukhoi zu bewachen, während er zu dem Tor ging, durch das zuvor auch Schofield das Trockendock betreten hatte.

Vor dem Eingang blieb er stehen, musterte den schneebedeckten Boden, berührte ihn mit der schwarz behandschuhten Hand.

Dann betrat er das Gebäude.

Das Trockendock war menschenleer.

Ein feiner Abgasnebel hing noch in der Luft. Das Taifun-U-Boot nahm die Mitte der Halle ein.

Die ExSol-Söldner waren längst verschwunden.

Der Mann in Schwarz untersuchte die Leichen der Delta-Leute, die neben der mittlerweile gefluteten Grube lagen – die verstreuten Munitionshülsen – McCabes kopflosen Leichnam – und die noch warme Leiche Roosters, des Marine Corporals, der beim Zuschnappen der Söldnerfalle erschossen worden war.

Auch im Trockendock schwammen einige Leichen mit dem Gesicht nach unten.

Mit ruhigen, gemessenen Schritten ging der Mann in

Schwarz zur Sperrwand hinüber, die zuvor das Trockendock vom See getrennt hatte, und musterte das aufgesprengte Mittelteil.

Sieht nach Scarecrow aus, dachte der Mann in Schwarz. *Erst hat man einen seiner Männer erschossen und ihn dann im Trockendock in die Enge getrieben. Dann hat er die Sperrwand aufgesprengt, das Trockendock geflutet und seine Verfolger getötet …*

Der Mann in Schwarz trat an den Rand des Sees und ging neben ein paar feuchten Fußspuren auf dem Beton in die Hocke: die noch frischen Umrisse von Kampfstiefeln.

Von verschiedenen Typen von Kampfstiefeln. Was auf Söldner hindeutete.

Und sie waren vom Nassen aufs Dock gekommen.

Ein U-Boot. Ein zweites U-Boot.

Also waren die Männer von Executive Solutions hier gewesen.

Sie waren sehr rasch eingetroffen. Allzu rasch.

Einer der Drahtzieher der Kopfgeldjagd musste ihnen einen Tipp gegeben haben, der ihnen einen Vorsprung bei der Jagd auf die Amerikaner verschafft hatte.

Mit zornigem Brummen richtete der Mann in Schwarz sich so flink auf wie ein Mungo und fuhr mit angelegter Waffe herum.

Die Schüsse waren von der Balkonebene gekommen.

Der Mann in Schwarz rannte zur nächsten Sprossenleiter und kletterte zu einem kleinen Büroraum auf dem Balkon hinauf.

Im Eingang lagen zwei Gestalten: der tote Corporal Max »Clark« Kent und ein weiterer Soldat – dem Sturmgewehr französischer Herkunft nach zu schließen ein ExSol-Söldner –, der noch lebte.

Aber nur noch ein bisschen. Aus einem Einschussloch an der Wange sprudelte Blut. Die eine Gesichtshälfte war weggeschossen.

Der Mann in Schwarz musterte teilnahmslos den verwundeten Söldner.

Der Söldner streckte ihm die Hand entgegen und stöhnte mit flehentlichem Blick: »Assistez-moi! S'il vous plait … assistez-moi …«

Der Mann in Schwarz blickte zur Betonbrücke hinüber, die die Halle mit dem mittlerweile eingestürzten Büroturm verbunden hatte.

Ein zerstörtes fünfzehnstöckiges Gebäude: *ein weiterer Hinweis auf Scarecrow.*

Der verletzte Söldner versuchte es auf Englisch: »*Bitte,* Monsieur. Helfen Sie mir …«

Der Mann in Schwarz sah mit kaltem Blick auf seinen leidenden Kollegen nieder.

Nach einer Weile sagte er: »Nein.«

Dann schoss er dem verwundeten Söldner in den Kopf.

Der Mann in Schwarz ging zurück zum Sukhoi-Kampfjet und traf dort auf seinen hünenhaften Kameraden.

Sie kletterten ins Cockpit, starteten senkrecht und schossen in südsüdwestlicher Richtung davon.

Als die Sukhoi abgehoben hatte, trat eine einsame Gestalt aus einem der Gebäude von Krask-8.

Es war der Ungar.

Auf der menschenleeren Straße blieb er stehen und beobachtete mit zusammengekniffenen Augen, wie die Sukhoi in südlicher Richtung über den Hügeln verschwand.

Zweiter Angriff

Afghanistan – Frankreich
26. Oktober, 13.00 Uhr (Afghanistan)
E.S.T. (New York, USA) 03.00 Uhr

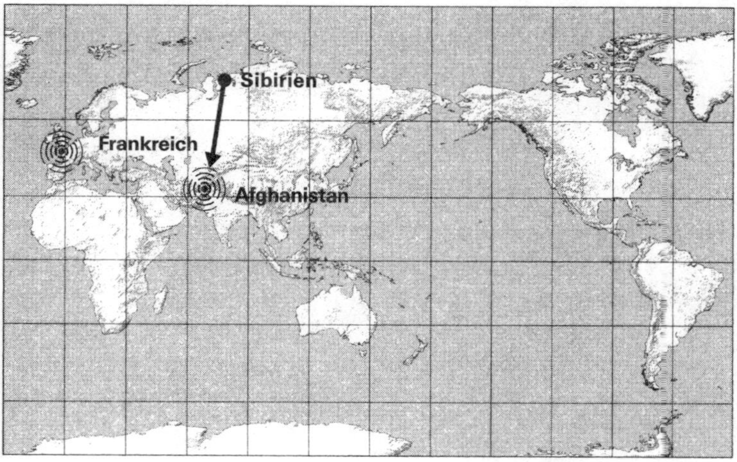

Stellen Sie sich eine Stretch-Limousine in den von Schlaglöchern übersäten Straßen von New York City vor, auf denen überall obdachlose Bettler herumstreunen. In der Limousine befinden sich die klimatisierten postindustriellen Regionen von Nordamerika, Europa, die aufstrebenden Wirtschaftsregionen des Pazifikraums und ein paar andere isolierte Orte ... Draußen befindet sich der Rest der Menschheit und strebt in eine ganz andere Richtung.

Dr. Thomas Fraser Homer-Dixon,
Direktor des Friedens- und Konfliktforschungsprogramms,
Fakultät für Politikwissenschaft, Universität von Toronto

Karpalow-Kohlebergwerk
Irgendwo an der afghanisch-turkmenischen Grenze

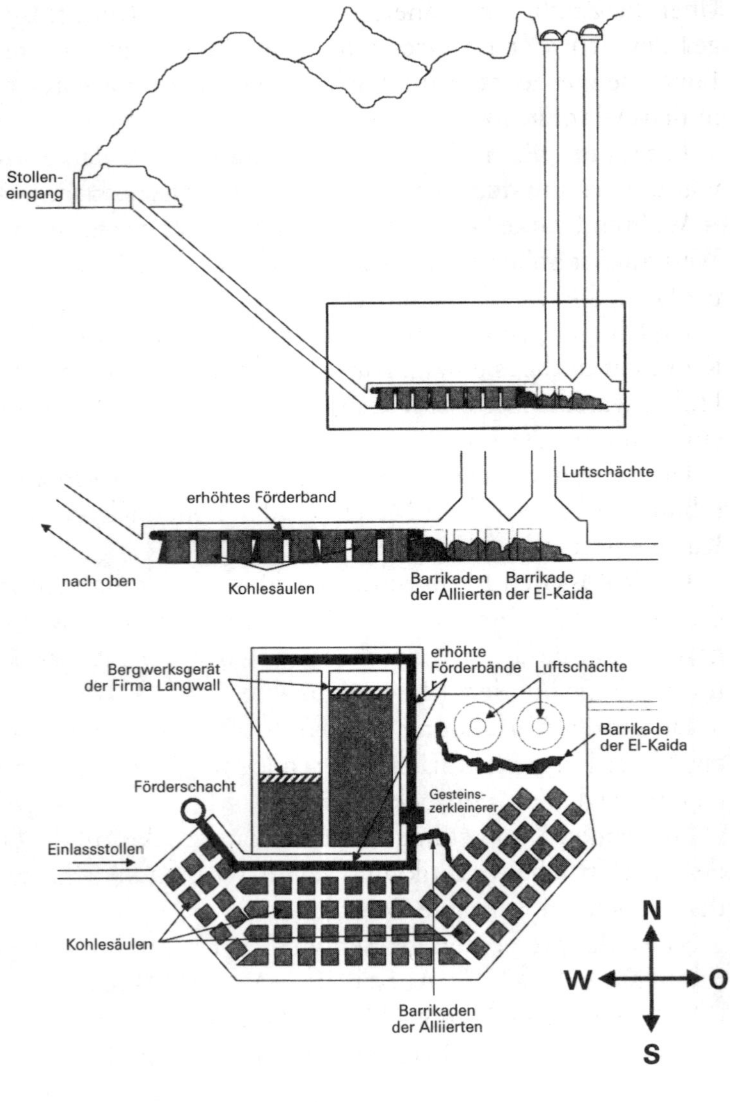

Forteresse de Valois
Bretagne, Frankreich
26. Oktober, 09.00 Uhr Ortszeit
(13.00 Uhr in Afghanistan – 03.00 Uhr E.S.T. USA)

Über die Zugbrücke näherten sich die beiden Kopfgeldjäger dem Tor der Forteresse de Valois, einer imposanten Burg, die vor der zerklüfteten Nordwestküste Frankreichs in den Atlantik ragte.

Erbaut im Jahr 1289 vom verrückten Compte de Valois, war die Festung untypisch für eine französische Burg.

Während die meisten befestigten Bauwerke in Frankreich Wert auf Schönheit legten, war die Forteresse de Valois weit profaner. Sie war ein Felsen, eine abweisende Festung.

Gedrungen, schroff und wegen der baumeisterlichen Kühnheit und des einzigartigen Standorts massiv wie die Hölle, war die Forteresse de Valois seinerzeit nahezu uneinnehmbar gewesen.

Der Grund: Sie war auf einer gewaltigen Felsformation erbaut, die etwa sechzig Meter von den hohen Klippen der Küste entfernt aus dem Meer ragte.

Die kolossalen Mauern der Festung gingen nahtlos in die senkrecht abfallenden Felswände über, sodass das ganze Gebilde die sich brechenden Wogen des Atlantiks um mehr als hundert Meter überragte.

Die einzige Verbindung mit dem Festland war eine sechzig Meter lange Steinbrücke, deren letzten zwanzig Meter eine bewegliche Zugbrücke einnahm.

Die beiden Kopfgeldjäger auf der Zugbrücke, an denen der unerbittliche Atlantikwind zerrte, wirkten im Schatten der dräuenden Burg wie Zwerge.

Sie schleppten einen großen weißen Kasten mit einem roten Kreuz und der Aufschrift: »MENSCHLICHE ORGANE: NICHT ÖFFNEN – EXPRESSLIEFERUNG«.

Als sie die Brücke überquert hatten, schritten die beiden

Männer unter dem siebenhundert Jahre alten Fallgitter hindurch und betraten die Burg.

Im Burghof wurden sie von einem distinguierten Herrn mit perfekt gebügeltem Frack und bügelloser Brille empfangen.

»Bonjour, messieurs«, sagte der Mann. »Ich bin Monsieur Delacroix. Womit kann ich Ihnen helfen?«

Die beiden Kopfgeldjäger – Amerikaner, bekleidet mit Wildlederjacken, Jeans und Cowboystiefeln – sahen einander an.

Der Größere der beiden knurrte: »Wir möchten die Prämie für zwei Köpfe abholen.«

Der dinstinguierte Herr lächelte höflich. »Aber gewiss doch. Wie lauten Ihre Namen?«

Der Größere antwortete: »Drabyak. Joe Drabyak. Texas Ranger. Das hier ist mein Partner, mein Bruder Jimbo.«

Monsieur Delacroix verneigte sich.

»Ah, oui, die berühmten Gebrüder Drabyak. Bitte treten Sie doch ein.«

Monsieur Delacroix geleitete die beiden Männer durch eine Garage mit einer Kollektion ebenso seltener wie teurer Automobile – darunter ein roter Ferrari Modena; ein silberner Porsche GT-2; ein Aston-Martin Vanquish; mehrere einsatzfähige Rallyewagen und in der Mitte der Ausstellungshalle als krönender Höhepunkt ein funkelnder schwarzer Lamborghini Diablo.

Die beiden amerikanischen Kopfgeldjäger beäugten begeistert die Luxuskarossen. Wenn alles nach Plan lief, würden auch sie sich bald einen dieser Sportwagen kaufen können.

»Gehören die alle Ihnen?«, knurrte Big Drabyak, der hinter Monsieur Delacroix herging.

Der distinguierte Herr stieß ein unterdrücktes Lachen

hervor. »Aber nein. Ich bin bloß ein einfacher Schweizer Bankier und wickele im Auftrag meiner Klienten die Verteilung der Gelder ab. Die Wagen gehören dem Burgherrn. Nicht mir.«

Monsieur Delacroix geleitete die beiden Männer über eine Steintreppe am Ende der makellos sauberen Garage zu einem tieferen Stockwerk hinunter …

… und auf einmal traten sie ins Mittelalter ein.

Sie gelangten in einen Vorraum mit Steinwänden. Zur Linken zweigte ein langer, schmaler Gang ab, der in einer von Fackeln erhellten Düsternis verschwand.

Monsieur Delacroix blieb stehen und wandte sich an den kleineren der beiden Texaner. »Monsieur James. Sie warten bitte hier, während ich mit Ihrem Bruder die Köpfe identifiziere.«

Big Drabyak nickte seinem jüngeren Bruder beruhigend zu.

Monsieur Delacroix geleitete Big Drabyak in den lang gestreckten, von Fackeln erhellten Gang.

Am Ende des Gangs befand sich ein prachtvolles Büro. Die eine Wand nahm ein Panoramafenster ein, das einen fantastischen Ausblick auf den Atlantik bot, der sich bis zum Horizont erstreckte.

Als sie am Ende des Ganges anlangten, blieb Monsieur Delacroix abermals stehen.

»Wenn Sie mir bitte den Koffer geben würden …«

Der Kopfgeldjäger reichte ihm den weißen Transportkasten.

»Wenn Sie nun hier warten würden«, sagte Monsieur Delacroix.

Er betrat das Büro und ließ den texanischen Kopfgeldjäger vor der Schwelle stehen.

Delacroix nahm am Schreibtisch Platz, holte eine Fernbedienung hervor und drückte einen Knopf –

Bäng! Bäng! Bäng!

Drei Stahltüren donnerten aus verdeckten Schlitzen in der Decke auf den mittelalterlichen Gang hinab.

Die ersten beiden Türen verriegelten den Vorraum und sperrten Little Drabyak in einem kreisförmigen Raum mit Steinmauern ein, sodass er weder zur Garage hochsteigen noch den schmalen Gang betreten konnte, in dem sich sein älterer Bruder befand.

Die dritte Stahltür versperrte den Eingang des Büros und trennte Monsieur Delacroix von Big Drabyak.

Durch kleine Plexiglasfenster in den Stahltüren konnten die beiden Kopfgeldjäger aus ihrem Gefängnis hinausschauen.

Aus Deckenlautsprechern tönte die Stimme von Monsieur Delacroix.

»Meine Herren. Wie Sie unschwer nachvollziehen können, zieht eine Kopfgeldjagd dieses Ausmaßes – wie soll ich sagen – ziemlich *skrupellose* Individuen an. Während ich die Echtheit der Köpfe überprüfe, werden Sie in Gewahrsam bleiben.«

Monsieur Delacroix stellte den Transportkasten auf den Schreibtisch und öffnete ihn mit geübter Hand.

Zwei abgetrennte Köpfe starrten ihn an.

Der eine war blutverschmiert, die Augen vor Entsetzen geweitet.

Der Zustand des anderen Kopfes war schlechter. Er wies schwere Verbrennungen auf.

Monsieur Delacroix ließ sich nicht aus der Ruhe bringen.

Er streifte Chirurgenhandschuhe über, nahm den blutverschmierten Kopf gelassen aus dem Kasten und legte ihn neben dem Computer auf eine Scanvorrichtung.

»Und wer soll das sein?«, fragte Monsieur Delacroix Big Drabyak über die Sprechanlage.

»Rosenthal, der Israeli«, antwortete Drabyak.

»Rosenthal.« Delacroix gab den Namen in den Rechner ein. »Hmmm ... ein Mossad-Agent ... keine DNA-Daten gespeichert. Typisch für die Israelis. Aber egal. Ich bin auf diesen Fall vorbereitet.«

Delacroix schaltete den Scanner ein.

Der abgetrennte Kopf wurde wie bei einem CT mit Laserstrahlen abgetastet.

Als das Gerät fertig war, öffnete Delacroix ungerührt den blutverschmierten Mund und scannte die *Zähne*.

Dann drückte er eine weitere Taste und verglich den analysierten Kopf mit verschiedenen anderen Köpfen auf dem Monitor.

Der Rechner piepte und Delacroix lächelte.

»Die Übereinstimmung beträgt 89,337 Prozent. Gemäß meinen Instruktionen genügt bereits eine Übereinstimmung von 75 Prozent, um das Kopfgeld auszuzahlen. Meine Herren, der erste Kopf wurde anhand der Schädelform und der vorliegenden Gebissdaten als Major Benjamin Y. Rosenthal vom israelischen Mossad identifiziert. Sie sind um 18,6 Millionen Dollar reicher.«

Die beiden Kopfgeldjäger in den Gefängniszellen lächelten.

Delacroix nahm den zweiten Kopf heraus.

»Und der hier?«, fragte er.

Big Drabyak antwortete: »Das ist Nazzar, der Hamas-Typ. Den haben wir in Mexiko aufgespürt. Hat dort von einem Drogenbaron M-16-Gewehre gekauft.«

»Ausgesprochen faszinierend«, meinte Delacroix.

Der zweite Kopf war schwarz verkohlt und die Hälfte der Zähne waren von einer Kugel ausgeschlagen worden – oder von einem Hammer.

Monsieur Delacroix scannte Kopf und Gebissreste.

Die beiden Kopfgeldjäger hielten den Atem an.

Je länger die Untersuchung andauerte, desto nervöser wurden sie.

Die Schädel- und Gebissdaten wiesen eine Übereinstimmung von 77,326 Prozent auf.

»Die Übereinstimmung beträgt lediglich 77 Prozent«, sagte Monsieur Delacroix, »was zweifellos auf die starke Schussverletzung und den Verbrennungsgrad zurückzuführen ist. Wie ich bereits sagte, reicht gemäß meinen Instruktionen eine Übereinstimmung von mindestens 75 Prozent, um das Lösegeld auszuzahlen …«

Die beiden Kopfgeldjäger grinsten.

»… es sei denn … es sind DNA-Daten des Betreffenden verfügbar, die ich zu Rate ziehen könnte. Und aus meinen Unterlagen geht hervor, dass für diese Person tatsächlich DNA-Daten vorliegen.«

Die beiden Kopfgeldjäger blickten einander bestürzt an.

Big Drabyak sagte: »Aber das ist unmöglich …«

»Doch, ja«, erwiderte Delacroix. »Meinen Unterlagen zufolge wurde Mister Yousef Nazzar 1999 wegen unbedeutender Vergehen gegen die britischen Waffenimportbeschränkungen inhaftiert. Gemäß den geltenden Bestimmungen wurde ihm eine Blutprobe entnommen.«

Während Big Drabyak Monsieur Delacroix anschrie, er solle aufhören, stieß jener eine Spritze in die linke Wange des verkohlten Kopfes und extrahierte ein wenig Blut.

Das Blut injizierte er in ein Analysegerät, das an den Computer angeschlossen war.

Ein weiterer Piep.

Eine Fehleranzeige.

Delacroix runzelte die Stirn – und auf einmal verfinsterte sich seine Miene.

»Meine Herren …«, sagte er bedächtig.

Die Kopfgeldjäger erstarrten.

Der Schweizer Bankier stockte, als wäre er persönlich gekränkt. »Meine Herren, dieser Kopf ist eine Fälschung. Das ist nicht der Kopf von Yousef Nazzar.«

»Moment mal –«, setzte Big Drabyak an.

»Bitte schweigen Sie, Mister Drabyak«, sagte Delacroix. »Die kosmetische Chirurgie war ziemlich überzeugend; ihr plastischer Chirurg hat gute Arbeit geleistet, so viel ist sicher. Aufgrund der Verbrennungen ist eine optische Identifizierung ausgeschlossen; nun, das ist clever, aber nicht neu. Die wiederhergestellten Zähne sind gute Imitationen. Aber von den DNA-Daten haben Sie nichts gewusst, nicht wahr?«

»Nein«, knurrte Big Drabyak.

»Dann war der Rosenthal-Kopf also ebenfalls gefälscht?«

»Ein Geschäftspartner hat ihn uns überlassen«, log Big Drabyak, »und der hat uns versichert –«

»Aber *Sie* haben ihn mir vorgelegt, Monsieur Drabyak, daher tragen Sie die Verantwortung. Ich will mich ganz klar ausdrücken. Aufrichtigkeit könnte sich in Ihrer Lage vorteilhaft für Sie auswirken. Ist der Rosenthal-Kopf ebenfalls gefälscht?«

»Ja«, antwortete Drabyak gepresst.

»Dies ist ein Verstoß gegen die Regeln der Kopfgeldjagd, Mister Drabyak. Meine Klienten dulden keine Betrügereien, das verstehen Sie doch?«

Big Drabyak schwieg.

»Zum Glück habe ich auch für diesen Fall meine Anweisungen«, sagte Delacroix. »Monsieur Drabyak der Ältere. Wissen Sie, was das für ein Gang ist, in dem Sie stehen?«

»Nein.«

»Natürlich nicht. Wie dumm von mir zu vergessen, dass Sie Amerikaner sind. Von der Weltgeschichte kennen Sie wenig mehr als die Namen der US-Präsidenten und die Hauptstädte der Bundesstaaten. Kenntnisse über die mittelalterliche Kriegsführung in Europa wären da wohl zu viel verlangt, nicht wahr?«

Big Drabyaks Gesicht zeigte keine Regung.

Delacroix seufzte. »Monsieur Drabyak, der Gang, in dem Sie stehen, diente dazu, eventuelle Angreifer einzusperren. Wenn feindliche Soldaten den Gang passierten, wurde durch Rinnen in den Wänden siedendes Öl gegossen, sodass die Eindringlinge auf höchst schmerzhafte Weise ums Leben kamen.«

Big Drabyak wandte sich jäh zur Wand um. Knapp unterhalb der Decke waren in den Steinmauern tatsächlich basketballgroße Öffnungen zu erkennen.

»Seither wurde die Burg jedoch behutsam modifiziert«, fuhr Delacroix fort, »um mit der technischen Entwicklung Schritt zu halten. Wenn Sie bitte Ihren Bruder anschauen würden.«

Big Drabyak fuhr herum und blickte mit aufgerissenen Augen durch das Plexiglasfenster in der Stahltür, die ihn von seinem jüngeren Bruder trennte.

»Und jetzt nehmen Sie Abschied von Ihrem Bruder«, tönte Monsieur Delacroix' Stimme aus den Lautsprechern.

Im Büro nahm Delacroix abermals die Fernbedienung in die Hand und drückte einen weiteren Knopf.

Aus den Steinwänden des kreisförmigen Vorraums, in dem Little Drabyak eingesperrt war, ertönte ein bedrohliches Summen.

Das Summen wurde lauter, die Frequenz höher und höher …

Zunächst zeigte Little Drabyak keine Reaktion.

Auf einmal krampfte er sich mit erschreckender Plötzlichkeit zusammen, fasste sich an die Brust, ans Herz. Schließlich fasste er sich an die Ohren – aus denen auf einmal Blut hervorspritzte.

Er brüllte.

Dann geschah vor den Augen Big Drabyaks etwas noch Grässlicheres.

Als das Geräusch in ein fiebriges Sirren überging, explodierte die Brust seines kleinen Bruders; aus dem Brustkasten brach ein widerlicher Schwall Blut und Innereien hervor.

Little Drabyak sackte im Vorraum zusammen, mit leerem Blick und aufgerissenem Brustkasten. Tot.

Delacroix' Stimme: »Ein Mikrowellen-Abwehrsystem, Monsieur Drabyak. Très effective, nicht wahr?«

Big Drabyak war sprachlos.

Hilflos drehte er sich im Kreis.

»Sie kleines Arschloch! Sie haben gesagt, es wäre hilfreich, wenn wir aufrichtig wären!«, schrie er.

Delacroix lachte. »Amerikaner. Ihr glaubt, Ihr könntet euch überall freikaufen. Ich habe ›könnte‹ gesagt. In diesem Fall bin ich zu dem Schluss gekommen, dass dem nicht so ist.«

Drabyak blickte die sterblichen Überreste seines Bruders an. »Haben Sie mit mir das Gleiche vor?«

Monsieur Delacroix lächelte. »Aber nein. Im Gegensatz zu Ihnen bin ich ein großer Bewunderer der Geschichte. Bisweilen sind die alten Methoden doch die besten.«

Der Schweizer Bankier drückte den dritten und letzten Knopf an der Fernbedienung …

… worauf sich 1000 Liter siedendes Öl aus den Tunnelöffnungen auf Joe Drabyak ergossen.

Die unbedeckten Körperteile verbrannten auf der Stelle – die Gesichtshaut war im Handumdrehen verbrüht. Wo das Öl auf die Kleidung traf, verschmolz der Stoff mit dem Körper.

Während das Öl auf ihn herabprasselte, brüllte Drabyak. Er schrie und kreischte, bis er tot war, doch niemand konnte ihn hören.

Denn die Forteresse de Valois, am Rand der bretonischen Küste auf einem Felsvorsprung gelegen, war zwanzig Meilen von der nächsten Stadt entfernt.

Tief im Hindukusch
Afghanisch-tadschikische Grenze
26. Oktober, 13.00 Uhr Ortszeit
(03.00 Uhr E.S.T. USA)

Es war wie ein Sturm auf die Pforten der Hölle.

Lieutenant Elizabeth Gants achträdriges leichtes Panzerfahrzeug – kurz LAV – wirbelte einen Tornado aus Staub, Eis und Dreck auf, als es über die zweihundert Meter lange Freifläche vor dem Eingang des Höhlensystems der Terroristen schoss.

Das LAV wurde aus der Höhe mit Artilleriesperrfeuer eingedeckt, überall ringsum ging ein heftiger Kugelhagel nieder.

Dies war bereits der fünfte Versuch der Alliierten, Truppen in das Höhlensystem zu schaffen – in das umfunktionierte ehemalige sowjetische Bergwerk, in dem sich Osama bin Ladens Stellvertreter Hassan Zawahiri und etwa zweihundert schwer bewaffnete Al-Kaida-Terroristen aufhielten.

Über ein Jahr nach der Vertreibung des Taliban-Regimes aus Kabul – inzwischen war ein viel öffentlicherer Krieg geführt und gewonnen worden, nämlich der gegen Saddam Hussein im Irak – tobte die Operation Enduring Freedom noch immer an den dunkelsten Orten Afghanistans: in den Höhlen.

Denn Al-Kaida würde erst dann endgültig geschlagen sein, wenn sämtliche Terroristenhöhlen ausgeräuchert waren, und dies machte eine spezielle Kriegsführung notwendig, die für CNN und Fox ungeeignet war. Eine schmutzige Art der Auseinandersetzung. Einen Kampf Mann gegen Mann, eine auf engstem Raum geführte Höhlenjagd.

Erst diese Woche hatten amerikanische und britische Streitkräfte dieses weit im Norden des Landes gelegene Höhlensystem entdeckt – den wichtigsten Terroristenunterschlupf in ganz Afghanistan.

Dies war das Zentrum des Al-Kaida-Netzwerks.

Das aufgegebene Kohlebergwerk mit der Bezeichnung Karpalow-Mine hatten Osama bin Ladens Konstrukteure in ein Höhlenlabyrinth verwandelt: Höhlen, in denen Terroristen lebten und in denen ein beeindruckendes Waffenarsenal lagerte.

Außerdem verfügte es über einen speziellen Abwehrmechanismus.

Eine Methanfalle.

Kohle setzt Methan frei – ein leicht entzündliches Gas –, und Luftmischungen mit einem Methananteil von über fünf Prozent sind explosiv. Ein Funken genügt und alles fliegt in die Luft. Während die inneren Bereiche des aufgegebenen Bergwerks aus schornsteinartigen Luftschächten mit frischer Luft versorgt wurden, waren die äußeren mit Methan gefüllt.

Anders formuliert: Eindringende Soldaten konnten Schusswaffen erst dann einsetzen, wenn sie das Innere des Bergwerks erreicht hatten.

Eines war sicher: Die Terroristen, die sich in dieses Höhlensystem zurückgezogen hatten, würden sich nicht kampflos ergeben. Wie in Kundūz im vergangenen Jahr und beim Blutbad von Mazār-e-Sharīf würde dies ein Kampf auf Leben und Tod werden.

Dies war das letzte Aufgebot von Al-Kaida.

Der Eingang zum Bergwerk war ein überwölber Torweg aus armiertem Beton, der auch großen Lastwagen ausreichend Platz bot.

Der steile Berghang darüber war mit Scharfschützenstellungen übersät wie mit Pockennarben. Von dort aus feuerten die Terroristen auf die deckungslose Fläche vor dem Eingang.

Und irgendwo inmitten der schroffen Berggipfel oberhalb des Bergwerks lagen die Austrittsöffnungen der beiden Belüftungskanäle, jeweils zehn Meter durchmessende Schächte, die wie Schornsteine vom Grund der Mine aufragten und ihr frische Luft zuführten. Vor langer Zeit hatten die Terroristen die Luftschächte mit Tarnnetzen abgedeckt, sodass sie von Aufklärungsflugzeugen aus nicht zu sehen waren.

Die Luftschächte waren Gants Ziel.

Sie wollte einen der Luftschächte von innen einnehmen, die Abdeckung von unten wegsprengen und dann ein Laser-Zielsignal zu einem hoch fliegenden C-130-Bomber schicken – diese Zielscheibe könnte er nicht verfehlen.

Dann mussten sie nur noch machen, dass sie aus dem Bergwerk hinauskamen, bevor die 21 000-Pfund-Bombe mit der Bezeichnung Massive Ordnance Air Burst, abgekürzt MOAB und umgangssprachlich Mutter aller Bomben genannt, in den Kamin geworfen wurde.

Die ersten drei Angriffe zur Erstürmung des Tunnelsystems waren erfolgreich gewesen.

Bei jedem Angriff hatten zwei LAV-25 voller Marines und SAS-Kämpfern den Kugelhagel heil überstanden und waren in die Höhle eingedrungen.

Der vierte Angriff jedoch war katastrophal verlaufen.

Er hatte damit geendet, dass die beiden auf den Höhleneingang zurasenden Fahrzeuge von Propellergranaten aus russischer Fertigung – auch LAV-Killer genannt – getroffen und alle Insassen getötet worden waren.

Gants Angriff war der fünfte gewesen. Zuerst hatte sie zur Ablenkung zwei ferngesteuerte Wagen hineingeschickt, die das gegnerische Feuer auf sich lenken sollten, dann war Gants Vierachser in den Höhleneingang hineingebrettert, während die gegnerischen Stellungen mit Mörserfeuer eingedeckt wurden.

Es hatte funktioniert.

Die schnellen Köder-Buggies zogen alles Mögliche auf

sich – Maschinengewehrfeuer, Propellergranaten, die den Boden aufwühlten –, während Gants LAV-25 unvermittelt aus der Deckung hervorgebrochen war, dicht gefolgt vom zweiten Vierachser.

Der Berghang oberhalb des Höhleneingangs war von Granaten beharkt worden, als die beiden LAVs über die Freifläche rasten, in den Eingang des Höhlensystems hineinschossen und in der Dunkelheit verschwanden, wo ihnen der Kugelhagel nichts mehr anhaben konnte und sie von einer ganz neuen Art Hölle erwartet wurden.

Elizabeth »Fox« Gant war 29 Jahre alt und frisch gebackene First Lieutenant; die Offizierskandidatenschule hatte sie erst kürzlich abgeschlossen.

Es kam nicht häufig vor, dass einer frisch gebackenen Lieutenant das Kommando über eine renommierte Aufklärungseinheit überlassen wurde, doch Gant war etwas Besonderes.

Kompakt, blond und fitter als viele Triathleten, war sie die geborene Anführerin. Hinter ihren himmelblauen Augen verbarg sich ein messerscharfer Verstand. Außerdem verfügte sie über eine zweijährige Erfahrung als Corporal einer Aufklärungseinheit.

Zudem ging das Gerücht, sie habe einflussreiche Freunde.

Es wurde sogar gemunkelt, ihr rascher Aufstieg sei auf eine Empfehlung des amerikanischen Präsidenten zurückzuführen. Falls dies zutraf, stand es wohl in Zusammenhang mit einem Vorfall in Area 7, der geheimsten amerikanischen Luftwaffenbasis, wo Gant ihre Fähigkeiten in Gegenwart des Präsidenten unter Beweis gestellt hatte. Dies war jedoch reine Mutmaßung.

Die wichtigste Empfehlung stammte von einer hoch angesehenen Marine Gunnery Sergeant namens Gena »Mother« Newman, die Gant ein außergewöhnliches Leumundszeugnis ausgestellt hatte; wenn Gant das Kommando über eine Aufklärungseinheit erhalte, hatte Mother gemeint, dann wolle sie selbst – auch wenn dies faktisch eine Herabstufung bedeute – Gants Staff Sergeant werden.

Mit ihren einsachtundachtzig, ihrem rasierten Schädel, der Beinprothese und ihren herausragenden Killer-Fähigkeiten hatte Mothers Wort Gewicht. Ihr Spitzname sagte schon alles. Er war die Kurzform von »Motherfucker«.

Mother wurde von der Rauf-oder-raus-Personalpolitik des Marine Corps entbunden und Gant erhielt das Kommando über die Aufklärungseinheit 9 der Marine Force. Im folgenden Monat wurden sie nach Afghanistan gebracht.

Noch etwas gab es zu Libby Gant anzumerken.

Seit fast einem Jahr war sie mit Captain Shane M. Schofield befreundet.

Die von Schofield entführte Yak-141 schoss mit Mach 2 durch die Luft.

Seit der Schlacht in Krask-8 waren fast fünf Stunden vergangen, nun lagen vor ihm und Book II. die prächtigen Berge des Hindukusch ausgebreitet.

Und irgendwo dort unten befand sich Libby Gant – die potenzielle Geisel Nummer 1 für alle, die es auf Schofields Kopf abgesehen hatten.

Die Yak hatte fast keinen Sprit mehr. Bei einem kurzen Zwischenstopp auf einem aufgegebenen sowjetischen Flugplatz im ländlichen Kasachstan hatten sie nachgetankt, nun aber wurde es schon wieder knapp. Sie mussten Gant rasch finden.

Da er in Alaska niemandem mehr traute, stellte Schofield das Funkgerät auf die Frequenz eines sehr speziellen amerikanischen Satelliten ein – auf die Frequenz der Defense Intelligence Agency.

Nachdem seine Identität bestätigt worden war, bat er darum, zum Pentagon durchgestellt und mit David Fairfax aus der Kryptographieabteilung verbunden zu werden.

»*Hier ist Fairfax*«, tönte die Stimme eines jungen Mannes aus dem Kopfhörer.

»Mister Fairfax, hier spricht Shane Schofield.«

»*Hey, Captain Schofield. Schön, von Ihnen zu hören. Was haben Sie heute wieder in die Luft gejagt?*«

»Ich habe ein U-Boot der Taifun-Klasse geflutet, ein Gebäude dem Erdboden gleichgemacht und eine Rakete gestartet, um eine Wartungseinrichtung zu zerstören.«

»*Also ein ruhiger Tag.*«

»Mister Fairfax, ich brauche Ihre Hilfe.«

»Klar.«

Schofield und Fairfax waren bei dem Vorfall in Area 7 ungleiche Verbündete gewesen. Anschließend waren sie (im Geheimen) mit Tapferkeitsmedaillen ausgezeichnet worden und hatten Freundschaft geschlossen.

Während Schofield mit Book II. in der Yak-141 über die Berge Tadschikistans raste, stellte er sich vor, wie Fairfax in einem unterirdischen Raum des Pentagons mit Mooks-T-Shirt und Jeans, Brille und Turnschuhen an seinem Computer saß und ein Mars nach dem anderen mampfte, wobei er aussah wie Harry Potter als Student. Wie ein genialer Code-Knacker von einem Studenten.

»Also, was kann ich für Sie tun?«, fragte Fairfax.

»Vier Dinge«, antwortete Schofield. »Erstens müssen Sie mir sagen, wo in Afghanistan Gant stationiert ist. Ich brauche die exakten GPS-Koordinaten.«

»Herrgott noch mal, Scarecrow, das sind geheime Einsatzinformationen. Dazu habe ich keinen Zugang. Ich könnte eingesperrt werden, bloß weil ich darauf zugegriffen habe.«

»Besorgen Sie sich die Berechtigung. Tun Sie, was nötig ist. Ich habe sechs tapfere Marines verloren, weil irgend jemand zu Hause meine Mission in Sibirien verraten hat. Das war eine Falle, die mich Kopfgeldjägern ausliefern sollte. Ich kann niemandem mehr trauen, David. Sie müssen das für mich tun.«

»Okay. Ich werde sehen, was sich machen lässt. Was sonst noch?«

Schofield nahm sich die Namensliste vor, die er Wexley, dem ExSol-Anführer, abgenommen hatte. »Bitte checken Sie die folgenden Namen …«

Er las die Namen auf der Kopfgeldliste vor, auch seinen eigenen.

»Finden Sie heraus, was die Genannten gemeinsam haben. Beruflicher Werdegang, Kampfqualitäten, Haarfarbe, alles. Gleichen Sie sie mit allen zur Verfügung stehenden Datenbanken ab.«

»*Verstanden.*«

»Drittens, informieren Sie sich über den sibirischen Militärstütztpunkt Krask-8. Sammeln Sie möglichst viele Informationen. Ich will wissen, warum gerade diese Basis für einen Hinterhalt ausgewählt wurde.«

»*Okay. Und der letzte unmögliche Auftrag?*«

Schofield überlegte angestrengt – er dachte an die Namen, die er in Krask-8 über Funk gehört hatte.

Schließlich sagte er: »Das wird Ihnen vielleicht seltsam vorkommen, aber können Sie mal nachsehen, ob Sie was über einen Burschen namens ›Black Knight‹ haben? Checken Sie vor allem die Söldner-Datenbanken, alles, was Sie über Exmilitärs haben. Das ist ein Kopfgeldjäger – soviel ich weiß ein sehr guter –, und er ist hinter mir her. Ich will wissen, wer das ist.«

»*Wird erledigt, Scarecrow. Ich melde mich, so schnell es geht.*«

Gants gepanzerter Vierachser kam im dunklen Höhleneingang rutschend zum Stehen.

Von innen wurde die Seitentür aufgerissen und Gants sechzehnköpfiges Marine-Team polterte mit knallenden Stiefeln und angelegten Waffen heraus.

Auch Gant stieg aus und musterte die Umgebung, neben sich die hünenhafte Mother. Beide trugen sandfarbene Uniformen, Helme und kugelsichere Westen und hielten MP-7 und pistolengroße Armbrüste in den Händen.

Die Höhle war groß und hoch und zu allen Seiten betoniert. In einem sehr steilen Tunnel verschwand ein breiter Schienenstrang. Der Tunnel war ein so genannter Einlassstollen, durch den man das Bergwerk betrat.

»Sphinx, hier ist Fox«, sagte Gant ins Kehlkopfmikrofon. »Wir sind drin. Wo seid ihr?«

Eine Stimme mit britischem Akzent antwortete: *»Fox, hier spricht Sphinx. Mann, das ist vielleicht ein Chaos hier unten! Wir befinden uns im Ostbereich des Bergwerks! Etwa zweihundert Meter vom Einlassstollen entfernt! Die haben sich vor den beiden Luftschächten verschanzt, in einer Lufttasche –«*

Das Signal setzte aus.

»Sphinx? Sphinx? Verdammter Mist.« Gant wandte sich an zwei der Soldaten. »Pokey. Freddy. Nehmt die Scharfschützenstellungen dort oben aus. Bestimmt gibt's irgendwelche Tunnel, die dort hinführen. Nagelt die Mistkerle fest, damit wir einen sicheren Korridor ins Bergwerk öffnen können.«

»Jawohl, Ma'am.« Die beiden jungen Marines rannten los.

»Und ihr«, sagte Gant zu den anderen Soldaten, »folgt mir.«

Schofields Yak-141 raste über die Berggipfel von Tadschikistan hinweg.

Fairfax meldete sich über Funk.

»*Okay, hören Sie zu. Ich habe Gant ausfindig gemacht. Ihre Einheit gehört der Mobilen Kommandostation California-2 an, die von Colonel Clarence W. Walker befehligt wird. Die GPS-Koordinaten von California-2 lauten:* `06730.20, 3845.65.`«

»Verstanden«, sagte Schofield und gab die Koordinaten in den Kursrechner ein.

Fairfax fuhr fort. »*Außerdem habe ich zwei Treffer zu Ihrer Liste bekommen. Sieben der fünfzehn Namen tauchen in der Personaldatenbank der Nato auf: Ashcroft, Kingsgate, McCabe, Farrell, Oliphant, Nicholson und Sie werden alle im Zusammenhang mit einem Papier erwähnt, das sich ›NATO Joint Services M. N. R. R. Study‹ nennt. Datiert ist es vom Dezember 1996. Scheint sich um eine medizinische Studie zu handeln, die wir zusammen mit den Briten angefertigt haben.*«

»Wo wird sie verwahrt?«

»*Beim USAMRMC – dem ›Army Medical Research and Material Command‹.*«

»Kommen Sie da dran?«

»*Selbstverständlich.*«

»Und der andere Treffer?«, fragte Schofield.

»*Einer unserer Echelon-Spionagesatelliten hat heute Morgen den Funkspruch eines über Tadschikistan fliegenden unidentifizierten Flugzeugs aufgefangen. Es wurden mehrere Namen von der Liste erwähnt. Ich lese Ihnen die Mitschrift vor:*

›BASIS, HIER IST DEMON. WIR HABEN **WEITZMAN**, LEBENDIG WIE VERLANGT. FLIEGEN JETZT ZUM KARPALOW-BERGWERK.

DAS IST DAS GROSSE LOS – DIE GRÖSSTE ANSAMMLUNG VON ZIELPERSONEN. VIER AUF EINEN STREICH: **ASHCROFT, KHALIF, KINGSGATE** UND **ZAWAHIRI.** UND SCHOFIELDS MÄDCHEN IST AUCH NOCH DORT.‹«

Schofield krampfte sich der Magen zusammen.

Fairfax sagte: *»Da ist eine Notiz dabei. Danach hatte die Stimme in dem aufgefangenen Funkspruch einen britischen Akzent und es handelte sich um – o Mann …«*

»Fahren Sie fort.«

Fairfax setzte neu an. *»Der Sprecher ist Demon F. Larkham, Rufzeichen ›Demon‹, ehemaliger Colonel der britischen SAS.«* Fairfax stockte. *»In den Neunzigern war er ein hohes Tier, wurde '99 aber wegen seiner Verbindungen zum ehemaligen Chef der SAS, einem richtig üblen Burschen namens Trevor J. Barnaby, vor ein Kriegsgericht gestellt.«*

»Ja, Barnaby kenne ich«, sagte Schofield.

»Larkham wurde zu elf Jahren Haft verurteilt, konnte auf dem Weg zum Whitemoor Gefängnis jedoch entkommen und hat neun Wächter getötet.

Angeblich ist er einer der Anführer einer Kopfgeldjägerorganisation mit dem Namen Intercontinental Guards, Einheit 88 oder ›IG-88‹, mit Sitz in Portugal. Mann, Scarecrow, wo zum Teufel sind Sie da wieder reingeraten?«

»In etwas, das mich den Kopf kosten könnte, wenn ich nicht aufpasse.« Schofield wechselte einen Blick mit Book II.

»Was den von Ihnen erwähnten Militärstützpunkt Krask-8 angeht«, sagte Fairfax, *»dazu habe ich bloß Folgendes herausgefunden: Im Juni 1997 wurde die Stadt Krask mitsamt der umliegenden Wartungseinrichtungen an eine amerikanische Firma verkauft, die Atlantic Shipping Corporation. Atlantic befasst sich nicht bloß mit Schiffstransporten, sondern ist auch im Ölgeschäft tätig.*

Krask-8 ging in ihren Besitz über, als sie im Norden Sibiriens etwa 10 000 Hektar Land erwarb, um dort nach Öl zu suchen.«

Schofield ließ sich das Gehörte durch den Kopf gehen. »Nein. Das hilft mir nicht weiter.«

»Ach ja«, sagte Fairfax, *»in den regulären Datenbanken über ehemalige Militärs habe ich zum Schwarzen Ritter nichts gefunden. Im Moment durchforste ich gerade die geheimen Datenbanken des Nachrichtendienstes mit einem Suchprogramm.«*

»Danke, David. Bleiben Sie dran. Geben Sie mir Bescheid, wenn Sie was gefunden haben. Ich muss jetzt Gas geben.«

Er schaltete die Nachbrenner ein.

Neun Minuten später landete die Yak-141 inmitten einer Staubwolke auf einer Freifläche in der Nähe einer großen Ansammlung amerikanischer Fahrzeuge und Kommandozelte.

Schofield hatte gehört, dass der Feldzug in Afghanistan sich zu einem zweiten Vietnamkrieg entwickelt habe – hauptsächlich deshalb, weil Afghanistan selbst in Kriegszeiten einer der weltgrößten Heroinproduzenten war.

Die afghanischen Bergbewohner hatten nicht nur die unheimliche Angewohnheit, sich in verborgene Höhlensysteme zurückzuziehen; wenn sie ernsthaft in Schwierigkeiten steckten, versuchten sie die alliierten Soldaten obendrein mit reinen Heroinziegeln zu bestechen. Und da ein solcher Ziegel beim Endverbraucher etwa eine Million Dollar wert war, hatten sie damit häufig auch Erfolg.

Erst letzte Woche war eine russische Einheit desertiert. Eine komplette Spezialeinheit von Spetsnaz-Soldaten, insgesamt vierundzwanzig Mann, hatte kurzerhand einen russischen Mi-17-Transporthubschrauber entwendet und sich auf die Suche nach einer Höhle gemacht, die angeblich voller *Paletten* von Heroinziegeln war.

Willkommen in Afghanistan.

Schofields Flugzeug wurde augenblicklich von schwer bewaffneten Marines umzingelt, die gar nicht begeistert davon waren, dass ein russischer Kampfjet ohne Anmeldung in ihrer Mitte landete. Als sie jedoch Schofield und Book II. identifiziert hatten, eskortierten sie die beiden zum Zelt des Stützpunktkommandanten Colonel Clarence Walker vom US Marine Corps.

Das Kommandozelt stand am Fuße eines kleinen Hügels, hinter dem sich der Eingang zum Al-Kaida-Bergwerk befand.

Als Schofield und Book eintraten, stand Colonel Walker gerade vor einem Kartentisch und brüllte in ein Funkgerät: »Bringt die Funkgeräte dort unten ans Laufen! Verlegt Antennenkabel! Nehmt notfalls Blechnäpfe und ein Stück Draht! Ich muss mit meinen Leuten dort unten sprechen, bevor die Bomber eintreffen!«

»Colonel Walker«, sagte Schofield. »Es tut mir Leid, dass ich hier so reinplatze, aber es ist wichtig. Mein Name ist Captain Shane Schofield und ich muss Lieutenant G–«

Walker fuhr mit finsterer Miene herum. »Was? Wer zum Teufel sind Sie?«

»Sir, mein Name ist Captain Shane Schofield und ich glaube, in der Höhle halten sich nicht bloß islamistische Terroristen auf. Wahrscheinlich sind dort auch Kopfgeld–«

»Captain, wenn Sie nicht gerade eine C-130-Hercules mit lasergelenkten MOAB-Bomben an Bord fliegen, will ich nicht mit Ihnen reden. Setzen Sie sich und warten Sie, bis Sie dran sind –«

»He! Was zum Teufel ist das!«, rief jemand.

Alle rannten aus dem Zelt und bekamen gerade noch

mit, wie ein russischer Transporthubschrauber auf den Bergwerkseingang niederstieß und im Eisstaub landete.

Etwa zwanzig maskierte Männer sprangen heraus und rannten unter dem Feuer der Terroristenstellungen in die Mine.

Als die Männer im Bergwerk waren, hob der Helikopter wieder ab, nahm die Scharfschützenstellungen mit den Bordkanonen unter Beschuss und verschwand in nördlicher Richtung hinter einem Hügel.

»Was in Dreiteufelsnamen war das!«, brüllte Colonel Walker.

»Ein Mi-17. Der Helikopter hatte russische Schriftzeichen an der Seite!«, rief ein Flugmelder. »Das war die desertierte Spetsnaz-Einheit!«

»Das ist ja Wahnsinn, einfach Wahnsinn ...«, murmelte Walker. Er wandte sich um. »Okay, Captain Schofield. Wissen Sie etwas über diese –?«

Schofield und Book II. aber waren bereits verschwunden.

Walker konnte nur noch hilflos mit ansehen, wie ein leichtes Manöverfahrzeug lospreschte und mit Schofield und Book an Bord mitten ins Schlamassel hineinraste.

Das Leichte Manöverfahrzeug, abgekürzt LSV für »Light Strike Vehicle«, raste durchs Niemandsland vor dem Bergwerkseingang und wirbelte dabei eine gewaltige Staubwolke auf.

Von den Hängen oberhalb des Eingangs schlug ein wahrer Kugelhagel neben den Rädern in den Boden ein.

Ein LSV ähnelt einem Strandbuggy. Es hat keine Windschutzscheibe und ist ungepanzert. Es besteht hauptsächlich aus einer Reihe von Überrollbügeln, die einen Käfig um Fahrer und Passagiere bilden. Es ist leicht, schnell und äußerst wendig.

Schofield beschrieb mit dem LSV einen weiten Bogen

und wirbelte dabei eine Staubwolke auf, die die Sicht auf den Wagen verdeckte. Die Schüsse der Scharfschützen wurden immer unplatzierter.

Dann hielt er unmittelbar auf den Höhleneingang zu.

Das Feuer wurde heftiger –

– als auf einmal am Hang über dem Eingang mehrere Explosionen ertönten und acht Scharfschützenstellungen gleichzeitig inmitten eines Schwalls von Erde explodierten.

Das Maschinengewehrfeuer brach ab. Jemand im Bergwerk hatte die Stellungen gesprengt.

Schofield trat das Gaspedal bis zum Anschlag durch und raste in die Dunkelheit der Kohlegrube hinein.

Sechshundert Meter unter der Oberfläche und gefolgt von den drei Marines rannte Libby Gant im Schein der Helmleuchte und des Zielscheinwerfers ihrer MP-7 durch die Felstunnel des Bergwerks.

Im Laufen las sie ständig das Methanometer ab, ein Gerät, das den Methangehalt der Luft maß.

Gegenwärtig lag er bei 5,9 Prozent.

Ein schlechter Wert. Sie befanden sich noch immer im äußeren Schutzring des Bergwerks.

Es war ein einziges Labyrinth – ein Gewirr von niedrigen Tunneln mit rechteckigem Querschnitt, jeder etwa so breit wie ein Eisenbahntunnel, und überall rechte Winkel. Einige Gänge erstreckten sich scheinbar endlos in die Ferne, andere endeten in Sackgassen. Und alles war grau. Die Felswände, die niedrigen Decken, selbst die knarrenden Holzpfosten, die die Decke abstützten – alles war mit grauem Staub bedeckt, was sehr unheimlich wirkte.

Nichts entging dem Staub. Es war Kalkstaub, eine reaktionsträge Substanz, die verhindern sollte, dass leicht entzündlicher Kohlestaub von den Wänden abblätterte, was eine Brandkatastrophe hätte zur Folge haben können.

Als Gant und ihr Team am Ende des steilen Einlassstollens angelangt waren, wurden sie von einem SAS-Soldaten in Empfang genommen. Nach dem Ausfall der Funkverbindungen hatte man ihn als Boten eingesetzt.

»Biegen Sie hier links ab und gehen Sie dann geradeaus weiter bis zum Förderband! Folgen Sie anschließend dem Förderband bis zur Barrikade! Entfernen Sie sich nicht weit vom Förderband, Sie könnten sich sonst verlaufen!«, sagte er.

Gants Team hatte seine Anweisungen genau befolgt und war etwa zweihundert Meter weit durch einen gewundenen Tunnel getrabt, in dem sich ein erhöhtes Förderband befand.

Methanometeranzeige: 5,6 % … 5,4 % …

Der Methangehalt sank allmählich, je weiter sie in das Bergwerk vordrangen.

5,2 % … 4,8 % … 4,4 % …

Schon besser, dachte Gant.

»Weißt du was«, meinte Mother im Laufen, »ich glaube, er wird dich in Italien fragen.«

»Mother …«, sagte Gant.

Im Anschluss an diese Mission wollten Mother und Gant in Italien Urlaub machen – zusammen mit Schofield und Mothers kleinem Goldstück von einem Ehemann. Sie hatten vor, für zwei Wochen eine Villa in der Toskana zu mieten und sich anschließend eine Flugshow anzusehen, die berühmte Aerostadia Italia in Mailand – deren Prunkstück zwei äußerst seltene X-15 waren, die berühmten Raketenflugzeuge der NASA, die schnellsten Flugzeuge, die je gebaut worden waren. Mother freute sich schon darauf.

»Überleg mal«, sagte sie. »Die toskanischen Hügel. Eine alte Villa. Eine solche Gelegenheit lässt sich ein Mann von Scarecrows Format nicht entgehen.«

»Er hat dir gesagt, dass er mich fragen will, hab ich Recht?«, meinte Gant, während sie unverwandt geradeaus blickte.

»Jau.«

»Er hat Schiss«, meinte Gant, als sie um eine Abzweigung bogen und auf einmal Gewehrfeuer vernahmen. »Dazu später mehr«, sagte sie und warf Mother einen kurzen Blick zu.

Vor ihnen durchbohrten die Strahlen von Helmlampen die Dunkelheit und in deren Schein sahen sie die Schatten rennender alliierter Soldaten, die sich hinter einer Barrikade aus Bergwerksmaterial bewegten – hinter Fässern, Kisten, leeren Förderkörben aus Stahl.

Jenseits der Barrikade lagen die Luftschächte.

In dieser beengten Welt der rechten Winkel stellte die Höhle mit den Luftschächten eine willkommene Abwechslung dar. Sechs Stockwerke hoch und von Leuchtkugeln erhellt, strahlte sie wie eine unterirdische Kathedrale.

Die beiden zehn Meter durchmessenden Luftschächte mündeten in zwei identische kegelförmige Aussparungen in der Decke.

Und unter den Luftschächten tobte die härteste Schlacht aller Zeiten.

Die Al-Kaida-Terroristen waren gut vorbereitet.

Sie hatten in der geräumigen Höhle eine eigene Barrikade errichtet – eine Barrikade, die der provisorischen Konstruktion der alliierten Soldaten haushoch überlegen war.

Sie bestand aus größerem Bergwerksgerät, das in der Mine zurückgelassen worden war: aus mächtigen Fahrzeugen mit riesigen halbkugelförmigen Bohrköpfen, Frontladern, ein paar alten weißen, humveeartigen Lastern, die als »Stollenläufer« bezeichnet wurden, und Förderkörben, gefüllt mit Kugeln absorbierender Kohle.

Als Gant die Barrikade der Alliierten erreichte, sah sie die Terroristen am anderen Ende der Höhle: über hundert Mann, alle bekleidet mit braunen Lederwesten, weißen Hemden und schwarzen Turbanen.

Außerdem waren sie bis an die Zähne bewaffnet. Mit AK-47, M-16, RPGs. In der frischen Luft, die aus den Schächten strömte, stellte das Gewehrfeuer kein Risiko dar.

Gant ließ sich von den alliierten Soldaten ins Bild setzen.

Es waren etwa zwanzig Mann, US Marines und britische SAS-Kämpfer.

»Das ist ein gottverdammter Albtraum!«, rief der englische Soldat. »Die haben sich schon vor langem um die

Luftsschächte herum verschanzt! Und alle paar Minuten kommt einer von ihnen – *Scheiße*! Da ist wieder einer! Knallt ihn ab! *Knallt* ihn ab!«

Gant fuhr herum und blickte über die Barrikade der Alliierten hinweg.

Ein bärtiger arabischer Terrorist war *auf einem Motorrad* aus einer Lücke in der Al-Kaida-Barrikade hervorgerast, feuerte einhändig aus einem Ak-47 und pries dabei lautstark Allah.

Um die Brust hatte er sich vier Stangen C4-Sprengstoff geschnallt.

Drei SAS-Soldaten eröffneten mit ihren automatischen Gewehren das Feuer; der Selbstmordbomber wurde aus dem Sattel geschleudert und stürzte hinter dem weiterrasenden Motorrad zu Boden.

Der Araber krachte in einer Staubwolke auf den Boden –

– dann explodierte er.

Eben noch hatte er dagelegen. Dann war er einfach verschwunden.

Gants Augen weiteten sich.

Wahnsinn …

Ashcroft, der SAS-Anführer, drehte sich zu ihr um. »Das ist eine Riesenscheiße, Schätzchen! Alle paar Minuten starten die Kerle eine Selbstmordattacke und dann müssen wir sie erledigen, bevor sie die Barrikade erreichen! Das Problem ist, dass es irgendwo dort hinten anscheinend eine Höhle mit Vorräten gibt! Mit Generatoren, Sprit und so viel Munition, Proviant und Wasser, dass es für die nächsten tausend Jahre reicht! So kommen wir nicht weiter!«

»Und wenn wir sie umgehen?« Gant zeigte zu den rechts abzweigenden Stollen.

»Nein. Die sind vermint! Stolperdrähte. Landminen. Auf diese Weise habe ich bereits zwei Männer verloren! Diese Wirrköpfe haben sich lange auf den Kampf vorbereitet!

Um einen Frontalangriff kommen wir nicht herum. Deshalb brauche ich mehr Soldaten!«

In diesem Moment tauchten wie gerufen etwa zwanzig weitere Helmscheinwerfer in dem Tunnel vom Grubeneingang her auf.

»Ah, die Verstärkung«, sagte Ashcroft und ging den Männern entgegen.

Gant beobachtete, wie er dem Anführer der neu eingetroffenen Einsatzgruppe entgegenging und ihm die Hand schüttelte.

Eigenartig, dachte sie. *Colonel Walker hat gemeint, die nächste Gruppe würde in frühestens zwanzig Minuten eintreffen. Wie sind diese Typen so schnell hergekommen?*

Sie beobachtete, wie Ashcroft zur Barrikade zeigte und die Lage schilderte, wobei er seiner neuen Bekanntschaft für einen Moment den Rücken zuwandte. Der Anführer der Einsatzgruppe löste mit einer flüssigen Bewegung etwas vom Gürtel und schwenkte es energisch über Ashcrofts Halsregion.

Zunächst begriff Gant nicht, was geschehen war.

Ashcroft rührte sich nicht.

Dann auf einmal neigte sich sein Kopf in einem unnatürlichen Winkel und fiel einfach ab.

Gant riss fassungslos die Augen auf.

Was –?

Ihr blieb jedoch keine Zeit, sich zu wundern, denn kaum war Ashcroft zusammengebrochen, spuckten die Mini-Maschinengewehre der Neuankömmlinge auf einmal Tod und Verderben auf die hinter der Barrikade versammelten alliierten Soldaten.

Während ringsum Kugeln einschlugen, hechtete Gant blitzschnell in einen der kleinen Stahlförderkörbe. Im nächsten Moment gesellten sich Mother und die anderen beiden Marines zu ihr.

Die übrigen alliierten Soldaten hatten weniger Glück.

Die meisten waren ohne Deckung ... und wurden vom unerwarteten Kugelhagel aus dem Hinterhalt gnadenlos durchsiebt. Mit blutigen Einschusslöchern übersät, zuckten sie am ganzen Leib.

»Verfluchter Mist! Was zum Teufel soll das!« Gant presste sich gegen die verrostete Stahlwand des Förderkorbs.

Jetzt waren sie zwischen *zwei* gegnerischen Gruppen eingeschlossen: Eine befand sich vor der Barrikade, die andere dahinter.

Eine tödliche Zwickmühle.

»Was sollen wir jetzt machen, Chickadee?«, schrie Mother.

Gants Miene zeigte Entschlossenheit. »Wir bleiben am Leben. Los, mir nach!«

Gant führte ihr Team in die einzige Richtung, die ihr noch blieb – sie sprang über die *Vorderseite* des Förderkorbs und landete mit katzenhafter Geschmeidigkeit auf dem staubigen Gelände *zwischen* den beiden Barrikaden.

Im selben Moment kam das LSV von Schofield und Book II. im Höhleneingang zum Stehen.

Der Schienenstrang des Einlassstollens senkte sich vor Schofield achterbahnartig in die Tiefe. Er tat einen Schritt darauf zu, als aus einem Seitentunnel plötzlich zwei Gestalten auftauchten.

Schofield und Book fuhren beide mit angelegten MP-7 herum. Die beiden dunklen Gestalten taten das Gleiche, und –

»Pokey?«, meinte Schofield blinzelnd. »Pokey de Villiers?«

»Scarecrow?« Eine der beiden Gestalten senkte die MP. »Mann, um ein Haar hätte ich euch abgeknallt.«

Es war Corporal Paul »Pokey« de Villiers, der zusammen mit seinem Partner, einem Lance-Corporal mit Spitznamen Freddy, die Al-Kaida-Nester am Berghang ausgehoben hatte.

»Ich muss Gant finden«, sagte Schofield. »Wo ist sie?«

»Dort unten«, antwortete Pokey.

Dreißig Sekunden später rutschte Schofield am Steuer des LSV den steilen Einlassstollen hinunter. Book II. saß auf dem Beifahrersitz, und die beiden anderen Marines, Pokey und Freddy, teilten sich den Rücksitz des MG-Schützen.

Mit flammenden Scheinwerfern schoss das LSV – die Schienen zwischen den Rädern – das 30-Grad-Gefälle hinunter.

Kurz vor Ende des Gefälles schaltete Schofield in den Rückwärtsgang, sodass die Räder sich auf einmal wie wild rückwärts drehten, während das Fahrzeug weiterhin *vorwärts* durch den Tunnel schoss.

Die Strategie hatte Erfolg: Sie wurden langsamer, wenn auch nur ein wenig. Als nur noch wenige Meter fehlten, kuppelte Schofield aus; das LSV schoss aus der Mündung des Einlassstollens in das Labyrinth der Gänge hinaus und schwenkte links am toten SAS-Boten vorbei, der dort am Boden lag.

Gant war ohne jede Deckung.

Sie befand sich vor der Barrikade der Allierten – nur dreißig Meter entfernt von etwa zweihundert mörderischen Heiligen Kriegern.

Wenn die Terroristen sie und die drei anderen Marines töten wollten, war dies ihre Chance. Gant wartete auf den Kugelhagel, der ihrem Leben ein Ende bereiten würde.

Doch er blieb aus.

Stattdessen hörte sie Gewehrfeuer – und zwar *hinter* der Al-Kaida-Barrikade.

Gant runzelte die Stirn. Diese Art Gewehrfeuer hatte sie bis jetzt noch nicht gehört. Die Schüsse folgten zu schnell aufeinander, viel zu schnell; fast hörte es sich an wie das Hämmern eines sechsläufigen Mini-MGs …

Und dann sah sie etwas, das ihr die Sprache verschlug.

Die Al-Kaida-Barrikade wurde *von innen her* unter Feuer genommen – die Wände explodierten nach außen, durchsiebt von zahllosen Hochgeschwindigkeitsgeschossen – und auf einmal sprangen die Terroristen scharenweise *über ihre eigene Barrikade* hinaus ins Niemandsland, auf der Flucht vor einem verborgenen Gegner hinter der Barrikade – genau wie zuvor Gant.

Eines jedenfalls war klar.

Die Terroristen flüchteten vor einer weit größeren Bedrohung als Gant.

Während sie über die Barrikade hechteten, wurden sie mitten im Sprung – von hinten – erschossen und nahezu zerfetzt; abgerissene Gliedmaßen flogen durch die Luft.

Unmittelbar bevor einer der Al-Kaida-Kämpfer zerfetzt wurde, bemerkte Gant, wie er von einem *grünen* Ziellaser erfasst wurde.

Ein grüner Laser …

»Äh, Lieutenant!«, rief hinter ihr Mother. »Was zum Teufel ist hier los? Ich dachte immer, im Krieg gäbe es *zwei* feindliche Fronten!«

»Ich weiß!«, schrie Gant. »Hier unten gibt es mehr als zwei gegnerische Gruppen! Los, mir nach!«

»Wohin?«

»Es gibt nur eine Möglichkeit, aus dem Schlamassel herauszukommen, und zwar indem wir tun, weswegen wir hergekommen sind!«

Gant stürmte vor ins Niemandsland, rannte geduckt unter dem an der linken Seite entlangführenden Förderband hindurch und wandte sich zum linken Luftschacht.

Als Gant das Nordende des erhöht montierten Förderbands erreichte, sprangen fünf vor dem Gewehrfeuer flüchtende Al-Kaida-Terroristen hinter der Barrikade hervor.

Die vorderen drei Heiligen Krieger kletterten auf treppenartig angeordnete Kisten und sprangen aufs Förderband, während der vierte einen großen grünen Knopf an einer Konsole drückte.

Das Förderband schaltete sich ein –

– und die drei Männer wurden mit hoher Geschwindigkeit zur Barrikade der Allierten transportiert und verschwanden dahinter. Der vierte Mann sprang ebenfalls aufs Förderband – und *Wusch!* verschwand auch er in südlicher Richtung.

»Boah. Ganz schön schnell …«, staunte Mother.

»Los, weiter!«, rief Gant und rannte hinter die Al-Kaida-Barrikade.

Sie stürmten auf das hell erleuchtete Gelände – den hohen Höhlenabschnitt unter den Luftschächten. Es sah hier aus wie in einer Kathedrale. Diffuses weißes Licht aus elektrischen Lampen erhellte einen Teil der Fläche.

Jetzt wurde ihr auch klar, warum die Al-Kaida-Kämpfer Hals über Kopf aus der Deckung ihrer Barrikade hervorgestürmt waren.

Etwa fünfzehn schwarz gekleidete Soldaten – dunkle Gespenster mit grünäugigen Nachtsichtbrillen – strömten aus einem kleinen Tunnel hervor, der in der Nordostecke der Höhle hinter der Al-Kaida-Barrikade mündete.

Gant fiel besonders ihre Bewaffnung auf. Die Waffen, die Tod und Verderben über die Al-Kaida-Kämpfer gebracht hatten.

Die Neuankömmlinge waren mit MetalStorm-Sturmgewehren vom Typ M100 bewaffnet. Bei den MetalStorm-Waffen handelt es sich um eine Art Rail Gun, die zum Abfeuern der Kugeln keine herkömmlichen beweglichen Teile verwendet. Stattdessen werden die einzelnen Schüsse von rasch aufeinander folgenden elektrischen Impulsen ausgelöst, sodass die Waffe mit der unglaublichen Frequenz von 10 000 Schuss pro Minute feuern kann. Auf diese Weise entfacht sie ein wahres Kugelgewitter – daher der Name.

Die MetalStorm-Gewehre der Neuankömmlinge waren mit gespenstisch wirkenden grünen Ziellasern ausgerüstet – deshalb beschloss Gant, die Fremden in Ermangelung einer besseren Bezeichnung »Schwarz-Grüne« zu nennen.

Ihr Verhalten war ausgesprochen seltsam. Die Schwarz-Grünen nahmen anscheinend überhaupt keine Notiz von ihr. Sie setzten ausschließlich den flüchtenden Terroristen nach.

Inmitten all des Durcheinanders ließ Gant sich unter dem linken Luftschacht auf dem Boden nieder und machte sich daran, einen waagerecht ausgerichteten Granatwerfer aufzurichten.

Als der Granatwerfer einsatzbereit war, rief sie: »Achtung!« und drückte den Auslöser. Mit einem dumpfen Explosionsgeräusch schoss eine Mörsergranate empor zum Luftschacht, verschwand darin im Raketentempo und dann …

… *Womm!!!!*

Sechshundert Meter über ihnen traf die Granate auf die Tarnabdeckung und zerfetzte sie. Trümmerteile regneten aus dem Schacht herab und prasselten auf den Boden, während aus dem Schacht auf einmal unnatürlich graues Licht in die Höhle fiel.

Als der Trümmerregen versiegt war, trat Gant abermals vor und baute, während die anderen Marines ihr Deckung gaben, ein zweites Gerät auf, das wesentlich kleiner war als das erste: eine kompakte Laserdiode.

Sie betätigte einen Schalter.

Ein strahlend heller roter Laserstrahl schoss von der Diode durch den Schacht hoch in den Himmel.

»An alle Einheiten, hier spricht Fox«, sagte Gant ins Funkmikrofon. »Wer noch am Leben ist, sollte genau hinhören. Der Laser arbeitet. Ich wiederhole, der Laser arbeitet. Entsprechend den Vorgaben werden die Bomber in zehn Minuten hier eintreffen! Ganz egal, was hier drinnen vorgeht, wir müssen raus aus dem Bergwerk, Leute!«

Im Lager der Marines vor dem Bergwerk richtete sich ein Funkoffizier an seiner Konsole auf.

»Colonel! Aus dem Bergwerk kommt ein Ziellaser! Das ist Gants Signal. Sie haben es geschafft.«

Colonel Walker trat vor. »Funken Sie die C-130 an und sagen Sie ihnen, wir hätten ein Lasersignal. Und schaffen Sie die Evakuierungsteams zum Grubeneingang, damit sie unsere Leute in Empfang nehmen. In zehn Minuten ist das Bergwerk Geschichte, und auf Nachzügler können wir nicht warten.«

Gant, Mother und die beiden anderen Marines machten gemeinsam kehrt.

Sie befanden sich noch immer hinter der Al-Kaida-Barrikade und mussten nun hinter die Barrikade der Alliierten gelangen und anschließend den steilen Einlassstollen erreichen.

Doch sie kamen nur ein paar Meter weit.

Kaum hatten sie sich in Bewegung gesetzt, sahen sie, wie unmittelbar vor der Al-Kaida-Barrikade, am Rand des Niemandslandes, eine Pattsituation entstand.

Vier Al-Kaida-Kämpfer waren von sechs Schwarz-Grünen umzingelt worden, die sie mit den Zielscheinwerfern ihrer MetalStorm-Gewehre beleuchteten.

Gant spähte hinter der Barrikade hervor, um die Gruppe zu beobachten.

Der Anführer der Schwarz-Grünen trat vor und zog seine Skimaske herunter. Dahinter kamen der kantige Kiefer eines männlichen Models und hübsche blaue Augen zum Vorschein. Er wandte sich an die Terroristen. »Sind Sie Zawahiri? Hassan Zawahiri?«

Einer der Heiligen Krieger ruckte geringschätzig mit dem Kinn.

»*Ich* bin Zawahiri«, sagte er. »Und Sie können mich nicht töten.«

»Warum nicht?«, fragte der Anführer der Schwarz-Grünen.

»Weil Allah mich beschützt«, antwortete Zawahiri schlicht. »Wissen Sie das denn nicht? Ich bin Sein auserwählter Krieger. Ich bin Sein Auserwählter.« Der Terrorist hob die Stimme. »Fragen Sie die Russen. Von den gefangenen Mudschaheddin habe ich als Einziger die Experimente überlebt, die die Sowjets in den Verliesen ihres tadschikischen Gulags durchgeführt haben. Fragen Sie die Amerikaner! Ich allein habe die Cruise Missiles nach dem Bombenanschlag auf die afrikanische Botschaft überlebt!«

Er begann zu schreien. »Fragen Sie den Mossad! Die wissen Bescheid! Ich habe als Einziger mehr als ein Dutzend Attentate überlebt! Kein Sterblicher vermag mich zu töten! Ich bin der Eine. Ich bin Gottes Bote. Ich bin *unbesiegbar*!«

»Nein«, entgegnete der Anführer der Schwarz-Grünen. »Sie irren sich.«

Er feuerte eine Salve aus seinem MetalStorm-Gewehr auf Zawahiris Brust ab. Der Terrorist wurde nach hinten geschleudert, die Brust ein blutiger Brei, der Körper nahezu in zwei Hälften zerteilt.

Dann trat der gut aussehende Anführer vor und tat etwas besonders Erschreckendes.

Er nahm breitbeinig über Zawahiris Leichnam Aufstellung, zog eine Machete aus einer Rückenscheide und trennte Zawahiri mit einem gut gezielten Hieb den Kopf von den Schultern.

Gants Augen weiteten sich.

Mothers Mund klappte auf.

Entsetzt sahen sie mit an, wie der Schwarz-Grüne Zawahiris abgetrennten Kopf packte und lässig in einem weißen medizinischen Transportbehälter verstaute.

Mother flüsterte: »Was für eine verrückte Scheiße geht hier ab?«

»Keine Ahnung«, erwiderte Gant. »Und wir werden's auch nicht rauskriegen. Wir müssen von hier verschwinden.«

Sie drehten sich um –

– und erblickten eine Gruppe von etwa dreißig Al-Kaida-Terroristen, die auf sie *zugestürmt* kam – schreiend und brüllend, mit leer geschossenen Maschinengewehren und gejagt von Schwarz-Grünen näherten sich die Männer dem Förderband.

Gant eröffnete das Feuer – und streckte vier Terroristen nieder.

Mother tat es ihr nach – und erwischte weitere vier.

Die anderen beiden Marines aus Gants Team wurde umgerannt und niedergetrampelt.

»Es sind zu viele!«, rief Gant Mother zu. Mit einem Hechtsprung nach links brachte sie sich in Sicherheit.

Mother hingegen machte kehrt und kletterte auf die Kisten, über die man auf das Förderband gelangte, wurde jedoch von der schieren Überzahl der Terroristen überwältigt und rückwärts aufs dahineilende Förderband geschleudert.

Die Schwarz-Grünen, die Zawahiri getötet hatten, amüsierten sich anscheinend über die in heller Panik zum Förderband flüchtenden Terroristen.

Einer von ihnen trat zur Steuerkonsole des Förderbands und drückte einen dicken gelben Knopf.

Ein maschinenhaftes *Tosen* füllte die Höhle aus und Gant, die auf dem staubigen Boden lag, drehte den Kopf.

Hinter der Barrikade der Alliierten, am anderen Höhlenende, hatte sich ein riesiger Gesteinzerkleinerer eingeschaltet. Er bestand aus zwei massiven Walzen, jeweils besetzt mit hunderten kegelförmiger »Zähnen«.

Fassungslos sah Gant mit an, wie die Al-Kaida-Terroristen sich mit Hechtsprüngen vom rasenden Förderband in Sicherheit brachten. Sie wartete darauf, auch Mother springen zu sehen, doch dazu kam es nicht.

Gant sah niemanden, der Mother ähnelte, vom Förderband springen.

Scheiße.

Mother war noch immer auf dem Förderband, das auf den Zerkleinerer zuraste.

Mother war tatsächlich noch auf dem Förderband – und schoss auf die rotierenden Walzen des noch sechzig Meter entfernten Zerkleinerers zu.

Ihr Problem: Sie war in ein Handgemenge mit zwei Al-Kaida-Terroristen verwickelt.

Während die übrigen Al-Kaida-Kämpfer es vorgezogen hatten, vom Förderband zu springen, waren diese beiden entschlossen, im Zerkleinerer zu sterben … und Mother wollten sie mit in den Tod nehmen.

Mother hatte beim Aufprall ihre Waffe verloren und konnte sich nur mit den Händen wehren.

»Ihr selbstmörderischen Rattenficker!«, brüllte sie. Mit ihren einsachtundachtzig war sie stark wie ein Ochse – kräftig genug, um sich gegen die beiden Angreifer zu verteidigen, jedoch nicht so stark, dass sie sie hätte überwältigen können.

»Ihr glaubt, ihr könntet mich fertig machen, ha!«, brüllte sie ihnen ins Gesicht. »Da habt ihr aber falsch gewettet!«

Sie trat den einen mit voller Wucht in die Eier, sodass er aufschrie. Dann schleuderte sie ihn auf den nur noch zwanzig Meter entfernten Zerkleinerer zu, der rasch näher kam.

Noch zweieinhalb Sekunden.

Der zweite Terrorist aber hielt sie nach wie vor umklammert. Er war ein zäher Kämpfer und wollte ihre Arme nicht loslassen. Er lag entgegengesetzt zur Laufrichtung. Mother lag ebenfalls auf dem Bauch, mit dem Kopf voraus.

»Lass – mich – los!«, brüllte sie.

Der erste Al-Kaida-Kämpfer wurde vom Gesteinzerkleinerer erfasst.

Ein qualvoller Schmerzensschrei. Ein Schwall von Blut. Ein Teil davon spritzte Mother ins Gesicht.

In einem Moment plötzlicher Hellsicht sah Mother ihr Schicksal voraus.

Sie würde es nicht schaffen.

Es war zu spät. Sie war so gut wie tot.

Der Zeitablauf verlangsamte sich.

Der Terrorist, der sie bei den Armen gepackt hielt, geriet als Erstes mit den Füßen zwischen die Walzen.

Der Zerkleinerer verschluckte ihn komplett, und Mother sah in Großaufnahme mit an, wie ein einsachtzig großer Mann im Handumdrehen zermalmt wurde. *Schmatz-schluck!* Ein weiterer Blutschwall ergoss sich aus nächster Nähe in ihr Gesicht.

Als Nächstes sah sie die Zentimeter vor ihrem Gesicht rotierenden Walzen, sah jeden einzelnen Zahn, sah das daran haftende Blut, sah, wie ihre Hände dazwischen verschwanden –

– und dann plötzlich wurde sie direkt vor dem gähnenden Maul des Gesteinzerkleinerers emporgehoben.

Nicht weit empor, nur ein Stück.

Bloß ein paar Zentimeter, doch das reichte aus, um sie vom rasenden Förderband zu heben und ihre Vorwärtsbewegung zu stoppen.

Mother verdrehte verdutzt den Kopf.

Über sich, mit einer Hand an einer Metallstange hängend, mit der anderen Hand den Kragen ihrer kugelsicheren Weste umklammernd, erblickte sie Shane Schofield.

Fünf Sekunden später hatte Mother wieder festen Boden unter den Füßen und stand bei Schofield, Book II. und deren neuen Außenverteidigern Pokey und Freddy. Das LSV parkte in der Nähe, hinter der Barrikade der Alliierten.

»Wo ist Gant?«, übertönte Schofield den Lärm.

»Wir wurden drüben bei der anderen Barrikade getrennt!«, schrie Mother zurück.

Schofield blickte dorthin.

»Scarecrow! Was zum Teufel geht hier vor? Was sind das für Leute?«

»Kann ich noch nicht sagen! Ich weiß bloß, dass es sich um Kopfgeldjäger handelt! Und mindestens einer von ihnen hat es auf Gant abgesehen!«

Mother packte ihn beim Arm. »Moment mal. Ich hab schlechte Neuigkeiten! Wir haben bereits die Ziellaser für die Bomber in Stellung gebracht. Uns bleiben noch« – sie sah auf die Uhr – »genau acht Minuten, bis das Bergwerk von einer lasergelenkten 21 000-Pfund-Bombe getroffen wird!«

»Dann sollten wir uns besser beeilen«, meinte Schofield.

Als die Al-Kaida-Stampede an ihr vorbeigerast war, sprang Libby Gant auf die Beine – und stellte fest, dass drei grüne Laserstrahlen auf ihre Brust gerichtet waren.

Sie blickte nach oben.

Sie war von einer Unterabteilung der Schwarz-Grünen umzingelt; sechs Männer zielten mit ihren MetalStorm-Gewehren auf sie.

Einer der schwarz gekleideten Soldaten hob die Hand und trat einen Schritt vor.

Der Mann nahm den Helm und die Infrarotbrille mit den grünen Linsen ab, sodass Gant nun sein Gesicht sah.

Sie würde es nie vergessen.

Sie würde es nicht vergessen können.

Es war ein Gesicht wie aus einem Horrorfilm.

Irgendwann in der Vergangenheit war der Mann mit dem Kopf in ein Feuer geraten – der Schädel war komplett unbehaart und mit grauenhaften Falten bedeckt; die verbrannte, vernarbte Haut bildete zahlreiche Blasen. Die Ohrläppchen waren mit dem Kopf *verschmolzen*.

Die Augen des Mannes jedoch funkelten erfreut.

»Sie sind Elizabeth Gant, hab ich Recht?«, sagte er freundlich und nahm ihr die Waffen ab.

»J-ja«, antwortete Gant verwundert.

Wie die anderen Schwarz-Grünen hatte auch der Kahlkopf einen britischen Akzent. Er war um die vierzig. Erfahren. Schlau.

Er zog Gants Maghook aus dem Rückenhalfter und schleuderte ihn fort.

»Den kann ich Ihnen leider auch nicht lassen«, sagte er. »Elizabeth Louise Gant, Rufzeichen: Fox. Neunundzwanzig Jahre alt. Absolventin der Offiziersanwärterschule. Zweitbeste des Jahrgangs, glaube ich. Ehemalige Angehörige der Aufklärungseinheit 16 der Marines unter dem Befehl von Shane M. Schofield, damals im Rang eines Lieutenants. Ehemalige Angehörige der HMX-1, der Helikopterabteilung des Präsidenten, wiederum unter dem Befehl von Captain Shane M. Schofield.

Und jetzt ... jetzt stehen Sie nicht mehr unter dem Befehl des Captains, weil das Marine Corps keine Truppenfraternisierung duldet. Lieutenant Gant, mein Name ist Colonel Demon Larkham, Rufzeichen: Demon. Das sind meine Männer, die Intercontinental Guards, Einheit 88. Ich hoffe, Sie haben nichts dagegen, dass wir Sie für eine Weile in Gewahrsam nehmen.«

Daraufhin packte einer von Larkhams Männern Gant von hinten, drückte ihr einen mit Chloroform getränkten Lappen auf Mund und Nase und dann wurde es schwarz um sie.

Kurz darauf tauchte der gut aussehende junge Gruppenführer, den Gant beim Köpfen von Zawahiri beobachtet hatte, mit zwei medizinischen Transportbehältern an Demon Larkhams Seite auf.

»Sir«, sagte der Gruppenführer. »Wir haben die Köpfe von Zawahiri und Khalif. Ashcrofts Leiche haben wir ebenfalls gefunden, doch der Kopf fehlte bereits. Ich glaube, die Skorpione sind hier und haben sich ihn als Erste geschnappt.«

Larkham nickte nachdenklich. »Hmmm, Major Zamanow und dessen Spetsnaz-Skorpione. Danke, Cowboy. Ich glaube, die Exkursion war bereits ein voller Erfolg.« Er blickte auf Gants schlaffen Körper. »Und vielleicht haben wir soeben einen weiteren lohnenden Fang gemacht. Sag den anderen Bescheid, sie sollen sich zum Hinterausgang zurückziehen. Wird allmählich Zeit, dass wir wieder in die Luft kommen. Das Bergwerk wurde mit Ziellasern markiert und die Bomber sind bereits unterwegs.«

Zwei Minuten später schwenkte Schofields LSV um das förderbandseitige Ende der Al-Kaida-Barrikade und kam inmitten einer Staubwolke zum Stehen.

Schofield, Book II., Mother und die beiden jüngeren Marines sprangen mit angelegten Gewehren heraus und machten sich auf die Suche nach Gant.

»Mother. Wie lange noch bis zur Bombardierung?«, rief Schofield.

»Sechs Minuten!«

Von Gant keine Spur.

Mother stand am Ende der Al-Kaida-Barrikade, nicht weit vom Förderband. »Hier habe ich sie zuletzt gesehen. Wir haben beobachtet, wie ein gut aussehender Typ von den Schwarz-Grünen einem Terroristen den Kopf abhackte, und dann kam von dort drüben auf einmal ein ganzer Haufen von Al-Kaida-Burschen angestürmt.«

Sie zeigte zur Nordostecke der Höhle, die jenseits der Luftschächte lag. Schofield machte dort eine Tunnelmündung von der Größe einer Garage aus.

Und dann sah er noch etwas – auf dem Boden.

Einen Maghook.

Er ging hinüber und hob ihn auf. Mit weißem Filzstift war »Foxy Lady« darauf gekritzelt. Gants Maghook. Er befestigte ihn an seinem Gürtel.

Als er zu den anderen zurückkam, sagte Mother gerade: »... und vergesst nicht, wir haben es hier noch mit einer vierten Gruppe zu tun.«

»Eine *vierte* Gruppe?«, wiederholte Schofield. »Was für eine vierte Gruppe?«

»In dem Bergwerk halten sich vier verschiedene Gruppen auf«, erklärte Mother. »Amerikaner, Al-Kaida-Kämpfer, schwarz-grüne Scheißkerle, die sich meine kleine Chickadee geschnappt haben, und eine vierte Partei: Diese Typen haben Ashcroft getötet und die Barrikade der Alliierten aus dem Hinterhalt ausgehoben.«

»Sie haben Ashcroft getötet?«, fragte Schofield.

»Scheiße, ja. Haben ihm den Scheißkopf abgeschnitten.«

»Mein Gott. Das sind auch Kopfgeldjäger«, meinte Schofield. »Und wo steckt die vierte Gruppe im Moment?«

»Ich, äh, ich glaube, sie ist schon da …«, sagte Book in unheilverkündendem Ton.

Sie tauchten auf beiden Seiten der Al-Kaida-Barrikade auf – etwa zwanzig bewaffnete Kämpfer, bekleidet mit Wüstentarnanzügen, karamelfarbenen Skimasken und gelben russischen Kampfstiefeln. Sie kletterten aus den Stollenfahrzeugen und Förderkörben hervor, aus denen die Al-Kaida-Barrikade zusammengebaut war.

Die meisten hielten bedrohlich wirkende kurzläufige Skorpion-Maschinenpistolen vom Typ VZ-61 in Händen, die typische Waffe der russischen Eliteeinheiten, der Spetsnaz. Den Waffen verdankten sie den Spitznamen, den sie in Kopfgeldjägerkreisen führten: *Die Skorpione.*

Sie hatten gewartet.

Ein Mann mit den Rangabzeichen eines Majors trat aus der Gruppe vor. »Lassen Sie die Waffen fallen«, befahl er schroff.

Schofield und die anderen vier Marines gehorchten. Zwei Spetsnaz-Kämpfer eilten herbei und hielten Schofield fest.

»Captain Schofield, welch reizende Überraschung«, sagte der Spetsnaz-Major. »Mir war nicht bekannt, dass Sie hier sein würden, aber Ihr Erscheinen stellt einen willkommenen Bonus dar. Auch wenn Ihr Kopf den gleichen Preis bringt wie die anderen, lässt sich doch nicht leugnen, dass dem Kopfgeldjäger, der den berühmten Scarecrow zur Strecke bringt, ein gewisser *Ruhm* zuteil wird.«

Der Major taxierte Schofield entlang seiner langen Adlernase. Dann schaubte er. »Aber vielleicht genießen Sie Ihren Ruf ja zu Unrecht. Bitte hinknien.«

Schofield blieb stehen. Mit dem Kinn wies er auf Gants Laserdiode, die im Hintergrund stand. »Sehen Sie das Gerät dort? Die Diode führt eine lasergelenkte 21 000-Pfund-Bombe zu diesem Bergwerk. Sie wird in fünf Minut–«

»Ich sagte hinknien.«

Einer der Soldaten rammte Schofield den Gewehrkolben in die Kniekehlen. Schofield ging unter den kathedralenartigen Kuppeln der Luftschächte zu Boden.

Mit einem scharfen Gleitgeräusch zog der Major ein funkelndes Schwert aus seinem Rückenhalfter: ein Cossack-Kampfschwert mit kurzer Klinge.

»Ich bin wirklich ein wenig enttäuscht«, sagte der Major, als er sich Schofield näherte, das Schwert lässig in der Hand. »Ich hatte gedacht, es wäre *schwieriger,* Scarecrow zu töten.«

Er hob das Schwert, packte es mit beiden Händen und holte aus ... als auf einmal blaue Laserflecken auf den Oberkörpern von Schofields Bewachern auftauchten. Im nächsten Moment wurden die beiden Soldaten weggeschleudert.

Schofield sprang auf –

Der Spetsnaz-Major fuhr herum –

Und dann sahen ihn alle.

Er stand ohne Deckung da, unmittelbar unter dem anderen Luftschacht, in jeder Hand eine silberne Remington-Schrotflinte, die er hielt wie eine Pistole. An den Läufen aus rostfreiem Stahl waren blaue High-Tech-Ziellaser angebracht.

Neben ihm waren auf zusammenklappbaren Dreibeinen zwei ferngesteuerte FN-MAG-Maschinengewehre aufgebaut – auch sie mit blauen Laser-Zielvorrichtungen ausgestattet. Eines der Robot-MGs illuminierte die Brust des

Spetsnaz-Majors, das andere schwenkte wahllos über die russischen Soldaten.

Wer immer dies sein mochte, er war ganz in Schwarz gekleidet.

Schwarze Kampfuniform.

Schwarze Panzerweste mit Kampfspuren.

Schwarzer Hockey-Helm.

Und im Gesicht – ein zerfurchtes Gesicht, wettergegerbt, hart und unrasiert – trug er eine dicht anliegende Antireflex-Sonnenbrille mit gelb getönten Gläsern.

Schofield bemerkte, dass über dem Mann ein dickes Seil aus dem Luftschacht herabhing, dann auf einmal – *Wusch!* – verschwand es wie eine aufgescheuchte Schlange im Schacht.

»Hallo, Dmitri«, sagte der Mann in Schwarz. »Wieder mal unerlaubt von der Truppe entfernt?«

Der Spetsnaz-Major wirkte gar nicht erfreut über den Mann in Schwarz. Auch der blaue Laserfleck auf seiner Brust vermochte seine Laune nicht zu heben.

»Bei diesen internationalen Missionen kommt man immer leichter weg«, knurrte der Major. »Das dürfte *Ihnen* kaum neu sein, Aloysius.« Den Namen sprach er wie *Allowischus* aus.

Der Mann in Schwarz – Aloysius – schritt lässig zwischen den schwer bewaffneten Spetsnaz-Soldaten umher.

Schofield fiel vor allem die schwarze Flak-Weste ins Auge. Daran war eine bizarre Vielzahl nichtmilitärischer Gerätschaften befestigt: Handschellen, Kletterhaken, eine kleine Pressluftflasche, die man als Pony-Flasche bezeichnete, sogar ein kleiner Schweißbrenner –

Als der Mann in Schwarz an einem russischen Soldaten vorbeikam, riss dieser plötzlich das Gewehr hoch.

Mündungsfeuer. Schüsse knallten.

Von Kugeln durchsiebt brach der Soldat zusammen.

Das Robot-Maschinengewehr schwenkte wieder zurück

und markierte die übrigen Spetsnaz-Soldaten mit seinem Ziellaser.

Der Mann in Schwarz nahm ungerührt vor Schofield und dem Spetsnaz-Major Aufstellung.

»Captain Schofield, hab ich Recht?«, sagte er und zog Schofield auf die Beine. »Die Vogelscheuche.«

»Stimmt …«, meinte Schofield zurückhaltend.

Der Mann in Schwarz lächelte. »Knight. Aloysius Knight. Kopfgeldjäger. Wie ich sehe, haben Sie bereits mit den Skorpionen Bekanntschaft gemacht. Sie müssen Major Zamanow entschuldigen. Er hat die unangenehme Angewohnheit, den Leuten gleich nach der Begrüßung den Kopf abzuschneiden. Ich habe das Lasersignal aus der Luft gesehen – wann trifft die Bombe ein?«

Schofield blickte Mother an.

»In vier Minuten, dreißig Sekunden«, antwortete sie nach einem Blick auf die Uhr.

»Wenn Sie seinen Kopf einsacken, Knight«, fauchte der russische Major, »werden wir Sie bis ans Ende der Welt jagen und schließlich töten.«

»Dimitri«, erwiderte der Mann namens Knight, »das könnt ihr gar nicht, selbst wenn ihr wolltet.«

»Ich könnte Sie auf der Stelle töten.«

»Aber dann würden Sie ebenfalls sterben«, sagte Knight und wies mit dem Kinn auf den blauen Fleck auf Dimitri Zamanows Brust.

»Vielleicht ist es das ja wert«, zischte Zamanow.

»Tut mir Leid, Dimitri«, meinte Knight lachend. »Sie sind ein guter Soldat, aber auch ein psychotisches Arschloch, wenn wir mal ehrlich sind. Ich kenne Sie zu gut. Sie wollen nicht sterben. Sie haben eine Heidenangst vor dem Tod. Mir hingegen … also, mir wär's scheißegal.«

Zamanow erstarrte.

Der Ritter hat Zamanows Bluff durchschaut, dachte Schofield.

»Kommen Sie, Captain«, sagte Knight, hob Schofields MP-7 vom Boden auf und reichte sie ihm. »Nehmen Sie ihre Jungs und Mädels und folgen Sie mir.«

Daraufhin führte Knight Schofield und die anderen Marines zwischen den Spetsnaz-Soldaten hindurch, ohne dass ein Schuss fiel.

»Wer *sind* Sie?«, fragte Schofield im Gehen.

»Das ist unwichtig«, erwiderte Knight. »Im Moment brauchen Sie nicht mehr zu wissen, Captain, als dass Sie einen Schutzengel haben. Der verhindern will, dass Sie getötet werden.«

Sie gelangten zum Ostende der Al-Kaida-Barrikade; bis zum Tunnel in der Höhlenecke war es nicht weit.

Knight riss die Tür eines ausladenden Driftrunner-Trucks am äußeren Ende der Al-Kaida-Barrikade auf.

»Einsteigen«, sagte er.

Schofield und die anderen kletterten hinein – unter den hasserfüllten Blicken der Skorpione.

Aloysius Knight sprang auf den Fahrersitz des Driftrunners und schaltete die Zündung ein.

»Sind Sie bereit für eine wilde Jagd?«, wandte er sich an Schofield. »Sobald wir die Deckung der Robot-MGs verlassen, werden diese Schwanzlutscher nämlich richtig sauer werden.«

»Ich bin bereit.«

»Gut.«

Knight trat aufs Gas, der Driftrunner machte einen Satz und schoss in den kleinen Tunnel in der Ecke der Höhle hinein.

Kaum war er verschwunden, kam Bewegung in die verbliebenen zwanzig Soldaten von Zamanows Spetsnaz-Team; sie sprangen in andere Driftrunner, zwei Männer kletterten in Schofields zurückgelassenes LSV.

Mit brüllenden Motoren nahmen sie die Verfolgung auf.

Scheinwerfer in der Dunkelheit.

Schwankende, zuckende Lichtstrahlen bohrten sich säbelförmig in den schmalen Tunnel.

Der Driftrunner des Schwarzen Ritters donnerte durch den engen Stollen.

Der Driftrunner war etwa so groß wie ein Humvee und ähnelte einem übergroßen Pick-up mit einer teilweise offenen Fahrerkabine und einer Ladefläche mit Sitzen für den Personentransport. Es gab jedoch keine Trennwand und kein Fenster zwischen der Fahrerkabine und der Ladefläche: Man konnte zwischen beiden wechseln, indem man einfach über die Sitze kletterte.

Der Tunnel hatte einen nahezu quadratischen Querschnitt, mit senkrechten Granitwänden und einer flachen Decke aus Felsgestein, die von Holzpfosten abgestützt wurde. Zudem erstreckte er sich praktisch schnurgerade in die Dunkelheit. Und es war eng – ausgesprochen eng – für den Driftrunner. Beiderseits des dahinrasenden Trucks waren nur etwa dreißig Zentimeter Platz. Über dem Dach des Fahrzeugs blieb gut ein Meter Raum.

Die Skorpione waren ihnen dicht auf den Fersen.

Die drei russischen Soldaten, die Schofields LSV requiriert hatten, rasten unmittelbar hinter dem Driftrunner durch den Tunnel – das kleinere, wendigere Fahrzeug hatte ihn mühelos eingeholt. Der Fahrer lenkte, während seine Kameraden mit VZ-61-Maschinenpistolen auf den Driftrunner feuerten.

Gebadet im grellen Licht der tanzenden Scheinwerfer des LSV erwiderten Mother, Book, Pokey und Freddy das Feuer.

Dem LSV folgten drei weitere Driftrunner, an Bord die siebzehn übrigen Angehörigen von Zamanows desertierter Spetsnaz-Einheit.

Ein kleiner Konvoi, der mit halsbrecherischer Geschwindigkeit durch den engen Tunnel raste.

»Mother! Wie lange noch?«, rief Schofield vom Beifahrersitz des ersten Trucks aus.

»Noch drei Minuten!«

»Wie lang ist der Tunnel?«, wandte er sich an Knight.

»Etwa vier Meilen.«

»Das wird knapp.«

Book, Mother, Pokey und Freddy feuerten unentwegt auf das dem Truck folgende LSV. Sie wechselten sich ab; während zwei feuerten, luden die anderen beiden nach.

Entsprechend duckten sich Mother und Book zum Nachladen, während Pokey und Freddy ihre Plätze einnahmen – und in eine furchtbare Salve hineingerieten. Freddys Gesicht wurde im Handumdrehen zerfetzt. Pokey wurde im Hals getroffen und brach mit zusammengebissenen Zähnen zusammen. Book II. hechtete vor, um zu verhindern, dass er vom Truck fiel, bekam ihn zu fassen –

– und genau darauf hatten die Skorpione gewartet.

Mother, die noch mit Nachladen beschäftigt war, fuhr herum. In diesem Moment sprangen die beiden Insassen des LSV von dessen Motorhaube *auf die Ladefläche des Driftrunners*!

Book hatte alle Hände voll mit Pokey zu tun.

Die beiden Skorpione landeten auf den Füßen und hoben die Waffen, um Book und Pokey zu töten.

Da sie keine geladene Waffe parat hatte, warf Mother sich auf die beiden Männer und prallte gegen sie, sodass alle drei auf den Boden der Ladefläche krachten, während die steingrauen Tunnelwände mit rasender Geschwindigkeit an ihnen vorbeihuschten.

Knight und Schofield hatten alles mit angesehen.

Schofield sprang vom Sitz hoch.

»Hier!«, rief Knight und warf ihm eine seiner silbernen Remingtons zu. »Wenn Sie schon nach hinten gehen, stoppen Sie gleich noch den Wagen!«

Schofield hechtete in den offenen hinteren Bereich des Driftrunners.

Mother lag kämpfend am Boden – Book II. zog Pokey gerade auf die Plattform – und das LSV raste hinter ihnen durch den Tunnel und leuchtete mit seinen Scheinwerfern den beengten Raum aus.

Schofield hob die silberne Remington und feuerte beidhändig auf das LSV.

Der Rückstoß war gewaltig.

Die Wirkung war noch eindrucksvoller. Die Munition des Schwarzen Ritters entwickelte eine enorme Durchschlagskraft.

Das LSV wurde praktisch in die Luft katapultiert.

Von der Wucht des Treffers wurde es emporgehoben und kippte um. Das LSV war so schnell, dass es sich mehrfach überschlug, dabei wiederholt an Wänden und Decke des engen Felsentunnels abprallte, bis es schließlich auf dem zerbeulten Dach austrudelte.

Der Fahrer hatte wie durch ein Wunder überlebt.

Das Wunder sollte jedoch nicht von Dauer sein. Kaum war das LSV zum Stehen gekommen, wurde es auch schon in zahllose Einzelteile zerlegt, als der erste Driftrunner der Skorpione, dicht gefolgt von den beiden anderen Spetsnaz-Trucks, unmittelbar durch das Wrack *hindurchraste*.

Kurz darauf befanden sich die Driftrunner der Skorpione dicht hinter Schofields Truck und schossen mit flammenden Scheinwerfern durch den Tunnel.

Der vordere russische Truck beschleunigte und prallte mit dem Stoßfänger gegen die Heckstoßstange von Schofields Driftrunner.

Beide Fahrzeuge erbebten von der Wucht des Aufpralls.

Dann traten die Skorpione die Windschutzscheibe des vorderen Driftrunners ein, kletterten aufs Dach und sprangen, ehe Schofield reagieren konnte, im beengten Raum des dunklen Tunnels auf die Ladefläche von Schofields Driftrunner.

Book II. und Mother beachteten sie nicht, sondern wandten sich mit angelegten MPs sogleich Schofield zu.

Knight, der sie im Rückspiegel sah, trat energisch auf die Bremse.

Der Driftrunner ruckte, sodass alle nach vorn geschleudert wurden, auch Schofield, Mother, Book und Pokey.

Wie kippende Dominosteine prallten die drei nachfolgenden Trucks gegeneinander und fuhren dicht an dicht weiter.

In Schofields Driftrunner wurden alle drei Skorpione nach vorn geschleudert.

Der eine ließ die Waffe fallen, als er versuchte sich festzuhalten; der zweite fiel neben Schofield auf den Boden; der dritte wurde bis in die Fahrerkabine geschleudert, wo er gegen das Armaturenbrett prallte und auf einmal in den Lauf einer silbernen Schrotflinte blickte, während sich auf seiner Nase ein blauer Laserfleck abzeichnete.

Wumm!

Knight hatte abgedrückt.

Der Kopf des Soldaten explodierte wie eine Büchse Tomatensuppe.

Knight trat den Gashebel bis zum Anschlag durch und der Drifter nahm wieder Tempo auf.

Die anderen beiden Spetsnaz-Soldaten hatten das Gleichgewicht wiedergefunden und nur noch Augen für Schofield.

Der Skorpion ohne Feuerwaffe zog ein Warlock-Jagdmesser, der andere schwenkte seine VZ-61-Maschinenpistole herum –

– und im selben Moment ruckte Knight mit dem Kopf und sah sie. Und etwas in seinem Blick fing Feuer, ein Blick, der sagte, dass *niemand* ungestraft Hand an Schofield legen würde.

Schofield reagierte geistesgegenwärtig.

In dem Moment, als sein Gegner feuerte, schlug er den Lauf der Maschinenpistole wie ein Karatekämpfer beiseite.

Aber zwei Männer gleichzeitig konnte er sich nicht vom Leib halten.

Der messerschwenkende Skorpion sprang auf ihn zu, holte in Richtung Hals aus –

– doch auf einmal war Aloysius Knight da –

– und riss sowohl den Mann mit dem Messer als auch den mit der VZ-61 von Schofield weg und in die Fahrerkabine –

– als ihr Driftrunner vom nachfolgenden Truck heftig gerammt wurde.

Knight und die beiden Spetsnaz-Kämpfer wurden nach vorn geschleudert, krachten durch die Windschutzscheibe und landeten auf der Motorhaube.

Genauer gesagt *krachten* sie nicht hindurch, denn da die Windschutzscheibe aus Sicherheitsglas bestand, bildete sich lediglich ein Spinnennetz von Rissen, das aus dem Rahmen platzte und als rechteckige Matte auf der Motorhaube landete.

Die vier Driftrunner rasten weiterhin durch den engen Tunnel.

Schofield sah jetzt, dass Knight das Gaspedal vorsorglich mit einer Stahlstange festgeklemmt hatte, sodass der Driftrunner ganz von selbst durch den schnurgeraden Tunnel raste, von den engen Felswänden auf Kurs gehalten.

Auf der Motorhaube des ersten Driftrunners kämpfte Knight mit den beiden Skorpionen.

Der Messerschwinger bemühte sich verzweifelt zu Schofield zurückzugelangen, während der andere seine VZ-61 in dem Durcheinander verloren hatte.

Knight hatte es beim Sturz durch die Windschutzscheibe jedoch am schlimmsten erwischt – seine Beine hingen über den Stoßfänger hinab.

Er sah, dass der Messerschwinger zu Schofield zurückkrabbelte, packte den Mann beim Stiefel und zog kräftig daran, zerrte den Messerschwinger zur Vorderseite der Motorhaube ... und weg mit ihm!

Laut brüllend geriet der russische Soldat unter den Driftrunner und dessen dahinrasende Räder. Er geriet unter die Räder *des ganzen Kovois von Driftrunnern,* bis er zermanscht und tot hinter dem vierten Truck wieder ausgespien wurde.

Der andere Skorpion, der dies mit angesehen hatte, begann nach Knights Händen zu treten, doch der packte den Mann beim Gürtel und zog daran.

»Nein!«, schrie der Skorpion. »Neiiiin!«

»Du kriegst ihn nicht!«, brüllte Knight und zog den Spetsnaz-Kämpfer von der Motorhaube.

Der Skorpion befand sich nun neben Knight. Er war ein großer Mann mit einem abstoßenden Gesicht. Er packte Knight bei der Kehle.

»Wenn ich sterben muss, Schwarzer Ritter, dann bist du ebenfalls dran ...«, knurrte er.

Knight blickte ihm in die Augen. »In Ordnung.«

Und damit stieß Knight sich mit den Füßen von der Vorderseite des Driftrunners ab – zog den entsetzten Russen mit sich – und stürzte vor dem dahinrasenden Truck auf den staubigen Tunnelboden ...

Der Spetsnaz-Kämpfer prallte auf den Boden, rollte sich ab und wurde – *Splash!* – von den Rädern des ersten Driftrunners plattgequetscht.

Anders als Knight hatte er es versäumt, rechtzeitig nach der mattenartigen Windschutzscheibe des Driftrunners zu greifen.

Knight hatte die Matte aus geborstenem Glas gepackt und sie vor sich auf den vorbeirasenden Boden fallen lassen.

Die Matte rutschte herunter – Knight landete mit katzenhafter Geschmeidigkeit auf ihr – dann schlitterte die Matte über den staubigen Boden, bis – *Wosch!* – der erste Driftrunner über die Matte und Knight hinwegbrauste!

Der Konvoi der Driftrunner raste weiter, *über* die winzige Gestalt Aloysius Knights hinweg, der auf der Glasmatte über den Boden glitt.

Wosch – Wosch – Wosch ...

Knight wurde von den vier Trucks überrollt und war gerade im Begriff, hinter dem letzten Driftrunner in der Reihe hervorzuschießen, als er seine zweite Schrotflinte zog, sie am Lauf hochhielt ... sodass sich der Kolben an der hinteren Stoßstange des vierten und letzten Driftrunners verhakte.

Die Matte sauste unter ihm vorbei, verschwand in der Dunkelheit des Tunnels, und Knight, dessen Beine vom Untergrund heftig abprallten, wurde vom letzten Driftrunner mitgerissen.

Er langte nach oben und zog sich auf die Ladefläche des letzten Driftrunners hinauf, um wieder im Kampf mitzumischen.

Im ersten Driftrunner saß inzwischen Schofield auf dem Fahrersitz. Als Knight durch die Windschutzscheibe geflogen und unter dem Truck verschwunden war, hatte Schofield die Stahlstange vom Gaspedal getreten und das Steuer übernommen.

Im Rückspiegel sah er, dass Mother und Book II. mit den beiden Spetsnaz-Arschlöchern rangen – während *zwei weitere* Skorpione vom zweiten Driftrunner auf den ersten herübersprangen.

Beide wandten sich augenblicklich zur Fahrerkabine.

Es sind einfach zu viele!, schrie Schofield lautlos.

Die beiden Skorpione rannten mit gezogenen Waffen nach vorn. In wenigen Augenblicken würden sie ihn erreicht haben.

Da fiel ihm auf einmal etwas ein, was er über Grubenfahrzeuge gehört hatte. Eilig griff er zum Sicherheitsgurt.

»*Book! Mother!* Festhalten!«

Er streckte das Bein zur anderen Seite der Fahrerkabine aus … und trat die Beifahrertür des Driftrunners auf.

Die Wirkung folgte auf dem Fuße.

Die Handbremse des Driftrunners wurde ausgelöst und der dahinrasende Truck kam abrupt zum Stehen. Alle Grubenfahrzeuge verfügten über diese Sicherheitsvorkehrung – damit die Grubenarbeiter nicht zu Schaden kamen, wenn sich während der Fahrt die Beifahrertür öffnete, wurde in diesem Fall der Motor abgeschaltet und die Handbremse ausgelöst.

Der zweite Driftrunner, dessen Fahrer nicht mehr rechtzeitig hatte reagieren können, krachte mit voller Wucht gegen den ersten. Der dritte und der vierte Truck taten es ihm nach und der ganze Konvoi faltete sich ziehharmonikaartig zusammen.

Was die beiden Skorpione betraf, die es auf Schofield abgesehen hatten, so flog der eine durch das mittlerweile unverglaste Vorderfenster und landete mindestens fünf

Meter vor dem Fahrzeug. Der andere blieb mit dem Kinn am Dach der Fahrerkabine hängen, und während seine Beine nach vorn gerissen wurden, verharrte sein Kopf an Ort und Stelle, sodass ihm mit einem widerlichen Knacken das Genick brach.

Mother und Book II. hingegen hatten Schofields Warnung beherzigt, das Feuer eingestellt und sich am nächsten Handgriff festgehalten, während ihre Gegner bei der »Notbremsung« nach vorn geschleudert wurden und gegen die Lehnen des Fahrer- und Beifahrersitzes prallten.

Der eine verlor beim Aufprall das Bewusstsein.

Der andere zog sich bloß blaue Flecken zu und rappelte sich wieder hoch – da versetzte ihm Mother einen kräftigen Schlag auf den Kopf, der ihm dann doch das Licht ausknipste.

Daraufhin beugte Schofield sich zur Seite, schloss die Beifahrertür und trat aufs Gas und sie rasten weiter.

Die anderen Driftrunner, deren Insassen glimpflicher davongekommen waren, nahmen die Verfolgung des ersten Trucks auf – mit mindestens zehn Mann Besatzung.

Dann aber schlug das Verderben zu.

In Gestalt von Aloysius Knight.

Beim Zusammenstoß war Knight gerade im Begriff gewesen, auf die Ladefläche des letzten Driftrunners zu klettern, daher hatte er den Aufprall heil überstanden.

Jetzt, da die Driftrunner wieder in voller Fahrt waren, durchquerte er rasch das letzte Fahrzeug und entledigte sich dabei der Skorpione mit brutaler – *äußerst brutaler* – Effizienz.

Die Russen wollten sich wehren, versuchten die Waffen zu heben und ihn als Ersten zu töten.

Knight war eine Maschine, die nur ein Ziel hatte: zu *töten*.

Zwei Skorpione auf der Ladefläche: Dem einen schoss

er mit der Schrotflinte in den Kopf, gleichzeitig drückte er den Kopf des anderen *über* das Dach der Fahrerkabine hoch … sodass der Mann von einem vorbeirasenden Stützbalken getroffen wurde, der den Kopf vom Rumpf trennte.

Knight erreichte die Fahrerkabine – zielte mit der kurzläufigen Remington auf den Beifahrer und drückte ab, ohne auch nur mit der Wimper zu zucken.

Wumm.

Der Fahrer drehte in dem Moment den Kopf, als Knight – ohne ihn zu beachten – die Windschutzscheibe aus dem Rahmen sprengte, durch die Öffnung kroch und hinüber auf die Ladefläche des dritten Trucks sprang.

Auf diesem Truck befand sich Zamanow.

Der ging in Deckung, als Knight nach vorn gerannt kam und links und rechts Soldaten abknallte. Mehrere Skorpione erwiderten das Feuer, doch Knight war zu schnell, zu wendig, zu gut. Es war, als ahnte er ihre Bewegungen im Voraus, sogar die Reihenfolge, in der sie schossen.

Auf dem Weg zur Fahrerkabine entdeckte Knight Zamanow, der unter dem Armaturenbrett kauerte, doch sein Blick schweifte über ihn hinweg, denn da er vor allem zu Schofield zurückwollte, machte er sich nicht die Mühe, den Russen zu töten. Er knallte bloß jeden nieder, der sich ihm in den Weg stellte.

Er sprang zum zweiten Truck hinüber.

Im ersten Truck trat Schofield mächtig aufs Gas – an Bord waren nur noch Verbündete.

In der Ferne sah er mittlerweile einen kleinen hellen Fleck – das Ende des Tunnels.

Mother kletterte auf den Beifahrersitz. »Scarecrow! Wer zum Teufel sind diese Leute? Und wer ist dieser schwarz gekleidete Kerl?«

»Keine Ahnung!«, rief Schofield.

Im Rückspiegel sah er Aloysius Knight, der soeben auf die Motorhaube des ihm nachfolgenden Driftrunners kletterte.

»Aber er ist anscheinend der Einzige, der es nicht auf mein Leben abgesehen hat.«

»Vielleicht hat er ja vor, Sie später zu töten«, meinte Book II. von der Ladefläche aus. »Ich finde, wir sollten ihm den Laufpass geben.«

»Ich bin auch –«, setzte Mother an, dann verstummte sie abrupt.

Sie hatten das Ende des Tunnels erreicht.

Gleißender Sonnenschein strömte durch den kleinen quadratischen Eingang.

Er war noch etwa zweihundert Meter entfernt.

Was Mother die Sprache verschlagen hatte, war ein gewaltiges, dämonisches Objekt, das hinter dem Tunnelausgang aufgetaucht war.

Ein Kampfjet.

Unmittelbar vor der Tunnelmündung schwebte eine schwarze Sukhoi-37.

Von vorn betrachtet, ähnelte die Su-37 mit der spitz zulaufenden Nase und den von Raketen strotzenden, nach unten geneigten Tragflächen einem riesigen bösartigen Falken, *der sie unmittelbar fixierte.*

Knight landete lautstark auf der Ladefläche des Driftrunners und kam nach vorn.

»Alles okay«, meinte er und wies mit dem Kinn auf den Kampfjet. »Der steht auf unserer Seite.«

Knight drückte einen Knopf an der Steuermanschette, die er ums Handgelenk trug, und schaltete das Funkgerät ein. »Rufus, ich bin's! Wir kommen jetzt raus und die Lage ist brenzlig. Wir haben drei gegnerische Fahrzeuge im Schlepptau. Ich brauche eine Sidewinder. Bloß eine. Ziel niedrig und nach rechts; stell die Zündung auf zweihundert Meter. Genau wie letztes Jahr in Chile.«

»*Verstanden, Boss*«, antwortete eine tiefe Stimme in Knights Ohrhörer.

»Darf ich?« Knight wies mit dem Kinn aufs Steuer.

Schofield machte ihm Platz.

Sofort riss Knight das Steuer scharf herum und lenkte den Driftrunner zur linken Tunnelwand.

Das große vierradangetriebene Fahrzeug berührte die Wand, schrammte daran entlang und dann … *Bratsch!* … ruckte es auf einmal nach oben und raste im 45-Grad-Winkel weiter, mit zwei Rädern am Boden und zweien an der Wand entlang.

»Okay, Rufus! Jetzt!« rief Knight ins Armbandmikrofon.

Von der rechten Tragfläche des schwebenden schwarzen Kampfjets löste sich horizontal ein Rauchfinger und begleitet von einem nachhallenden *Wosch!* schoss mit einem Affenzahn und dicht am Boden entlang eine Sidewinder-Rakete mitten hinein ins Tunnelsystem.

Von Schofields Position aus hatte es den Anschein, als hielte sich die Rakete dicht an der linken Wand. Sie näherte sich mit rasender Geschwindigkeit, dann –

– *Schuuuuuuum!*

– sauste sie unter dem um fünfundvierzig Grad geneigten Rumpf des Driftrunners vorbei und schlug in den nachfolgenden Truck ein.

Die Explosionswelle raste durch den Tunnel. Der erste Spetsnaz-Driftrunner wurde in zahllose Einzelteile zerlegt. Die beiden nachfolgenden Trucks, die nicht mehr rechtzeitig bremsen konnten, krachten gegen das Heck, bohrten ihre Schnauzen ins Wrack und kamen abrupt zum Stehen.

Schofields Driftrunner schoss in den gleißenden Sonnenschein hinaus, auf einen flachen Wendeplatz, den man in den Berghang geschnitten hatte. Hinter dem Wendeplatz – unmittelbar unter dem schwebenden Kampfjet – lag ein dreihundert Meter hoher Steilhang.

Knight wandte sich an Mother. »Sie da. Wie lange noch, bis die Bomber da sind?«

Mother sah auf die Uhr. »Noch dreißig Sekunden.«

»Das wird Dmitri wehtun.« Knight sprach nun ins Armbandmikrofon. »Rufus. Warte am nächsttieferen Wendeplatz auf uns.« Er blickte Schofield an. »Ich habe drei Passagiere dabei, auch unseren Mann.«

»Irgendwelche Probleme?«

Knight antwortete: »Nö, war ziemlich einfach diesmal.«

Dreißig Sekunden später landete die schlanke Sukhoi inmitten einer Staubwolke auf einem weiteren Wendeplatz weiter unten an der steilen Hangstraße. Der flache, runde, aus der Felswand vorspringende Wendeplatz gab eine natürliche Landeplattform ab.

Schofields Driftrunner kam rutschend zum Stehen.

Im selben Moment fiel eine von Gants Laserdiode gesteuerte 21 000-Pfund-Bombe aus dem Laderaum einer C-130-Hercules und stürzte den Luftschächten entgegen.

Das Präzisionsleitwerk arbeitete fehlerfrei.

Die Bombe raste dem Erdboden entgegen, erreichte, vom Steuerschwanz gelenkt, die Endgeschwindigkeit und verschwand mit einem verpuffungsartigen Geräusch im mittlerweile offenen Luftschacht.

Einundzwanzig …

Zweiundzwanzig …

Drei …

Detonation.

Der Berg erbebte.

Aus dem Schacht kam ein gewaltiges Dröhnen.

Schofield, der neben dem Zwei-Mann-Cockpit der Sukhoi stand, stieß Mother hinein und hielt sich an der Leiter fest, um nicht das Gleichgewicht zu verlieren.

Er blickte hinauf zum Berggipfel – die Spitze war von einer Schneeschicht bedeckt – und dann sah er sie.

»O nein«, flüsterte er. »Eine Lawine.«

Er fuhr herum und blickte wieder auf die Straße, wo gerade zwei Gestalten gebückt aus dem Stollen hervorgerannt kamen – einen Sekundenbruchteil bevor eine *gewaltige* Druckwelle aus dem Tunnel schoss und die Überreste der Driftrunner ausspie.

Die drei Driftrunner wurden vom Rand des oberen Wendeplatzes katapultiert – schossen senkrecht in den Himmel, vorbei an den beiden gebückten Gestalten –, worauf die drei Trucks dreihundert Meter tief in die Schlucht stürzten.

In diesem Moment ertönte in der Höhe ein bedrohliches Grollen.

Die gewaltige Schneemasse, die über dem Landeplatz der Sukhoi auf dem Berg ruhte, geriet in Bewegung, bildete Risse, geriet ins …

Rutschen.

»*Bewegt euch*!«, rief Schofield und kletterte die Leiter hoch.

Die rutschende Schneemasse wurde schneller.

»Beeilung! In den Bombenschacht!«, rief Knight.

Book und Mother zwängten sich in den beengten Raum hinter dem kleinen Cockpit: ein Bombenschacht, den man in eine … Gefängniszelle umfunktioniert hatte.

»Klettert schon rein!«, brüllte hinter ihnen Knight. »Ich komme nach!«

Knight quetschte sich mit ihnen zusammen hinein. Schofield sprang als Letzter ins Cockpit, kletterte auf den hinteren Sitz des Copiloten und blickte nach oben.

Die nahezu senkrecht in die Tiefe stürzende Schneemasse hatte das Aussehen einer brechenden Meereswoge angenommen: Weiße Explosionswolken eilten der eigentlichen Lawine voraus.

Knight rief nach vorn: »Äh, Rufus …!«

»Schon dabei, Boss!«, erwiderte der große Mann auf dem Vordersitz, erhöhte den Triebwerksschub und hob ab.

»Schneller …«, sagte Schofield.

Die Lawine stürzte auf sie nieder, grollend, sich überschlagend, alles zerschmetternd, was sich ihr in den Weg stellte.

Die Sukhoi stieg höher und verharrte einen Moment in der Schwebe, dann schoss sie im letzten Moment über den Rand des Abgrunds, während die herabstürzenden Schneemassen am schwebenden schwarzen Kampfjet vorbeitosten, den Wendeplatz im Handumdrehen verschluckten und im Abgrund verschwanden.

»Also, *das* war knapp«, meinte Knight.

Drei Minuten später landete die schlanke Sukhoi-37 auf einer Lichtung auf der afghanischen Seite des Berges, etwa eine Meile von Schofields Yak-141 entfernt.

Schofield, Knight, Book und Mother stiegen aus, während der Pilot – ein Hüne von einem Mann mit buschigem Bart, den Knight als »Rufus« vorstellte – die Triebwerke abschaltete.

Schofield entfernte sich ein paar Meter und sammelte seine Gedanken. Heute war viel geschehen und er wollte einen klaren Kopf bekommen.

Im Ohrhörer knackte es.

»Scarecrow, ich bin's, Fairfax. Hören Sie mich?«

»Ja, ich höre.«

»Passen Sie auf. Ich habe ein paar Informationen für Sie. Ein paar Fakten zu den USAMRMC-Typen auf Ihrer Liste und dann noch einen Hammer zum Schwarzen Ritter. Das meiste stammt vom FBI und von den ISS-Listen der meistgesuchten Personen. Haben Sie einen Moment Zeit?«

»Klar«, sagte Schofield.

»Herrgott noch mal, Scarecrow, dieser Knight ist ein richtig übler Bursche ...«

In seinem Büro tief unter dem Pentagon saß David Fairfax vor einem hell leuchtenden Computerbildschirm. Im Osten der Vereinigten Staaten war es vier Uhr morgens, der 26. Oktober, und im Büro war es ruhig.

Auf Fairfax' Monitor waren zwei Fotos von Aloysius Knight zu sehen: Das erste war eine Porträtaufnahme, die einen lächelnden, glatt rasierten jungen Mann in der Ausgehuniform der US-Army zeigte. Das zweite, eine unscharfe Teleaufnahme, zeigte Aloysius in vollem Lauf, in jeder Hand eine Schrotflinte.

»Na schön«, sagte Fairfax und las vor. »Sein richtiger Name lautet Knight, Aloysius K. Knight, 33 Jahre alt, einsfünfundachtzig groß, 185 Pfund. Augenfarbe: braun. Haarfarbe: schwarz. Besondere Kennzeichen: trägt meistens eine bernsteinfarben getönte entspiegelte Sonnenbrille, weil er an einer Augenanomalie leidet, die als akute Netzhaut-Dystrophie bezeichnet wird. Das bedeutet, seine Netzhäute sind zu empfindlich fürs Tageslicht, deshalb die getönten Gläser.«

Während Fairfax' Stimme aus dem Ohrhörer tönte, blickte Schofield zu Knight hinüber, der mit den anderen bei der Sukhoi stand, mit seiner gelben Sonnenbrille und der schwarzen Kampfuniform, die Gewehre im Halfter.

Fairfax fuhr fort: »*Ehemaliger Angehöriger des Delta-Teams 7, das als beste Delta-Einheit gilt, eine Elite innerhalb der Elite. Hat es bis zum Captain gebracht, wurde jedoch 1998 in Abwesenheit wegen Hochverrats verurteilt, nachdem er eine Mission verraten hatte, die er im Sudan befehligte. Geheimdienstberichten zufolge erhielt Knight von einer örtlichen Al-Kaida-Zelle zwei Millionen Dollar dafür, dass er sie vorab von einem drohenden Angriff auf ihr Waffenlager informierte. Dreizehn Delta-Soldaten kamen bei dem Einsatz ums Leben, weil Knight die Terroristen vorgewarnt hatte.*

Anschließend tauchte er unter, wurde aber achtzehn Monate später in Brasilien ausfindig gemacht. Sechs Navy-SEAL-Soldaten erhielten den Auftrag, ihn zu liquidieren. Knight tötete sie alle und schickte die Köpfe anschließend an die SEAL-Ausbildungsstätte der Coronado Marinebasis in San Diego.

Arbeitet derzeit als freischaffender internationaler Kopf-

geldjäger. Aufgepasst. Offenbar führen Versicherungsgesellschaften über derlei Dinge Buch, um für Entführungen gewappnet zu sein; von Carringtons in London wird er als weltweit zweitbester Kopfgeldjäger eingestuft.«

»Bloß der zweitbeste? Wer ist der beste?«

»Dieser Demon Larkham, von dem ich Ihnen schon berichtet habe. Warten Sie einen Moment, ich bin mit Knight noch nicht fertig. Der ISS glaubt, dass Knight im Jahr 2000 zwölf islamische Terroristen aufgespürt und getötet hat, die die Tochter des stellvertretenden Präsidenten Russlands entführt, ihr vier Finger abgeschnitten und ein Lösegeld von 100 Millionen US-Dollar verlangt hatten. Knight machte sie in einem Al-Kaida-Ausbildungslager in der iranischen Wüste ausfindig, flog hin, machte das ganze Scheißlager dem Erdboden gleich, schnappte sich das Mädchen – minus der Finger – und brachte sie nach Moskau zurück, ohne dass die Medien davon Wind bekamen. Hier steht, die russische Regierung hätte ihm als Anerkennung … Moment mal … einen in der Erprobung beschädigten Kampfjet vom Typ Sukhoi-37 überlassen und ihm zugesichert, die Maschine auf jeder beliebigen russischen Basis kostenlos aufzutanken. Das Flugzeug ist in Kopfgeldjägerkreisen als Black Raven *bekannt.«*

»Hm, Schwarzer Rabe.« Schofield blickte zur schwarzen Sukhoi-37 hinüber … der sich Aloysius Knight soeben näherte.

»*Glauben Sie mir, Scarecrow*«, sagte Fairfax, *»von dem möchten Sie ganz sicher nicht gejagt werden.«*

»Zu spät«, erwiderte Schofield. »Er steht unmittelbar vor mir.«

Schofield und Knight gesellten sich zu den anderen, die unter dem *Black Raven* warteten.

Book II. und Mother näherten sich ihm.

»Alles in Ordnung?«, fragte Mother leise. »Book hat

mir berichtet, was in Sibirien passiert ist. Entschuldige meine Ausdrucksweise, Scarecrow, aber in was für eine Scheiße sind wir hier eigentlich reingeraten?«

»Der Vormittag war ganz schön hart«, meinte Schofield, »und viele Menschen sind gestorben. Weißt du, was mit Gant passiert ist?«

»Als ich sie das letzte Mal gesehen habe, sind gerade diese Schwanzlutscher mit den grünen Ziellasern aufgetaucht und ich wurde vom Förderband gestoßen –«

»Sie wurde entführt«, sagte jemand hinter Mothers Rücken.

Es war Aloysius Knight.

»Von einem Kopfgeldjäger namens Demon Larkham und seinen Männern von der IG-88.«

»Woher wissen Sie das?«, wollte Book II. wissen.

»Von Rufus.« Knight wies mit dem Kinn auf seinen Partner, den hünenhaften Piloten.

Der langbärtige Rufus hatte ein breites Lächeln und ernst blickende Augen. Er stand leicht gebückt, als versuchte er, sich kleiner zu machen. Seine Sprechweise war schnell und sachlich; man hatte beinahe den Eindruck, dass er mit den Rhythmen und Modulationen der Umgangssprache nicht vertraut war.

»Nachdem ich Aloysius in den Luftschacht hinabgelassen hatte«, sagte er, »bezog ich am Hintereingang Stellung. Dann warf ich auf den Wendeplatz vor dem Ausgang eine MicroDot-Aerosol-Granate ab, wie du gesagt hast, Boss. Dann bezog ich in einer Meile Entfernung Wartestellung – wiederum wie du gesagt hast.

Etwa fünf Minuten bevor ihr alle rausgekommen seid, ist auf dem Wendeplatz ein großer Chinook-Helikopter gelandet, flankiert von zwei Lynx-Kampfhubschraubern. Dann kamen zwei LSV und ein Driftrunner aus dem Tunnel geschossen, rasten geradewegs die Rampe des Chinook empor und verschwanden in seinem Bauch. Dann hob der

Chinook ab und verschwand über den Bergen, Richtung Afghanistan.«

Schofield sagte: »Woher wissen Sie, dass Gant bei ihnen war?«

»Ich habe Fotos gemacht«, antwortete Rufus. »Aloysius hat gesagt, wenn in seiner Abwesenheit irgendwas Ungewöhnliches passiert, soll ich Fotos machen, und das habe ich getan.«

Schofield taxierte den großen Mann. Für jemanden, der in der Lage war, einen russischen Senkrechtstarter zu fliegen – was gewisse Kenntnisse der Physik und Aerodynamik voraussetzte –, wirkte seine Sprechweise eigentümlich förmlich und direkt, als fände er ein besonderes Vergnügen daran, alles auf den Punkt zu bringen.

Schofield hatte schon andere Männer wie Rufus kennen gelernt: Häufig hatten die tüchtigsten Piloten (und Soldaten) Probleme beim gesellschaftlichen Umgang. Sie waren dermaßen auf ihr Spezialgebiet fixiert, dass sie bisweilen Mühe hatten sich auszudrücken oder es entgingen ihnen solche Feinheiten wie Ironie und Sarkasmus. Man musste halt Geduld mit ihnen haben. Man musste dafür sorgen, dass die anderen ebenso geduldig waren. Rufus mochte direkt sein, aber er war nicht dumm; der erste Eindruck trog.

Knight nahm einen kleinen Handmonitor aus dem Cockpit der Sukhoi und zeigte ihn Schofield.

Auf dem Monitor waren mehrere digitale Fotos abgebildet. Man sah drei Fahrzeuge, die aus dem Hintereingang der Grube auf den Wendeplatz rasten und die Rampe des wartenden Chinook-Helikopters hochfuhren.

Knight drückte einen Knopf und vergrößerte einige der Fotos, zoomte das LSV an der Spitze heran.

»Sehen Sie die weißen Kästen auf dem Beifahrersitz?« fragte Knight. »Medizinische Transportbehälter. Zwei Kästen: zwei Köpfe.«

Er klickte ein weiteres Foto an, das verschwommen den Driftrunner hinter den beiden LSV zeigte.

»Beachten Sie die Ladefläche«, sagte Knight. »Larkhams Männer sind alle schwarz uniformiert. Eine Person aber … nämlich diese hier … die ohne Helm … trägt eine sandfarbene Marine-Uniform.«

Dann sah Schofield sie.

Die Gestalt war zwar verschwommen und unscharf, trotzdem erkannte er sie anhand der Figur und der kurzen blonden Haare wieder.

Es war Gant.

Sie lag bewusstlos auf der Ladefläche des Driftrunners.

Schofield gefror das Blut in den Adern.

Der weltbeste Kopfgeldjäger hatte Gant in seine Gewalt gebracht.

Schofield hätte am liebsten auf der Stelle die Verfolgung aufgenommen.

»Nein. Genau das will Demon, Captain«, sagte Knight, als habe er seine Gedanken gelesen. »Überstürzen Sie nichts. Wir wissen, wo sie ist. Und Larkham wird sie nicht töten. Wenn er sie dazu benutzen will, *Sie* aus der Deckung zu locken, muss sie am Leben bleiben.«

»Warum sind Sie sich da so sicher?«

»Weil ich es so machen würde«, entgegnete Knight gelassen.

Schofield erwiderte schweigend Knights Blick. Fast war es, als würde er in einen Spiegel blicken – Schofield mit der silbernen Spiegelbrille, die seine Narben verdeckte, Knight mit der gelb getönten Sonnenbrille, die seine empfindlichen Augen schützte.

Schofield bemerkte eine Tätowierung auf Knights Unterarm. Sie stellte einen zornigen kahlen Adler dar, darunter stand: SCHLAFE MIT EINEM OFFENEN AUGE.

Schofield hatte dieses Bild schon einmal gesehen: auf Postern, die kurz nach dem 11. September angeboten worden waren. Darauf sagt der amerikanische Adler: »Hey, ihr Terroristen, schlaft mit einem offenen Auge.«

Unter der Adler-Tätowierung war noch ein Wort eintätowiert: BRANDEIS. Schofield hatte keine Ahnung, was das bedeutete.

Er blickte Knight wieder in die Augen.

»Ich habe von Ihnen gehört, Mr. Knight«, sagte er. »Ihr Ruf könnte besser sein. Sie haben im Sudan Ihre Einheit verkauft. Wie kann ich mir sicher sein, dass Sie nicht auch mich verkaufen?«

»Man sollte nicht alles glauben, was in der Zeitung steht«, erwiderte Knight. »Oder in Regierungsakten.«

»Dann haben Sie also nicht vor, mich zu töten?«

»Captain, wenn ich Sie töten wollte, hätten Sie bereits eine Kugel im Kopf. Nein. Mein Job ist es, Sie zu beschützen.«

»Zu beschützen?«

»Captain«, sagte Knight, »ich tue das hier nicht, weil ich Sie *mag* oder weil ich glaube, Sie wären etwas *Besonderes*. Ich werde dafür bezahlt, gut bezahlt. Auf Ihren Kopf wurden 18,6 Millionen Dollar ausgesetzt. Seien Sie versichert, dass ich erheblich mehr erhalte, wenn ich dafür sorge, dass Sie nicht getötet werden.«

»Na schön«, meinte Schofield. »Und wer bezahlt dafür, dass ich am Leben bleibe?«

»Das kann ich Ihnen nicht sagen.«

»Doch, Sie können.«

»Ich will's nicht sagen.« Knight zuckte mit keiner Wimper.

»Aber Ihr Auftraggeber –«

»– steht nicht zur Diskussion«, sagte Knight.

Schofield wählte eine andere Taktik.

»Also gut, warum das alles? Was wissen Sie über die Kopfgeldjagd?«

Knight zuckte die Schultern, schaute weg.

Rufus antwortete an seiner Stelle. »Für Kopfgeldjagden gibt es viele Gründe, Captain Schofield. Einen Spion fangen und töten, der ein Geheimnis mit sich herumträgt. Einen Kidnapper aufspüren, der das Lösegeld eingesackt hat – glauben Sie mir, der Fluch der Hölle ist nichts gegen einen reichen Knacker, der sein Lösegeld zurückhaben will. Manche dieser reichen Säcke zahlen uns zwei Millionen Dollar, um einen Kidnapper zu schnappen, der ihnen eine Million abgeknöpft hat. Aber es kommt nicht häufig vor, dass man eine Liste bekommt, die insgesamt zehn

Millionen einbringt, geschweige denn fast zwanzig Millionen pro Kopf.«

»Also, was wissen Sie über diese Jagd?«, fragte Schofield.

»Der Finanzier im Hintergrund ist unbekannt«, antwortete Rufus, »aber der Sachverständige – ein Bankier von AGM-Suisse mit Namen Delacroix – hat Erfahrung mit derlei Dingen. Wir hatten schon früher mit ihm zu tun. Und solange der Sachverständige zur Auszahlung berechtigt ist, scheren sich die meisten Kopfgeldjäger nicht um die Gründe für eine Jagd.«

Rufus wandte sich Knight zu.

Knight neigte bloß den Kopf. »Eine große Jagd. Fünfzehn Zielpersonen. Alle müssen bis zwölf Uhr heute mittag nach New Yorker Zeit tot sein. 18,6 Millionen pro Kopf. Das macht insgesamt knapp 280 Millionen. Was immer die Gründe für die Jagd sein mögen, sie sind jemandem mehr als eine *Viertelmilliarde* Dollar wert.«

»Sie haben gesagt, wir müssten bis zwölf Uhr mittags, New Yorker Zeit, tot sein?«, meinte Schofield. Von einer Zeitbeschränkung hatte er bis jetzt nichts gewusst. Er sah auf die Uhr.

Hier in Afghanistan war es vierzehn Uhr fünf. Dann war es in New York vier Uhr fünf. Noch acht Stunden, dann ging es hart auf hart.

Er verstummte, dachte nach.

Dann blickte er unvermittelt auf.

»Mister Knight, wie gedenken Sie weiter vorzugehen, jetzt, da Sie mich gefunden haben?«

»Meine Instruktionen sind in dieser Hinsicht unmissverständlich«, antwortete er. »Von jetzt an soll ich Sie am Leben erhalten.«

»Aber man hat Sie nicht angewiesen, mich einzusperren, oder?««

»Nein ...«, sagte Knight. »Das nicht. Ich soll Ihre Bewegungsfreiheit nicht einschränken – Sie können tun und lassen, was Sie wollen, allerdings unter meinem Schutz.«

Bei Schofield machte es Klick.

Wer auch immer Knight dafür bezahlte, dass er ihn beschützte, diese Person wollte, dass Schofield aktiv blieb, dass er ausführte, woran die Kopfgeldjagd ihn hindern sollte. Er wandte sich an Knight. »Sie haben gesagt, Sie wüssten, wo Gant sich aufhält. Wie das?«

»Aufgrund der MicroDot-Aerosol-Granate, die Rufus auf den Wendeplatz abgeworfen hat, bevor die Demon-Boys rauskamen«, antwortete Knight.

Schofield hatte von der MicroDot-Technologie gehört. Offenbar handelte es sich um eine Neuentwicklung auf dem Gebiet der Nanotechnologie.

MicroDots waren mikroskopisch kleine Silizium-Chips, jeweils etwa stecknadelkopfgroß, aber mit enormer Rechenkraft. Während viele Leute glaubten, MicroDots seien die Grundlage für eine neue Generation flüssigkeitsbasierter Superrechner – man stelle sich eine mit MicroDots angereicherte viskose Flüssigkeit vor –, wurden sie gegenwärtig hauptsächlich von Autoherstellern als Ortungsgeräte eingesetzt; wenn man die Unterseite eines Ferraris mit MicroDot-angereicherter Farbe besprühte, war der Wagen jederzeit aufzuspüren und kein Autodieb, ganz gleich wie viel Mühe er sich gab, konnte sie alle abwaschen.

Die MicroDot-Granate, die auf dem Wendeplatz detoniert war, hatte eine Aerosolwolke mit etwa einer Milliarde MicroDots freigesetzt.

»Demon, seine Männer, die Fahrzeuge und Ihr Mädchen sind alle mit MicroDots bedeckt«, sagte Knight. Er löste einen seltsam aussehenden Palm Pilot vom Gürtel. Das Gerät strotzte nur so von selbst gebastelten Erweiterungen und Antennen.

Auf dem Bildschirm war eine Weltkarte abgebildet und über Zentralasien waren rote Punkte verteilt.

Demon Larkham und sein Team.

»Wir können sie überall aufspüren, egal wo sie sind«, erklärte Knight.

Schofield versuchte, Ordnung in seine Gedanken zu bringen, die zur Verfügung stehenden Optionen gegeneinander abzuwägen und einen Plan zu entwickeln.

Schließlich sagte er: »Als Erstes müssen wir herausfinden, was überhaupt Sache ist.«

Er holte die Kopfgeldliste aus der Tasche und analysierte sie zum tausendsten Mal.

Mother und Book II. lasen über seine Schulter mit.

»Der Mossad«, meinte Mother leise und deutete auf einen Eintrag.

```
11. ROSENTHAL, Benjamin Y.   ISR     Mossad
```

»Was ist damit?«, fragte Schofield.

»Bevor dieser Zawahiri den Kopf verlor, hat er am Rande erwähnt, dass der israelische Mossad im Bergwerk ist. Er war ganz außer sich und schrie, er hätte die sowjetischen Experimente in irgendeinem Gulag und dann 1968 die amerikanischen Cruise-Missile-Angriffe überlebt und der Mossad wüsste, dass er unbesiegbar ist, denn er hätte ein dutzend Mal versucht ihn umzubringen.«

»Der Mossad ...«, meinte Schofield nachdenklich.

Er schaltete sein Sat-Comm-Gerät ein. »David Fairfax, sind Sie noch dran?«

»Solange es hier Kaffee gibt, bleibe ich dran«, lautete die Antwort.

»Mister Fairfax, sehen Sie doch mal nach, was Sie über Hassan Mohammad Zawahiri und Benjamin Y. Rosenthal haben. Irgendwelche Querverbindungen?«

»Eine Sekunde«, meinte Fairfax. *»Okay, ich hab was. Einen Eintrag über ein US-israelisches Tauschgeschäft. Major Benjamin Yitzak Rosenthal ist Hassan Zawahiris*

›katsa‹ oder Führungsoffizier. Rosenthal ist in Haifa stationiert, wurde gestern aber anscheinend ins Mossad-Hauptquartier in London abberufen.«

»London?«, sagte Schofield.

Vor Schofields geistigem Auge nahm ein Plan Gestalt an.

Auf einmal fühlte er sich wieder lebendig.

Er war den ganzen Morgen über in der Defensive gewesen, hatte nichts weiter getan als *reagiert* – jetzt übernahm er allmählich wieder die Initiative.

»Book, Mother«, sagte er, »wie wär's, wenn ihr Major Rosenthal in London einen Besuch abstatten würdet? Schaut mal, ob er etwas Licht in diese Angelegenheit bringen kann.«

»Mit Freuden«, meinte Mother.

»Klar«, sagte Book.

Aloysius Knight beobachtete sie teilnahmslos.

»Hey, Scarecrow«, tönte Fairfax' Stimme aus dem Ohrhörer, *»ich wollte das schon früher erwähnen, hatte aber bisher noch keine Gelegenheit dazu. Sie erinnern sich bestimmt noch an das Schriftstück vom US Army Medical Research Command, die ›NATO M. N. R. R.-Studie‹. Vor zwei Monaten wurde die Geheimhaltungsstufe herabgesetzt und die Datei aus den USAMRMC-Speichern gelöscht. In einem Lagerhaus in Arizona ist eine Kopie archiviert, alle anderen Kopien wurden entweder geschreddert oder gelöscht.*

Aber ich habe etwas über die beiden Verfasser herausgefunden, die beiden Burschen auf Ihrer Liste, die für das Medical Research Command gearbeitet haben: Nicholson und Oliphant. Nicholson ist vor zwei Jahren in den Ruhestand gegangen und lebt jetzt in einer Rentnerwohnanlage in Florida. Oliphant ist erst vergangenes Jahr aus den USAMRMC ausgeschieden. Derzeit leitet er die Notaufnahme des St. Johns Hospitals, Virginia, nicht weit vom Pentagon entfernt.«

»Tatsächlich?«, meinte Schofield. »Mister Fairfax, möchten Sie für einen Tag Feldoffizier sein?«

»*Wenn ich bloß aus dem Büro rauskomme, ist mir alles recht, Mann. Mein Boss ist das größte Arschloch, das frei herumläuft.*«

»Wie wär's dann, wenn Sie mal zum St. Johns gehen und sich mit Doktor Oliphant unterhalten würden?«

»*Wird gemacht.*« Fairfax unterbrach die Verbindung.

»Was ist mit dir?«, wandte sich Mother an Schofield. »Du willst doch nicht etwa bei diesem Kopfgeldjäger bleiben, oder?« Sie bedachte Knight mit einem vernichtenden Blick. Knight hob bloß die Brauen.

»Er meint, ich kann mich frei bewegen«, erwiderte Schofield. »Er soll mich bloß beschützen.«

»Also, wohin wollen Sie?«, fragte Book II.

Schofield kniff die Augen zusammen. »Ich fliege zu dem Ort, von dem die Kopfgeldjagd ausgeht. Zu der Burg in Frankreich.«

Book II. sagte: »Was wollen Sie dort tun? Am Vordereingang anklopfen?«

»Nein«, entgegnete Schofield. »Ich werde ein Kopfgeld einsacken.«

»Ein Kopfgeld?«, sagte Mother. »Ich, äh, will ja nicht den Anwalt des Teufels spielen, aber braucht man nicht einen ... *Kopf* ... um die Prämie abzuholen?«

»Das ist richtig«, sagte Schofield mit Blick auf Knights modifizierten Palm Pilot, den Mini-Computer, auf dem Demon Larkhams Bewegungen verzeichnet wurden. »Ich weiß auch schon, wie ich an einen komme. Und im selben Aufwasch werde ich Gant befreien.«

Dritter Angriff

Frankreich – England – USA
26. Oktober, 11.50 Uhr (Frankreich)
E.S.T. (New York, USA) 05.50 Uhr

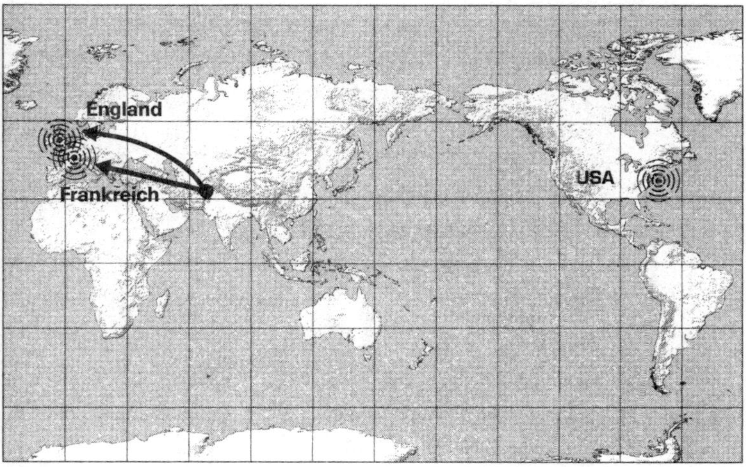

Im Laufe der nächsten fünfzig Jahre wird die Erdbevölkerung von 5,5 Milliarden auf über 9 Milliarden anwachsen ... 95 Prozent des Bevölkerungswachstums betreffen die ärmsten Regionen der Welt.

Aus: *Die drohende Anarchie* von Robert D. Kaplan
(Vintage, New York, 2001)

Robert D. Kaplans 1972 erschienener Roman „Das Heerlager der Heiligen", der schildert, wie ein Heer mittelloser Menschen aus der Dritten Welt in Frankreich einfällt ... besitzt prophetische Qualität. Im 19. Jahrhundert fiel Europa in Afrika ein und kolonisierte es. Im 21. Jahrhundert fällt Afrika in Europa ein und kolonisiert es.

Aus: *Der Tod des Westens* von Patrick J. Buchanan
(St. Martin's Press, New York, 2002)

»Die Haifischgrube«
Forteresse de Valois
Frankreich

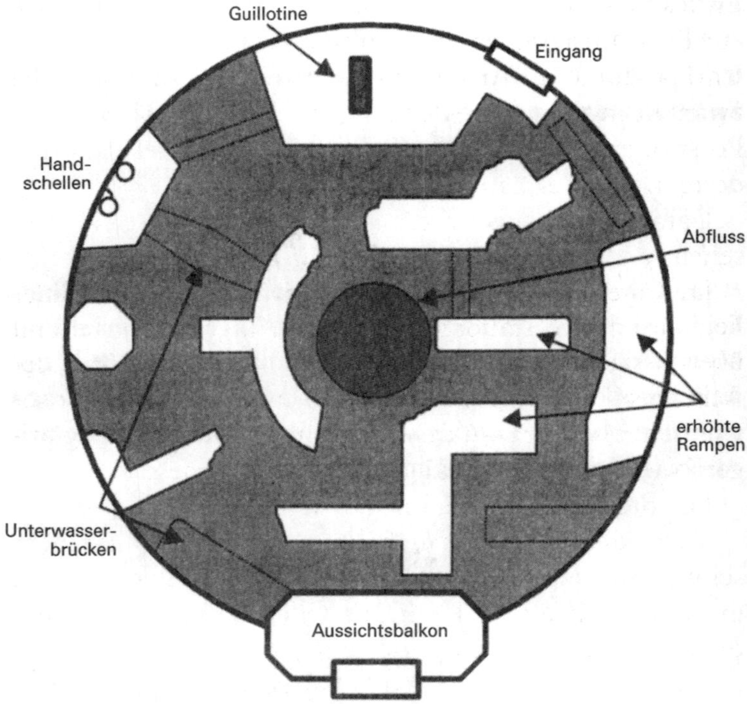

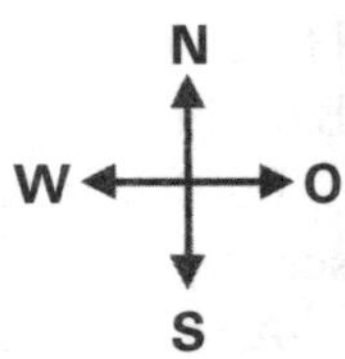

10. POLANSKI, Damien G. USA ISS

Berlin, Deutschland
22. Oktober, 23.00 Uhr

Er fickte Mädchen gern von hinten, stieß in sie hinein wie ein Presslufthammer und johlte dabei wie ein Cowboy. Und er stand auf Ärsche. Er liebte junge Dinger um die zwanzig, mit festen kleinen Hintern. Das hatte sie von den Prostituierten aus dem Berliner Bauhaus-Viertel erfahren, deren Dienste er häufig in Anspruch nahm.

Damien Polanskis Karriere hatte schon bessere Tage gesehen.

Im Kalten Krieg Ostblockexperte, war er jetzt im Berliner Feldbüro des ISS stationiert, wo er von Tag zu Tag älter und überflüssiger wurde. Die waghalsigen Unternehmungen der Achtziger – Karmonows Desertion, die Entdeckung der sowjetischen »Kobra»-Akten – waren von einem gleichgültigen Nachrichtendienst längst vergessen worden.

Ein alter Hund in einer neuen Welt.

Sie lenkte seinen Blick mühelos auf sich. Es war gar nicht schwer. Sie war eine Augenweide – lange, schlanke Beine, muskulöse Schultern, kleine, perfekt geformte Brüste und diese kühlen eurasischen Augen.

Die Eiskönigin, wie sie von manchen genannt wurde.

Sie hatte an der Bar gegenüber seiner Nische gestanden, die Handtasche fallen gelassen und sich gebückt, um ihm freie Sicht auf ihren schwarzen Vinylminirock zu gewähren. Kein Slip.

Es dauerte keine Dreiviertelstunde, da stieß er in einem Hotelzimmer von hinten in sie hinein und rief: »Yippie-je, Baby! Yippie-je!«

Fünf Minuten später, als er erschöpft auf dem Bett lag, schlitzte sie ihm mit einem Samurai-Schwert die Kehle auf.

Anschließend schlug sie Damien Polanski den Kopf ab.

`7. NAZZAR, Yousef M.          RL          Hamas`

Beirut, Libanon
23. Oktober, 21.00 Uhr

Augenzeugen berichteten, dies sei einer der professionellsten Anschläge gewesen, die je in Beirut stattgefunden hätten – was schon etwas heißen wollte.

Sie hatten mit angesehen, wie Yousef Nazzar, ein hochrangiger Hamas-Führer, der von den Sowjets ausgebildet worden war, das Apartmentgebäude betrat.

Kurz darauf hielten vor der Lobby zwei Limousinen, acht Kämpfer sprangen heraus und stürmten in das Gebäude. Einer trug einen weißen Kasten mit einem roten Kreuz darauf.

In einem Punkt stimmten alle Zeugenaussagen überein: In der abendlichen Dunkelheit hatten die Ziellaser der Soldaten grün geleuchtet.

Und dann kamen die Attentäter wieder heraus und fuhren mit quietschenden Reifen davon.

Später wurde Yousef Nazzars Leichnam gefunden; er lag auf dem Boden seines Apartments und der Kopf fehlte.

`8. NICHOLSON, Francis X.     USA      USAMRMC`

Cedar Falls Seniorensiedlung
Miami, Florida
24. Oktober, 07.00 Uhr

Die Krankenschwester am Empfangsschalter konnte nicht ahnen, dass er ein Killer war.

Als sie fragte: »Kann ich Ihnen helfen?«, hatte er höflich erwidert, er komme vom Leichenschauhaus und wolle die entnommenen Organe eines kürzlich verstorbenen Bewohners aus Cedar Falls abholen.

Er war groß und mager, hatte tiefschwarze Haut und eine hohe Stirn. Mehr als ein Zeuge sprach von einer »afrikanischen« Erscheinung. Sie wussten nicht, dass er in der globalen Kopfgeldjägergemeinde lediglich »der Zulu« genannt wurde.

In weißem Kittel schritt er mit einem weißen Organbehälter gelassen durchs Wohnheim.

Kurz darauf hatte er das Zimmer gefunden. Der alte Mann, Frank Nicholson, lag schlafend im Bett.

Ohne zu zögern zog der Zulu eine Machete unter dem Kittel hervor und ...

Zwei Stunden später entdeckte die Polizei seinen Wagen, der auf einem Langzeitparkplatz am Flughafen abgestellt war.

Zu dem Zeitpunkt saß der Zulu bereits im Erste-Klasse-Abteil des Flugs 45 der Unites Airlines nach Paris. Der weiße Transportbehälter stand auf dem Sitz neben ihm.

Frank Nicholson wurde in der Seniorensiedlung vermisst. Er war beliebt gewesen, freundlich und umgänglich.

Auch die Verwaltung hatte ihn gemocht. Da er Arzt gewesen war, hatte er schon häufiger einem älteren Mitbürger das Leben gerettet, der auf dem Golfplatz zusammengebrochen war.

Allerdings war es eigenartig, dass er im Gegensatz zu den meisten anderen nie über seine glorreiche Vergangenheit gesprochen hatte.

Erkundigte man sich danach, so erfuhr man, er sei Wissenschaftler am Medical Research and Material Command der US Army in Fort Detrick gewesen, wo er »medizinische Tests für die bewaffneten Streitkräfte« durchgeführt habe, bis er im Jahr zuvor in Rente gegangen sei.

Und dann war der Attentäter gekommen und hatte ihm den Kopf abgehackt.

Forteresse de Valois
Bretagne, Frankreich
26. Oktober, 11.50 Uhr Ortszeit
(05.50 Uhr E. S.T. USA)

Er hatte immer schon ein Faible für die Anarchie gehabt.

Er liebte deren Konzept, die ihr zugrunde liegende Idee: den vollständigen Verlust jeglicher Kontrolle; eine Gesellschaft ohne Ordnung.

Besonderen Gefallen fand er an der Art und Weise, wie Menschen darauf reagierten – einfache Menschen, Durchschnittsmenschen, gewöhnliche Menschen.

Wenn ein Fußballstadion einstürzte, gerieten sie in Panik.

Bei einem Erdbeben fingen sie an zu plündern.

Im anarchischen Krieg – wie in Nanjing, Mi Lai, Stalingrad – vergewaltigten und verstümmelten sie ihre Artgenossen.

Die Videokonferenz mit den anderen Ratsmitgliedern würde erst in zehn Minuten beginnen, sodass Mitglied Nummer 12 noch etwas Zeit blieb, seiner Leidenschaft zu frönen.

Sein richtiger Name lautete Jonathan Killian.

Jonathan James Killian III., um genau zu sein, und mit 37 war er das jüngste Ratsmitglied.

Reich geboren, war ihm der Hochmut eines Menschen zu eigen, der es gewohnt war, alle Wünsche erfüllt zu bekommen. Außerdem hatte er einen kalten, durchdringenden Blick, um den ihn jeder Verhörspezialist der Streitkräfte beneidet hätte. Dies war eine mächtige Gabe, die durch ein zweites besonderes Merkmal noch verstärkt wurde: Jonathan Killian hatte ein blaues und ein braunes Auge.

Sein Vermögen belief sich auf 32 Milliarden Dollar und kraft seines verschachtelten Firmenimperiums war er der eigentliche Besitzer der Forteresse de Valois.

Killian hatte Mitglied Nr. 5 noch nie gemocht.

Dank eines geerbten texanischen Ölimperiums mit maßlosem Reichtum gesegnet, war Nr. 5 nicht besonders hell im Kopf und neigte zu Wutausbrüchen. Mit seinen achtundfünfzig war er im Grunde noch immer ein verzogenes Balg. Außerdem sprach er sich bei den Ratssitzungen regelmäßig gegen Killians Vorschläge aus.

Im Moment aber stand Mitglied Nr. 5 in Begleitung seiner vier persönlichen Assistenten in einem geräumigen Verlies auf der tiefsten Ebene der Forteresse de Valois, tief im Innern der Festungsmauern.

Das Verlies wurde die Haifischgrube genannt.

Es war knapp fünf Meter tief und umschlossen von kreisförmigen Steinmauern; der Durchmesser betrug über fünfzig Meter. Zudem war es mit mehreren unregelmäßig angeordneten steinernen Rampen versehen. Eines war klar: Für einen Gefangenen gab es hier kein Entkommen.

In der Mitte der Grube befand sich ein drei Meter durchmessendes so genanntes »Abflussloch«, das senkrecht in den Boden führte und direkt ins Meer mündete.

Im Moment war gerade Flut und das Wasser stieg rasch, spülte in die Grube, *füllte sie auf,* verwandelte die unregelmäßig angeordneten Rampen in kleine Steininseln – zum Schrecken von Mitglied Nr. 5 und seinen Assistenten.

Ihr Entsetzen wurde noch gesteigert durch zwei dunkle Schatten, die im Innern des Abflusslochs, unmittelbar unter der Wasseroberfläche, zu erkennen waren – Schatten mit Rückenflossen und stumpfen Köpfen.

Zwei große Tigerhaie.

Die Haifischgrube konnte noch mit zwei weiteren Besonderheiten aufwarten.

Erstens mit einem Aussichtsbalkon am Südende. Vor der Revolution hatte die französische Aristokratie in solchen Verliesen Gladiatorenkämpfe veranstaltet – für gewöhnlich traten dabei Bauern gegen Bauern an, in aufwändigeren Verliesen wie dem der Forteresse de Valois auch Bauern gegen Tiere.

Das zweite erwähnenswerte Ausstattungsmerkmal der Haifischgrube befand sich auf der größten der erhöhten steinernen Rampen an der Nordwand. Auf dieser Bühne stand ein wahrhaft grauenerregendes Gerät: eine fast fünf Meter hohe Guillotine.

Die riesige, brutal wirkende Guillotine hatte Jonathan Killian persönlich aufstellen lassen. An ihrem Fuß stand ein primitiver Holzblock mit Aussparungen – Aussparungen für Kopf und Hände. Das schräg gestellte Fallbeil wurde mit einer Kurbel angehoben. Entriegelt wurde es mit einem Hebel.

Killian hatte sich dabei von den Gräueltaten japanischer Soldaten bei der Plünderung der chinesischen Stadt Nanjing im Jahr 1937 inspirieren lassen.

Während dreier fürchterlicher Wochen hatten die Japaner die Chinesen unaussprechlichen Foltern unterworfen. In diesem Zeitraum wurden über 360 000 Menschen *von Hand* ermordet. Man erzählte sich Horrorgeschichten von japanischen Soldaten, die Köpfwettbewerbe veranstalteten; oder sie ließen Väter wählen, ob sie ihre leiblichen Töchter selbst vergewaltigen oder lieber bei ihrer Vergewaltigung zuschauen wollten; oder sie befahlen Söhnen, ihre Mütter zu schänden, wenn sie nicht sterben wollten.

Killian fand dies faszinierend. Zumeist hatten die Chinesen die ehrenhafte Wahl getroffen und waren lieber gestorben, als solche Gräuel zu begehen.

Jedoch nicht alle.

Und genau das hatte Killian amüsant gefunden. Wozu waren Menschen in Todesangst fähig?

Aus diesem Grund hatte er die Guillotine in der Haifischgrube aufgestellt.

Sie sollte denen, die in der Grube eingesperrt wurden, eine ähnliche Wahl eröffnen.

Entweder sie wurden von den Tigerhaien auf grauenhafte Weise zu Tode gebracht oder sie starben rasch und schmerzlos von eigener Hand unter der Guillotine.

Bisweilen, wenn mehrere Personen in der Grube waren (so wie heute), machte Killian ihnen auch ein geradezu faustisches Angebot: »Tötet euren Boss mit der Guillotine, dann lasse ich euch frei«; »Tötet das hysterische Weib, dann lasse ich euch am Leben«.

Natürlich ließ er nie jemanden am Leben. Das aber wussten die Gefangenen nicht und die meisten starben mit blutbefleckten Händen.

Die fünf Menschen in der Grube kratzten verzweifelt an den Wänden, während der Wasserspiegel unaufhaltsam stieg.

Eine der Assistentinnen schaffte es, ein Stück weit die Wand hochzuklettern – bis zu einem kleinen steinernen Handgriff –, wurde jedoch sogleich von einem kräftigeren Mann, der sich die Überlebenschance nicht entgehen lassen wollte, wieder herabgezogen.

Killian schaute wie gebannt vom südlichen Aussichtsbalkon aus zu.

Einer dieser Leute besitzt 22 Milliarden, dachte er. *Die anderen verdienen etwa 65 000 Dollar im Jahr. Jetzt sind sie alle gleich.*

Anarchie, dachte er. *Der große Gleichmacher.*

Kurz darauf war das Wasser auf ein Meter fünfzig – also Brusthöhe – gestiegen und die beiden Tigerhaie schossen in die Grube. Die Gefangenen hockten zunächst noch auf den steinernen Inseln, doch bald darauf standen auch die Inseln unter Wasser.

Fünf Menschen. Zwei Haie.

Ein wunderbarer Anblick.

Die Haie stürzten sich auf die Unglücklichen – stießen sie ins Wasser, drückten sie hinab, rissen ihnen den Leib auf. Blut färbte die aufgewühlten Wogen rot.

Als der Assistent in blutigem Schaum unterging, töteten sich die beiden Assistentinnen mit der Guillotine.

Nr. 5 folgte ihrem Beispiel.

Anstatt sich den Haien zu stellen, zog er es vor, sich selbst einen Kopf kürzer zu machen.

Dann war es plötzlich vorbei, das ansteigende Wasser hüllte die Guillotinenbühne ein und wusch das Blut ab und die Haie labten sich auch an den kopflosen Leichen und Jonathan Killian machte auf dem Absatz kehrt und ging zu seinem Büro, wo die Videokonferenz wartete.

Monitore mit Gesichtern drauf säumten die Wände.

Die Gesichter der anderen Ratsmitglieder, übertragen aus aller Welt.

Killian nahm Platz.

Vor fünf Jahren hatte er das riesige Reederei- und Rüstungsimperium seines Vaters geerbt – ein Labyrinth von Firmen, die unter dem Namen Axon Corporation zusammengefasst waren. Axon Corporation fertigte unter anderem Zerstörer und Langstreckenraketen für die amerikanische Regierung.

In den ersten drei Jahren nach dem Tod seines Vaters hatte Jonathan Killian den Jahresgewinn verfünffacht.

Anschließend hatte man ihn eingeladen, dem Rat beizutreten.

»Mitglied Nr. 12«, wandte sich der Vorsitzende an Killian. »Wo ist Mitglied Nr. 5? Er hält sich doch bei Ihnen auf, oder nicht?«

Killian lächelte. »Er hat sich im Pool einen Muskel gezerrt. Im Moment kümmert sich gerade mein Leibarzt um ihn.«

»Sind alle Vorbereitungen getroffen?«

»Ja«, antwortete Killian. »Die Kormoran-Schiffe sind vollständig bewaffnet und haben in aller Welt Position bezogen. Die DGSE hat die Leichen vergangene Woche nach Amerika überführt und die Fabrik in Norfolk wurde buchstäblich mit ihrem Blut getränkt – die US-Inspektoren können kommen. Alle Systeme sind aufgestellt und warten bloß noch aufs Einsatzsignal.«

Killian stockte. Und sprang ins kalte Wsser.

»Wie ich bereits sagte, Herr Vorsitzender«, fuhr er fort, »es ist noch nicht zu spät, den zusätzlichen Schritt einzuleiten –«

»Mitglied Nr. 12«, erwiderte der Vorsitzende in scharfem Ton, »die Vorgehensweise wurde festgelegt und davon werden wir *nicht* abweichen. Es tut mir Leid, aber wenn Sie noch einmal auf den ›zusätzlichen Schritt‹ zu sprechen kommen, muss ich eine Strafe anordnen.«

Killian neigte den Kopf. »Wie Sie wünschen, Herr Vorsitzender.«

Mit dem Rat war nicht zu spaßen.

Joseph Kennedy hatte zwei seiner berühmten Söhne verloren, weil er in den fünfziger Jahren entgegen der Anweisung des Rates weiterhin mit Japan Geschäfte gemacht hatte.

Charles Lindberghs kleiner Sohn war entführt und getötet worden, während Lindbergh eine Verleumdungskampagne hatte über sich ergehen lassen müssen, die ihn als Bewunderer Adolf Hitlers hinstellte – und das alles bloß deshalb, weil er sich in den Dreißigern geweigert hatte, gemäß der Anweisung des Rates weiterhin mit den Nazis zu kooperieren.

Vor kurzem hatte der impertinente Enron-Ausschuss ermittelt. Und es war allgemein bekannt, wie es Enron ergangen war.

Im weiteren Verlauf der Videokonferenz schwieg Killian.

In dieser Hinsicht wusste er es besser als der Rat.

Das Zimbabwe-Experiment – seine Idee – hatte ihm Recht gegeben. Nach Jahrzehnten der von den Europäern ausgehenden wirtschaftlichen Repression scherten sich die verarmten afrikanischen Mehrheiten nicht länger um die Eigentumsrechte des weißen Mannes.

Und der Hartford-Bericht über das globale Bevölkerungswachstum – und den Bevölkerungs*schwund* im Westen – war ein weiterer Beleg für die Richtigkeit seiner Argumente.

Jetzt aber war nicht der richtige Zeitpunkt, darüber zu streiten.

Als die Formalien erledigt waren, blieben noch einige Ratsmitglieder online, um zu plaudern.

Ein Mitglied sagte: »Habe gerade die Bohrrechte für eine runde Milliarde erworben. Hab gesagt, schlagt ein oder lasst es bleiben. Diese blöden afrikanischen Regierungen haben einfach keine andere Wahl …«

Der Vorsitzende meinte lachend: »… Ich habe gestern im Spencer's diese Mattencourt getroffen. Ein bockiges kleines Fohlen. Sie hat mich schon wieder gefragt, ob ich sie nicht für einen Ratssitz in Betracht ziehen wollte. Darauf sag ich: ›Was sind Sie wert?‹ Und darauf sie: ›26 Milliarden.‹ ›Und Ihre Firma?‹ ›170 Milliarden.‹ Und wieder ich: ›Also, das dürfte reichen. Wenn Sie mir auf dem Herrenklo einen blasen, sind Sie drin.‹ Und weg war sie!«

Dinosaurier, dachte Killian. *Alte Männer. Überlebte Denkweisen. Von den reichsten Geschäftsleuten der Welt sollte man eigentlich mehr erwarten.*

Er drückte einen Knopf und unterbrach die Verbindung. Die Wandmonitore wurden schwarz.

Luftraum über der Türkei
26. Oktober, 14.00 Uhr Ortszeit
(06.00 Uhr E. S.T. USA)

Die MicroDots, die sich an Demon Larkhams IG-88-Team geheftet hatten, erzählten eine ganz eigene Geschichte.

Nachdem sie das Karpalow-Bergwerk verlassen hatten, waren sie zu einem von den Briten kontrollierten Flugplatz in Kunduz geflogen – was bei Schofield die Alarmglocken läuten ließ.

Es bedeutete nämlich, dass die britische Regierung Larkhams Vorgehen stillschweigend deckte.

Kein gutes Zeichen, dachte Schofield, der auf dem Rücksitz von Aloysius Knights *Black Raven* durch die Lüfte schoss.

Am Flugplatz von Kunduz hatten sich die IG-88-Leute in zwei Gruppen geteilt; die eine war in Richtung London geflogen, die andere zur Nordwestküste Frankreichs.

Das Flugzeug, das in Richtung London flog – ein schlanker Geschäftsjet vom Typ Gulfstream IV – entfernte sich rasch vom zweiten Flugzeug, einer schwerfälligen Frachtmaschine der Royal Air Force vom Typ Hercules C-130J.

Im Moment flog Knights Sukhoi mit eingeschalteten Stealth-Geräten parallel zu Larkhams Flugzeugen knapp außer deren Sichtweite.

»Die übliche Taktik von Demon«, meinte Knight. »Er teilt seine Männer in ein Auslieferungs- und ein Einsatzteam auf. Mit dem Einsatzteam liquidiert er die nächste Zielperson, während das Auslieferungsteam die Köpfe zur Verifizierung vorlegt.«

»Sieht so aus, als würde das Einsatzteam nach London fliegen«, sagte Schofield. »Die haben's auf Rosenthal abgesehen.«

»Wahrscheinlich«, meinte Knight. »Was wollen Sie tun?«

Schofield musste ständig an Gant im Bauch der Hercules denken.

»Ich will den Transporter«, sagte er.

Knight drückte einen Knopf an der Computerkonsole.

»Na schön, ich habe mir Zugang zu ihrem Kursrechner verschafft. Die Hercules soll in neunzig Minuten über der Westtürkei im Flug aufgetankt werden.«

»Wo startet das Tankflugzeug?«, fragte Schofield.

»In genau fünfundvierzig Minuten soll ein VC-10-Tankflugzeug vom britischen Luftstützpunkt in Akrotiri auf Zypern starten.«

»Okay«, sagte Schofield. »Book und Mother, Rufus wird euch nach London bringen. Findet Benjamin Rosenthal, bevor ihn Larkhams Team aufspürt.«

»Und was ist mit dir?«, fragte Mother.

»Captain Knight und ich fliegen nach Zypern.«

Eine Dreiviertelstunde später hob ein britisches Tankflugzeug vom Typ Vickers VC-10 von der zyprischen Startbahn ab.

Ohne Wissen der Vier-Mann-Crew flogen im hinteren Frachtraum zwei blinde Passagiere mit – Shane Schofield und Aloysius Knight, die Rufus im Schutz der Stealth-Vorrichtung in drei Meilen Entfernung im flachen Wasser abgesetzt hatte.

Rufus, Mother und Book II. hatten anschließend mit dem *Black Raven* Kurs auf London genommen.

Kurz darauf raste die VC-10 durch den türkischen Luftraum und näherte sich der von Afghanistan kommenden Hercules der Royal Air Force.

Das Tankflugzeug setzte sich vor die Hercules und stieg ein wenig höher. Dann fuhr es das Treibstoffrohr am Heck aus – den so genannten »Boom«. Der Boom war etwa siebzig Meter lang und an seinem Ende befand sich ein

Trichter, der sich an dem zu betankenden Flugzeug verankerte.

Gesteuert von einem Operator, dem so genannten »Boomer«, der auf dem Bauch auf einer Glasscheibe im Heck des Tankflugzeugs lag, hing der Boom auf den Empfänger der Hercules herab.

Der Empfänger – im Grunde nichts weiter als ein horizontales Rohr – befand sich unmittelbar über den Cockpitfenstern des Transporters.

Das Luftballett klappte perfekt.

Der Boomer des Tankflugzeugs fuhr den Boom aus und brachte ihn in Position, während die etwas tiefer nachfolgende Hercules langsam vorflog, bis der Empfänger – *Kawumm!* – im Trichter am Ende des Booms einrastete, worauf der Treibstoff durchs Rohr gepumpt wurde.

Währenddessen lud Knight seine H&K-Pistole mit speziellen 9-mm-Patronen. Jede Patronenhülse war mit einem orangefarbenen Streifen versehen.

»Bullenstopper«, meinte er zu Schofield. »Der beste Freund eines jeden Delta-Mannes. Neun-Millimeter-Patronen mit Gasfüllung. Besser als Hohlspitzgeschosse. Sie dringen ins Ziel ein und dehnen sich dann aus.«

»Wie stark?«

»Stark genug, um einen Mann in zwei Hälften zu zerlegen. Wollen Sie welche haben?«

»Nein, danke.«

»Trotzdem.« Knight stopfte ein paar orange gestreifte Patronen in einen Beutel an Schofields Kampfgürtel. »Falls Sie sich's anders überlegen sollten.«

Schofield wies mit dem Kinn auf Knights Einsatzweste mit den zahlreichen Anhängseln – der Schnapsflasche, dem kleinen Schweißbrenner, den Kletterhaken. Es war sogar ein kleines zusammengerolltes Säckchen dabei, das Schofield bekannt vorkam.

»Ist das etwa ein *Leichensack*?«, fragte er.

»Jawohl. Ein Markow Typ-III«, antwortete Knight. »Das muss man den Sowjets lassen. Ein besserer wurde nie hergestellt.«

Schofield nickte. Der Markow Typ-III war ein chemischer Leichensack. Da er einen verstärkten Reißverschluss hatte und aus mehrfach beschichtetem Nylon bestand, konnte man darin hoch ansteckende Leichen verstauen, ganz gleich, ob sie an der Pest erkrankt, chemischen Waffen erlegen oder radioaktiv verseucht waren. Die Russen hatten diese Säcke in Tschernobyl eingesetzt.

Die Kletterhaken fand Schofield besonders faszinierend. Dass ein Kopfgeldjäger einen Leichensack mitführte, dafür hatte er Verständnis, aber Kletterhaken?

Kletterhaken sind kleine, scherenartige, mit Federn versehene Gerätschaften, die Bergsteiger in winzige Gesteinsrisse rammen. Die Feder öffnet sich dabei mit großer Wucht und verankert den Haken in der Spalte, sodass der Bergsteiger ein Seil daran befestigen kann, das das Körpergewicht trägt. Schofield fragte sich, welche Verwendung ein Kopfgeldjäger dafür haben mochte.

»Eine Frage«, sagte er. »Wozu brauchen Sie die Kletterhaken?«

Knight zuckte beiläufig die Schultern. »Um Wände hochzuklettern. Außen an Gebäuden.«

»Ist das alles?«, fragte Schofield. *Vielleicht verwendet man sie ja bei der Folter.*

Knight hielt Schofields Blick stand. »Es gibt noch … andere Verwendungen.«

Als der Tankvorgang nahezu abgeschlossen war, setzten Schofield und Knight zum Sprung an.

»Sie übernehmen den Boomer«, sagte Knight und zog eine zweite 9-mm-Pistole. »Ich übernehme die Cockpit-Crew.«

»Einverstanden«, antwortete Schofield, dann setzte er

eilig hinzu: »Knight. Sie haben an Bord der Hercules freie Hand, aber wie wär's, wenn Sie nur nichttödliche Waffen einsetzen würden?«

»Warum denn das?«

»Die Crew trifft keine Schuld.«

Knight schaute finster drein. »Wenn's unbedingt sein muss ...«

»Danke.«

Und los ging's.

Mit den fünfzehn weit ums Cockpit herumgezogenen Fenstern bot der C-130-Transporter den Piloten außergewöhnlich gute Sicht und im Moment sahen die beiden Piloten der britischen Hercules hoch über sich das vogelähnliche Heck der VC-10 mit dem schwanzförmigen gebogenen Tankrohr, das sich unmittelbar über dem Cockpit mit dem Empfänger zusammengekoppelt hatte.

Dieses Betankungsmanöver hatten sie bereits hundertmal durchgeführt. Als die beiden Flugzeuge miteinander verbunden waren, hatten die Piloten auf Autopilot umgeschaltet und achteten jetzt mehr auf die Anzeigen der Treibstoffpumpe, als dass sie den fantastischen Anblick gewürdigt hätten.

Was wahrscheinlich der Grund dafür war, dass sie nicht mitbekamen, wie zweiundzwanzig Minuten nach Beginn des Auftankens eine schwarz gekleidete Gestalt wie ein todesverachtender Stuntman am Tankrohr entlangsauste, bis auf einmal die Cockpitfenster im Kugelhagel ihrer MP barsten.

Der Anblick war wahrhaft atemberaubend.

Zwei riesige Flugzeuge im Tandemflug in 20 000 Fuß Höhe, miteinander durch das lange gebogene Tankrohr verbunden …

… und eine kleine Menschengestalt, die – mit einer Hand am improvisierten Flying Fox hängend – am Rohr entlangsauste wie an einem Reißverschluss, in der freien Hand eine H&K-Maschinenpistole, mit der sie aufs Cockpit der Hercules feuerte!

Die beiden Piloten duckten sich unter einem Schauer von Glassplittern. Der Fahrtwind schlug ins Cockpit. Das Flugzeug, gesteuert vom Autopiloten, blieb jedoch auf Kurs.

Aloysius Knight glitt mit unglaublicher Geschwindigkeit am Tankrohr entlang. Er hing an einem Sitzgurt, den er um das Rohr gelegt hatte – sein Gesicht bedeckte eine Atemmaske, auf den Rücken hatte er sich einen ultrakompakten Fallschirm vom Typ MC-4/7 geschnallt.

Da der Empfänger der Hercules unmittelbar über dem Cockpit angebracht war, endete Knights Rutschpartie damit, dass er geradewegs durch die geborstenen Glasfenster der Hercules krachte und im windgepeitschten Cockpit landete.

Er schaltete das Funkmikrofon ein. »Alles in Ordnung, Scarecrow! Sie können nachkommen!«

Ein paar Sekunden später schwang sich eine zweite Gestalt – auch sie mit Atemmaske und einem kleinen Fallschirm ausgerüstet – von der Tragfläche des Tankflugzeugs, schoss am Tankrohr entlang und verschwand in den geborstenen Cockpitfenstern der Hercules.

Im Frachtraum der Hercules wandten alle Passagiere – acht schwarz gekleidete Kämpfer, zwei Männer in Anzügen und zwei Gefangene – die Köpfe, als aus dem Cockpit ein lautes Krachen ertönte, gefolgt vom Tosen des Fahrtwinds.

Die acht Kämpfer gehörten dem IG-88-Auslieferungsteam an. Die Namen der beiden Männer in Anzügen kannte niemand, dafür trugen sie die Abzeichen des MI-6: Britischer Geheimdienst.

Und die beiden Gefangenen waren Lieutenant Elizabeth »Fox« Gant und General Ronson H. Weitzman, beide vom US Marine Corps, beide von Demons Männern in Afghanistan gefangen genommen.

Kurz bevor der Luftangriff begann, war Gant wieder zu sich gekommen – bloß um festzustellen, dass sie im geräumigen Frachtraum einer Hercules saß und man ihr die Hände mit Plastikriemen auf den Rücken gebunden hatte.

Nicht weit von ihr lag Ronson Weitzman – einer der ranghöchsten Offiziere im ganzen Marine Corps – auf der Motorhaube eines Humvees, mit abgespreizten Armen, als wäre er in der Horizontalen gekreuzigt worden, die Handgelenke mit Handschellen an die Seitenspiegel des Fahrzeugs gefesselt.

Weitzmans rechter Uniformärmel war abgerissen; um seinen nackten Arm war eine Aderpresse aus Gummi gelegt.

Den General flankierten die beiden MI-6-Leute. Gant war in dem Moment zu sich gekommen, als der Kleinere der beiden eine Spritze aus Weitzmans Arm hervorzog.

»Es dauert ein paar Minuten«, sagte der Kleinere.

Der General hob den Kopf, blickte sich benommen um.

»Hallo, General Weitzman«, sagte der größere Geheimdienstoffizier lächelnd. »Die Droge, deren Wirkung Sie spüren, wird als EA-617 bezeichnet. Ich nehme an, Sie haben schon davon gehört. Es handelt sich um einen neuralen Inhibitor – die Droge unterdrückt in Ihrem Gehirn die Freisetzung des Neurotransmitters GABA, was es Ihnen ein wenig erleichtern dürfte, unsere Fragen wahrheitsgemäß zu beantworten.«

»Wa-?« Weitzman blickte auf seinen Arm nieder. »... 617? Nein ...«

Die Kopfgeldjäger der IG-88 schauten aus diskreter Entfernung zu – befehligt wurden sie von einem großen, erstaunlich gut aussehenden Soldaten, der Gant auch schon in den afghanischen Tunnelgängen aufgefallen war. Die anderen IG-88-Männer nannten ihn »Cowboy«.

»Na schön, General«, sagte der große M-16-Mann. »Der universale Entschärfungscode. Wie lautet er?«

Weitzman runzelte die Stirn und blinzelte heftig, als bemühte er sich, der Droge zu widerstehen.

»Einen solchen Code kenne ... kenne ich nicht«, behauptete er ohne Überzeugungskraft.

»Aber sicher doch, General. Der Entschärfungscode der Vereinigten Staaten. Der Code, der sämtliche Sicherungssysteme in den amerikanischen bewaffneten Streitkräften außer Kraft setzt. Sie hatten die Aufsicht, als er in das geheime US-Militärprojekt mit der Bezeichnung ›Kormoran‹ eingeführt wurde. Wir wissen über Kormoran Bescheid, General. Aber wir kennen den Code nicht. Wie lautet er?«

Gant war tief bestürzt.

Sie hatte gerüchteweise vom universalen Entschärfungscode gehört. Er war von Legenden umrankt: ein Zahlencode, der *sämtliche* militärischen Sicherheitssysteme außer Kraft setzte.

Weitzman blinzelte, wehrte sich gegen die Wirkung der Droge. »Den ... den gibt es nicht ...«

»Doch, General«, sagte der große Mann. »Es gibt ihn und Sie sind eine der fünf Personen des amerikanischen Militär-Establishments, die ihn kennen. Vielleicht muss ich ja die Dosis ein wenig erhöhen.«

Der große Mann holte eine weitere Spritze hervor und stach sie Weitzmann in den Arm.

Weitzman stöhnte. »*Nein …*«

Das EA-617-Serum strömte in seinen Blutkreislauf.

Und dann barsten die Cockpitfenster unter Knights Kugelhagel.

Schofield fiel ins Cockpit der Hercules und landete neben Knight.

»Darf ich *jetzt* tödliche Waffen einsetzen?«, rief Knight.

»Nur zu!«

Knight deutete auf einen Monitor am Armaturenbrett – darauf sah man den Frachtraum der Hercules, gefilmt von einer Weitwinkelkamera.

Schofield sah etwa ein Dutzend große Holzkisten in der Nähe der Cockpittreppe, das Humvee, auf dessen Motorhaube Weitzman gekreuzigt war, acht Männer in schwarzen Kampfuniformen, zwei Bad Guys in Anzügen und auf dem Boden, links vom Humvee, mit dem Rücken an der Wand des Frachtraums lehnend, die Hände auf den Rücken gefesselt …

… Libby Gant.

»Zu viele, um sie alle zu erschießen«, meinte Schofield.

»Ich weiß«, sagte Knight. »Also streichen wir die Schusswaffen.«

Er löste zwei Granaten vom Kampfgürtel – kleine blassgelbe Handgranaten.

»Was ist das?«, fragte Schofield.

»Britische AC-2-Granaten. Adhäsionsdüppel-Granaten.«

»Anti-Feuerwaffen-Granaten.« Schofield nickte. »Hübsch.«

Die britischen SAS, Experten in Antiterroreinsätzen, hatten die AC-2 für Einsätze gegen bewaffnete Geiselnehmer entwickelt. Im Wesentlichen handelte es sich um übliche Blendgranaten, jedoch mit einem zusätzlichen Feature.

»Sind Sie bereit? Denken Sie dran, Sie haben einen

Schuss, bevor Ihre Waffe versagt«, sagte Knight. »Okay, dann schaukeln wir das Ding.«

Er brach die Cockpittür auf und schleuderte zwei AC-2-Granaten in den Frachtraum.

Die beiden blassgelben Granaten flogen in den Frachtraum, kullerten über die Holzkisten, landeten neben dem Humvee auf dem Boden und –

– *Blitz-bäng!*

Die übliche Detonation erfolgte zuerst: gleißend helle Lichtblitze, gefolgt von einem ohrenbetäubenden Krachen, das einen taub und orientierungslos machen sollte.

Und dann kam das Extra-Feature der AC-2-Granaten zum Tragen.

Bei der Explosion wurde ein Sternenregen leuchtender weißgrauer Partikel freigesetzt, der sich in alle Richtungen ausdehnte und den abgeschlossenen Frachtraum *vollständig* ausfüllte.

Die Partikel ähnelten Konfetti, und als sie sich verteilt hatten, schwebten sie in der Luft, winzig im Durchmesser, und hüllten alles in einen weißgrauen Schleier, wie bei einer Schneekugel, die man geschüttelt hat.

Bloß war es kein Konfetti.

Es handelte sich um spezielle Adhäsionsdüppel – eine klebrige Substanz, die sich *an alles* haftete.

Die Cockpittür sprang auf und Knight und Schofield stürmten in den Frachtraum.

Der nächste IG-88-Kämpfer griff zur Waffe, wurde jedoch von einem Pfeil in die Stirn getroffen – abgeschossen von einer kleinen, an Knights rechtem Unterarm befestigten Armbrust.

Der zweitnächste IG-88-Kämpfer fuhr ebenfalls herum und wurde – *Schlipp!* – aus Knights linksarmiger Armbrust mitten ins Auge getroffen.

Der dritte IG-88-Kämpfer hatte es tatsächlich geschafft, den Abzug seines Sturmgewehrs vom Typ Colt Commando durchzudrücken.

Das Maschinengewehr feuerte – ein Mal. Bloß eine Kugel. Dann blockierte die Waffe.

Sie war »verdüppelt«. Die klebrigen Adhäsionsdüppel aus Knights Granaten waren in den Lauf eingedrungen, in den Verschluss, in alle beweglichen Teile, und hatten sie unbrauchbar gemacht.

Schofield schlug den Mann mit dem Kolben des Maghooks nieder.

Die anderen IG-88-Männer aber hatten rasch dazugelernt, und im nächsten Moment krachten neben Schofield und Knight zwei Warlock-Kampfmesser in die Holzkisten.

Knight reagierte, indem er die am gefährlichsten wirkende Waffe zog, die Schofield an seiner Mehrzweckweste ausgemacht hatte: einen kleinen Ninja-Wurfstern, auch *Shuriken* genannt. Er war etwa so groß wie Schofields Hand und bestand aus vier bösartig geschwungenen Klingen, die von der Nabe ausgingen.

Knight schleuderte den Shuriken aus dem Handgelenk und der Wurfstern durchschnitt schwirrend die Luft, bis er – *Schnick! Schnick!* – die Kehlen zweier nebeneinander stehender IG-88-Kämpfer aufschlitzte.

Fünf weniger, dachte Schofield, *somit bleiben noch drei und die beiden Anzugtypen …*

Und dann wurde Schofield auf einmal gepackt –

– mit *erstaunlich* kräftigem Griff –

– und zur Cockpittür zurückgeschleudert.

Er prallte hart auf dem Boden auf, und als er aufsah, stapfte ein massiger IG-88-Kämpfer auf ihn zu. Der Mann war ein Hüne: über zwei Meter groß, schwarzhäutig, mit mächtigem Bizeps und einem Gesicht, aus dem blanke Wut sprach.

»Haste ’se noch alle?«, sagte der schwarze Hüne.

Schofield aber war schon wieder in Bewegung – er sprang rasch hoch und ließ den Kolben des Maghooks mit aller Macht auf den Kiefer des schwarzen Soldaten niederkrachen.

Der Schlag traf.

Der Hüne zuckte nicht einmal mit der Wimper.

»O je«, sagte Schofield.

Der hünenhafte schwarze Soldat boxte Schofield in den Bauch und schleuderte ihn wie eine Stoffpuppe ins winddurchtoste Cockpit. Schofield prallte hart gegen das Armaturenbrett.

Dann hob der große schwarze Soldat ihn mühelos hoch und sagte: »Du bist durchs Fenster gekommen. Jetzt fliegst du da auch wieder raus.«

Und ohne zu zögern schleuderte der hünenhafte Schwarze Shane Schofield durch die geborstenen Cockpitfenster der Hercules hinaus in den wolkenlosen weiten Himmel.

Im von Partikeln erfüllten Frachtraum wandte Aloysius Knight – in vollem Lauf Wurfsterne schleudernd – den Kopf und sah sich nach Schofield um …

… der soeben durch die geborstenen Cockpitfenster flog.

»Heilige Scheiße«, knurrte Knight. Schofield trug zwar ebenfalls einen Fallschirm, deshalb durfte ihm eigentlich nichts passiert sein, aber sein plötzliches Verschwinden wirkte sich ungünstig auf das Kräfteverhältnis aus.

Knight schaltete das Mikrofon ein. »Schofield! Alles okay?«

Eine verrauschte Antwort: *»Ich lebe noch!«*

Die Hercules flog nach wie vor in 20 000 Fuß Höhe, noch immer dicht hinter und unter dem VC-10-Tankflugzeug … bloß dass mittlerweile eine winzige Gestalt am Bugkegel hing.

Schofield klammerte sich 20 000 Fuß über dem Boden an den Bug der dahinrasenden Hercules und wurde vom Fahrtwind heftig durchgeschüttelt, doch dank des Maghooks war er magnetisch mit dem Frachter verbunden.

Sein hünenhafter schwarzer Gegner – der Spitzname des IG-88-Manns lautete treffend »Rocko« – blickte über ihm aus dem Cockpit.

Dann duckte Rocko sich plötzlich, und als er wieder auftauchte, hielt er einen Colt vom Kaliber.45 in der Hand, der im Cockpit gelegen hatte und deshalb von Knights Düppelgranaten verschont worden war.

»Boah! Scheiße!«, brüllte Schofield, als die erste Kugel über seinem Kopf vorbeipfiff.

Er hatte gehofft, Rocko würde annehmen, dass er abgestürzt war, und gleich wieder in den Frachtraum rennen, was es ihm ermöglicht hätte, durchs Cockpitfenster ins Flugzeug zurückzuklettern.

Aber so …

Daher tat Schofield das Einzige, was ihm noch übrig blieb.

Er zog Gants Maghook aus dem zweiten Schenkelhalfter, befestigte ihn ein Stück weiter unten am Rumpf der Hercules – *Klong!* – und schwang sich hinab, *unter* den Bugkegel des riesigen Flugzeugs, hinaus aus Rockos Schusslinie, sodass er nun unter dem Bauch des Frachters hing, 20 000 Fuß über dem Erdboden.

Er sprach ins stimmaktivierte Kehlkopfmikrofon.

»Knight! Ich mische noch mit! Sie müssen mir bloß die Frachtluke öffnen!«

Im Frachtraum duckte sich Knight vor einem Wurfmesser und traf einen der uniformierten Bad Guys mit einem Shuriken in die Brust.

Er hörte Schofields Funkspruch, sah den großen roten Knopf, der die Frachtrampe der Hercules öffnete, und schleuderte einen Shuriken darauf.

Zack!

Das vierstrahlige Wurfmesser traf den Knopf und rammte ihn in die Konsole, worauf sich die Frachtrampe am Heck der Hercules mit einem tiefen *Wmmmmm* zu öffnen begann.

»In Ordnung, Captain! Die Frachtrampe ist offen!«, tönte Knights Stimme aus Schofields Ohrhörer.

Mit Hilfe der beiden Maghooks, die Schofield abwechselnd magnetisierte und entmagnetisierte, bewegte er sich am Rumpf entlang und schwang sich wie ein Junge an einem Kletterseil auf die offene Heckrampe zu.

Wind toste in den Frachtraum, rauschte durch die offene Laderampe und wirbelte die in der Luft schwebenden Düppelpartikel durcheinander. Ein kleiner Schneesturm.

Im Frachtraum rutschte Knight an Gants Seite.

»Ich will Ihnen helfen«, sagte er eilig und näherte die Messerklinge den Plastikfesseln –

– als er von zwei großen schwarzen Händen gepackt und nach hinten gerissen wurde.

Rocko.

Der große schwarze IG-88-Kämpfer schleuderte Knight gegen die Seite des Humvees. Knights Messer flog in hohem Bogen davon.

Cowboy, der Anführer der IG-88-Truppe, trat rechts vom Humvee aus der Deckung.

»Die Sonnenbrille!«, rief er.

Rocko versetzte Knight einen brutalen Boxhieb und brach ihm nicht nur den Nasenbügel der gelb getönten Sonnenbrille, sondern auch die Nase. Die Brille fiel herunter, sodass seine Augen nun dem Licht ausgesetzt waren.

»Ahh!« Knight kniff die Augen zusammen.

Mit einem weiteren Hieb trieb Rocko ihm die Luft aus den Lungen.

»Leg ihn vor den Wagen«, sagte Cowboy, löste die Vertäuung des Humvees und sprang hinters Steuer. »Mit den Knien vor die Reifen.«

Rocko gehorchte, platzierte den erschlafften Knight vor den Reifen des Humvees und trat beiseite.

Cowboy ließ den Motor an, legte den ersten Gang ein und trat aufs Gaspedal.

Das Humvee machte einen Satz nach vorn, unmittelbar auf Aloysius Knights Kniescheiben zu. Cowboy spürte einen kleinen, äußerst zufrieden stellenden Ruck, als der große Jeep den Kopfgeldjäger überfuhr und gegen die Wand des Frachtraums stieß.

»Verdammt! Scheiße!«, schrie Rocko.

»Was ist denn?«, rief Cowboy.

»Der andere Kerl ist wieder da!«

Keiner der Briten hatte bemerkt, dass Schofield wieder an Bord der Hercules geklettert war.

Weder Cowboy noch Rocko noch die anderen beiden Bad Guys – der vom IG-88 und der überlebende Anzugtyp vom britischen Geheimdienst.

Sie hatten nicht mitbekommen, wie Schofield hinter dem Humvee mit Hilfe der Maghooks auf die Laderampe geklettert war.

Auch nicht, wie er an der rechten Seite des Humvees entlanggekrochen war und Aloysius Knight beiseite gerissen hatte ... während er gleichzeitig einen der auf dem Boden liegenden IG-88-Kämpfer vor das anfahrende Fahrzeug gezogen hatte, der an Knights Stelle überfahren worden war.

Schofield und Knight fielen unmittelbar neben Gant gegen die Seitenwand des Frachtraums.

Knight presste die Augen zusammen. Schofield holte nicht einmal Luft.

Er durchtrennte Gants Fesseln und gab ihr das Messer. »Hey, Babe. Du hast mir in Afghanistan gefehlt. Schnell, hilf mir, den General zu befreien.«

General Weitzman lag noch immer mit abgespreizten Armen auf der Motorhaube des Humvees, die Arme mit Handschellen an die Seitenspiegel gefesselt.

Gant nahm dem überrollten IG-88-Mann einen Schlüsselbund ab und fand den Schlüssel für die Handschellen.

Schofield richtete sich auf, als aus der Fahrertür des

Humvees plötzlich Cowboy auftauchte – während der britische Geheimdienstler vor dem Fahrzeug ein festgeklemmtes Messer aus einer Holzkiste zog.

Die Bad Guys hatten ihn in der Zange.

Schofield streckte beide Arme aus und hob gleichzeitig die beiden Maghooks. Wegen der Düppelpartikel blieb ihm jeweils nur ein einziger Schuss.

Er drückte ab.

Der erste Schuss traf Cowboy nicht – doch das sollte er auch gar nicht. Stattdessen traf er die Wagentür, die Cowboy gerade öffnete. Aus nächster Nähe donnerte der Maghook gegen die gepanzerte Tür, drückte sie zu und schleuderte Cowboy zurück in den Wagen.

Der Anzugtyp wurde vom anderen Maghook mitten auf die Brust getroffen. Er klappte einfach mit gebrochenen Rippen zusammen und krachte gegen die Kiste hinter ihm.

Gant war unterdessen damit beschäftigt, General Weitzman loszubinden. Die Handschellen sprangen auf.

»Okay«, sagte sie. »Die andere Hand. Andere Seite …«

Auf der anderen Seite des Humvees aber stand …

Rocko.

Er stand einfach bloß da, den flach auf dem Rücken liegenden Weitzman weit überragend.

Schofield tauchte an Gants Seite auf, lenkte Rockos Blick auf sich. »Kümmere du dich um den General«, sagte er ohne den hünenhaften Soldaten aus den Augen zu lassen. »Und warte auf mein Zeichen.«

»Was für ein Zeichen?«

Schofield aber gab keine Antwort. Stattdessen ging er in die Hocke und zog zwei von Knights bösartigen Wurfsternen aus einem der Toten hervor. Rocko tat ihm gegenüber das Gleiche.

Dann traten die beiden Männer auf die Fläche jenseits des Humvee, die von der offenen Laderampe begrenzt wurde. Dahinter sah man den weiten blauen Himmel.

Einen Moment lang standen sie einander gegenüber – der hoch gewachsene, massige Rocko und der kleinere, besser proportionierte Schofield – jeder mit zwei vierstrahligen Wurfsternen in Händen.

Und dann griffen sie an.

Silbrige Blitze, das Klirren von aufeinander prallendem Metall.

Rocko warf sich nach vorn, Schofield wehrte ab. Rocko schlug zu, Schofield parierte.

Während Schofield und Rocko am Heckende des Frachtraums miteinander kämpften, öffnete Gant die Handschellen an Weitzmans rechter Hand und befreite damit den General, ließ die offenen Handschellen jedoch am Seitenspiegel hängen. Sie schob Weitzman vom Humvee und wälzte ihn auf den Boden.

Währenddessen brabbelte der General zusammenhanglos vor sich hin: »Ach Gott, der Code ... der Universalcode ... ja, ja, er existiert, aber nur eine Hand voll Leute kennen ihn ... Er basiert auf einem mathematischen Prinzip ... ja, ich habe ihn ins Projekt Kormoran eingeführt, aber es ging noch um ein anderes Projekt ... Chamäleon...«

Schofield und Rocko tänzelten an der rechten Seite des Humvees entlang – auf Gant und Weizman zu – und Schofield tänzelte rückwärts, wobei er Rockos Hiebe abwehrte.

»Gant!«, rief Schofield. »Bereit für mein Zeichen?«

»Klar! Was für ein Zeichen?«

»Das hier!«

Auf einmal packte Schofield mit einer brillanten Bewegung Rockos vorstoßenden Arm, verlagerte blitzschnell das Gewicht und rammte Rockos Rechte auf die Motorhaube des Humvees, *unmittelbar neben* der offenen Handschelle, die eben noch Weitzman gefesselt hatte.

»Jetzt!«

Gant reagierte augenblicklich, hechtete auf die Motorhaube des Humvees und ließ die Handschelle um Rockos rechtes Handgelenk zuschnappen.

Rockos Augen traten hervor.

Er war an den Seitenspiegel des Humvees gefesselt!

Schofield sprang von ihm weg, hinüber zu dem auf dem Boden liegenden Weitzman.

»Sir! Alles in Ordnung?«, fragte er rasch, während er sich zu ihm hinunterbeugte.

Der General aber brabbelte unentwegt weiter. »Ach, nein ... es ging nicht bloß um Kormoran. Auch um Chamäleon. Um Kormoran und Chamäleon. Schiffe und Raketen. Alles streng geheim. *Herrgott noch mal* ... Aber der universale Entschärfungscode wechselt wöchentlich. Im Moment ist es ... die sechste ... ach, mein Gott, die sechste M ... M ... Mörs ... Mörs–«

Ein zischendes Geräusch. Aufblitzender Stahl. Und dann kippte der Kopf des Generals leicht zur Seite, auf seinem Hals erschien eine rote Linie ...

... und dann fiel General Ronson H. Weitzman der Kopf von den Schultern.

Der Kopf prallte auf dem Boden auf und blieb vor Schofields Füßen liegen. Ein abgetrennter Kopf lebt noch etwa dreißig Sekunden weiter. Daher schaute Weitzmans schauerlicher Kopf vom Boden zu Schofield hoch. Seine Augenlider flatterten eine Weile, dann entspannten sich gnädigerweise die Gesichtsmuskeln und der Kopf rührte sich nicht mehr.

Schofield schaute hoch und erblickte Cowboy, Demon Larkhams gut aussehenden jungen Stellvertreter, der auf der anderen Seite des Humvees stand und eine lange Machete schwang, von deren Klinge frisches Blut tropfte.

Seine Augen waren im Blutrausch geweitet und er holte aus, um die Machete auf Schofield zu schleudern –

– als jemand von hinten sein Handgelenk packte und es

gegen die Motorhaube des Humvees rammte, sodass Cowboy die Machete losließ, während sein unsichtbarer Gegner die *andere* Handschelle um sein Handgelenk zuschnappen ließ.

Cowboy fuhr herum: Hinter ihm stand Aloysius Knight, der eine neue bernsteinfarben getönte Sonnenbrille trug.

»Nicht schlecht, Cowboy. Du hast an meine Achillesferse gedacht.«

Knight hob die Machete auf und lächelte den IG-88-Kopfgeldjäger an. »Und ich kenne deine. Du kannst nämlich nicht fliegen.«

Knight trat zur Fahrertür des Humvees, lehnte sich hinein und schaltete in den Rückwärtsgang. Er nickte Schofield und Gant zu: »Machen Sie Platz.«

Cowboy und Rocko – die an die Seitenspiegel gefesselt waren – starrten Knight entsetzt an.

»Tschüss, Jungs.«

Daraufhin drückte Knight mit der Machete das Gaspedal des Humvees bis zum Anschlag durch.

Das Humvee machte einen Satz und raste rückwärts auf die offene Frachtrampe zu.

Mit zwanzig Sachen erreichte es den Rand, dann kippte es nach hinten, verschwand außer Sicht und stürzte zu Cowboys und Rockos Entsetzen 20 000 Fuß senkrecht in die Tiefe.

Als das Humvee durch die Heckklappe der Hercules verschwunden war, eilte Schofield zu Gant und schloss sie in die Arme.

Gant erwiderte seine Umarmung mit geschlossenen Augen. Andere Frauen wären bei einer solchen Wiedervereinigung vielleicht in Tränen ausgebrochen, nicht jedoch Gant. Sie gab sich ihren Gefühlen hin, aber Weinen kam so schnell nicht in Frage.

»Was zum Teufel geht hier vor?«, fragte sie, als sie sich wieder voneinander lösten.

»Kopfgeldjäger«, erklärte Schofield. »Mein Name steht auf einer Liste von Personen, die bis heute Mittag, New Yorker Zeit, getötet werden sollen. Sie haben dich gekidnapped, um mich zu kriegen.«

Er berichtete Gant kurz von seinen Erlebnissen in Sibirien und Afghanistan und von den Kopfgeldjägern, denen er begegnet war – von Executive Solutions, dem Ungarn, den Spetsnaz-Skorpionen und natürlich von Demon Larkhams IG-88. Außerdem zeigte er ihr die Namensliste.

»Was ist mit dem?« Gant wies mit dem Kinn auf Knight, der gerade im Cockpit verschwand, um die Hercules vom Tankflugzeug abzukoppeln.

»Das«, antwortete Schofield, »ist mein Schutzengel.«

Aus Richtung der Holzkisten drang gequältes Stöhnen.

Schofield und Gant wirbelten herum …

… und sahen einen der Anzugtypen mit gebrochenen Rippen auf dem Boden liegen. Es war der britische Agent, den Schofield mit dem Maghook an der Brust getroffen hatte.

Sie gingen zu ihm.

Der Anzugtyp atmete pfeifend und hustete Blut.

Schofield bückte sich und untersuchte ihn. »Die Rippen sind gebrochen, die Lungenflügel perforiert. Wer ist das?«

»Ich hab nicht viel mitbekommen«, erwiderte Gant. »Er und der andere Anzugtyp haben den General mit Hilfe einer enthemmenden Droge verhört und sich nach dem universalen Entschärfungscode der Amerikaner erkundigt. Sie meinten, Weitzman hätte die Oberaufsicht gehabt, als der Code in das so genannte Projekt Kormoran implementiert wurde.«

»Ach ja?«, meinte Schofield. »Eine enthemmende Droge.« Er blickte sich im Frachtraum um und entdeckte auf dem Boden einen Arztkoffer. Ein paar Spritzen und Serumfläschchen waren herausgefallen. Er hob eines der Fläschchen auf und warf einen Blick aufs Etikett.

»Dann wollen wir mal sehen, wie er auf seine eigene Medizin anspricht.«

Als Aloysius Knight wieder aus dem Cockpit kam, saß der britische Agent mit dem Rücken zur Wand im Frachtraum, mit aufgekrempeltem Ärmel und 200 mg EA-617 im Blut.

Knight tippte Schofield auf die Schulter.

»Ich habe uns vom Tankflugzeug losgekoppelt«, sagte er. »Im Moment fliegen wir mit Autopilot auf dem bereits eingestellten Kurs zu einem Privatflugplatz in der Bretagne, an der französischen Atlantikküste. Übrigens hat sich Rufus gemeldet. Er wird Ihre Leute auf einem stillgelegten Flugplatz vierzig Meilen von London entfernt absetzen.«

»Gut«, meinte Schofield, in Gedanken bei Book II. und Mother, die zum Mossad-Hauptquartier in London unterwegs waren.

Dann konzentrierte er sich wieder auf den britischen Agenten.

Nach kurzem Sträuben gegen die Wirkung der enthemmenden Droge hatte er seinen Namen genannt: Er hieß Charles Beaton und arbeitete für den MI-6, den britischen Geheimdienst.

»Diese Kopfgeldjagd. Was wissen Sie darüber?«, fragte Schofield.

»Fast zwanzig Millionen pro Kopf. Fünfzehn Köpfe. Und sie wollen, dass Sie bis heute Mittag, New Yorker Zeit, von der Bildfläche verschwinden.«

»Wer sind ›sie‹? Von wem stammt das Geld?«

Beaton schnaubte geringschätzig. »*Sie* haben viele Namen. Die Bilderberg-Gruppe. Die Brüssel-Gruppe. Star Council. Die 12 Majestäten. M-12. Es handelt sich um eine Elitegruppe von Industriellen, die über die ganze Welt herrschen. Insgesamt zwölf Personen. Die reichsten Männer der Welt. Sie kontrollieren Regierungen und sind in der Lage, ganze Volkswirtschaften zu ruinieren. Sie können tun, was sie wollen ...«

Schofield lehnte sich zurück, seine Augen weiteten sich.

»O-*kay* ...«, meinte Knight trocken.

»Nennen Sie mir Namen«, sagte Schofield.

»Ich kenne ihre Namen nicht«, antwortete Beaton. »Das geht mich nichts an. Mein Arbeitsgebiet ist das amerikanische Militär. Ich weiß bloß, dass M-12 existiert und dass es die Kopfgeldjagd finanziert.«

»Na schön. Wissen Sie, was sie mit dieser Jagd erreichen wollen?«

»Nein«, antwortete Beaton. »Mein Job war es, den universalen Entschärfungscode aus Weitzman herauszuholen und ihn dann Larkham, dem Kopfgeldjäger, zu überlassen. Ich sollte mir die Kopfgeldjagd zunutze machen. Über die Jagd selbst oder die Motive von M-12 weiß ich nichts.«

»Und wer beim MI-6 weiß Bescheid?«

»Alec Christie. Das ist unser Mann. Er weiß alles über Majestic-12 und wahrscheinlich auch über die Kopfgeldjagd. Das Problem ist nur, dass MI-6 nicht weiß, wo Christie sich aufhält. Vor zwei Tagen ist er verschwunden.«

Christie.

Schofield kannte den Namen von der Liste her:

```
2. CHRISTIE, Alec P.          GB        MI-6
```

»Dieser Christie ist offenbar aufgeflogen«, sagte er, »denn Majestic-12 hat ihn ebenfalls auf die Liste gesetzt.«

Er probierte einen anderen Ansatz. »Was hat es mit den Projekten Kormoran und Chamäleon auf sich, nach denen Sie Weitzman gefragt haben?«

Beaton zuckte zusammen, versuchte abermals, der Droge zu widerstehen. »Kormoran ist ein Projekt der US-Navy. Streng geheim. Im Zweiten Weltkrieg hat die deutsche Marine einige ihrer Schiffe als Handelsschiffe ausgegeben. Eins davon hieß *Kormoran*. Wir glauben, die US-Navy macht etwas ganz Ähnliches, allerdings mit modernsten Mitteln: Sie baut Kriegsschiffe, die Interkontinentalraketen abschießen können, bloß sehen die nicht mehr wie Kriegsschiffe aus. Sie sind als Supertanker und Containerfrachter getarnt.«

»Wow«, flüsterte Gant.

»Okay. Das also ist Projekt Kormoran«, sagte Schofield. »Und was ist mit dem Projekt Chamäleon?«

»Von Chamäleon weiß ich nichts.«

»Sind Sie sicher?«

Beaton stöhnte. »Wir wissen, dass es in Verbindung mit Kormoran steht und dass es um eine große Sache geht – es gilt die höchste Geheimhaltungsstufe. Aber derzeit wissen wir nichts Genaues.«

Schofield dachte angestrengt nach.

Es war, als setzte er Stück für Stück ein kompliziertes Puzzle zusammen. Ein paar Teile hatte er, aber noch längst nicht das ganze Bild. Noch nicht.

Er sagte: »Und wer weiß darüber Bescheid, Mr. Beaton? Woher hat MI-6 diese streng geheimen Informationen?«

»Vom Mossad«, flüsterte Beaton. »Der Mossad unterhält in Canary Wharf in London ein Feldbüro. Letzten Monat ist es uns gelungen, das Büro zu verwanzen. Glauben Sie mir, der Mossad weiß *alles*. Die wissen über Majestic-12 Bescheid. Sie wissen über Kormoran und Chamäleon Bescheid. Sie kennen jeden einzelnen Namen auf der Liste und auch den Grund, weshalb er da steht. Und sie wissen noch was.«

»Und das wäre?«, sagte Schofield.

»Der Mossad kennt den Plan von M-12 für den 26. Oktober.«

King's Tower
Canary Wharf, London

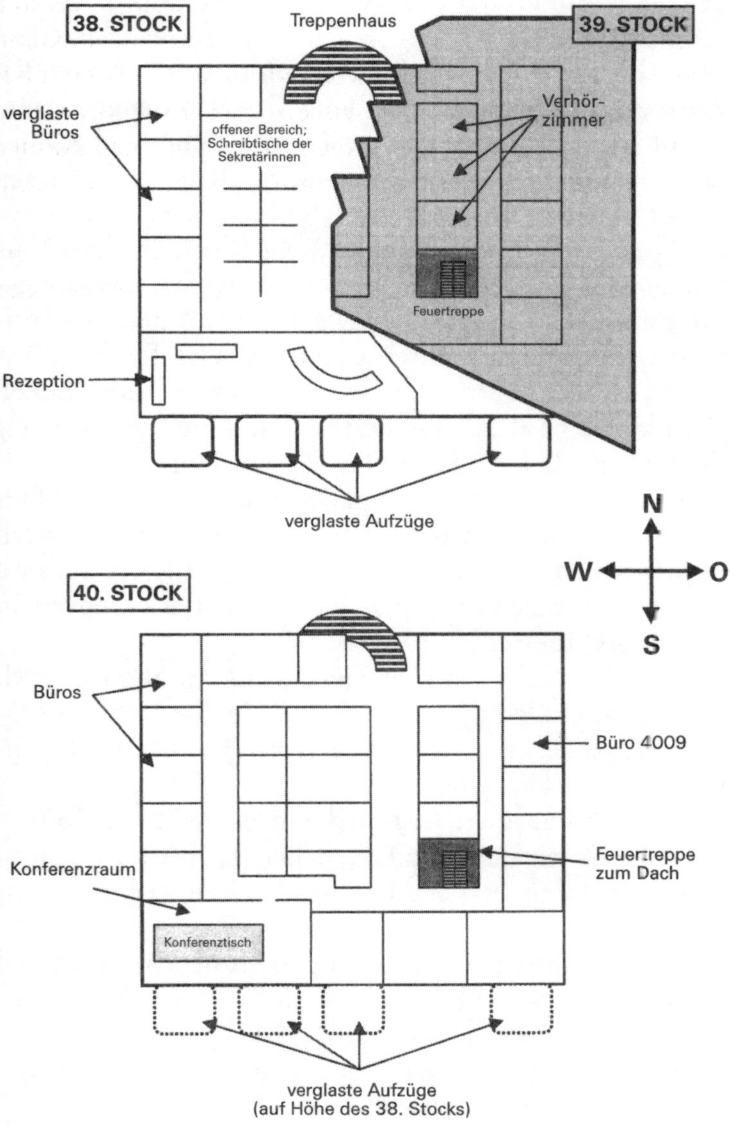

King's Tower
Canary Wharf, London
26. Oktober, 12.00 Uhr Ortszeit
(13.00 Uhr in Frankreich – 07.00 Uhr E. S.T. USA)

Book II. und Mother befanden sich in einem verglasten Aufzug, der sich außen am King's Tower entlangbewegte.

Vor ihnen erstreckte sich die Themse, braun und gewunden. Old London lag am Horizont, von Regen verschleiert.

Der Canary-Wharf-Distrikt bildete einen scharfen Kontrast zum übrigen London – ein Geschäftsviertel aus kühlem Glas und Stahl, mit Wolkenkratzern, sorgsam gepflegten Parkanlagen und dem größten Gebäude Großbritanniens: dem imposanten Canary Wharf Tower. Während vieles in London dem verstaubten viktorianischen Zeitalter des 19. Jahrhunderts entstammte, war Canary Wharf kristallklarer Futurimus des 21. Jahrhunderts.

Book und Mother stiegen in den grauen Londoner Himmel empor. Vier weitere verglaste Aufzüge transportierten Menschen an der Außenseite des King's Towers auf und nieder, identische Glaskästen, die in beiden Richtungen an ihnen vorbeifuhren.

Book und Mother trugen Zivil: Wildlederjacken, Stiefel, Bluejeans und Rollkragenpullover, die ihre Kehlkopfmikrofone verdeckten. Beide hatten sich je einen Colt Kaliber.45 in den Hosenbund gesteckt.

Eine hübsche junge Angestellte in einem Prada-Kostüm befand sich mit ihnen im Lift, neben der breitschultrigen Mother mit den kurz geschorenen Haaren wirkte sie sehr klein.

Mother atmete tief ein, dann tippte sie dem Mädchen auf die Schulter. »Ihr Parfüm gefällt mir. Wie nennt sich das?«

»Issey Miyake«, antwortete das Mädchen.

»Das muss ich mir besorgen«, meinte Mother lächelnd.

Sie waren gut im Zeitplan.

Nachdem sie mit aktiviertem Stealth-Schutz in den britischen Luftraum eingedrungen waren, hatte Rufus sie auf einem stillgelegten Flugplatz in der Nähe des Londoner City Airport abgesetzt. Von dort aus waren sie mit einem gecharterten Helikopter weitergeflogen, den ein alter Freund von Rufus gesteuert hatte. Er hatte sie vor einer Viertelstunde am Heliport von Canary Wharf abgesetzt.

Ping.

Der Lift hielt im 38. Stock. Book II. und Mother traten in den imposanten Empfangsbereich der Anwaltskanzlei Goldman, Marcus & Meyer hinaus, die die obersten drei Stockwerke des Hochhauses einnahm – den 38., 39. und 40. Stock.

Tatsächlich sah es hier aus wie an der Rezeption einer großen Anwaltskanzlei – edles Mobiliar, viel Platz, tolle Aussicht. Und für den nichts ahnenden Besucher war Goldman Marcus tatsächlich eine Kanzlei, die in allen Lagen Rechtsbeistand bot.

Bloß war es keine Anwaltskanzlei.

Zu den zahlreichen Büros, Besprechungsräumen und offenen Bereichen gehörten auch drei Räume im 39. Stock, zu denen keiner der Rechtsanwälte Zutritt hatte – diese Räume waren allein dem Mossad vorbehalten, dem berüchtigten israelischen Geheimdienst.

Der Mossad.

Der skrupelloseste Geheimdienst der Welt, der die am stärksten gefährdete Nation in der Geschichte schützt: Israel.

Kein anderes Land ist ständig einer solchen Bedrohung durch den Terrorismus ausgesetzt. Kein anderes Land ist von so vielen unverhohlen feindseligen Nationen umringt – nämlich von Syrien, Ägypten, Jordanien und dem Libanon, von den Palästinensern innerhalb der eigenen Grenzen ganz zu schweigen. Kein anderes Land hat im Fernsehen live miterlebt, wie sieben seiner olympischen Athleten bei einem Anschlag getötet wurden.

Wie geht Israel mit dieser Bedrohung um?

Ganz einfach. Zunächst einmal stellt es fest, welche Gefahren von außen drohen. Der Mossad hat überall seine Leute. Er erfährt vor allen anderen von internationalen Unruhen und handelt gemäß der unumstößlichen Maxime »Israel zuerst, zuletzt, immer«.

1960. Die Entführung des Nazi-Kriegsverbrechers Adolf Eichmann aus Argentinien.

1967. Der Präventivschlag gegen äygptische Luftwaffenstützpunkte im Sechstagekrieg.

31. August 1997. An dem Abend, als Prinzessin Diana den Tod fand, hielt sich in der Bar des Ritz-Hotels in Paris ein Mossad-Agent auf. Er hatte Henri Paul, Dianas Fahrer, beschattet.

Angeblich war der Mossad sogar vorab über die Terroranschläge des 11. Septembers informiert – und hatte die Amerikaner *nicht* eingeweiht. Weil es Israel gelegen kam, dass die USA einen Krieg gegen den islamischen Terrorismus eröffneten.

In Geheimdienstkreisen gibt es eine goldene Regel: Der Mossad weiß immer Bescheid.

»Kann ich Ihnen helfen?« Die Empfangsdame lächelte zuvorkommend.

»Ja«, sagte Book II. »Wir möchten Benjamin Rosenthal sprechen.«

»Ich bedaure, aber eine Person dieses Namens ist hier nicht bekannt.«

Book II. ließ nicht locker. »Dann sprechen Sie bitte mit dem Kanzleichef und sagen Sie ihm, Sergeant Riley und Sergeant Newman möchten mit Major Rosenthal sprechen. Sagen Sie ihm, wir sind im Auftrag Captain Shane Schofields vom US Marine Corps hier.«

»Ich bedaure aufrichtig, aber –«

In diesem Moment klingelte wie durch ein Wunder das Telefon der Empfangsdame und nach einem kurzen halblaut geführten Gespräch sagte sie zu Book: »Der Präsident schickt jemanden, der Sie zu ihm führen wird.«

Eine Minute später öffnete sich eine Tür und heraus trat ein stämmiger Mann im Anzug. Book und Mother bemerkten die Uzi-große Ausbeulung seines Jacketts –

Ping.

Ein Aufzug hatte gehalten.

Ping.

Ein weiterer Aufzug.

Book II. drehte sich stirnrunzelnd um.

Die Türen der beiden Aufzüge öffneten sich –

– und darin waren Demon Larkham und sein zehnköpfiges IG-88-Einsatzteam.

»O *Scheiße*«, sagte Book II.

Larkham und seine Leute stürmten in ihren tiefschwarzen Kampfuniformen aus den Aufzügen und schossen mit den High-tech-MetalStorm-Gewehren um sich.

Book und Mother hechteten gemeinsam über die Empfangstheke, während es um sie herum von Hypermaschinengewehrkugeln nur so schwirrte.

Der stämmige Mann an der Tür zuckte unter dem Sperrfeuer und brach zusammen. Die Empfangsdame wurde von einer Kugel in die Stirn getroffen und nach hinten geschleudert.

Demons Team stürmte ins Innere des Stockwerks, während ein Mann zurückblieb, um sich um die beiden Zivilisten zu kümmern, die hinter der Rezeption in Deckung gegangen waren.

Er bog um die Theke und –

– *Bläm! – Bläm!* –

– wurde von zwei Kugeln aus zwei verschiedenen Waffen ins Gesicht getroffen. Book und Mother richteten sich mit qualmenden Colts auf.

»Sie haben es auf Rosenthal abgesehen«, sagte Book. »Los, komm!«

Es war, als folgten sie einem Tornado.

Book und Mother betraten den eigentlichen Bürobereich.

Männer und Frauen in Anzügen und Kostümen lagen über Schreibtische hingestreckt, von blutigen Einschusslöchern durchsiebt, die Workstations waren zertrümmert.

Vor ihnen stürmte der IG-88-Trupp durchs Großraumbüro; die MetalStorms spuckten Tod und Verderben.

Glas zerschellte. Monitore explodierten.

Ein Wachmann zog eine Uzi unter seinem Jackett hervor – und wurde von den Hochgeschwindigkeitskugeln der MetalStorms niedergestreckt.

Die IG-88-Männer rannten eine wundervoll geschwungene Innentreppe hoch, die zum 39. Stock führte.

Book und Mother nahmen die Verfolgung auf.

Als sie am Kopf der Treppe anlangten, lösten sich gerade drei Kämpfer vom IG-88-Team und betraten einen Verhörraum, töteten zwei ältere Mossad-Angehörige und zerrten einen dritten – einen jungen Mann, der Rosenthal sein musste – auf den Flur. Rosenthal war in den Dreißigern, hatte olivfarbene Haut und sah gut aus; er trug ein offenes Hemd und wirkte todmüde.

Book und Mother verschwendeten keine Zeit. Sie stürmten vor und nahmen die drei Kofgeldjäger unter Feuer, wobei sie perfekt zusammenarbeiteten – Book erledigte den linken Mann, Mother den rechten, und beide zusammen nahmen den Mann in der Mitte aufs Korn und durchsiebten ihn mit ihren Kugeln.

Rosenthal warf sich auf den Boden.

Book und Mother eilten zu ihm, zogen ihn hoch, legten sich seine Arme über die Schultern.

»Sind Sie Rosenthal?«, fragte Book. »Benjamin Rosenthal?«

»Ja ...«

»Wir wollen Ihnen helfen. Shane Schofield hat uns geschickt.«

In Rosenthals Gesicht flackerte Begreifen auf. »Schofield. Von der Liste ...«

Bläm!

Mother schoss einen weiteren IG-88-Mann nieder, der aus dem Nebenraum aufgetaucht war.

»Book!«, schrie sie. »Keine Zeit für Geplauder! Wir müssen in Bewegung bleiben! Du kannst ihn auch im Laufen ins Bild setzen! Die Treppe hoch! Los!«

Sie rannten die Innentreppe zum 40. Stock hoch, vorbei an geschwungenen Panoramafenstern – bis die Sicht auf London auf einmal von einem gefährlich aussehenden Kampfhubschrauber verdeckt wurde, der draußen vor die Fenster schwenkte und unmittelbar vor Book, Mother und Rosenthal Position bezog!

Es war ein Lynx-Helikopter, das britische Gegenstück zum Huey, bewaffnet mit drahtgelenkten TOW-Raketen und einem kleinen sechsläufigen Maschinengewehr.

»*Tempo!*«, schrie Mother, Rosenthal im Schlepptau. »*Los-los-los-los-los!*«

Der Lynx eröffnete das Feuer.

Das Glas der gebogenen Panoramafenster barst unter dem Feuer des Helikopters mit einem ohrenbetäubenden Klirren.

Glasscherben regneten auf Book und Mother herab, die mit Rosenthal in der Mitte die Stufen hochstolperten, und während hinter ihnen ein Teil des Treppenaufgangs, vom Dauerfeuer aus den Verankerungen gelöst, einstürzte, brachten sie sich mit einem Hechtsprung auf dem 40. Stockwerk in Sicherheit.

Demon Larkham schritt durchs verwüstete 39. Stockwerk und lauschte den Meldungen, die aus seinem Headset tönten.

»*– Hier ist Airborne One. Sie sind im Vierzigsten. Zwei Personen in Zivilkleidung. Offenbar haben sie Rosenthal dabei –*«

»*– Airborne Two, lande jetzt auf dem Dach und setze die zweite Einheit ab –*«

»*– Hier ist Airborne Three. Wir kommen um die Nordostecke. Sind unterwegs zum Vierzigsten –*«

»*– Hier ist das Technik-Team. Die Aufzüge sind lahmgelegt. Vier Lifte hängen auf dem 38. fest, der fünfte ist unten in der Lobby. Hier kommt niemand mehr raus –*«

»Gentlemen«, sagte Demon. »Eliminiert diese Mistkerle. Und bringt mir Rosenthal.«

Aus der Ferne betrachtet, ähnelten die drei Lynx-Helikopter an der Spitze des King's Towers Fliegen, die jemandem beim Picknick belästigten.

Einer war auf dem Dach gelandet, während die anderen beiden um die oberen Stockwerke herumschwirrten und durch die Fenster linsten.

Als die Fenster klirrend barsten, riefen einige Geschäftsleute bei der Polizei an.

Book II. und Mother rannten einen Flur im 40. Stockwerk entlang und zerrten Benjamin Rosenthal mit sich.

»Reden Sie!«, sagte Book im Laufen. »Die Liste. Warum stehen Sie und Schofield drauf?«

Rosenthal rang nach Luft. »Majestic ... Majestic-12 hat uns draufsetzen lassen ... Ich stehe auf der Liste, weil ich über Majestic-12 Bescheid weiß und sie auffliegen lassen kann, wenn sie ihren Plan in die Tat umsetzen wollen.«

»Und Schofield?«

»Mit dem verhält es sich anders. Der ist ein Sonderfall. Er ist einer der wenigen, die die Kobra-Tests bestanden haben ... eine von neun Personen weltweit, die in der Lage sind, CincLock-VII zu entschärfen, das Sicherheitssystem der Chamäleon-Raketen –«

In diesem Moment wurde *unmittelbar rechts neben ihnen* eine Feuertür aufgerissen und vier IG-88-Kämpfer kamen zum Vorschein, in den Händen MetalStorm-Gewehre mit grünen Ziellasern.

Book und Rosenthal blieb keine Zeit zu reagieren – Mother hingegen schon.

Sie stieß die beiden Männer hinter die nächste Ecke, in

einen anderen Flur, während sie selbst in die entgegengesetzte Richtung einen weiteren lang gestreckten Flur entlangrannte, einer Salve der Hypermaschinengewehre nur um Zentimeter voraus.

Book und Rosenthal rannten den Flur entlang und stürmten in ein kleines, davon abgehendes Büro.

Eine Sackgasse.

»Mist!«, rief Book, stürzte zum Fenster und blickte hinaus, während gerade ein Lynx-Helikopter vorbeischwirrte.

Und dann sah er es.

Die vier IG-88-Kopfgeldjäger, die hinter der Feuertür hervorgekommen waren, hatten sich in zwei Zweiergruppen aufgeteilt – zwei rannten Book und Rosenthal nach, die anderen beiden nahmen sich Mother vor.

Die Verfolger Books und Rosenthals sahen, wie die beiden Flüchtenden zehn Meter vor ihnen im Büro verschwanden.

Sie näherten sich der Bürotür, nahmen lautlos beiderseits des Eingangs Aufstellung. Die Tür war mit den Ziffern 4 009 beschriftet.

»Tech-Team, hier ist Sterling Silver«, flüsterte der ältere Soldat in sein Headset. »Ich brauche einen Lageplan. Büro Vier-null-null-neun.«

Die Antwort erfolgte unverzüglich. *»Das ist eine Sackgasse, Sterling Five. Von da aus geht es nicht mehr weiter.«*

Der Ältere nickte dem Soldat an seiner Seite zu – dann trat der Jüngere die Tür ein und feuerte mit dem Metal-Storm-Gewehr in den Raum.

Er schoss ins Leere.

Im Büro hielt sich niemand mehr auf.

Das vom Boden bis zur Decke reichende Fenster war bereits geborsten, der Wind fegte den Londoner Regen herein.

Kein Book.
Kein Rosenthal.

Die beiden IG-88-Männer eilten zum geborstenen Fenster und blickten in die Tiefe.
Nichts. Bloß die senkrecht abfallende Glasfassade des Hochhauses und am Boden ein Streifen Gras.
Als über ihnen ein mechanisches Sirren hörbar wurde, schauten sie nach oben und erblickten die Unterseite einer Fensterputzplattform, die an der Fassade zum Dach hochstieg.

Book und Rosenthal standen auf der Fensterputzplattform, die sich in flottem Tempo aufwärts bewegte.
Die längliche, rechteckige Plattform hing an zwei massiven Winschauslegern, die vom Dach des Hochhauses ragten.
Book hatte sie entdeckt, kurz bevor die Angreifer ins Büro gestürmt waren und die Fensterscheibe zerschossen hatten, war mit Rosenthal vor sich hinausgesprungen und hatte sich mit den Fingerspitzen am Laufgang festgeklammert, vierzig Stockwerke über dem Londoner Boden.
Er hatte Rosenthal hinaufgeschoben, sich anschließend selbst auf die Plattform gezogen und die Füße gerade in dem Moment in Sicherheit gebracht, als die beiden IG-88-Männer ins Büro gestürmt waren.

Eine Welle von Hochgeschwindigkeitskugeln jagte Mother hinterher, als sie, die beiden IG-88-Kopfgeldjäger dicht auf den Fersen, den Flur entlangrannte.
Als die Kugeln sie einholten, wandte sie sich scharf nach links in ein Büro – und fand sich in einem wunderschönen Konferenzraum wieder.
Er war mit glänzendem Parkettboden, bequemen Ledersesseln und dem größten Konferenztisch ausgestattet, den sie je gesehen hatte. Er war etwa zehn Meter lang.

»Scheißanwälte«, murmelte Mother. »Müssen ihre klitzekleinen Schwänze kompensieren.«

Es war ein Eckbüro mit deckenhohen Panoramafenstern an zwei Seiten, die einen atemberaubenden Ausblick auf London boten. Mother wusste, dass sie mit ihrem Colt gegen die MetalStorm-Gewehre der IG-88-Männer wenig ausrichten konnte, deshalb wartete sie hinter der Tür.

Bäng!

Die Angreifer traten die Tür ein und stürmten in den Raum.

Mother schoss dem ersten Mann seitlich in den Kopf, ehe er sie auch nur erblickte, dann richtete sie den Colt auf den zweiten Mann –

Klick.

»Scheiße!«

Keine Munition mehr.

Sie warf sich gegen den zweiten Mann, sodass beide Angreifer auf den Konferenztisch geschleudert wurden, während das MetalStorm-Gewehr unablässig in alle Richtungen feuerte.

Die verglasten Wände des Konferenzraums zerbarsten eine nach der anderen.

Wind und Regen peitschten in den Raum.

Mother rang mit dem Angreifer auf dem Konferenztisch. Der Mann war groß und kräftig. Er und Mother zogen beide Messer, klirrend kreuzten sich ihre Klingen.

Während sie miteinander kämpften, machte Mother im Türrahmen auf einmal zwei Gestalten aus.

Männer.

Aber keine IG-88-Kämpfer.

Sondern zwei stämmige Israelis in Anzügen, mit geschulterten Uzis und Blutflecken auf dem Hemd.

Wachleute vom Mossad.

Die beiden Israelis beobachteten den Kampf auf dem Konferenztisch.

»Kopfgeldjäger!«, meinte der eine geringschätzig.

»Beeil dich!«, rief der andere und schaute sich im Flur um. »Sie kommen!«

Der erste Mann grinste Mother und deren Gegner höhnisch an – dann nahm er eine RDX-Granate aus der Tasche, riss die Kappe ab und schleuderte sie in den Besprechungsraum.

Zusammen mit seinem Partner rannte er davon.

Mother, die noch immer die Hiebe des Angreifers mit dem Messer abwehrte, sah, wie die Granate in einer Art Zeitlupenbewegung in den Raum flog.

Sie prallte vom Boden ab und verschwand unter dem großen Tisch. Mother hörte, wie die Granate gegen eines der baumstammdicken Tischbeine stieß.

Und dann detonierte sie.

Die Explosion war gewaltig.

Trotz der massiven Bauweise zerbarst das flurseitige Ende des Konferenztischs in tausend Splitter.

Der Rest des Tisches – der immer noch gut fünf Meter lang war – verhielt sich vollkommen anders.

Aufgrund der Wucht der Explosion wurde der längliche Tisch vom Boden gehievt und rutschte – wie ein Eisenbahnwagen, der auf den Schienen vorwärts geschoben wurde – mit beträchtlicher Geschwindigkeit durch den Konferenzraum auf das von Kugeln durchsiebte Panoramafenster zu.

Mother ahnte, was geschehen würde.

Der Tisch krachte wie ein Rammbock durch die geborstene Glasscheibe und schoss vierzig Stockwerke über dem Erdboden ein Stück weit in den Himmel hinaus.

Dann kippte der Tisch unaufhaltsam nach unten, und während ihr der Regen ins Gesicht prasselte, rutschte Mother auf einmal auf einen 120 Meter tiefen Abgrund zu.

Der Anblick war bizarr: ein langer Konferenztisch, der aus dem obersten Stockwerk des Hochhauses ragte.

Der Tisch neigte sich gefährlich – erst um 45 Grad, dann noch steiler –, während Mother und der IG-88-Mann, zwei winzige Gestalten, daran entlangrutschten.

Plötzlich gab es einen Ruck und der Tisch hörte auf zu kippen.

Der obere Rand hatte die *Decke* des vierzigsten Stockwerks berührt und sich daran verkeilt, während zwei der dicken Beine unmittelbar an der *Bodenkante* eingerastet waren – sodass der ganze Tisch unvermittelt zum Stillstand gekommen war, in einem schwindelerregenden Winkel vierzig Stockwerke über dem Erdboden!

Mother rutschte schnell in die Tiefe, rammte jedoch im letzten Moment das Messer in die Tischplatte – die Finger um die Messinggriffmulden gekrallt, hing sie nun am Messer und ihre Beine baumeltem vom unteren Rand des nahezu senkrecht stehenden Tisches in die Tiefe.

Ihr Gegner war weniger reaktionsschnell.

Um sich festzuhalten, hatte er das Messer fallen gelassen. Wie sich herausstellte, hatte er keinen Halt gefunden, hatte sich zu seinem Glück jedoch *oberhalb* von Mother befunden, als der Tisch durchs Fenster gekracht war. Deshalb war er gegen sie geprallt und mit den Füßen gegen das in der Tischplatte steckende Messer gestoßen.

Nun stand er über ihr und quetschte ihr lächelnd mit einem Fuß die Hand, die das Messer gepackt hielt.

Er begann ihr kräftig auf die Finger zu treten.

Mother biss die Zähne zusammen und ließ nicht los, trotz der Tritte, die teilweise von den Griffmulden abgelenkt wurden.

Auf einmal hörte sie das Geräusch.

Wopp-wopp-wopp-wopp-wopp-wopp …

Das Geräusch von Hubschrauberrotoren.

Sie wandte den Kopf und erblickte einen Lynx-Hubschrauber, der wie eine Riesenhornisse *unmittelbar neben ihr* schwebte.

»O Scheiße …«, ächzte sie.

Der IG-88-Mann über ihr winkte dem Hubschrauberpiloten zu und wies ihn an, tiefer zu gehen.

Der Pilot gehorchte und der Helikopter schwenkte unter Mother, sodass die nur schemenhaft erkennbaren Rotorblätter einen verschwommenen weißen Kreis unter ihren herabbaumelnden Füßen bildeten.

Dann begann der Kopfgeldjäger wieder zu treten, noch fester als zuvor.

Krack!

Mother spürte, wie einer ihrer Finger brach.

»Du Mother*fucker*!«, schrie sie.

Er trat abermals zu.

Die Rotorblätter schwirrten drei Meter unter Mothers Stiefeln wie eine Kreissäge.

Ihr Gegner holte mit dem Stiefel zum letzten Tritt aus. Er stampfte damit auf –

– als Mother etwas gänzlich Unerwartetes tat.

Sie zog das Messer aus der Tischplatte, sodass sie *beide* in die Tiefe und über den unteren Tischrand rutschten, auf die schwirrenden Rotorblätter zu!

Ihr Gegner konnte es nicht fassen.

Da er sich nicht mehr am Messer abstützen konnte, schoss er nach unten und rutschte vom unteren Rand des Konferenztischs!

Gemeinsam glitten sie vom Tischende – doch anders als ihr Gegner hatte Mother sich gewappnet. Als sie vom Rand rutschte, rammte sie das Messer in die Unterseite des Tisches und schwang sich darunter, sodass ihr Sturz jäh abgebremst wurde.

Der IG-88-Mann schoss an ihr vorbei ins Leere …

… und der Zeitablauf verlangsamte sich, als Mother in sein entsetztes Gesicht blickte – geweitete Augen, aufgerissener Mund –, während der Mann in die Tiefe stürzte, sich immer weiter von ihr entfernte.

Dann traf er auf die Rotorblätter – *Gnatsch-spritz!* – und verschwand einfach, verwandelte sich im Handumdrehen in eine sternförmige Blutfontäne.

Ein Blutschwall ergoss sich auf die Cockpitscheibe des Helikopters, worauf der Lynx vom Gebäude abdrehte.

Mother blieb keine Zeit zum Durchatmen.

Denn während sie am steil geneigten Konferenztisch hing und der Londoner Regen auf sie niederprasselte, *geriet auf einmal der ganze Tisch in Bewegung.*

Ein plötzlicher Ruck.

Nach unten.

Mother legte den Kopf in den Nacken und sah, dass die Beine, mit denen sich der Tisch im 40. Stock verkeilt hatte, nachgaben.

Der Tisch würde in die Tiefe stürzen.

»Verfluchte Scheiße!«, brüllte sie in den Himmel. »Ich will nicht sterben!«

Sie vergegenwärtigte sich ihre Lage.

Sie befand sich an einer Gebäudeecke – an der Südwestecke der Westseite.

Unmittelbar hinter der Ecke, dicht unter sich, konnte sie einen der verglasten Aufzüge erkennen, der im 39. Stock an der Südseite des Gebäudes gehalten hatte.

»Okay«, murmelte sie. »Bleib ruhig. Was würde Scarecrow jetzt tun?«

Der Maghook, dachte sie.

Sie zog den Maghook aus dem Halfter, zielte damit an die Innendecke des 40. Stocks und drückte ab.

Nichts geschah.

Der Maghook feuerte nicht.

Der Auslöser klickte bloß und aus dem Lauf kam ein leises Zischen. Kein Treibgas mehr.

»Komm schon!«, schrie Mother. »Scarecrow passiert das nie!«

Plötzlich ruckte der Tisch erneut und sackte einen weiteren halben Meter ab.

Mother begann den Maghook manuell abzuspulen – mit den Zähnen – und murmelte dabei in einem fort vor sich hin. »Das ist nicht fair. Überhaupt nicht fair. Das ist *scheiß*-unfair ...«

Der Tisch wippte am Rand des 40. Stocks, die Beine ächzten unter dem Gewicht, waren im Begriff, jeden Moment zu brechen –

Mother spürte, dass sie genug Seil hatte, und schleuderte die Greifvorrichtung des Maghooks mit der freien Hand zum 40. Stock hoch.

Sie landete auf dem beschädigten Fenstersims, die Klauen verhakten sich ...

... der Tisch kippte vollständig aus dem Fenster ...

... Mother ließ das Messer los und schwang sich vom herabstürzenden Tisch ...

... und der zehn Meter lange Tisch sackte durch den Regen die Gebäudefassade entlang in die Tiefe ...

... während Mother sich am Seil um die Gebäudeecke herumschwang, gegen die unmittelbar hinter der Ecke befindliche Glaswand des Aufzugs prallte und sich an der Dachkante festhielt.

Sieben Sekunden später prallte der große Konferenztisch von Goldman, Marcus & Meyer auf dem Gehsteig auf und zerschellte.

Book und Rosenthal erreichten mit der Fensterputzplattform das Dach.

Sie duckten sich hinter einen Auslass der Klimaanlage und spähten zu einem von Demon Larkhams Lynx-Helikoptern hinüber, der verschleiert vom strömenden Regen auf der Landeplattform stand.

»Reden Sie weiter«, sagte Book zu Rosenthal. »Die zwölf Majestäten haben die Liste verfasst. Und sie wollen Schofields Tod wegen …«

»Wegen der Kobra-Tests«, vollendete Rosenthal den Satz. »Weil er die Kobra-Tests bestanden hat. Bei der Nato wurden sie allerdings anders genannt: motorischer Neuronenreaktionstest. ›Kobra‹ war die russische Bezeichnung.«

»Motorischer Neuronenreaktionstest?«, wiederholte Book II. »Sie meinen wohl die Reflexe.«

»Ja, genau«, sagte Rosenthal. »Es geht dabei um Reflexe. Um superschnelle Reflexe. Die Reflexe der Männer auf der Liste sind weltweit unübertroffen. *Sie haben die Kobra-Tests bestanden* und nur wer die Kobra-Tests bestanden hat, kann das Sicherheitssystem der CincLock-VII-Raketen entschärfen. Beim Plan der Majestic-12 dreht sich alles um CincLock-VII. Deshalb will M-12 sie eliminieren.«

»Ein Raketen-Sicherheitssystem …«

»Ja, ja, aber lassen Sie sich nicht täuschen. Die Kopfgeldjagd ist bloß ein Element eines viel größeren Plans.«

»Und worin besteht der Plan?«

»Es geht darum, die bestehende Weltordnung zu zerstören. Die ganze Welt mit Krieg zu überziehen. Die Erde abzufackeln, damit neues Grün sprießen kann«, sagte Rosenthal. »Hören Sie, ich habe unten eine ganze Akte darüber. Der Mossad hat mich vor zwei Tagen eingeweiht. Die Akte betrifft die Kopfgeldjagd, M-12, dessen Mitglieder und vor allem den Gesamtplan –«

Rosenthals Kopf explodierte. Zerplatzte wie ein blutgefüllter Ballon.

Ohne jede Vorwarnung.

Rosenthals Gesicht wurde von einer Zwanzig-Schuss-Salve aus einem MetalStorm-Gewehr einfach zerfetzt.

Book fuhr herum –

– und erblickte Demon Larkham, der im Eingang der Feuertreppe stand, dreißig Schritte entfernt, das MetalStorm-Gewehr gegen die Schulter gepresst.

Book sah auf den blutüberströmten Rosenthal nieder. Der Mossad-Mann würde nichts mehr erzählen – nicht ohne Gesicht.

Und deshalb zog Book die Pistole und rannte unablässig feuernd los.

In Richtung des wartenden Helikopters.

Die Glaswand des Aufzugs zerschellte und Mother schwang sich hinein.

Sie befand sich jetzt an der Südseite des Hochhauses, in Höhe der 38. Etage. Der andere Aufzug befand sich auf gleicher Höhe mit ihr und rührte sich nicht von der Stelle.

Wenn die Aufzüge von 1 bis 5 durchnummeriert waren, dann hatten die Aufzüge 1, 2, 3 und 5 ebenfalls im 38. Stock gehalten. Dort, wo sich der vierte Aufzug hätte befinden sollen, war eine Lücke. Er hatte wohl weiter unten gehalten. Mother befand sich im Aufzug Nummer 1, ganz am linken Rand der Südfassade.

Sie hämmerte auf den Knopf mit der Aufschrift »Tür öffnen«.

Sie saß hier auf dem Präsentierteller und wusste genau, dass der Lynx-Helikopter, der sie zuvor terrorisiert hatte, bald wieder nach ihr suchen würde und dann wollte sie ihm nicht als Zielscheibe die-

Wopp-wopp-wopp-wopp-wopp-wopp …

Der Lynx.

Mother wandte den Kopf.

Er war schon da!

Schwebte an der Westseite unmittelbar vor dem verglasten Aufzug und es sah aus, als starrte er sie an.

Mother hämmerte immer noch auf den Knopf zum Öffnen der Tür. »Verdammte Scheiße! Ist der Knopf überhaupt zu was gut?«

Dann auf einmal sah sie die Rauchwolke, die aus einem der an der Seite des Lynx montierten Raketenrohre kam.

Der Gegner feuerte eine Rakete auf sie ab!

Eine TOW-Rakete schoss aus dem Rohr und raste geradewegs auf Mothers verglasten Aufzug zu.

Die Aufzugtür begann sich zu öffnen.

Die Rakete röhrte geradewegs auf Mother zu.

Mother zwängte sich durch den Türspalt und hechtete auf den Gang, als die TOW-Rakete auch schon die geborstene Westwand des Aufzugs durchbohrte, mit der superheißen Antriebsflamme den Innenraum verkohlte und anschließend – *Klirr!* – an der gegenüberliegenden Seite hervorschoss und in den nächsten verglasten Aufzug einschlug.

Der Anblick war ausgesprochen spektakulär.

Wie bei einer Kettenreaktion raste die TOW-Rakete an der Südfassade des King's Towers entlang, durchschlug *alle vier* dort geparkten Glasaufzüge – *Klirr! – Klirr! – Klirr! – Klirr!* –, ließ die Glaswände beim Eintritt in den Innenraum nacheinander bersten, bis sie in einem prachtvollen Schauer von Glasscherben aus dem letzten Aufzug geflogen kam und zur Themse abschwenkte, wo sie inmitten einer gewaltigen Fontäne explodierte.

Mother ihrerseits landete unbeholfen im Empfangsbereich des 38. Stocks; die Aufzugtür hinter ihr blieb offen.

Vom Boden aus schaute sie hoch.

Und erblickte vier IG-88-Kopfgeldjäger, die unmittelbar vor ihr im verwüsteten Empfangsbereich standen. Sie wirkten ebenso geschockt wie Mother.

»Vom Regen in die Traufe …«, murmelte Mother.

Die IG-88-Männer rissen die MetalStorm-Gewehre hoch.

Mother sprang auf und hechtete in die einzige Richtung, die sich anbot: zurück in den Aufzug.

Im Aufzug duckte sie sich in dem Moment hinter die Armaturentafel, als die Kugeln der Hypermaschinengewehre durch die offene Tür pfiffen.

Umtost von Wind und Regen, steckte Mother nun in einem völlig demolierten Aufzug, der eigentlich nur noch als Aussichtsplattform taugte.

Mother blickte die Südfassade des Hochhauses entlang.

Vor ihr aufgereiht waren die drei anderen Glasaufzüge, deren Wände von der Drahtlenkrakete zerstört worden waren.

»Tod oder Leben, Mother«, sagte sie laut. »Scheiß drauf. Stirb.«

Und sie rannte los.

Achtunddreißig Stockwerke über dem Erdboden sprang sie nach kurzem Anlauf über die ein Meter breite Lücke zwischen den beschädigten Aufzügen hinweg.

Als sie auf dem zweiten Aufzug landete, schwenkte der Lynx herum und näherte sich rasch und mit unablässigem Mini-Maschinengewehr-Feuer, das die gesamte Südfassade des Gebäudes in Glasscherben verwandelte.

Mother aber rannte weiter, dem brutalen Feuer des Helikopters um Zentimeter voraus, und sprang hinüber zum dritten Aufzug.

Vor ihr war die Lücke, die der Aufzug Nummer 4 hätte ausfüllen sollen.

Mother zögerte nicht.

Die Lücke war breit – über dreieinhalb Meter –, doch sie sprang trotzdem, warf sich mit ausgestreckten Armen nach vorn, achtunddreißig Stockwerke über dem Erdboden, in der Hoffnung, den Rand des fünften und letzten Aufzugs mit den Händen zu erreichen.

Keine Chance.

Schon beim Absprung wusste sie, dass sie es nicht schaffen würde.

Mother verfehlte den Rand des fünften Aufzugs um Zentimeter und stürzte in die Tiefe.

Die Widerhaken des Maghooks in ihrer Hand aber verfehlten den Rand des Aufzugs nicht.

Der verdammte Maghook mochte zwar nicht mehr funktionieren, vergrößerte Mothers Reichweite jedoch um dreißig Zentimeter.

Mehr war nicht nötig.

Die stählernen Klauen verfingen sich am Rand des Aufzugs und Mother kam pendelnd darunter zur Ruhe. Sie schickte sich gerade an aufs Dach zu klettern, als –

Wopp-wopp-wopp-wopp-wopp-wopp-wopp …

Der Lynx.

Er war wieder da. Schwebte bedrohlich vor ihr, während sie am Bodenrand des kaputten Aufzugs hing. Ein zweiter IG-88-Lynx schwenkte hinter den ersten, wohl weil er sich die Action nicht entgehen lassen wollte.

Diesmal war der Lynx so nahe, dass Mother das grinsende Gesicht des Piloten sehen konnte.

Er winkte ihr zu, dann senkte er die Hand zum Auslöser.

Die an der Aufzugplattform hängende Mother, nach allem Dafürhalten so gut wie tot, schüttelte bloß den Kopf.

»Nein …«

Die MG-Läufe des Lynx drehten sich, als Mother noch eine andere Bewegung ins Auge fiel – ein grauer Abgasstreifen schoss hinter dem Lynx durch die Luft – der Abgasstreifen einer *Rakete,* die …

… vom zweiten Lynx-Helikopter abgefeuert worden war.

Die Rakete schlug in den Lynx ein, der Mother bedrohte.

Eine gewaltige Explosionswelle breitete sich aus, dann war der Lynx verschwunden. Mother blieb nichts anderes übrig, als die Druckwelle abzuwettern und sich festzuklammern.

Der zerstörte Lynx taumelte an der Hochhausfassade in die Tiefe – qualmend und brennend.

Mit einem lauten, knirschenden *Womp!* landete er auf einem Grasstreifen am Fuß des Hochhauses.

Mother blickte zum zweiten Lynx hinüber, der soeben seinen Kollegen abgeschossen hatte … und sah den Piloten.

Book II.

Aus dem Ohrhörer tönte seine Stimme. »*Hallo, Mother. Ich hab das Schätzchen auf dem Dach aufgelesen. Bedauerlicherweise war der Pilot nicht einverstanden. Hab mich gefragt, wo du abgeblieben bist.*«

»Ha-ha-ha, sehr lustig, Book«, sagte Mother und zog sich auf den fünften Aufzug hinauf. »Wie wär's, wenn du mich von diesem Scheißhochhaus runterbringen würdest?«

»*Wär mir ein Vergnügen. Aber kannst du mir vorher einen Gefallen tun?*«

Mother rannte über einen Flur im 39. Stock, den Colt im Anschlag.

Die Räumlichkeiten waren verwüstet. Einschusslöcher säumten die Wände. Sämtliche Glasscheiben waren geborsten.

Wenn das IG-88-Team noch hier war, dann zeigte es sich nicht.

»*Er liegt in der Nähe des Treppenhauses*«, sagte Books Stimme in ihrem Ohr. »*Der Raum, in dem wir Rosenthal gefunden haben. Offenbar ein Verhörzimmer.*«

»Verstanden«, sagte Mother.

Sie sah die Tür nahe dem Treppenabsatz und stürmte hinein.

Die eine Wand nahm ein einseitig durchlässiger Spiegel ein, durch den man in den angrenzenden Verhörraum blickte. Zwei Videokameras zielten durch den Spiegel. Auf einem Tisch lagen dicke Aktenordner und zwei Videokassetten.

»Du hattest Recht, das ist ein Befragungsraum«, sagte Mother. »Ich hab die Akten. Ich hab die Videos. Was willst du noch?«

»Alles. So viel du schleppen kannst. Und alles, wo Majestic-12 oder CincLock-VII draufsteht. Und schnapp dir die Videobänder, auch die in den Kameras.«

Mother hob einen silbernen Samsonite-Koffer vom Boden auf und stopfte die Aktenordner und Videokassetten hinein. Auch die Kassetten in den Kameras packte sie dazu.

Und dann war sie auch schon wieder draußen.

Stürmte aus der Tür und rannte über die Feuertreppe zum Dach hoch.

Sie lief in den Regen hinaus, als Book gerade mit dem Lynx aufsetzte. Sie stieg ein und der Helikopter hob ab und ließ die qualmenden Trümmer des King's Towers hinter sich zurück.

Büros der Defense Intelligence Agency
Kellergeschoss 3, Pentagon
26. Oktober, 07.00 Uhr Ortszeit
(12.00 Uhr in London)

Dave Fairfax wurde von seinem Boss dabei ertappt, wie er gerade das Büro verlassen wollte, um im St. John's Hospital mit Dr. Thompson Oliphant zu sprechen.

»Wo wollen Sie eigentlich hin, Fairfax?« Er hieß Wendel Hogg und war ein Arschloch. Hogg war ein großer Mann, Exsoldat, ein Veteran von Desert Storm, was er den Leuten auch ständig unter die Nase rieb.

Hogg war nämlich dumm. Und ganz in der Tradition aller dummen Manager weltweit klammerte er sich (a) steif und fest an Regeln und verachtete (b) begabte Menschen wie David Fairfax.

»Ich gehe einen Kaffee trinken«, sagte Fairfax.

»Was stimmt denn hier mit dem Kaffee nicht?«

»Ich habe schon Flusssäure probiert, die besser war als das Gesöff, dass man hier als Kaffee ausgibt.«

In diesem Moment trat eine junge Frau ins Büro. Sie war die Briefbotin, ein stilles, verhuschtes Mädchen namens Audrey. In Fairfax' Augen trat ein Leuchten, als er sie sah – leider auch in Hoggs Augen.

»Hey, Audrey«, sagte Fairfax lächelnd.

»Hi, Dave«, erwiderte Audrey scheu. Manch einer hätte sie als reizlos bezeichnet, Fairfax aber hielt sie für wunderschön.

Hogg sagte laut: »Ich dachte, Sie wollten gerade gehen, Fairfax. Hey, wenn Sie schon bei Starbucks reinschauen, wie wär's, wenn Sie uns zwei große Frappacinos mitbringen würden? Und zwar pronto, wenn's recht ist.«

Zahllose schlagfertige Entgegnungen schossen Fairfax durch den Kopf, doch er seufzte bloß. »Ihr Wunsch ist mir Befehl, Wendel.«

»*He!*«, fauchte Hogg. »Sie nennen mich gefälligst Sergeant Hogg oder Sergeant, junger Mann. Ich hab mir nicht im Irak eine Kugel eingefangen, um mich von einem rückgratlosen Tastendrücker wie Ihnen *Wendel* nennen zu lassen. Denn wenn es so weit kommt, dass man sich erheben und dem Gegner ins Auge blicken muss, mein Junge« – er grinste Audrey großspurig an –, »wer soll dann das Gewehr halten, Sie oder ich?«

Fairfax lief rot an. »Sie, würde ich meinen, Wendel.«

»Da haben Sie verdammt noch mal Recht.«

Fairfax nickte Audrey verlegen zu und ging hinaus.

Notaufnahme, St. John's Hospital, Arlington, USA
26. Oktober, 07.15 Uhr

Fairfax betrat die Notaufnahme des St. John's und ging zum Empfangsschalter.

So früh am Morgen war wenig Betrieb. Fünf Personen saßen zusammengesunken wie Zombies im Wartebereich.

»Hi, ich bin David Fairfax. Ich möchte Dr. Thompson Oliphant sprechen.«

Die Krankenschwester kaute träge Kaugummi. »Einen Moment. *Dr. Oliphant!* Hier möchte Sie jemand sprechen!«

Eine zweite Krankenschwester kam hinter dem Vorhang hervor, hinter dem die Krankenbetten standen. »Glenda, nicht so laut. Er hat sich gerade mal aufs Ohr gelegt. Ich geh ihn holen.«

Die zweite Krankenschwester verschwand in einem Flur.

Währenddessen trat ein überdurchschnittlich großer Schwarzer zu Fairfax an den Empfangsschalter.

Er hatte die tiefschwarze Haut und die hohe, fliehende Stirn der Ureinwohner Südafrikas. Er trug eine dicke, große Elvis-Sonnenbrille und einen gelbbraunen Trenchcoat.

Der Zulu.

»Guten Morgen«, sagte der Zulu steif. »Ich würde gern mit Dr. Thompson Jeffrey Oliphant sprechen.«

Fairfax versuchte den Kopfgeldjäger nicht anzusehen – und sich nicht anmerken zu lassen, dass sein Herz rasend schnell schlug.

Der große, schlanke Zulu war ein Riese – von der Statur eines Basketball-Profis. Fairfax' Scheitel reichte ihm gerade bis zur Brust.

Die Krankenschwester ließ den Kaugummi ploppen. »Mein Gott, der gute alte Tommy ist ja richtig gefragt heute Morgen. Er macht ein Nickerchen. Jemand holt ihn gerade.«

In diesem Moment tauchte am Ende des langen Flurs mit dem Schild »Kein Zutritt für Unbefugte« ein Arzt mit verquollenen Augen auf.

Er war gesetzteren Alters: graue Haare, faltiges Gesicht. Er war mit einem weißen Kittel bekleidet und rieb sich die Augen, als er aus dem Nebenraum trat und sich die Brille aufsetzte.

»Dr. Oliphant?«, rief der Zulu.

»Ja?«, sagte der alte Arzt im Näherkommen.

Fairfax sah die Waffe unter dem gelbbraunen Trenchcoat als Erster.

Es war ein Cz-25, eines der primitivsten Mini-Maschinengewehre weltweit. Es sah aus wie eine Uzi, bloß schäbiger – der hässliche Zwillingsbruder –, und aus dem Pistolengriff ragte ein 40-Schuss-Magazin hervor.

Der Zulu riss die Waffe hoch, zielte auf Oliphant und drückte ohne sich an den mindestens sieben Augenzeugen zu stören den Abzug durch.

Der unmittelbar neben ihm stehende Fairfax tat das Einzige, was ihm einfiel.

Mit der Rechten stieß er gegen das Maschinengewehr, sodass die erste Salve neben Oliphants Kopf in die Wand einschlug.

Patienten gingen in Deckung.

Krankenschwestern schrien.

Oliphant ließ sich zu Boden fallen.

Der Zulu versetzte Fairfax eine Rückhand, die ihn gegen einen Putzmittelwagen schleuderte.

Dann trat der Zulu einfach um den Empfangsschalter herum und näherte sich über den Personalflur mit angelegter Cz-25 Oliphant.

Er feuerte unablässig.

Die Krankenschwestern spritzten auseinander.

Oliphant kroch auf allen vieren in einen an den Flur grenzenden Vorratsraum, während der Boden hinter seinen Zehen von Kugeln zerfetzt wurde.

Fairfax lag inmitten der vom Wagen heruntergefallenen Putzmittel auf dem Boden. Unmittelbar vor sich sah er eine Tüte mit weißem Pulver: »ZEOLIT-CHLORAT-REINIGUNGSMITTEL EXTRASTARK – HAUTKONTAKT MEIDEN«. Er packte sie.

Dann sprang er hoch, rannte vor – während alle anderen versuchten sich in Sicherheit zu bringen –, spähte den Personalflur entlang und erblickte den Zulu, der vor einer offenen Tür stand und soeben das Cz-25 hob.

Fairfax schleuderte das Chlorpulver durch die Luft. Er traf den Zulu seitlich am Kopf. Die Tüte zerriss beim Aufprall und setzte eine weiße Pulverwolke frei.

Der Zulu schrie auf, taumelte von der Tür weg und kratzte sich am Kopf, bemühte sich verzweifelt das brennende Zeolit von der Haut zu entfernen. Die Elvis-Sonnenbrille war mit einer weißen Pulverschicht bedeckt. Seine Haut bildete bereits Blasen.

Fairfax stürmte weiter, rutschte zwischen den Beinen des Zulus hindurch, blickte durch die offene Tür – und sah Dr. Thompson Oliphant, der unter einem Vorratsregal kauerte und die Hände vors Gesicht geschlagen hatte.

»Dr. Oliphant! Hören Sie mir zu! Ich bin David Fairfax.

Ich arbeite für die Defense Intelligence Agency. Ich bin nicht gerade ein Held, aber alles, was Sie im Moment haben! Wenn Ihnen Ihr Leben lieb ist, sollten Sie mit mir kommen!«

Oliphant streckte die Hand aus und Fairfax packte sie, riss den Arzt auf die Beine. Sie duckten sich unter dem gestikulierenden Zulu hindurch und rannten an der Rezeption vorbei in den frühen Morgen hinaus.

Die Automatiktür glitt vor ihnen auf – als die Glasscheiben auf einmal unter einem Feuerstoß des Cz-25 zerschellten.

Der Zulu hatte sich wieder gefasst und rannte ihnen wutentbrannt nach.

Gleich vor dem Eingang der Notaufnahme stand ein Krankenwagen.

»Einsteigen!«, schrie Fairfax und riss die Fahrertür auf. Oliphant sprang auf den Beifahrersitz.

Fairfax ließ den Motor an und trat aufs Gas. Der Krankenwagen machte einen Satz, als von hinten ein bedrohliches Rummsen ertönte.

»O je …«, murmelte Fairfax.

Im Seitenspiegel sah er, dass eine dunkle Gestalt auf der hinteren Stoßstange stand und sich an der Dachreling festklammerte.

Der Zulu war auf den Krankenwagen aufgesprungen!

Mit quietschenden Reifen raste Fairfax vom überdachten Wendeplatz auf den eigentlichen Parkplatz.

Um den Zulu von der Stoßstange zu bugsieren, lenkte er den weißen Krankenwagen über eine Abflussrinne und einen Grünstreifen. Als der Wagen über eine weitere Abflussrinne fuhr, schaukelte er so heftig, dass Fairfax es für ausgeschlossen hielt, dass der unerwünschte Mitfahrer noch da sein könnte.

Dann aber wurde die Hecktür des Krankenwagens von außen aufgerissen und Zulu kletterte auf die Ladefläche!

»Scheiße!«, schrie Fairfax.

Der Zulu hatte das Cz-25 wegwerfen müssen, um sich mit beiden Händen festhalten zu können.

Jetzt, da er sich in dem dahinrasenden Krankenwagen in Sicherheit gebracht hatte, zog er eine lange Machete unter dem Trenchcoat hervor und funkelte Fairfax und Oliphant mit blutunterlaufenen Augen wütend an.

Fairfax beäugte die Machete. »O Mann …«

Der Zulu kletterte eilig über eine am Boden verankerte Rolltrage.

Fairfax musste etwas unternehmen.

Vor ihm teilte sich die Straße – die eine Spur führte nach links zum Ausgang, die andere schwenkte scharf nach rechts und führte eine geschwungene Betonrampe zum mehrstöckigen Parkhaus des Krankenhauses hoch.

Fairfax wählte die rechte Abzweigung, riss das Steuer herum und trat aufs Gas, als sie die spiralförmige Rampe hochrasten – aufgrund der Zentrifugalkraft verlor der Zulu auf der Ladefläche den Halt und prallte gegen die Seitenwand; sein Vormarsch war vorübergehend ins Stocken geraten.

Fairfax war jedoch klar, dass es nicht mehr lange so weitergehen konnte. Das Parkhaus hatte bloß sechs Stockwerke.

Er hatte noch fünf Stockwerke Zeit, sich etwas anderes einfallen zu lassen.

Im selben Moment beobachtete jemand von der anderen Straßenseite aus, wie der Krankenwagen die spiralförmige Rampe hochraste.

Eine äußerst gut aussehende Frau mit langen Beinen, muskulösen Schultern und kühlen japanischen Augen.

Ihr richtiger Name lautete Alyssa Idei, doch in Kopfgeldjägerkreisen war sie als die Eisprinzessin bekannt. Sie hatte bereits das Kopfgeld für Damien Polanski eingesackt und jetzt war sie hinter Oliphant her.

Sie steckte in einer schwarzen Ledermontur – hautenge Hüfthose, Bikerjacke, hohe, enge Stiefel. Die langen schwarzen Haare hatte sie sich zurückgebunden. In den Schulterhalftern unter der Jacke steckten zwei Maschinenpistolen vom Typ Steyr SPP.

Sie startete den Honda NSX, legte den ersten Gang ein und hielt auf das mehrstöckige Parkhaus zu.

Mit quietschenden Reifen und klappernden Hecktüren raste der Krankenwagen die spiralförmige Rampe hoch.

Sie erreichten Parkdeck 3.

Noch drei Etagen, dann hätten sie das Dach erreicht – und der Zulu im Laderaum würde sich wieder ungehindert bewegen können.

Mittlerweile wusste Fairfax jedoch, was er tun würde.

Er würde den Krankenwagen vom obersten Parkdeck in die Tiefe stürzen lassen – und im letzten Moment mit Oliphant hinausspringen, während der Zulu drinnen blieb.

»Dr. Oliphant!«, rief er und blickte sich nach dem Zulu um. »Hören Sie mir gut zu, denn mir wird kaum Zeit bleiben, etwas zu wiederholen! Sie sind Zielperson einer internationalen Kopfgeldjagd!«

»Was?!«

»Auf Ihren Kopf wurden achtzehn Millionen Dollar ausgesetzt! Ich glaube, das hat etwas mit einer Nato-Studie zu tun, die sie 1996 zusammen mit einem gewissen Nicholson am USAMRMC verfasst haben! Die M. N. N. R.-Studie. Worum ging es dabei?«

Oliphant runzelte die Stirn. Er stand noch unter Schock und es fiel ihm schwer, die Frage mit dem Anschlag auf sein Leben in Verbindung zu bringen.

»M. N. N. R.? Also, das war … das war …«

Der Krankenwagen setzte seinen schwindelerregenden Aufstieg fort.

Parkdeck 4, und es ging noch höher.

»Das war … das hatte mit den sowjetischen Kobra-Tests zu tun, dabei ging es um –«

Während Fairfax weiterredete, blickte er sich nach dem Zulu um – und stellte fest, dass die dämonische Gestalt des Kopfgeldjägers erheblich näher gekommen war und *mit der Machete bereits nach Fairfax' Kopf ausholte!*

Keine Verteidigungsmöglichkeit.

Kein Entrinnen.

Die Machete durchteilte zischend die Luft.

Sie prallte gegen die Kopfstütze von Fairfax' Sitz und die stählerne Klinge kam einen Millimeter hinter Fairfax' rechtem Ohr zum Stillstand.

Allmächtiger!

Jetzt aber hatte der Zulu sie erreicht. Irgendwie hatte er es trotz der starken Beschleunigungskräfte in dem kreisförmig in die Höhe rasenden Krankenwagen geschafft, nach vorn zu gelangen.

Parkdeck 5 …

Fairfax kniff die Augen zusammen und konzentrierte sich.

Er trat das Gaspedal bis zum Anschlag nieder.

Der Krankenwagen reagierte und beschleunigte.

Sie erreichten das Ende der Rampe mit über 60 km/h. Der Krankenwagen kippte um ein Haar zur Seite und raste auf zwei Rädern weiter.

Dann waren sie auf dem Dach angelangt – um diese Zeit war es vollkommen leer – und Fairfax richtete das Steuer gerade aus, sodass der aus einer Kurve herausschießende Krankenwagen wieder auf alle vier Räder zurückfiel und der Zulu durch den abrupten Richtungswechsel gegen die *andere* Seite des Laderaums prallte – während die Machete in Fairfax' Kopfstütze steckenblieb.

Fairfax gab unbarmherzig Stoff und hielt unmittelbar auf den Rand des verlassenen Parkdecks zu.

»Dr. Oliphant! Bereitmachen zum Springen!«, schrie er.

Sie schossen auf den Rand des Parkdecks zu, auf das jämmerlich dürftige Geländer.

Fairfax verlagerte die Haltung auf dem Sitz. »Achtung … bei drei. Eins … zwei … dr–«

Der Zulu warf sich von hinten auf den Fahrersitz und packte gleichzeitig Fairfax *und* Oliphant!

Fairfax war geschockt.

Jetzt konnte keiner aus dem Wagen hinaus!

Er sah, wie die Dachkante mit einer Wahnsinnsgeschwindigkeit auf ihn zuschoss, daher riss er in seiner Verzweiflung das Steuer herum und trat mit aller Kraft auf die Bremse.

Der Krankenwagen bremste abrupt und schleuderte herum.

Anstatt frontal das Geländer zu rammen, wie Fairfax es eigentlich geplant hatte, rutschte er quietschend auf allen vier Rädern und drehte sich um 180 Grad, sodass er stattdessen *mit dem Heck* gegen das Geländer prallte.

Das Heck des Krankenwagens durchstieß das Geländer und schoss mit Fairfax, Oliphant und dem Zulu an Bord sechs Stockwerke über dem Erdboden vom Rand des Daches und stürzte –

– etwa drei Meter tief.

Als der Krankenwagen rückwärts über den Rand des Daches geflogen war und das niedrige Geländer durchbrochen hatte, hatte sich die vordere Stoßstange an einem Pfosten verfangen und den Wagen am Dach verankert.

Daher war der Sturz des Krankenwagens erstaunlich kurz ausgefallen. Kaum war er über den Rand gekippt, war er auch schon *ruckartig* zum Stehen gekommen.

Und nun hing er an der vorderen Stoßstange senkrecht vom obersten Parkdeck und die Hecktüren schlugen heftig über dem Abgrund.

Im Innern des Wagens befand sich alles, was eigentlich in der Waagerechten hätte sein sollen, in der Senkrechten.

Oliphant saß immer noch auf dem Beifahrersitz, bloß dass er jetzt nach oben sah und mit dem Rücken in den Sitz gepresst wurde.

Fairfax hatte weniger Glück gehabt.

Beim Aufprall auf das Geländer war er vom Zulu aus dem Sitz gerissen und in den Laderaum des Krankenwagens geschleudert worden.

Als sich der Wagen jedoch senkrecht gestellt hatte, hatten beide den Halt verloren.

Und da die Hecktüren aufgegangen waren – darunter ging es sechs Stockwerke in die Tiefe –, hatten Fairfax und Zulu nach irgendeinem Halt gesucht.

Der große Zulu hatte sich an der verankerten Rolltrage festgeklammert. Fairfax hatte eine Ablage in der Wand gepackt.

Und so hingen sie nun im senkrecht stehenden Krankenwagen und blickten durch die offene Hecktür in einen gähnenden Abgrund.

Der Zulu aber war noch nicht am Ziel.

Er wollte *immer noch* Oliphant an den Kragen.

Er streckte sich nach oben, langte nach der Machete, die nach wie vor in der Kopfstütze des Fahrersitzes steckte.

»Nein!«, schrie Fairfax und warf sich nach vorn.

Doch er kam zu spät.

Mit einer Hand die Rolltrage umklammernd, schloss der Zulu die Finger um den Griff der Machete und riss sie los.

Er richtete seinen blutunterlaufenen Blick auf Fairfax, während sich sein Mund zu einem bösartigen gelbzähnigen Lächeln verzerrte.

»Bye-bye!«, sagte er und hob die Machete.

»Träum ruhig, Arschloch«, sagte Fairfax, der alles mitbekommen hatte.

Der Zulu holte zum tödlichen Hieb aus.

Die Klinge zischte auf Fairfax' Kopf zu.

Als Fairfax plötzlich den Fuß vorstieß und die Verriegelung der Rolltrage löste.

Die Reaktion erfolgte augenblicklich.

Die Rolltrage fiel wie ein Stein durch die offene Hecktür am Boden des senkrecht stehenden Krankenwagens …

… und riss den Zulu mit sich!

Fairfax beobachtete, wie der große Mann von der Rolltrage mitgerissen wurde und sich seine Augen in kleine Punkte verwandelten, derweil er unaufhaltsam in die Tiefe stürzte.

Die Rolltrage drehte sich im Flug, sodass der Zulu als Erster am Boden aufprallte. Er klatschte mit einem Übelkeit erregenden Geräusch auf den Beton; seine inneren Organe zerplatzten dabei. Doch er lebte noch.

Aber nicht lange. Denn im nächsten Moment krachte die hochkant herabstürzende Rolltrage auf seinen Kopf und zerquetschte ihn wie eine Nuss.

Es dauerte eine Weile, bis Fairfax und Oliphant sich aus dem senkrecht stehenden Krankenwagen befreit hatten, doch sie schafften es, indem sie sich durch die geborstene Windschutzscheibe zwängten und über die Motorhaube aufs Dach kletterten.

Auf dem Parkdeck sackten sie atemlos zusammen.

Fairfax spähte zum Krankenwagen hinunter, der noch immer von der Dachkante hing.

Der geschockte Oliphant brabbelte in einem fort vor sich hin:

»Das war die Abkürzung für ... motorischer Neuronenreaktionstest ... wir haben die Reaktionsschnelligkeit amerikanischer und britischer Soldaten getestet, die Reaktionszeiten auf bestimmte Reize ... auf alle möglichen Reize: visuelle, akustische, sensorische ... *Reflexe* ... es ging ausschließlich um Reflexe.

Herrgott noch mal, wir haben bestimmt dreihundert Soldaten untersucht und alle hatten unterschiedliche Reaktionszeiten ... einige waren superschnell, andere waren langsam.

Unsere Vorgesetzten haben uns nie gesagt, worum es bei dem Test eigentlich ging ... aber natürlich haben wir uns Gedanken darüber gemacht. Die meisten glaubten, es handele sich um ein Auswahlverfahren für Spezialeinsätze, ein paar Techniker aber meinten, es ginge um ein neues Sicherheitssystem, um ein *erstaunliches* neues Sicherheitssystem für ballistische Interkontinentalraketen mit der Bezeichnung CincLock ... und dann wurde die Untersuchung auf einmal abgebrochen, mit der offiziellen Begründung, das Verteidigungsministerium habe das Projekt gestoppt, wir aber gingen alle davon aus, dass sie die gewünschten Informationen bereits erhalten hatten –«

Witsch!

Fairfax, der noch immer zum Krankenwagen hinuntersah, vernahm ein Geräusch hinter seinem Rücken.

Er drehte sich um.

Und sah den mittlerweile kopflosen Körper Dr. Oliphants vor sich knien. Der schwankte, dann kippte er mit einem dumpfen Geräusch auf den Betonboden.

Vor dem Leichnam, in einer Faust ein funkelndes Samuraischwert mit kurzer Klinge, stand eine junge, lederbekleidete Japanerin.

Alyssa Idei.

Kopfgeldjägerin.

Oliphants Kopf hatte sie lässig beim Haar gepackt. Dann steckte sie mit einer flüssigen Bewegung das Schwert in die Scheide, zog eine ihrer Steyr-Maschinenpistolen und zielte damit auf Fairfax.

Sie fixierte ihn entlang des Laufs. Ohne mit der Wimper zu zucken. Eiskalt.

Auf einmal aber legte sie erstaunt die Stirn in Falten und wies mit dem Kinn auf Fairfax.

Der Klang ihrer Stimme war honigsüß. »Sie sind kein Kopfgeldjäger, nicht wahr?«

»Nein ...«, antwortete Fairfax stockend. »Bin ich nicht.«

»Und Sie haben gegen den Zulu gekämpft. Warum?«

»Ich ... ein Freund von mir steht auf Ihrer Kopfgeldliste. Ich will ihm helfen.«

Alyssa Idei hatte offenbar Mühe, ihm zu folgen. »Dieser Mann war Ihr Freund?«

»Nein, nicht dieser Mann. Ein anderer Mann von der Liste.«

»Und Sie kämpfen gegen den Zulu, um Ihrem Freund zu helfen?«

»Ja«, antwortete Fairfax. »Das tue ich.«

Ihre Skepsis machte aufrichtiger Neugier Platz. »Wie heißen Sie, Freund-Helfer?«

»Äh, David Fairfax.«

»Fair Fax. David Fair Fax«, sagte sie langsam, ließ sich

seinen Namen auf der Zunge zergehen. »Solche Freundschaftsbeweise erlebe ich nur selten, Mr. Fair Fax.«

»Ach«, meinte Fairfax.

Sie musterte ihn aufreizend. »Nein. Ihr Freund muss ein ganz besonderer Mensch sein, wenn er Sie zu so großer Tapferkeit inspiriert. Eine solche Tapferkeit ist selten, Mr. Fair Fax. Und auch faszinierend. Ansteckend.«

Fairfax schluckte. »Oh.«

Alyssa sagte: »Und deshalb werde ich Sie am Leben lassen. Damit Sie Ihrem Freund auch weiterhin helfen können – bis wir uns vielleicht unter angenehmeren Umständen wiedersehen. Bedenken Sie jedoch eines, David Fair Fax: Sollten wir uns in einer Situation wieder begegnen, in der Sie Ihren Freund beschützen, wird Ihnen diese Gunst nicht noch einmal zuteil werden.«

Daraufhin steckte sie die Waffe ins Halfter, machte auf dem Absatz kehrt und zwängte sich geschmeidig in ihren flachen Sportwagen.

Und weg war sie.

Fairfax sah ihr nach, bis der rasant beschleunigende Honda die Rampe hinunterschoss und verschwand, während neben ihm auf dem Beton der kopflose Leichnam Thompson Oliphants zurückblieb, die Sonne in der Ferne aufging und das Gellen der Polizeisirenen den Morgen durchschnitt.

Vierter Angriff

Frankreich – England
26. Oktober, 14.00 Uhr (Frankreich)
E.S.T. (New York, USA) 08.00 Uhr

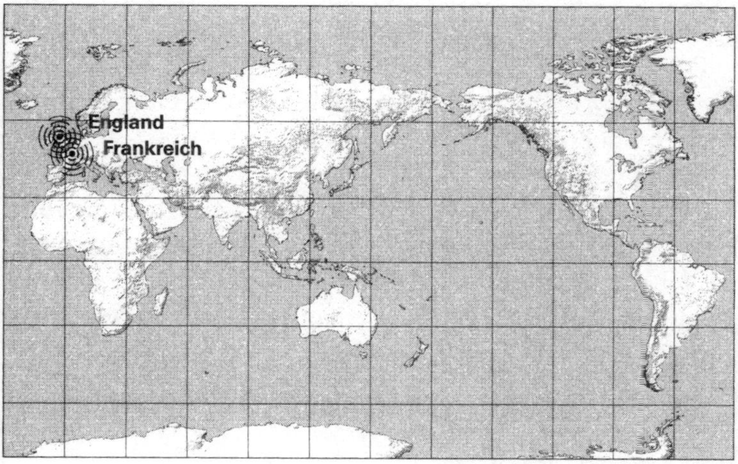

Wir leben in einer Welt mit doppeltem Boden: An der Oberfläche Karneval, im Untergrund, wo es drauf ankommt, Konsolidierung.

Zitiert aus: *No Logo* von Naomi Klein
(Harper Collins, London 2000)

Brot und Spiele. Mehr wollen die Menschen nicht.

Juvenal, Römischer Satiriker

La Grande Rue de la Mer
Bretagne, Atlantikküste,
Frankreich

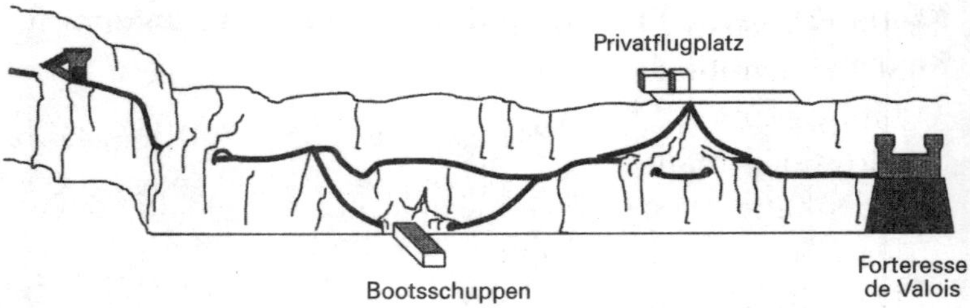

Forteresse de Valois, Bretagne, Frankreich
26. Oktober, 14.00 Uhr Ortszeit
(08.00 Uhr E. S.T. USA)

Die drei winzigen Gestalten überquerten die massive Steinbrücke, die die Forteresse de Valois mit dem französischen Festland verband.

Shane Schofield.

Libby Gant.

Aloysius Knight.

Jeder hatte einen medizinischen Transportbehälter dabei.

Drei Behälter. Drei Köpfe.

Da Schofield einer der meistgesuchten Menschen weltweit war – und weil sie im Begriff standen, das innere Heiligtum der Kopfgeldjagd zu betreten –, hatten sich Schofield und Gant ein wenig verkleidet.

Sie trugen nun die tiefschwarzen Uniformen und Helme der IG-88, die sie den Männern in der Hercules abgenommen hatten. Außer ihren eigenen Waffen hatten sie auch noch MetalStorm-Gewehre dabei. Um die Wirkung komplett zu machen, hatte Schofield sich ein paar blutige Bandagen um den Kiefer gewickelt und eine normale Sonnenbrille aufgesetzt, sodass sein Gesicht verdeckt war.

In der Tasche hatte er einen von Knights Palm Pilots.

Knight drückte den Klingelknopf der Burg. »Okay, da ich die Prozedur als Einziger schon mal mitgemacht habe, werde ich die Köpfe zum Sachverständigen bringen. Man wird Sie bitten, in einem Sicherheitsraum zu warten.«

»In einem Sicherheitsraum?«

»Sachverständige schätzen es nicht, wenn Kopfgeldjäger ihre Büros stürmen und das Geld rauben. Das ist schon vorgekommen. Daher haben die Sachverständigen üble Schutzvorkehrungen getroffen. Und wenn der Sachverständige der ist, der ich glaube, dann ist er kein netter Mensch. Sie sollten jedenfalls den Pilot im Auge behalten. Ich weiß nicht, wie viele Informationen ich aus seinem Computer werde absaugen können, aber hoffentlich genug, um herauszufinden, wer hinter dieser Kopfgeldjagd steckt.«

Knight hatte den gleichen Palm Pilot in der Tasche wie Schofield. Wie viele solcher Geräte verfügte der Pilot über eine Infrarotschnittstelle, mit der man Dokumente übermitteln konnte.

Zu Knights Modifikationen gehörte jedoch auch ein Suchprogramm, dass es dem Gerät ermöglichte, drahtlos *jeden* Computer im Umkreis von drei Metern anzuzapfen.

Was ihm besondere Möglichkeiten eröffnete: Er war in der Lage, in beliebige Desktoprechner einzudringen. Wenn er nur nahe genug herankam.

Das Burgtor öffnete sich.

Monsieur Delacroix wirkte so elegant wie eh und je.

»Captain Knight«, sagte er förmlich. »Ich habe mich schon gefragt, ob Sie erscheinen würden.«

»Monsieur Delacroix«, erwiderte Knight. »Ich habe geahnt, dass Sie der Sachverständige sein würden. Gerade erst habe ich zu meinem Kollegen gesagt, was für ein charmanter Mensch Sie doch sind.«

»Das kann ich mir denken«, meinte Delacroix trocken. Er musterte Schofield und Gant in ihrer IG-88-Montur. »Neue Mitarbeiter. Ich wusste gar nicht, dass Sie sich aus Monsieur Larkhams Mannschaft bedienen.«

»Gute Mitarbeiter sind schwer zu finden«, sagte Knight.

»Das kann man wohl sagen«, bemerkte Delacroix. »Bitte treten Sie doch ein.«

Sie betraten die einer Ausstellungshalle ähnelnde Garage der Burg, die voll gestopft war mit Sportwagen der Luxusklasse. Delacroix ging voran; die drei Behälter mit den drei Köpfen hatte er auf einen Handwagen gestapelt.

»Hübsche Burg«, bemerkte Knight.

»Ja, ziemlich eindrucksvoll«, sagte Delacroix.

»Wem gehört sie?«

»Einer sehr reichen Persönlichkeit.«

»Und deren Name –«

»– darf ich nicht preisgeben. Ich bin an meine Anweisungen gebunden.«

»Natürlich«, meinte Knight. »Die Waffen?«

»Dürfen Sie behalten«, gab Delacroix gleichgültig zurück. »Die würden Ihnen hier sowieso nichts nützen.«

Sie stiegen die Treppe am Ende der Garage hinab und gelangten in einen kreisförmigen Vorraum mit Steinmauern, von dem ein langer schmaler Tunnel abging.

Delacroix blieb stehen. »Ihre Kollegen müssen hier warten, Captain Knight.«

Knight nickte Schofield und Gant zu. »Das geht schon in Ordnung. Erschreckt nicht, wenn sich die Türen schließen.«

Schofield und Gant nahmen auf einem lederbezogenen Sofa an der Wand Platz. Delacroix geleitete Knight den schmalen, von Fackeln erhellten Tunnel entlang.

Am Ende des abweisenden Gangs lag ein luxuriös ausgestattetes Büro. Delacroix trat vor Knight hinein, dann drehte er sich um, in der Hand eine Fernbedienung.

Bäng! Bäng! Bäng!

Die drei Stahltüren krachten herab und schlossen Schofield und Gant im Vorraum und Knight im Gang ein.

Knight zuckte nicht einmal mit der Wimper.

Delacroix machte sich daran, die Köpfe zu untersuchen – Köpfe, die Demon Larkham in den afghanischen Höhlen eingesammelt hatte: die Köpfe von Zawahiri, Khalif und Kingsgate. Laserscans, Zahnuntersuchungen, DNA …

Knight, der im langen Steintunnel eingesperrt war, wartete.

Er bemerkte die Wandöffnungen, die für das siedende Öl vorgesehen waren.

»Hmmm«, machte er. »Ganz schön fies.«

Durch ein kleines, in die Stahltür eingelassenes Plexiglasfenster konnte er in das Büro blicken.

Er sah Delacroix bei der Arbeit, sah das gewaltige Panoramafenster hinter dem Schreibtisch des Schweizer Bankiers, das eine prachtvolle Aussicht auf den Atlantik bot.

Auf einmal bemerkte Knight die Schiffe.

Am Horizont waren mehrere Kriegsschiffe zu erkennen: Zerstörer und Fregatten, alle um einen massigen Flugzeugträger versammelt, den er sogleich als den brandneuen atombetriebenen Träger der Charles-de-Gaulle-Klasse identifizierte.

Es handelte sich um einen Flugzeugträgerverband.

Einen französischen Flugzeugträgerverband.

Schofield und Gant warteten im Vorraum.

Schofield wurde auf ein leises Sirren an der Decke aufmerksam.

Er schaute hoch – und erblickte sechs eigentümlich geformte Antennen, die am Rand der kreisförmigen Decke angeordnet und in die Steinwände eingelassen waren. Sie ähnelten Stereolautsprechern, doch in Wirklichkeit handelte es sich um Mikrowellensender mit tödlicher Wirkung.

Außerdem sah er, woher das Sirren kam, nämlich von einer Videokamera. »Wir werden beobachtet«, sagte er.

In einem anderen Raum irgendwo in der Burg saß tatsächlich jemand vor einem Schwarzweißmonitor und beobachtete Schofield und Gant.

Der Beobachter fixierte Schofield, als blicke er durch dessen Bandagen und die Sonnenbrille geradewegs hindurch.

Monsieur Delacroix schloss die Tests ab.

Er wandte sich an Knight, der noch immer im Tunnel eingeschlossen war.

»Captain Knight«, sagte Delacroix über die Sprechanlage. »Meinen Glückwunsch. Jeder der drei Köpfe weist eine hervorragende Übereinstimmung auf. Sie sind um 55,8 Millionen Dollar reicher.«

Der Schweizer Bankier drückte einen Knopf an der Fernbedienung, worauf die drei Stahltüren in die Deckenaussparungen hochschossen.

Knight trat in dem Moment in Delacroix' Büro, als der Bankier hinter dem gewaltigen Schreibtisch Platz nahm und auf der Tastatur seines Laptops zu tippen begann.

»So«, sagte Delacroix, die Hand über der Tastatur in der Schwebe. »Auf welches Konto möchten Sie das Kopfgeld überwiesen haben? Gehe ich recht in der Annahme, dass Sie noch immer ein Konto bei Alan Gemes in Genf unterhalten?«

Knight fixierte unverwandt Delacroix' Laptop.

»Ja«, sagte er und drückte den Sende-Knopf des Palm Pilots in seiner Tasche.

Der Pilot und Delacroix' Computer begannen unverzüglich Daten auszutauschen.

Im abgeschlossenen Vorraum sah Schofield, wie sich sein Palm Pilot einschaltete.

Mit schwindelerregender Geschwindigkeit flitzten Daten über den Bildschirm. Dokumente mit Namen, Zahlen, Diagrammen:

Quelle	Träger-Sys.	W-H	Start	Ziel	Zeit
Talbot	Shahab-5	TN76	35702.90	00001.65	1145
			5001.00	5239.10	
	Shahab-5	TN76	35702.90	00420.02	1145
			5001.00	4900.25	
	Shahab-5	TN76	35702.90	01312.15	1145
			5001.00	5358.75	
Ambrose	Shahab-5	TN76	28743.05	28743.98	1200
			4104.55	4104.64	

Betreff: Zahlung der Sachverständigenkommission

Die Sachverständigenkommission wird auf internem elektronischem Weg vom Privatkonto der Astral-66 PTY LTD bei AGM-Suisse überwiesen.

Dienstreise

Folgender Reiseweg wird vorgeschlagen: Asmara (01/08), Luanda (01/08), Abuja (05/08), N'djamena (07/08) und Tobruk (09/08).

01/08 – Asmara (Botschaft)
03/08 – Luanda (bei M. Loch, Rs Neffen absteigen)

	Name	Nat.	Org.
1.	Ashcroft, William H.	GB	SAS
2.	Christie, Alec P.	GB	MI-6
3.	Farrell, Gregory C.	USA	Delta
4.	Khalif, Iman	AFG	Al-Kaida
5.	Kingsgate, Nigel E.	GB	SAS
6.	MCCABE, Dean P.	US	Delta

Schofield erkannte das letzte Dokument wieder.

Die Kopfgeldliste.

Während der Pilot den Download fortsetzte, klickte er auf die Liste und öffnete sie.

Die Liste unterschied sich leicht von der, die er in Sibirien Cedric Wexley, dem Anführer von Executive Solutions, abgenommen hatte. Einige Namen waren markiert. Das vollständige Dokument sah folgendermaßen aus:

Sachverständigen Master-Liste

Bestätigte Berichte.
Information korrekt
26. Oktober, 14.12 Uhr

Name	Nat.	Org.
1. ASHCROFT, William H.	GB	SAS
2. CHRISTIE, Alec P.	GB	MI-6
3. FARRELL, Gregory C.	USA	Delta
4. KHALIF, Iman	AFG	Al-Kaida
5. KINGSGATE, Nigel E.	GB	SAS
6. McCABE, Dean P.	US	Delta
7. NAZZAR, Yousef M.	RL	Hamas
8. NICHOLSON, Francis X.	USA	USAMRMC
9. OLIPHANT, Thompson J.	USA	USAMRMC
10. POLANSKI, Damien G.	USA	ISS
11. ROSENTHAL, Benjamin Y.	ISR	Mossad
12. SCHOFIELD, Shane M.	USA	USMC
13. WEITZMAN, Ronson H.	USA	USMC
14. ZAWAHIRI, Hassan M.	SA	Al-Kaida
15. ZEMIR, Simon B.	ISR	I.A.F.

Die Toten, dachte Schofield schaudernd. *Die Markierungen zeigen die bereits eliminierten Zielpersonen.*

Deren Tod bereits bestätigt worden war.

Schofield hätte noch Ashcroft und Weitzman zu der Liste hinzufügen können – Ashcroft war in Afghanistan von den Spetsnaz-Kopfgeldjägern, den Skorpionen, geköpft worden und Weitzman war im Transportflugzeug umgekommen.

Was bedeutete, dass von ursprünglich fünfzehn Personen bestenfalls noch fünf am Leben waren: Christie, Oliphant, Rosenthal, Zemir und er selbst.

Schofield runzelte die Stirn.

Irgendetwas an der Liste beunruhigte ihn, etwas, das er nicht ganz fassen konnte ...

Dann fiel ihm das Wort »**Sachverständiger**« in einem anderen Dokument ins Auge.

Er scrollte zurück.

Es handelte sich um eine E-Mail.

BETREFF: ZAHLUNG DER SACHVERSTÄNDIGENKOMMISSION

DIE SACHVERSTÄNDIGENKOMMISSION WIRD AUF INTERNEM ELEKTRONISCHEM WEG VOM PRIVATKONTO DER ASTRAL-66 LTD BEI AGM-SUISSE ÜBERWIESEN (KONTONUMMER 437–666–21) UND BELÄUFT SICH AUF 3,2 MILLIONEN US-DOLLAR (DREI KOMMA ZWEI MILLIONEN US-DOLLAR).

DER SACHVERSTÄNDIGE IST **M. JEAN-PIERRE DELACROIX** VON AGM-SUISSE.

Schofield starrte auf die Zeilen.

»ASTRAL-66 PTY LTD.«

Daher also stammte das Geld. Wer immer dahinter stecken mochte, Astral-66 finanzierte die Kopfgeldjagd –

»Guten Abend«, sagte eine angenehme Stimme.

Schofield und Gant blickten auf.

Ein sehr gut aussehender junger Mann stand am Fuß der Steintreppe, die zur Garage hochführte. Er war Ende dreißig, bekleidet mit Designerjeans und einem Ralph-Lauren-Hemd, das er nach Art der Superreichen offen über einem T-Shirt trug. Schofield fielen sogleich seine Augen auf: Das eine war blau, das andere braun.

»Willkommen in meiner Burg«, sagte der junge Mann. Sein Lächeln wirkte irgendwie gefährlich. »Und wer sind Sie?«

»Colton. John Colton«, log Schofield. »Das ist Jane Watson. Wir sind mit Aloysius Knight hier, der gerade mit Monsieur Delacroix spricht.«

»Oh, ich verstehe ...«, meinte der gut aussehende Mann.

Er reichte Schofield die Hand. »Killian. Jonathan Killian. Sie machen den Eindruck, als hätten Sie heute schon viel gesehen. Darf ich Ihnen vielleicht einen Drink oder einen Imbiss anbieten? Mein Leibarzt könnte vielleicht auch mal Ihren Verband wechseln.«

Schofield warf einen Blick in den Tunnel, hielt Ausschau nach Knight.

»Wenn ich bitten darf ...« Killian geleitete sie zur Treppe. Da sie keine unnötige Aufmerksamkeit erregen wollten, folgten ihm Schofield und Gant.

»Ich habe Sie schon mal gesehen«, sagte Schofield, als sie die Treppe hochstiegen. »Im Fernsehen ...«

»Hin und wieder bin ich da zu sehen.«

»Afrika«, meinte Schofield. »Sie waren in Afrika. Letztes Jahr. Sie haben dort Fabriken eingeweiht. Nahrungsmittelfabriken. In Nigeria ...«

Dies alles traf zu. Schofield erinnerte sich an die Bilder in den Nachrichten – wie dieser Killian inmitten glücklicher Arbeiter afrikanischen Politikern lächelnd die Hand geschüttelt hatte.

Sie gelangten in die Garage mit den edlen Automobilen.

»Sie haben ein gutes Gedächtnis«, sagte Killian. »Ich war auch in Eritrea, im Tschad, in Angola und Libyen und habe dort Nahrungsmittelfabriken eingeweiht. Auch wenn viele das noch nicht wissen, aber die Zukunft der Welt liegt in Afrika.«

»Ihre Wagensammlung gefällt mir«, bemerkte Gant.

»Spielzeuge«, erwiderte Killian. »Bloß Spielzeuge.«

Er geleitete sie in einen Flur, der von der Garage abzweigte. Der Boden war mit dunklen, polierten Holzbohlen ausgelegt, die Wände makellos weiß.

»Aber ich spiele gern mit Spielsachen«, sagte Killian. »Ebenso gern wie mit *Menschen*. Ich beobachte gern, wie sie auf Stresssituationen reagieren.«

Vor einer großen Holztür blieb er stehen. Gelächter drang heraus. Von rauen Männerstimmen. Es hörte sich an, als fände in dem Raum eine Party statt.

»Stresssituationen?«, wiederholte Schofield. »Was meinen Sie damit?«

»Na ja«, antwortete Killian, »nehmen wir zum Beispiel die Unfähigkeit des durchschnittlichen Westlers, den islamischen Selbstmordattentäter zu verstehen. Westler lehrt man von Kindheit an, ›fair‹ zu kämpfen: Die Franzosen duellieren sich auf zehn Schritte Entfernung, die englischen Ritter messen sich in Turnieren, amerikanische Revolverhelden treten auf der Straße gegeneinander an. Im Westen gilt ein Kampf dann als fair, wenn die Gegner den Kampf tatsächlich gewinnen wollen.«

»Der Selbstmordattentäter aber denkt anders«, bemerkte Schofield.

»Genau«, meinte Killian. »Er will den Kampf gar nicht gewinnen, weil der Kampf an sich für einen Selbstmordattentäter bedeutungslos ist. Er will einen viel größeren Krieg gewinnen, einen psychologischen Krieg, in dem der verliert, der *gegen seinen Willen stirbt* – in einem Zustand von Stress, Entsetzen und Angst –, während der siegt, der mit seinem Tod spirituell und emotional im Reinen ist.

Daher kriegt ein Westler, der es mit einem Selbstmordattentäter zu tun hat, das große Schlottern. Glauben Sie mir, ich habe es selbst erlebt. So wie ich gesehen habe, wie Menschen auf andere Stresssituationen reagieren: Kriminelle auf dem elektrischen Stuhl, ein Schwimmer, der von einem Hai angegriffen wird. O ja, ich schätze das abgrundtiefe Entsetzen im Gesicht eines Menschen, der erkennt, dass er sterben wird.«

Killian stieß die Tür auf –

– und im selben Moment dämmerte es Schofield:

Mit der Kopfgeldliste stimmte etwas nicht.

Auf der Originalliste waren McCabes und Farrells Namen markiert.

McCabe und Farrell, die am Morgen in Sibirien getötet worden waren, wurden offiziell als tot geführt.

Und das Kopfgeld war ausgezahlt worden.

Was bedeutete …

Die große Tür schwang auf –

– und Schofield und Gant blickten in einen Speiseraum, in dem die Kämpfer von Executive Solutions, insgesamt etwa zwanzig Personen, schmausten, tranken und rauchten. Am Kopfende des Tisches, die gebrochene Nase frisch verbunden, saß Cedric Wexley.

Schofield riss die Augen auf.

»*Das*«, sagte Killian, »ist genau der Gesichtsausdruck, den ich gemeint habe.« Der Milliardär schenkte Schofield ein schmallippiges, freudloses Lächeln. »Willkommen in meiner Burg … Captain Schofield.«

Schofield und Gant nahmen die Beine in die Hand.

Sie rannten um ihr Leben.

Sie kehrten dem Speiseraum den Rücken und sprinteten durch den prachtvollen Gang, verfolgt von Jonathan Killians höhnischem Gelächter.

Die ExSol-Männer sprangen von ihren Plätzen und griffen zu den Waffen, da sie sich die Chance, weitere 18,6 Millionen zu verdienen, nicht entgehen lassen wollten.

Killian, der das Spektakel genoss, ließ sie an sich vorbei.

Schofield und Gant stürmten in die Garage.

»Verdammt. Die Qual der Wahl«, meinte Schofield, riss den Verband ab und musterte den Millionen Dollar schweren Wagenpark.

Gant blickte sich über die Schulter um und sah, wie die Söldner von Executive Solutions über den Gang heranpolterten. »Dir bleiben etwa zehn Sekunden, um den Schnellsten auszuwählen, Chef.«

Schofield beäugte den silberfarbenen flachen Targa-Porsche GT-2 – ein Wahnsinnsgefährt.

»Nee, der passt nicht zu mir«, sagte er und sprang stattdessen in den nicht minder schnellen Wagen daneben – einen metallicblauen Subaru WRX mit Turbolader.

Neun Sekunden später stürmten die ExSol-Männer in die Garage.

Sie bekamen gerade noch mit, wie der WRX mit bereits sechzig Sachen durch den Ausstellungsraum bretterte und auf dem Boden Gummiabrieb zurückließ.

Am andere Ende des Ausstellungsraums öffnete sich gerade das Außentor – Libby Gant stand daneben und bediente die Steuerung.

Die ExSol-Männer eröffneten das Feuer.

Schofield bremste den Rallyewagen auf den Zentimeter genau ab und kam unmittelbar neben Gant zum Stehen.

»Steig ein!«

»Was ist mit Knight?«

»Der wird es bestimmt verstehen!«

Gant hechtete durchs Beifahrerfenster des Subaru, als das Garagentor sich vollständig öffnete und den Blick auf den sonnenbeschienenen Innenhof freigab …

… und den überraschten Major Dmitri Zamanow.

Er war in Begleitung von sechs Skorpionen, die zwei medizinische Transportbehälter dabeihatten.

Hinter den Spetsnaz-Kämpfern standen auf dem kiesbedeckten Hof zwei äußerst wendige russische Helikopter vom Typ Mi-34 mit sich drehenden Rotoren.

»O Mann«, murmelte Schofield. »Schlimmer konnte es nicht kommen.«

Unten in Monsieur Delacroix' Büro fuhr Aloysius Knight herum, als er das MP-Feuer in der Garage vernahm.

Er blickte zum Vorraum am anderen Ende des Tunnels hinüber.

Schofield war verschwunden.

»Verdammt«, knurrte er, »kann der Mann nicht wenigstens mal fünf Minuten Ruhe geben?«

Er stürmte aus dem Büro.

Monsieur Delacroix schaute nicht einmal hoch.

Schofields WRX mit Turbolader stand vor Zamanow im Garageneingang.

Die beiden Männer fixierten einander.

Zamanows Überraschung machte schierem Hass Platz.

»Fahr ihn um!«, schrie Gant und brach damit den Bann.

Zack! Schofield trat aufs Gas.

Der Rallyewagen machte einen Satz und schoss durch den Eingang, während die Skorpione auseinander spritzten.

Der WRX raste über den Hof, dass der Kies nur so spritzte, dann schoss er wie eine Rakete unter dem riesigen Fallgitter hindurch und über die Zugbrücke zum Festland.

Dmitri Zamanow rappelte sich gerade hoch, als – *Schuum! – Schuum! – Schuum! – Schuum! – Schuum!* – fünf weitere Wagen an ihm vorbeischossen. Ein roter Ferrari, ein silberfarbener Porsche GT-2 und drei gelbe Peugeot-Rallyewagen mit dem Logo des Sponsors AXON auf der Seite.

ExSol.

Allesamt in wilder Verfolgungsjagd.

»Scheiße!«, schrie Zamanow. »Das ist er! Das ist Schofield! *Los!* Los, los, los! Schnappt ihn euch und bringt ihn mir! Bevor Delacroix seinen Kopf kriegt, will ich ihm eigenhändig das Fell über die Ohren ziehen!«

Vier Skorpione sprangen augenblicklich auf die Beine und rannten zu den beiden Helikoptern; Zamanow und die beiden anderen Söldner blieben mit den Köpfen in der Burg zurück.

Die Jagd war eröffnet.

Whitmore Flugplatz (stillgelegt)
40 Meilen westlich von London
12.30 Uhr Ortszeit
(13.30 Uhr in Frankreich)*

Dreißig Minuten *zuvor* – als Schofield, Gant und Knight gerade an der Forteresse de Valois eingetroffen waren – waren Book II. und Mother mit dem gestohlenen Lynx-Helikopter auf dem stillgelegten Flugplatz gelandet, auf dem Rufus sie abgesetzt hatte.

Sie rechneten nicht damit, Rufus noch hier anzutreffen. Er hatte gemeint, er wolle nach Frankreich weiterfliegen und sich wieder Knight anschließen.

Doch als sie landeten, stand der *Black Raven* noch im alten Hangar, umringt von Polizeiwagen mit eingeschaltetem Blaulicht.

Rufus stand bekümmert und hilflos neben dem Flugzeug, bewacht von sechs mit Trenchcoats bekleideten Typen in Zivil und einer Abteilung schwer bewaffneter Royal Marines.

Auch Mother und Book wurden auf der Stelle festgenommen.

Einer der Männer im Trenchcoat näherte sich ihnen. Er war jung, glatt rasiert und hielt ein Handy in der Hand, als telefonierte er gerade.

Er sprach mit amerikanischem Akzent.

»Sergeant Newman und Sergeant Riley? Ich bin Scott Moseley, US State Department, Büro London. Wie ich höre, helfen Sie Captain Shane M. Schofield vom US Marine Corps dabei, der Liquidierung im Zuge einer internationalen Kopfgeldjagd zu entgehen. Trifft das zu?«

* Obwohl einige Gegenden Frankreichs, darunter die Bretagne, westlich von London liegen, stellt ganz Frankreich eine einheitliche Zeitzone dar, die der englischen eine Stunde voraus ist

Book und Mother erbleichten.

»Äh, ja … das stimmt«, sagte Book II.

»Die US-Regierung hat von der Kopfgeldjagd erfahren. Aufgrund der uns derzeit vorliegenden Informationen haben wir Überlegungen zu deren Anlass angestellt und sind zu dem Schluss gelangt, dass es im nationalen Interesse liegt, Captain Schofields Leben zu schützen. Wissen Sie, wo er sich aufhält?«

»Möglicherweise«, antwortete Mother.

»Also, worum geht es eigentlich?«, fragte Book. »Erzählen Sie uns von der großen Verschwörung.«

Scott Moseley lief rot an. »Ich persönlich kenne die Einzelheiten nicht«, sagte er.

»Ach, *kommen Sie*«, stöhnte Book II., »so leicht können Sie uns nicht abspeisen.«

»Bitte«, sagte Moseley. »Ich bin hier nur der Bote. Ich bin nicht befugt, alles zu wissen. Aber glauben Sie mir, es ist *nicht* meine Aufgabe, Sie zu behindern. Man hat mir bloß so viel gesagt: Der oder die Drahtzieher der Kopfgeldjagd verfügen über die erforderlichen Mittel und haben möglicherweise auch die Absicht, die Vereinigten Staaten von Amerika zu vernichten. Das ist alles, was man mir gesagt hat. Mehr weiß ich nicht.

Ich weiß bloß Folgendes: Ich bin hier auf direkten Befehl des Präsidenten der Vereinigten Staaten und soll Ihnen helfen. In jeder erdenklichen Weise. Sie können fliegen, wohin Sie wollen. Ich bin befugt, alles in meiner Macht Stehende zu tun, damit Sie Captain Schofield schützen können. Wenn Sie Waffen brauchen, bekommen Sie sie. Wenn Sie Geld brauchen, ich hab's. Mann, wenn Sie mit der Air Force One irgendwo hinfliegen wollen, dann steht Sie Ihnen zur Verfügung.«

»Cool …«, murmelte Mother.

»Woher wissen wir, dass wir Ihnen trauen können?«, wollte Book II. wissen.

Scott Moseley reichte Book sein Handy.

»Wer ist da?«, sagte Book ins Mikrofon.

»Sergeant Riley?«, erwiderte eine feste Stimme. Book II. erkannte sie auf Anhieb – und erstarrte.

Er war dem Sprecher schon einmal begegnet, nämlich bei dem chaotischen Einsatz in Area 7.

Es war die Stimme des Präsidenten der Vereinigten Staaten.

Es war kein Traum.

»Sergeant Riley«, sagte der Präsident. »Sämtliche Ressourcen der amerikanischen Regierung stehen zu Ihrer Verfügung. Sie brauchen Untersekretär Moseley lediglich Ihre Wünsche zu nennen. *Sie müssen Shane Schofield am Leben erhalten.* Und jetzt muss ich Schluss machen.«

Er legte auf.

»*Na schön.*« Book stieß einen Pfiff aus.

»Das wäre also geklärt«, sagte Scott Moseley. »Was brauchen Sie?«

Mother und Book sahen sich an.

»Flieg du«, meinte Book. »Rette Scarecrow. Ich werde in der Zwischenzeit herausfinden, worum es eigentlich geht.«

»Viel Glück«, sagte Mother.

Sie machte auf dem Absatz kehrt, zeigte auf Rufus und sprach Moseley an. »Ich brauche ihn. Und sein Flugzeug, voll getankt. Außerdem muss ich ungehindert aus England ausfliegen können. Wir wissen, wo Scarecrow steckt, und müssen rasch zu ihm.«

»Ich kann dafür sorgen, dass Sie auf dem schnellsten Wege –«, setzte Moseley an.

»Ja, aber ich traue Ihnen noch nicht«, knurrte Mother. »Rufus hingegen schon. Und schneller als er ist keiner.«

»Okay. Wird erledigt.« Scott Moseley nickte einem seiner Männer zu. »Das Flugzeug betanken. Luftraum freimachen.«

Moseley wandte sich an Book. »Was ist mit Ihnen?«

Book aber war noch nicht mit Mother fertig. »Hey, Mother. Viel Glück. Rette ihn.«

»Ich werde mein Bestes tun«, sagte Mother. Dann eilte sie zu Rufus, der bei der Sukhoi wartete. In kurzer Zeit waren die Tanks aufgefüllt, der *Rabe* erhob sich in die Lüfte und raste davon.

Erst jetzt wandte Book II. sich an Scott Moseley. »Ich brauche einen Videorekorder«, sagte er.

Schofields Rallyewagen sauste an der Küste von Nordwestfrankreich entlang.

Die von der Forteresse de Valois fortführende Straße wurde Le Grand Boulevard de la Mer genannt – der Große Meeresboulevard.

In die Klippen am Rande des Atlantiks geschnitten, war dies ein spektakulärer Küstenhighway, eine kurvenreiche Asphaltstraße, gesäumt von niedrigen Betonmäuerchen, hinter denen es hundertzwanzig Meter steil in die Tiefe ging. Es gab gefährliche, unübersichtliche Kurven und hin und wieder einen Tunnel, den man aus dem Fels herausgesprengt hatte.

Da das Land im Umkreis von fünfzehn Meilen um die Forteresse de Valois Jonathan Killian gehörte, war dies eigentlich eine Privatstraße. An zwei Stellen zweigten Nebenstraßen davon ab – die eine führte hügelan zu Killians Privatflugplatz, eine zweite Straße senkte sich steil zum Meer hin ab und bot Zugang zum großen Bootsschuppen.

Schofields metallicblauer WRX raste mit 180 km/h über die spektakuläre Küstenstraße. Der Motor röhrte weniger, als dass er *schwirrte,* denn der Turbolader arbeitete. Mit dem leistungsstarken Vierradantrieb war der Rallyewagen hervorragend geeignet für die scharfen Kurven des Großen Meeresboulevards.

Ihm folgten dichtauf und nicht minder schnell die fünf Superwagen der ExSol-Kämpfer – der Porsche, der Ferrari und die drei Peugeots.

»Knight!«, rief Schofield ins Kehlkopfmikrofon. »Hören Sie mich? Wir haben … äh … ein kleines Problem.«

»Bin schon unterwegs«, lautete die gelassene Antwort.

Im selben Moment schoss eine Meile hinter Schofields WRX ein letzter Wagen aus der Forteresse de Valois hervor und jagte über die Zugbrücke.

Es war ein Lamborghini Diablo.

V-12. Heckspoiler. Superflach. Supercool. Superschnell.

Und selbstverständlich schwarz lackiert.

Schofield schaltete den Satellitenfunk ein.

»Book! Mother! Hört ihr mich?«

Mother meldete sich sofort. *»Ich höre, Scarecrow.«*

»Wir sind nicht mehr in der Burg«, sagte Schofield. »Wir fahren auf der Zufahrtsstraße in Richtung Norden.«

»Was ist passiert?«

»Ließ sich gut an, aber dann tauchte auf einmal der übelste Bursche der Welt auf.«

»Hast du schon alles dem Erdboden gleich gemacht?«

»Noch nicht, aber ich denke drüber nach. Seid ihr unterwegs?«

»Sind fast schon da. Ich sitze mit Rufus im Raben. *Book ist in London geblieben, um mehr über die Kopfgeldjagd herauszubekommen. Ich brauche noch etwa zwanzig Minuten.«*

»Zwanzig Minuten«, meinte Schofield grimmig. »Ich bin nicht sicher, ob wir so lange durchhalten werden.«

»Du musst, Scarecrow, denn ich hab dir eine Menge zu berichten.«

»Fass dich kurz. Höchstens fünfundzwanzig Worte«, sagte Schofield.

»Die US-Regierung weiß von der Kopfgeldjagd und setzt alle Mittel ein, um dein Leben zu schützen. Du bist zu einer vom Aussterben bedrohten Spezies geworden. Also schaff deinen Arsch auf amerikanischen Boden. In eine Botschaft oder ein Konsulat, ganz egal.«

Schofield riss den WRX um eine scharfe Biegung – und konnte die Straße plötzlich überblicken.

Der Große Meeresboulevard erstreckte sich in die Ferne, gewunden wie ein schwarzes Seidenband, das sich über Meilen hinweg an die Klippen schmiegte.

»Die US-Regierung will mir *helfen?*«, sagte Schofield. »Ich dachte, die US-Regierung kümmert sich nur um die US-Regierung.«

»Äh, Scarecrow …«, schaltete Gant sich ein. »Wir haben ein Problem.«

»Was?« Scarecrow riss den Kopf herum. »Verdammt. Die ExSol-Leute sind auch vor uns …«

Eine halbe Meile vor ihnen gabelte sich der Boulevard de la Mer und die eine Straße führte nach rechts die Klippen hinauf. Dies war die Nebenstraße, die zum Flugplatz führte, und im Moment rasten zwei Sattelschlepper – ohne die langen Auflieger – in erstaunlichem Tempo den steilen Hang hinunter, auf Schofields und Gants Wagen zu.

Über den beiden Sattelschleppern schwebte ein schlanker Helikopter vom Typ Bell Jet Ranger mit dem Schriftzug »AXON CORP« an den Seiten. Auch er kam vom Flugplatz.

Die ExSol-Leute haben per Funk alle verfügbaren Kräfte zum Flugplatz beordert, dachte Schofield.

»Die Sattelschlepper kommen geradewegs auf uns zu!«, sagte Gant.

»Nein«, erwiderte Schofield. »Die werden uns nicht rammen. Sie werden die Straße blockieren.«

Die beiden bulligen Sattelschlepper erreichten die Gabelung, schwenkten prompt ab und kamen rutschend zum Stehen, sodass sie die Fahrbahn vollständig verriegelten.

»Mother«, sagte Schofield ins Funkgerät. »Wir müssen Schluss machen. Bitte beeil dich.«

Der WRX preschte über die gewundene Klippenstraße und näherte sich rasend schnell den beiden Sattelschleppern.

Zweihundert Meter vor der Straßensperre trat Schofield

auf die Bremse und der WRX hielt mit quietschenden Reifen mitten auf der Straße.

Ein Patt.

Zwei Sattelschlepper. Ein Rallyewagen.

Schofield sah in den Rückspiegel – die fünf ExSol-Superwagen kamen immer näher.

Hinter den Wagen ragte düster und abweisend die große Burg auf. Dann tauchten vor der Burg auf einmal zwei Helikopter auf, die augenblicklich die Verfolgung aufnahmen.

Die Mi-34-Helikopter von Zamanows Skorpionen.

»Wir haben die Wahl zwischen Teufel und Beelzebub«, sagte Schofield.

»Eine schwere Entscheidung«, meinte Gant.

Schofield sah wieder auf die Straße.

Er ließ den Blick über die Szenerie schweifen – die beiden Sattelschlepper, den Axon-Helikopter, die steile Felswand zur Rechten, den hundertzwanzig Meter tiefen Abgrund zur Linken, das niedrige Betonmäuerchen davor.

Die Mauer, dachte er.

»Die Verfolgerwagen haben uns fast erreicht …«, warnte Gant.

Schofield aber musterte noch immer die Betonmauer. Der Axon-Hubschrauber schwebte unmittelbar darüber, fast auf Straßenhöhe.

»Wir können es schaffen«, sagte er und kniff die Augen zusammen.

»*Was* schaffen?«, fragte Gant alarmiert.

»Halt dich fest.«

Schofield rammte den Fuß aufs Gaspedal.

Der WRX schoss brüllend los, auf die beiden Sattelschlepper zu.

Der Rallyewagen beschleunigte rasant, mit kreischendem Turbolader, die Kraft von allen vier Rädern auf die Straße übertragen – *Tsssssss!*

Erst 60 km/h, dann 80 …

100 …

120 …

Der WRX raste auf die Straßensperre zu.

Die beiden Fahrer der Sattelschlepper – ExSol-Männer, die am Flugplatz gewartet hatten – blickten einander an. *Was hat der Bursche vor?*

Dann riss Schofield das Steuer auf einmal scharf nach links – und lenkte den Rallyewagen dicht an die Betonmauer heran.

Kreiiiisch!

Der WRX rammte die Mauer, die linksseitigen Reifen schrammten an der Betonmauer entlang, drückten dagegen, pressten sich an sie, sodass die ganze linke Wagenseite ein wenig angehoben wurde …

… bis der WRX – *Ka-wumm!* – auf einmal auf der Mauer aufsaß!

Die linksseitigen Räder hoben vom Asphalt ab und fuhren nun *auf der Oberseite des Mäuerchens weiter,* sodass der Wagen im 45-Grad-Winkel geneigt war.

Schofields und Gants Perspektive kippte.

»Der Platz reicht noch immer nicht aus!«, schrie Gant und zeigte auf den dicht an der Mauer geparkten Sattelschlepper.

Sie hatte Recht.

»Ich bin noch nicht fertig!«, rief Schofield.

Er riss das Steuer scharf nach *rechts.*

Die Reaktion erfolgte unverzüglich.

Der WRX brach seitlich aus; die Front nach rechts, das Heck nach links – sodass er gefährlich weit übers Meer hinausschwenkte, bis das Heck auf einmal …

… *vom Rand der Betonmauer rutschte.*

Die Hinterräder des WRX hingen nun hundertzwanzig Meter über dem Meer!

Der Rallye-Wagen aber war nach wie vor schnell und *rutschte* ungebremst mit der Unterseite über die Betonmauer – die Vorderräder auf der Landseite, die Hinterräder über dem Meer –, sodass keines der Räder mehr Bodenberührung hatte.

»*Ahhhhhh!*«, schrie Gant.

Der WRX schlitterte seitlich über die Mauer, schrammte, perfekt ausbalanciert, kreischend und Funken sprühend mit der Unterseite darüber hinweg, bis er zur Verblüffung der Sattelschlepperfahrer *an der Straßensperre vorbeirutschte,* sich durch die Lücke zwischen dem äußersten Sattelschlepper und der Mauer zwängte, die zu schmal war, als dass ein Wagen frontal hindurchgepasst hätte.

Dann aber geschah das Unvermeidliche.

Da der Wagen meerseitig etwas Übergewicht hatte, neigte sich das Heck – trotz des Vorwärtsschwungs – leicht nach unten.

»Wir stürzen ab!«, rief Gant.

»Nein, tun wir nicht«, erwiderte Schofield ruhig.

Er hatte Recht.

Denn in diesem Moment krachte das Heck des rutschenden Wagens mit Karacho *gegen die Nase des Axon-Helikopters,* der dicht über der Mauer schwebte.

Das Wagenheck prallte von der Front des Hubschraubers ab – titschte davon weg wie eine Flipperkugel – und die Wucht des Aufpralls reichte aus, um den rutschenden WRX wieder über die Mauer auf die Straße zu befördern … auf die *andere* Seite der Betoneinfassung.

Genau wie Schofield es geplant hatte.

Die Reifen des WRX berührten den Asphalt, bekamen Bodenhaftung, und der Rallyewagen schoss wieder über die Straße.

Keinen Moment zu früh.

Denn da rückten die Sattelschlepper auch schon auseinander und machten den Platz frei für die fünf ExSol-Verfolgerwagen, die wie Gewehrkugeln durch die Lücke schossen und zu Schofields Wagen aufschlossen.

Die ExSol-Wagen hatten sie erreicht.

Die beiden europäischen Sportwagen, die sich die ExSol-Kämpfer von Jonathan Killian »ausgeborgt« hatten – der rote Ferrari und der silberne Porsche, beide äußerst flach und extrem schnell –, waren Schofield dicht auf den Fersen.

Die beiden Söldner im Porsche wussten das offene Targaverdeck zu nutzen – das Verdeck erlaubte dem Beifahrer sich aufzurichten und auf Schofields WRX zu feuern. Der Schütze im Ferrari musste sich aus dem Beifahrerfenster lehnen.

Als das Heckfenster des WRX im Kugelhagel zersplitterte, wandte Gant sich Schofield zu.

»Kann ich dir eine Frage stellen?«, schrie sie.

»Klar!«

»Gibt es vielleicht eine geheime Schule, wo du diese Sachen gelernt hast? Eine Fahrschule für Tollkühne?«

»Eigentlich nennt man das ›offensives Fahren‹«, antwortete Schofield mit Blick über die Schulter. »Das war ein Spezialkurs in Quantico, geleitet von einem Delta-Spezialisten im Ruhestand namens Kris Hankison. Hank schied '91 bei den Deltas aus und wurde dann Stuntfahrer in Hollywood. Da kam schon was zusammen. Alle zwei Jahre aber veranstaltet er, sozusagen als Dank an Big D, kostenlose Fahrkuse für Delta-Angehörige und spezielle Gäste. Letztes Jahr war ich dran. Das war richtig gut, du kannst dir gar nicht vorstellen, was Hank auf vier Rädern alles so anstellt –«

Brrrrrrrrr!

Neben Schofields WRX schlugen mehrere Kugeln in die Straße ein, zerfetzten den Asphalt und trafen auch die Fahrertür. Einen Sekundenbruchteil später war das Dröhnen eines der wendigen Mi-34-Helikopter zu hören.

Plötzlich aber schwenkte die Straße nach rechts und führte dicht an der Felswand entlang – der Hubschrauber flog weiter geradeaus –, und der WRX entwischte aus der Feuerlinie, während –

Womm!

– rechts von der Straße eine Granate in die Felswand einschlug und den dahinrasenden Rallyewagen mit einem Schwall Erde überschüttete.

»Was zum –?« Schofield fuhr herum, hielt Ausschau nach dem Urheber der Explosion.

Und wurde fündig.

»Das kann doch nicht wahr sein …«, keuchte er.

Ein *Kriegsschiff* hielt auf die Küste zu, löste sich von einem größeren Flottenverband am Horizont.

Es handelte sich um einen französischen Zerstörer der *Tourville*-Klasse, dessen 40-Zentimeter-Kanonen feuerten, jeder Schuss begleitet von einer Rauchwolke und einem unglaublich lauten Knall, der einem durch und durch ging: *Wumm! Wumm! Wumm!*

Im nächsten Moment …

Wämm!

Wämm!

Wämm!

Die Granaten schlugen in die Felswand neben der Straße ein, rund um Schofields Wagen prasselte Erdreich nieder. Asphaltklumpen und Erde wurden in die Höhe geschleudert und ließen gefährliche Krater zurück – die fast die halbe Fahrbahn einnahmen.

Nach dem ersten Granateinschlag schrammte Schofields WRX mit quietschenden Reifen am Rand des Kraters entlang und brach durch die aufsteigende Staubwolke. Als

Schofield den Blick senkte, sah er, dass die große 40-cm-Granate ein halbkreisförmiges Loch in die Küstenstraße gerissen hatte, durch das man das Meer sehen konnte.

Die anderen Granaten prasselten auf den Großen Meeresboulevard nieder, schlugen links und rechts ein. Schofield reagierte, indem er abwechselnd scharf nach rechts und nach links lenkte und den neu entstandenen Kratern jeweils um Haaresbreite auswich.

Der Axon-Helikopter hinter ihm legte sich immer wieder heftig schwankend in die Kurve und versuchte ebenfalls dem tödlichen Beschuss des Zerstörers auszuweichen.

Die beiden wendigeren Mi-34-Hubschrauber der Skorpione aber scherten sich nicht darum, sondern verfolgten weiter hartnäckig Schofield und zerfetzten mit ihren seitlich montierten Bordkanonen den Straßenbelag.

Dann bog Schofields WRX um eine Kurve und schoss in einen Tunnel hinein, worauf die beiden russischen Helikopter in die Höhe stiegen und über die schroffen Felsen hinwegjagten. Auf einmal wurde es still um Schofield und Gant.

Der Frieden war jedoch nur von kurzer Dauer.

Die beiden Sportwagen der ExSol-Söldner – der Ferrari und der Porsche – jagten hinter ihnen mit brüllenden Motoren in den Tunnel hinein, die Schützen feuerten auf den flüchtenden WRX.

Schofield schwenkte nach links, zur meerseitigen Tunnelwand, und stellte auf einmal fest, dass es sich eigentlich gar nicht um einen Tunnel handelte – die meerseitige Begrenzung war nämlich gar keine richtige Wand. Sie bestand aus einer Reihe schmaler Säulen, die als verschwommene Schemen vorbeirasten und es den Autofahrern gestatteten, die Aussicht aufs Meer zu genießen.

Schofield verarbeitete die Information gerade, als hinter den vorbeihuschenden Säulen auf einmal ein Hubschrauber der Skorpione auftauchte und in den seitlich offenen Tunnel *hinein*feuerte!

Kugeln schlugen in den Asphaltbelag, in Schofields Wagen, in die gegenüberliegende Wand.

Schofield schwenkte nach rechts, weg vom Sperrfeuer, lenkte den WRX dicht an die rechte Wand des geschwungenen Tunnels, wurde langsamer ...

... und schon hatten ihn die Verfolgerwagen erreicht und der Porsche rummste gegen die Heckstoßstange, der Ferrari rammte ihn von links und die beiden ExSol-Schützen feuerten, was das Zeug hielt.

Der WRX wurde von Maschinengewehrfeuer durchsiebt.

Schofields Seitenfenster zerbarst –

– als am Ende des Tunnels ein bedrohlicher Umriss sichtbar wurde.

Der zweite Mi-34-Helikopter der Skorpione stieg über der Straße hoch, die seitlich montierten Raketenwerfer waren ausgerichtet und feuerbereit.

»Wir sind tot«, sagte Schofield sachlich.

Gelber Feuerschein schoss hinten aus einem der Raketenwerfer des Hubschraubers, als jener plötzlich explodierte – getroffen von einer Granate des französischen Zerstörers vor der Küste. Die Rakete des Mi-34 explodierte ebenfalls, und zwar noch im Rohr des Raketenwerfers.

Die 40-Zentimeter-Granate traf den Helikopter mit solcher Wucht, dass er gegen die Straßenbegrenzung prallte, wo er zerknautscht wurde wie eine leere Bierdose, worauf er hundertzwanzig Meter in die Tiefe stürzte.

»Das war knapp«, meinte Gant.

»Nur ein bisschen«, sagte Schofield, als der Wagen aus dem Tunnel schoss und an der Absturzstelle vorbeiraste, von den beiden ExSol-Wagen noch immer gegen die Felswand gedrängt.

Die drei Wagen bretterten über einen kurzen geraden Straßenabschnitt. Auf einmal machte Schofield zweihundert Meter voraus eine weitere gähnende Tunnelmündung aus –

Bäng!

Der Ferrari rammte die linke Flanke des WRX und drängte ihn noch näher an die Felswand.

Schofield kämpfte mit dem Steuer.

Währenddessen drückte der Porsche gegen die Heckstoßstange.

Zunächst war Schofield gar nicht klar, warum er das tat, dann aber blickte er nach vorn und sah, dass der überwölbte Eingang des sich nähernden Tunnels nicht glatt mit der Felswand abschloss – diese ragte vielmehr etwa anderthalb Meter weit vor.

Und solange der Ferrari und der Porsche den WRX gegen die Felswand drückten, würde dieser gegen den Vorsprung prallen. Schofield schätzte, dass ihnen noch etwa fünf Sekunden blieben.

»Das sieht nicht gut aus …«, meinte Gant.

»Ich weiß, ich weiß«, sagte Schofield.

Noch vier Sekunden …

Die drei Wagen schossen im Pulk über die schmale Küstenstraße.

Noch drei Sekunden …

Der Ferrari drängte sie gegen die Felswand. Die rechtsseitigen Räder des WRX wurden leicht angehoben und schrammten am unnachgiebigen Fels entlang. Der Porsche drückte nach wie vor gegen das Heck.

»Bitte unternimm was«, sagte Gant.

Noch zwei Sekunden …

Der überwölbte Tunneleingang raste auf sie zu.

»Okay …«, sagte Schofield. »Ihr wollt es auf die harte Tour? Könnt ihr haben.«

Noch eine Sekunde …

Kurz bevor der WRX mit beträchtlicher Geschwindigkeit gegen den überwölbten Tunneleingang prallte, ließ Schofield sich vom Ferrari noch dichter an die Wand drängen, bis der Wagen sich im 60-Grad-Winkel schräg stellte und mit zwei Rädern auf der Wand entlangfuhr.

Auf einmal verlangsamte sich der Zeitablauf und Schofield tat das Unmögliche.

Er ließ den WRX fünf Meter vor dem Tunneleingang so weit an der Felswand hochfahren, dass der metallicblaue Rallyewagen instabil wurde … nach links *kippte,* sich in der Luft vollständig drehte … und auf dem Dach landete … *auf dem Dach des flachen Ferrari an seiner Seite.*

Und so fuhren der WRX und der Ferrari für kurze Zeit Dach an Dach weiter, die Räder des WRX himmelwärts gerichtet.

Dann normalisierte sich der Zeitablauf wieder und der WRX rollte vom Ferrari hinunter, fiel wieder auf den Boden, mittlerweile auf der Meerseite des feuerroten Superwagen, und raste links vom Ferrari in den Tunnel hinein.

Den Porsche erwischte es allerdings übel.

Schofield dicht auf den Fersen, hatte er eigentlich vorgehabt, im letzten Moment auszuweichen. Der Fahrer hatte jedoch nicht damit gerechnet, dass Schofield auf den Ferrari drauffallen könnte. In diesem Moment hatte der Porschefahrer einen Moment zu lange staunend geglotzt.

Daher prallte der Porsche mit einem Mordstempo gegen die Einfassung der Tunnelmündung. Ein Feuerball war die Folge.

Dem Ferrari erging es nur wenig besser.

Nachdem er vom Dach wieder heruntergerollt war, begann Schofield seinerseits, den Ferrari gegen die Tunnelwand zu drücken. Dies gelang ihm besser als dem gegnerischen Fahrer; er überschnitt den Bug des Ferraris, sodass dieser sich an der Tunnelwand zusammenfaltete, davon abprallte und sich überschlug – und zwar gleich mehrfach hintereinander, wie ein von einem Kind weggeworfenes Spielzeugauto. Der Ferrari schleuderte durch den engen Tunnel, schrammte an den Wänden entlang und blieb schließlich zerbeult und zusammengestaucht auf dem Dach liegen, die Insassen toter als Discomusik.

Kaum schossen Schofield und Gant aus dem Tunnel hinaus, schwenkte auch schon der Mi-34-Kampfhubschrauber der Skorpione heran und flog parallel zur Küstenstraße neben ihnen her, während ein Scharfschütze in der rechten Türöffnung unablässig auf sie feuerte.

Eines war klar: Während Schofield so schnell fuhr, wie er konnte, zockelte der wendige Hubschrauber lediglich gemächlich dahin.

»Fox!«, rief Schofield. »Wir müssen uns den Helikopter vom Hals schaffen! Knall den Schützen ab!«

»Mit Freuden«, erwiderte Gant. »Lehn dich zurück!«

Schofield tat wie geheißen, während Gant die Desert Eagle hob und über ihn hinweg durchs Seitenfenster auf den Hubschrauber feuerte.

Zwei Schüsse. Beide trafen.

Der Scharfschütze kippte nach vorn … und stürzte aus der Helikoptertür.

Allerdings hatte er eine Sicherheitsleine um, sodass er lediglich zehn Meter tief fiel, bis sich das Seil straffte und seinen Fall abrupt beendete.

»Danke, Schatz!«, rief Schofield mit Blick auf den Toten am Seil, als Gant auf einmal schrie: »Scarecrow! Pass auf! Eine Gabelung!«

Er riss den Kopf herum und erblickte sie. Diesmal zweigte links eine abschüssige Nebenstraße ab, während die Küstenstraße flach nach rechts verlief.

Links oder rechts, dachte er. *Entscheide dich.*

Die rechte Straße wurde von einer Granate des französischen Zerstörers getroffen.

Also nach links.

Er riss den Wagen mit quietschenden Reifen nach links und raste die steil abfallende Nebenstraße hinunter.

Der Helikopter folgte ihm.

Eine halbe Meile hinter Schofield raste Aloysius Knight im funkelnden schwarzen Lamborghini über den Großen Meeresboulevard.

Die beiden Sattelschlepper, die die Straße blockiert hatten, rumpelten nun unmittelbar vor ihm her und weiter vorn fuhren die gelben, von Axon gesponserten Peugeots mit den ExSol-Söldnern.

Er beobachtete, wie Schofields blauer, vom verbliebenen Mi-34-Helikopter der Skorpione gejagter WRX etwa fünfzig Meter vor den Peugeots eine Gabelung erreichte.

Knight warf einen Blick auf den Zerstörer vor der Küste, als gerade zwei vogelartige Schemen mit Kurs auf die Küstenstraße über das Kriegsschiff hinwegschossen.

Sie hatten große Ähnlichkeit mit *Kampfjets* und kamen offenbar vom französischen Flugzeugträger am Horizont.

O je, dachte Knight.

Er richtete den Blick wieder nach vorn und bekam gerade noch mit, wie Schofields Wagen die linke Abzweigung wählte und über eine in die Klippen geschnittene Straße verschwand.

Schofields Verfolger reagierten merkwürdig.

Sie teilten sich auf.

Bloß einer der Axon-Peugeots folgte Schofield über die Nebenstraße. Die anderen beiden fuhren geradeaus weiter und wichen auf der Küstenstraße einem neu entstandenen Krater aus.

Dann erreichten die beiden Sattelschlepper die Abzweigung und jagten auf der abschüssigen Nebenstraße Schofield hinterher.

Ein koordinierter Schachzug, dachte Knight. *Sie haben einen Plan.*

Und dann hatte auch er die Gabelung erreicht, wählte ohne zu zögern die linke Abzweigung und jagte mit dem Lamborghini bergab.

Schofields WRX schoss die steile Straße zum Bootshaus hinab, schlitterte um uneinsehbare Ecken, schleuderte um enge Kurven.

Währenddessen hämmerte unentwegt ein wahrer Kugelhagel gegen seine Flanken und die Felswände am Wegesrand – der tief fliegende Mi-34-Helikopter war ihm nach wie vor dicht auf den Fersen und feuerte mit den seitlich montierten MGs auf ihn.

Der tote Scharfschütze hing noch immer schlaff aus der Seitentür; sein Leichnam pendelte heftig hin und her und prallte hin und wieder auf der Straße auf, wobei auf dem Asphalt jedes Mal ein Blutfleck zurückblieb.

Zusätzlich wurden sie vom gelben Peugeot unter Feuer genommen, der hinter Schofield auf die Straße zum Bootshaus abgebogen war und aus dessen Fenster sich ein Schütze mit einer Steyr lehnte.

Zweihundert Meter hinter dem wild dahinrasenden Feuergefecht drückte Knight aufs Gas.

Mit dem Lamborghini hatte er die beiden Sattelschlepper rasch eingeholt und setzte sich mit einer flüssigen S-Kurve vor sie, ehe sie auch nur gemerkt hatten, wie ihnen geschah.

Knight heftete sich nun dicht hinter den gelben Peugeot, versuchte ihn rechts zu überholen, doch der Peugeot versperrte ihm den Weg. Er probierte es links, trat das Gaspedal weit – sehr weit – durch und schaffte es mit einem waghalsigen Manöver auf der Meerseite an dem Peugeot vorbei.

Der Lamborghini überholte den gelben Rallyewagen; als der Fahrer des Peugeots den Kopf nach links wandte, nahm er den Diablo bloß noch als schwarzen Schemen wahr – als auf einmal eine M-67-Granate durchs offene Fahrerfenster flog.

Der Lamborghini schoss die Straße hinunter, während der Peugeot sich in einen Feuerball verwandelte. Der brennende Peugeot wurde prompt aus der nächsten Kurve getragen, durchbrach das Betonmäuerchen und begann einen langen, langsamen Sturz, der weit unten im Atlantik endete.

Knights Lamborghini war jetzt nur noch zwanzig Meter von Schofields WRX und dem darüber fliegenden Mi-34-Helikopter entfernt.

Knight sah, dass Schofield nun einen langen, geraden Straßenabschnitt entlangraste, der in einem Tunnel endete – dahinter lag das riesige Bootshaus.

»Schofield!«, rief Knight ins Mikofon. »Schießen Sie nicht nach hinten, okay! In dem Lamborghini sitze ich!«

»Der Lamborghini. Also, das wundert mich nicht«, meldete sich Schofields Stimme. *»Schön, dass Sie wieder bei uns sind. Können Sie was gegen den Scheißheli unternehmen?«*

Knight überlegte. Vor sich sah er Schofields blauen WRX, der auf den Tunnel zuschoss – sah die Unterseite des Mi-34 unmittelbar über und hinter dem WRX, sah den daran baumelnden russischen Scharfschützen, der vor dem Diablo immer wieder auf der Straße aufsetzte.

Helikopter – Scharfschütze – Tunnel, dachte er.

Er brauchte bloß ein Fluchtfahrzeug.

Knight blickte in den Rückspiegel; der wurde ausgefüllt vom Kühlergrill des ersten Sattelschleppers, der hinter ihm die Straße hinunterrumpelte – ein Mack, erkennbar an der markanten Kühlerhaube.

Vielen Dank.

»Halten Sie durch, Schofield. Ich schnappe mir das Arschloch.«

Er trat aufs Gas und positionierte den Lamborghini im toten Winkel unter dem Mi-34-Helikopter. Dann rammte er mit einem Übelkeit erregenden Geräusch den herabbaumelnden toten Scharfschützen, sodass der Leichnam erst gegen die Kühlerhaube prallte und dann durchs offene Targaverdeck des Diablo geschleudert wurde.

Knight zückte ein Paar Handschellen – das wichtigste Utensil des Kopfgeldjägers! – und fesselte damit das Handgelenk des toten Scharfschützen ans Lenkrad des Lamborghinis.

Dann schaltete er den Tempomat ein, sprang vom Sitz und kletterte durchs offene Verdeck.

In diesem Moment hatte ihn der große Mack-Sattelschlepper eingeholt und rammte das Heck des Lamborghinis.

Knight aber hatte sich für den Aufprall gewappnet, und als die beiden Fahrzeuge einander berührten, rannte er über die flache Motorhaube des Lamborghinis, feuerte durch die Windschutzscheibe des Mack, tötete den Fahrer und sprang dann vom Heck des Lamborghinis auf die *ausladende Motorhaube des Mack*!

Im Handumdrehen war er durch die geborstene Windschutzscheibe auf den Fahrersitz geklettert und hatte die Kontrolle über den großen Sattelschlepper übernommen – jetzt konnte er aus der ersten Reihe mit ansehen, wie es draußen weiterging.

Schofields WRX raste in den Tunnel am Fuße des Hügels.

Der Helikopter der Skorpione – der den Tunnel überfliegen musste, um Schofield von der anderen Seite zu schnappen – stieg hoch oder versuchte es zumindest.

Der leichte Mi-34 schaffte es jedoch nicht, an Höhe zu gewinnen, da er mit dem Lamborghini verbunden war.

Der Pilot wurde sich eine Sekunde zu spät über die Lage klar.

Der fahrerlose Lamborghini raste in den Tunneleingang

hinein, während der Helikopter *darüber* hinwegschoss. Das vertikale Seil, das den Hubschrauber mit dem Wagen verband, spannte sich zum Entsetzen des Piloten … und faltete sich zusammen, als es die Tunnelmündung erreichte.

Der Helikopter und der Lamborghini näherten sich einander wie die beiden Klingen einer Schere.

Der Diablo wurde vollständig emporgerissen, flog nach oben, krachte gegen die Tunneldecke und verwandelte sich im Handumdrehen in Schrott, während Backsteine auf den Boden herabregneten.

Der Mi-34 hingegen wurde vom Seil nach unten gezogen, prallte auf die Felsen über dem Tunnel und explodierte in einem Feuerball, während Gesteinsbrocken und Metallfetzen umhergeschleudert wurden.

Knight – am Steuer des Mack sitzend – brauste unter alldem hindurch – röhrte in den Tunnel hinein und preschte an den brennenden Überresten des Lamborghinis vorbei.

Schofield schoss währenddessen aus dem anderen Tunnelende hervor und raste den Hügel hinauf.

Er bog um eine Ecke, sah die vor ihm liegende Straße mit den zahlreichen Windungen und Kehren und an deren Ende die anderen beiden gelben Peugeots, die über die Hauptstraße gefahren waren.

Sie hatten die kürzere Route gewählt, ihn überholt und anschließend gewendet, sodass sie nun die Straße *heruntergerast kamen,* auf Kollisionskurs mit Schofield und Gant.

Schofields WRX brauste die Steigung hinauf, mittlerweile nur noch von zwei Fahrzeugen verfolgt: Knights Mack mit der langen Motorhaube und dem zweiten Sattelschlepper, einem Kenworth mit stumpfer Schnauze.

Dann aber bog der WRX um eine unübersichtliche Kurve und Schofield erblickte etwas gänzlich Unerwartetes: Unmittelbar hinter der Biegung schwebte ein Kampfjet, die Nase drohend nach vorn ausgerichtet, unter den Tragflächen ein Arsenal von Waffen.

Schofield erkannte ihn auf Anhieb: Es war eine Dassault Mirage 2000 N-II, das französische Gegenstück des Harrier-Senkrechtstarters. Die »II«, eine Weiterentwicklung der regulären Mirage 2000 N, war auf dem neuesten und größten französischen Flugzeugträger stationiert. Sie ähnelte stark der Harrier, wirkte gedrungen und bucklig und hatte beiderseits des Zweimanncockpits halbkreisförmige Lufteinlässe.

Die Waffen der Mirage spuckten einen Schwarm laserartiger Leuchtspurgeschosse aus, die über Schofields Wagen in die Felswand einschlugen.

Schofield trat das Gaspedal bis zum Anschlag durch und schoss am schwebenden Kampfjet vorbei, während der sich schwerfällig in der Luft drehte und erneut das Feuer eröffnete. Ein paar Leuchtspurgeschosse rasierten die Heckstoßstange ab, als der WRX um eine weitere Kurve schoss.

»Hier, übernimm du das Steuer«, sagte Schofield zu Gant.

Sie schlüpfte auf den Fahrersitz, während er ein paar Kugeln aus einem am Kampfgürtel befestigten Beutel nahm – Knights 9-mm-Kugeln mit den orangefarbenen Streifen. Die Bullenstopper.

»Menschen, nein. Kampfjets, ja«, sagte er, als er die orangefarbenen Kugeln ins Magazin der Desert Eagle schob. Er wurde in dem Moment fertig, als unmittelbar vor dem WRX eine zweite Mirage unablässig feuernd auf die Straße herabstieß.

Mittlerweile aber war Schofield nicht mehr wehrlos.

Er schob den Oberkörper durchs Beifahrerfenster, setzte sich auf den Rand und zielte mit der Desert Eagle geradewegs nach vorn.

Die Kugeln der Mirage rissen vor dem WRX den Straßenbelag auf, während Schofield wiederholt auf den schwebenden Kampfjet feuerte – *Bläm! – Bläm! – Bläm! – Bläm! – Bläm! – Bläm! – Bläm! – Bläm! – Bläm!* Er traf beide Lufteinlässe, während gleichzeitig einige der Leuchtspurgeschosse durch die Windschutzscheibe des WRX pfiffen.

Schofields gasgefüllte Patronen zeigten die erhoffte Wirkung.

Als die ersten Kugeln die Einlassturbinen trafen und das komprimierte Gas freisetzten, wurden die Turbinenfächer zerfetzt und verbogen. Sie verkeilten sich, sodass die Triebwerke zum Stillstand kamen, während die nachfolgenden Kugeln ungehindert in die Triebwerke eindringen konnten und in den Einspritzkammern detonierten.

Zwei kleine Kugeln reichten aus, einen 600-Millionen-Dollar-Kampfjet zu zerstören.

Da die Triebwerke ausfielen, schwankte die Mirage heftig und überall schlugen Leuchtspurgeschosse ein, bis der französische Kampfjet mit einem lauten Knall in tausend Stücke zerbarst und flüssiges Feuer herabregnen ließ. Dann fiel er einfach vom Himmel und landete als zerbeulter, qualmender Schrotthaufen fünfzig Meter vor dem WRX auf der Straße.

Schofield schlüpfte wieder in den Wagen …

… und sah Gant, die zusammengesunken an der Fahrertür lehnte, während aus einer großen Schulterwunde Blut hervorspritzte. Hinter ihr im Fahrersitz war ein fünf Zentimeter großes Loch, das zu der Schulterverletzung passte.

Sie war von einem Leuchtspurgeschoss der Mirage getroffen worden. »O nein …«, keuchte Schofield. Er hechtete auf den Fahrersitz und trat auf die Bremse.

Der WRX kam mit quietschenden Rädern kurz vor der abgestürzten Mirage zum Stehen.

»Fox!«, rief Schofield. »Libby!«

Ihre Augen öffneten sich flatternd. »Mann, tut das weh …«, stöhnte sie.

»Halt durch.« Schofield trat die Tür auf und hob Gant hinaus, nahm sie auf die Arme. Ins Funkgerät sagte er: »Knight! Wo sind Sie?«

»Ich bin im ersten Sattelschlepper. Ein zweiter Truck ist dicht hinter mir. Wir sind gleich da – halten Sie durch, ich sehe Sie.«

»Fox ist getroffen worden. Sie müssen uns aufnehmen.«

»Wenn ich da bin, machen Sie, dass Sie hier reinkommen, der andere Truck ist mir dicht auf den Fersen.«

Und dann sah Schofield Knight. Sah den Mack mit der langen Schnauze den Hang hochrumpeln.

Holpernd und mit kreischenden Bremsen hielt der Mack neben dem WRX.

Knight stieß die Tür auf und Schofield kletterte mit Gant auf den Armen in die Fahrerkabine. Knight legte den Gang ein und gab Gas, kurz bevor der stumpfnasige Kenworth hinter der Biegung auftauchte und sich ihnen mit dröhnendem Motor in voller Fahrt näherte.

Der Mack rumpelte schwankend über die auf der Straße verteilten Trümmer der Mirage hinweg und wurde allmählich schneller. Der nachfolgende Sattelschlepper donnerte geradewegs durch die Trümmer hindurch und rammte dann mit großer Wucht das Heck von Knights Truck, der noch beschleunigte.

Knight, Schofield und Gant wurden nach vorn geschleudert.

Knight und Schofield sahen einander an und sagten im Chor: »Da kommen zwei Rallyewagen auf uns zu!«

Sie stockten. Zwei Spiegelbilder.

»Was ist mit ihr?«, fragte Knight.

»Sie wurde von einem Kampfjet getroffen«, antwortete Schofield.

»Oh.«

Die beiden Trucks röhrten bergauf, aus den Auspuffrohren quoll schwarzer Qualm.

Dann auf einmal kamen die beiden gelben Rallyewagen, die über die Hauptstraße weitergefahren waren, in Sicht. Sie bogen unmittelbar vor Knights und Schofields Sattelschlepper um eine weite Kurve und rasten den Hang *hinunter* – bei beiden Wagen lehnte sich jemand aus dem Beifahrerfenster und feuerte mit einem AK-47-Maschinengewehr.

Sie hätten ebenso gut mit Erbsenpistolen schießen können.

Der gewaltige Mack überollte den linken Peugeot einfach und verwandelte ihn in Schrott, während der zweite Axon-Rallyewagen kurz gerammt wurde, gegen die landseitige Felswand prallte und dann schleudernd zum Stehen kam. Die beiden Sattelschlepper rumpelten an ihnen vorbei.

Der Mack erreichte die Hügelkuppe und bog wieder auf die flachere Hauptstraße ein.

Der stumpfnasige Kenworth war unmittelbar hinter ihnen, dicht gefolgt vom letzten Peugeot. Einen Sekundenbruchteil nachdem der Rallyewagen auf die Hauptstraße eingebogen war um die Jagd fortzusetzen, explodierte – *Womm!* – die ganze Gabelung nach dem Einschlag einer Granate vom allgegenwärtigen französischen Zerstörer in einer Dreckwolke.

Die beiden Sattelschlepper schlitterten um eine Kurve – zu ihrer Linken die Steilküste –, als vor ihnen plötzlich eine weitere gähnende Tunnelmündung auftauchte. Dieser Tunnel schmiegte sich dicht an die Felswand, beschrieb eine lang gezogene Rechtskurve und war eindeutig länger als die vorigen Tunnel.

Der Mack donnerte mit neunzig Sachen in den Tunnel hinein, während der Peugeot mit dem Kenworth gleichzog und der Schütze des Rallyewagens eine Salve auf die Hinterreifen des Mack abfeuerte.

Die Reifen wurden getroffen, die Gummifetzen flappten auf dem Asphalt und das mächtige Heck begann heftig zu schlingern. Der Kenworth machte einen Satz.

»Sie schließen zu uns auf!«, rief Schofield.

Im engen Tunnel schob sich der stumpfnasige Sattelschlepper an der rechten Seite des Mack immer weiter vor.

»Ich kümmere mich darum«, sagte Knight. »Hier, übernehmen Sie das Steuer.«

Er sprang vom Fahrersitz und warf sich in die Schlafkoje des Mack, wo er zwei Schüsse aufs Heckfenster abfeuerte, hinter dem sich der Aufleger befand. Im Handumdrehen war er durchs Fenster in den tosenden Fahrtwind hinausgeklettert.

Die beiden Sattelschlepper rasten Seite an Seite durch den gebogenen Tunnel; links von ihnen sausten die meerseitigen Pfeiler vorbei.

Schofield lenkte und sah zwischendurch immer wieder nach der verwundeten Gant. Diesmal hatte es sie übel erwischt.

In der Nähe ertönte ein lauter Knall. Schofield riss den Kopf herum und erblickte die zweite Mirage, die links an den Pfeilern entlangraste und sich an die Spitze der wilden Jagd setzte.

Kein gutes Zeichen, dachte er.

Und dann hatte der stumpfnasige Sattelschlepper sie rechts eingeholt. Er sah die beiden ExSol-Söldner in der Kabine, und als der Truck mit dem Mack gleichzog, beobachtete er, wie der Schütze rasch über den Fahrer hinwegkletterte und die zum Mack weisende Tür aufstieß.

Er hatte vor an Bord zu kommen.

Schofield hob die Desert Eagle – *Klick.*

Keine Munition mehr.

»Scheiße!«

Der Söldner sprang über die Lücke zwischen den beiden dahinrasenden Trucks hinweg und landete auf dem Beifahrertreppchen von Schofields Mack. Er hob die Maschinenpistole, zielte damit durchs Fenster, ein todsicherer Schuss –

– als Schofield den Maghook aus dem Schenkelhalfter zog, auf den Söldner zielte und abdrückte –

Ppp-fsss ...

Der Maghook feuerte nicht. Er gab nur ein leises Zischeln von sich. Kein Antriebsgas mehr.

»Verdammt noch mal!«, rief Schofield. »Das darf doch nicht wahr sein!«

Jetzt war guter Rat teuer: Er und Gant saßen auf dem Präsentierteller.

Der Söldner sah dies, grinste höhnisch und krümmte den Zeigefinger um den Abzug.

Im nächsten Moment war er platt wie ein Pfannkuchen, denn der Kenworth-Sattelschlepper – sein eigener – rammte den Mack so heftig, dass beide Trucks momentweise von der Straße abhoben.

Der glücklose Söldner explodierte in einem Blutschwall und seine Augen quollen hervor, dann verschwand er aus Schofields Sicht und stürzte zwischen den beiden Sattelschleppern auf die Straße.

Nachdem der Söldner verschwunden war, wurde der neue Fahrer des stumpfnasigen Trucks sichtbar – Aloysius Knight.

Als der ExSol-Söldner nämlich vom Kenworth zum Mack hinübergesprungen war, hatte jemand anders die Lücke *in der entgegengesetzten Richtung* übersprungen, vom Aufleger des Mack zum Aufleger des Kenworth.

Knight.

Jetzt rasten die beiden großen Sattelschlepper Seite an Seite durch den lang gestreckten, gebogenen Tunnel, nurmehr verfolgt vom letzten gelben Peugeot.

Mit den zerschossenen Rädern war Schofields Mack jedoch höllisch instabil. Wegen der mangelnden Bodenhaftung brach er ständig aus und geriet heftig ins Schleudern.

Schofield schaltete das Funkgerät ein. »Knight! Ich kann den Truck nicht halten! Wir müssen zu Ihnen rüberkommen!«

»In Ordnung, ich komme näher. Zuerst die Lady.«

Der Kenworth schwenkte dicht neben den Mack, scheuerte an dessen Seite.

Mit dem Sicherheitsgurt fixierte Schofield eilig das Lenkrad. Dann rutschte er rüber, trat die Beifahrertür auf und brachte Gant in Position.

Gleichzeitig öffnete Knight die Fahrertür und streckte die Hand aus.

Plötzliches MG-Feuer.

Die Kugeln schlugen in beide Trucks ein. Die wahllos abgefeuerten Schüsse kamen vom nachfolgenden Peugeot.

Schofield übergab Gant an Knight – der sie über die Lücke hinweg in den Kenworth zog und anschließend behutsam auf den Beifahrersitz bettete.

Als Gant vorläufig in Sicherheit war, machte Schofield Anstalten über die Lücke hinwegzuklettern –

– als vor ihm die Luft von zahllosen Leuchtspurgeschossen durchschnitten wurde, eine tödliche Barriere, die ihn vom Kenworth trennte.

Schofield riss den Kopf herum und erblickte vor sich den Ursprung des Kugelhagels.

Er sah das Ende des gebogenen Tunnels, sah die dahinter nach rechts schwenkende Straße und er sah, bedrohlich von der Biegung aufsteigend, den zweiten Mirage 2000 N-II-Kampfjet mit den flammenden sechsläufigen Minikanonen.

Und dann schwenkten zu Schofields Entsetzen die sirrenden Leuchtspurgeschosse zu seinem Sattelschlepper herum und dann – *Bläm! – Bläm! – Bläm! – Bläm! – Bläm! – Bläm! – Bläm! – Bläm! – Bläm! – Bläm! – Bläm!* – schlug ein unvorstellbares Sperrfeuer in den metallenen Kühlergrill des Mack ein und überzog ihn mit zahllosen Pockennarben.

Der Motor des Mack fing Feuer, Hydraulikflüssigkeit spritzte umher und auf einmal konnte Schofield durch die Windschutzscheibe nichts mehr sehen. Er trat auf die Bremse – keine Wirkung; die Bremse war Geschichte. Er versuchte das Steuer zu bewegen – es reagierte nur schwach, gerade genug für die lautlose Botschaft an die Mirage:

»Wenn's mich erwischt, dann auch dich.«

Der Mack jagte Seite an Seite mit dem Kenworth durch den Tunnel.

Die beiden Sattelschlepper erreichten das Ende des Tunnels gleichauf – wenn auch wieder mit größerem Seitenabstand –, und Aloysius Knight blieb nichts anderes übrig, als der Rechtsbiegung zu folgen, während Schofields Mack – mit brennendem Motor und zerfetzten Hinterreifen – stur *geradeaus* raste ohne sich um die Kurve zu scheren.

Schofield sah im Geiste alles vor sich, bevor es geschah.

Und er wusste, dass er nichts dagegen tun konnte.

»Allmächtiger …«, flüsterte er.

Im nächsten Moment wurde der Mack aus der Kurve getragen, krachte durch das Begrenzungsmäuerchen und schoss in den wolkenlosen Nachmittagshimmel hinaus, unmittelbar auf die schwebende Mirage zu.

Der Mack beschrieb einen prachtvollen Bogen, die Nase hoch erhoben, die Räder auf Touren, die Flugbahn nachgezeichnet von schwarzem Qualm, der aus der brennenden Kühlerhaube quoll.

Der Bogen brach abrupt ab, als der massige Sattelschlepper mit enormer Geschwindigkeit gegen die dicht vor der Küstenstraße schwebende Mirage krachte.

Der Truck und der Kampfjet kollidierten mit erstaunlicher Heftigkeit, die Mirage wurde von der enormen Wucht des Aufpralls zurückgeschleudert.

Der Mack stand mittlerweile vollständig in Flammen, die brennende Motorhaube prallte gegen die Nase des schwebenden französischen Kampfflugzeugs. Die Mirage erbebte – schwankte – und *explodierte* schließlich in einem gleißend hellen Feuerball.

Dann fiel sie vom Himmel, stürzte zusammen mit den in der Nase vergrabenen Trümmern des Mack hundertzwanzig Meter tief an den Klippen entlang und krachte schließlich mit einem gewaltigen Platscher in die Wellen.

Und inmitten dieses Chaos aus verbogenem Metall, ohne ein Seil oder einen Maghook, zu dem er hätte Zuflucht nehmen können, befand sich Shane M. Schofield.

Knight und Gant sahen dies alles vom Sattelschlepper aus mit an, während sie die kurvenreiche Küstenstraße entlangrasten.

Sie sahen, wie Schofields Mack die niedrige Mauer durchbrach und gegen die schwebende Mirage prallte, gefolgt von einer heftigen Explosion und dem langen Sturz ins Meer.

Einen solchen Aufprall konnte niemand überleben.

Trotz ihrer Verletzung weiteten sich Gants Augen vor Entsetzen. »O Gott, nein. Shane ...«, flüsterte sie.

»Dieser Hurensohn«, murmelte Knight.

Verschiedene Gedanken gingen ihm durch den Sinn: Schofield war tot – ein Mann, der für Knight Millionen wert gewesen wäre, hätte er es denn geschafft, sein Leben zu schützen – was sollte er jetzt tun? – und was sollte er mit der verwundeten Frau anfangen, die ihm überhaupt nichts bedeutete?

Vor allem musst du lebend hier rauskommen, sagte eine Stimme in seinem Kopf.

Und dann – *Schuum!* – sauste plötzlich der letzte verbliebene Peugeot-Ralleywagen an seinem Sattelschlepper vorbei und weiter die Straße entlang.

Knight schaute verwundert nach vorn.

Und erblickte ein höchst eindrucksvolles Gebilde: An der nächsten Kurve überwölbte ein kleines burgartiges Gebäude die Straße.

Ein zweistöckiges Pförtnerhaus ganz aus Stein und mit zahnartigen Zinnen, das vermutlich ebenso alt war wie die Forteresse de Valois. Möglicherweise markierte es die Grenze der zur Festung gehörenden Ländereien.

Auf der anderen Seite des Pförtnerhauses befand sich jedoch eine kompakte Zugbrücke mit einer Spannweite von etwa sechs Metern. Die Lücke konnte man nur bei heruntergelassener Zugbrücke überfahren, und im Moment war sie unten.

Dann aber erreichte der Peugeot das Pförtnerhaus, einer der Insassen sprang heraus und rannte ins Haus – und auf einmal begann sich die Zugbrücke allmählich zu heben.

»Nein …«, riet Knight. »Nein!«

Er trat das Gas bis zum Anschlag durch.

Der Kenworth-Sattelschlepper röhrte auf das mittelalterliche Pförtnerhaus zu und wurde allmählich schneller.

Die Zugbrücke hob sich langsam an den Eisenketten.

Es würde knapp werden.

Der große Sattelschlepper raste weiter.

Die Zugbrücke hob sich immer weiter: *dreißig Zentimeter, sechzig, neunzig …*

Die Männer im Peugeot eröffneten das Feuer, als Knights Sattelschlepper die letzten fünfzig Meter entlangdonnerte.

Knight duckte sich. Die Windschutzscheibe zerbarst.

Die Zugbrücke hob sich weiter …

… und dann röhrte der große Sattelschlepper durchs Tor des Pförtnerhauses, sauste an den beiden Söldnern vorbei …

… raste mit gut hundert Sachen die rampenartige Zugbrücke hoch und hob schließlich – *Womm!* – vom Rand der Zugbrücke ab, schoss in den Himmel, flog über die Lücke in der Straße hinweg und …

Womp!

… krachte wieder auf den Boden, knallte gegen den Straßenbelag, prallte einmal, zweimal, dreimal davon ab, bis Knight ihn wieder unter Kontrolle gebracht hatte.

»Puh«, seufzte er erleichtert. »Das war –«

BÄNG!

Vor dem Sattelschlepper wurde eine pilzförmige Dreckwolke hochgeschleudert.

Ein Granateneinschlag.

Knight trat auf die Bremse, der Sattelschlepper geriet ins Rutschen und kam schlingernd Zentimeter vor dem neu entstandenen Krater in der Straße zum Stehen.

Knight stöhnte.

Vor ihm war die Straße verschwunden – über die ganze Breite einfach verdampft –, und bis zum anderen Rand des Kraters waren es mindestens zehn Meter.

Er und Gant saßen in der Falle – gefangen zwischen zwei Lücken in der Straße und neben sich die steile Felswand.

In diesem Moment tauchte wie auf ein Stichwort der Axon-Helikopter neben ihnen auf, der die wilde Jagd aus sicherem Abstand mitverfolgt hatte. Der Pilot sprach ins Helmmikrofon.

»Scheiße«, sagte Knight.

Fünfter Angriff

England – Frankreich – USA
26. Oktober, 14.00 Uhr (England)
E.S.T. (New York, USA) 09.00 Uhr

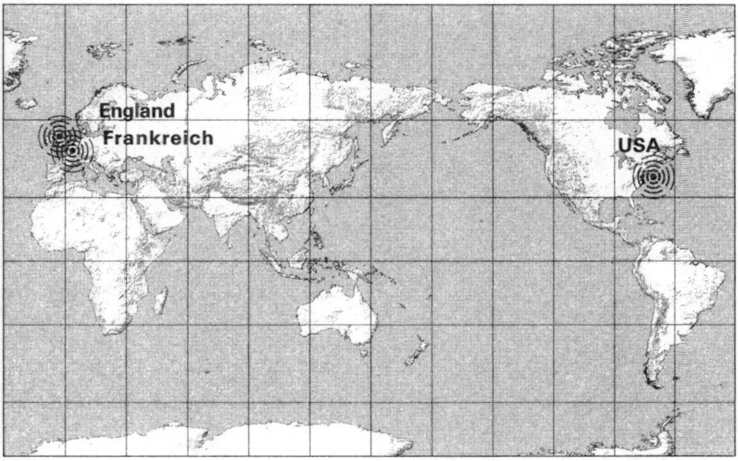

Wir müssen aufpassen, dass der militärisch-industrielle Komplex nicht außer Kontrolle gerät, sei es gewollt oder ungewollt.

Präsident Dwight D. Eisenhower,
Abschiedsansprache an die Nation, Januar 1961

Botschaft der Vereinigten Staaten
London, England,
14.00 Uhr Ortszeit
(09.00 Uhr E. S. T. USA)

»Ihrer Ansicht nach geht der Krieg gegen den Terror nicht weit genug. Die Mitglieder von Majestic-12 haben die Angriffe des 11. September zwar nicht geplant – das zu denken, wäre ein Irrtum –, aber sie machen sie sich nach Kräften zunutze …«

Der Mann auf dem Fernsehbildschirm war Benjamin Y. Rosenthal, der Mossad-Agent, der vor einer Stunde auf dem Dach des King's Towers getötet worden war.

Book II. schaute gebannt zu. Hinter ihm stand Scott Moseley, der Mann vom State Department.

Auf den Schreibtischen um sie herum lagen Dokumente verstreut – hunderte von Dokumenten. Alles, was Benjamin Rosenthal über Majestic-12 und die weltweite Kopfgeldjagd gewusst hatte.

Book blätterte noch einmal die Akten durch:

Überwachungsfotos von Männern in Limousinen, die gerade bei Wirtschaftsgipfeln eintrafen.

Mitschriften abgehörter Telefonate.

Gestohlene Akten des US-Verteidigungsministeriums.

Sogar zwei Dokumente vom französischen Geheimdienst – dem berüchtigten DGSE. Das eine war ein DGSE-Dossier über einige der weltweit einflussreichsten Geschäftsleute, die vor sechs Monaten vom französischen Präsidenten zu einem Essen eingeladen worden waren.

Der Inhalt des zweiten Dokuments war explosiver. Es schilderte die kürzlich erfolgte Festnahme von 24 Mitgliedern des Islamischen Dschihad durch die DGSE. Die Terroristen hatten geplant, mit einem Tankflugzeug den Eiffelturm zu rammen. Bemerkenswert daran war vor allem, dass Shoab Riis, eine der Führerfiguren des Islamischen Dschihad, zu den Festgenommenen zählte. Normalerweise hätte die Festnahme eines solch hochrangigen Terroristen weltweit Schlagzeilen gemacht. Die Franzosen aber hielten Riis' Festnahme geheim.

Rosenthal hatte eine Randnotiz hinzugefügt: *»Alle wurden ins DGSE-Hauptquartier in Brest geschafft. Kein Gerichtsverfahren. Keine Zeitungsmeldungen. Keiner der 24 ist je wieder aufgetaucht. Verbindung zu Kormoran/Chamäleon möglich. Arbeitet Frankreich mit M-12 zusammen? Der Angelegenheit weiter nachgehen.«*

Den interessantesten Hinweis aber enthielten die Videoaufzeichnungen, die der Mossad von Rosenthals Befragung angefertigt hatte.

Einfach ausgedrückt: Rosenthal hatte auf einem Pulverfass gesessen.

Erstens hatte er die Zusammensetzung von M-12 gekannt.

Der Vorsitzende: Randolph Loch, Militärindustrieller, 70 Jahre alt, Präsident der Loch-Mann Industries, Partner des Verteidigungsministeriums. L-M-Industries stellten unter anderem Ersatzteile für Militärhubschrauber wie den Huey und den Black Hawk her. In Vietnam und bei Desert Storm hatten sie ein Vermögen verdient.

Der stellvertretende Vorsitzende: Cornelius Kopassus, der legendäre griechische Großreeder.

Arthur Quandt, Patriarch des Stahlimperiums der Familie Quandt.

Warren Barkshire, der weltweit erfolgreichste Investor.

J. D. Cairnton, Präsident des großen Astronox-Pharmaziekonzerns.

Jonathan Killian, Präsident und CEO der Axon Corporation, des riesigen Waffenkonzerns, der Raketen und Kriegsschiffe fertigte.

Die Liste ging noch weiter.

Abgesehen von einigen Einzelvermögen – wie der Familie Walton in Amerika, den Albrechts in Deutschland oder den Mattencourts in Frankreich – hätten dies die Top Ten der Reichsten der Welt sein können.

Und wie Major Benjamin Rosenthal herausgefunden hatte, würde das Vermögen all dieser Männer beträchtlich wachsen, wenn eine bestimmte Entwicklung eintrat.

Rosenthal auf dem Bildschirm: »*Ihr Vermögen gründet auf militärischer Aktivität. Der Zweite Weltkrieg hat den Grundstein für das Quandt-Stahlimperium gelegt. In den Sechzigern war Randolph Loch einer der eifrigsten Befürworter des Engagements in Vietnam. Der Krieg benötigt Öl. Der Krieg erfordert die Herstellung tausender neuer Schiffe, Helikopter, Kanonen, Bomben, Medikamenten-Kits. In einer Welt des Big Business ist der globale Krieg das größte Geschäft überhaupt.*«

Und an anderer Stelle:

»*Betrachten Sie einmal den gegenwärtigen ›Krieg gegen den Terror‹. Die Vereinigten Staaten haben viertausend Bomben auf die Berge Afghanistans abgeworfen, und mit welchem Ergebnis? Sie haben keine Brücken, Nachschubwege oder militärischen Nervenzentren zerstört. Aber wenn viertausend Bomben eingesetzt werden, müssen viertausend Bomben ersetzt werden. Und das heißt, man muss sie kaufen. Und was kam nach Afghanistan? Überraschung, Überraschung: Ein neuer Krieg wurde begonnen, diesmal mit dem Irak.*«

Ein weiterer Ausschnitt:

»*Man sollte den Einfluss dieser Männer nicht unterschätzen. Sie küren Präsidenten und stürzen sie. Angefangen vom Impeachment gegen Bill Clinton bis zum Aufstieg eines ehemaligen KGB-Agenten namens Wladimir Putin zum russischen Präsidenten hat Majestic-12 stets ein Wörtchen dabei mitgeredet, wer wie lange an den Schalthebeln der Macht saß. Selbst wenn sie nicht direkt den*

Wahlkampf eines bestimmten Präsidenten finanzieren, sind sie doch in der Lage, ihn jederzeit zu stürzen.

Zu diesem Zweck hat Majestic-12 enge Kontakte mit den weltweit wichtigsten Geheimdiensten geknüpft. Der Direktor der CIA: ein ehemaliger Geschäftspartner von Randolph Loch. Der Chef des MI-6: Cornelius Kopassus' Schwager. Dieser Killian hat in der Vergangenheit den Direktor der DGSE regelmäßig zu Hause besucht.

Denn«, sagte der Mossad-Agent lächelnd, »*wer weiß besser über die politischen Führer eines Landes Bescheid als der jeweilige Geheimdienst?*«

Rosenthal wurde wieder ernst:

»*Der Krieg, den M-12 über alles schätzte, der ihnen größeren Reichtum verschafft hat, als sie sich je erträumt haben, war der Krieg, der niemals ausgefochten wurde: der Kalte Krieg zwischen den USA und der Sowjetunion.*

Desert Storm. Bosnien. Somalia. Afghanistan, Irak. Diese Kriege verblassen im Vergleich zu der unermesslichen Goldmine des Kalten Krieges. Denn während der amerikanisch-sowjetische Rüstungswettlauf stattfand und es in Korea und Vietnam zu indirekten Konfrontationen kam, scheffelten die Mitglieder von M-12 ein gewaltiges Vermögen.

1991 aber geschah das Undenkbare: Das Sowjetimperium brach zusammen und mit alldem war Schluss.

Als die Berliner Mauer fiel, überflutete das amerikanische Konsumdenken wie nach einem Dammbruch die ganze Welt. Und die größten Gewinner der Globalisierung waren nicht mehr die amerikanischen Rüstungsproduzenten, sondern die Hersteller von Konsumartikeln: Nike, Coca-Cola, Microsoft und europäische Firmen wie BMW und L'Oreal. Kosmetikhersteller, man stelle sich das vor!

Seitdem suchen die Mitglieder von Majestic-12 nach einem sicheren Weg, das vergangene goldene Zeitalter wieder auferstehen zu lassen ...«

In diesem Moment nahm Rosenthal schwungvoll ein weiteres Dokument aus einem Aktenordner und hielt es in die Kamera.

»*… nach einem neuen Kalten Krieg.*«

Book II. hielt das Dokument gerade in der Hand.
Das Fernsehbild gefror.
Book überflog das Schriftstück.

Quelle	Träger-Sys.	W-H	Start	Ziel	Zeit
Talbot	Shahab-5	TN76	35702.90	00001.65	1145
			5001.00	5239.10	
	Shahab-5	TN76	35702.90	00420.02	1145
			5001.00	4900.25	
	Shahab-5	TN76	35702.90	01312.15	1145
			5001.00	5358.75	
Ambrose	Shahab-5	TN76	28743.05	28743.98	1200
			4104.55	4104.64	
	Shahab-5	TN76	28743.05	28231-05	1200
			4104.55	3835.70	
Jewel	Taep'o-	N-8	23222.62	23222.70	1215
	Dong-2		3745.75	3745.80	
	Taep'o-	N-8	23222.62	24230.50	1215
	Dong-2		3745.75	3533.02	
	Taep'o-	N-8	23222.62	23157.05	1215
	Dong-2		3745.75	4930.52	
Hopewell	Taep'o-	N-8	11900.00	11622.50	1230
	Dong-2		2327.00	4000.00	
	Taep'o-	N-8	11900.00	11445.80	1230
	Dong-2		2327.00	2243.25	
Whale	Shahab-5	TN76	07040.45	07725.05	1245
			2327.00	2958.65	
	Shahab-5	TN76	07040.45	07332.60	1245
			2327.00	3230.55	

Namen und Zahlen wirbelten Book vor den Augen herum, dass er zunächst überhaupt nicht durchblickte.

Dann allmählich begann er sich zu orientieren. Zwei Bezeichnungen tauchten besonders häufig auf.

`Shahab-5` und `Taep'o-Dong-2`.

Die *Shahab-5* und die *Taep'o-Dong* waren Raketen.

Ballistische Interkontinentalraketen.

Die *Shahab-5* wurde vom Iran hergestellt. Die *Taep'o-Dong-2* von Nordkorea.

Wenn internationale Terrororganisationen wie Al-Kaida oder der Islamische Dschihad jemals Raketen in die Hände bekommen sollten, die in der Lage wären, Nuklearschläge gegen den Westen zu führen, dann wären dies die Shahab und die Taep'o-Dong.

Jede dieser Raketen war mit einem Atomsprengkopf ausgerüstet, wie aus den Bezeichnungen hervorging: `TN-76` und N-8. Der `TN-76` wurde in Frankreich hergestellt; der N-8 in Nordkorea.

Diese Liste stammte jedoch nicht von einer Terrororganisation.

Sondern von den Majestic-12.

Und dann wurde Book auf einmal alles klar.

Majestic-12 war praktisch eine Terrororganisation.

Er drehte sich um und ließ das Video weiterlaufen.

Der israelische Geheimdienstagent fuhr fort: »*Dieser neue Kalte Krieg ist ein forcierter Krieg gegen den Terrorismus. Ein fünfzigjähriger Krieg gegen den Terror.*

Majestic-12 macht sich dabei zwei amerikanische Projekte zunutze: Das eine wird ›Kormoran‹ genannt, das andere ›Chamäleon‹. Bei Kormoran geht es um die Träger-

schiffe – um als Containerfrachter oder Supertanker getarnte Kriegsschiffe. Die Supertankerrümpfe werden von der Kopassus Shipping Group gebaut, während die Abschussvorrichtungen in Axon-Fabriken in Norfolk, Virginia und Guam eingebaut werden. Diese Schiffe – ganz normal aussehende Supertanker und Containerschiffe – können unbemerkt in Häfen in der ganzen Welt stationiert werden. Das ist Projekt Kormoran.

Das Projekt Chamäleon ist weit bedrohlicher. Vielleicht ist es das bösartigste Programm, das je von den Vereinigten Staaten ersonnen wurde. Dabei geht es um die Raketen. Denn bei den in dem Dokument erwähnten Raketen handelt es sich nicht um originale Shahabs oder Taep'o-Dongs, sondern um von den Amerikanern hergestellte Nachbauten. Sie müssen nämlich wissen, dass jede größere Rakete ihre eigene Charakteristik hat: Das betrifft die Flugbahn, den Kondensstreifen, sogar die Explosionscharakteristik des Einschlags. Chamäleon soll sich diese Unterschiede zunutze machen. Es handelt sich um ein abgrundtief bösartiges US-Projekt zur Herstellung von ballistischen Interkontinentalraketen, die die Charakteristika der Raketen anderer Staaten nachahmen.

Um Raketenklone.

Chamäleon beschränkt sich jedoch nicht allein auf die iranischen Shahabs und die nordkoreanischen Taep'o-Dongs. Auch andere Raketen wurden nachgebaut, darunter die indische Agni-II, die pakistanische Ghauri-II, die taiwanesische Sky Horse, die britische Trident-II D-5, die französische M-5, die israelische Jericho 2B und natürlich die russische SS-18.

Sie sind dazu gedacht, Kriege zu beginnen und dabei den Eindruck zu erwecken, jemand anders habe den ersten Schuss abgefeuert. Sollten die USA jemals einen Vorwand benötigen, um einen Krieg vom Zaun zu brechen, bräuchten sie lediglich einen Nachbau einer Rakete des Landes abzufeuern, dem sie die Schuld in die Schuhe schieben wollen.

Die Sache ist nämlich die, dass das Projekt Chamäleon von der Axon Corporation realisiert wird, während die Kormoran-Supertanker von Kopassus Shipping gebaut werden. Und das ist der Schlüssel. Beide Projekte werden von Firmen realisiert, die M-12-Mitgliedern gehören.

Am 26. Oktober um 11.45 Uhr wird ein Schwarm von Nuklearraketen gestartet werden. Ein Schwarm, wie die Welt ihn noch nicht gesehen hat. Koordiniert. Präzise. Im Viertelstundentakt einschlagende Raketen, um die globalen Nachrichtenmedien in Beschlag zu nehmen. Während ein Raketentreffer gemeldet wird, schlägt bereits die nächste ein und dann wiederum die nächste – in Großstädte in aller Welt. New York, London, Paris, Berlin. Die Welt wird ins Chaos gestürzt und jeder fragt sich, welche Stadt wohl als nächste dran sein wird.

Und wenn alles vorbei ist, beginnen die Untersuchungen, und man wird die Raketen – aufgrund ihrer Flugcharakteristik und der Kondensstreifen – Iran und Nordkorea zuschreiben.

Terroristenwaffen.

Die Welt ist entsetzt. Das Entsetzen verwandelt sich natürlich in Entrüstung. Der Krieg gegen den Terror wird ausgeweitet. Vor zwei Jahren hat er angefangen. Jetzt wird er weitere fünfzig Jahre währen. Ein neuer Kalter Krieg hat begonnen, und der militärisch-industrielle Komplex ist gefordert wie nie zuvor. Und die Majestic-12 scheffeln Milliarden.«

Books Gedanken überschlugen sich.

Supertanker als Tarnung. Geklonte Raketen. Und dies alles auf Veranlassung der eigenen Regierung. Er konnte es einfach nicht fassen. Er wusste zwar, dass die US-Regierung zu schrecklichen Dingen fähig war, aber andere Staaten mit nachgebauten Raketen anschwärzen?

Und jetzt sollten die geklonten Raketen abgefeuert werden – nicht von der US-Regierung, sondern von den Raketenbauern, den Mitgliedern von Majestic-12 – auf Großstädte in alle Welt: New York, London, Paris und Berlin …

New York, London, Paris …

Plötzlich sah Book die Dezimalziffern auf der Liste in neuem Licht.

Es waren Koordinaten.

Die GPS-Koordinaten der Raketenträger und der Zielstädte.

Auf einmal fielen ihm die Namen der Kormoran-Supertanker ins Auge – *Ambrose, Talbot, Jewel.* Wie sinnig. Sie waren nach den Schiffen der *Mayflower*-Flotte benannt, die den Grundstein zur neuen Welt gelegt hatte. So wie die Majestic-12 eine neue Welt zu schaffen suchten.

Aber was hatte das alles mit Shane Schofield und der Kopfgeldjagd zu tun, nach deren Regeln er bis 12 Uhr mittags sterben sollte? Book dachte angestrengt nach.

Auf einmal fiel ihm wieder ein, was Rosenthal auf dem Dach des King's Towers in London gerufen hatte:

»Es geht dabei um Reflexe. Um superschnelle Reflexe. Die Reflexe der Männer auf der Liste sind weltweit unübertroffen. *Sie haben die Kobra-Tests bestanden,* und nur wer die Kobra-Tests bestanden hat, kann das Sicherheitssystem der CincLock-VII-Raketen entschärfen. Beim Plan der Majestic-12 dreht sich alles um CincLock-VII.«

CincLock-VII ..., dachte Book.

Er blätterte die vielen Aktenordner auf den Schreibtischen durch.

Er musste nicht lange suchen.

Einer der Ordner trug die Aufschrift: »AXON CORP. – PATENTIERTES CINCLOCK-SICHERHEITSSYSTEM«.

Darin waren Dokumente der Axon Corporation und des US-Verteidigungsministeriums abgeheftet.

```
PROJEKT: CHAMÄLEON-042
(EINBETTUNG DES CINCLOCK-VII
START-SICHERHEITSSYSTEMS)

US-VERTEIDIGUNGSMINISTERIUM
GEHEIMHALTUNGSSTUFE: 009

TOP SECRET

VERTRAGSPARTNER: AXON CORPORATION LLC
FORTSCHRITTSBERICHT: MAI 2002
```

Book schlug den mit »**Sicherheit**« überschriebenen Abschnitt auf und las folgenden Paragraphen:

ENTSCHÄRFUNGSSYSTEM – CINCLOCK VII
Um das für solche Waffen erforderliche hohe Sicherheitsniveau zu gewährleisten, wurden die Chamäleon-Serien der Raketen mit dem patentierten CincLock-VII-Entschärfungssystem von Axon ausgestattet. CincLock-VII ist der weltweit narrensicherste Mechanismus und verwendet drei einzigartige Schutzprotokolle. Werden nicht alle drei Protokolle in der vorgeschriebenen Reihenfolge abgearbeitet, ist die Systemaktivierung (oder Deaktivierung) unmöglich.

Der Schlüssel zu dem System ist das zweite Protokoll. Es basiert auf den eingehend untersuchten Prinzipien der Mustererkennung (Haynes & Simpson, M.I.T. 1994, 1997, 2001, 2002), nach denen nur eine Person, die mit dem System vertraut und in dessen Benutzung geübt ist, auf Verlangen ein bestimmtes Sequenzmuster eingeben kann. Ein Unkundiger wäre von dem System hoffnungslos überfordert, es sei denn, er verfügte über abnorm schnelle motorisch-neurale Reflexe (op. cit. Oliphant & Nicholson, USAMRMC, 1996, NATO M.N.R.R-Studie).
Auf diesen Prinzipien gründende Felduntersuchungen haben gezeigt, dass das CincLock-VII-System mit 99,94-prozentiger Sicherheit vor unbefugter Benutzung geschützt ist. Kein anderes militärisches Sicherheitssystem weist eine solch hohe Erfolgsrate auf.

PROTOKOLLE

Die drei Protokolle der CincLock-VII-Einheit lassen sich folgendermaßen darstellen:

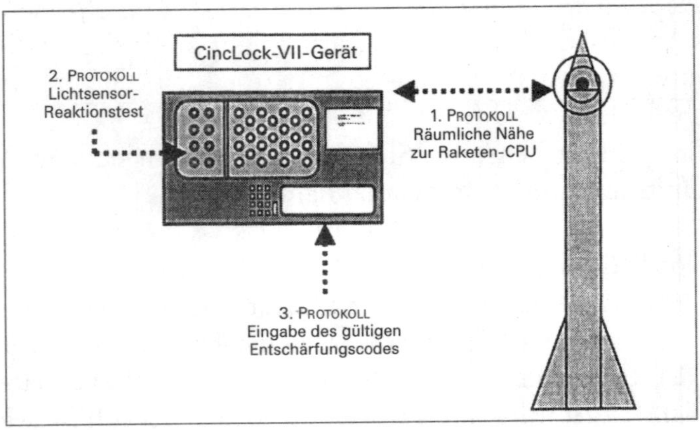

1. *Räumliche Nähe.* Zum Schutz vor unbefugtem Schärfen/Entschärfen ist das CincLock-System *nicht* am Startsystem fixiert. Es handelt sich um eine tragbare Entschär-

fungseinheit. Das erste Protokoll ist die räumliche Nähe zum Startsystem. CincLock funktioniert nur in einem Umkreis von zwanzig (20) Metern um die CPU der Chamäleon-Rakete.

2. *Lichtsensor-Reaktionstest.* Befindet sich der Nutzer im Reaktionsumkreis, muss er eine drahtlose Modemverbindung mit dem Entschärfungssystem herstellen. Dies wird durch sachkundige Bedienung des patentierten Licht-Interfaces von Axon bewerkstelligt. Hierbei sind die Prinzipien der Mustererkennung ausschlaggebend. (Siehe NATO M. N. R. R. Forschungsergebnisse, USAMRMC, 1996)

3. *Sicherheitscode.* Eingabe des gültigen Entschärfungs- oder Prioritätscodes.

Neben die letzte Zeile hatte Rosenthal eine Anmerkung hinzugefügt: ***»Die Implementierung des universalen Entschärfungscodes wurde von Beobachtungsobjekt Weitzman beaufsichtigt. Neueste geheimdienstliche Erkenntnisse deuten darauf hin, dass dabei eine noch zu bestimmende Mersenne-Primzahl Verwendung findet.«***

An diesen Abschnitt des Protokolls war eine zusätzliche Seite angeheftet. Es handelte sich um eine Telefonmitschrift des Mossad:

```
Trans Log: B2-3-001-889
Datum: 25. April, 15.15 Uhr E.S.T.
Abgehört: Axon Corp., Norfolk, VA, USA
Katsa: ROSENTHAL, Benjamin Y. (452-7621)

1. SPRECHER (DALTON, P.J., LEITENDER IN-
GENIEUR BEI AXON): Sir, der Bericht des
Verteidigungsministeriums ist eingetrof-
fen. Er ist positiv. Man ist dort sehr zu-
frieden mit unseren Fortschritten. Cinc-
Lock hat ihnen besonders gefallen. Konn-
```

ten einfach nicht genug davon kriegen. Herrgott noch mal, die sind wie Kinder mit einem neuen Spielzeug, wollen es unbedingt knacken.

2. SPRECHER (KILLIAN, J.J., AXON-PRÄSIDENT UND CEO): Ausgezeichnet, Peter. Ausgezeichnet. Sonst noch was?

1. SPRECHER (DALTON): Die nächste Inspektion. Das Ministerium fragt an, welcher Termin uns recht wäre.

2. SPRECHER (KILLIAN): Wie wär's mit dem 26. Oktober? Ich glaube, dieses Datum würde einigen unserer Projektpartner sehr gut passen.

Book II. lehnte sich zurück.

Das also steckte hinter dem Datum.

Der 26. Oktober.

Killian hatte dieses Datum für die Inspektion seiner Fertigungsfabriken durch das Verteidigungsministerium gewählt.

Dann aber sah Book das nächste Dokument und auf einmal wurde ihm die eigentliche Bedeutung der Kopfgeldjagd klar.

Ironischerweise war dies das scheinbar unverfänglichste aller Dokumente, die er bislang gelesen hatte. Eine E-Mail, abgesandt von der Axon Corporation:

Absender: Peter Dalton
Empfänger: An alle Ingenieure, Projekt C-042
Datum: 26. April 2003, 19:58 Uhr
Betreff: NÄCHSTE INSPEKTION DURCH DAS VERTEIDIGUNGSMINISTERIUM

Meine Damen und Herren, es ist mir eine Freude, Ihnen mitteilen zu dürfen, dass die letzte Sechsmonatsinspektion des Aufsichtskomitees des Verteidigungsministeriums von vergangener Woche hervorragend ausgefallen ist. Ich danke Ihnen allen für Ihren Einsatz besonders in den vergangenen Monaten.

Man war beeindruckt von den erzielten Fortschritten und erstaunt über unsere technologischen Neuerungen.

Die nächste Sechsmonatsinspektion ist für den 26. Oktober in der Fertigungsfabrik in Norfolk angesetzt und soll um 12 Uhr mittags beginnen, nur für Abteilungsleiter. Wie üblich gelten für die Woche vor der Inspektion strenge Sicherheitsbestimmungen.

Mit freundlichen Grüßen,
PD

Und das war's.

Am 26. Oktober um 12 Uhr mittags würde das Verteidigungsministerium ein Inspektionsteam in die Axon-Raketenfabrik in Norfolk, Virginia, entsenden.

Dann würden sie vermutlich feststellen, dass mit der Fabrik etwas nicht stimmte, dass jemand sich an den Raketen zu schaffen gemacht hatte oder dass sie sogar verschwunden – gestohlen – waren, und dann …

… würde die US-Regierung nach den wenigen Männern auf der ganzen Welt suchen, die in der Lage waren, das CincLock-System zu entschärfen.

Nach Männern mit außergewöhnlich schnellen Reflexen.
Den Männern auf der Liste.

Auf einmal dämmerte es Book – aus irgendeinem Grund *wollten* Jonathan Killian und die Majestic-12, dass die US-Regierung die Inspektion vornahm. Er durchschaute zwar noch nicht den Zusammenhang, aber die heutige Inspektion war integraler Bestandteil des Plans.

Was ihm noch etwas anderes deutlich machte. Book hatte sich bereits gefragt, ob die Kopfgeldjagd nicht vielleicht vor allem dazu diente, die Männer einzuschüchtern, die in der Lage waren, die Pläne von M-12 zu vereiteln.

Jetzt aber war das geklärt.

Heute, um 12 Uhr mittags, würde die US-Regierung in der Axon-Fabrik in Norfolk *irgendeine Entdeckung* machen, die etwas mit den Chamäleon-Raketen und den Kormoran-Schiffen zu tun hatte. Etwas, das in Zusammenhang stand mit dem Plan der Majestic-12, einen neuen Kalten Krieg anzuzetteln.

»Wir müssen zu der Fabrik in Norfolk«, sagte Book laut.

Er wandte sich Scott Moseley zu. »Mr. Moseley. Rufen Sie beim Verteidigungsministerium an. Sagen Sie ihnen, die sollen das Chamäleon-Inspektionsteam vorzeitig losschicken. Und sprechen Sie mit unseren Leuten in Guam. Sie sollen die dortige Axon-Niederlassung untersuchen.«

»Verstanden«, sagte Moseley.

Book wandte sich nun den Dezimalzahlen auf der Startliste zu: den GPS-Koordinaten der Starteinrichtungen und der Ziele. »Wir sollten wohl mal rausfinden, wo die Raketen abgefeuert werden sollen und worauf sie zielen.«

Während er auf seinem Rechner ein GPS-Programm aufrief, schaltete er gleichzeitig das Satellitentelefon ein. »Scarecrow! Hier ist Book! Melden Sie sich! Ich habe ein paar wichtige Neuigkeiten ...«

Nahe der Forteresse de Valois
Bretagne, Frankreich
26. Oktober, 15.00 Uhr Ortszeit
(09.00 Uhr E. S.T. USA)

Der Axon-Helikopter, der Aloysius und der verwundeten Libby Gant den Weg versperrt hatte, entfernte sich entlang der Küste, wurde kleiner und kleiner und hielt auf die Forteresse de Valois zu – mit Knight und Gant an Bord.

Beobachtet wurde er von einer einsamen Gestalt, die in den Meereswogen am Fuße der Klippen Wasser trat.

Schofield.

Als der brennende Mack in die schwebende Mirage gekracht war, war Schofield schon nicht mehr an Bord gewesen.

Kaum dass die Räder des Trucks die Bodenhaftung verloren hatten, war er auch schon aus der Fahrertür gesprungen und unter dem fliegenden Sattelschlepper in die Tiefe gestürzt.

Der Truck war gegen den Kampfjet geprallt.

Eine gewaltige Explosion. Ohrenbetäubender Lärm. Umherfliegendes Metall.

Schofield aber hatte sich *unter* der Explosion befunden – in sicherer Entfernung vom Feuerball, aber auch außerhalb des Blickfelds von Gant und Knight –, und er war in die Tiefe gesaust wie eine Gewehrkugel.

Seine erster Gedanke war: *Maghook.*

Diesmal nicht. Kein Treibgas mehr.

Verdammt.

Er fiel immer noch – nicht senkrecht nach unten, sondern aufgrund des Schwungs des Trucks in einem Bogen –, und die Felswände rasten an ihm vorbei. Unter sich sah er die ihm entgegenstürzende Brandung. Wenn er aus dieser Höhe aufs Wasser prallte, würde er zerplatzen wie eine Tomate.

Unternimm etwas!, schrie es in ihm.

Aber was?

Auf einmal hatte er eine Idee –

– und löste eilig die Reißleine vom Kampfgürtel. Die Reißleine gehörte zum Fallschirm, den er noch immer umgeschnallt hatte. Seit dem Kampf an Bord der Hercules schleppte er ihn mit sich herum. Er war so kompakt, dass Schofield ihn beinahe vergessen hatte.

Der Fallschirm entfaltete sich kaum dreißig Meter über dem Wasser.

Stoppen konnte er den Sturz nicht mehr, aber gerade noch rechtzeitig verlangsamen.

Etwa sechs Meter über den Wellen gab es einen Ruck, die Fallgeschwindigkeit wurde beträchtlich gedrosselt und dann – *Schuum!* – tauchte Schofield mit den Füßen voran ins Wasser ein, löste den Fallschirm und schoss, eine Blasenspur hinter sich herziehend, ins Meer hinab.

Keine Sekunde zu früh.

Denn im nächsten Moment stürzten ganz in der Nähe der Mack-Sattelschlepper und die Mirage als brennender Metallhaufen in die Wellen.

Schofield tauchte dicht vor den Klippen auf, inmitten der brennenden Trümmer des Kampfjets.

Darauf bedacht, sich versteckt zu halten, trat er Wasser, und dann sah er auch schon den Axon-Helikopter, der um eine Felsklippe herumschwenkte und zur Burg zurückflog.

Hatten Gant und Knight sich in Sicherheit bringen können? Oder befanden sie sich im Hubschrauber?

»Fox! Fox! Melde dich! Hier ist Scarecrow«, flüsterte er ins Kehlkopfmikrofon. »Ich bin noch am Leben. Alles okay bei dir?«

Ein angestrengtes Hüsteln antwortete ihm. Ein uralter Trick – sie war dort oben, konnte aber nicht sprechen. Man hatte sie geschnappt.

»Einmal für ja, zweimal für nein. Bist du in dem Axon-Helikopter, den ich eben gesehen habe?«

Einmaliges Hüsteln.

»Bist du schwer verletzt?«

Einmaliges Hüsteln.

»Sehr schwer?«

Einmaliges Hüsteln.

Mist, dachte Schofield.

»Ist Knight bei dir?«

Einmaliges Hüsteln.

»Bringt man euch zurück zur Burg?«

Einmaliges Hüsteln.

»Halt durch, Libby. Ich hole euch raus.«

Schofield blickte sich um und schickte sich an, zum Ufer zu schwimmen, als er auf einmal den französischen Zerstörer sah, der zweihundert Meter vor dem Ufer zum Stehen kam.

Ein kleines Patrouillenboot mit mindestens einem Dutzend Männern an Bord wurde von dem großen Schiff zu Wasser gelassen.

Das Patrouillenboot krachte aufs Wasser, schwenkte augenblicklich vom Zerstörer ab und hielt direkt auf Schofield zu.

Schofield konnte bloß tatenlos zusehen, wie das französische Patrouillenboot näher kam.

»Die Franzosen haben den Zwischenfall in der Antarktis inzwischen bestimmt vergessen«, murmelte er vor sich hin.

Der Ohrhörer schaltete sich ein.

»Scarecrow! Hier ist Book! Melden Sie sich! Ich habe ein paar wichtige Neuigkeiten für Sie ...«

»Hey, Book, ich höre.«

»Können Sie reden?«

Schofield schwamm in der Dünung des Atlantiks. »Ja,

klar, warum nicht.« Er beäugte das Patrouillenboot, das nur noch hundertfünfzig Meter entfernt war. »Aber ich muss Sie warnen, ich glaube, ich bin gleich tot.«

»Ja, aber jetzt kenne ich den Grund«, erwiderte Book II.

»Book, schalten Sie Gant und Knight auf den Kanal«, sagte Schofield. »Die beiden können zwar nicht frei reden, aber ich möchte, dass sie das hören.«

Book gehorchte.

Dann berichtete er alles über die Kormoran-Supertanker, die geklonten Chamäleon-Raketen und den Plan der Majestic-12, einen neuen Kalten Krieg – gegen den Terror – vom Zaun zu brechen, indem sie die Raketen auf die wichtigsten Hauptstädte der Welt abfeuerten. Außerdem berichtete er vom CincLock-VII-Sicherheitssystem, das nur Schofield und die übrigen Männer auf der Liste entschärfen konnten, und dass Ronson Weitzman den amerikanischen universalen Entschärfungscode implentiert hatte, einen Code, den Rosenthal als »noch zu bestimmende Mersenne-Primzahl« bezeichnet hatte.

»Eine Mersenne-Primzahl ...«, sagte er. »Eine Mersenne-Primzahl. Das ist eine *Zahl* ...«

Schofield runzelte die Stirn.

Vor seinem geistigen Auge sah er General Ronson Weitzman an Bord der Hercules vor sich, der unter dem Einfluss der britischen Wahrheitsdroge zusammenhangloses Zeug gebrabbelt hatte: »Ach, nein ... es ging nicht bloß um Kormoran. Auch um Chamäleon. Um Kormoran und Chamäleon. Schiffe und Raketen. Alles streng geheim. *Herrgott noch mal* ... Aber der universale Entschärfungscode wechselt wöchentlich. Im Moment ist es ... die sechste ... ach, mein Gott, die sechste M ... M ... Mör ... Mörs–«

Mörs ...

Mersenne.

In dem Moment hatte Schofield gemeint, Weitzman

bringe etwas durcheinander und habe das Wort »Mörser« aussprechen wollen.

Doch das stimmte nicht.

Unter dem Einfluss der Droge hatte Weitzman die Wahrheit gesagt. Er hatte den Code verraten.

Die sechste Mersenne-Primzahl war der universale Entschärfungscode.

Während Book Schofield und den anderen Bericht erstattete, war hinter ihm Scott Moseley damit beschäftigt, die GPS-Koordinaten von der Startliste ins Programm einzugeben.

»Die ersten drei Schiffe habe ich«, sagte Moseley. »Die erste Koordinate bezeichnet den Ort, wo die Kormoran-Rakete gestartet wird, die zweite das Ziel.«

Er reichte Book das Dokument, die inzwischen eingetragenen Ortsnamen waren mit Marker hervorgehoben:

Quelle	Träger-Sys.	W-H	Start	Ziel	Zeit
Talbot	Shahab-5	TN76	35702.90 5001.00 (Ärmelkan.)	00001.65 5239.10 (London)	1145
	Shahab-5	TN76	35702.90 5001.00 (Ärmelkan.)	00420.02 4900.25 (Paris)	1145
	Shahab-5	TN76	35702.90 5001.00 (Ärmelkan.)	01312.15 5358.75 (Berlin)	1145
Ambrose	Shahab-5	TN76	28743.05 4104.55 (New York)	28743.98 4104.64 (New York)	1200
	Shahab-5	TN76	28743.05 4104.55 (New York)	28231.05 3835.70 (Washington D.C.)	1200

Jewel	Taep'o-Dong-2	N-8	23222.62 3745.75	23222.70 3745.80	1215
			(San Fran)	(San Fran)	
	Taep'o-Dong-2	N-8	23222.62 3745.75	24230.50 3533.02	1215
			(San Fran)	(Los Angeles)	
	Taep'o-Dong-2	N-8	23222.62 3745.75	23157.05 4930.52	1215
			(San Fran)	(Seattle)	

Moseley übertrug die Koordinaten in eine Karte. »Das erste Schiff befindet sich im Ärmelkanal – vor Cherbourg, Frankreich, in der Nähe der normannischen Küste.«

Book gab dies an Schofield weiter. »Das erste Schiff befindet sich im Ärmelkanal – vor Cherbourg, Frankreich, in der Nähe der normannischen Küste. Es wird auf London, Paris und Berlin feuern. Die nächsten zwei Schiffe sind in New York und San Francisco stationiert und sollen jeweils mehrere Städte angreifen.«

»Allmächtiger«, murmelte Schofield, unentwegt Wasser tretend.

Das Patrouillenboot war noch fünfzig Meter entfernt und würde ihn jeden Moment erreichen.

»Okay, Book. Hören Sie«, sagte er, als ihm eine kleine Welle ins Gesicht schlug. Er spuckte einen Mund voll Salzwasser aus. »U-Boot-Einsatz. Die Schiffe können keine Raketen starten, wenn sie am Meeresboden liegen. Decodieren Sie die GPS-Koordinaten aller Kormoran-Supertanker und übermitteln Sie die Positionen an sämtliche U-Boote in der Nähe. 688er, Boomer, ist mir gleich. An alles, was einen Torpedo an Bord hat. Sie sollen die Kormoran-Schiffe versenken.«

»Was die Tanker angeht, könnte das klappen, Scarecrow, aber nicht bei allen.«

»Ich weiß«, sagte Schofield. »Ich weiß. Falls wir einen Raketenträger nicht versenken können, müssen wir das Schiff entern und die Raketen in den Silos entschärfen.

Die Sache ist die, dass der Entschärfer – in diesem Falle ich – auf ein Entschärfungsprogramm reagiert, das auf dem Bildschirm des lichtbasierten Empfängergeräts abläuft. Das würde bedeuten, dass ich mich der Steuerkonsole *jeder einzelnen Rakete* bis auf 20 Meter nähern müsste, aber ich kann nicht überall sein. Deshalb brauche ich auf jedem Raketenschiff Leute, die mich über Satellit mit den Raketen verbinden.«

»Sie brauchen Leute auf jedem Schiff?«

»So ist es, Book. Wenn also keine U-Boote in der Nähe sind, muss jemand an Bord der Kormoran-Schiffe gehen, sich der Steuerkonsole bis auf zwanzig Meter nähern, einen Satellitensender an der Konsole anbringen und eine Verbindung zu mir herstellen. Nur dann kann ich mit einer CincLock-Einheit *alle* Raketen entschärfen.«

»Heilige Scheiße«, sagte Book. »Und was soll ich tun?«

Eine weitere Welle spülte über Schofield hinweg. »Fliegen Sie nach New York, Book. Und rufen Sie David Fairfax an. Schicken Sie ihn nach San Francisco. Ich brauche auf den Tankern Leute, denen ich vertrauen kann. Noch was: Fragen Sie Fairfax, wie die sechste Mersenne-Primzahl lautet. Wenn er's nicht weiß, soll er's rausfinden.

Und sorgen Sie dafür, dass sich das Inspektionsteam des Verteidigungsministeriums auf die Socken macht – dasjenige, das die Axon-Raketenfabrik in Norfolk, Virginia, um 12 Uhr mittags inspizieren soll. Ich will wissen, was in der Fabrik vor sich geht.«

»Schon erledigt«, sagte Book II.

»Gute Arbeit.«

»Und was ist mit Ihnen?«, fragte Book.

In diesem Moment schwenkte das französische Patrouillenboot herum und kam vor Schofield zum Stehen.

Grimmig dreinschauende Soldaten mit gesenkten FAMAS-Sturmgewehren blickten auf ihn nieder.

»Sie haben mich noch nicht getötet«, sagte Schofield. »Was bedeutet, dass jemand mit mir reden will. Und das heißt auch, ich bin noch immer im Spiel. Scarecrow, Ende.«

Von mehreren Soldaten mit vorgehaltenen Waffen bedroht, wurde Scarecrow aus dem Wasser gezogen.

Weißes Haus,
Washington, USA
26. Oktober, 09.15 Uhr Ortszeit
(15.15 Uhr in Frankreich)

Der Besprechungsraum summte vor Betriebsamkeit.

Adjutanten eilten umher. Generäle und Admiräle sprachen in abhörsichere Telefone. Alle führten die Worte »Kormoran«, »Chamäleon« und »Shane Schofield« im Mund.

Der Präsident betrat in dem Moment den Raum, als einer der Navy-Leute, ein Admiral namens Gaines, sein Telefon gerade an die Schulter drückte.

»Mr. President«, sagte Gaines, »ich habe Moseley in London dran. Er sagt, dieser Schofield will, dass ich U-Boote gegen verschiedene Oberflächenziele in aller Welt losschicke. Sir, bitte, ich kann doch nicht zulassen, dass ein dreißigjähriger Marine-*Captain* das Kommando über die gesamte Navy der Vereinigten Staaten übernimmt, oder?«

»Sie werden genau das tun, was Captain Schofield verlangt, Admiral«, erwiderte der Präsident. »Was immer er will, wird gemacht. Wenn er sagt, U-Boote einsetzen, dann setzen Sie U-Boote ein. Wenn er sagt, Nordkorea blockieren, dann blockieren Sie Nordkorea. Meine Herren! Ich dachte eigentlich, ich hätte mich klar ausgedrückt! Ich will nicht, dass Sie jedes Mal zu mir gelaufen kommen, wenn Schofield um etwas bittet. Womöglich ruht das Schicksal der Welt auf den Schultern dieses Mannes. Ich kenne ihn und ich vertraue ihm. Mann, ich würde ihm sogar mein Leben anvertrauen. Solange es nicht um einen Nuklearschlag geht, tun Sie, was er verlangt, und informieren mich später. Und jetzt schicken Sie die U-Boote los.«

Büros der Defense Intelligence Agency
Sub-Level 3, Pentagon
26. Oktober, 09.30 Uhr Ortszeit
(15.30 Uhr in Frankreich)

Flankiert von zwei Polizisten, schleppte sich ein angeschlagener David Fairfax in sein Büro auf der untersten Ebene des Pentagon.

Wendell Hogg erwartete ihn bereits in Gesellschaft von Audrey.

»Fairfax!«, röhrte Hogg. »Wo zum Teufel haben Sie gesteckt?«

»Ich nehme mir für heute frei«, erwiderte Fairfax erschöpft.

»Einen Scheißdreck werden Sie tun!«, blaffte Hogg. »Sie erstatten Meldung! Und dann gehen Sie nach oben und stellen sich einer Disziplinaranhörung gemäß den Sicherheitsbestimmungen 402 und 403 …«

Vor Erschöpfung völlig teilnahmslos, konnte Fairfax bloß dastehen und einstecken.

»… und dann, *dann* verschwinden Sie von hier, Sie kleiner Klugscheißer. Damit Sie endlich einmal lernen, dass Sie nichts Besonderes sind, dass Sie nicht unangreifbar sind und« – Hogg warf Audrey einen Blick zu – »dass die Sicherheit des Landes bei Männern wie mir weit besser aufgehoben ist, bei Männern, die kämpfen können, die darauf vorbereitet sind, eine Waffe in die Hand zu nehmen und unter Einsatz ihres Lebens –«

Er brachte den Satz nicht mehr zu Ende.

Denn in diesem Moment kam hinter Fairfax ein Trupp von zwölf Erkundungsmarines durch die Tür gestapft. Sie trugen volle Kampfuniform und waren *schwer* bewaffnet – Sturmgewehre vom Typ Colt Commando, MP-7, Todesverachtung im Blick.

Fairfax riss überrascht die Augen auf.

Der Anführer der Marines trat vor. »Gentlemen. Mein Name ist Captain Andrew Trent, United States Marine Corps. Ich suche Mr. Fairfax.«

Fairfax schluckte.

Audrey schnappte nach Luft.

Hoggs Augen quollen hervor. »Verflucht noch mal, was zum Henker geht hier eigentlich vor?«

Der Marine namens Trent trat vor. Er war ein großer, muskulöser Bursche und in voller Kampfuniform eine wahrhaft beeindruckende Erscheinung.

»Sie müssen Hogg sein«, sagte Trent. »Mr. Hogg, meine Befehle kommen direkt vom Präsidenten der Vereinigten Staaten. Es ist zu einem ernsthaften internationalen Zwischenfall gekommen, und in diesem kritischen Moment ist Mister Fairfax vermutlich der viertwichtigste Mann im ganzen Land. Ich habe Befehl, ihn bei einer Mission von allerhöchster Wichtigkeit zu eskortieren und unter Einsatz meines Lebens zu beschützen. Wenn Sie also keine Einwände haben, Mr. Hogg, *gehen Sie dem Mann aus dem Weg.*«

Hogg blieb benommen stehen.

Audrey musterte Fairfax erstaunt.

Fairfax seinerseits zögerte. Nach den Ereignissen dieses Morgens wusste er nicht mehr, wem er trauen konnte.

»Mr. Fairfax«, sagte Trent, »mich schickt Shane Schofield. Er sagt, er braucht wieder Ihre Hilfe. Wenn Sie mir noch immer nicht glauben ...«

Trent streckte Fairfax ein Funkgerät entgegen.

Am anderen Ende der Leitung war Book II.

Zweiundzwanzig Minuten später saß Dave Fairfax an Bord einer gecharterten Concorde, die mit Überschallgeschwindigkeit in westlicher Richtung nach San Francisco raste.

Auf dem Weg zum Flughafen hatte Book ihn über Schofields Wünsche ins Bild gesetzt. Book hatte ihm auch eine mathematische Frage gestellt: Er wollte wissen, wie die sechste Mersenne-Primzahl lautete.

»Die sechste Mersenne-Primzahl?«, hatte Fairfax gechot. »Da brauche ich einen Stift und ein Blatt Papier.«

Und nun saß er ganz allein in der Passagierkabine der Concorde und kritzelte mit angespannter Konzentration auf ein Blatt Papier.

Das hieß, ganz allein war er nicht, denn bei ihm waren die zwölf Marines, die ihn beschützten.

Axon Corporation – Schiffswerft und Raketenfabrik
Norfolk, Virginia, USA
26. Oktober, 09.35 Uhr Ortszeit
(15.35 Uhr in Frankreich)

Umringt von zwei Teams von US-Marines näherte sich das für die Projekte Kormoran und Chamäleon zuständige Inspektionsteam des Verteidigungsministeriums der Raketenfabrik in Norfolk, Virginia.

Vor ihnen dräute das Axon-Werk – eine gewaltige Industrielandschaft, die ein Dutzend miteinander verbundener Gebäude umfasste, acht gewaltige Trockendocks und zahllose in den Himmel ragende Kräne.

Hier baute die Axon Corporation High-Tech-Raketen in US-Kriegsschiffe ein. Bisweilen wurden auch die Schiffe hier gebaut.

Im Moment aber befand sich lediglich ein riesiger Supertanker in einem der Trockendocks, umstellt von Portalkränen, die die industrielle Küstenlinie überragten.

Seltsamerweise war nirgendwo ein Lebenszeichen festzustellen.

Die Marines stürmten die Fabrik.

Es gab kein Feuergefecht.

Keine Schlacht.

Nach wenigen Minuten, das Gebiet war bereits für sicher erklärt, meldete der Kommandant der Marines über Funk:

»Ihr könnt die Jungs vom Verteidigungsministerium jetzt reinlassen. Aber seid gewarnt, euch erwartet kein schöner Anblick.«

Der Gestank war ekelerregend.

Der Gestank von verwesendem Menschenfleisch.

Das Hauptbüro war in Blut gebadet. Es war an die Wände geschmiert, auf den Schreibtischen angetrocknet und etwas davon war sogar die stählernen Treppenhäuser hinuntergetropft, wo es schauerliche rotbraune Stalagtiten gebildet hatte.

Die vielen Arbeiter von Axon hatten Glück gehabt, dass man die Fabrik eine Woche vor der offiziellen Inspektion geschlossen hatte, weshalb sie mit dem Leben davongekommen waren.

Die Ingenieure und Abteilungsleiter hatten nicht so viel Glück gehabt. Sie lagen säuberlich aufgereiht im Hauptlabor, nachdem man sie nacheinander im Knien exekutiert hatte. Hinter den Leichen waren widerliche sternförmige Blutflecken an der Wand.

Im Laufe der Woche hatten sich Ratten über die sterblichen Überreste hergemacht.

Trotz des ganzen Gemetzels gab es fünf Leichen, die auffielen – diese Personen waren offenbar nicht bei Axon angestellt gewesen.

Anscheinend hatten sich die Axon-Mitarbeiter nicht kampflos ergeben. Die kleine Sicherheitstruppe hatte einige der Eindringlinge getötet.

Die fünf verdächtigen Leichen lagen an mehreren Stellen der Fabrik verteilt, entweder in Kopf oder Körper getroffen, neben sich am Boden AK-47-Maschinengewehre.

Alle trugen schwarze Kampfmonturen und schwarze Arabertücher vor dem Gesicht.

Trotz des fürchterlichen Zustands der bereits angeknabberten Leichen war eines jedenfalls klar: Auf der Schulter hatten sie zwei Krummsäbel eintätowiert, das Abzeichen der Terrororganisation Islamischer Dschihad.

Unterstützt von Agenten des ISS und des FBI verschaffte sich das Inspektionsteam des Verteidigungsministeriums rasch einen Überblick.

Außerdem nahmen sie einen Anruf eines zweiten Teams entgegen, das die Axon-Fabrik in Guam untersuchte.

Anschließend wählte ein Vertreter des Minsteriums eine abhörsichere Leitung des Weißen Hauses.

»Es sieht schlecht aus«, sagte er. »In Norfolk haben wir fünfzehn Tote – neun Ingenieure, sechs Wachleute. Außerdem fünf tote Terroristen. Anhand der vorläufigen Untersuchung lässt sich sagen, dass die Leichen bereits seit etwa acht Tagen in Verwesung begriffen sind. Die genaue Todeszeit ist nicht mehr zu bestimmen. In Guam ist es das Gleiche, abgesehen davon, dass dort lediglich ein Terrorist getötet wurde.

Sämtliche Terroristen wurden vom FBI als hinlänglich bekannte Mitglieder des Islamischen Dschihad identifiziert – darunter ein richtig großer Fisch, ein Mann namens Shoab Riis. Aber, Sir, das Schlimmste kommt noch: Es müssen noch mehr Terroristen beteiligt gewesen sein. Drei Kormoran-Supertanker der Norfolk-Werft und zwei der Fabrik in Guam sind verschwunden ... und alle waren mit Chamäleon-Raketen ausgerüstet.«

Luftraum über der französischen Küste
26. Oktober, 15.40 Uhr Ortszeit
(09.40 Uhr E. S.T. USA)

Der *Black Raven* schoss entlang der französischen Küste auf die Forteresse de Valois zu.

»Also, Rufus«, sagte Mother, »ich möchte was von dir wissen. Was ist eigentlich mit deinem Boss los? Ich meine, was hat eine ehrliche Haut wie du mit einem mörderischen Schweinehund wie Knight zu schaffen?«

Rufus, der auf dem Vordersitz der Sukhoi saß, neigte den Kopf.

»Captain Knight ist kein schlechter Mensch«, erwiderte er in seinem knappen Südstaatendialekt. »Und gewiss nicht so schlecht, wie man es ihm nachsagt. Klar, er ist dazu fähig, jemanden kaltblütig zu töten – und glauben Sie mir, ich hab's mit eigenen Augen gesehn –, aber er war nicht immer so. Er wurde dazu *gemacht*. Klar, er ist kein Heiliger, aber er ist auch kein schlechter Mensch. Und er hat sich immer um mich gekümmert.«

»Verstehe ...«, sagte Mother. Sie machte sich Sorgen wegen des Kopfgeldjägers, der Schofield angeblich beschützte.

»Und was ist mit seiner Akte? Darin steht, er hätte im Sudan seine Delta-Einheit verraten und Al-Kaida vor dem Angriff gewarnt, sodass seine Jungs in einen Hinterhalt getappt sind. Dreizehn Männer, war's nicht so? Und alle tot, wegen ihm.«

Rufus nickte bekümmert.

»Ja, ich habe die Akte auch gesehn«, sagte er, »und glauben Sie mir, das mit dem Sudan, das ist Blödsinn. Das weiß ich, weil ich selbst dort war. Captain Knight hat nie jemanden verraten. Und er hat bestimmt nicht dreizehn Männer dem Tod überlassen.«

»Er hat sie nicht im Stich gelassen?«, fragte Mother.

»Nein, Ma'am«, antwortete Rufus. »Knight hat diese Schwanzlutscher eigenhändig getötet.«

»Damals war ich Hubschrauberpilot«, fuhr Rufus fort, »bei den NightStalkers, D-Boys wie Knight, die Geheimoperationen durchführten. Wir flogen Nachtangriffe im Sudan, hoben nach den Bombenanschlägen auf die Botschaften in Kenia und Tansania von '98 terroristische Ausbildungslager aus. Wir starteten vom Jemen aus und flogen heimlich übers Rote Meer in den Sudan ein.

Knight lernte ich im Stützpunkt in Aden kennen. Er war ziemlich still, hielt sich meistens außerhalb. Er las Bücher, wissen Sie, dicke Wälzer ohne Bilder. Und er schrieb immer Briefe an seine junge Frau daheim.

Er war anders als die meisten Burschen in meiner Einheit, als die anderen Hubschrauberpiloten. Die waren nicht so nett zu mir. Verstehen Sie, ich bin ziemlich hell im Kopf, aber auf meine Art – mit Mathe und Physik komme ich spielend klar, und deshalb kann ich ein Flugzeug oder 'nen Helikopter besser fliegen als jeder andere. Die Sache ist die, im Umgang mit anderen bin ich nicht so gut. Manchmal kapier ich die Pointe nicht, besonders wenn's schmutzige Witze sind. So Sachen eben.

Und die anderen NightStalker-Piloten, also, die zogen mich gern auf – zum Beispiel schickten sie eine Krankenschwester an meinen Tisch in der Messe, die mir die Ohren mit lauter so sexy Zeug vollquatschte. Oder sie schickten mich zu Briefings, an denen ich gar nicht teilnehmen sollte. Halt so was. Sie nannten mich nicht Rufus, sondern Doofus.

Dann fingen auch ein paar D-Boys an, mich so zu nennen. Konnt ich nicht haben. Captain Knight aber, der hat mich nie so genannt. Kein einziges Mal. Er nannte mich immer bei meinem richtigen Namen.

Jedenfalls kam er einmal an meinem Schlafsaal vorbei,

nachdem einer der Scheißpiloten alle meine Gutenachtbücher gegen schmutzige Magazine ausgetauscht hatte, als ich noch schlief. Sie lachten mich aus und Captain Knight erkundigte sich, was da los war.

Ein Pilot namens Harry Hartley sagte ihm, er soll verschwinden und sich um seinen eigenen Kram kümmern. Knight blieb einfach im Eingang stehen, vollkommen reglos. Hartley wiederholte, er soll sich verpissen. Knight rührte sich nicht. Also trat Hartley aufgebracht vor ihn hin und holte zu einem Schwinger aus. Knight warf das Arschloch allein mithilfe der Beine um, dann drückte er Hartley das Knie auf die Kehle und sagte, meine Fähigkeiten als Pilot gingen ihn sehr wohl etwas an und sie sollen mich in Ruhe lassen ... sonst käme er wieder.

Von da an hat mich nie wieder jemand aufgezogen.«

Mother sagte: »Und wie war das mit den dreizehn Soldaten, die im Sudan umgekommen sind?«

»Knight zog seine Missionen häufig allein durch«, antwortete Rufus. »Delta-Jungs agieren häufig solo. Ein Mann kann manchmal mehr Schaden anrichten als ein ganzes Platoon.

Jedenfalls ist er eines Nachts in Port Sudan und schleicht sich an ein altes Lagerhaus an. Der Ort ist eine Geisterstadt, verlassen, total runtergekommen. Deshalb unterhielt Al-Kaida dort ein Ausbildungslager, in einem großen alten Lagerhaus.

Knight schlüpft also ins Lagerhaus und wartet. An dem Abend soll dort eine große Versammlung stattfinden, aber nicht die übliche Hinterzimmerberatung von Al-Kaida-Käufern und russischen Waffenhändlern. Nein, diesmal ist Scheiß-Bin-Laden persönlich anwesend, außerdem drei CIA-Spitzel, und sie sprechen über die Bombenanschläge auf die Botschaften.

Knight setzt also einen digitalen Funkspruch ab, übermittelt seinen Standort, fordert Unterstützung an und lässt durchblicken, dass Bin persönlich anwesend ist. Er bietet an, Bin zu liquidieren, aber die Leitstelle weist ihn an sich zurückzuhalten. Sie schicken ein Delta-Team hin.

Das Delta-Team wird von Aden eingeflogen, sechzehn Männer in einem Black Hawk und ich bin der Pilot. Als wir an dem Lagerhaus in Port Sudan ankommen, ist Bin Laden natürlich schon weg.

Wir treffen uns mit Knight am verabredeten Treffpunkt am Strand – bei einem verlassenen Leuchtturm. Er ist stinksauer. Der Anführer der Deltas ist ein Bursche namens Brandeis, Captain Wade Brandeis. Er sagt Knight, es würde viel mehr auf dem Spiel stehen, aber das wäre zu hoch für ihn.

Knight macht auf dem Absatz kehrt und geht angewidert zum Helikopter. Dann nickt Brandeis, dieser Scheißkerl, auf einmal zwei von seinen Leuten zu und meint: »Auch den Piloten. Den können wir nicht laufen lassen.« Und dann heben diese Delta-Arschlöcher ihre MP-5 und zielen auf Knights Rücken *und* auf mich.

Für eine Warnung war es zu spät, aber die war auch überflüssig. Knight hatte alles mitbekommen. Später erzählte er mir, er hätte gehört, wie ihre Ärmel an den Kampfanzügen streiften – das Geräusch, wenn man die Waffe hebt.

Eine Sekunde ehe sie feuerten, stürzte Knight vor und stieß mich in den Laderaum des Helikopters. Die Delta-Männer rannten auf uns zu, feuerten mit Schalldämpferwaffen, die Kugeln hämmerten auf den Heli ein. Knight aber ist zu schnell. Er stößt mich aus der Luke an der anderen Seite, zerrt mich ein Stück weiter und verschwindet mit mir im Leuchtturm.

Sie können sich nicht vorstellen, was dort drinnen passierte. Die Deltas kamen uns nach, das *ganze* Einsatzteam. Sechzehn Mann. Bloß drei kamen mit dem Leben davon.

Knight tötete im Leuchtturm neun Deltas, ehe Brandeis

und zwei andere Typen ihre Verluste dadurch begrenzten, dass sie sich absetzten. Da sie wussten, dass Knight noch mit vier weiteren Deltas kämpfte, brachte Brandeis am Eingang eine Thermit-Amatol-Sprengladung an.

Keine Ahnung, ob Sie schon mal erlebt haben, wie eine Thermit-Ladung hochgeht, aber das gibt einen Mordsknall. Also, der Sprengsatz geht hoch und der Leuchtturm kippt um wie ein alter Mammutbaum. Beim Aufprall schwankte der Boden wie bei einem Erdbeben.

Als der Staub sich legte, war nichts mehr davon übrig – *nichts* –, bloß ein Haufen Schutt. Niemand konnte das überlebt haben. Wir nicht und auch die vier Deltas nicht, die Brandeis da drin zurückgelassen hatte.

Und so flogen Brandeis und die anderen beiden Männer mit meinem Heli zurück nach Aden.

Wie sich herausstellte, kamen beim Einsturz des Leuchtturms die letzten vier D-Boys ums Leben. Die waren platt wie Pfannkuchen. Knight und ich aber nicht. Knight hatte mitbekommen, wie Brandeis nach draußen gerannt war, und konnte sich denken, dass er das Ding in die Luft jagen würde. Also hat Knight uns an einer Reißleine in den Brunnenschacht am Boden des Leuchtturms runtergelassen – vorbei an den vier Deltas auf der Treppe –, und wir hockten uns in einen unterirdischen Schutzraum.

Der Leuchtturm stürzte ein, aber der Schutzraum hielt stand. Die Wände waren aus massivem Beton. Wir brauchten zwei volle Tage, um uns aus dem Schutt hervorzuwühlen.«

»Mann …«, sagte Mother.

»Wie sich herausstellte, arbeitete Brandeis für eine Gruppe innerhalb des US-Militärs, die sich Intelligence Convergence Group, kurz ICG, nannte. Schon mal davon gehört?«

»Ja. Hin und wieder«, meinte Mother grimmig.

»Von der ICG hört man nicht mehr viel«, sagte Rufus.

»Soll sich um einen üblen Regierungsgeheimdienst gehandelt haben, der Militäreinheiten, große Konzerne und Universitäten infiltrierte und der Regierung Bericht erstattete. Vor ein paar Jahren wurde die Organisation zerschlagen. Ein paar Mitglieder wie Brandeis aber haben überlebt. Wie sich herausstellte, stand die ICG hinter den Angriffen auf die amerikanischen Botschaften in Afrika – sie wollten ein paar Spione in den dortigen Büros liquidieren und überließen die Drecksarbeit Al-Kaida.

Um sich von dem Blutbad im Leuchtturm reinzuwaschen, hängte die ICG Knight die Sache an. Sie meinten, er hätte von Al-Kaida ein paar Millionen eingesackt. Alle dreizehn Tote wurden Knight angelastet, der Al-Kaida angeblich vorab von dem Treffen informiert hatte. Knight wurde vom Verteidigungsministerium ganz oben auf die Liste der meistgesuchten Personen gesetzt. Seine Akte bekam den Vermerk Zebra: ohne Vorwarnung zu erschießen. Außerdem setzte die US-Regierung ein Kopfgeld auf ihn aus: zwei Millionen Dollar, tot oder lebendig.«

»Ein Kopfgeldjäger, auf den ein Kopfgeld ausgesetzt ist. Reizend«, meinte Mother.

»Aber das Schlimmste kam erst noch«, fuhr Rufus fort. »Ich hab Ihnen ja erzählt, dass Knight eine junge Frau hatte. Er hatte auch ein kleines Kind. Die ICG ließ beide umbringen. Stellte es als schief gegangene Hausdurchsuchung hin. Die Frau und das Baby wurden getötet.

Und jetzt ist die ICG tot und Knights Familie ist tot, aber das Kopfgeld ist noch immer ausgesetzt. Hin und wieder setzt die US-Regierung einen Greiftrupp auf ihn an, wie vor ein paar Jahren in Brasilien. Und Wade Brandeis tut natürlich noch immer bei den Deltas Dienst. Ich glaube, inzwischen ist er Major, immer noch im Jemen stationiert.«

»Und Knight ist Kopfgeldjäger geworden«, sagte Mother.

»So ist es. Und ich begleitete ihn. Er hat mir das Leben gerettet und er war immer gut zu mir und hat mich respektiert. Aber die Sache mit Brandeis hat er nie vergessen. Hat sich den Namen auf den Arm tätowieren lassen, als Mahnung. Mann, er wartet bloß auf eine Gelegenheit, es dem Kerl heimzuzahlen.«

Mother ließ sich das Gehörte durch den Kopf gehen.

Im Geiste durchlebte sie noch einmal den Einsatz, den sie vor ein paar Jahren mit Schofield und Gant in Alaska durchgestanden hatte, ein Abenteuer, bei dem sie auch mit der ICG aneinander geraten waren.

Zum Glück hatten sie gesiegt. Um diese Zeit herum hatte auch Aloysius Knight seinen Kampf mit der ICG ausgefochten – und verloren. Schade.

»Kommt mir so vor wie ein auf Abwege geratener Shane Schofield«, flüsterte sie.

»Was?«

»Nichts.«

Mother blickte zum Horizont, während ihr ein seltsamer Gedanke kam: Was würde aus Shane Schofield werden, wenn er einmal eine solche Konfrontation *verlieren* sollte?

Zehn Minuten später erreichte der *Black Raven* die bretonische Küste.

Rufus und Mother sahen die von der Forteresse ausgehende gewundene Küstenstraße – sahen die Explosionskrater auf der Straße, die Granateinschläge in den Klippen, sahen die zerbeulten und qualmenden Überreste der Sattelschlepper, Rallyewagen und Helikopter, die überall verstreut waren.

»Was zum Teufel war hier los?«, staunte Rufus.

»Scarecrow war los«, antwortete Mother. »Die große Frage ist bloß, wo steckt er jetzt?«

Französischer Flugzeugträger *Richelieu*
Vor der französischen Atlantikküste
26. Oktober, 15.45 Uhr Ortszeit
(09.45 Uhr E.S.T. USA)

Der große französische Marinehubschrauber vom Typ Super Puma landete auf dem Flugdeck des Flugzeugträgers – mit an Bord Shane Schofield, in Handschellen, entwaffnet und bewacht von nicht weniger als sechs Marinesoldaten.

Das Patrouillenboot hatte ihn bei den Klippen aufgenommen und zum französischen Zerstörer gebracht. Von dort hatte man ihn mit dem Helikopter zur *Richelieu,* einem riesigen Flugzeugträger der Charles-de-Gaulle-Klasse, verfrachtet, der weiter vor der Küste Stellung bezogen hatte.

Kaum war der Helikopter auf dem Flugdeck gelandet, bewegte sich der Boden – nach unten. Der Super Puma war auf einem der großen, seitlich angebrachten Aufzüge gelandet, der sich nun in die Tiefe senkte.

Vor einem großen, unmittelbar unter dem Flugdeck gelegenen Innenhangar kam der Aufzug ruckartig zum Stehen. Im Hangar wimmelte es von Mirages, Anti-U-Boot-Flugzeugen, Tanklastern und Jeeps.

Und inmitten dieses Durcheinanders erwarteten vier ranghohe französische Persönlichkeiten das Eintreffen des Aufzugs mit dem Helikopter.

Ein Marineadmiral.

Ein Armeegeneral.

Ein Kommodore der Luftwaffe.

Und ein Mann in einem schlichten grauen Anzug.

Schofield wurde aus dem Super Puma gestoßen, die Hände vor der Brust mit Handschellen gefesselt.

Man führte ihn zu den vier wartenden Franzosen.

Abgesehen von Schofields sechs Bewachern hielt sich kein Personal dort unten auf. Es war ein seltsamer Anblick: eine Ansammlung winziger Gestalten, die umgeben von Flugzeugen in dem höhlenartigen, aber menschenleeren Hangar standen.

»Sie sind also Scarecrow«, schnaubte der Armeegeneral. »Der Mann, der in der Antarktis ein Team meiner besten Fallschirmjäger ausgeschaltet hat.«

»Ich habe damals ein U-Boot verloren«, sagte der Admiral. »Der Verantwortliche wurde bis heute nicht dingfest gemacht.«

So viel dazu, dass der Vorfall in der Antarktis vergessen sein könnte, dachte Schofield.

Der Mann im Anzug trat vor. Er wirkte glatter als die beiden anderen, präziser, gewandter. Was ihn noch gefährlicher erscheinen ließ. »Monsieur Schofield, mein Name ist Pierre Lefevre, und ich arbeite für die Direction Générale de la Sécurité Extérieure.«

Die D. G. S. E., dachte Schofield. *Das französische Gegenstück der CIA. Und abgesehen vom Mossad der unbarmherzigste Geheimdienst der Welt.*

Na prima.

»Also, Pierre«, sagte er, »worum geht es? Steckt Frankreich mit den Majestic-12 unter einer Decke? Oder bloß Jonathan Killian?«

»Ich habe keine Ahnung, wovon Sie reden«, meinte Lefevre leichthin. »Wir wissen bloß das, was Monsieur Killian uns gesagt hat, und die Republik Frankreich verspricht sich einen taktischen Vorteil davon, seiner Organisation zu gestatten, ihren Plan in die Tat umzusetzen.«

»Und was wollen Sie von mir?«

Der Armeegeneral sagte: »Ich würde Ihnen gern das Herz rausreißen.«

Der Marineadmiral sagte: »Und ich möchte es Ihnen unter die Nase halten.«

»*Mein* Wunsch ist etwas pragmatischer«, meinte Lefevre gelassen. »Die Generäle sollen ihren Willen natürlich bekommen. Aber erst dann, wenn Sie mir ein paar Fragen beantwortet und wir uns vergewissert haben, dass Monsieur Killians Plan wirklich wasserdicht ist.«

Lefevre legte seine Aktentasche auf eine Werkbank und öffnete sie ... darin befand sich ein kleines Gerät aus Metall von der Größe eines Buches.

Es sah aus wie ein Minicomputer, hatte aber zwei Displays: einen großen Touchscreen in der oberen Hälfte und ein kleineres, längliches Display unten rechts. Auf dem oberen Display waren mehrere rote und weiße Kreise abgebildet. Neben dem kleineren Display befand sich eine Zehn-Ziffern-Tastatur, wie bei einem Telefon.

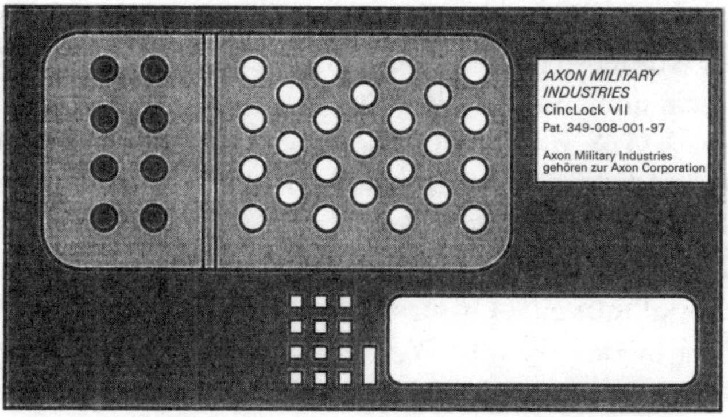

»Captain Schofield«, sagte Lefevre, »gestatten Sie mir, Ihnen das CincLock-VII-Sicherheitssystem vorzustellen. Wir möchten Sie bitten, es zu entschärfen.«

Forteresse de Valois
Bretagne, Frankreich
26. Oktober, 16.00 Uhr Ortszeit
(10.00 Uhr E. S.T. USA)

Sie zogen Libby Gant in die dunkle Gruft.

Blutverschmiert, schwer verletzt und am Rande einer Ohnmacht, registrierte sie die kreisförmigen Steinwände und den Wassertümpel, der den größten Teil der Bodenfläche einnahm. In dem Meerwasser schwammen zwei Haie.

Klong.

Die obere Hälfte des Guillotinenblocks senkte sich auf Gants Hals hinab und fixierte ihren Kopf.

Der Mann, der sie bewachte, legte den Riegel vor. Gant hatte ihn noch nie gesehen: Er hatte feuerrote Haare, leere schwarze Augen und ein äußerst hässliches Rattengesicht.

Über ihr ragte der imposante Rahmen der Guillotine auf – ihr Kopf war jetzt fünf Meter unter dem schwebenden Fallbeil fixiert.

Gant schnitt eine Grimasse. Sie konnte kaum knien. Die Brustverletzung brannte heftig.

Neben Rattengesicht stand einer der Kopfgeldjäger – Cedric Wexleys Nr. 2, ein psychotischer ehemaliger Angehöriger der Königlichen Marine namens Drake. Er zielte mit einem Steyr-AUG-Sturmgewehr auf Gant.

Gant fiel Drakes Flakweste auf – eine schwarze Mehrzweckweste, an der zahlreiche merkwürdige Gerätschaften befestigt waren, darunter eine Luftflasche und mehrere Kletterhaken.

Die Weste gehörte Knight.

Gant schaute hoch.

Und dann sah sie ihn.

Fünf Meter vor ihr – auf einer steinernen Rampe, die bereits fünf Zentimeter unter Wasser stand, die Augen gequält zusammengekniffen, da man ihm die bernsteinfarben getönte Sonnenbrille abgenommen hatte, den Rücken an die gebogene Steinwand gepresst, in Handschellen und mit gähnend leeren Halftern – stand Aloysius Knight.

Eine Stimme dröhnte durch das Wasserverlies.

»›Kreisend und kreisend im sich weitenden Rund, kann der Falke den Falkner nicht hören. Die Dinge fallen auseinander, das Zentrum kann nichts mehr halten; Anarchie ist losgelassen auf die Welt.‹ Yeats, glaube ich.«

Jonathan Killian tauchte auf dem Beobachtungsbalkon auf – mit dem Kopfgeldjäger Cedric Wexley an seiner Seite.

Killian schaute auf die Haifischgrube hinunter wie ein Eroberer aufs Kolosseum, dann fiel sein Blick auf Gant, die fünfzehn Meter entfernt an der anderen Seite der Grube kniete.

»Anarchie ist losgelassen auf die Welt, Lieutenant Gant«, sagte er in verbindlichem Ton. »Ich muss sagen, das gefällt mir. Ihnen auch?«

»Nein«, stöhnte Gant.

Sie brauchten die Stimmen nicht zu heben; ihre Worte hallten deutlich vernehmbar durchs Verlies.

Killian fuhr fort: »Nun zu Ihnen, Captain Knight. Ich muss sagen, ich finde Ihr Verhalten ausgesprochen sonderbar. Ein Kopfgeldjäger, der eine Jagd *behindert*. Dafür kann es nur eine Erklärung geben: Sie werden dafür bezahlt.«

Knight fixierte schweigend den jungen Milliardär.

»Es bereitet mir Sorge, dass jemand die Pläne des Rats zu vereiteln sucht. Wer bezahlt Sie dafür, dass Sie Schofield beschützen, Captain Knight?«

Knight gab keine Antwort.

»Das Schweigen eines Ehrenmanns. Wie zu erwarten«, meinte Killian. »Wenn ich Ihnen die Zunge herausreißen lasse, werden Sie sich vielleicht wünschen, Sie hätten eher geredet.«

»Wir wissen, was Sie vorhaben, Killian«, sagte Gant zwischen zusammengebissenen Zähnen hindurch. »Sie wollen einen neuen Kalten Krieg beginnen, für *Geld*. Aber das wird nicht funktionieren. Wir werden alles an die Öffentlichkeit bringen und die amerikanische Regierung informieren.«

Killian schnaubte.

»Meine liebe Lieutenant Gant. Glauben Sie ernsthaft, ich hätte Angst vor *Regierungen*? Die moderne westliche Regierung ist nichts weiter als eine Versammlung übergewichtiger Männer in mittleren Jahren, die versuchen ihre eigene Mittelmäßigkeit mit hohen Ämtern zu kompensieren. Präsidentenflugzeuge, die Büros von Premierministern, das alles ist nichts weiter als die *Illusion* von Macht.

Und was den Kalten Krieg betrifft«, fuhr Killian versonnen fort, »also, der ist eher das Ziel des Rates, nicht mein eigenes. Mein Plan ist *visionärer*.

Erinnern Sie sich an das Gedicht von Yeats. Mir gefällt besonders die Vorstellung, dass der Falke dem Falkner nicht mehr gehorcht. Dem vergleichbar ist ein Land, das die Kontrolle über seine tödlichste Waffe verloren hat. Die Waffe hat einen eigenen Willen entwickelt, ist sich ihres tödlichen Potenzials bewusst geworden. Sie ist ihrem Besitzer entwachsen und hat eine gefährliche Unabhängigkeit erlangt.

Übertragen Sie dies nun in den Kontext der amerikanischen Militärindustrie. Was geschieht, wenn die Raketenbauer ihren Auftraggebern nicht mehr gehorchen? Was geschieht, wenn der militärisch-industrielle Komplex zu dem Schluss kommt, dass er auf die Regierung nicht länger angewiesen ist?«

»Scarecrow wird Sie aufhalten«, sagte Gant verächtlich.

»Ja, ja. Die Vogelscheuche«, meinte Killian. »Unser gemeinsamer Freund. Das ist schon ein Früchtchen, nicht wahr? Haben Sie gewusst, dass der Rat so besorgt darüber war, dass er auf der Liste stand, dass man sich die Mühe gemacht hat, einen Einsatz in Sibirien zu fingieren, um ihn in einen Hinterhalt zu locken? Versteht sich von selbst, dass es nicht funktioniert hat.«

»Sie Arschloch.«

»Aber wenn er noch lebt«, fuhr Killian fort, »dann stellt er wirklich ein Problem dar.«

Killian blickte Gant in die Augen …

… und ihr Rückgrat verwandelte sich in Eis. In seinem Blick war etwas, das sie noch nie gesehen hatte, etwas wahrhaft Erschreckendes.

Aloysius Knight sah es ebenfalls und wurde äußerst besorgt. Das ging alles zu schnell. Er verlagerte die Haltung, spannte die Arme an.

»Unter gewöhnlichen Umständen«, sagte Killian, »würde ein Schurke wie ich den lästigen Schofield dadurch herzulocken versuchen, dass er seine geliebte Lieutenant Gant als Geisel nimmt. Ich glaube, das hat auch Demon Larkham gedacht.«

»Ja«, sagte Gant erschöpft. »Das hat er.«

»Aber es hat nicht funktioniert, nicht wahr?«, sagte Killian.

»Nein.«

»Und deshalb, Lieutenant Gant, muss ich *drastischere* Maßnahmen ergreifen, um Shane Schofield aus der Reserve zu locken. Damit er zu dem Schluss kommt, dass es wichtiger ist, *mich zu finden,* als die Pläne des Rates zu vereiteln. Mister Noonan.«

Rattengesicht – Noonan – packte den Freigabehebel der Guillotine, und Gant schluckte entsetzt.

Dann blickte sie zu Knight hinüber, sah ihm tief in die Augen.

»Knight«, sagte sie. »Wenn Sie hier lebend rauskommen, bestellen Sie Schofield etwas von mir. Sagen Sie ihm, ich hätte Ja gesagt.«

Dann zog Rattengesicht den Hebel ohne weiteres Zögern nach unten und das grauenhafte Fallbeil fiel aus der Halterung und raste entlang der Schienen auf Gants entblößten Hals hinunter.

Klong.

Libbys kopfloser Leichnam fiel vor der Guillotine zu Boden.

Ein grässlicher Blutschwall spritzte aus dem Halsstummel hervor, ergoss sich über die steinerne Plattform und floss dann ins Wasser.

Das Blut im Wasser lockte die Haie an. Zwei längliche graue Schatten tauchten am Rand der Guillotinenrampe auf und suchten nach dem Ursprung des Bluts.

»O Gott, *nein!*«, schrie Aloysius Knight, zerrte an den Handschellen und starrte geschockt auf die entsetzliche Szenerie.

Es war so schnell gegangen.

So schnell.

Rattengesicht hatte keinen Moment gezögert.

Libby Gant war tot.

Obwohl ihn das Licht blendete, waren Knights Augen weit geöffnet; sein Gesicht war kreidebleich. »O Gott, nein ...«, keuchte er erneut.

Er riss den Kopf hoch und blickte zu Jonathan Killian auf – Killians Gesicht aber war eine ausdruckslose Maske. Sein kalter, harter Blick hatte sich nicht im mindesten verändert.

Und dann trat auf einmal einer der Männer in der Grube auf Knight zu.

Es war Drake, der ExSol-Söldner, bewaffnet mit einer von Knights Remington-Schrotflinten und bekleidet mit dessen Mehrzweckweste. Der andere Mann, Rattengesicht, verließ die Grube durch eine Stahltür neben der Guillotine.

»Was ist mit dem?«, wandte Drake sich an Killian.

Killian winkte ab. »Keine Guillotine für den Schwarzen

Ritter. Keine Spielchen, sonst entwischt er noch. Schieß ihm in den Kopf und verfüttere ihn dann an die Haie.«

»Jawohl, Sir«, sagte Drake.

Der hünenhafte Söldner schritt über eine schmale Steinbrücke, die von der Guillotinenrampe zu der wandseitigen Plattform hinüberführte, auf der Knight stand. Bei jedem seiner Schritte platschte es.

Während Drake sich ihm näherte, überschlug der blinzelnde Knight seine Optionen.

Viele waren es nicht.

Er konnte kaum etwas erkennen.

Er war mit Handschellen gefesselt.

Drake kam näher.

Während er angestrengt überlegte, biss Knight sich so fest auf die Lippen, dass er auf einmal Blut schmeckte. Angewidert spuckte er einen blutigen Speichelklumpen aus.

Drake blieb etwa zwei Meter vor ihm stehen, zu weit entfernt, als dass Knight etwas hätte unternehmen können – wie zum Beispiel ihn mit den Beinen zu würgen oder ihm einen Tritt in den Unterleib zu verpassen.

Drake hob Knights silberne Remington und zielte auf dessen Kopf. »Ich hätte gedacht, du bist besser, Knight.«

Knight wies mit dem Kinn auf eine Stelle vor Drakes Füßen. »Das bin ich auch.«

Drake sah nach unten – und erblickte unmittelbar *neben seinen Stiefeln* einen der Tigerhaie, den Knights blutiger Speichel angelockt hatte.

Genau wie Knight gehofft hatte.

»Ah –« Unwillkürlich wich Drake einen Schritt vor dem drei Meter langen Hai zurück …

… und gelangte in die Reichweite eines weit gefährlicheren Raubtiers.

Was Knight als Nächstes tat, ging *äußerst* schnell vonstatten.

Er schnellte nach oben, riss die Beine nach vorn und

schlang sie Drake von hinten um den Brustkasten. Als Knight zudrückte, war ein grässliches *Knacken* zu vernehmen; das Geräusch von Drakes brechenden Rippen.

Drake brüllte vor Schmerzen.

Dann zog Knight den Söldner so dicht an sich heran, dass er in dessen Mehrzweckweste langen konnte – in seine *eigene* Weste.

Knight löste einen Kletterhaken von der Weste, rammte ihn in die linke Handschelle und löste die Verriegelung.

Die starken Federn des Kletterhakens dehnten sich aus –

– die altmodische metallene Handschelle an Knights Handgelenk sprang auf und seine linke Hand war wieder frei.

Vom Balkon aus sah Cedric Wexley alles mit an und riss augenlicklich das Gewehr hoch, aber Knight hielt Drake mit den Beinen umklammert – quasi als Schutzschild.

Außerdem war er mit Drake noch nicht fertig.

Mit der freien Hand packte er einen weiteren Gegenstand an Drakes Weste: den kleinen Schneidbrenner.

Knight zog ihn nicht einmal aus der Hülle hervor – er drückte einfach den Abzug des Schneidbrenners durch – und zwar so, dass die Flamme *auf Drakes Rücken* wies.

Der Minischneidbrenner zündete und setzte eine glühendheiße Flamme frei.

Drake brüllte.

Die spitze Flamme fraß sich geradewegs durch seinen Körper und trat an der anderen Seite – an seiner Brust – wieder aus wie eine leuchtende Schwertklinge.

Drakes Kopf, unter Schock und im Todeskampf, fiel gegen Knights Brust zurück.

»Du bist noch glimpflich davongekommen«, knurrte Knight, stellte die Leistung des Schneidbrenners höher und verbrannte Drakes Innereien.

Dann erschlaffte Drake, und während er zusammensackte, nahm Knight ihm die Mehrzweckweste ab und knackte mit dem Kletterhaken gleichzeitig die zweite Handschelle.

Als Drake zusammenbrach, bekam Cedric Wexley auf dem Aussichtsbalkon auf einmal freie Schussbahn.

Mittlerweile hatte Knight sich jedoch wieder vollständig befreit.

Er hechtete hinter Drakes Leichnam, in den Kugel um Kugel einschlug, wälzte ihn plötzlich ins blutrot gefärbte Wasser, unmittelbar vor dem nächsten Tigerhai und dann – zu aller Überraschung …

… sprang er selbst ins Wasser!

Der Hai stürzte sich auf Drakes Leichnam, schlug seine scharfen Zähne hinein, riss ihn in Fetzen. Der zweite Hai schoss herbei und warf sich ins Gewühl.

Blutiger Schaum breitete sich auf dem Tümpel aus. Wellen schlugen an den Rand.

Nach ein paar Minuten hatte die Raserei ein Ende und das Wasser beruhigte sich wieder.

Von Knight keine Spur.

Tatsächlich ward Aloysius Knight in dem tödlichen Tümpel nicht wieder gesehen.

Allerdings tauchte er *außerhalb* der Forteresse de Valois wieder auf, inmitten der Wogen des Atlantiks.

Exakt fünf Minuten nachdem er unter den sich an Drakes Leichnam labenden Haien hindurchgeschwommen war, tauchte er, die Luftflasche an den Lippen, an die Meeresoberfläche.

Der Luftvorrat der kleinen Tauchflasche hatte ausgereicht, um den langen Unterwassertunnel zu durchschwimmen, der die Haifischgrube mit dem offenen Meer verband.

Knight tanzte nicht lange auf den Wellen. Dafür sorgte ein Transponder an seiner Weste.

Wenige Minuten später schwenkte der raubvogelähnliche Schatten der Sukhoi-37 über ihn und wühlte mit seinen Triebwerken das Wasser auf.

Dann fiel ein Netz aus dem Bombenschacht herab und schlug neben ihm aufs Wasser auf und kurz darauf saß Aloysius Knight zusammen mit Mother und Rufus im *Black Raven.*

»Alles in Ordnung, Boss?«, fragte Rufus und warf ihm eine neue gelb getönte Sonnenbrille zu.

Knight fing sie auf, während er sich in der Gefängniszelle des *Black Raven* auf den Boden fallen ließ. Rufus' Frage beantwortete er nicht, sondern nickte bloß. Nach der grauenhaften Hinrichtung, deren Zeuge er soeben in der Haifischgrube geworden war, stand er noch immer unter Schock.

»Was ist mit Scarecrow?«, fragte Mother. »Und mit meiner kleinen Chickadee?«

Knight schaute unvermittelt hoch.

In seinen hinter den gelb getönten Gläsern verborgenen Augen stand das Entsetzen. Er blickte Mother an und überlegte, was er sagen sollte.

Dann erhob er sich unvermittelt. »Rufus. Hast du Schofields Position? Die MicroDots, mit denen ich den Palm Pilot präpariert habe, müssten eigentlich an seiner Hand haften geblieben sein.«

»Hab ich, Boss. Und er ist immer noch in Bewegung. Sieht so aus, als hätte man ihn zum französischen Flugzeugträger gebracht.«

Knight wandte sich an Mother und atmete tief durch. »Schofield lebt, aber« – er schluckte – »mit dem Mädchen könnte es ein Problem geben.«

»O mein Gott ...«, stöhnte Mother.

»Ich kann jetzt nicht darüber reden«, sagte Knight. »Wir müssen Schofield retten.«

Französischer Flugzeugträger *Richelieu*
Vor der französischen Atlantikküste

Shane Schofield wurde in einen kleinen, an den Unterdeck-Hangar grenzenden Raum mit Stahlwänden geworfen. Die Tür knallte hinter ihm zu.

In dem Raum befanden sich lediglich ein Tisch und ein Stuhl.

Auf dem Tisch stand Lefevres CincLock-VII-Entschärfungseinheit. Neben dem Gerät lag ein Gegenstand mit einem kleinen roten Lämpchen an der Oberseite:

Eine Phosphorgranate.

»*Captain Schofield*«, tönte die Stimme des DGSE-Agenten aus den Lautsprechern. »*Ein simpler Test. Die Phosphorgranate, die Sie vor sich sehen, ist über ein Kurzwellenfunkgerät mit dem CincLock-Gerät auf dem Tisch verbunden. Das CincLock-Gerät ist die einzige Möglichkeit, die Granate zu entschärfen. Der Entschärfungscode für diese Übung lautet 123. Die Granate wird in einer Minute detonieren. Die Zeit beginnt … jetzt.*«

»Allmächtiger«, murmelte Schofield und nahm eilig Platz. Er musterte das CincLock-Gerät.

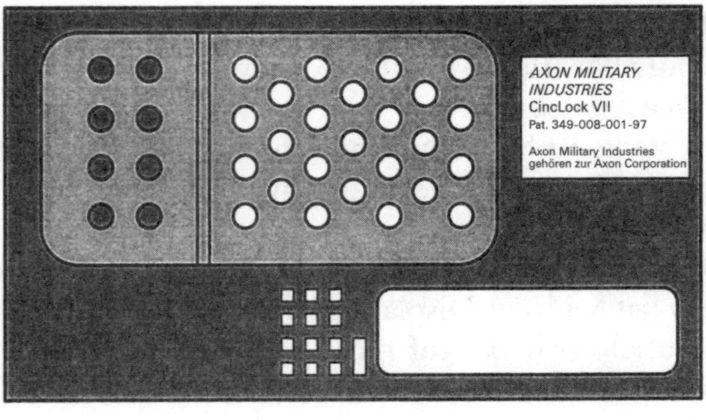

Auf dem Display waren weiße und rote Kreise zu sehen – rot links, weiß rechts.

Ping.

Auf dem unteren Display wurde eine Meldung angezeigt:

ERSTES PROTOKOLL (RÄUMLICHE NÄHE): ERFÜLLT.
ZWEITES PROTOKOLL AKTIVIERT.

Die weißen Kreise auf dem Hauptdisplay begannen zu blinken – sie leuchteten jeweils einmal auf, in einem langsamen Zufallsmuster.

Das Display gab ein protestierendes Pfeifen von sich.

ZWEITES PROTOKOLL (REAKTIONSMUSTER): GESCHEITERTER ENTSCHÄRFUNGSVERSUCH REGISTRIERT.
DREI GESCHEITERTE ENTSCHÄRFUNGSVERSUCHE FÜHREN ZUR VORZEITIGEN DETONATION.
ZWEITES PROTOKOLL (REAKTIONSMUSTER): REAKTIVIERT.

»Was?«, sagte Schofield.

»Noch fünfzig Sekunden, Captain«, meldete sich Lefevres Stimme. *»Sie müssen die leuchtenden Kreise in der vorgeschriebenen Reihenfolge berühren.«*

»Oh. Ja, klar.«

Die weißen Kreise begannen wieder zu blinken, einer nach dem anderen.

Schofield berührte sie kurz nach dem Aufleuchten.

»Vierzig Sekunden …«

Die Sequenz beschleunigte sich. Schofields Hände bewegten sich im gleichen Rhythmus und berührten die Kreise auf dem Display.

Dann leuchtete unvermittelt einer der roten Kreise an der *linken* Seite des Displays auf.

Schofield war darauf nicht vorbereitet. Doch er berührte ihn trotzdem, und zwar rechtzeitig. Die weißen

Kreise setzten die Sequenz fort und blinkten jetzt in sehr rascher Folge. Auch Schofields Finger wurden entsprechend schneller.

»Dreißig Sekunden … Sie machen Ihre Sache gut …«

Dann leuchtete ein weiterer roter Kreis auf.

Und diesmal war Schofield zu langsam.

Das Display piepte entrüstet.

ZWEITES PROTOKOLL (REAKTIONSMUSTER): GESCHEITERTER ENTSCHÄRFUNGSVERSUCH REGISTRIERT.

DREI GESCHEITERTE ENTSCHÄRFUNGSVERSUCHE FÜHREN ZUR VORZEITIGEN DETONATION.

ZWEITES PROTOKOLL (REAKTIONSMUSTER): REAKTIVIERT.

»Verdammt noch mal!«, rief Schofield und beäugte die Granate auf dem Tisch.

Die weißen Kreise begannen ein drittes und letztes Mal die Blinksequenz.

»Noch fünfundzwanzig Sekunden …«

Mittlerweile war Schofield jedoch vorbereitet und wusste, was er zu tun hatte. Seine Hände bewegten sich flüssig über das Display, berührten die weißen Kreise, wenn sie aufleuchteten, und langten hin und wieder nach unten, wenn ein roter Kreis blinkte.

»Zehn Sekunden, neun …«

Das Blinkmuster beschleunigte sich. Die blitzschnellen Schwenker zu den roten Kreisen wurden häufiger – bis zu dem Punkt, da es sich um reine Reflexe handelte.

»Acht, sieben …«

Er blickte unverwandt auf das Display. Seine Finger tanzten. Schweiß rann ihm in die Augen.

»Sechs, fünf …«

Die Kreise blinkten: weiß-weiß-rot-weiß-rot-weiß.

»Vier, drei …«

Ping – auf dem Display wurde eine Meldung angezeigt:

ZWEITES PROTOKOLL (REAKTIONSMUSTER): ERFÜLLT.
DRITTES PROTOKOLL (CODEEINGABE): AKTIV.
BITTE GEBEN SIE DEN GÜLTIGEN ENTSCHÄRFUNGSCODE EIN.

»Zwei …«

Schofield tippte ›1–2–3-ENTER‹. Die Zahlen wurden auf dem kleineren Display angezeigt.

»Noch eine Sekunde …«

Ping.

DRITTES PROTOKOLL (CODEEINGABE): ERFÜLLT.
GERÄT ENTSCHÄRFT.

Schofield atmete aus und sackte auf dem Stuhl zusammen.

Die Tür öffnete sich. Lefevre trat ein und klatschte Beifall.

»Oh, très bien! Très bien!«, sagte er. »Ausgezeichnet, Captain.«

Zwei stämmige französische Marinesoldaten packten Schofield rechts und links.

Lefevre lächelte. »Das war sehr eindrucksvoll. Wirklich *sehr* eindrucksvoll. Ich danke Ihnen, Captain. Sie haben uns davon überzeugt, dass die Behauptungen der Majestic-12 zutreffend sind. Ich bin sicher, die Republik Frankreich wird zahlreiche Verwendungen dafür finden. Es ist wirklich schade, dass wir Sie jetzt töten müssen. Meine Herren, bringen Sie Captain Schofield wieder in den Hangar und fesseln Sie ihn wie den anderen.«

Schofield stieg in die Luft, Arme und Beine sternförmig gespreizt.

Er stand auf den emporsteigenden horizontalen Gabeln eines Gabelstaplers, mit Handschellen an die vertikalen stählernen Führungsschienen gefesselt.

Der Gabelstapler stand in einer Ecke des verlassenen Haupthangars der *Richelieu,* hinter den Triebwerken mehrerer Rafale-Kampfjets. Vor ihm saßen im Halbkreis die drei französischen Offiziere und Lefevre, der DGSE-Agent.

»Bringen Sie den britischen Spion her«, befahl Lefevre einem von Schofields Bewachern.

Der Soldat drückte einen Knopf an der Wand, worauf sich die Stahlwand neben Schofield auf einmal hob – eigentlich handelte es sich um ein Tor, ein großes, jetgroßes Stahltor. Dahinter war es dunkel.

Aus der Dunkelheit tauchte ein zweiter Gabelstapler auf, auf dem ein anderer Gefangener stand, in der gleichen Weise gekreuzigt wie Schofield.

Es gab bloß einen Unterschied.

Der Mann auf dem zweiten Gabelstapler war schwer gefoltert worden. Sein Gesicht, das Hemd, die Arme – alles war blutig. Der Kopf hing ihm schlaff auf die Brust.

Lefevre sagte: »Captain Schofield, ich weiß nicht, ob Sie Agent Alec Christie vom britischen Geheimdienst bereits kennen gelernt haben.«

Christie. Vom MI-6. Sein Name stand ebenfalls auf der Kopfgeldliste.

Hier also war Christie abgeblieben.

»In den vergangenen zwei Tagen war Mr. Christie eine sprudelnde Informationsquelle, was die Majestic-12 angeht«, sagte Lefevre. »Offenbar hat man ihn in die Loch-Mann Industries eingeschleust, wo er in den vergangenen achtzehn Monaten für Mr. Randolph Loch, den Vorsitzenden von M-12, als Bodyguard gearbeitet hat. Während Mr. Christie Randolph Loch überwachte, haben wir jedoch Christie überwacht.

Jedenfalls hat uns Mr. Christie heute Nacht in einem seiner helleren Momente etwas Bedeutsames mitgeteilt. Er sagte, Randolph Loch sei in letzter Zeit über eines der jüngeren Mitglieder von M-12, nämlich Jonathan Killian, höchst verärgert gewesen.

Mr. Christie zufolge sagte Randolph Loch mehrmals, Killian, ich zitiere, ›nerve ihn mit seinem Zusatzplan‹. Offenbar ist Mr. Killian der Ansicht, der Plan von M-12 gehe nicht weit genug. Haben Sie, Captain Schofield, im Zuge Ihrer eigenen Nachforschungen etwas über diesen ›Zusatzplan‹ in Erfahrung gebracht?«

»Killian ist *Ihr* Freund«, erwiderte Schofield. »Warum fragen Sie ihn nicht selbst?«

»Die Republik Frankreich hat keine Freunde.«

»Das wundert mich nicht.«

»Wir haben nützliche Kontakte«, sagte Lefevre. »Bisweilen aber muss man seine Kontakte ebenso sorgfältig überwachen wie seine Gegner.«

»Sie vertrauen ihm nicht«, bemerkte Schofield.

»Nicht im Geringsten.«

»Aber Sie gewähren ihm Schutz und Zuflucht.«

»Solange er uns nützt. Das kann sich ändern.«

Schofield sagte: »Aber Sie machen sich Sorgen, er könnte mit Ihnen spielen.«

»Ja.«

Schofield überlegte einen Moment.

Dann sagte er: »Eine der Chamäleon-Raketen von M-12 zielt auf Paris.«

»Ich bitte Sie. Das wissen wir längst. Wir sind darauf

vorbereitet. Das ist ja gerade der Grund, weshalb mein Land sich mit M-12 eingelassen hat. Deshalb haben wir ihnen ja die Leichen der Terroristen des Islamischen Dschihad überlassen. Während Amerika, Deutschland und Großbritannien katastrophale Verluste an Menschenleben hinnehmen müssen, wird Frankreich als die einzige westliche Nation dastehen, die diese Bedrohung abgewehrt hat.

Während New York, Berlin und London zerstört werden, wird Paris überdauern. Frankreich wird als einziges Land eine der fürchterlichen Raketen abschießen.

Amerika hat volle drei Monate gebraucht, um sich für den 11. September zu rächen. Stellen Sie sich vor, wie geschockt es sein wird, wenn es *fünf Städte* verliert. Frankreich aber, Frankreich wird diesen abscheulichen Angriff als einziges Land abwehren. Die einzige westliche Nation, die schnell genug reagiert. Auf diese Weise werden wir – stark, kompetent und vollkommen unversehrt – im bevorstehenden Kalten Krieg zur führenden Weltmacht.

Captain Schofield, unsere Freunde von den Majestic-12 erwarten sich von alldem Geld, denn Geld bedeutet für sie Macht. Die Republik Frankreich will diese Art Macht nicht – wir wollen etwas viel Bedeutsameres. Wir wollen einen globalen Machtwechsel. Wir wollen die Welt anführen.

Das 20. Jahrhundert gehörte den Amerikanern. Eine traurige, moralisch verkommene Periode in der Geschichte des Planeten. Das 21. Jahrhundert wird das französische sein.«

Schofield starrte Lefevre und die Generäle entgeistert an.

»Ihr habt wirklich einen Sprung in der Schüssel«, sagte er.

Lefevre nahm ein paar Fotos aus der Aktentasche und reckte sie dem erhöht stehenden Schofield entgegen.

»Zurück zu Killian. Diese Fotos von Monsieur Killian wurden letztes Jahr im Verlauf seiner Afrikareise aufgenommen.«

Schofield sah typische Zeitungsfotos: Killian zusammen mit afrikanischen Politikern, bei der Eröffnung von Fabriken, wie er der Menge zuwinkt.

»Eine Goodwilltour, um seine Wohltätigkeitsaktivitäten zu promoten«, erklärte Lefevre. »Im Verlauf der Reise traf Killian sich jedoch auch mit den Staatsoberhäuptern und Verteidigungsministern mehrerer afrikanischer Staaten, darunter Nigeria, Eritrea, der Tschad, Angola und Libyen.«

»Und weiter?«, meinte Schofield erwartungsvoll.

Lefevre zögerte, dann rückte er mit der Pointe heraus. »In den vergangenen elf Stunden sind die Luftstreitkräfte von Nigeria, Eritrea, dem Tschad und Angola gestartet und haben sich mit über zweihundert Kampfjets auf den Flugplätzen im Osten Libyens versammelt. Für sich genommen sind die Luftstreitkräfte bedeutungslos. Zusammen aber stellen sie eine ernst zu nehmende Gefahr dar. Meine letzte Frage an Sie, Captain, lautet: *Was haben sie vor?*«

Schofields Gedanken überschlugen sich.

»Captain Schofield?«

Schofield aber hörte gar nicht mehr zu. In seinem Kopf tönte Jonathan Killians Stimme: »Auch wenn viele das noch nicht wissen, aber die Zukunft der Welt liegt in Afrika.«

Afrika ...

»Captain Schofield?«, wiederholte Lefevre.

Schofield blinzelte. Kehrte in die Gegenwart zurück.

»Ich weiß es nicht«, antwortete er wahrheitsgemäß. »Ich wüsste es gern, aber ehrlich, ich weiß es nicht.«

»Hmmm«, machte Lefevre. »Das Gleiche hat auch Mr. Christie gesagt. Was bedeuten könnte, dass Sie beide die Wahrheit sagen. Oder dass ich meiner Frage ein wenig Nachdruck verleihen muss.«

Lefevre nickte dem Fahrer des Gabelstaplers zu, an den Christie gefesselt war.

Der Fahrer schaltete den Motor ein und fuhr ein paar Meter nach links, bis der auf den Gabeln stehende Christie unmittelbar hinter den Triebwerken eines Rafale-Kampfjets platziert war. Anschließend sprang der Fahrer vom Sitz und rannte weg.

Der Grund wurde Schofield sogleich klar.

Wrrrrroooommmm!

Die Triebwerke des Kampfjets sprangen grollend an. Im Cockpit machte Schofield einen weiteren Soldaten aus.

Bei dem gewaltigen Tosen hob der schwer lädierte Alex Christie den Kopf und blickte genau in die gähnende Öffnung des Hecktriebwerks des Rafale-Jets. Offenbar machte es ihm nicht viel aus. Er war zu zerschlagen und zu erschöpft, um sich gegen die Fesseln aufzubäumen.

Lefevre nickte dem Mann im Cockpit zu.

Der Soldat betätigte den Schubregler.

Eine weißglühende Flammenzunge schoss aus dem Hecktriebwerk der Rafale und hüllte den bewegungsunfähigen Christie ein.

Der Hitzeschwall umtoste den britischen Agenten – die glühend heiße Luft blies ihm das Haar zurück, löste die Gesichtshaut ab, verbrannte in einer Nanosekunde seine Kleidung – schließlich riss sie seinen Körper in Fetzen.

Unvermittelt brach das Tosen ab und im Hangar kehrte wieder Ruhe ein.

Von Alex Christie waren nur noch vier schauerlich verkohlte Viertel übrig, die von den Gabeln des Gabelstaplers hingen.

»Grauenhaft.« Schofield schluckte.

Lefevre wandte sich ihm zu. »Hilft das Ihrem Gedächtnis wieder auf die Sprünge?«

»Ich habe doch gesagt, ich weiß es nicht«, entgegnete Schofield. »Ich weiß nichts über Killian oder die afrikanischen Staaten und auch nicht, ob sie unter einer Decke stecken. Ich habe gerade eben zum ersten Mal davon gehört.«

»Dann haben wir leider keine Verwendung mehr für Sie«, meinte Lefevre. »Es ist an der Zeit, dem Verlangen des Admirals und des Generals nachzukommen und sie dabei zuschauen zu lassen, wie Sie sterben.«

Lefevre nickte dem zweiten Gabelstapelfahrer zu. Schofields Fahrzeug setzte sich in Bewegung und fuhr bis neben den verkohlten Gabelstapler, der vor dem zweiten Hecktriebwerk der Rafale stand.

Schofield blickte in die Tiefe des Triebwerks.

»General?«, wandte sich Lefevre an den älteren Armeeoffizier, der in der Antarktis eine ganze Einheit Fallschirmjäger an Schofield verloren hatte. »Wenn ich bitten darf?«

»Es ist mir ein Vergnügen.«

Der General erhob sich und kletterte hoch zum Cockpit der Rafale, während er Schofield unentwegt anfunkelte.

Er beugte sich ins Cockpit und packte den Steuerknüppel – sein Daumen schwebte über dem Schalter für den Nachbrenner.

»Good-bye, Captain Schofield«, sagte Lefevre in sachlichem Ton. »Die Weltgeschichte wird ohne Sie ihren Lauf nehmen. Au revoir.«

Der Daumen des Generals senkte sich auf den todbringenden Schalter.

In diesem Moment erfolgte irgendwo über dem Hangar eine gewaltige Explosion.

Sirenen gellten.

Warnleuchten begannen zu blinken.

Der ganze Flugzeugträger war auf einmal in den roten Schein der Warnleuchten gehüllt.

Der Daumen des Generals war einen Millimeter über dem Nachbrennerschalter zum Stillstand gekommen.

Ein Fähnrich näherte sich im Laufschritt dem Marineadmiral. »Admiral! Wir werden angegriffen!«

»*Was?*«, rief der Admiral. »Von wem?«

»Anscheinend von einem russischen Kampfjet, Admiral!«

»Ein russischer Kampfjet? *Ein* russischer Kampfjet! Das hier ist ein Flugzeugträger, Mann Gottes! Wer ist so wahnsinnig, einen Flugzeugträger mit einem einzelnen Flugzeug anzugreifen?«

Der *Black Raven* schwebte über dem Flugdeck der *Richelieu* und feuerte mit automatischen Waffen und Raketen auf die dort abgestellten Flugzeuge.

Vier Raketenschweife gingen von den Tragflächen der Sukhoi aus, dann teilten sie sich und steuerten unterschiedliche Ziele an.

Ein Rafale-Kampfjet auf dem Deck wurde getroffen und flog in die Luft, während zwei Flugzeugabwehrraketensilos völlig zerstört wurden. Die vierte Rakete schoss in den Haupthangar und schlug in ein AWACS-Flugzeug ein, das sogleich in einem Feuerball aufging.

Rufus steuerte den *Black Raven* mit überragendem Geschick. Hinter ihm, auf dem Sitz des Bordschützen, saß Knight, schwenkte auf dem um 360 Grad drehbaren Sitz hin und her, peilte die Ziele an und jagte sie mit den Bordkanonen des Raben in die Luft.

»Mother! Sind Sie bereit?«, rief Knight.

Mother stand hinter dem Cockpit im umgebauten Bombenschacht – bis an die Zähne bewaffnet: MP-7, M-16, zwei Pistolen vom Typ Desert Eagle; sie hatte sich sogar einen von Knights Raketenwerfern auf den Rücken geschnallt.

»Scheiße, ja.«

»Dann los!« Knight drückte einen Knopf.

Bäng!

Der Boden des Bombenschachts (der Gefängniszelle) sprang auf und Mother fiel hindurch, sauste am Seil des Maghooks in die Tiefe.

Im Kontrollturm des französischen Flugzeugträgers herrschte Chaos.

Funktechniker brüllten in ihre Mikrofone und übermittelten Informationen an den Kapitän.

»– das verdammte Ding hat das Radar unterflogen! Ist wohl mit einer Stealth-Vorrichtung ausgerüstet –«

»– Die Flugzeugabwehrraketen auf dem Flugdeck wurden getroffen –«

»– Schafft die Jets *sofort* zu den Katapulten!«

»Sir! Die *Triomphe* meldet, sie habe das Ziel erfasst …«

»Feuererlaubnis!«

Kaum war der Befehl erteilt, stieg von einem der Zerstörer der Begleitflottille auch schon eine Flugzeugabwehrrakete auf – und hielt unmittelbar auf den *Black Raven* zu.

»Rufus! Du hast hoffentlich die Abwehrvorrichtungen repariert, als wir in Archangelsk waren!«

»Ist erledigt, Boss.«

Die Rakete näherte sich ihnen mit einem Wahnsinnstempo.

Im letzten Moment traf sie auf den elektronischen Abwehrschild des Raben, geriet ins Trudeln …

… und schlug in die Außenhülle des Flugzeugträgers ein!

»Begleitschiffe! Feuer einstellen! Feuer einstellen!«, brüllte der Kapitän. »Das Flugzeug ist zu nah! Ihr trefft bloß uns! Elektronikabteilung – stellen Sie die Störfrequenz fest und neutralisieren Sie sie! Wir müssen die Maschine mit unseren Kampfjets vernichten.«

Im Haupthangar des Flugzeugträgers war Schofield noch immer quasi an den Gabelstapler gekreuzigt, der vor einem der Triebwerke des Rafale-Kampfjets stand.

Plötzlich neigte sich das Deck, als der gewaltige Flugzeugträger herumschwenkte, um dem Angriff des *Black Raven* zu begegnen.

Lefevre und die französischen Generäle sprachen hektisch in ihre Funkgeräte und versuchten sich ein Bild von der Lage zu machen.

Alle bis auf den Armeegeneral im Cockpit der Rafale.

Als er den ersten Schock überwunden hatte, funkelte er wieder Schofield an. Er wollte sich die Gelegenheit nicht entgehen lassen.

Abermals streckte er die Hand zum Nachbrennerschalter aus und packte den Steuerknüppel, als – *Krack!* – über seinem Ohr eine Kugel eintrat und sein Gehirn ins Cockpit spritzte.

In dem ganzen Durcheinander hatte niemand die schattenhafte Gestalt bemerkt, die auf dem an den Hangar grenzenden und nach oben offenen Steuerbordaufzug gelandet war, eine schwer bewaffnete Gestalt, die an einem Seil heruntergesaust kam wie eine Spinne am Faden.

Mother.

Mit einer MP-7 in der einen und einem M-16 in der anderen Hand stürmte Mother durch den Hangar auf Schofield zu.

Sie ähnelte einer unaufhaltsamen Naturgewalt.

Die französischen Fallschirmjäger, die Schofield bewachten, rannten von allen Seiten auf sie zu – hinter Fahrzeugen hervor, die überall um die geparkten Kampfjets standen.

Mother aber stürmte unbeirrt weiter, schoss die Gegner links, rechts und in der Mitte nieder ohne auch nur aus dem Rhythmus zu kommen.

Sie feuerte zwei Schüsse nach links ab – und traf zwei Fallschirmjäger mitten ins Gesicht. Sie schwenkte nach rechts, feuerte das M-16 wie eine Pistole ab – und drei weitere Bad Guys brachen zusammen.

Über ihr richtete sich auf der Tragfläche einer Rafale ein Fallschirmjäger auf. Mother vollführte einen Purzelbaum, rollte sich feuernd ab und übersäte ihn mit blutigen Einschusslöchern.

Als Nächstes schleuderte sie zwei Nebelgranaten und wütete in dem entstandenen Dunst wie ein Rachedämon.

Vier französische Fallschirmjäger gingen zu Boden, verschwanden im Nebel – auch der französische Admiral. Nicht einmal Lefevre, der Agent, entkam ihr. Ein vierstrahliger Shuriken zischte aus dem Nebel hervor und bohrte sich in seinen Adamsapfel. Ihm stand ein langsamer, qualvoller Tod bevor.

Dann tauchte Mother auf einmal unmittelbar neben Schofields Gabelstapler aus der Nebelwolke auf.

»Hey, Scarecrow. Wie ist das Wetter da oben?«, fragte sie.

»Jetzt, wo du da bist, geht's mir schon wieder besser«, erwiderte Schofield.

Zwei von Knights Kletterhaken machten kurzen Prozess mit den Handschellen. In Sekundenschnelle hatte Schofield wieder festen Boden unter den Füßen und war frei.

Ehe Mother ihm ein paar Waffen reichen konnte, rannte Schofield zu dem am Boden liegenden Lefevre hinüber.

Er hob neben dem sterbenden Franzosen etwas vom Boden auf, dann kam er zu Mother zurück. Sie reichte ihm eine MP-7 und eine Desert Eagle.

»Lust auf Chaos?«, fragte sie.

Schofields Blick fiel auf die Raketengranate, die sie sich auf den Rücken geschnallt hatte.

»Lust auf jede Menge Chaos«, sagte er.

Dann rannten sie auf einen in der Nähe abgestellten Jeep zu.

In rascher Folge und in Zweierformation schossen Rafale-Kampfjets über die Startbahn der *Richelieu* und hoben ab.

Stiegen empor, machten kehrt und hielten auf den schwebenden *Black Raven* zu.

»Sie kommen!«, rief Rufus.

»Ich sehe sie!«, brüllte Knight.

Er schwenkte auf dem Drehsitz herum und hämmerte wie ein Junge bei einem Videospiel auf die Auslöser.

Zwei Rafales kamen mit flammenden Bordkanonen auf sie zugeschossen.

Ein Schwarm orangefarbener Leuchtspurgeschosse pfiff dicht am Raben vorbei. Der Rabe schlingerte und schwankte, wich den Leuchtspurgeschossen aus, während er gleichzeitig das Feuer mit dem drehbaren, am Bauch montierten MG erwiderte.

Dann schossen die beiden ersten Jets über ihn hinweg – ein doppelter Überschallknall. Doch das war erst der Anfang, ein reines Ablenkungsmanöver.

Denn die *anderen* beiden französischen Kampfjets hatten ebenfalls gewendet und rasten von hinten dicht über die Meereswogen hinweg auf die Sukhoi zu.

Die Sukhoi schwebte nach wie vor über dem Steuerbordaufzug und schwenkte nun zu den beiden sich nähernden Jets herum.

»Verdammt noch mal«, sagte Rufus mit Blick auf die Bildschirmanzeige der Abwehrelektronik. »Die Schweine spielen mit unserer Störfrequenz ... die schaltet sich ständig ein und wieder aus. Damit ist die Raketenabwehr hin.«

Die beiden neu eingetroffenen Rafales feuerten jeweils zwei Raketen ab.

Knight feuerte mit den Bordkanonen auf die Raketen und traf zwei davon, die anderen beiden aber schwenkten allzu behende hin und her und auf und nieder.

»Rufus ...!«

Die Raketen rasten ihnen entgegen.

Rufus sah sie kommen – und im letzten Moment sah er auch die Lösung.

Die Raketen hatten das Ziel fast schon erreicht ...

... als Rufus den *Black Raven* in die gewaltige Öffnung über dem Steuerbordaufzug hinabsinken ließ und den Kampfjet *in den Haupthangar hineinmanövrierte!*

Die Raketen waren – im Unterschied zu den vom Zerstörer *Le Triomphe* abgefeuerten Geschossen – mit elektronischen Detektoren ausgerüstet, die verhinderten, dass sie im befreundeten Flugzeugträger einschlugen. Daher stürzten sie ins Meer und detonierten inmitten dreißig Meter hoher Fontänen.

Im Kontrollturm des Flugzeugträgers starrten die Radartechniker verwirrt auf die Monitore und brüllten in die Mikrofone:

»– Wo zum Teufel ist die Maschine abgeblieben?«

»– *Was?* Sag das noch mal –«

»Was ist passiert?«, fragte der Kapitän. »Wo sind Sie?«

»Kapitän! Sie sind im Schiff!«

Der *Black Raven* schwebte nun im Innern des höhlenartigen Hangars des französischen Flugzeugträgers.

»Dein Stil gefällt mir«, sagte Knight, während er das Feuer auf die abgestellten Flugzeuge, Helikopter und Trucks eröffnete.

Wie ein in einem Wohnzimmer gefangener Riesenvogel schwenkte der *Black Raven* im Hangar umher, warf die Flugzeuge mit dem Triebwerksstrahl um, schleuderte die Tanklaster gegen die Stahlwände.

Er zog eine Spur der Verwüstung durch den Hangar, wobei die beiden hohen Heckflossen einmal sogar die Decke streiften.

Knight brüllte ins Funkgerät: »Mother! Wo sind Sie?«

Am hinteren Ende des länglichen Hangars raste ein einzelner Jeep mit Mother am Steuer und dem geduckten Schofield auf dem Rücksitz mit halsbrecherischer Geschwindigkeit unter kippenden Flugzeugen hindurch und rammte dabei mehrere Tanklaster.

Mother schrie: »Ich bin am anderen Ende des Hangars und versuche dem Chaos auszuweichen, das Sie anrichten!«

»Haben Sie Schofield?«

»Ich hab ihn.«

»Sollen wir euch mitnehmen?«

Mother drehte sich zu Schofield um, der sich über ihren – oder vielmehr Knights – Raketenwerfer gebeugt hatte.

»Nein! Noch nicht!«, rief er. »Sag Knight, er soll verschwinden. In zwei Minuten wird hier die Hölle los sein! Sag ihm, wir treffen uns draußen!«

»Verstanden«, erwiderte kurz darauf Knight.

Er drehte sich um. »Rufus! Zeit zu verschwinden!«

»Ist klar, Boss!«, bestätigte Rufus. »Wo ist denn noch gleich der andere ... ah, da«, sagte Rufus, als er den zweiten Flugzeugaufzug an der gegenüberliegenden Seite des Hangars ausmachte.

Er erhöhte den Schub, lenkte die Sukhoi mit tosenden Triebwerken, deren Lärm alle anderen Geräusche verschluckte, durch den Hangar, dann – *Schuum!* – schoss der Rabe durch den Backbordaufzug in den gleißenden Sonnenschein hinaus.

Auf dem Rücksitz des Jeeps wühlte Schofield im Rucksack, den Mother mitgebracht hatte.

Es war tatsächlich Knights russischer Raketenwerfer-Rucksack – inklusive eines Einwegraketenwerfers und verschiedener Raketensprengköpfe.

Schließlich hatte er das Gesuchte gefunden.

Den berüchtigten russischen P-61 Palladium-Sprengkopf.

Ein Palladiumsprengkopf – bestehend aus einer Palladiumhülle mit einem flüssigen Kern aus hoch konzentrierter Flusssäure – hat nur einen einzigen Zweck, nämlich zivile Atomkraftwerke auf wahrhaft grauenhafte Art zu zerstören.

Atom*waffen* haben einen Kern aus 90-prozentigem angereichertem Uran. Die Brennstäbe von Atom*reaktoren* hingegen enthalten lediglich 5-prozentiges Uran, während die Reaktoren von atombetriebenen Flugzeugträgern einen Anteil von etwa 50 Prozent aufweisen – dies soll eine Atomexplosion unmöglich machen. Sie können Strahlung freisetzen – wie beim Unfall in Tschernobyl geschehen –, doch in einem Atompilz aufgehen können sie nicht.

Allerdings setzen sie ständig gewaltige Mengen Wasserstoff frei – leicht entzündlichen Wasserstoff –, was durch so genannte »Rekombinierer« kompensiert wird, die den gefährlichen Wasserstoff (H) in das ungefährliche Wasser (H_2O) umwandeln.

Mischt man jedoch *Palladium* mit Wasserstoff, tritt die gegenteilige Wirkung ein. Es vervielfacht die Menge des gefährlichen Wasserstoffs und erzeugt große Mengen leicht entzündlichen Gases, das durch die Zugabe eines Katalysators wie Flusssäure zur Explosion gebracht werden kann.

Die P-61-Sprengköpfe verhalten sich wie zweistufige Sprengzünder.

In der ersten Stufe – bei der Initialzündung – vermischt sich Palladium mit Wasserstoff und vervielfacht die Gasmenge mit phänomenaler Geschwindigkeit. In der zweiten Stufe entzündet die Waffe das Gas mit der Säure.

Die Folge ist eine gewaltige Explosion – nicht ganz so stark wie eine Atomexplosion, aber vielleicht die einzige Explosion weltweit, die in der Lage ist, die gepanzerte Hülle eines Flugzeugträgers zu knacken.

»Da!« Schofield zeigte auf die beiden riesigen zylindrischen Lüftungsöffnungen am backbordseitigen Ende des Hangars, mit Ventilatoren abgedeckte Schächte, durch die der überschüssige Wasserstoff austrat. »Die Abgasschächte des Reaktors!«

Der Jeep raste durch den Hangar, suchte sich einen Weg zwischen den brennenden Kampfjets hindurch.

Schofield richtete sich hinten im Jeep auf, presste den RPG-Raketenwerfer an die Schulter und zielte auf die großen Ventilatoren innerhalb der Abgasschächte.

»Sobald ich gefeuert habe, Mother, gib Gas und fahr die Rampe hoch! Uns bleiben etwa dreißig Sekunden zwischen der ersten und der zweiten Stufe. Eine halbe Minute, um das Schiff zu verlassen!«

»Okay!«

Schofield spähte durch die Zielvorrichtung des Raketenwerfers. »Au revoir, ihr Arschlöcher.«

Dann drückte er den Abzug durch.

Der Raketenwerfer feuerte, die Rakete mit dem Palladiumsprengkopf raste hinauf in den Hangar und zog eine schnurgerade Rauchfahne hinter sich her.

Die Palladium-Sprengladung durchschlug den Ventilator des rechten Abgasschachts und verschwand, gesteuert von den Wärmesensoren, in der Tiefe.

Mother trat sogleich aufs Gas, riss den Jeep herum und

raste die tunnelartige Rampe hoch, die vom Hangar zum Flugdeck führte.

In Spiralen ging es mit quietschenden Reifen in die Höhe.

Auf einmal ertönte in der Tiefe des Flugzeugträgers ein gedämpfter Knall.

Der Palladium-Sprengkopf hatte ins Ziel getroffen.

Schofield schaltete die Stoppuhr ein: 00:01 … 00:02 …

Im Luftraum über der *Richelieu* bestritt der *Black Raven* mit den vier französischen Rafale-Kampfjets einen Kampf auf Leben und Tod.

Er legte sich abrupt auf die Seite, röhrte durch die Luft und schoss eine der Rafales mit der letzten verbliebenen Rakete ab.

Auf einmal gab Rufus' Konsole ein schrilles Piepen von sich.

»Unsere Abwehrelektronik wurde geknackt!«, rief er. »Wir haben den Raketenschutz vollständig verloren!«

In diesem Moment setzte sich eine weitere Rafale auf ihre Fährte und die beiden Jets röhrten dicht an dicht übers Meer hinweg, die Rafale hinter der Sukhoi, mit orangefarbenen Leuchtspurgeschossen feuernd.

Während der Rabe weiterraste, schwenkte Knight auf dem Drehstuhl des Schützen herum und nahm das Verfolgerflugzeug mit der schwenkbaren Bordkanone unter Feuer, deckte das Cockpit des französischen Kampfjets mit einem vernichtenden Kugelhagel ein, zertrümmerte die Kabinenhaube und schoss den Piloten in Fetzen, bis das Flugzeug mit einem lauten Krachen ins Meer pflügte.

»Boss!«, rief Rufus plötzlich. »Ich brauche Feuerschutz nach vorn! Sofort!«

Knight schwenkte herum. Er hatte übersehen, dass der Verfolgerjet den Raben vor sich her getrieben hatte … den anderen beiden französischen Kampfflugzeugen entgegen!

Die beiden wartenden Rafales schossen jeweils eine Rakete ab –

– zwei Rauchfahnen durchbohrten die Luft, näherten sich bogenförmig der Nase des *Black Raven* –

– doch Rufus legte das schlanke schwarze Flugzeug auf die Seite und flog in Schräglage weiter, während er die speziell angefertigte – und sehr seltene – *zweite* elekronische Abwehrmaßnahme auslöste: ein scharf gebündeltes Energiefeld mit kurzer Reichweite.

Die beiden Raketen gerieten ins Trudeln, teilten sich in eine V-Formation auf, mit der sie dem elektronischen Schild um die Nase der Sukhoi auswichen, während der Rabe mit einem Höllentempo zwischen ihnen hindurchschoss und beide Raketen ins Meer stürzten.

Der Rabe aber befand sich noch immer auf Kollisionskurs mit den beiden sich nähernden Rafales.

Knight schwenkte wieder nach vorn, eröffnete das Feuer – und zerstörte die linke Rafale, einen Moment bevor der Rabe mit ohrenbetäubendem Tosen über die beiden französischen Kampfjets hinwegschoss.

Jetzt war nur noch eine der Rafales übrig, doch ehe Knight und Rufus sich um sie kümmern konnten, hallte ein anderes Geräusch über die Wogen – ein tiefer, bedrohlicher Knall im Innern des Flugzeugträgers.

»Schneller, Mother. Schneller.« Schofield sah auf die Stoppuhr.

00:09

00:10

Der Jeep schoss die spiralförmige Auffahrt hoch und schlug Funken aus den Stahlwänden der schmalen Rampe.

Unvermittelt legte sich der ganze Flugzeugträger schief, neigte sich um volle dreißig Grad nach Backbord.

»Weiter!«, schrie Schofield.

Die erste Zündstufe des Palladium-Sprengkopfs hatte

die Wasserstoff-Rekombinierer der *Richelieu* neutralisiert: daher der bedrohliche Knall.

Somit bildete sich in den Kühltürmen des Flugzeugträgers nun Wasserstoff mit exponentieller Rate. In genau dreißig Sekunden würde die zweite Stufe des Palladium-Sprengkopfs explodieren, den Wasserstoff entzünden und Tod und Verderben über den Flugzeugträger bringen.

00:11

00:12

Der Jeep raste von der Auffahrt in den Sonnenschein hinaus und kam ruckartig zum Stehen.

Auf dem Flugdeck war die Hölle los.

Qualmende Flugzeuge, verkohlte Flugabwehrkanonen, tote Marinesoldaten. Ein auf der Nase liegender Rafale-Kampfjet mit kaputten Vorderrädern blockierte die zweite Startbahn der *Richelieu*. Die Maschine hatte offenbar gerade starten wollen, als sie von einer Rakete der *Black Raven* getroffen worden war.

Schofield fiel sie gleich ins Auge.

»Mother! Zu dem beschädigten Jet!«

»Das Ding fliegt nicht mehr, Scarecrow!«, rief Mother. »Nicht mal wenn du am Steuer sitzt!«

00:15

00:16

Inmitten des Durcheinanders kam der Jeep neben der beschädigten Rafale rutschend zum Stehen. Der auf der Nase liegende Jet mit den kaputten Reifen würde nirgendwo mehr hinfliegen.

00:17

00:18

»Das Flugzeug ist mir egal«, erwiderte Schofield. »Ich will das da.«

Er sprang aus dem Jeep, bückte sich und packte den Katapulthaken, der vor der beschädigten Maschine auf der Startbahn lag. Der kleine, trapezförmige Katapulthaken wurde an schmalen Schienen geführt – man befestigte ihn am Vorderrad, dann wurde der Jet auf einer Länge von neunzig Metern bis auf Startgeschwindigkeit beschleunigt.

Schofield befestigte den Haken grob an der Vorderachse des Jeeps.

00:19

00:20

»Also, das ist doch nicht dein Ernst ...«, sagte Mother, die leere Startbahn vor dem Jeep beäugend – eine Startbahn, die am Bug des Schiffes unvermittelt abbrach. Die Schienen des Katapults erstreckten sich über das ganze Flugdeck wie Eisenbahngleise, die auf eine Klippe zuführten.

00:21

00:22

Schofield sprang wieder auf den Rücksitz des Jeeps.

»Leg den Leerlauf ein und schnall dich an!«, sagte er.

00:23

00:24

Mother legte den Sicherheitsgurt an. Schofield tat das Gleiche.

00:25

Dann zog er die MP-7, zielte damit auf die Katapultsteuerung, die seit dem Angriff des *Black Raven* unbemannt war ...

00:26

... und drückte ab.

00:27

Ping!

Die Kugel schlug in den Starthebel ein und löste das Katapult aus.

Mit einer Beschleunigung, die noch kein Jeep zuvor erreicht hatte, raste das Fahrzeug über die Startbahn.

Neunzig Meter in 2,2 Sekunden.

Schofield und Mother wurden in die Sitze gepresst, ihre Augen in die Höhlen gedrückt.

Der Jeep schoss mit einer schier unglaublichen Geschwindigkeit die Startbahn entlang.

Die Einzelheiten des Decks verschwammen.

Nach fünfzig Metern platzten die Vorderreifen.

Doch er schoss immer noch weiter – wie eine Kanonenkugel – angetrieben von der gewaltigen Kraft des Katapults.

Um die Wahrheit zu sagen, waren sie nicht ganz so schnell wie ein Kampfjet beim Start, der zusätzlich von den eigenen Triebwerken beschleunigt wurde.

Aber Schofield wollte ja auch nicht fliegen.

Er wollte bloß vom Flugzeugträger herunterkommen, bevor er –

in die Luft flog.

Der Jeep erreichte den Rand der Startbahn … und sauste schnurstracks weiter … in den Himmel hinaus … das Heck emporgereckt, mit durchdrehenden Rädern … *während der zurückbleibende Flugzeugträger auf einmal explodierte.*

Es gab kein Feuer.

Keine Rauchwolke.

Bloß einen gewaltigen, mordsmäßigen KNALL!, als sämtliche Stahlplatten des Rumpfes – aufgrund des gewaltigen Drucks, den der entzündete Wasserstoff produzierte – *gleichzeitig* nach außen gedrückt wurden und aus den Schweißnähten platzten wie der Incredible Hulk aus seinen Kleidern, wenn er die Muskeln spielen ließ.

Ein Sternenregen von einer Million Nieten flog in den Himmel empor.

Die Nieten wurden meilenweit umhergeschleudert und regneten eine ganze Minute lang nieder. Ein Helikopter, der gerade erst vom Heck des Flugzeugträgers abgehoben hatte, wurde von der plötzlichen Nietenwolke mitten im Flug zerfetzt.

Trümmerteile des Flugzeugträgers – darunter auch ganze Stahlplatten – flogen in die Luft und krachten auf die französischen Zerstörer nieder, beulten die Seiten ein, zerschmetterten die Fenster der Brücken.

Der größte Schaden trat am Heck des Flugzeugträgers auf, rund ums Epizentrum der Explosion, bei den Kühlschächten.

Die Außenwände platzten an den Schweißstellen einfach auf – ebenso die vertikalen Nietverbindungen –, sodass sich an beiden Seiten des Schiffes große Löcher auftaten, durch die der Atlantik unerbittlich ins Innere strömte.

Und die *Richelieu* – der größte und mächtigste in Frankreich je gebaute Flugzeugträger – begann ohne weitere Umschweife zu sinken.

Schofields und Mothers Jeep jedoch flog vom Bug des gewaltigen Flugzeugträgers.

Während das Fahrzeug vor dem Schiffsbug durch die Luft flog, lösten sie die Gurte, kletterten aus dem Jeep und segelten über ihm über den Himmel.

Der Abstand vom Flugdeck zur Wasseroberfläche betrug etwa fünfundzwanzig Meter.

Der Jeep schlug zuerst auf. Eine riesige Gischtwolke stieg empor.

Schofield und Mother folgten ihm. Zwei Platscher.

Es tat weh, doch sie spannten den Körper an – sodass sie das Wasser mit den Stiefeln zuerst berührten und untertauchten, kurz bevor der Flugzeugträger explodierte und die unzähligen Nieten wie ein tödlicher Schrapnellschauer aufs Meer niederprasselten.

Der mächtige Flugzeugträger sank rasch, mit dem Heck voran.

Es war ein atemberaubender Anblick.

Und dann, während die Besatzung zu den Rettungsbooten eilte oder einfach ins Wasser sprang, stellte sich das riesige Kriegsschiff senkrecht – der Bug stieg hoch empor, während das Heck bereits vollständig untergetaucht war.

Die Besatzungen der Begleitschiffe waren starr vor Entsetzen.

Ein solches Unglück war eigentlich nur im Krieg vorstellbar. Seit dem Zweiten Weltkrieg hatte kein Land mehr einen Flugzeugträger verloren.

Was wahrscheinlich der Grund dafür war, dass sie verspätet reagierten, als sich der *Black Raven* eine Minute nach der Explosion bis auf drei Meter auf die Meeresoberfläche hinabsenkte und zwei winzige Gestalten aus der Dünung aufnahm, die an Rettungsgurten in den Bombenschacht hinaufgezogen wurden.

Als die beiden Gestalten in Sicherheit waren, stieg die schlanke Sukhoi empor, schoss davon und ließ die weit verstreuten Überreste des *Richelieu*-Flugzeugträgerverbands hinter sich zurück.

Aloysius Knight kam in die Gefängniszelle des *Black Raven,* in der Schofield und Mother dalagen wie zwei nasse Ratten.

Schofield warf Knight einen Blick zu. »Nehmen Sie Kurs auf den Ärmelkanal vor Cherbourg. Dort befindet sich das erste Kormoran-Schiff. Wir müssen es finden, bevor es seine Raketen auf Europa abfeuert.«

Knight nickte. »Ich habe Rufus schon gesagt, er soll uns dort hinbringen.«

Schofield zögerte.

Knight wirkte ungewöhnlich ernst, beinahe … empfindsam. Was war los?

Schofield blickte sich in der engen Gefängniszelle um, und dann kam er drauf.

»Wo ist Gant?«, fragte er.

In diesem Moment blinzelten Knights Augen hinter der bernsteinfarben getönten Sonnenbrille – nur ein wenig. Schofield aber sah es, und auf einmal verspürte er eine gänzlich ungewohnte Regung.

Absolute, totale Angst.

Aloysius Knight schluckte.

»Captain«, sagte er. »Wir müssen reden.«

Sechster Angriff

Ärmelkanal – USA
26. Oktober, 17.00 Uhr (Ärmelkanal)
E. S. T. (New York, USA) 11.00 Uhr

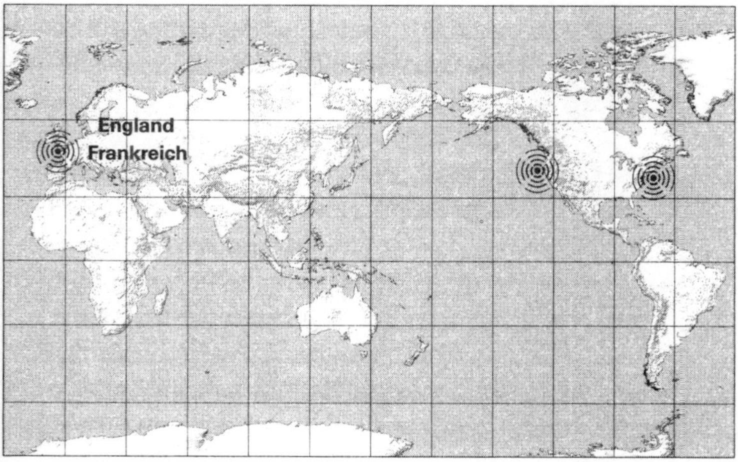

40 (a) (ii) Im Falle eines Konflikts der Supermächte wird die verarmte Bevölkerung Afrikas, des Mittleren Ostens und Zentralamerikas – die im Vergleich zu ihren westlichen Nachbarn teilweise um das Hundertfache zahlreicher ist – höchstwahrscheinlich die Grenzen des Westens überschwemmen und die westlichen Stadtzentren besetzen.

Planungspapier des Nationalen Sicherheitsrates der USA,
Dokument Q-309, 28. Oktober 2000
(UN PRESS, NEW YORK)

„Wer soll die schwierigen Dinge tun?
Der dazu imstande ist."

Konfuzius zugeschrieben

Kormoran-Klasse
Kriegsschiff/Supertanker

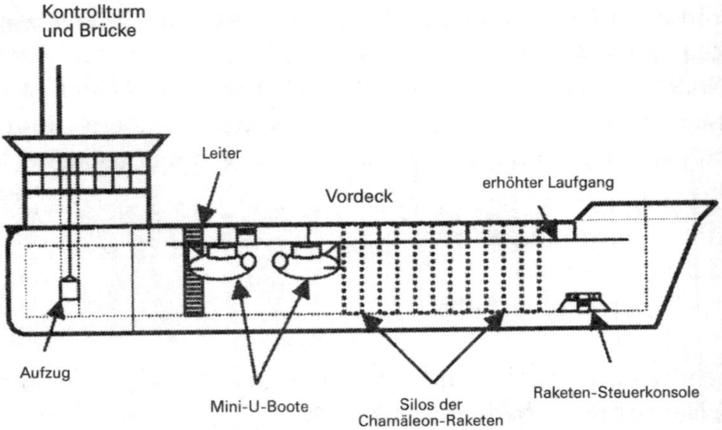

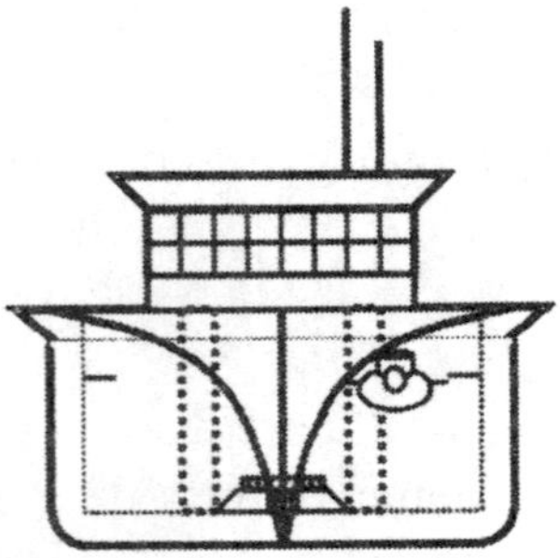

Englische Kanalküste, Nordfrankreich
26. Oktober, 17.00 Uhr Ortszeit
(11.00 Uhr E.S.T. USA)

Mit tosenden Triebwerken landete der *Black Raven* inmitten umherpeitschender Regenböen auf einer Klippe am Rande des Ärmelkanals.

Shane Schofield kletterte aus dem Cockpit. Er ließ sich auf den aufgeweichten Boden fallen und taumelte vom Flugzeug weg ohne sich am tobenden Wind zu stören.

Nachdem Knight ihm berichtet hatte, wie es Gant in der Haifischgrube ergangen war, hatte Schofield lediglich drei Worte gesagt.

»Rufus. Lande. Sofort.«

Schofield blieb am Rand der Klippe stehen und schloss die Augen.

Tränen mischten sich mit dem Regen, der ihm ins Gesicht prasselte.

Gant war tot.

Tot.

Und er war nicht bei ihr gewesen. Er hatte sie nicht retten können. In der Vergangenheit war er immer, ganz gleich, was geschehen war, imstande gewesen, sie zu retten.

Diesmal jedoch nicht.

Er öffnete die Augen. Blickte ins Leere.

Dann gaben die Beine unter ihm nach, er sank im Schlamm auf die Knie nieder und bei jedem Schluchzer bebten seine Schultern.

Mother, Knight und Rufus beobachteten ihn aus dem offenen Cockpit des Raben, aus zwanzig Metern Entfernung.

»Scheiße noch mal ...«, flüsterte Mother. »Was zum Teufel wird er jetzt tun?«

Ein Kaleidoskop von Bildern zog vor Schofields geistigem Auge vorbei.

Er sah Gant – wie sie ihn anlächelte, lachte, wie sie Hand in Hand mit ihm am Strand von Pearl entlangspazierte, sich im Bett auf ihn wälzte. O Gott, er meinte beinahe ihren warmen Körper zu spüren.

Er sah sie kämpfend in der Antarktis und in Utah, wo sie ihm in Area 7 mit einem Maghook-Schuss, wie er unter einer Million Versuchen ein einziges Mal gelang, das Leben gerettet hatte.

Und dann sah er zu seinem Entsetzen Killian in der Burg vor sich, wie er gerade sagte: »Ich liebe das abgrundtiefe Entsetzen im Gesicht eines Menschen, der erkennt, dass er sterben wird.«

Und er sah, wie die Welt von jetzt an sein würde …

Ohne sie.

Sinnlos.

Er senkte den Blick auf die Desert Eagle in seinem Halfter … und zog sie heraus.

»Hey, Mann«, sagte hinter ihm eine Stimme. »Was haste denn mit der Kanone vor?«

Es war Mother.

Sie stand unmittelbar hinter ihm.

Schofield drehte sich nicht um. »Alles scheißegal, Mother. Wir könnten die Welt retten und niemand würde sich einen feuchten Kericht darum scheren. Die Menschen würden einfach so weitermachen wie bisher, ohne Soldaten wie uns überhaupt wahrzunehmen. Soldaten wie Gant.«

Mother fixierte die Waffe in seiner Hand. Regentropfen fielen von ihr auf den Boden.

»Scarecrow. Steck die Waffe weg.«

Schofield blickte auf die Desert Eagle nieder, als sähe er sie zum ersten Mal.

»Hey«, sagte Mother. Um ihn abzulenken, stellte sie eine Frage, deren Antwort sie bereits kannte. »Was hat sie eigentlich damit gemeint: ›Sagen Sie Schofield, ich hätte Ja gesagt‹?«

Schofield blickte in die Ferne und antwortete wie ein Automat.

»Vor zwei Monaten haben wir übers Heiraten gesprochen«, sagte er. »Vor zwei Wochen hab ich sogar einen Tisch in diesem Restaurant am Strand von Pearl Harbor gebucht. Dort haben wir uns nämlich kennen gelernt, bei ihrem Eintritt ins Aufklärungsteam. Als ich ihr von der Buchung erzählt habe, konnte sie sich denken, dass ich vorhatte, ihr einen Heiratsantrag zu machen.«

»Wolltest du?«

»Der Ring liegt bei mir zu Hause.«

Er packte die Waffe fester. Biss sich auf die Lippen. Eine weitere Träne rollte ihm über die Wange. »Herrgott noch mal, Mother. Sie ist tot. Jetzt bleibt mir gar nichts mehr. Scheiß drauf. Die Welt soll ihre Schlachten alleine schlagen.«

Mit einer blitzschnellen Bewegung setzte er die Waffe unter dem Kinn an und drückte den Abzug durch –

Mother aber war schneller.

In dem Moment, als die Waffe detonierte, warf sie sich gegen ihn, dann wälzten sich beide am Klippenrand im Schlamm.

Und sie kämpften – Mother versuchte seine Rechte zu packen, Schofield versuchte sie abzuschütteln.

Da sie größer, kräftiger und weitaus schwerer war als Schofield, war Mother zunächst im Vorteil. Sie nagelte ihn mit ihrem Gewicht unter sich fest und boxte gegen sein rechtes Handgelenk. Die Desert Eagle fiel ihm aus der Hand. Anschließend verpasste sie ihm eine heftige Ohrfeige.

Der Schlag hatte eine seltsame Wirkung auf Schofield.

Er machte ihn reaktionsschneller.

Mit geradezu verstörender Mühelosigkeit packte er mit zwei Fingern Mothers linkes Handgelenk und verdrehte es. Mother brüllte auf vor Schmerz und Schofield – der sich geschickt eine Verlagerung des Schwerpunkts zunutze machte – schleuderte sie von sich runter.

Sie richteten sich beide auf.

Standen einander auf der windumtosten Klippe gegenüber und fixierten sich gegenseitig.

»Ich lass das nicht zu, Scarecrow!«, schrie Mother.

»Tut mir Leid, Mother. Es ist zu spät.«

Mother bewegte sich.

Sie warf sich nach vorn und versuchte einen knochenzerschmetternden rechten Haken zu landen, doch Schofield duckte sich und boxte sie direkt auf die Nase. Mother holte abermals aus, doch Schofield – der im Schlamm perfekt ausbalanciert war – wich auch diesem Hieb aus und traf sie erneut.

Mother taumelte zurück und richtete sich auf. »Da musst du dir schon mehr einfallen lassen, wenn du mich loswerden willst!«

Sie warf sich erneut auf ihn und rempelte ihn mit der Schulter wie ein Linebacker, worauf beide in den Schlamm fielen.

Am *Black Raven* standen Aloysius und Rufus im strömenden Regen und beobachteten wortlos den Kampf.

Als Rufus einen Schritt vortrat und eingreifen wollte, legte Knight ihm die Hand auf die Brust und hielt ihn zurück ohne die Kämpfer aus den Augen zu lassen.

»Nein«, sagte er. »Das müssen die beiden unter sich ausmachen.«

Schofield und Mother wälzten sich im Schlamm.

Es sah so aus, als hätte Mother ihn bewegungsunfähig gemacht, als Schofield ihr auf einmal den Ellbogen gegen den Kiefer rammte und sich mit überraschender Behendigkeit von ihr runterwälzte.

Er richtete sich auf.

Mother richtete sich auf.

Beiden tropfte der Schlamm vom Leib.

Mother schwankte leicht; sie wurde allmählich müde, dennoch stürzte sie sich erneut auf Schofield und holte blindlings aus.

Schofield parierte die Schläge jetzt mühelos, wie ein Meister fernöstlicher Kampfsportarten. Mother brüllte frustriert auf, als er auf einem Fuß herumwirbelte und ihr die Beine unter dem Leib wegkickte, sodass sie mit dem Hintern in den Schlamm plumpste.

Jetzt, da er sich wieder Freiraum verschafft hatte, bückte sich Schofield und hob die Waffe auf.

»Scarecrow, nicht!«, schrie Mother mit Tränen in den Augen. »Bitte, Shane, tu's nicht.«

Etwas veranlasste ihn innezuhalten.

Schofield zögerte.

Dann wurde ihm bewusst, was es war.

Soweit er sich erinnern konnte, hatte Mother ihn noch nie beim Vornamen genannt.

Er senkte eine Handbreit die Waffe und sah Mother an.

Sie sah bemitleidenswert aus: kniend, verdreckt, das Gesicht tränenüberströmt.

»Shane«, rief sie, »der Welt ist es vielleicht egal. Die Welt weiß vielleicht nicht, dass sie Leute wie dich und Gant braucht. Aber mir ist es nicht egal! Shane, ich habe einen Mann und nette Nichten – sie sind dreizehn und tragen alle Scheiß-Britney-Spears-Klamotten –, und ich habe eine Schwiegermutter, die mich auf den Tod nicht ausstehen kann. Aber ich liebe sie alle, mit ganzem Herzen, und ich will nicht, dass sie in einer Welt des Leidens und des Todes leben, die von einem Haufen beschissener Milliardäre regiert wird. *Aber ich kann das nicht verhindern.* Ich kann es nicht. Ganz gleich, was ich tue, ganz gleich, wie sehr ich mich bemühe, am Ende bin ich nicht schlau genug, nicht schnell genug, nicht gut genug. Du schon. Du kannst sie besiegen. Und weißt du auch, warum? Ich schon. Ich hab's immer schon gewusst. Und meine kleine Chickadee wusste es auch, deshalb hat sie dich geliebt. *Weil du Dinge tun kannst, die andere Leute nicht können.*«

Mother kniete im Schlamm, ihre Augen noch immer voller Tränen.

»Shane, ich bin nicht die Klügste, aber eines weiß ich: Menschen sind Menschen. Sie sind eigensüchtig und egozentrisch, sie machen Dummheiten und haben nicht die leiseste Ahnung, dass es Helden wie dich gibt, die Tag für Tag nach dem Rechten sehen.«

Schofield schwieg.

Der Regen klatschte auf ihre Wangen.

Aber Mother hatte den Bann gebrochen.

Allmählich kam wieder Leben in seine Augen.

»Normalerweise nenne ich dich nicht Shane«, sagte sie. »Das ist dir bestimmt schon aufgefallen. Aber weißt du auch, warum?«

Schofield stand da wie angewurzelt. Regungslos.

»Nein. Warum?«

»Weil du kein Scheißdurchschnitt bist. Du bist kein ›Brad‹ oder ›Chad‹ oder ›Warren‹. Du bist Scarecrow. *Scarecrow, verdammt noch mal.*

Du bist kein Durchschnittsmensch. Deshalb habe ich dich auch nie wie einen stinknormalen Typen behandelt. Du bist besser als sie alle. Aber wenn du die Fliege machst und den leichten Weg wählst, dann tust du das Gleiche, was Brad oder Chad oder Warren getan hätten. Das passt nicht zu dir. Scarecrow tut das nicht. Scarecrow ist aus einem anderen Holz geschnitzt. Ich will nicht behaupten, dass es leicht für dich werden wird – ich weiß nicht, ob ein normaler Mensch nach allem, was passiert ist, weitermachen könnte wie bisher –, aber wenn es jemand schaffen kann, dann du.«

Schofields Schweigen währte lange.

Dann endlich machte er den Mund auf.

»Ich werde sie alle töten, Mother«, sagte er. »Die Kopfgeldjäger, die sie gefangen genommen haben. Sämtliche Kopfgeldjäger, die an der Jagd beteiligt sind. Und alle Mitglieder von M-12, die dafür verantwortlich sind. Und wenn alles vorbei ist – ganz egal, was dabei herauskommt, ob die Welt diese Krise unbeschadet übersteht oder ob sie schnurstracks zur Hölle fährt –, werde ich Jonathan Killian finden und ihm sein krankes Hirn auspusten.«

Mother lächelte mit tränenverschleiertem Blick. »Klingt gut.«

»Aber was ich *dann* tun werde«, sagte er nicht ohne drohenden Unterton, »dafür kann ich nicht garantieren.«

»Ich schätze, dann müssen wir uns eben wieder prügeln«, erwiderte Mother.

Schofield blinzelte plötzlich.

Das Leben hatte ihn wieder.

Mother nickte. »Scarecrow. Vielleicht wird das nie jemand zu dir sagen, deshalb sag's ich ... auch im Namen von Ralph, den sechs Britney-Klonen und meiner Schwiegermutter, dieser Ausgeburt der Hölle.«

Schofield näherte sich ihr und streckte die Hand aus. Mother ergriff sie und ließ sich auf die Beine helfen.

Bevor er wieder zurückweichen konnte, schlang sie plötzlich die Arme um ihn und zog ihn an ihre massige Gestalt. Dann küsste sie ihn auf die Stirn, legte ihm den Arm um die Schulter und geleitete ihn zum Raben zurück.

»Sie fehlt mir jetzt schon«, sagte sie.

»Mir auch«, erwiderte Schofield. »Mir auch.«

Sie gingen Seite an Seite.

»Mother, tut mir Leid, dass ich mich mit dir geprügelt habe.«

»Hey, ist schon okay. Ich hab angefangen.«

»Danke für die Prügel. Danke, dass du mich nicht hast gehen lassen.«

Upper New York Bay, USA
26. Oktober, 11.25 Uhr Ortszeit

Genau elf Minuten nachdem die Concorde auf der Landebahn des JFK aufgesetzt hatte, saß Book II. im Fonds eines Helikopters des Marine Corps vom Typ CH-53E Super Stallion und raste über die Freiheitsstatue und die Upper New York Bay hinweg, hinter sich das mächtige Glas-und-Stahl-Gebirge von New York City.

Bei ihm saßen zwölf schwer bewaffnete Marines einer Aufklärungseinheit.

»Sie haben in der Fabrik *Terroristen* vorgefunden?«, schrie Book verdutzt ins Mikrofon. Er sprach mit einem gewissen Dodds, dem Chef der Abordnung des Verteidigungsministeriums, die die Axon-Fabrik untersucht hatte.

»*Ja. Alles Mitglieder des Islamischen Dschihad, darunter auch – man höre und staune – Shoab Riis. Dort hat anscheinend ein mörderischer Kampf stattgefunden*«, sagte Dodds.

»Der Islamische Dschihad«, meinte Book. »Aber das heißt noch lange nicht, dass –«

Unvermittelt brach er ab.

Auf einmal wurde ihm etwas klar.

Die Majestic-12 brauchten einen Sündenbock. Und wer taugte dazu besser als eine Terrororganisation?

Denn was konnte die Axon Corporation schon dafür, wenn der Islamische Dschihad ihre Raketen und Schiffe klaute? Aber wie waren die Majestic-12 einer ganzen Gruppe von Terroristen des Islamischen Dschihad habhaft geworden?

»Frankreich«, sagte Book. »Immer dieses Scheißfrankreich.«

Dodds sagte: »Book. Was zum Teufel geht da vor? Hier haben alle die Hosen gestrichen voll. Wenn sie unsere eigenen Raketen gegen uns einsetzen, könnte das der größte Terroranschlag aller Zeiten werden.«

»Hier geht es nicht um Terrorismus«, erwiderte Book. »Sondern ums Geschäft. Glauben Sie mir, die Terroristen waren bereits tot, als sie in der Fabrik ankamen. Ich glaube allmählich, der französische Geheimdienst hat den Majestic-12 heimlich Beistand gewährt. Ich muss Schluss machen. Book, Ende.«

Book blickte wieder zu den Containerschiffen und Supertankern hinüber, die vor Staten Island vor Anker lagen – ein Rudel Leviathane, die auf die Erlaubnis warteten, in den Hudson und den East River einfahren zu dürfen.

Dank des Projekts Kormoran war jedes einzelne Schiff eine potenzielle Raketenstartrampe.

»Welches ist das Richtige?«, fragte der Pilot.

»Steuern Sie einfach die GPS-Koordinaten **28743.05, 4104.55** an«, antwortete Book. »Da müssen wir hin.«

Der Pilot gab die Daten ein und flog anhand des GPS-Geräts weiter.

Book sah zum hundertsten Mal auf die Startliste auf seinem Handheld-PC. Nach dem Gespräch mit Schofield hatte er mit Scott Moseley zusammen die GPS-Koordinaten der letzten beiden Kormoran-Tanker berechnet:

Hopewell	Taep'o-Dong-2	N-8	11900.00 2327.00 (Formosa-str.)	11622.50 4000.00 (Peking)	1230
	Taep'o-Dong-2	N-8	11900.00 2327.00 (Formosa-str.)	11445.80 2243.25 (Hongkong)	1230

Whale	Shahab-5	TN76	07040.45 2327.00 (Arab. Meer)	07725.05 2958.65 (Neu-Delhi)	1245
	Shahab-5	TN76	07040.45 2327.00 (Arab. Meer)	07332.60 3230.55 (Islamabad)	1245

Anschließend hatten er und Moseley *sämtliche* Schiffe auf einer Weltkarte eingetragen:

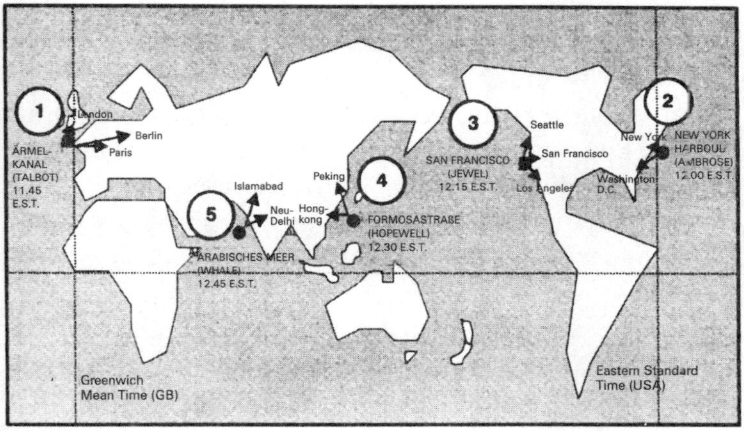

Und die Schlussfolgerungen aus alldem?

Außer den drei Tankern, die ihre Atomraketen auf Amerika, England, Frankreich und Deutschland abschießen wollten, gab es dort draußen noch andere Kormoran-Schiffe: eins im Arabischen Meer, das auf Indien und Pakistan zielte, und ein weiteres in der Formosastraße, das seine nachgebauten ballistischen Interkontinentalraketen vom Typ Taep'o-Dong auf Peking und Hongkong gerichtet hatte.

»Herrgott noch mal …«, flüsterte Book.

Er schüttelte die Beklemmung ab und schaltete das Satellitenmikrofon ein.

»Fairfax? Sind Sie da? Wie läuft's denn im Westen?«

Pazifischer Ozean
Zwei Meilen vor der San Francisco Bay
08.25 Uhr Ortszeit
(11.25 Uhr E. S.T. USA)

Flankiert von seinem eigenen Marine-Team saß Dave Fairfax in einem anderen Super Stallion und wippte unablässig mit dem Fuß – ein nervöser Tick, Ausdruck seiner extremen Anspannung.

Er trug einen Helm, der ihm zu groß war, und eine noch größere kugelsichere Weste, auf dem Schoß hatte er einen Echtzeit-Satelliten-Uplink. Neben den ihn umgebenden Marines fühlte er sich klein.

Der Super Stallion flog dicht über die Wogen des Pazifiks hinweg …

… auf einen einzelnen Supertanker zu, der vor der Küste von San Francisco friedlich vor Anker lag.

»Hi, Book«, schrie Fairfax in sein neues Kehlkopfmikrofon. »Wir haben den Tanker ausgemacht, ein richtig großer Brocken. Die Position stimmt mit Ihren GPS-Koordinaten exakt überein. Der Tanker wurde als die *MS Jewel* identifiziert, registriert in Norfolk, Virginia, Eigentümer ist die Atlantic Shipping Company, eine entfernte Tochtergesellschaft der Axon Corporation.«

Fairfax wippte immer noch mit dem Fuß, obwohl er gern damit aufgehört hätte.

»Ach übrigens, ich habe die Mersenne-Primzahl«, sagte er. »Mein Gott, Mann, Mersenne-Primzahlen sind coole Mathematik. Wir kennen bloß 39, aber einige davon haben bis zu zwei Millionen Stellen. Das sind sehr seltene Primzahlen. Man erhält sie über eine Formel: $M = 2^p - 1$, wobei ›p‹ und das Ergebnis Primzahlen sind. 3 ist die erste Mersenne-Primzahl, weil $2^2 - 1$ 3 ergibt und sowohl 2 und 3 Primzahlen sind. Sie fangen klein an, werden aber sehr groß. Die sechste Mersenne-Primzahl ist 131 071. Sie basiert auf der Primzahl 17. $2^{17} - 1$ ist gleich 131 071, wiederum eine Primzahl –«

»Dann lautet die Antwort also 131 071«, unterbrach ihn Book.

»Äh, ja«, bestätigte Fairfax.

»Ich gebe das an Scarecrow weiter«, sagte Book. *»Danke, David. Ende.«*

Die Verbindung brach ab.

Fairfax blickte finster auf seinen verräterischen Fuß nieder.

»Das legt sich, Mister Fairfax«, sagte Trent, der Anführer der Marines, mit Blick auf Fairfax' Fuß. »Wenn Scarecrow Ihnen das zutraut, müssen Sie der Herausforderung wohl gewachsen sein.«

»Freut mich, dass wenigstens er glaubt, ich wäre der Sache gewachsen«, murmelte Fairfax.

Der Super Stallion näherte sich mit brüllendem Triebwerk dem Tanker.

Ärmelkanal, nördlich von Cherbourg, Frankreich
26. Oktober, 17.25 Uhr Ortszeit
(11.25 Uhr E. S. T. USA)

Der *Black Raven* schoss wie eine Gewehrkugel über den regenverhangenen Himmel; mit flammenden Scheinwerfern raste er hoch über eine Ansammlung von Supertankern mit eingeschalteten Positionslichtern hinweg.

Während Rufus, Mother und Knight das Meer nach

ihrem Ziel absuchten, unterhielt Schofield sich per Funk mit Book II.

»*Okay, ich geb's Ihnen jetzt durch*«, sagte Book gerade.

Schofields Palm Pilot piepte: Books Karte mit den darauf verzeichneten Kormoran-Schiffen war jetzt darin gespeichert. Schofield machte große Augen, als er die geographischen Bezeichnungen las: Arabisches Meer, Formosastraße ...

»*Und Fairfax hat die Mersenne-Primzahl ausgeknobelt*«, fuhr Book fort. »*Sie lautet 131 071.*«

»131 071 ...« Schofield notierte sich die Zahl auf dem Handteller. »Danke, Book. Richten Sie Fairfax aus, ich werde mich in Kürze bei ihm melden. Scarecrow, Ende.«

Er stellte den Kanal der amerikanischen Botschaft in London ein. »Mister Moseley. Was gibt's Neues von unseren U-Booten?«

»Ich habe eine gute und eine schlechte Neuigkeit«, meldete sich Moseleys Stimme.

»Zuerst die gute.«

»Die gute Nachricht ist, dass wir sowohl im Arabischen Meer wie in der Formosastraße Kampf-U-Boote der Los-Angeles-Klasse postiert haben – die sind nahe genug dran, um die Schiffe angreifen zu können.«

»Und jetzt die schlechte.«

Moseley sagte: »Die schlechte Nachricht ist, dass es drei weitere Schiffe mit Raketen gibt: eins vor New York, eins vor San Francisco und eins im Ärmelkanal. Keines unserer 688er ist nah genug dran, um die Raketenträger noch rechtzeitig erreichen zu können. Sie müssen *in situ* entschärft werden, an Bord.«

»Na toll«, meinte Schofield.

»Ich hab ihn!« Rufus zeigte auf einen Supertanker, der in der Dünung ankerte, das Deck von starken Scheinwerfern erhellt – einer von vielen Supertankern, die vor der französischen Küste warteten. »Anhand des Transponder-

Signals als MS *Talbot* identifiziert; die Position entspricht exakt den GPS-Koordinaten.«

»Gute Arbeit, Rufus«, sagte Schofield. »Mister Moseley, danke für Ihre Hilfe. Ich muss mich jetzt an die Arbeit machen.« Schofield wandte sich an Knight und Mother. »Wir nehmen uns die Tanker in der Reihenfolge vor, wie sie die Raketen abfeuern wollen. Das hier ist der erste. Dann flitzen wir weiter und entschärfen die anderen per Fernsteuerung aus sicherem Abstand. Irgendwelche Einwände?«

»Keine«, sagte Knight.

»Alles bestens«, meinte Mother.

»Durchhalten, Leute«, sagte Schofield mit tödlich entschlossener Miene. »Wir gehen runter.«

Ärmelkanal
17.30 Uhr Ortszeit
(11.30 Uhr in New York)

Der *Black Raven* schwenkte im Tiefflug über das Hauptdeck des Supertankers und durchschnitt die Strahlen der Bordscheinwerfer.

Regen fiel aufs Deck – böiger, beißender Regen.

Blitze zuckten über den Himmel.

Dann öffnete sich der Bombenschacht des Raben und drei Gestalten seilten sich daraus ab: Schofield, Knight und Mother.

Sie waren – dank des Waffenarsenals des Raben – schwer bewaffnet: mit MP-7, Glock-Pistolen, Remington-Gewehren. Schofield und Mother hatten zwei der Mehrzweckwesten angelegt, die Knight im Raben als Reserve verwahrte.

Sie landeten auf dem lang gestreckten Vordeck der *Talbot* vor der Kommandobrücke, während der *Black Raven* wieder am Regenhimmel verschwand.

Und zwar keinen Moment zu früh.

Denn kaum hatten Schofield und seine beiden Begleiter festen Boden unter den Füßen, schlug ein wahrer Kugelhagel Funken aus dem Deck, abgefeuert von zwei Scharfschützen auf der Brücke.

New York Bay
Ostküste, USA

Zur gleichen Zeit stürmten Book II. und sein Marine-Team auf der anderen Seite des Atlantiks, in der New York Bay, ihren Supertanker – die *Ambrose*.

Wie Schofield seilten sie sich vom Helikopter aufs lang gestreckte Vordeck des Tankers ab.

Anders als Schofield hatten sie nicht den Vorteil der Dunkelheit und des strömenden Regens. Auf dieser Seite des Erdballs war es 11.30 Uhr und taghell.

Die beiden Scharfschützen auf der Brücke der *Ambrose* eröffneten das Feuer, noch ehe Books Männer das Seilende erreicht hatten.

Zwei Marines brachen auf der Stelle zusammen. Tot.

Book landete mit einem dumpfen Aufprall auf dem Deck und erwiderte das Feuer.

San Francisco
Westküste, USA

An der Westküste war es das Gleiche.

Fairfax' Team stürmte den Supertanker – die *Jewel* – unter heftigem Scharfschützenfeuer aus dem Kontrollturm.

Trents Männer aber waren auf der Hut.

Seine besten Schützen erledigten die beiden gegnerischen Schützen mit zwei Schüssen aus der offenen Luke des Super Stallion.

Die Marines stürmten das Schiff, landeten auf dem Dach des Kontrollturms – Dave Fairfax mitten unter ihnen.

Sie fanden das Scharfschützennest auf der Brücke: Zwei Männer hatten durch die Klarsichtscheiben des Kontrollturms gefeuert.

Die beiden Scharfschützen hatten tiefschwarze Haut und trugen khakifarbene afrikanische Militäruniformen.

»Was zum Teufel hat das nun wieder zu bedeuten?«, sagte Andrew Trent, als er die Rangabzeichen sah.

Beide Männer gehörten der eritreischen Armee an.

Ärmelkanal

Blitze erhellten den Himmel – Wellen krachten gegen die Seite des Supertankers – Donner grollte – Kugeln schlugen im Vordeck ein.

Knight und Mother erledigten die beiden Scharfschützen auf der Brücke mit einem blitzschnellen Feuerstoß.

»Hätte ich mir denken können!«, rief Schofield, als sie übers Vordeck zu einer Tür am Fuß des Kontrollturms rannten. »Killian ist nicht der Typ, der auf eine Bewachung der Schiffe verzichtet!«

»Aber was sind das für Leute? Wen hat er als Bewacher angeworben?«, schrie Mother zurück.

Auf dem Weg zum Kontrollturm stießen sie auf einen großen, ins Deck eingelassenen Lukendeckel. Knight und Schofield öffneten ihn …

… und vernahmen ohrenbetäubendes Maschinengewehrgeknatter. Eine lange Leiter verschwand im großen Raketenschacht des Schiffes.

Von unmittelbarerem Interesse war für Schofield und Knight jedoch das, was sich am Fuße der Leiter befand.

Nämlich die Verursacher des Lärms.

Zu ihrer Verblüffung sahen sie eine Gruppe schwarz uniformierter Kämpfer, die mit klinischer Präzision Uzis und M-16-Gewehre schwenkten und auf einen unsichtbaren Gegner feuerten.

Schofield rammte den Lukendeckel wieder zu.

»Ich glaube, wir sind da in eine Auseinandersetzung hineingeraten«, sagte er.

Mother rief: »Was hast du da unten gesehen?«

»Jemand ist uns zuvorgekommen«, antwortete Schofield.

»Was? Wer ist da unten?«

Schofield wechselte einen Blick mit Knight.

»Heutzutage gibt es nicht mehr viele Eliteeinheiten, die Uzis verwenden«, meinte Knight. »Zemir. Ich würde sagen, das sind die Sayaret Tzanhim.«

»Glaub ich auch«, sagte Schofield.

»Könnte mir *bitte* jemand erklären, was hier vorgeht!«, brüllte Mother im strömenden Regen.

»Ich vermute«, rief Schofield, »dass uns der Mann zuvorgekommen ist, der außer uns als Einziger in der Lage ist, das CincLock-System zu entschärfen. Und zwar der israelische Luftwaffenmensch von der Liste – dieser Zemir –, zusammen mit einem Eliteteam der besten israelischen Soldaten, den Sayaret Tzanhim.«

»Hey, der Tag war so verquer, da würde ich jeden Mist glauben«, sagte Mother. »Wohin also jetzt?«

Schofield sah auf die Uhr.

17.35 Uhr.

11.35 Uhr in New York.

Noch zehn Minuten bis zum Start.

Er sagte: »Wir lassen die Israelis da unten die Drecksarbeit machen. Mann, Zemir soll meinetwegen ruhig die Lorbeeren einheimsen und die Raketen entschärfen. Was uns betrifft: Wir gehen auf die Brücke. Ich will mal nach den Heckenschützen sehen. Ich will wissen, mit wem wir es zu tun haben, bevor wir da runtergehen und Zemir helfen.«

Sie gelangten zu einer Tür am Fuße des Kontrollturms, rissen sie auf und –

Zack!

– wurden vom gleißend hellen Suchscheinwerfer eines Helikopters geblendet.

Schofield wirbelte im Eingang herum, Regen prasselte ihm ins Gesicht.

»Das darf doch nicht wahr sein …«, sagte er.

Auf dem lang gestreckten, flachen Vordeck des Supertankers – hundert Meter entfernt, mit umherschwenkendem Suchscheinwerfer – landete ein offenbar gestohlener Helikopter vom Typ Alouette.

Er setzte auf dem Deck auf.

Dann kletteren drei Männer in russischen Kampfanzügen heraus, bewaffnet mit Maschinenpistolen.

Dmitri Zamanow und die letzten beiden Überlebenden der Skorpione.

»Verdammt«, sagte Knight. »Ich hatte ganz vergessen, dass noch immer ein Preis auf Ihren Kopf ausgesetzt ist. Das ist Zamanow. Laufen Sie.«

Hinein in den Kontrollturm. Irgendwelche steilen Treppen hoch, bis zur Brücke.

17.36 Uhr.

In Schofields Ohr Fairfax' Stimme: »*Scarecrow. Wir haben die Brücke des San-Francisco-Tankers eingenommen. Haben Scharfschützen in Uniformen der eritreischen Armee entdeckt ...*«

Schofield ging zu den beiden toten Scharfschützen hinüber.

Afrikanische Soldaten.

Angehörige eines Kommandotrupps. Khakifarbene Uniformen. Schwarze Helme. Und auf den Schultern ein Abzeichen – jedoch *nicht* die Fahne von Eritrea.

Vielmehr war es das Abzeichen der Eliteeinheit der nigerianischen Armee: der Leibgarde des Präsidenten.

Die Angehörigen der nigerianischen Leibgarde, Veteranen der zahlreichen Bürgerkriege Afrikas, waren von der CIA ausgebildete Killer, die in der Vergangenheit nicht nur gegen die Bürger ihres eigenen Staates, sondern auch gegen die Feinde ihres Landes gekämpft hatten. In den Straßen von Lagos und Abuja waren die Angehörigen der Leibgarde unter einem anderen Namen bekannt: die Todesschwadron.

Killians Bewacherteam.

Zwei Scharfschützen hier oben. Und weitere Männer im Schiff, wo sie die Raketensilos bewachten – der unsichtbare Gegner, gegen den die Israelis gerade im Frachtraum kämpften.

»Mr. Fairfax. Haben Sie eritreisch gesagt?«

»So ist es.«

»Nicht nigerianisch?«

»Negativ. Die Marines haben es bestätigt. Das ist eindeutig ein eritreisches Abzeichen.»

Eritrea?, dachte Schofield –

»Scarecrow«, sagte Mother und zog die Tür zu einem Lagerraum auf. Auf dem Boden lagen vier Leichensäcke. Mother öffnete sogleich einen der Reißverschlüsse – in dem Sack befand sich der stinkende Leichnam eines Angehörigen des Islamischen Dschihad.

»Ah, jetzt steige ich allmählich durch«, sagte Schofield. »Die Prügelknaben.«

Er schaltete das Satellitenmikrofon ein: »Mr. Fairfax. Sagen Sie Ihren Marines, sie sollen sich vorsehen. Im Hauptfrachtraum sind wahrscheinlich noch mehr afrikanische Soldaten und bewachen die Silos. Tut mir Leid, David. Es ist für Sie noch nicht vorbei. Sie müssen an den Soldaten vorbeikommen und den Satellitensender bis auf zwanzig Meter an die Raketensteuerung heranbringen, damit ich sie entschärfen kann.«

»Alles klar«, verabschiedete sich Fairfax. *»Wir bleiben dran.«*

Mother trat zu Knight, der durch die Brückenfenster nach Zamanow Ausschau hielt.

»Sehen Sie ihn?«, fragte Mother.

»Nein, der kleine russische Rattenbastard ist verschwunden«, antwortete Knight. »Kümmert sich wahrscheinlich um Zemir.«

Auf einmal dröhnte Rufus' Stimme aus ihren Ohrhörern:

»Boss. Scarecrow. Dem Tanker nähert sich ein weiteres Schiff. Scheint sich um einen großen Kutter zu handeln. Sieht nach französischer Küstenwache aus.«

»Herrgott noch mal.« Schofield trat ans Fenster und erblickte ein großes weißes Schiff, das sich ihnen an Steuerbord näherte.

Schofield konnte es nicht glauben.

Nicht nur, dass sich bereits eine nigerianische Todesschwadron, ein israelischer Kommandotrupp und russische Kopfgeldjäger an Bord befanden, jetzt bekamen sie es auch noch mit der französischen Küstenwache zu tun!

»Das ist nicht die Küstenwache«, sagte Knight, der durch ein Nachtsichtgerät spähte.

Durch das Fernglas sah er einen großen weißen Kutter, der die Wogen durchteilte – sah den messerscharfen Bug, die große Kanone auf dem Vordeck und das verglaste Steuerhaus mit den blutverschmierten Fensterscheiben.

Am Steuer standen bewaffnete Männer.

»Das ist Demon Larkham mit der IG-88«, sagte Knight.

17.38 Uhr.

Noch sieben Minuten bis zum Start.

»Scheiße, noch mehr Kopfgeldjäger«, sagte Schofield. »Rufus! Können Sie die abschießen?«

»Tut mir Leid, Captain, keine Raketen mehr. Hab sie alle gegen den französischen Flugzeugträger eingesetzt.«

»Okay, okay …«, meinte Schofield und dachte nach. »Na schön, Rufus, halten Sie sich weiter an Ihre Anweisungen, okay? Wenn es uns gelingt, die Raketen rechtzeitig zu entschärfen, werden wir später noch auf Ihre Hilfe angewiesen sein.«

»Verstanden.«

Schofield überlegte angestrengt – seine Gedanken überschlugen sich.

Das ging alles zu schnell. Die Lage geriet zunehmend außer Kontrolle. Raketen mussten entschärft werden, die Israelis und die Nigerianer waren bereits an Bord, jetzt kamen noch weitere Kopfgeldjäger dazu …

»Konzentrier dich!« rief er aus. »Denk nach, Scarecrow. Was ist dein vorrangiges Ziel?«

Die Raketen zu entschärfen. Bis um 17.45 Uhr muss ich die Raketen entschärft haben. Alles andere kann warten.

Sein Blick fiel auf einen Aufzug an der Hinterwand der Brücke.

»Wir fahren runter in den Frachtraum«, sagte er.

17.39 Uhr.

New York Bay
11.39 Uhr

Auf dem Vordeck des Supertankers, im hellen Sonnenschein, hechteten Books Marines in Deckung.

Book kletterte in eine Decksluke und rutschte, gefolgt von seiner Marine-Eskorte, eine sehr lange unbeleuchtete Leiter hinunter.

Als er den Boden erreicht hatte, blickte er sich um.

Er befand sich in einem höhlenartigen, mindestens dreihundert Meter langen Frachtraum. In die Dunkelheit erstreckten sich ein Dutzend zylindrische Raketensilos, gewaltigen Säulen gleich.

Und vor dem am weitesten entfernten Raketensilo hatte sich hinter einer stark befestigten Barrikade aus Stahlcontainern und Gabelstaplern ein schwer bewaffneter Trupp afrikanischer Soldaten verschanzt.

Ärmelkanal
17.39 Uhr

Die Aufzugtüren des Supertankers öffneten sich und gaben den Blick frei auf den hinteren Bereich des Frachtraums.

Schofield, Knight und Mother traten mit vorgehaltenen Waffen heraus.

Der Frachtraum war riesig – ein gewaltiger Innenraum von der Ausdehnung dreier Footballfelder. Und in der vorderen Hälfte die Silos der Chamäleon-Raketen: Hohe Zylinder aus verstärktem Titan reichten bis zur Unterseite des Vordecks. Darin: die grausamsten Waffen, die die Menschheit bislang entwickelt hatte.

Und im vorderen Bereich des Schiffes tobte ein *brutaler* Kampf.

Ein Dutzend nigerianische Soldaten hatten sich bei den beiden vorderen Silos verschanzt und deckten die Steuerkonsole der Raketen – eine auf drei Meter hohen Stahlstreben montierte Plattform, die Stelle, der sich Schofield bis auf zwanzig Meter nähern musste, um die Raketen zu entschärfen.

Die Nigerianer waren hinter einer sehr klug angelegten Barrikade in Stellung gegangen, feuerten mit Maschinengewehren auf die israelischen Angreifer und bewarfen sie mit Handgranaten.

Kugeln und Handgranaten trafen die Silos, richteten jedoch keinen Schaden an – dafür waren die Wände viel zu stark.

Zwischen Schofield und der Schlacht befanden sich alle möglichen Gegenstände: Frachtcontainer, Raketenteile; er sah sogar zwei kleine gelbe U-Boote mit kugelförmigen Glascockpits, die an Ketten von den Laufplanken an der Decke hingen.

Schofield bemerkte, dass es sich um umgebaute URFs handelte – um Unterwasserrettungsfahrzeuge. Solche Mini-U-Boote wurden von der amerikanischen Marine eingesetzt, um die Außenhülle von Flugzeugträgern oder Atom-U-Booten nach Sabotagevorrichtungen abzusuchen. Es verstand sich von selbst, dass sie bei einem so wichtigen Projekt wie diesem ebenfalls zum Einsatz kamen.

17.40 Uhr.

Schofield, Knight und Mother rannten geduckt los,

suchten sich einen Weg zwischen den Ausrüstungsteilen hindurch und behielten gleichzeitig das Feuergefecht im Auge.

In dem Moment starteten die Israelis eine unbarmherzige Offensive.

Sie schickten ein paar Mann nach rechts, die das Feuer der Nigerianer auf sich lenken sollten, dann griffen sie die Barrikade von rechts mit drei Propellergranaten an.

Die Granaten schossen durch den ganzen Laderaum … drei weiße Rauchfahnen, dicht beieinander … und trafen die Barrikade der Nigerianer.

Es war, als wäre ein Damm gebrochen.

Die Nigerianer wurden in die Luft geschleudert. Jemand schrie. Andere brannten.

Die Israelis stürmten vor und töteten die Nigerianer, wo sie zu Boden fielen, schossen ihnen in den Kopf, während sich gleichzeitig …

… eine riesige stählerne, in die Steuerbordwand eingelassene Ladeluke knirschend öffnete und an den Schienen emporstieg.

Als sich die massive Luke vollständig geöffnet hatte, klappte *von außen* eine breite Stahlrampe durch die Öffnung und fiel scheppernd auf den Boden, worauf – wie Piraten des sechzehnten Jahrhunderts beim Entern einer Galeone – die Männer der IG-88 vom gestohlenen Kutter der Küstenwache mit flammenden MetalStorm-Gewehren in den Laderaum strömten.

Schofield – der jetzt von den mindestens zwanzig IG-88-Männern unter Feuer genommen wurde – beobachtete, wie die Israelis das Gelände rings um die Raketensteuerung einnahmen.

Sie bildeten einen engen Halbkreis um die erhöhte Konsolenplattform und feuerten mit ihren Uzis und M-16 nach achtern auf die IG-88.

Unter ihrem Feuerschutz kletterte der Anführer der Israelis – offenbar Simon Zemir – auf die stählerne Plattform, näherte sich zielstrebig der Konsole, öffnete eine Aktentasche und holte ein CincLock-Entschärfungsgerät heraus.

»Diese verdammten Heimlichtuer«, sagte Mother. »Gibt es eine amerikanische Erfindung, die sie noch nicht gestohlen haben?«

»Wohl kaum«, erwiderte Schofield, »aber im Moment sind sie unsere besten Verbündeten. Wir passen auf sie auf, während sie auf Zemir aufpassen.«

17.41 Uhr.

Aus der Deckung des Raketensilos hervor beobachtete Schofield, wie die Displays des CincLock-Geräts wie bei einem Notebook aufleuchteten und Zemir sich am Touchscreen zu schaffen machte.

Er entschärft die Raketen, dachte Schofield.

Ausgezeichnet. Vielleicht kommen wir ja doch noch ohne allzu viel Aufhebens hier raus.

Dann aber sah Schofield entsetzt mit an, wie sich drei schattenhafte Gestalten *hinter* der Konsolenplattform von den Deckenstreben des Frachtraums abseilten.

Keiner der Sayaret Tzanhim hatte sie bemerkt. Sie waren zu sehr damit beschäftigt, auf Demon Larkham und die Kopfgeldjäger der IG-88 zu feuern.

»Nein«, flüsterte Schofield. »*Nein, nein, nein ...*«

Die drei Schattengestalten sausten an den Seilen mit Lichtgeschwindigkeit in die Tiefe.

Zamanow und seine Skorpione.

Offenbar hatten sie sich durch eine Luke am Bug vom Vordeck abgeseilt.

Schofield trat aus der Deckung und versuchte den Lärm zu übertönen: »*Hinter* dir!«

Die Israelis reagierten augenblicklich.

Sie nahmen ihn unter Feuer.

Schofield brachte sich mit einem Hechtsprung hinter dem Silo in Deckung, wälzte sich herum und spähte wieder in den Frachtraum –

– als die drei Skorpione nur wenige Meter *hinter* dem abgelenkten Zemir leichtfüßig auf der erhöhten Plattform aufsetzten.

Ohnmächtig musste Schofield mit ansehen, wie Zamanow im stroboskopartigen Mündungsfeuer lautlos vorschlich, das Cossack-Schwert zog, seitlich damit ausholte und einen brutalen Hieb gegen Zemirs Hals führte.

Auf einmal war Shane Schofield die letzte Person von der Kopfgeldliste, die noch am Leben war.

Und der einzige Mensch auf der Welt, der in der Lage war, das CincLock-VII-Sicherheitssystem zu entschärfen.

Zemir fiel der Kopf von den Schultern.

Schofields Mund klappte auf. »Das kann doch nicht wahr sein.«

Einer der Sayaret Tzanhim blickte sich über die Schulter um – und bekam gerade noch mit, wie Zemirs kopfloser, Blut verspritzender Leichnam von der Konsolenplattform auf den Boden fiel, während Zamanow seinen an den Rändern ausgefransten Kopf in den Rucksack stopfte und an der Reißleine wieder in die Höhe sauste –

Wumm!

Die anderen beiden Skorpione, die dem flüchtenden Zamanow Feuerschutz gaben, hatten dem Israeli mitten ins Gesicht geschossen – während zwei weitere Sarayet Tzanhim von IG-88-Kämpfern aus der *anderen* Richtung umgemäht wurden.

Das israelische Einsatzteam wurde aus beiden Richtungen von zwei verschiedenen Gruppen professioneller Kopfgeldjäger unter Feuer genommen.

Und als die überlebenden Sayaret Tzanhim Zemirs herabfallenden Leichnam und die flüchtenden Skorpione sahen, gerieten sie in Verwirrung und ihre Formation löste sich auf.

Sie wurden dezimiert.

Die IG-88-Kämpfer überwältigten sie. Kurz darauf war der ganze israelische Einsatztrupp tot.

17.42 Uhr.

Die IG-88-Männer besetzten die Barrikade. Demon Larkham schritt wie ein siegreicher General in die gegnerische Stellung hinein. Er zeigte zur Decke, auf Zamanow und dessen Skorpione, die sich mit Zemirs Kopf an den Reißleinen in Sicherheit brachten.

Die drei Skorpione erreichten die Decke unmittelbar neben einer breiten Ladeluke.

Zamanows Begleiter kletterten als Erste durch die Luke in den strömenden Regen hinaus und bückten sich, als Zamanow ihnen den Kopf Simon Zemirs reichte.

Sie wurden von den Kugeln der Supermaschinengewehre durchsiebt.

Die beiden Skorpione auf dem Vordeck zuckten unkontrolliert, aus ihren Oberkörpern spritzte Blut.

Vor ihnen stand ein Sechs-Mann-Team der IG-88. Demon Larkham hatte mit dieser Entwicklung gerechnet und rechtzeitig ein zweites Team aufs Vordeck geschickt.

Der Rucksack mit Zemirs Kopf war aufs Deck gefallen und die IG-88-Kämpfer rannten vor und wollten ihn packen.

Zamanow, der sich einer drückenden Übermacht und einer vernichtenden Feuerkraft gegenübersah, duckte sich unter die Bodenlinie, schwang sich wieder auf die Laufplanke an der Decke des Frachtraums und verschwand in der Dunkelheit.

Schofield hatte dies alles vom Boden des Frachtraums aus sprachlos mit angesehen.

Es war einfach unglaublich.

Bis zum Start der Atomraketen blieben noch drei Minuten, Zemir war tot und die IG-88 hatte die Steuerkonsole eingenommen. Zwanzig Mann, bewaffnet mit MetalStorm-Gewehren!

Er brauchte ein Ablenkungsmanöver, ein *richtig großes* Ablenkungsmanöver.

»Funken Sie Rufus an«, sagte er zu Knight.

»Ganz sicher?«

»Das ist der einzige Ausweg.«

»Also gut«, meinte Knight. »Sie sind wirklich wahnsinnig, Captain Schofield.« Dann sagte er ins Kehlkopfmikrofon: »Rufus. Wie sieht's mit Plan B aus?«

Rufus' Stimme antwortete. *»Ich hab mir den nächsten geschnappt! Ein richtig großer Brocken! Ich bin noch hundert Meter entfernt, mit laufender Maschine, und steuere geradewegs auf euch zu!«*

In hundert Metern Entfernung von der *Talbot* durchteilte ein weiterer Supertanker den Regen. Am Steuer stand Rufus.

Das riesige 110 000-Bruttoregistertonnen-Schiff, die MS *Eindhoven,* hatte im Ärmelkanal mit leer laufenden Maschinen gewartet, als Rufus mit dem *Black Raven* auf dem Vordeck gelandet war.

Jetzt war Rufus der einzige Mensch an Bord, denn nachdem er die Fenster der Brücke mit zwei M-16 zerschossen hatte, hatte es die Besatzung klugerweise vorgezogen, sich mit einem Rettungsboot in Sicherheit zu bringen.

»Was soll ich tun?«, rief Rufus ins Funkgerät.

An Bord der *Talbot* schätzte Schofield die Lage ein.

Rufus' Plan war eigentlich als letzter Rettungsanker gedacht gewesen – für den Fall, dass er es nicht schaffte, die

Raketen zu entschärfen, hatte Schofield den als Supertanker getarnten Raketenträger versenken wollen.

Er warf einen Blick auf die Steuerkonsole und die Barrikade, dann auf einmal gefror ihm das Blut in den Adern.

Demon Larkham erwiderte seinen Blick. Er hatte ihn entdeckt.

Der Dämon lächelte.

»Rufus«, sagte Schofield. »Ramm uns.«

17:42:10.

Demon Larkhams Männer stürmten hinter der Barrikade hervor und rannten mit unablässig feuernden Metal-Storm-Gewehren zwischen den Raketensilos entlang.

Sie jagten Schofield.

Schofield führte Mother und Knight zu einem Rettungsboot, das sich neben der offenen Ladeluke an der Steuerbordseite befand.

»Beeilung!«, rief er. »Steigt ein!«

Sie hechteten ins Rettungsboot und erwiderten augenblicklich das Feuer.

Die IG-88-Männer kamen näher.

Schofield feuerte, was das Zeug hielt. Mother und Knight bemühten sich ebenfalls nach Kräften, den Gegner bis zu Rufus' Eintreffen in Schach zu halten.

Die IG-88-Kämpfer rückten trotzdem weiter vor.

»Machen Sie schon, Rufus!«, sagte Schofield. »Wo bleiben Sie denn …?«

Und dann hatte Rufus sie endlich erreicht.

Es hörte sich an wie das Ende der Welt.

Das Kreischen von Metall, von Stahl, der auf Stahl trifft.

Der Zusammenstoß der beiden Supertanker, im strömenden Regen des Ärmelkanals, war ein wahrhaft ehrfurchtgebietender Anblick.

Zwei der größten beweglichen Objekte des Planeten – jeweils über dreihundert Meter lang und mit einem Gewicht von über 100 000 Tonnen – stießen mit Kollisionsgeschwindigkeit zusammen.

Rufus' entwendeter Tanker, die *Eindhoven,* traf die *Talbot* genau im rechten Winkel und bohrte ihren Bug in deren Backbordseite.

Der scharfe Bug der *Eindhoven* schnitt wie ein Messer in die Backbordseite der *Talbot,* bohrte sich in sie hinein wie ein Rammbock.

Der Rumpf der *Talbot* wurde einfach eingedrückt. Meereswasser strömte durch das riesige Leck, das die *Eindhoven* verursacht hatte. Und wie ein zurücktaumelnder Boxer geriet der ganze Supertanker heftig ins Schwanken.

Zunächst neigte er sich nach Steuerbord, so gewaltig war die Wucht des Zusammenpralls. Als jedoch gewaltige Wassermengen in die *Talbot* strömten, neigte sich der raketenbestückte Supertanker dramatisch – und verhängnisvoll – nach Backbord.

Worauf er sich auf die linke Seite legte und zu sinken begann.

Und zwar schnell.

Die Szenerie im Frachtraum der *Talbot* hätte selbst Noah zum Schlucken gebracht.

Hier war der Zusammenstoß eine welterschütternde Erfahrung gewesen.

Nicht einmal Schofield war auf die schiere Wucht des Zusammenpralls oder den plötzlich durch die Backbordseite stoßenden spitzen Bug der *Eindhoven* vorbereitet gewesen.

Als Folge davon kippte der ganze Frachtraum nach Steuerbord, sodass alle das Gleichgewicht verloren.

Dann strömte Wasser durch das riesige Leck – in gewaltigen Mengen.

Eine sieben Meter hohe Flutwelle ergoss sich mit unheimlicher Wucht in den Frachtraum, verschluckte mehrere Angehörige der IG-88 und hob Gabelstapler, Frachtcontainer und Raketenersatzteile mühelos empor.

Das Wasser rauschte unter Schofields Rettungsboot hinweg und hob es aus dem Lager. Schofield löste das Boot daraufhin von den Davits und ließ den Motor an. In Sekundenschnelle war der Boden komplett überspült; der Wasserspiegel stieg rasch.

Währenddessen schwankte die *Talbot* zur Backbordseite und zu dem fatalen Leck, neigte sich um mindestens dreißig Grad – und Schofield, der im motorisierten Rettungsboot durchs Wasser schoss, sah, wie der ganze Frachtraum zu kippen begann.

17:42:30

Einem unbeteiligten Betrachter hätte sich ein wahrhaft erstaunlicher Anblick geboten.

Der Bug der *Eindhoven* steckte nach wie vor in der Seite der *Talbot* – während die *Talbot,* in die unglaubliche Wassermassen einströmten, auf der linken Seite lag und buchstäblich am Bug der *Eindhoven* hing.

Das Gewicht des einströmenden Wassers war jedoch so groß, dass die *Talbot* auch den Bug der *Eindhoven* allmählich unter Wasser zog – das lang gestreckte Vordeck und die Brücke der Talbot ragten noch aus dem Wasser, im

30-Grad-Winkel zur Seite geneigt, während ihre linke Flanke den Bug der *Eindhoven* unerbittlich nach unten zog, den Wellen entgegen.

Man musste Rufus, der sich an Bord der *Eindhoven* aufhielt, nicht dreimal sagen, was er zu tun hatte. Er rannte zum Raben, der noch immer auf dem Vordeck des Tankers stand, kletterte ins Cockpit und stieg in den regenverhangenen Himmel empor.

17:43:30

In der rasch voll laufenden *Talbot* war Schofield in Bewegung.

In ausgesprochen schneller Bewegung.

Das motorisierte Rettungsboot – Mother und Knight hatten sich an den Seiten postiert – schoss durchs Wasser, schwenkte zwischen den mittlerweile schief stehenden Raketensilos hindurch, raste auf die im Wasser treibenden Gegner zu. Es war, als jagte er mit einem Rennboot durch einen Wald gekippter Bäume.

Nach dem Zusammenstoß hatten sich Demon Larkham und die meisten seiner Männer nach Steuerbord gerettet – zur erhöhten Seite des Schiffes, die noch nicht überschwemmt war.

Schofield jedoch raste auf dem kürzesten Weg zur Steuerkonsole am vorderen Ende des Frachtraums.

17:43:48

17:43:49

17:43:50

Das Rettungsboot durchschnitt das aufgewühlte Wasser, seine beiden Verbündeten feuerten unablässig und töteten vorbeirasende IG-88-Männer.

Dann ging das Rettungsboot an der erhöhten Steuerkonsole längsseits. Auch die auf einer Stangenkonstruktion montierte Konsole war dramatisch geneigt und ragte noch gerade mal anderthalb Meter aus dem Wasser.

»Gebt mir Deckung!«, rief Schofield. Von seiner Position im Rettungsboot aus konnte er die leuchtenden Displays der Konsole und die blutroten Ziffern sehen, die in Hundertstelsekunden die bis zum Start der Raketen verbleibende Zeit herunterzählten.

00:01:10.88
00:01:09.88
00:01:08.88

Die Hundertstelsekunden schwirrten mit einer solchen Geschwindigkeit vorbei, dass sie allesamt wie Achten wirkten.

Schofield nahm das CincLock-VII-Gerät – das er von den Franzosen bekommen hatte – aus einer wasserdichten Westentasche und blickte aufs Display.

Auf dem Touchscreen waren weiße und rote Kreise dargestellt.

Ping.

Eine Mitteilung wurde angezeigt:

ERSTES PROTOKOLL (RÄUMLICHE NÄHE): ERFÜLLT.
ZWEITES PROTOKOLL AKTIVIERT.

Wie zuvor begannen die weißen Kreise auf dem Bildschirm langsam zu blinken.

Schofield berührte sie in der entsprechenden Reihenfolge.

Der Countdown ging weiter.

00:01:01
00:01:00
00:00:59

Plötzlich gab es einen Ruck. Der Supertanker, der noch immer am Bug der *Eindhoven* hing, hatte begonnen davon abzurutschen!

Wegen des unerwarteten Rucks hatte Schofield einen weißen Kreis verfehlt.

Es piepte, dann erschien folgende Mitteilung:

ZWEITES PROTOKOLL (REAKTIONSMUSTER): GESCHEITERTER ENTSCHÄRFUNGSVERSUCH REGISTRIERT.
DREI GESCHEITERTE ENTSCHÄRFUNGSVERSUCHE FÜHREN ZUR VORZEITIGEN DETONATION.
ZWEITES PROTOKOLL (REAKTIONSMUSTER): REAKTIVIERT.

»Mist«, fluchte Schofield.

Er begann von vorn.

Der Supertanker sank weiter.

Wasser lappte an seinen Stiefeln.

Mother und Knight feuerten auf Demon Larkhams Männer. Während Schofield unermüdlich auf den Touchscreen tippte, feuerte Aloysius Knight auf die IG-88-Männer an der Steuerbordseite des Frachtraums.

»O nein ...«, stöhnte er.

»Was ist?«, schrie Mother.

»Die Frachtluke an Steuerbord«, sagte Knight. »Sie taucht jeden Moment unter.«

Er hatte Recht. Aufgrund der Linksneigung des Schiffes hatte sich die große steuerbordseitige Frachtluke bisher ein gutes Stück oberhalb der Wasserlinie befunden.

Mittlerweile aber hatte das steigende Wasser sie erreicht. Und das war äußerst schlecht – denn nun würde das Wasser von *beiden* Seiten in die *Talbot* strömen.

Anschließend würde die *Talbot* in erschreckendem Tempo sinken –

»Knight!«, rief Mother. »Rechte Seite!«

»O Scheiße«, sagte Knight.

Rechts von ihnen kletterten sechs von Demon Larkhams Männern gerade in zwei motorisierte Rettungsboote.

Sie hielten auf sie zu.

»Captain Schofield!«, rief Knight. »Sind Sie fertig?«

»So gut wie ...!«, schrie Schofield ohne das Display aus den Augen zu lassen.

```
00:00:51
00:00:50
00:00:49
```

Die beiden Rettungsboote der IG-88 schwenkten zur Steuerbordseite des überschwemmten Frachtraums und sammelten Demon und die restlichen Überlebenden auf – insgesamt sechzehn Mann.

Dann rasten sie auf Schofield und die Steuerkonsole zu.

Knight und Mother feuerten.

Die beiden Boote schossen durchs Wasser, glitten unablässig feuernd durch den Wald der geneigten Raketensilos hindurch.

Schofield befand sich währenddessen in seiner eigenen Welt und berührte rote und weiße Kreise.

```
00:00:41
00:00:40
00:00:39
```

Dann tippte er den letzten weißen Kreis an und folgende Meldung erschien:

ZWEITES PROTOKOLL (REAKTIONSMUSTER): ERFÜLLT.
DRITTES PROTOKOLL (CODEEINGABE): AKTIV.
BITTE GEBEN SIE DEN GÜLTIGEN ENTSCHÄRFUNGSCODE EIN.

»Na *schön*«, sagte Schofield. Der universale Entschärfungscode. Die sechste Mersenne-Primzahl stand noch immer auf seiner Handfläche: 131 071.

Er begann die Zahl in das numerische Tastenfeld des CincLock-Geräts einzutippen, als sich das Rettungsboot unter ihm auf einmal bewegte und –

Piep!

Das Display piepte protestierend.

ERSTES PROTOKOLL (RÄUMLICHE NÄHE): NICHT ERFÜLLT.
ALLE PROTOKOLLE WURDEN REAKTIVIERT.

»Was denn!« Schofield blickte abrupt hoch und stellte fest, dass Knight sich mit Vollgas von der Raketenkonsole *entfernte*, während Mother vom Heck aus auf zwei Verfolgerboote feuerte.

Sie schlängelten sich zwischen den Raketensilos hindurch.

»Sorry, Captain!«, rief Knight. »Aber wir mussten losfahren! Sonst wären wir jetzt tot!«

»Ja, aber wir müssen binnen zehn Sekunden wieder in Reichweite der Konsole kommen! Ich brauche mindestens 25 Sekunden, um das Reaktionsmuster zu vervollständigen!«

Rings um ihr dahinrasendes Rettungsboot schlugen Kugeln ein; Wasserfontänen spritzten empor.

00:00:35
00:00:34
00:00:33

Knight wendete das Rettungsboot. »Wie dicht müssen Sie rankommen?«

»Bis auf zwanzig Meter!«

»In Ordnung!«

Kugeln pfiffen an ihren Ohren vorbei, Querschläger prallten von den Raketensilos ab.

Knight schwenkte das Boot herum und fuhr einen weiten Kreis um die Stahlinsel der Steuerkonsole, einen Kreis, der es hin und wieder nötig machte, im Wald der Silos einen Schlenker zu beschreiben.

00:00:27
00:00:26
00:00:25

Schofields Display schaltete sich mit einem Piepen wieder ein.

ERSTES PROTOKOLL (RÄUMLICHE NÄHE): ERFÜLLT.
ZWEITES PROTOKOLL AKTIVIERT.

Abermals leuchteten die Kreise auf – und Schofield tippte erneut auf das Display.

Mother feuerte immer noch auf die Verfolgerboote.

Knight steuerte mit einer Hand und feuerte mit der anderen, wobei er sorgfältig darauf achtete, sich nicht weiter als zwanzig Meter von der Konsole zu entfernen.

00:00:16
00:00:15
00:00:14

Auf einmal aber teilten sich die IG-88-Boote auf, da sie inzwischen mitbekommen hatten, dass Knight immer im Kreis fuhr.

Eins von ihnen machte kehrt und fuhr in die entgegengesetzte Kreisrichtung weiter: Das erste IG-88-Boot trieb nun Schofields Boot auf das zweite zu.

Ohne auf die Verfolgungsjagd zu achten bewegte Schofield seine Hände jetzt schneller.

Rot-weiß-weiß …

Tipp-tipp-tipp …

00:00:11
00:00:10
00:00:09

Knight durchschaute den Plan der IG-88. Er feuerte auf den Fahrer des entgegenkommenden Bootes.

Bläm! – bläm! – bläm! …

Daneben – daneben – daneben …

00:00:08
00:00:07
00:00:06

Schofields Hände waren nurmehr verschwommene Schemen, die in rasendem Tempo aufs Display tippten.

Mother traf einen der Verfolger. Dann aber schrie sie auf, als sie von einer brennend heißen Kugel an der Schulter getroffen wurde.

00:00:05
00:00:04
00:00:03

Sie waren nun auf Kollisionskurs mit dem zweiten IG-88-Boot und Knight feuerte auf dessen Fahrer.

Bläm! – bläm! – bläm! …

Daneben – daneben …

Treffer.

00:00:02

Der Fahrer sackte tot zusammen. Das IG-88-Boot schwenkte ab, während Knight sein Boot innerhalb der 20-Meter-Zone um die Konsole hielt.

00:00:01

Schofields Handbewegungen veränderten sich leicht. Es sah so aus, als berührte er nicht mehr Kreise, sondern tippte etwas ein –

00:00:00

Zu spät.

Trotzdem wurde keine der Chamäleon-Raketen gezündet.
Die Ziffern des Timers verharrten bei folgender Anzeige:

00:00:00.05

Die Sekunden hatten zwar auf Null heruntergezählt, doch die allerletzte Sekunde – in verschwimmenden Hundertsteln angezeigt – war noch nicht ganz abgelaufen, als Schofield den universalen Entschärfungscode eingegeben und die ENTER-Taste gedrückt hatte.
Auf dem Display wurde jetzt folgende Mitteilung angezeigt:

DRITTES PROTOKOLL (CODE-EINGABE): ERFÜLLT.
GÜLTIGER ENTSCHRÄFUNGSCODE EINGEGEBEN.
RAKETENSTART ABGEBROCHEN.

Schofield stieß erleichtert den Atem aus.
Es waren keine Raketen gestartet.
London, Paris und Berlin waren gerettet.
In diesem Moment tauchte die offene Steuerbordseite der MS *Talbot* langsam unter die Wasserlinie.

Schuuuuum!!!
Das Tosen war ohrenbetäubend.
Es war, als hätten sich die Schleusen des Himmels geöffnet.
Wie eine über den Gegner herfallende Armee ergoss sich eine unvorstellbare Wassermenge durch die weit göffnete Ladeluke der *Talbot*.
Eine *Wand* aus Wasser – eine unaufhaltsame, alles vernichtende Flutwelle.

Die Wirkung ließ nicht lange auf sich warten.

Der Supertanker schwankte dramatisch und *richtete sich wieder auf,* als das an der Steuerbordseite hereinströmende Wasser die an Backbord eindringenden Wassermengen ausglich.

Das Aufrichten der *Talbot* hatte jedoch eine bedeutsame Nebenwirkung: Die *Talbot* löste sich nämlich vom Bug der *Eindhoven.* Das hieß, die *Talbot* hätte sich jetzt aus eigener Kraft über Wasser halten müssen.

Und somit sank sie – mit beträchtlicher Geschwindigkeit – in die Tiefen des Ärmelkanals.

Für Schofield, Knight und Mother, die sich auf dem Rettungsboot im Innern des Frachtraums befanden, war der Lärm ohrenbetäubend.

Das Tosen des Wassers dröhnte durchs ganze Schiff. Wellen krachten gegen die Stahlwände. Strudel bildeten sich.

Und das Wasser stieg in einem erschreckenden Tempo.

Für Schofield sah es so aus, als senkte sich die Decke auf sie herab. Und zwar in Windeseile.

Im Handumdrehen rasten sie auf *halber Höhe* an den Raketensilos vorbei, nur noch knappe sieben Meter von den an der Decke montierten stählernen Laufplanken entfernt.

Als die Steuerbordluke aufgesprengt worden war, hatten Demon Larkham und seine Männer die Verfolgungsjagd abgebrochen und sich stattdessen zu den verschiedenen Leitern begeben, die zur Decke hochführten.

»Verdammt noch mal, ist der gut«, sagte Knight. »Der Dämon will nach oben aufs Vordeck. Er will sämtliche Ausstiegsluken decken. Dann braucht er bloß zu warten, bis wir auftauchen – was wir früher oder später nicht mehr vermeiden können.«

»Dann müssen wir eben einen anderen Ausweg finden«, erwiderte Schofield. »Ich muss bloß vom Schiff wegkommen und ein bisschen Ruhe finden, damit ich die auf Amerika gerichteten Raketen entschärfen kann.«

Schofield sah auf dem Palm Pilot nach, wann die nächsten Kormoran-Raketen starten sollten.

Er rief mehrere Dokumente auf, die er zuvor auf dem Pilot gesehen hatte:

Quelle	Träger-Sys.	W-H	Start	Ziel	Zeit
Talbot	Shahab-5	TN76	35702.90	00001.65	1145
			5001.00	5239.10	
	Shahab-5	TN76	35702.90	00420.02	1145
			5001.00	4900.25	
	Shahab-5	TN76	35702.90	01312.15	1145
			5001.00	5358.75	
Ambrose	Shahab-5	TN76	28743.05	28743.98	1200
			4104.55	4104.64	

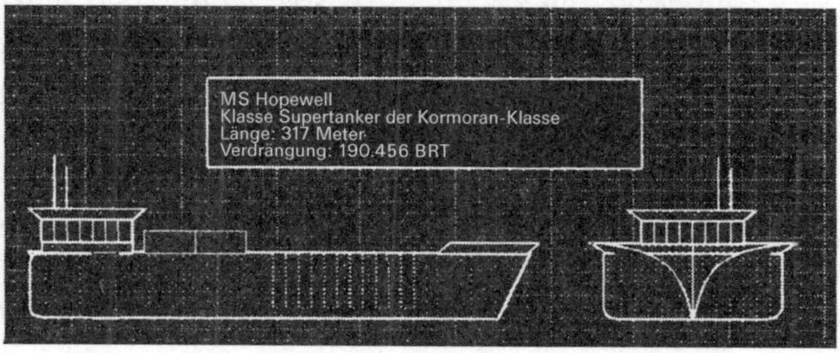

Betreff: Zahlung der Sachverständigenkommission

Die Sachverständigenkommission wird auf internem elektronischem Weg vom Privatkonto der Astral-66 PTY LTD bei AGM-Suisse überwiesen.

Dienstreise

Folgender Reiseweg wird vorgeschlagen: Asmara (01/08), Luanda (01/08), Abuja (05/08), N'djamena (07/08) und Tobruk (09/08).

01/08 – Asmara (Botschaft)
03/08 – Luanda (bei M. Loch, Rs Neffen, absteigen)

	Name	Nat.	Org.
1.	Ashcroft, William H.	GB	SAS
2.	Christie, Alec P.	GB	MI-6
3.	Farrell, Gregory C.	USA	Delta
4.	Khalif, Iman	AFG	Al-Kaida
5.	Kingsgate, Nigel E.	GB	SAS
6.	MCCABE, Dean P.	US	Delta

Er klickte die abgekürzte Startliste an und die vollständige Liste erschien auf dem Display:

Quelle	Träger-Sys.	W-H	Start	Ziel	Zeit
Talbot	Shahab-5	TN76	35702.90	00001.65	1145
			5001.00	5239.10	
	Shahab-5	TN76	35702.90	00420.02	1145
			5001.00	4900.25	
	Shahab-5	TN76	35702.90	01312.15	1145
			5001.00	5358.75	
Ambrose	Shahab-5	TN76	28743.05	28743.98	1200
			4104.55	4104.64	
	Shahab-5	TN-76	28743.05	28231.05	1200
			4104.55	3835.70	
Jewel	Taep'o-	N-8	23222.62	23222.70	1215
	Dong-2		3745.75	3745.80	
	Taepo'o-	N-8	23222.62	24230.50	1215
	Dong-2		3745.75	3533.02	
	Taepo'o-	N-8	23222.62	23157.05	1215
	Dong-2		3745.75	4930.52	
Hopewell	Sky	W-88	11900.00	11622.50	1230
	Horse-3		2327.00	4000.00	

	Sky Horse-3	W-88	11900.00 2327.00	11445.80 2243.25	1230
Whale	Ghauri-II	R-5	07040.45 2327.00	07725.05 2958.65	1245
	Agni-II	I-22	07040.45 2327.00	07332.60 3230.55	1245
Arbella	Jericho-2B	W-88	04402.25 1650.50	04145.10 2130.00	1400

Er sah die mittlerweile wohl vertraute Liste vor sich.

Es war die gleiche, die Book entschlüsselt hatte. Er fasste die GPS-Koordinaten der ersten drei Schiffe in den Blick: *Talbot, Ambrose* und *Jewel.*

Als Nächste war die *Ambrose* an der Reihe: Sie sollte ihre Raketen um zwölf Uhr mittags von den GPS-Koordinaten **28743.05, 4104.55** abschießen.

Stimmt, erinnerte er sich wieder. *New York.*

Aber Moment mal. Plötzlich stutzte er.

Die Aufzählung unterschied sich von Books Liste.

Er besah sie sich genauer.

Einige der Raketen in der zweiten Hälfte der Liste waren ausgetauscht worden.

Auf Books Liste waren nur zwei Raketentypen aufgeführt gewesen: die Shahab und die Taep'o-Dong.

Hier hingegen waren gleich mehrere andere Typen aufgeführt: die Sky Horse (aus Taiwan), die Ghauri-II (Pakistan), die Agni-II (Indien) und die Jericho-2B (Israel).

Außerdem war ein weiteres Startschiff aufgeführt – der letzte Eintrag, die *Arbella,* die über zwei Stunden nach der ersten Gruppe von Raketen feuern sollte.

Ganz zu schweigen von einem weiteren verstörenden Umstand: Die taiwanesischen und israelischen Raketen auf der Liste waren mit *amerikanischen* Atomsprengköpfen bestückt, den W-88 mit überwältigender Sprengkraft –

Eine mörderische Salve schlug neben Schofield ins Wasser ein. Er bemerkte es kaum.

Als er nach oben blickte, sah er, dass Knight das Rettungsboot zu einer Leiter gesteuert hatte, die zu einer der Laufplanken an der Decke hochführte. Vor nicht allzu langer Zeit hatte sich die Laufplanke knapp dreißig Meter über dem Boden befunden. Jetzt waren es nur noch *sechs* Meter bis zum rasch steigenden Wasserspiegel.

Aus *beiden Richtungen* näherten sich Vier-Mann-Teams von IG-88-Kämpfern. Sie waren soeben durch Deckenluken herabgeklettert und rannten nun unablässig feuernd die Laufplanke entlang; ihre Kugeln trafen rings um Schofields Boot die Träger.

Ping! – Ping! – Ping! – Ping! – Ping!

»Dieser Scheißkerl!«, brüllte Knight. »Er wartet nicht mal, bis wir hochkommen. Er treibt uns nach oben!«

Mother packte Schofield beim Kragen. »Komm schon, mein Hübscher, der Computer kann warten.« Sie hob ihn vom Rettungsboot zur Leiter, gab ihm mit dem Körper Deckung.

Sie kletterten immer wieder feuernd die Leiter hoch, erreichten die Laufplanke, wo sie von zahllosen Funken begrüßt wurden.

Mother übernahm die Deckung, während Knight Schofield nach achtern geleitete.

Ping! – Ping! – Ping! – Ping! – Ping!

Überall pfiffen Kugeln umher.

Knight und Schofield feuerten auf die IG-88-Männer, die sich ihnen von der Heckseite der Laufplanke näherten. Schofield ging die Munition aus.

»Haben wir ein bestimmtes Ziel?«, schrie er.

»Ja! Einen sicheren Ort!«, brüllte Knight zurück, unablässig feuernd. »Einen Ort, wo Sie sich ungestört dem Entschärfen widmen können und wo diese sinkende Mausefalle für uns Geschichte ist. Mir nach!«

Knight schwenkte scharf nach rechts, rannte an einem kleinen Wartungsschuppen vorbei, der an einer T-Kreuzung zweier Laufplanken errichtet war, gelangte hinter den Schuppen und erblickte –

– die beiden gelben Mini-U-Boote, die an Ketten von der Decke des Frachtraums hingen.

Wie die Laufplanken waren auch die U-Boote nicht mehr weit vom Wasser entfernt. Eine breite, kapuzenförmige Plane überdeckte die U-Boote und die Laufplanke in ihrer Mitte. Schofield und Knight bot sie teilweise Deckung vor den Blicken der IG-88.

Ping! – Ping! – Ping! – Ping! – Ping!

Ein Dutzend Meter hinter Knight und Schofield erreichte Mother den Wartungsschuppen an der T-Kreuzung. Sie erwiderte noch immer das Feuer der IG-88-Männer, die zu beiden Seiten nur noch zwanzig Meter von ihr entfernt waren.

Schofield beobachtete, wie sie versuchte die Mini-U-Boote zu erreichen, doch die IG-88-Männer hinderten sie mit einem Kugelhagel am Weiterkommen.

Mother ging im Wartungsschuppen in Deckung.

Sie war abgeschnitten.

»Mother!«, rief Schofield.

»*Verschwinde, Scarecrow!*«, antwortete sie über Funk.

Die IG-88-Männer attackierten den Schuppen mit unglaublich heftigen Salven der MetalStorm-Gewehre.

Überall schlugen Kugeln ein.

Mother duckte sich und verschwand außer Sicht – Schofield fürchtete bereits, sie sei getroffen worden –, dann aber richtete sie sich plötzlich wild feuernd und brüllend wieder auf und erwischte zwei der IG-88-Männer.

»*Scarecrow! Ich habe gesagt, ihr sollt verdammt noch mal machen, dass ihr hier wegkommt!*«

»Ohne dich setze ich mich nicht ab!«

»*Verschwindet!*« Sie feuerte zwei weitere Schüsse ab.

»Ich will dich nicht auch noch verlieren!«

Mothers Tonfall wurde immer drängender. »*Scarecrow. Hau ab. Du bist wertvoller als ein altes Weib wie ich.*« Mother blickte vom Schuppen zu ihm hinüber. »*Das war schon immer so. Mein Wert besteht darin, dein Leben zu schützen. Hindere mich nicht daran. Und jetzt hau ab, du Herzensbrecher! Los! Los! Los!*«

Auf einmal tat Mother etwas Mutiges und Selbstmörderisches.

Sie richtete sich in den Fenstern des Schuppens auf, stieß einen Urschrei aus: »Aaaahhhhhh!« und begann *in beide Richtungen gleichzeitig* auf die Angreifer zu feuern.

Die beiden IG-88-Gruppen kamen abrupt zum Stehen – beide hatten den Vordermann in einer schauerlichen Blutfontäne verloren, was Schofield und Knight immerhin die dringend benötigte Atempause verschaffte.

»Einsteigen!«, brüllte Knight und drückte den Knopf mit der Aufschrift »LUKE« an einem der gelben U-Boote. Die kreisförmige Einstiegsluke an der Oberseite des U-Boots öffnete sich wie eine Iris. »Ihr Opfer soll nicht umsonst gewesen sein!«

Schofield machte einen Schritt auf die Luke zu und blickte sich zu Mother um – genau in dem Moment, als sie dem Feuer der beiden IG-88-Teams erlag.

»Scheiße, nein …«, murmelte er.

Mother wurde von einer Salve der MetalStorm-Gewehre getroffen, die in ihren Brustpanzer einschlugen … dann folgte eine weitere Salve … und noch eine …

Mother richtete sich kerzengerade auf und schwankte ohne zu feuern mit offenem Mund und plötzlich leerem Blick –

– und dann brach sie in einer Wolke aus Qualm und umherfliegenden Glasscherben hinter den Schuppenfenstern zusammen und verschwand aus Schofields Blickfeld.

Die IG-88-Männer indes wollten ganz auf Nummer sicher gehen.

Beide Gruppen feuerten gleichzeitig mit Raketenwerfern auf den Wartungsschuppen.

Zwei Rauchfinger schossen von zwei Seiten auf Mothers kleinen Schuppen zu.

Sie trafen ihn gleichzeitig, und mit einem ohrenbetäubenden Krachen flogen die vier Wände nach außen und das flache Bodenteil fiel einfach auf das noch fünf Meter entfernte Wasser hinab.

Schofield wollte umkehren, doch Knight schob ihn in die entgegengesetzte Richtung.

»Nein! Wir verschwinden! Sofort!«, übertönte Knight das Gewehrfeuer.

Er stieß Schofield ins Mini-U-Boot und der landete darin –

– bloß um festzustellen, dass ihnen bereits jemand zuvorgekommen war.

Schofield kam mit den Füßen auf dem Boden des Mini-U-Boots auf, und als er hochschaute, zischte eine Schwertklinge direkt auf sein Gesicht zu.

Eine Reflexhandlung.

Er riss die leere H&K-Pistole hoch, und – *Kläng!* – die auf seinen Hals zielende Klinge traf den Abzugsbügel der Pistole und kam zum Stillstand: zwei Zentimeter vor Schofields Hals.

Vor ihm stand Dmitri Zamanow.

In Händen hielt er das kurze Cossack-Schwert, seine Augen flammten hasserfüllt.

»Sie haben sich das falsche Versteck ausgesucht!«, knurrte der russische Kopfgeldjäger.

Ehe Schofield reagieren konnte, drückte er zwei Knöpfe.

Zuerst den innen befindlichen Knopf mit der Aufschrift »LUKE«.

Die Luke schloss sich sirrend, die stählerne Iris zog sich zusammen.

Dann drückte er den Knopf mit der Aufschrift »URF FREIGABE« und Schofield drehte sich auf einmal der Magen um, als sich das Mini-U-Boot von den Ketten löste, fünf Meter in die Tiefe stürzte und mit einem gewaltigen Platscher im steigenden Wasser landete.

»Verflucht noch mal!« Aloysius Knight konnte es nicht fassen. »Was soll die Scheiße!«

Eben noch hatte er Schofield ins gelbe URF gestoßen und wollte ihm gerade nachklettern – da ging auf einmal die Luke zu und das Scheißding fiel einfach ins Wasser!

Hyperschnelle Kugeln trafen ringsum die Träger, als die

IG-88-Teams am zerstörten Wartungsschuppen vorbei auf das U-Boot zustürmten.

Daher wählte Knight die einzige Option, die noch übrig blieb. Er hechtete ins zweite Mini-U-Boot, während ihm die Kugeln der Verfolger die Stiefelsohlen versengten.

Schofield und Zamanow kämpften.

Kein Stil. Keine ausgefeilte Technik.

Eine wilde Rauferei.

Im beengten Innenraum des U-Boots wälzten sie sich umher und schlugen aufeinander ein – wieder und wieder.

Schofields leere Pistole war nutzlos, aber Zamanows Cossack-Schwert war der Schlüssel.

Deshalb schlug Schofield nach dem Aufprall auf dem Wasser als Erstes nach Zamanows Handgelenk, worauf der das Schwert fallen ließ.

Und nun rangen sie miteinander, beide mit wütender Entschlossenheit – Schofield, weil ihn Mothers Selbstopfer in Rage versetzt hatte, Zamanow, weil er ein Psychopath war.

Sie schleuderten sich gegenseitig gegen die U-Boot-Wände und schlugen so erbittert aufeinander ein, dass jedes Mal Blut spritzte.

Schofield brach Zamanow den Wangenknochen.

Zamanow brach Schofield die Nase, ein weiterer Hieb ließ Schofields Ohrhörer davonfliegen.

Dann warf er sich gegen Schofield, schleuderte ihn gegen die Steuerkonsole und auf einmal – *Wosch!* – tauchte das Mini-U-Boot unter.

Schofield löste sich von der Konsole und sah, dass er gegen den »BALLAST«–Schalter gefallen war. Das URF tauchte.

Auf einmal befanden sie sich unter Wasser. Durch die beiden durchsichtigen Kuppeln blickte Schofield nun in den überfluteten Frachtraum.

Alles war still und blaustichig – der Boden, die Raketensilos, die Leichen –, eine erstaunliche, von Menschenhand erschaffene Unterwasserlandschaft.

Die *Talbot* hatte mittlerweile leichte Schlagseite nach Steuerbord, der Boden des Frachtraums war um mindestens zwanzig Grad gekippt.

Das gelbe Mini-U-Boot setzte den zeitlupenhaften Fall durch den wassergefüllten Frachtraum fort.

Zamanow und Schofield prallten abermals aufeinander – Zamanow holte kraftvoll aus, Schofield packte die Schwerthand des Kopfgeldjägers, als sie sich wieder senkte.

Auf einmal prallte das URF mit einem gedämpften Krachen auf dem Boden des Frachtraums auf …

… und rutschte *auf die offene Frachtluke an der Steuerbordseite zu*!

Schofields Gesichtsfeld kippte.

Beide Männer wurden zur Seite geschleudert.

Das U-Boot rutschte über den geneigten Boden, dann kippte es zu Schofields Entsetzen über die Bodenkante der Frachtluke und fiel hinaus ins offene Meer.

Das kleine U-Boot fiel rasch durchs dunkle Wasser des Ärmelkanals – unter dem gigantischen Rumpf der MS *Talbot*.

Die schiere Größe des Supertankers ließ das URF zwergenhaft klein erscheinen. Es wirkte wie ein Insekt unter einem sinkenden Blauwal.

Während der Supertanker jedoch langsam und allmählich sank, tauchte das Mini-U-Boot mit gefüllten Balasttanks sehr rasch in die Tiefe.

Nicht nur das.

Es schoss senkrecht durchs Wasser, in freiem Fall wie ein Expresslift.

Die durchschnittliche Tiefe des Ärmelkanals beträgt 120 Meter. Hier in Cherbourg war er 100 Meter tief und das URF sank rasend schnell.

Schofield und Zamanow kämpften im Halbdunkel, rangen miteinander im gespenstischen blauen Schein der Instrumente.

»Wenn ich dich *getötet* habe, reiße ich dir dein beschissenes amerikanisches Herz aus der Brust!«, brüllte Zamanow, während er sich bemühte Schofield das Schwert zu entwinden.

Bislang war der Kampf mehr oder minder im üblichen Rahmen verlaufen. Jetzt aber nahm Zamanow zu dem Zuflucht, was die Marines als »Hannibal-Lecter-Taktik« bezeichneten – eine sehr unzivilisierte Maßnahme: Er bleckte die Zähne und versuchte Schofield ins Gesicht zu beißen.

Schofield wich zurück und brachte sein Gesicht außer Reichweite, sodass Zamanow sein eigentliches Ziel erreichte – er konnte wieder über seine Schwerthand verfügen.

Er holte gerade damit aus, als das U-Boot mit lautem Knirschen auf dem Grund des Ärmelkanals aufsetzte und beide Männer zu Boden fielen.

Blitzschnell richteten sie sich wieder auf.

Zamanow sprang hoch und holte aus – während Schofield sich nach vorn warf, Zamanows Schwinger auswich, gleichzeitig einen metallenen Gegenstand von der geborgten Flakweste abriss und ihn dem Russen *in den Mund rammte*!

Zamanow blieb keine Zeit, sich von dem Schock zu erholen, denn Schofield zögerte nicht.

Er aktivierte den Bergsteigerhaken – und wandte den Kopf ab, denn das folgende Schauspiel wollte er lieber nicht mit ansehen.

Mit einem kraftvollen *Schnapp!* entspannten sich die pinzettenartigen Arme des Hakens, schossen nach außen und suchten nach einem Widerstand, um sich daran zu verkeilen.

Den sie in Gestalt von Zamanows Ober- und Unterkiefer auch fanden.

Schofield sah nicht, was passierte, doch er hörte es.

Mit einem Übelkeit erregenden *Krack!* wurde Zamanows Unterkiefer weiter gedehnt, als die Natur es vorgesehen hatte.

Als Schofield sich wieder dem Russen zuwandte, hing ihm der ausgerenkte und gebrochene Unterkiefer grotesk vom Gesicht. Der obere Arm des Kletterhakens hatte jedoch größeren Schaden angerichtet: Er hatte Zamanows Gehirn gequetscht, sodass der Russe mitten im Schritt erstarrt war, vom Schock gelähmt.

Der Russe sank auf die Knie.

Schofield packte das Schwert und stellte sich über den zusammengebrochenen Kopfgeldjäger.

Zamanow blinzelte reflexhaft, der einzige Hinweis darauf, dass er noch bei Bewusstsein war.

Schofield wollte ihm das Schwert in den Leib rammen, ihm womöglich sogar den Kopf abhacken, wie Zamanow es bei so vielen anderen getan hatte …

Doch er tat es nicht.

Er *brachte es nicht fertig*.

Jetzt, da der Kampf vorbei war, hob Schofield den verlorenen Ohrhörer auf und steckte ihn sich ins Ohr –

»*Schofield! Schofield! Melden Sie sich!*«, dröhnte ihm Knights Stimme ins Ohr. »*Leben Sie noch?*«

»Allerdings«, antwortete Schofield. »Und zwar am Grund des Ärmelkanals. Wo stecken Sie?«

»*Ich bin im anderen U-Boot. Schalten Sie die Scheinwerfer ein, damit ich Sie sehe.*«

Schofield tat wie geheißen.

Auf einmal sagte Knight: »*O Scheiße …*«

»Was?«

»*Haben Sie Saft?*«, fragte Knight rasch.

Schofield sah auf die Instrumententafel. Keine Reaktion. »Ich habe Luft, aber keinen Vortrieb. Warum? Was ist denn? Können Sie nicht herkommen und mich holen?«

»Das schaffe ich nicht mehr rechtzeitig.«

»Rechtzeitig? Rechtzeitig wozu? Wo liegt das Problem?«

»Es ist ... äh ... ziemlich groß ...«

Schofield blickte durch die Kuppel des Mini-U-Boots.

Und sah den gewaltigen Rumpf des Supertankers, der über ihm stetig das Wasser des Ärmelkanals durchteilte, als fiele der Mond vom Himmel ... unmittelbar auf ihn zu.

Der ehrfurchtgebietende Anblick ließ Schofield schlucken: ein 100 000 Tonnen schwerer Supertanker würde jeden Moment auf dem winzigen U-Boot landen.

Der Rumpf war so riesig, so gewaltig, dass er bei seinem Sturz in die Tiefe ein tiefes, vibrierendes *Rrmmmmmm* erzeugte.

»Also, so was sieht man nicht alle Tage«, murmelte Schofield vor sich hin. »Knight!«

»*Ich schaffe es nicht mehr rechtzeitig!*«, rief Knight frustriert.

»Mist«, sagte Schofield und blickte suchend umher.

Lass dir was einfallen!, schrie es in ihm. Er konnte dem Tanker nicht davonschwimmen. Dafür war das Ding mit seinen mehr als dreihundertvierzig Metern Länge und sechzig Metern Breite einfach zu riesig. Er würde ihm nicht mehr rechtzeitig ausweichen können.

Die Alternative bestand darin, hier zu bleiben und sich zerquetschen zu lassen.

Eine Entscheidung. Zwischen Tod und Verderben.

Aber wenn er denn wirklich nichts mehr tun konnte, dann wollte er vor seinem Tod zumindest noch etwas bewirken.

Deshalb schaltete Shane Schofield am Grund des Ärmelkanals sein Satellitenmikrofon ein.

»Book! Wie sieht's bei Ihnen in New York aus?«

»*Wir haben die* Ambrose *eingenommen, Scarecrow. Alle feindlichen Kräfte wurden eliminiert. Wir haben die Konsole erobert und ich habe den Satelliten-Uplink angeschlossen. Hier ist es 11.52 Uhr. Sie haben acht Minuten Zeit, das Ding zu entschärfen.*«

Schofield sah den sinkenden Supertanker – ein Riese im freien Fall. Mit der gegenwärtigen Geschwindigkeit würde er in weniger als einer Minute auftreffen.

»Ihnen bleiben vielleicht noch acht Minuten, Book, mir jedoch nicht. Ich muss die Raketen sofort entschärfen.«

Er nahm das CincLock-II-Gerät aus der wasserdichten Tasche und aktivierte den Satelliten-Uplink.

Das Gerät schaltete sich ein:

ERSTES PROTOKOLL (RÄUMLICHE NÄHE): ERFÜLLT.
ZWEITES PROTOKOLL AKTIVIERT.

Auf Schofields Display erschienen die roten und weißen Kreise der Steuerkonsole aus New York.

Und während über ihm der gewaltige Rumpf der *Talbot* durch die unermessliche blaue Leere donnerte, begann Schofield mit der Entschärfungssequenz.

Der Supertanker beschleunigte allmählich.

Er fiel und fiel ...

Schofields Bewegungen wurden schneller.

Der Supertanker war noch fünfundzwanzig Meter entfernt.

Ein roter Kreis blinkte, Schofield tippte darauf.

Noch zwanzig Meter ...

Achtzehn Meter ...

Fünfzehn Meter ...

Das Geräusch des sinkenden Supertankers wurde lauter – *Rrmmmmmm.*

Zwölf Meter ...

Zehn Meter ...

Schofield tippte den letzten roten Kreis an. Das Display blinkte:

ZWEITES PROTOKOLL (REAKTIONSMUSTER): ERFÜLLT.
DRITTES PROTOKOLL (CODEEINGABE): AKTIV.
BITTE GEBEN SIE DEN GÜLTIGEN ENTSCHÄRFUNGSCODE EIN.

Sechs Meter ...

Der Schatten des Supertankers verdunkelte das Wasser rings um das kleine U-Boot.

Schofield gab den universalen Entschärfungscode ein: 131 071.

Fünf Meter ...

Das Display piepte:

DRITTES PROTOKOLL (CODEEINGABE): ERFÜLLT.
GÜLTIGER ENTSCHÄRFUNSCODE EINGEGEBEN.
RAKETENSTART ABGEBROCHEN.

Und während er auf das Ende wartete – das wahre Ende; das Ende, dem er sich physisch nicht entziehen konnte –, schloss Schofield die Augen und dachte an sein Leben und die Menschen, die einen Platz darin gehabt hatten:

Er sah Libby Gant vor sich, die ihr Tausend-Watt-Lächeln lächelte; sah, wie sie ihn zärtlich küsste – sah Mother Newman, die auf ihrem Basketballplatz bei der Garage einen Korb nach dem anderen warf, sah das breite Grinsen auf ihrem großen breiten Gesicht – und seine Augen füllten sich mit Tränen.

Irgendwo warteten noch Raketen darauf, entschärft zu werden, doch Schofield war es egal. Darum würde sich jemand anders kümmern müssen.

Auf einmal ging alles ganz schnell.

Zehn Sekunden später prallte der Supertanker MS *Talbot* mit markerschütternder, erdbebenhafter Wucht auf dem Grund des Ärmelkanals auf.

Er landete direkt auf Schofields unglückseligem URF und zermalmte es in einem einzigen pulverisierenden Augenblick.

Allerdings befand Schofield sich zu diesem Zeitpunkt nicht mehr im U-Boot.

Sekunden vor dem Aufprall der *Talbot* – als sie gerade mal noch vier Meter vom Grund des Ärmelkanals entfernt war und ihr gewaltiger Schatten bereits auf das Mini-U-Boot stürzte, während Schofield noch seinen Gedanken nachhing –, stieß etwas mit einem dumpfen metallischen *Klong* gegen den Rumpf des URF.

Schofield fuhr zusammen, sah aus dem Fenster und erblickte einen *Maghook,* der am metallenen Rumpf des kleinen U-Boots anhaftete. Dessen Seil erstreckte sich über den Meeresboden und verschwand seitlich des herabstürzenden Supertankers in der Dunkelheit.

Knights Stimme dröhnte in seinem Ohr: *»Schofield! Beeilung! Los! Los! Los!«*

Schofield erwachte zu fieberhafter Aktivität.

Er holte tief Luft und drückte den Knopf mit der Aufschrift »LUKE«.

Die Irisluke öffnete sich und das Wasser schoss in das gesunkene Mini-U-Boot. Es dauerte nicht einmal zwei Sekunden, da war es voll gelaufen und Schofield befand sich auf einmal draußen und beeilte sich den am Rumpf anhaftenden Maghook zu ergreifen.

Kaum hatte er ihn gepackt, drückte Knight am anderen Ende des Seils den Entmagnetisierungsschalter, worauf das Seil des Maghooks rasend schnell eingeholt wurde.

Schofield wurde in einem Höllentempo über den Meeresboden gerissen – über ihm der dräuende sinkende Supertanker, dessen schier endloser Rumpf sich wie die Oberfläche eines Planeten auf ihn herabsenkte, während dreißig

Zentimeter unter ihm der sandige Meeresboden vorbeischoss.

Und dann tauchte Schofield auf einmal unter dem Supertanker auf, seine Füße glitten in dem Moment darunter hervor, als das gewaltige Schiff mit einem dumpfen Dröhnen auf den Grund des Ärmelkanals prallte und Sand und Schlamm in alle Richtungen schossen, sodass Schofield von einer dichten Unterwasserwolke eingehüllt wurde.

Und in dieser Wolke – auf dem zweiten URF sitzend, aus einer neuen Luftflasche atmend und Gants Maghook in den Händen – erwartete ihn Aloysius Knight.

Er reichte Schofield die Atemflasche und der sog die Luft gierig ein.

Bald darauf befanden sich die beiden in Knights Mini-U-Boot. Knight presste das Meereswasser mit Druckluft hinaus.

Und dann stiegen die beiden Kämpfer aus den Tiefen des Ärmelkanals empor, eine kurze, lautlose Reise, die damit endete, dass das kleine gelbe U-Boot an die aufgewühlte Meeresoberfläche schoss – wo es von mächtigen Brechern und dem gleißenden Licht von Halogenscheinwerfern empfangen wurde: den Scheinwerfern des *Black Raven,* der über dem Wasser schwebte und auf sie gewartet hatte.

Luftraum über dem Ärmelkanal
18.05 Uhr Ortszeit
(12.05 Uhr E. S. T. USA)

Der *Black Raven* schoss in südlicher Richtung über den Ärmelkanal.

Ein triefend nasser Aloysius Knight ließ sich auf den Sitz des Schützen fallen. Der ebenso nasse Schofield blieb dagegen in Bewegung.

In der Gefängniszelle des Raben nahm er den umgebauten Palm Pilot aus der wasserdichten Tasche. Er hatte noch etwas zu erledigen.

Er rief die Liste der Raketenstarts auf – diejenige, die sich von Books Liste unterschied. Er verglich die beiden Listen.

Okay, dachte er, *die ersten drei Einträge sind identisch. Nicht aber die letzten drei. Und dann ist da noch ein zusätzlicher Eintrag.*

Den letzten drei Einträgen fügte er die GPS-Koordinaten an, die er von Book erhalten hatte. Die ersten beiden davon lauteten folgendermaßen:

Hopewell	Sky Horse-3	W-88	11900.00 2327.00 (Formosa-str.)	11622.50 4000.00 (Peking)	1230
	Sky Horse-3	W-88	11900.00 2327.00 (Formosa-str.)	11445.80 2243.25 (Hongkong)	1230
Whale	Ghauri-II	R-5	07040.45 2327.00 (Arab. Meer)	07725.05 2958.65 (Neu-Delhi)	1245

Agni-II	I-22	07040.45 2327.00 (Arab. Meer)	07332.60 3230.55 (Islamabad)	1245

Und auf einmal bekam die Liste eine ganz neue Bedeutung.

Die Raketen, die von der MS *Hopewell* auf Peking und Hongkong abgefeuert werden sollten, waren Klone der taiwanesischen ballistischen Interkontinentalraketen mit der Bezeichnung Sky Horse. Außerdem waren sie mit *amerikanischen* Sprengköpfen bestückt.

Die Raketen hingegen, die die MS *Whale* auf Neu-Delhi abfeuern sollte, waren Nachbauten der pakistanischen Ghauri-II – und die mit Ziel Islamabad Klone der indischen Agni-II.

»Verfluchter Mist …«, murmelte Schofield.

Wie würde China auf die taiwanesischen Nuklearschläge reagieren?

Heftig.

Und wie würden Pakistan und Indien auf den wechselseitigen Beschuss mit Atomraketen reagieren?

Sehr heftig.

Schofield runzelte die Stirn.

Er begriff nicht, warum seine Liste sich von Books unterschied.

Okay, denk nach. Woher hatte Book die Originalliste?

Vom Mossad-Agenten Rosenthal, der sie während der monatelangen Beschattung von Majestic-12 in seinen Besitz gebracht hatte.

Und woher habe ich meine Liste?

Schofield überlegte.

»Du meine Güte …«, sagte er, als es ihm wieder einfiel.

Er hatte sie auf dem Palm Pilot empfangen, als er zusammen mit Gant im Vorraum der Forteresse de Valois gesessen hatte, während Aloysius Knight in Monsieur Delacroix' Büro dessen Computer angezapft hatte.

Schofield wandte sich Knight zu. »Als Sie in der Burg mit Delacroix allein waren, hat er da gesagt, wessen Büro das war?«

Knight zuckte die Schultern. »Er meinte, es wäre nicht sein Büro. Es würde dem Burgherrn gehören.«

»Killian«, sagte Schofield.

»Warum?«

Jetzt wurde Schofield alles klar.

»Es muss in dem Büro noch einen anderen Computer gegeben haben. In einer Schublade oder auf einem Abstelltisch«, sagte er. »Der Palm Pilot war in der Lage, von *jedem* im Raum befindlichen Rechner Daten zu kopieren, das haben Sie selbst gesagt. Als Sie die drahtlose Verbindung herstellten, haben Sie Dokumente von *allen* eingeschalteten Computern kopiert. Auch von Killians Computer.«

»Ja und?«

Schofield hielt ihm die neue Liste entgegen. »Das ist nicht der Plan der Majestic-12. *Deren* Plan sieht vor, einen globalen Kalten Krieg gegen den Terror auszulösen. M-12 will, dass Raketen von *Terroristen* in verschiedenen Hauptstädten einschlagen – Shahabs und Taep'o-Dongs. Deshalb haben sie die Leichen der Dschihad-Kämpfer in der Axon-Fabrik und auf den Supertankern deponiert: damit die ganze Welt glaubt, Terroristen hätten die Kormoran-Schiffe gestohlen.

Auf dieser Liste stellt sich das Bild ganz anders dar. Daraus geht hervor, dass in Killians Fabrik *unterschiedliche* Chamäleon-Raketen installiert wurden – anstelle der von M-12 vorgesehenen. Killian plant etwas viel Schlimmeres als einen globalen Krieg gegen den Terror. Er hat es so eingerichtet, dass die Großmächte der Welt scheinbar von ihrem jeweiligen Erzfeind getroffen werden.

Der Westen wird von Terroristen angegriffen. Indien und Pakistan greifen sich gegenseitig an. China wird scheinbar von taiwanesischen Raketen getroffen.«

Schofields Augen weiteten sich.

»Damit geht Killian einen Schritt weiter. Das ist nicht mehr der Plan von M-12. Das ist Killians eigener Plan. Und der wird keinen Kalten Krieg auslösen, sondern etwas viel Schlimmeres. Er wird zu einem totalen Weltkrieg führen. Er wird die *totale globale Anarchie* zur Folge haben.«

Rufus sagte: »Sie meinen, Killian hätte seine reichen Spezis von Majestic-12 hinters Licht geführt?«

»Genau«, erwiderte Schofield.

Auf einmal erinnerte er sich wieder an Killians Worte in der Forteresse de Valois: »Auch wenn viele das noch nicht wissen, aber die Zukunft der Welt liegt in Afrika.«

»Die Zukunft der Welt liegt in Afrika«, sagte Schofield. »Die Bewacher auf den Schiffen waren alle Afrikaner. Eritreer, Nigerianer. O Scheiße. *Scheiße!* Warum ist mir das nicht schon eher klar geworden …«

Schofield rief ein weiteres Dokument auf dem Palm Pilot auf:

Dienstreise

Folgender Reiseweg wird vorgeschlagen: Asmara (01/08), Luanda (01/08), Abuja (05/08), N'djamena (07/08) und Tobruk (09/08).

01/08 – Asmara (Botschaft)
03/08 – Luanda (bei M. Loch, Rs Neffen, absteigen)

Dies waren die Stationen von Killians letztjähriger Afrikareise.

Asmara: die Hauptstadt von Eritrea.

Luanda: die Hauptstadt von Angola.

Abuja: Nigeria.
N'djadema: Tschad.
Und Tobruk: Dort lag Libyens größte Luftwaffenbasis.
Killian hatte keine Fabriken eröffnet – er hatte Allianzen mit fünf afrikanischen Schlüsselnationen geschmiedet.
Aber warum?
Schofield sagte: »Was wird geschehen, wenn die Großmächte in einem anarchischen Krieg ihre Vormachtstellung verlieren? Was wird in anderen Teilen der Welt geschehen?«

»Dann werden auf jeden Fall ein paar alte Rechnungen beglichen werden«, antwortete Knight. »Ethnische Kriege werden wieder aufflammen. Die Serben werden sich auf die Kroaten stürzen, die Russen werden die Tschetschenen auslöschen, von denen, die den Kurden an den Kragen wollen, ganz zu schweigen. Dann sind da noch die Opportunisten – wie die Japaner im Zweiten Weltkrieg. Länder nutzen die Gelegenheit, um sich Bodenschätze anzueignen oder neues Territorium einzuverleiben: Indonesien beispielsweise würde sich Osttimor zurückholen ...«

»Was ist mit Afrika?«, fragte Schofield. »Ich denke da an das Planungspapier Q-309 des Nationalen Sicherheitsrates.«

»*Wow*«, machte Knight.

Schofield erinnerte sich genau an den Wortlaut. »Im Falle eines Konflikts der Supermächte wird die verarmte Bevölkerung Afrikas, des Mittleren Osten und Zentralamerikas – die im Vergleich zu ihren westlichen Nachbarn teilweise um das Hundertfache zahlreicher ist – höchstwahrscheinlich die Grenzen des Westens überschwemmen und die westlichen Stadtzentren besetzen.«

Q-309 formulierte eine Politik, die auf der Geschichte gründete – auf der lang währenden Geschichte selbstzufriedener Eliten, die von verarmten, aber zahlenmäßig überlegenen Unterschichten gestürzt worden waren: die

Römer von den Barbaren, dann die französische Revolution und jetzt der reiche Westen, der der schieren Überzahl der Dritten Welt erlag.

Herrgott noch mal, dachte Schofield.

Ein anarchischer Weltkrieg würde der Dritten Welt Gelegenheit geben, sich zu erheben.

Und wenn Killian einige ausgewählte afrikanische Staaten vorgewarnt hatte, dann …

Nein, das kann nicht sein, dachte Schofield. *Aus dem einfachen Grund, dass Killians Plan nicht so groß angelegt schien.*

Er war keine Garantie für eine *umfassende* globale Anarchie.

Auf einmal fiel sein Blick auf den letzten Listeneintrag – der auf Books Liste gefehlt hatte und eine Rakete betraf, die fast zwei Stunden nach allen anderen abgefeuert werden sollte.

Arbella `Jericho-2B W-88 04402.25 04145.10 1400`
`1650.50 2130.00`

Ein Jericho-2B-Nachbau, dachte Schofield. *Die Jericho war eine ballistische Langstreckenrakete, konstruiert von den Israelis, und diese hier war mit einem amerikanischen Sprengkopf vom Typ W-88 ausgerüstet.*

Und das Ziel?

Schofield übertrug die GPS-Koordinaten in Books Karte.

Sein Zeigefinger berührte die Karte … und auf einmal schoss Schofield ein eiskalter Blitz durch den ganzen Körper.

»Gott schütze uns«, flüsterte er, als er das Ziel sah.

Die letzte geklonte Rakete – vorgeblich israelischer Bauart, bestückt mit einem amerikanischen Atomsprengkopf – zielte auf einen Ort in Saudi-Arabien.

Auf die heilige Stadt Mekka.

Im Cockpit wurde es still.

Die Vorstellung war einfach zu gewaltig, zu *niederschmetternd,* um darüber nachzudenken. Eine mit einem amerikanischen Atomsprengkopf bestückte israelische Rakete, die an einem der größten muslimischen Feiertage die heiligste muslimische Stätte der ganzen Welt traf.

In der Welt nach dem 11. September war eine größere Provokation undenkbar. Sie würde ein weltweites Chaos auslösen – kein amerikanischer Bürger, keine amerikanische Botschaft oder Firma wäre mehr sicher. Überall würden erboste Muslime nach Rache dürsten.

Ein muslimisch-amerikanischer Weltkrieg wäre die Folge. Der erste wahrhaft globale Konflikt zwischen einer Religion und einem Staat. Der wiederum zum Wegbereiter der totalen globalen Revolution würde – des Aufstandes der Dritten Welt.

»Mein Gott, der 26. Oktober starrte mir schon den ganzen Tag entgegen«, sagte Schofield. »Der erste Tag des Ramadan. An die Bedeutung des Datums habe ich überhaupt nicht gedacht. Killian hat sich sogar den provokantesten Tag ausgesucht. »

»Und wo soll die Rakete abgefeuert werden?«, wollte Knight wissen.

Schofield übertrug rasch die GPS-Koordinaten der letzten Chamäleon-Rakete … und runzelte die Stirn.

»Die startet nicht von einem Schiff«, sagte er. »Der Startpunkt liegt *an Land*. Irgendwo im Jemen.«

»Im Jemen?«, fragte Rufus.

»Der grenzt an die Südgrenze Saudi-Arabiens. Bis Mekka ist es von dort nicht weit«, bemerkte Knight.

»Jemen …«, wiederholte Schofield, während er angestrengt nachdachte. »Jemen …«

Im Laufe des Tages hatte jemand den Jemen erwähnt, in Zusammenhang mit …

Da fiel es ihm wieder ein.

»Im Jemen gibt es eine ähnliche Einrichtung wie Krask 8«, sagte er.

Er hatte es gleich zu Beginn des Tages gehört, bei der Besprechung zu Krask-8. Im Kalten Krieg hatten die Sowjets ganz ähnliche Abschussbasen wie Krask-8 auch in ihren Vasallenstaaten errichtet – in Staaten wie Syrien, dem Sudan und dem Jemen.

Schofields Gedanken überschlugen sich.

Krask-8 hatte der Atlantic Shipping Company gehört. David Fairfax hatte das im Laufe des Tages herausgefunden.

Und die Atlantic Shipping Company – so viel wusste er inzwischen – *war eine Tochtergesellschaft der Axon Corporation.*

»Verdammt noch mal«, murmelte Schofield. »Rufus: Nehmen Sie Kurs nach Südosten und geben Sie Ihr Letztes. Nachbrenner bis zum Ziel.«

Rufus schaute skeptisch drein. »Captain, ich will ja nicht unhöflich sein, aber selbst mit Höchstgeschwindigkeit ist es ausgeschlossen, den Jemen innerhalb von zwei Stunden zu erreichen. Bis dorthin sind es immerhin 6000 Kilometer, das bedeutet mindestens vier Stunden Flugzeit. Außerdem würde der Sprit nicht mal bis zu den Französischen Alpen reichen, wenn wir ständig mit vollem Schub fliegen.«

»Machen Sie sich deswegen keine Sorgen«, erwiderte Schofield. »Ich werde veranlassen, dass wir unterwegs aufgetankt werden. Außerdem werden wir *mit diesem Vogel* nicht die ganze Strecke bis zum Jemen fliegen.«

»Wie Sie meinen«, sagte Rufus. Er schwenkte den Raben nach Südosten und aktivierte die Nachbrenner.

Schofield schaltete währenddessen das Satellitenmikrofon ein. »Mr. Moseley. Sind Sie noch dran?«

»*Aber sicher doch*«, lautete die Antwort aus London.

»Ich möchte Sie bitten, sich einen Überblick über die Vermögenswerte einer bestimmten Firma zu verschaffen, und zwar die Atlantic Shipping Company. Suchen Sie nach Grundstücken im Jemen, speziell nach ehemaligen sowjetischen Anlagen.

Dann habe ich noch zwei Bitten. Erstens brauche ich eine Expresspassage quer durch Europa, inklusive mehrerer Luftbetankungen. Ich sende Ihnen ein Transpondersignal.«

»Okay. Und der zweite Wunsch?«

»Sie müssen zwei ganz spezielle amerikanische Flugzeuge betanken, die sich derzeit auf der Aerostadia-Italia-Flugshow in Mailand, Italien, befinden.«

In den folgenden dreißig Minuten überschlugen sich die Ereignisse.

In der ganzen Welt wurden verschiedene Spezialeinsatzkräfte aktiv.

Arabisches Meer
Vor der indischen Küste
26. Oktober, 21.05 Uhr Ortszeit
(12.05 Uhr E. S. T. USA)

Der Supertanker MS *Whale* lag vor der indischen Küste in ruhigem Meer. Es sah aus, als blicke das riesige Schiff mit startbereiten Raketen zur Küste von Indien und Pakistan hinüber.

Das Angriffs-U-Boot der Los-Angeles-Klasse, das sich ihm in zwei Meilen Entfernung von achtern näherte, bekam es nicht zu Gesicht.

Das galt auch für die afrikanischen Soldaten im Kontrollturm, die die Torpedos auf ihren Beobachtungsinstrumenten erst sahen, als es zu spät war.

Die beiden Mark-48-Torpedos trafen die *Whale* gleichzeitig, rissen deren Flanken auf und brachten sie zum Sinken.

Formosastraße
Internationale Gewässer zwischen China und Taiwan
01.10 Uhr (27. Okt.) Ortszeit
(12.10 Uhr E. S. T. USA, 26. Oktober)

Die MS *Hopewell* erlitt ein ähnliches Schicksal.

Sie lag unverdächtig mitten in der Formosastraße vor Anker, nicht weit entfernt von einer langen Reihe von Supertankern und Frachtern, als sie von zwei drahtgelenkten amerikanischen Mark-48-Torpedos getroffen wurde.

Mehrere Seeleute, die auf anderen Schiffen Wache hielten, behaupteten, sie hätten die Explosion am Horizont gesehen.

An die *Hopewell* gerichtete Funksprüche blieben unbeantwortet, und als das erste Schiff bei ihrer letzten bekannten Position eintraf, war sie nicht mehr zu sehen.

Die *Hopewell* war gesunken.

Niemand bekam jemals das U-Boot zu Gesicht, das sie versenkt hatte. Später bestritt die amerikanische Regierung, dass sich in dem Gebiet zur fraglichen Zeit 688er aufgehalten hätten.

Westküste, USA
Nahe San Francisco
26. Oktober, 09.12 Uhr Ortszeit
(12.12 Uhr in New York)

Im riesigen Frachtraum des Kormoran-Supertankers *Jewel* schloss David Fairfax, gedeckt von zwölf US-Marines und umgeben von einem Dutzend getöteter afrikanischer Soldaten, den Satelliten-Uplink an der Raketensteuerkonsole an.

Das Satellitensignal schoss hinauf in den Himmel und wurde zu Schofield im *Black Raven* reflektiert, der über Frankreich hinweg in Richtung Italien flog.

Und während Schofield das CincLock-System aus der Ferne entschärfte, hielt Fairfax die Konsole und deckte sie mit seinem Körper vor den beiden eritreischen Soldaten, die das gewaltsame Eindringen der Marines bislang überlebt hatten.

Er war außer sich vor Angst, hielt aber inmitten der umherfliegenden Kugeln und der explodierenden Handgranaten die Konsole hartnäckig fest.

Zwei Minuten später waren die beiden eritreischen Soldaten tot – niedergestreckt von den Marines –, das Raketenstartsystem der MS Jewel war von Schofield im Raben neutralisiert worden und David Fairfax sank mit einem tiefen Seufzer der Erleichterung auf den Boden.

Aerostadia-Flugplatz
Mailand, Italien.
26. Oktober, 19.00 Uhr Ortszeit
(13.00 Uhr in New York)

Mit tosenden Triebwerken senkte sich der *Black Raven* auf die Landebahn des Aerostadia-Flugplatzes in Mailand.

In Norditalien war es bereits Abend, doch das an der Flugshow teilnehmende Kontingent der US-Airforce machte seit fünfundvierzig Minuten Überstunden, um auf Weisung des Außenministeriums zwei ganz spezielle Flugzeuge zu betanken.

Der Rabe landete hundert Meter von einem imposanten B-52-Bomber entfernt, der auf der Rollbahn abgestellt war.

An den Tragflächen des Bombers hingen zwei kleine patronenförmige Flugzeuge, die Ähnlichkeit mit übergroßen Raketen hatten.

Doch waren es keine Raketen.

Sondern die X-15.

Viele Menschen glauben, der Blackbird SR-71 wäre mit seinen Mach 3 das schnellste Flugzeug der Welt.

So ganz stimmt das nicht. Der SR-71 ist nur das schnellste *im Einsatz* befindliche Flugzeug der Welt.

Es gibt ein Flugzeug, das schon schneller geflogen ist – sogar erheblich schneller – und Geschwindigkeiten von über 7000 Stundenkilometern erreicht hat, mehr als Mach 6. Dieses Flugzeug gelangte allerdings niemals zum Einsatz.

Es war die von der NASA gebaute X-15.

Die meisten Flugzeuge verschaffen sich den benötigten Vortrieb mit Düsentriebwerken, doch diese haben eine Grenze, die mit dem SR-71 erreicht wurde: Mach 3.

Die X-15 hingegen wird von *Raketen* angetrieben. Sie hat nur wenige bewegliche Teile. Anstatt erhitzte Luft auszustoßen, verbrennt eine X-15 flüssigen Wasserstoff. Daher ähnelt sie weniger einem Düsenjet als einer Rakete. Tatsächlich wurde die X-15 von einigen Beobachtern als Rakete mit angeschnalltem Piloten beschrieben.

Es wurden lediglich fünf X-15 hergestellt und zwei davon sollten – wie Schofield wusste – in wenigen Tagen bei der Aerostadia-Italia-Flugshow vorgeführt werden.

Schofield sprang aus dem Raben und rannte zusammen mit Knight und Rufus quer über die Rollbahn.

Er musterte die beiden X-15, die an den Tragflächen des B-52-Bombers hingen.

Die Flugzeuge waren nicht groß. Und auch nicht sonderlich hübsch. Bloß funktional – dazu gedacht, die Luft mit astronomischer Geschwindigkeit zu durchschneiden.

Auf den Heckflossen stand in schnittig abgeschrägten Lettern: *NASA*. An der Seite der schwarzen Flugzeuge stand US AIR FORCE.

Zwei Colonels traten Schofield entgegen: ein Amerikaner und ein Italiener.

»Captain Schofield«, sagte der amerikanische Colonel, »die X-15 sind voll getankt und startklar. Aber wir haben ein Problem. Einer unserer Piloten hat sich gestern bei einem Trainingsunfall die Rippen gebrochen. In seinem Zustand wären die Beschleunigungskräfte zu viel für ihn.«

»Ich hatte ohnehin gehofft, dass ich meinen eigenen Piloten einsetzen darf«, erwiderte Schofield. Er wandte sich Rufus zu. »Glauben Sie, Sie kommen mit Mach 6 klar, großer Mann?«

Ein Grinsen spaltete Rufus' bärtiges Gesicht. »Scheißt der Papst in den Wald?«

Der Air-Force-Colonel geleitete sie zu den Flugzeugen. »Wir haben auch Satelliten-Radarscans vom Nationalen Aufklärungsbüro vorliegen. Es könnte ein Problem geben.«

Er hielt einen tragbaren Monitor von der Größe eines Klemmbretts hoch.

Darauf waren zwei Infrarotschnappschüsse des südöstlichen Mittelmeers, des Suezkanals und des Roten Meers abgebildet. Einer mit kleinerer, einer mit größerer Brennweite aufgenommen.

Auf dem ersten Foto sah Schofield einen großen Schwarm roter Punkte, die über dem Suezkanal zu schweben schienen:

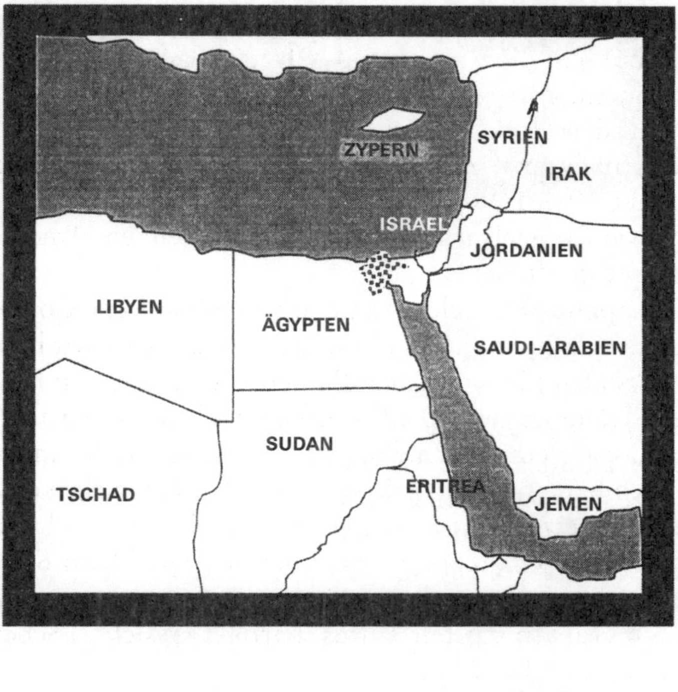

Auf dem zweiten Satellitenfoto wurde das Bild deutlicher.

Der »Schwarm« setzte sich aus etwa *einhundertfünfzig* Punkten zusammen.

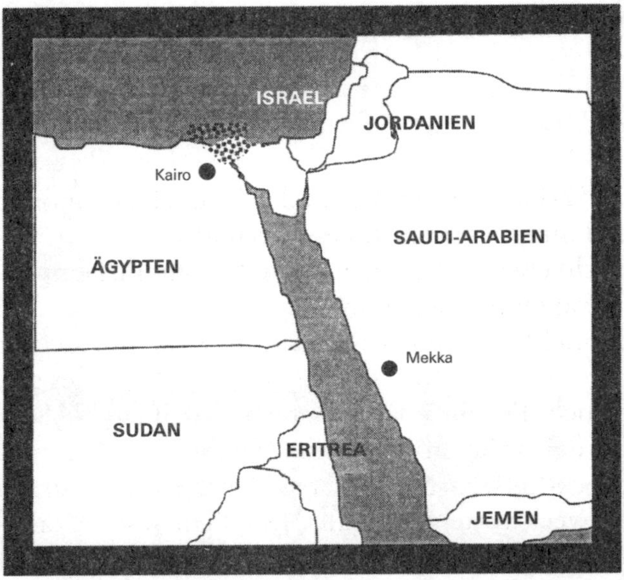

»Was zum Teufel haben die Punkte zu bedeuten?«, fragte Rufus gedehnt.

Der Colonel brauchte nicht zu antworten, denn Schofield wusste bereits Bescheid.

»Das sind Flugzeuge«, sagte er. »Kampfjets aus mindestens fünf verschiedenen afrikanischen Staaten. Die Franzosen haben gemerkt, dass sie sich gesammelt haben, kennen aber nicht den Grund. Aber ich kenne ihn mittlerweile. Sie stammen aus fünf afrikanischen Staaten, die gerne hätten, dass sich die Weltordnung ändert. Aus Staaten, die nicht wollen, dass wir die auf Mekka gerichtete Rakete am Start hindern. Das ist Killians letzte Vorsichtsmaßnahme. Eine Luftarmada zum Schutz der entscheidenden Rakete.«

Der B-52-Bomber mit den an den Tragflächen montierten X-15 donnerte die Startbahn entlang.

Anschließend schwebten sie in den Himmel empor, stiegen stetig bis auf Starthöhe.

Schofield saß neben Rufus im Zweimanncockpit der rechten X-15. Für Rufus war es recht eng, doch es ging gerade noch. Knight saß zusammen mit einem NASA-Piloten in der anderen Maschine. Schofield hatte sich das CincLock-Entschärfungsgerät an die von Waffen strotzende Mehrzweckweste geschnallt. Der Plan war riskant – da niemand außer ihm die auf Mekka gerichtete Chamäleon-Rakete entschärfen konnte, musste er sich eben zusammen mit Knight in den Krask-8-Klon im Jemen begeben.

Sie rechneten mit Widerstand – wahrscheinlich in Gestalt eines afrikanischen Einsatztrupps –, deshalb hatte Schofield ein Marine-Team aus Aden angefordert, das sich dort mit ihnen treffen sollte. Ob es noch rechtzeitig eintreffen würde, stand jedoch auf einem anderen Blatt.

Scott Moseley meldete sich aus London.

»*Captain, ich glaube, ich habe herausgefunden, was Sie wissen wollten*«, sagte er. »*Der Atlantic Shipping Company gehören zweitausend Hektar jemenitische Wüste, etwa zweihundert Meilen südwestlich von Aden, unmittelbar ans Rote Meer grenzend. Auf dem Gelände liegen die Überreste einer U-Boot-Werft aus sowjetischer Zeit. Unsere Satellitenbilder stammen aus den achtziger Jahren, aber man sieht darauf ein großes Lagerhaus mit ein paar kleineren Gebäuden drum herum –*«

»Das ist es«, sagte Schofield. »Schicken Sie mir die Koordinaten rüber.«

Moseley tat es.

Schofield gab die Koordinaten in den Routenrechner des Flugzeugs ein.

Flugdistanz zum Südjemen: **5602 Kilometer**.

Flugzeit mit einer mit 7000 km/h fliegenden X-15: **48 Minuten.**

Verbleibende Zeit bis zum Start der auf Mekka gerichteten Interkontinentalrakete: **eine Stunde.**

Es würde knapp werden.

»Sind Sie bereit, Rufus?«, fragte er.

»Und ob«, antwortete Rufus.

Als die B-52 die Starthöhe erreichte, meldete sich über Funk der Pilot: »*X-15, soeben hat sich die im Mittelmeer stationierte USS* Nimitz *gemeldet. Das ist der einzige Flugzeugträger auf der Angriffsroute. Er schickt sämtliche Flugzeuge als Eskorte: F-14, F/A-18 und sogar fünf Prowler, die sich freiwillig gemeldet haben, Ihnen Deckung zu geben. Sie müssen ein wichtiger Mann sein, Captain Schofield. Ich überprüfe jetzt die Flugsysteme. Freigabe in einer Minute –*«

Als der Pilot die Verbindung unterbrach, tönte Knights Stimme aus Schofields und Rufus' Ohrhörern. Er sprach leise und ausgeglichen.

»Hey, Ruf. Viel Glück, Kumpel. Denk dran, du bist der Beste. Der *Beste*. Halt dich dicht am Boden. Konzentrier dich. Vertrau deinen Instinkten.«

»Werd ich machen, Boss«, sagte Rufus. »Danke.«

»Nun zu Ihnen, Schofield«, sagte Knight.

»Ja?«

»Bringen Sie meinen Freund lebend zurück.«

»Ich werd's versuchen«, erwiderte Schofield leise.

Der B-52-Pilot meldete sich zurück. »*Überprüfung der Flugsysteme abgeschlossen. Wir sind startklar, Gentlemen, bereiten Sie sich aufs Ausklinken vor. Noch fünf Sekunden, vier …*«

Schofield blickte starr nach vorn und atmete tief durch – sehr tief.

»*Drei …*«

Rufus umklammerte den Steuerknüppel.

»*Zwei …*«

Knight blickte zu dem Flugzeug hinüber, in dem Schofield und Rufus saßen.

»Eine … Start.«

KLONG-KLONG!

Die beiden X-15 lösten sich von den Tragflächen des B-52-Bombers, flogen einen Moment lang antriebslos dahin, dann –

»Ich starte die Raketentriebwerke … *jetzt!*«, sagte Rufus.

Er drückte den Schalter der Schubkontrolle.

Das Hecktriebwerk zündete und schleuderte die Nachbrennerflamme ganze dreißig Meter in die Luft hinaus.

Schofield wurde mit unvorstellbarer Wucht in den Sitz gepresst.

Die X-15 schoss in den Himmel – *spaltete* mit einem Überschallknall die Luft, zerriss buchstäblich das Gewebe des Himmels und ließ dabei ein beständiges Grollen vernehmen, das ihren Flug übers Mittelmeer begleiten würde.

Und so schossen die beiden X-15 in Richtung Südosten auf den Suezkanal und das Rote Meer zu, mit Ziel auf einen kleinen, verfallenen Stützpunkt im Jemen, von dem in Kürze eine Chamäleon-Rakete starten sollte, eine Rakete, die die bestehende Weltordnung zerschlagen würde.

Vor ihnen: die größte Luftarmada, die die Welt je gesehen hatte.

Nach nur zwanzigminütigem Flug wurde sie von Rufus gesichtet.

»O mein *Gott* …«, flüsterte er.

Sie hingen am orangefarbenen Abendhimmel wie ein Insektenschwarm: das Geschwader der afrikanischen Kampfjets.

Der Anblick war unglaublich – eine an der ägyptischen Küste aufragende *Wand* aus sich bewegenden Stecknadelköpfen, die den Luftraum über dem Suezkanal bewachten.

Einhundertfünfzig Kampfjets.

Der Armada gehörten alle möglichen Flugzeugtypen an.

Alte Flugzeuge, neue Flugzeuge, rote, blaue – alles, was in der Lage war, eine Rakete in die Luft zu befördern – eine bunt zusammengewürfelte Schar einstmals großartiger, mittlerweile veralteter Kampfjets, zusammengekauft von den Staaten der Ersten Welt.

Die Sukhoi Su-17 – gebaut 1966 und von den Russen längst ausgemustert.

Die MiG-25 Foxbat – in den Achtzigern durch moderne Varianten ersetzt, obwohl sie es noch immer mit den besten amerikanischen Flugzeugen aufnehmen konnte.

Die Mirage V/50 aus französischer Fertigung – einer der größten militärischen Exportschlager Frankreichs, der an jeden beliebigen Interessenten geliefert worden war: Libyen, Zaire, den Irak.

Dann waren da noch ein paar wendige tschechische Albatrosse vom Typ L-59, sehr beliebt bei den afrikanischen Staaten.

Leistungsmäßig waren alle diese Kampfjets modernen Flugzeugen wie den F-22 Raptor und den F-15E unterlegen. Waren sie jedoch mit modernsten Luft-Luft-Raketen ausgerüstet – mit Siderwindern, Phoenixen, russischen R-60T und R-27, wie sie auf den rumänischen und ukrainischen Waffenbasaren angeboten wurden –, konnten es diese alten Maschinen selbst mit den besten modernen Kampfjets aufnehmen. Kampfflugzeuge mochten teuer und schwer zu kriegen sein, aber qualitativ hochwertige Raketen waren gleich im Dutzend zu haben.

Von allem anderen mal abgesehen, dachte Schofield, *haben sie den Vorteil der zahlenmäßigen Überlegenheit auf ihrer Seite.*

Eine Streitmacht dieser Größe konnten auch F-22 mit modernster Ausrüstung nicht auf Dauer in Schach halten. Irgendwann erlag auch die beste Technologie der schieren Übermacht.

»Na, was meinen Sie, Rufus?«

»Dieses Baby wurde nicht für den Luftkampf gebaut, Captain«, sagte Rufus. »Es ist allein auf Geschwindigkeit ausgelegt. Und daran werden wir uns halten – daher werden wir tief und schnell fliegen und etwas tun, was bisher noch kein Pilot getan hat: Wir werden die Raketen dieser Mistkerle einfach *abhängen.*«

»Raketen, die uns jagen«, meinte Schofield. »Hübsche Aussicht.«

Rufus sagte: »So wie's aussieht, Captain, haben wir genau eine lächerlich kleine einläufige Kanone an der Nase. Ich glaube, die dient mehr der Zierde.«

In diesem Moment meldete sich über Funk eine unbekannte Stimme: »*Amerikanische X-15, hier spricht Captain Harold Marshall von der USS* Nimitz. *Wir haben Sie auf dem Radar. Die Jolly Rogers sind bereits unterwegs. Sie werden Sie empfangen, sobald Sie die gegnerische Streitmacht erreichen. Fünf Prowler wurden in Hundert-Meilen-Intervallen vorgeschickt, um den gegnerischen Funkverkehr zu stören. Es wird ein harter Kampf werden, Gentlemen, aber es wird uns hoffentlich gelingen, eine Lücke zu öffnen, die groß genug ist, dass Sie hindurchstoßen können.*« Er zögerte. »*Ach, und noch was, Captain Scho-*

field, ich wurde über die Lage informiert. Viel Glück. Wir stehen alle hinter Ihnen.«

»Danke, Captain«, sagte Schofield leise. »Okay, Rufus. Schaukeln wir das Ding.«

Speed.

Pure, unverfälschte Geschwindigkeit. 7000 km/h entsprechen in etwa 2000 Metern pro Sekunde. Siebenfache Schallgeschwindigkeit ist megaschnell.

Die beiden X-15 rasten auf den Schwarm gegnerischer Flugzeuge zu.

Als sie noch zwanzig Meilen von den afrikanischen Kampfjets entfernt waren, löste sich aus der Armada eine Phalanx von Raketen – vierzig Abgasfahnen schossen ihnen entgegen.

Doch kaum war die erste Rakete gestartet, explodierte das Trägerflugzeug – eine russische MiG-25 Foxbat – in einem orangeroten Feuerball.

Sechs weitere afrikanische Maschinen explodierten, getroffen von Luft-Luft-Raketen vom Typ AIM-120 AMRAAM, während zwanzig der gegnerischen Raketen ohne Schaden anzurichten mitten im Flug explodierten, getroffen von düppelbestückten Dummy-Raketen, abgeschossen von –

– einem amerikanischen F-14-Jäger mit bedrohlichen Totenkopfsymbolen auf den Heckflossen.

Die berühmten »Jolly Rogers« von der *Nimitz*. Etwa ein Dutzend F-14 Tomcats, flankiert von wendigen F/A-18 Hornets.

Und auf einmal war eine gigantische Luftschlacht entbrannt, wie es sie in der Geschichte der modernen Kriegsführung noch nicht gegeben hatte.

Die beiden X-15 schossen in Seitenlage zwischen den Reihen der afrikanischen Armada hindurch, wichen Explosionen aus, tauchten im Sturzflug unter Kampfjets, Wellen von Leuchtspurgeschossen und superschnellen Raketenabgasfahnen hinweg.

Alle möglichen Kampfjets rasten über den dämmrigen Himmel – MiGs, Mirages, Tomcats und Hornets, drehten sich um die eigene Achse, tauchten im Sturzflug ab, griffen an, explodierten.

Irgendwann flog Schofields X-15 auf dem Rücken, um einem afrikanischen Kampfjet auszuweichen, und gelangte so auf Kollisionskurs mit einer weiteren afrikanischen Maschine – einer Mirage –, doch kurz bevor die beiden Flugzeuge zusammenprallten, explodierte das afrikanische – von unten von einem brillanten AMRAAM-Schuss getroffen, während Schofields X-15 geradewegs durch die flammenden Überreste *hindurchschoss,* wobei brennende Metallteile an ihren Flanken entlangschrammten und die abgetrennte Hand des gegnerischen Piloten direkt vor Rufus' Augen einen Blutfleck auf der Kabinenhaube hinterließ.

Trotzdem wurden die Raketenflugzeuge der NASA nicht von afrikanischen Raketen getroffen.

Sie kamen ihnen nahe, doch dann gerieten die gegnerischen Raketen außer Kontrolle, als wären die beiden NASA-Flugzeuge von einer unsichtbaren Blase geschützt.

Was tatsächlich auch der Fall war.

Dies hatten sie den fünf in zehn Meilen Abstand neben den X-15 herfliegenden EA-6B-Prowlern der US-Navy zu verdanken – die mit Richtstörsendern vom Typ AN/ALQ-99 F ausgerüstet waren.

Die gedrungenen und robusten Prowler wussten, dass sie mit den superschnellen X-15 nicht mithalten konnten, daher hatten sie in deutlichem Abstand parallel zu Schofields Flugweg Position bezogen und schützten die Raketenflugzeuge mit ihren Störsignalen, wobei der überholte Prowler wie bei einem Stafettenlauf die X-15 jeweils an den nächsten übergab.

»*Amerikanische X-15, hier spricht der Kommandant der Prowler*«, sagte eine Stimme in Schofields Kopfhörer. »*Wir geben Ihnen bis zum Kanal Deckung, können aber einfach nicht mithalten. Von da an sind Sie auf sich allein gestellt.*«

»Sie haben schon mehr als genug für uns getan«, erwiderte Schofield.

»Allmächtiger! Sehen Sie!«, rief Rufus.

Die Afrikaner hatten angesichts der Störsignale der Prowler auf eine neue Strategie umgestellt.

Jetzt griffen sie die X-15 in Kamikazemanier an.

Selbstmordattacken.

Mit elektronischen Gegenmaßnahmen lassen sich zwar die Zielsysteme einer Rakete durcheinander bringen, doch gegen ein absichtlich auf Kollisionskurs gebrachtes Flugzeug können sie, so gut sie auch sein mögen, nichts ausrichten.

Ein halbes Dutzend Jets stießen auf die beiden X-15 hinab, rasten mit heulenden Triebwerken und Salven von Leuchtspurgeschossen verschießend über den Himmel.

Die beiden X-15 trennten sich.

Rufus schwenkte nach rechts unten, während die andere X-15 nach links auswich und um Haaresbreite einem Sturzflugbomber entging; die Kabinenkanzel wurde jedoch von einem einzelnen Leuchtspurgeschoss getroffen, das an der anderen Seite wieder austrat: In ihrer Flugbahn befand sich auch der Kopf von Knights Pilot.

Blut und Gehirnmasse spritzten durch die Kabine der X-15.

Das Flugzeug schwenkte ab und entfernte sich in östlicher Richtung vom Kampfgeschehen.

Knight kletterte auf den Pilotensitz – wo er den toten Piloten eilig losschnallte und nach hinten verfrachtete. Dann übernahm er selbst den Steuerknüppel und bemühte sich verzweifelt, die Maschine wieder hochzubringen, bevor sie ins Mittelmeer stürzte.

Das Wasser raste ihm entgegen – immer schneller und schneller …

Womm.

Schofield und Rufus ihrerseits flogen dicht übers Meer hinweg – ganze sechs Meter über den Wellen, während von den kreuz und quer heranrasenden und ringsumher einschlagenden Raketen ständig Wasserfontänen hochgeschleudert wurden.

»Ich sehe den Kanal!«, übertönte Rufus den Lärm.

Etwa zwanzig Meilen vor ihnen lag die Mündung des Suezkanals – ein modernes Weltwunder der Ingenieurskunst; zwei mächtige Betonsäulen flankierten den Eingang der gewaltigen Meeresstraße, die den Zugang zum Roten Meer eröffnete.

Und darüber warteten weitere Flugzeuge der afrikanischen Armada.

»Rufus! Nach links ausweichen!«, schrie Schofield mit Blick nach oben durch die Kanzel.

Rufus legte die X-15 auf die Seite, während zwei tschechische L-59 mit heulenden Triebwerken rechts und links an ihnen vorbeirasten und ins Meer stürzten.

Und dann auf einmal hatten sie den Kanal erreicht –

– und verloren den elektronischen Schutz der Prowler.

Schofields X-15 raste im Tiefflug den Kanal entlang, wich vor Anker liegenden Schiffen aus und ließ den mächtigen, von Betonmauern gesäumten Kanal als einen mit Hindernissen gefüllten Graben erscheinen – dabei *unterflog* sie jedoch den Großteil der gegnerischen Luftstreitmacht.

Sie hatten die Blockade hinter sich gelassen.

Dann aber schossen auf einmal hinter ihnen zwei Phoenix-Raketen aus amerikanischer Fertigung den Kanal entlang, die irgendwie den Weg an die Tragflächenhalterung eines afrikanischen Kampfjets gefunden hatten.

Die X-15 raste den wassergefüllten Graben entlang.

Die beiden Phoenix-Raketen holten auf.

Zwei Kamikazejets schossen von oben auf sie herab – näherten sich der X-15 von beiden Seiten in Scherenformation –, doch Rufus legte das Raketenflugzeug auf die Seite, sodass die beiden Angreifer es um Zentimeter verfehlten und stattdessen in die sandige Uferböschung des

Kanals krachten, wo sie in einer Sandwolke und einem Feuerball explodierten.

Und dann tauchten die beiden Phoenix-Raketen *neben* dem Heck der X-15 auf und Schofield machte eine erstaunliche Erfahrung: Er konnte deren Seitenbeschriftung lesen: »XAIM-54A – HUGHES MISSILE SYSTEMS«.

»Rufus …!« brüllte er.

»Ich weiß!«, gab Rufus zurück.

»Bitte tun Sie was!«

»Hatte ich gerade vor!«

Unvermittelt schwenkte Rufus nach rechts, über die Uferböschung hinweg, flog einen weiten Bogen und raste zurück Richtung Mittelmeer.

Die beiden Raketen folgten ihm, beschrieben einen identischen Halbkreis, ohne sich durch die Beschleunigungskräfte beirren zu lassen.

Da der Großteil der afrikanischen Armada die ägyptische Küste bewacht hatte, waren hier nur etwa sechs gegnerische Kampfjets postiert.

Als deren Piloten sahen, wie die X-15 in weitem Bogen herumschwenkte und sich ihnen abermals näherte, wähnten sie sich schon auf der Siegerstraße.

Zu früh gefreut.

Die X-15 – immer weiter im Kreis fliegend – schoss durch ihre Formation wie eine Gewehrkugel durch ein Gehölz und raste mit kaum drei Metern Seitenabstand zwischen zwei afrikanischen MiGs hindurch …

… wodurch die MiGs in die Flugbahn der beiden Phoenix-Raketen gerieten.

Wumm-wumm!

Die MiGs explodierten und die X-15 setzte den weiten Bogen fort, bis sie auf einmal wieder entlang des Kanals ausgerichtet war und in südöstlicher Richtung weiterflog.

Während sie den weiten Kreis flog – der bestimmt zweihundert Kilometer durchmaß –, war eines der afrikanischen Flugzeuge so nahe herangekommen, dass es auf den letzten Drücker eine Rakete abschießen konnte, und zwar sein bestes Stück: eine gestohle amerikanische AIM-120 AMRAAM, die leistungsstärkste Luft-Luft-Rakete der Welt.

Die AMRAAM schoss hinter der dahinrasenden X-15 her und schloss zu ihr auf wie ein hungriger Raubvogel.

»Ich schaff es nicht!«, schrie Rufus.

»Wie lange bleibt die uns eigentlich auf den Fersen?« fragte Schofield. »Hat die nicht eine Notabschaltung für den Fall, dass die Verfolgungsjagd zu lange dauert?«

»Nein! Das ist ja gerade der Mist mit den AMRAAMs! Die jagen einen den ganzen Tag lang und dann noch die Nacht hindurch! Machen einen mürbe und dann erledigen sie einen.«

»Aber bislang hat noch keine AMRAAM eine X-15 verfolgt! Halten Sie durch! Voll Stoff! Vielleicht können wir sie ja abhängen –«

Eine Stimme im Kopfhörer ließ ihn verstummen.

Es war Scott Moseley und seine Stimme klang tonlos, schockiert.

»Äh, Captain Schofield. Ich habe sehr schlechte Neuigkeiten.«

»Was gibt's?«

»*Unsere Frühwarnsatelliten haben aus dem Südjemen das Startsignal einer ballistischen Interkontinentalrakete aufgefangen. Die Flugcharakteristik deutet darauf hin, dass es sich um eine Jericho-2B handelt, die in nördlicher Richtung nach Mekka fliegt. Killian weiß, dass Sie unterwegs sind. Er hat die Rakete vorzeitig gestartet.*«

»Das kann nicht sein!«, rief Schofield und blickte in den leeren Himmel. »Das ist doch nicht Ihr Ernst. Das ist nicht fair. Das ist einfach nicht fair!«

Er blickte auf die an seiner Brust festgeschnallten Waffen, mit denen er den Raketenstützpunkt im Jemen hatte stürmen wollen. Alles für die Katz.

Kopfschüttelnd hielt er das CincLock-Entschärfungsgerät hoch …

Dann erstarrte er.

Starrte auf das CincLock-Gerät.

»Mr. Moseley. Haben Sie schon die Telemetrieauswertung des Raketensignals vorliegen?«

»*Selbstverständlich.*«

»Schicken Sie sie mir.«

»*Schon erledigt.*«

Im nächsten Moment piepte Schofields Kursrechner und auf dem Monitor erschien eine Karte ganz ähnlich der, die er schon kannte. Ein pfeilförmiges Symbol stellte die Chamäleon-Rakete dar, die sich in nördlicher Richtung Mekka näherte.

Schofield schaltete das eigene, nach Süden weisende Transpondersignal auf den Bildschirm.

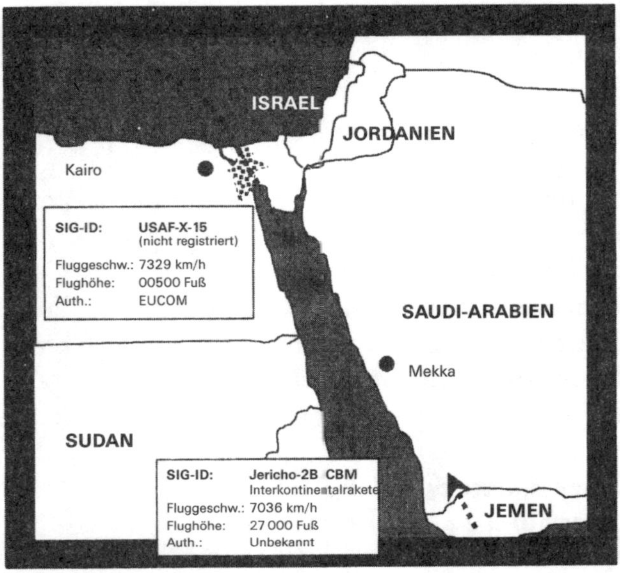

Schofield las die auf dem Monitor angezeigten Flugdaten ab: Signal-IDs, Geschwindigkeit durch die Luft, Höhe.

Mathematik war hier eigentlich unnötig.

Das Bild sprach für sich.

Zwei Flugobjekte näherten sich aus entgegengesetzten Richtungen Mekka: seine X-15 und die Chamäleon-Rakete, vom automatischen Satellitenerkennungssystem als ballistische Interkontinentalrakete vom Typ Jericho-2B identifiziert.

Beide Flugobjekte flogen mit praktisch gleicher Geschwindigkeit und waren etwa gleich weit von Mekka entfernt.

»Rufus«, sagte Schofield mit tonloser Stimme.

»Ja?«

»Wir fliegen nicht mehr zum Jemen.«

»Hab ich mir schon gedacht«, erwiderte Rufus niedergeschlagen. »Wo wollen wir jetzt hin?«

Schofield machte bereits ein paar Eingaben in seinen Computer und stellte verschiedene Berechnungen an. Es wäre schon Wahnsinn, wenn es klappen würde.

Er und Rufus waren noch etwa 1000 Kilometer von Mekka entfernt. Flugdauer bis zum Ziel: **8:30.**

Nun berechnete er die Flugdauer der Chamäleon-Rakete.

Sie war etwas weiter entfernt. Der Countdown sah folgendermaßen aus:

Flugdauer bis zum Ziel: 9:01 ... 9:00 ... 8:59 ...

Das ist gut, dachte Schofield. *Wir werden zusätzliche dreißig Sekunden benötigen, um Mekka zu überfliegen und herumzuschwenken ...*

Bei der Vorstellung leuchteten Schofields Augen. Er blickte auf das CincLock-Gerät, das er sich vor die Brust geschnallt hatte, und legte die Hände darauf.

»Zwanzig Meter«, murmelte er vor sich hin.

Dann sagte er laut: »Hey, Rufus. Haben Sie schon mal eine Rakete gejagt?«

Flugdauer bis zum Ziel: 6:00 ... 5:59 ... 5:58

Schofields X-15 schoss mit der Geschwindigkeit einer Gewehrkugel über den Abendhimmel – noch immer verfolgt von der AMRAAM-Rakete.

»Soll ich *neben* sie fliegen?«, fragte Rufus verblüfft.

»Genau. Wir können die Interkontinentalrakete immer noch entschärfen, wir müssen bloß bis auf zwanzig Meter an sie herankommen«, sagte Schofield.

»Ja, aber *im Flug*? Niemand kann mit Mach 6 neben einer Rakete herfliegen.«

»Ich glaube, Sie schon«, sagte Schofield.

Von seinem Platz aus konnte Schofield Rufus' breites Grinsen nicht sehen.

»Was soll ich tun?«, fragte der hünenhafte Pilot.

Schofield sagte: »Interkontinentalraketen fliegen hoch und nähern sich dann vertikal ihrem Ziel. Diese Chamäleon fliegt derzeit in einer Höhe von 27 000 Fuß. Diese Höhe wird sie vermutlich so lange beibehalten, bis sie Mekka praktisch erreicht hat, dann wird sie in den Sturzflug gehen. Mit Mach 6 braucht sie etwa fünf Sekunden bis zum Boden. Ich brauche mindestens fünfundzwanzig Sekunden, um sie zu entschärfen. Das heißt, wir müssen uns neben sie setzen, solange sie noch waagerecht in 27 000 Fuß Höhe fliegt. Sobald sie abtaucht, ist alles zu spät. Dann haben wir's vermasselt. Glauben Sie, Sie schaffen es, eine Wende zu fliegen und sich neben sie zu setzen?«

»Wissen Sie, Captain«, meinte Rufus leise, »Sie haben wirklich eine Menge Ähnlichkeit mit Aloysius. Wenn Sie mit mir reden, geben Sie mir das Gefühl, dass überhaupt nichts schief gehen kann. Betrachten Sie den Auftrag als *erledigt.*«

Flugdauer bis zum Ziel: 2:01 ... 2:00 ... 1:59 ...

Gejagt von der AMRAAM schoss die X-15 über das Rote Meer hinweg und stieg allmählich höher – bis auf eine Höhe von 27 000 Fuß.

»Wir haben soeben Mekka passiert!«, rief Rufus. »Ich beginne jetzt die Wende. Halten Sie die Augen offen, die Chamäleon müsste jeden Moment zu sehen sein ...«

Rufus legte das rasende Raketenflugzeug auf die Seite und flog einen *weiiiiten* 180-Grad-Bogen, der sie hoffentlich neben die mit einem Atomsprengkopf bestückte Rakete befördern würde, sodass sie die letzte Flugstrecke bis nach Mekka dicht an dicht zurücklegen könnten.

In Seitenlage beschrieb die X-15 eine gewaltige Linkskurve.

Der plötzliche Kurswechsel erlaubte es der sie unerbittlich verfolgenden AMRAAM-Rakete, noch weiter aufzuschließen.

Flugdauer bis zum Ziel: 1:20 ... 1:19 ... 1:18 ...

»Da ist sie!«, rief Rufus. »Direkt vor uns!«

Ungeachtet des gewaltigen Andrucks bemühte sich Schofield, über Rufus' Schulter hinweg in den dämmrigen Himmel über Arabien hinauszuspähen.

Und dann sah er sie.

Der Anblick der ballistischen Interkontinentalrakete war atemberaubend.

Einfach überwältigend.

Der Jericho-2B-Nachbau wirkte wie ein Raumschiff aus einem Science-Fiction-Film – er war einfach zu groß, zu schlank und bewegte sich viel zu schnell, als dass er von der Erde hätte stammen können.

Der 21 Meter lange Zylinder schoss wie ein Speer über den Himmel, an seinem Ende eine weiß glühende Flamme, gleißend hell wie eine Magnesiumfackel, die eine unglaubliche lange Rauchfahne hinter sich ließ. Die Rauchfahne erstreckte sich wie eine göttliche Python bis über den Horizont hinaus und reichte bis zum Jemen, dem Startort der Rakete.

Das Geräusch aber setzte allem die Krone auf.

Ein stetiges, ohrenbetäubendes *BOOOOOOOOOOOOOOOOOM!*

Wenn Schofields X-15 das Gewebe des Himmels zerrisse, dann würde dieses Baby es zerfetzen.

Die X-15 beschrieb in Seitenlage einen gewaltigen Halbkreis und schoss auf die Interkontinentalrakete zu, unablässig verfolgt von der AMRAAM.

Flugdauer bis zum Ziel: 1:00 … 0:59 … 0:58 …

Noch eine Minute.

Und dann näherten sich die X-15 und die Chamäleon-Rakete wie die beiden Arme eines Y einander an.

Aber sie waren noch nicht gleichauf.

Die X-15 befand sich ein Stück links hinter der Interkontinentalrakete und flog parallel neben der horizontalen Rauchfahne her, die aus dem Raketenheck hervorschoss.

Flugdauer bis zum Ziel: 0:50 … 0:49 … 0:48 …

Das Raketenflugzeug war jedoch geringfügig schneller, sodass es sich der Interkontinentalrakete allmählich näherte.

Der Lärm war ohrenbetäubend. Das Dröhnen der Überschallgeschwindigkeit.

WROOOOOOOOOOOOOOOOOOOOOOOOOM!

Flugdauer bis zum Ziel: 0:40 … 0:39 … 0:38 …

»Näher ran, Rufus!«, brüllte Schofield.

Rufus gehorchte – und die kegelförmige Nase der X-15 schloss zum Heck der röhrenden Interkontinentalrakete auf.

Das CincLock-Gerät zeigte keine Reaktion. Noch waren sie der CPU der Rakete nicht nahe genug gekommen.

Die X-15 schob sich neben der Chamäleon-Rakete allmählich weiter vor.

»Näher ran!«

Flugdauer bis zum Ziel: 0:33 ... 0:32 ... 0:31 ...

Durch die Cockpitkanzel sah Schofield in der Abenddämmerung die Lichter einer Stadt.

Die Heilige Stadt Mekka.

Flugdauer bis zum Ziel: 0:28 ... 0:27 ... 0:26 ...

Dann hatte die X-15 zur Mitte der Rakete aufgeschlossen, und auf einmal piepte Schofields Entschärfungsgerät:

ERSTES PROTOKOLL (RÄUMLICHE NÄHE): ERFÜLLT.
ZWEITES PROTOKOLL AKTIVIERT.

»Ich krieg dich«, sagte Schofield zur Interkontinentalrakete.

Die Reaktionsmustersequenz auf dem Display setzte ein und Schofield begann auf den Touchscreen zu tippen.

Plötzlich rückte die AMRAAM auf.

Rufus bemerkte es auf den Instrumenten. »Beeilung, Captain ...!«

»Ich muss ... erst noch ... das hier erledigen ...« Schofield verzog das Gesicht, konzentrierte sich auf den Reaktionstest.

Flugdauer bis zum Ziel: 0:19 ... 0:18 ... 0:17 ...

»Sie kommt in den Zündbereich!«, schrie Rufus. Der Zündbereich einer AMRAAM lag bei zwanzig Metern. Sie brauchte einen gar nicht zu treffen; es reichte schon aus, wenn sie in der Nähe explodierte. »Sie haben noch etwa fünf Sekunden!«

»Wir haben keine fünf Sekunden mehr!«, rief Schofield ohne die Augen vom Display zu nehmen, die Finger in rasend schneller Bewegung.

Flugdauer bis zum Ziel: 0:16 ... 0:15 ... 0:14 ...

»Ich kann kein Ausweichmanöver fliegen!«, schrie Rufus verzweifelt. »Dann würden wir uns zu weit entfernen! Herrgott noch mal! So dicht vor dem Ziel darf es nicht schief gehen! Noch zwei Sekunden!«

Schofield tippte weiter aufs Display.

Flugdauer bis zum Ziel: 0:13 … 0:12 …

»Noch eine Sekunde!«

Die AMRAAM gelangte in den Zündbereich – zwanzig Meter vom Heck der X-15 entfernt.

»Nein!«, schrie Rufus. »Zu spät –«

»Da habe ich noch ein Wörtchen mitzureden«, sagte eine Stimme in ihren Kopfhörern.

Dann schoss ein überschallschneller schwarzer Schemen quer *über die Flugbahn der X-15 hinweg* – zwischen der AMRAAM und Schofields X-15 hindurch, sodass die AMRAAM anstelle von Schofields Flugzeug das zweite Flugobjekt traf.

Knights X-15.

Offenbar hatte er den Tod des Piloten überlebt, war ihnen weiter gefolgt und hatte sie eingeholt, während sie das zeitraubende Wendemanöver vollführten. Und jetzt hatte er sich der AMRAAM in den Weg geworfen, die im Begriff gewesen war, sie abzuschießen!

Die zertrümmerte vordere Hälfte von Knights X-15 stürzte mit der Nase voran vom Himmel, dann wurde plötzlich die Pilotenkanzel abgesprengt und ein Schleudersitz aus dem abstürzenden Wrack herauskatapultiert. Kurz darauf öffnete sich der Fallschirm.

Flugdauer bis zum Ziel: 0:11 … 0:10 …

Schofield nahm die Explosion kaum wahr. Seine ganze Konzentration galt dem Reflexmuster auf dem Touchscreen: weiß, rot, weiß, weiß, rot …

Flugdauer bis zum Ziel: 0:09 …

»O Scheiße! Sie geht in den Sturzflug über!«, schrie Rufus.

Die Chamäleon-Rakete veränderte abrupt den Kurs,

neigte sich schwindelerregend *nach unten,* bis die Nase geradewegs zum Erdboden zeigte.

Rufus hantierte mit dem Steuerknüppel, die X-15 vollzog das Manöver nach – ging zusammen mit der Interkontinentalrakete in den Sturzflug über –, und auf einmal rasten die beiden raketenangetriebenen Flugobjekte mit mehrfacher Überschallgeschwindigkeit Seite an Seite *geradewegs in die Tiefe!*

»Aaaaaaaaahhh!«, schrie Rufus.

Schofield fixierte unverwandt den Touchscreen, die Finger unablässig in Bewegung.

Flugdauer bis zum Ziel: 0:08 …

Die X-15 und die Interkontinentalrakete rasten wie zwei vertikal abgeschossene Gewehrkugeln dem Erdboden entgegen.

Flugdauer bis zum Ziel: 0:07 …

Die Lichter von Mekka stürzten Rufus entgegen.

Flugdauer bis zum Ziel: 0:06 …

Schofields Finger tanzten über das Display.

Und das CincLock-Gerät piepte.

ZWEITES PROTOKOLL (REAKTIONSMUSTER): ERFÜLLT.
DRITTES PROTOKOLL (CODEEINGABE): AKTIV.
BITTE GEBEN SIE DEN GÜLTIGEN ENTSCHÄRFUNGSCODE EIN.

Flugdauer bis zum Ziel: 0:05 …

Schofield tippte den universalen Entschärfungscode ein, und der Bildschirm piepte erneut:

DRITTES PROTOKOLL (CODEEINGABE): ERFÜLLT.
GÜLTIGER ENTSCHÄRFUNGSCODE EINGEGEBEN.

Dann wurde die entscheidende Zeile angezeigt:

FLUG ABGEBROCHEN.

Auf einmal überschlugen sich die Ereignisse.

Hoch über den Minaretten von Mekka zerstörte sich die mehrfach überschallschnelle Chamäleon-Rakete in einer spektakulären Explosion. Es sah aus, als detoniere ein gigantischer Feuerwerkskörper – der einen atemberaubenden Funkenregen in alle Richtungen versprühte.

Die Rakete war so schnell gewesen, dass die Trümmerteile vom Fahrtwind einfach weggefegt wurden. Die verkohlten Überreste der nachgebauten Jericho-2B wurden später in einem Umkreis von hundert Meilen gefunden.

Schofields X-15 hingegen wurde ein anderes Schicksal zuteil.

Die Schockwelle der Explosion schleuderte sie in Spiralen fort und ließ sie, vollkommen außer Kontrolle, dem Erdboden entgegenrasen.

Rufus mühte sich heroisch mit dem Steuerknüppel ab, schaffte jedoch nur eines, nämlich den Absturz in den bewohnten Stadtteilen von Mekka zu verhindern.

Das war aber auch schon alles. Nur eine Sekunde später schlug die X-15 wie ein Weltraummeteor in der Wüste ein und bohrte sich mit einem dumpfen, erderschütternden Aufprall, der im Umkreis von fünfzig Meilen zu hören war, senkrecht in den Sand.

Für einen Moment machte die Explosion die Nacht über der Wüste zum Tag.

Die X-15 traf mit Mach 3 am Wüstenboden auf.

Der Aufprall währte nur einen gleißend hellen Moment, in dem das Raketenflugzeug sich in einen Feuerball verwandelte.

Niemand konnte einen solchen Aufprall überleben.

Einen Sekundenbruchteil vor dem Aufschlag jedoch wurden zwei Schleudersitze aus dem Cockpit der abstürzenden Maschine katapultiert und schossen diagonal in den Himmel – festgeschnallt an den Sitzen: Schofield und Rufus.

Die beiden Schleudersitze schwebten an den Fallschirmen auf die Erde nieder und landeten in einer Meile Entfernung vom brennenden Krater, der letzten Ruhestätte der X-15.

Die beiden Schleudersitze landeten auf dem staubigen Boden und kippten zur Seite.

Niemand regte sich.

Denn Shane Schofield und Rufus, die schlaff in den Gurten hingen, hatten aufgrund der kolossalen Beschleunigungskräfte während des Ausstiegs bei Überschallgeschwindigkeit das Bewusstsein verloren.

Nach einer Weile kam Schofield zu sich – aufgeweckt von Stimmen.

Vor seinen Augen verschwamm alles, Blut tropfte ihm ins Gesicht und in seinem Schädel pulsierte ein grauenhafter Schmerz. Um seine Augen herum bildeten sich Blutergüsse – die übliche Folge eines Notausstiegs.

Schatten umwogten den Schleudersitz. Ein paar Männer versuchten ihn loszuschnallen.

Wieder hörte er die Stimmen.

»Verrückte Hurensöhne, bei dieser Geschwindigkeit auszusteigen.«

»Komm schon, Mann, beeil dich, wir müssen fertig sein, bevor die verdammten Pfadfinder von der Marine eintreffen.«

Schofield, dicht davor, wieder das Bewusstsein zu verlieren, merkte, dass sie Englisch sprachen.

Mit amerikanischem Akzent.

Er seufzte erleichtert. Es war vorbei.

Da pfiff ein Messer durch die Luft, der Gurt löste sich und Schofield fiel vom Schleudersitz in den Sand.

Am Rand seines Gesichtsfelds tauchte ein Mann auf. Ein Westler, bekleidet mit einer Uniform. Wie durch einen Schleier hindurch nahm Schofield die Details der Uniform wahr: Dies war ein Kampfanzug der amerikanischen Delta-Spezialeinheit.

»Captain Schofield ...«, sagte der Mann mit sanfter Stimme, die Schofield in seiner Benommenheit nur undeutlich wahrnahm. »Captain Schofield. Es ist alles in Ordnung. Wir sind Deltas. Wir stehen auf Ihrer Seite. Wir haben auch Ihren Freund Captain Knight aufgelesen, ein paar Meilen von hier.«

»Wer ...«, stammelte Schofield. »Wer sind Sie?«

Der Delta lächelte, doch es war kein freundliches Lächeln. »Mein Name ist Wade Brandeis. Von der Delta-Spezialeinheit. Wir kommen von Aden. Keine Sorge, Captain Schofield. Bei mir sind Sie vollkommen sicher.«

Siebter Angriff

Frankreich
27. Oktober, 07.00 Uhr (Frankreich)
E. S. T. (New York, USA) 01.00 Uhr

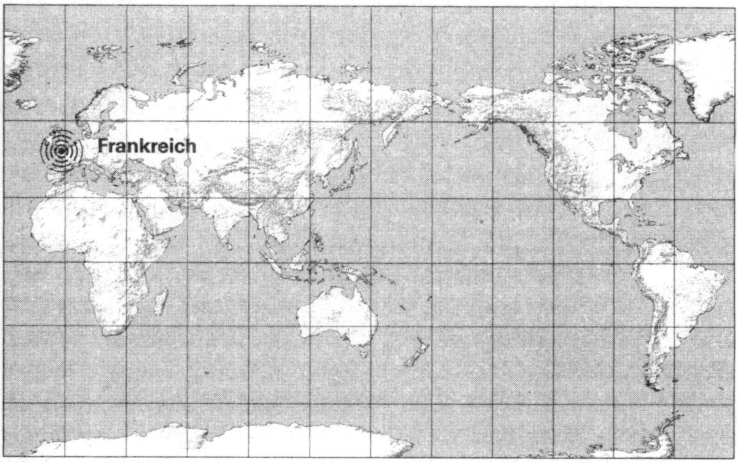

Hüte dich vor dem Zorn eines geduldigen Menschen.

– John Dryden

Schofield träumte.

Er träumte, man würde ihn aus dem gelandeten Schleudersitz heben … fesselte ihm die Hände mit Plastikriemen … schleppte ihn in den Passagierraum eines privaten Lear-Jets … und dann würde der Jet starten.

Stimmen im Nebel.

Brandeis sagte: »Zuerst habe ich von zwei Typen aus Afghanistan davon gehört. Sie meinten, er wäre in einer Höhle aufgetaucht und hätte das Weite gesucht. Sie meinten, es hätte was mit einer Kopfgeldjagd zu tun gehabt.

Dann ruft mich vor ein paar Stunden ein Typ an, den ich vom ISS her kenne – einer dieser Typen im Hintergrund, ein CIA-Mann der alten Schule, weiß über jeden Bescheid, deshalb ist er scheiß*unangreifbar.* Außerdem hat er mal für die ICG gearbeitet. Ein guter Mann. Aber potthässlich. Sieht aus wie eine gottverdammte Ratte. Noonan heißt er, Cal Noonan, wird aber von allen nur ›die Ratte‹ genannt.

Die Ratte weiß wie immer alles. Zum Beispiel weiß er, dass ich draußen in Aden arbeite. Er bestätigt mir, dass auf Schofield ein Kopfgeld ausgesetzt ist: achtzehn Millionen Dollar. Dann meint er noch, Schofield wäre unterwegs in den Jemen. Wenn ich interessiert bin, meint er, kann er es arrangieren, dass ich mit ein paar Mann meines Vertrauens dienstfrei bekomme.

Dann sagt er noch, hör mal, dieser *Aloysius Knight* begleitet Schofield, und auf den ist auch ein Kopfgeld ausgesetzt: zwei Millionen Dollar. Mann, Knights Kopf bekämen die von mir auch umsonst. Aber wenn mir jemand zwei Millionen dafür geben will, um so besser.«

Das Flugzeug flog weiter. Schofield schlief.

Als er kurzzeitig erwachte, fühlte er sich unbehaglich. Er trug immer noch die Flakweste, aber man hatte ihm sämtliche Waffen abgenommen. Nur den fest zusammengerollten chemischen Leichensack aus sowjetischer Fertigung hatte man ihm gelassen – als Waffe kaum zu gebrauchen.

Er verlagerte die Haltung – und sah Knight und Rufus, die, ebenfalls an den Händen gefesselt, ein paar Reihen weiter hinten saßen, bewacht von Delta-Soldaten. Rufus schlief, doch Knight war hellwach. Er bemerkte offenbar, dass Schofield zu sich gekommen war, doch der konnte die Augen nicht offen halten.

Er schlief wieder ein.

Ein weiterer wacher Moment.

Der Himmel vor dem Fenster war nicht mehr schwarz, sondern blassblau.

Morgendämmerung.

Dann hörte er wieder die Stimmen.

»Wohin bringen wir die eigentlich?«

»Zu einer Burg«, antwortete Brandeis. »Zu einer Burg in Frankreich.«

Forteresse de Valois
Bretagne, Frankreich,
27. Oktober, 07.00 Uhr

Es regnete heftig, als Schofield auf Jonathan Killians Privatflugplatz an der bretonischen Küste landete.

Ein kurzer Transfer zu einem uneinsehbaren Laster – unter den wachsamen Blicken von Brandeis und seinen fünf Deltas –, dann wurden Schofield, Knight und Rufus über eine steile Nebenstraße zu der auf einem Felsenfundament vor den Klippen errichteten Burg transportiert.

Zur mächtigen Forteresse de Valois.

In Regen und Blitze gehüllt überquerte der Laster die massive Zugbrücke, die die Burg mit dem Festland verband.

Im Verlauf der kurzen Fahrt setzte Knight Schofield über seine Erfahrungen mit Wade Brandeis, über die Nacht im Sudan und Brandeis' kriminelle Verbindungen zur ICG ins Bild.

»Glauben Sie mir, ich weiß über die ICG Bescheid«, sagte Schofield.

»Ich wollte mich schon längst mal mit Brandeis befassen«, sagte Knight.

Schofields Blick fiel auf die beiden Tätowierungen an Knights Arm: »SCHLAF MIT EINEM OFFENEN AUGE« und »BRANDEIS«, und auf einmal wurde ihm klar, dass es sich in Wirklichkeit um eine einzige Tätowierung handelte: »SCHLAF MIT EINEM OFFENEN AUGE, BRANDEIS«.

»Die Sache ist die«, sagte Knight, »Brandeis ist kein Kopfgeldjäger, und das merkt man.«

»Woran?«

»Er hat gegen die erste Regel der Kopfgeldjagd verstoßen.«

»Und die lautet?«

»Hat man die Wahl, jemanden tot oder lebendig abzuliefern«, antwortete Knight, »ist tot allemal besser.«

In diesem Moment kam der Laster auf dem kiesbedeckten Innenhof der Burg knirschend zum Stehen.

Schofield, Knight und Rufus wurden hinausgestoßen, bewacht von Brandeis und seinen Delta-Männern.

Monsieur Delacroix erwartete sie bereits.

Der Schweizer Bankier stand im Eingang der Luxusschlittenhalle, so geschniegelt wie eh und je.

Flankiert wurde er von Cedric Wexley sowie zehn Söldnern von Executive Solutions, Jonathan Killians Leibgarde.

»Major Brandeis«, sagte Delacroix. »Willkommen in der Forteresse de Valois. Wir haben Sie schon erwartet. Bitte treten Sie ein.«

Delacroix geleitete sie in die Garage und über eine Steintreppe hinunter in den Vorraum, in dem Schofield bereits gewesen war – anstatt jedoch nach *links* in den langen, abweisenden Tunnel abzubiegen, der zum Verifizierungsbüro führte, wandte er sich nach *rechts* und trat durch einen kleinen gemauerten Durchgang auf eine schmale, mittelalterliche Wendeltreppe, die weiter nach unten führte.

Die von Fackeln erhellte Treppe schraubte sich immer weiter in die Tiefen der Burg.

Sie endete vor einer dicken Stahltür, die in einen massiven Steinrahmen eingelassen war.

Delacroix drückte auf einen Schalter, worauf die Tür mit einem bedrohlichen Rumpeln in der Decke verschwand. Dann trat der elegant gekleidete Schweizer Bankier beiseite und überließ Brandeis und dessen Gefangenen den Vortritt.

Sie traten durch den Durchgang –

– und gelangten in eine große, kreisförmige Grube, in ein Verlies, in dem sich leise plätscherndes Meerwasser zwischen unregelmäßig angeordneten erhöhten Steinplattformen hindurchwand. In den so entstandenen Wasserstraßen machte Schofield zwei umherstreichende Haie aus. Und auf der nächsten erhöhten Rampe erblickte er …

… eine vier Meter hohe Guillotine.

Ihm stockte der Atem.

Das hier war das Verlies, von dem Knight ihm berichtet hatte. Das schreckliche Verlies, in dem Libby Gant zu Tode gekommen war.

Das hier war die Haifischgrube.

Als sie alle in die Haifischgrube hinausgetreten waren, glitt die Stahltür hinter ihnen wieder herunter und sperrte sie alle ein.

Monsieur Delacroix war klugerweise draußen geblieben.

Dafür erwartete sie jemand anderes in der Grube.

Ein Mann mit karottenroten Haaren und einem finsteren Rattengesicht.

»Hey, Noonan«, sagte Brandeis, trat vor und schüttelte dem Mann die Hand.

Schofield erinnerte sich noch gut an Knights Schilderung von Gants grauenhaftem Tod und dass ein Mann mit roten Haaren den Hebel betätigt hatte.

Schofield funkelte den Mörder an.

Rattengesicht erwiderte dreist seinen Blick.

»Das ist also Scarecrow, die Vogelscheuche«, sagte Rattengesicht. »Sie sind ja ein richtig hartnäckiges kleines Arschloch. War 'ne Menge Arbeit, gestern die kleine Mission in Sibirien zu arrangieren. Hab alles vorbereitet. Hab die ExSol auf Sie warten lassen. Dann hab ich dafür gesorgt, dass McCabe, Farrell und Sie in die Falle laufen. Anschließend hab ich die Funkverbindung nach Alaska unterbrochen. McCabe und Farrell waren nicht gut genug. Sie schon. Sie haben überlebt.

Bis jetzt. Jetzt gibt's kein Entrinnen mehr. Sie werden auf die gleiche Art sterben wie Ihre Freundin.« Rattengesicht wandte sich dem Delta-Mann zu, der Schofield festhielt. »Leg ihn unter die Guillotine.«

Schofield wurde von zwei der D-Boys zur Guillotine gezerrt. Man drückte ihm den Kopf in die Aussparung, während die gefesselten Hände nach hinten abgestreckt waren.

»Nein!«, hallte eine Stimme durch die Grube.

Alle drehten sich um.

Jonathan Killian war auf einem Balkon aufgetaucht, flankiert von Cedric Wexley, den zehn Männern von Executive Solutions sowie dem soeben eingetroffenen Monsieur Delacroix.

»Dreht ihn auf den Rücken«, sagte Killian. »Ich möchte, dass er die Klinge herabfallen sieht.«

Die Delta-Männer taten wie geheißen und drehten Schofield mit dem Gesicht nach oben. Über ihm erstreckten sich die vier Meter hohen Führungsschienen der Holzguillotine bis zur Decke. An ihrem Ende befand sich das funkelnde Fallbeil.

»Captain«, sagte Killian. »Mit Mut und Kühnheit haben Sie die bestehende Weltordnung bewahrt. Sie haben Millionen Menschen das Leben gerettet, die Ihren Namen niemals erfahren werden. Sie sind ein wahrer Held. Aber Ihr Sieg ist bestenfalls vorläufig. Denn ich werde weiterleben – und weiterherrschen –, und irgendwann wird meine Zeit kommen. Sie hingegen werden bald erfahren, wie es Helden wirklich ergeht. Mr. Noonan. Geben Sie das Fallbeil frei, danach töten Sie Captain Schofields Beschützer mit Kopfschüssen –«

»Killian!«, rief Schofield.

Alle erstarrten.

Schofields Stimme war gelassen, kalt. »Ich werde Sie töten.«

Killian lächelte. »In diesem Leben nicht mehr, Captain. Fallbeil frei.«

Rattengesicht trat neben die Guillotine, blickte auf Schofield nieder und packte den Hebel.

Gleichzeitig hob Wade Brandeis seine 45 und zielte auf Knights Kopf.

»Wir sehen uns in der Hölle wieder, Scarecrow«, sagte Rattengesicht.

Dann legte er den Hebel um und gab die Klinge frei.

Das Fallbeil der Guillotine donnerte in den Führungsschienen nach unten.

Schofield konnte bloß tatenlos zuschauen, wie es seinem Gesicht entgegenstürzte.

Er schloss die Augen und wartete auf das Ende.

Das Ende aber kam nicht.

Schofield spürte nichts.

Er öffnete die Augen –

– und sah, dass das abgeschrägte Fallbeil dreißig Zentimeter über seinem Hals gestoppt hatte, blockiert von der fünfzackigen Klinge eines Wurfsterns, der sich mit einem lauten *Klong* in den Guillotinenrahmen gegraben hatte.

Der Shuriken zitterte noch.

Auch Aloysius kam mit dem Leben davon, denn einen Sekundenbruchteil nachdem sich der Wurfstern in den Guillotinenrahmen gebohrt hatte, wurde Wade Brandeis' Rechte von einer Kugel getroffen, sodass die Pistole ins Wasser fiel. Aus seiner Hand spritzte Blut.

Schofield blickte nach vorn … und erblickte eine unerwartete, aber höchst willkommene Erscheinung, die soeben in der Haifischgrube auftauchte.

Es war ein furchterregender Anblick – ein Krieger in grauer Kampfmontur mit Tauchausrüstung, bewaffnet mit Wurfmessern und Schusswaffen. Mit jeder Menge Schusswaffen.

Wenn es den Tod gab, so fürchtete er sich vor einer Person.

Mother.

Mother schoss aus dem Wasser, in jeder Hand eine MP-7, mit denen sie unablässig feuerte. Zwei der fünf Delta-Männer brachen in der Brust getroffen zusammen.

Auf einmal überschlugen sich die Ereignisse.

Was Knight und Rufus betraf, so hatte ihnen Mothers Erscheinen die nötige Atempause verschafft, ihre Bewacher niederzuschlagen. Anschließend hüpften sie wie beim Seilspringen über ihre gefesselten Hände, beförderten die Handgelenke auf diese Weise nach vorn und hielten die Plastikfesseln hoch.

Mother brauchte keine Extraeinladung.

Zwei Schüsse – und die Fesseln waren Geschichte. Knight und Rufus waren frei.

Cedric Wexley warf eilig sein Zehn-Mann-Team in den Kampf – vier Mann schickte er über den Balkon in die Grube, die restlichen sechs durch die Hintertür des Balkons auf einen Gang. Dann riss er selbst sein M-16 hoch und schob Jonathan Killian aus dem Verlies.

Knight nahm einem der gefallenen D-Boys das Gewehr vom Typ Colt Commando ab und eröffnete das Feuer auf die vier ExSol-Männer, die gerade vom Balkon in die Grube sprangen.

Der noch immer unbewaffnete Rufus wirbelte herum und tötete einen dritten Delta-Mann mit einem kraftvollen Hieb auf die Nase.

»Rufus!«, schrie Knight. »Schaff Schofield hier heraus!«

Rufus rannte zur Guillotine.

Bei der Guillotine, nicht weit vom noch immer gefesselten Schofield entfernt, wich ein rattengesichtiger Mann namens Noonan Querschlägern aus.

Als das Feuer etwas nachließ, griff er nach dem Wurfmesser, das das Fallbeil über Schofields Kopf blockierte.

Noonan packte den Shuriken –

– als Rufus ihn mit einer Rückhand davonschleuderte.

Noonan landete dicht am Rand der steinernen Plattform auf dem Bauch und blickte auf einmal einem der Tigerhaie ins Auge. Er wich zurück und rappelte sich hoch.

Rufus hingegen landete neben Schofield, riss, während Knight ihm Feuerschutz gab, den Guillotinenkragen hoch und befreite Schofield.

Ein Schuss von Knight durchtrennte Schofields Handfesseln, dann riss Rufus ihn herum und deckte ihn mit dem eigenen Körper.

Im nächsten Moment wurde der große Mann von mehreren Kugeln in den Rücken getroffen.

Er brüllte und zuckte unter den drei Treffern.

Wade Brandeis hatte die Salve abgefeuert – er stand in der Nähe auf einer der steinernen Inseln und schonte die blutende Rechte, während seine Linke mit einem Colt Commando wild um sich schoss.

»Nein!«, schrie Aloysius Knight.

Er zielte auf Brandeis – doch das Magazin war leer, deshalb machte er einen Hechtsprung auf die glitschige Plattform, ruschte auf der Brust weiter und prallte gegen Brandeis' Beine, sodass der Delta-Mann den Halt verlor und sie beide in den Tümpel mit den Haien stürzten.

Der aus der Guillotine befreite Schofield drehte sich um und sah, wie Noonan auf die Stahltür zustolperte, die aus der Haifischgrube hinausführte.

Im Laufen zog Noonan eine Fernsteuerung aus dem Jackett und drückte einen Knopf.

Die dicke Stahltür stieg empor. Noonan rannte darauf zu.

»Verdammte Scheiße!«, rief Schofield und nahm die Verfolgung auf. »Mother!«

Mother war auf einer anderen, nicht weit entfernten Rampe hinter einem der wahllos verteilten Steinobjekte in Deckung gegangen und feuerte mit einer Pistole auf die beiden überlebenden D-Boys, als sie Schofields Ruf vernahm.

Sie wandte sich rasch um und verschoss eine Salve auf den flüchtenden Noonan. Sie verfehlte ihn zwar, hinderte ihn aber daran, sich durch den Ausgang aus dem Staub zu machen. Stattdessen ging er hinter einem Steinblock in Deckung.

Sie konnte allerdings nicht erkennen, ob Schofield damit geholfen war, denn die beiden Deltas hatten den kurzen Moment genutzt, da sie abgelenkt gewesen war.

Der eine traf sie mit einem Dutzend Schüssen an der Brust. Die geborgte Flakweste war natürlich kugelsicher, doch die Wucht der Treffer schleuderte sie Schuss für Schuss nach hinten.

Unter den ständigen Treffern taumelte Mother rückwärts, und gerade als der D-Boy das Gewehr hob, um ihr einen tödlichen Kopfschuss zu verpassen –

– stürzte sie auf einmal –

– ins Wasser und der Schuss ging ins Leere.

Mother versank im Wasser.

Kurze, gnädige Stille.

Dann stieg sie wieder empor – wohl wissend, was sie erwartete –, tauchte mit vorgehaltener Pistole an die Oberfläche und traf die beiden D-Boys in dem Moment, als diese ihrerseits auf sie feuerten.

Die beiden Deltas brachen zusammen, die Gesichter zerschossen.

Mother seufzte erleichtert auf.

Auf einmal nahm sie im Wasser eine eigenartige Strömung wahr.

Sie drehte sich um …

… und sah eine sich nähernde große Bugwelle und die

hohe Rückenflosse eines Tigerhais, die das Wasser durchschnitt.

»O nein!«, schrie sie. »Das glaub ich nicht! Ich habe heute schon zu viel überlebt, um als Fischfutter zu enden!«

Sie feuerte auf den heranstürmenden Hai – *Bäng! – Bäng! – Bäng! – Bäng! – Bäng! – Bäng!*

Der Hai wurde nicht langsamer.

Mothers Schüsse trafen, doch der große Hai durchteilte weiter die Wellen.

Bäng! – Bäng! – Bäng!

Der Hai wurde noch immer nicht langsamer.

Mit aufgerissenem Maul hob er sich aus dem schäumenden Wasser –

– als Mother, unablässig feuernd, instinktiv ein Bein vorstreckte.

Knirsch!

Der Hai schloss den Kiefer um ihr linkes Bein.

Mother zeigte keine Reaktion.

Ihr linkes Bein bestand aus Titan. Sie hatte die Prothese nach einer Verletzung bekommen, die sie sich bei einem früheren Einsatz zugezogen hatte.

Zwei Zähne des Hais brachen ab. Sprangen einfach in Stücke.

»Mal sehen, wie dir das schmeckt, du Motherfucker«, sagte Mother und zielte auf das Gehirn des Hais.

Bäng.

Der Hai bäumte sich auf, doch als er wieder aufs Wasser klatschte, regte er sich nicht mehr. Er war tot, die Kiefer hatte er um Mothers linkes Bein geschlossen, als hätte er die Beute nicht einmal im Todeskampf loslassen wollen.

Mother kickte den über drei Meter langen Hai einfach von sich weg, kletterte aus dem Tümpel und warf sich wieder in den Kampf.

Während Mother mit dem Hai gekämpft hatte, hatte Schofield auf der anderen Seite der Grube Noonan verfolgt und ihn auch erwischt – er warf sich in dem Moment auf ihn, als sein Gegner den offenen Eingang des Verlieses erreichte.

Der ISS-Mann versuchte Schofield mit Tritten loszuwerden, doch der schleuderte Noonan zurück ins Verlies und schlug auf ihn ein – mit voller Wucht.

Ein Hieb und Noonan taumelte rückwärts.

»Ich weiß, dass du den Hebel betätigt hast …«, sagte Schofield grimmig.

Der zweite Schlag brach Noonan die Nase; Blut spritzte.

»Ich weiß, dass sie einen schmerzhaften Tod erlitten hat …«

Der dritte Schlag brach Noonan den Kiefer. Er rutschte aus, verlor das Gleichgewicht.

»Du hast einen wundervollen Menschen getötet …«

Schofield packte Noonan mit beiden Händen und schleuderte ihn mit dem Kopf voran in die Guillotine. Noonans Kopf glitt in die Aussparung unter dem rasiermesserscharfen Fallbeil, das noch immer vom Wurfstern blockiert wurde.

»Und auch du sollst einen schmerzhaften Tod erleiden …«, sagte Schofield.

Damit riss er den Shuriken aus der Holzführung – und das Fallbeil sauste den letzten halben Meter herab.

»Nein!«, kreischte Noonan. »Neiiiiii –!«

Klong.

Noonans Rattenkopf schlug auf dem Steinboden auf und prallte davon ab wie ein Ball. Seine Lider flatterten, dann wurde sein Blick auf einmal leer, für immer in einem Ausdruck absoluten Entsetzens erstarrt.

Zehn Meter von der Guillotine entfernt schwamm Aloysius Knight im haiverseuchten Wasser und führte mit Wade Brandeis einen Kampf auf Leben und Tod.

Beide hatten eine Delta-Ausbildung genossen und waren einander vollkommen ebenbürtig, und so schlugen sie mit gleicher Taktik abwechselnd aufeinander ein und duckten sich ins Wasser.

Dann auf einmal hoben sich beide Männer Nase an Nase aus dem Wasser. Brandeis allerdings drückte Knight eine kleine Pistole ans Kinn.

»Mit dir will ich schon lange abrechnen, Knight!«

Knight erwiderte zwischen zusammengepressten Zähnen hindurch:

»Weißt du was, Brandeis, seit der Nacht im Sudan hab ich mir tausend verschiedene Todesarten für dich ausgedacht. Aber die hier hab ich ganz vergessen.«

»Hä?«, machte Brandeis.

Knight riss Brandeis im Wasser herum und beförderte ihn unmittelbar vor die Schnauze des heranstürmenden zweiten Tigerhais.

Der fast dreieinhalb Meter lange Hai *rammte* Brandeis mit Höchstgeschwindigkeit, nahm ihn ins Maul, die knirschenden, mahlenden Zähne nur Zentimeter von Knights Körper entfernt. Der Hai aber hatte nur Augen für Brandeis, magisch angezogen von dessen blutender Rechter.

»Schlaf mit einem offenen Auge, Arschloch«, sagte Knight.

Fest im Griff der gewaltigen Kiefer, konnte Brandeis Knights Blick nur ohnmächtig erwidern – und schreien, während er bei lebendigem Leib gefressen wurde.

Knight kletterte aus dem Wasser, aus dem blutigen Schaum, der einmal Wade Brandeis gewesen war, und rannte zurück zu Schofield.

Knight stieß hinter der Guillotine zu Schofield – an der Stelle, an der Schofield soeben den verwundeten Rufus aus der Schusslinie der ExSol-Männer gebracht hatte, die sich über die steinernen Inseln näherten.

Schofield hatte auch ein paar Waffen aufgelesen – zwei Colt-Commando-Sturmgewehre, eine MP-7, eine von Knights H&K Kaliber 9 mm und Knights gut bestückte Flakweste, die er einem der toten Deltas abgenommen hatte.

Mother schloss sich ihnen an.

»Hey, Mother«, sagte Knight. »Als wir uns das letzte Mal gesehen haben, waren Sie in dem Wartungsschuppen in der *Talbot,* kurz bevor er von Demons Jungs auseinandergenommen wurde. Was haben Sie gemacht, sich im Boden versteckt?«

»Scheiß auf den Boden«, erwiderte Mother. »Der verdammte Schuppen hing an der Decke des Frachtraums. In der Decke war eine Luke. Da bin ich rein. Aber dann ist das ganze Scheißschiff gesunken …«

Knight fragte: »Woher wussten Sie, dass wir hier sind?«

Mother nahm den Palm Pilot aus einer wasserdichten Westentasche. »Sie haben eine Menge netter Spielzeuge, Mr. Knight. Und *Sie*«, wandte sich Mother an Schofield, »haben MicroDots an den Händen, junger Mann.«

»Schön, dich wiederzusehen, Mother«, sagte Schofield. »Es ist gut, dass du wieder da bist.«

Eine Kugelsalve der ExSol-Männer schlug in die Guillotine ein.

Schofield drehte sich um, beäugte den offenen Durchgang in zehn Meter Entfernung.

»Ich gehe jetzt nach oben«, sagte er unvermittelt, »und schnappe mir Killian. Mother, bleib du bei Rufus und kümmere dich um diese Arschlöcher. Knight, Sie können entweder mitkommen oder hier bleiben. Die Entscheidung liegt bei Ihnen.«

Knight hielt seinem Blick stand. »Ich komme mit.«

Schofield – noch immer mit der gut bestückten Mehrzweckweste bekleidet – reichte Knight ein Gewehr, die 9-mm-Pistole und die Weste, die er unterwegs aufgelesen hatte. »Hier. Sie haben dafür bessere Verwendung als ich. Auf geht's. Mother, bitte gib uns Feuerschutz.«

Mother riss das Gewehr hoch und deckte die ExSol-Söldner mit Sperrfeuer ein.

Schofield rannte zur Tür. Knight folgte ihm ... jedoch nicht ohne Mother zuvor etwas abgenommen zu haben.

»Was wollen Sie damit anfangen?«, rief Mother ihm nach.

»Ich hab das Gefühl, ich könnte es noch brauchen«, erwiderte Knight, dann verschwand er hinter Schofield im Durchgang.

Der Ritter und die Vogelscheuche.

Sie stürmten die Wendeltreppe hoch, die vom Lichtschein aus den Tiefen des Verlieses erhellt wurde, zwei ehrfurchtgebietende Kämpfer, die sich gegenseitig Deckung gaben, sich im Einklang bewegten und mit ihren Colt-Commando-Sturmgewehren unablässig feuerten.

Die sechs ExSol-Männer, die die Treppe bewachten, hatten keine Chance.

Wie von Schofield vermutet, hatte Cedric Wexley die sechs verbliebenen Söldner zur Seite der Grube geschickt, wo sie ihnen den Fluchtweg abschneiden sollten.

Die ExSol-Söldner hatten sich in drei Zweiergruppen aufgeteilt, die in regelmäßigen Abständen auf der Treppe postiert waren und aus Alkoven heraus feuerten.

Die ersten beiden wurden von den Kugeln der nach oben stürmenden Kämpfer zerfetzt.

Das zweite Paar bekam gar nicht mit, wie die beiden Wurfsterne um die Treppenbiegung herumflogen, die Luft durchschnitten wie Bumerangs und sich in ihre Schädel gruben.

Das dritte Paar stellte es klüger an.

Sie hatten eine Falle vorbereitet.

Sie hatten am Kopf der Treppe in dem langen Steintunnel hinter dem Vorraum gewartet – in dem Tunnel mit den Kanälen für das siedende Öl, der zum Verifizierungsbüro führte, wo sich jetzt Wexley, Killian und Delacroix postiert hatten.

Als Schofield und Knight oben an der Treppe anlangten, sahen sie die beiden Söldner im Tunnel und die anderen Personen an dessen Ende.

Während Schofield weiterrannte, blieb Knight stehen.

Schofield lief durch den Vorraum und feuerte auf die beiden Söldner im Tunnel, knallte sie ab, bevor sie ihn erwischten.

Knight stürzte ihm rufend nach. »Nein, warten Sie! Das ist eine Fal–«

Zu spät.

Die drei großen Stahltüren donnerten aus der Decke des Tunnels und des Vorraums herab. Eine vierte Tür blockierte die aus dem Vorraum nach unten führende Treppe.

Bäng! Bäng! Bäng! Bäng!

Schofield und Knight waren getrennt worden.

Schofield: gefangen im Tunnel mit den beiden am Boden liegenden ExSol-Söldnern.

Knight: eingesperrt im Vorraum.

Schofield erstarrte im abgeschlossenen Tunnel.

Er hatte beide Söldner getroffen – sie lagen auf dem Boden, der eine tot, der andere wimmernd.

Aus den Lautsprechern tönte Killians Stimme: »*Captain Schofield. Captain Knight. Es war mir ein Vergnügen, Ihre Bekanntschaft zu machen –*«

Knight drehte sich im Vorraum um die eigene Achse und sah die sechs kreisförmig an der Decke angeordneten Mikrowellensender, die in den Fels eingelassen waren.

»Verfluchter Mist …«, murmelte er.

Killians Stimme dröhnte: »*– aber jetzt ist das Spiel vorbei. Es scheint mir höchst passend, dass Ihr Tod teuer erkauft wurde.*«

Im Büro spähte Killian durch das kleine Plexiglasfenster in den Tunnel mit dem siedenden Öl. Schofield war darin gefangen wie eine Ratte.

»Good-bye, Gentlemen.«

Killian drückte zwei Tasten an seiner Fernbedienung, die zwei spezielle Vorrichtungen auslösten: die Mikrowellensender in Knights Vorraum und die Ölfalle in Schofields Tunnel.

Als Erstes vernahm Killian das tiefe Summen aus dem Vorraum, gefolgt von mehreren Schüssen.

Das kannte er schon.

Es war schon häufiger vorgekommen, dass jemand sich den Weg durch die Stahltüren des Vorraums freizuschießen versuchte. Geklappt hatte es nie. Nur selten hatte jemand versucht die Mikrowellensender zu treffen, doch die waren im Fels gut geschützt.

Auf einmal spritzte dampfendes gelbes Öl auf das kleine Plexiglasfenster, das Killian vom Tunnel trennte, sodass er Shane Schofield nicht mehr sehen konnte.

Das war aber auch nicht nötig.

Als das siedende Öl in den Tunnel spritzte, hörte Killian Schofields Schreie.

Als die Schreie und die Schüsse eine Minute später verstummt waren, öffnete Killian die Stahltüren –

– und sah sich einem erstaunlichen Anblick gegenüber.

Die beiden ExSol-Männer lagen mit verbrannter, blasiger Haut am Boden. Die Arme des einen waren in einer kauernden Abwehrhaltung erstarrt – er war vor Schmerzen brüllend gestorben, während er vergeblich versucht hatte sich vor dem Öl zu schützen.

Schofield aber war nirgends zu sehen.

Stattdessen erhob sich auf der Schwelle zwischen Vorraum und Tunnelende ein dunkles, mannsgroßes Gebilde.

Ein aufrecht stehender Leichensack.

Es handelte sich um einen schwarzen Plastiksack. Genauer gesagt, um einen Markow Typ-III. Der beste Leichensack, den die Sowjets je hergestellt hatten – und der einzige Gegenstand, den Wade Brandeis *nicht* von Schofields Weste entfernt hatte. Dazu gedacht, jegliche chemische Kontamination *ein*zuschließen, hatte er in diesem Fall anscheinend erfolgreich das siedende Öl *abgehalten*.

Mit einer blitzschnellen Bewegung öffnete sich der Reißverschluss des Leichensacks und Schofield trat mit vorgehaltener MP-7 heraus.

Sein erster Schuss traf Killians Hand – die Fernsteuerung flog auf den Boden, sodass die Tunneltüren offen blieben.

Der zweite Schuss riss Killians linkes Ohrläppchen ab. Als er die Waffe in Schofields Hand sah, hatte Killian sich reflexhaft hinter den Türrahmen geduckt. Eine Nanosekunde später hätte ihm der Schuss den Kopf abgerissen.

Schofield rannte unablässig feuernd durch den schmalen Tunnel aufs Büro zu.

Cedric Wexley erwiderte das Feuer vom Büroeingang aus.

Überall pfiffen Kugeln umher.

Steinbrocken fielen von den Säulen herab, die den Tunnel säumten.

Das Panoramafenster, das die ganze Außenwand einnahm, zerbarst in abertausende Scherben.

Die entscheidende Frage bei diesem Feuerwechsel aber war: Wem würde die Munition zuerst ausgehen? Schofield oder Wexley?

Schofield.

Zehn Schritt vor dem Eingang zum Büro.

»Scheiße!«, schrie er und duckte sich hinter eine Steinsäule, die ihm nur notdürftig Deckung bot.

Wexley lächelte. Das war's also.

Doch plötzlich wurde er von jemand anderem unter Feuer genommen – von einer Stelle hinter Schofield, vom Vorraum her.

Schofield wandte verdutzt den Kopf …

… und erblickte Aloysius Knight. Der mit unablässig feuerndem Colt Commando durch den Tunnel herangestürmt kam.

Schofield erhaschte einen flüchtigen Blick in den hinter Knight befindlichen Vorraum.

Der Steinboden war mit Dutzenden von 9-mm-Patronenhülsen übersät – den Überresten von Knights Schießorgie nach dem Einschalten der Mikrowellensender.

Bloß waren dies keine gewöhnlichen Patronenhülsen.

Diese Hülsen hatten orangefarbene Streifen.

Gewöhnlichen Patronen hätten die steinernen Einfassungen der sechs Mikrowellensender problemlos widerstanden. Knights mit Treibgas gefüllten Bullenstoppern aber hatten sie nichts entgegenzusetzen.

Knights Sperrfeuer brachte Schofield die Rettung.

Da Wexley gezwungen war das Feuer zu erwidern, ging auch ihm im nächsten Moment die Munition aus.

Schofield sprang.

Er flog regelrecht ins Büro hinein und verpasste Wexley einen Hieb ins Gesicht, der dessen bereits gebrochene Nase zum zweiten Mal brach.

Wexley brüllte vor Schmerz.

Dann fielen Wexley und Schofield übereinander her. Ein brutaler Zweikampf. Südafrikanischer Reccondo gegen US-Marine.

Während sie einen schemenhaften Knäuel bildeten, aufeinander einschlugen und Hiebe parierten, kam aus Monsieur Delacroix' rechtem Ärmel ein funkelndes Messer zum Vorschein. Er trat vor und stürzte sich damit auf Schofield.

Die Klinge näherte sich Schofields Rücken bis auf einen Zentimeter, dann wurde Delacroix' Handgelenk mit erstaunlicher Kraft gepackt, und Delacroix blickte in die Augen von Aloysius Knight.

»Also, das ist nun wirklich unfair«, sagte Knight, dann bohrte sich ein zweites Messer, das aus Delacroix' anderem Ärmel aufgetaucht war, tief in seinen Schenkel.

Delacroix' messerbewehrte Hände bewegten sich blitzschnell und zwangen den mittlerweile humpelnden Knight zurückzuweichen.

Dermaßen scharfe Klingen hatte Knight noch nie gesehen, geschweige denn am eigenen Leib zu spüren bekommen. Eine davon fuhr ihm übers Gesicht, ließ auf der Wange eine blutige Linie zurück.

Der elegant gekleidete Schweizer Bankier hatte sich unversehens in einen perfekt ausbalancierten Messerkämpfer verwandelt, dessen exquisite Körperbeherrschung nur einen Schluss zuließ.

»Schweizergarde, hab ich Recht, Delacroix?«, sagte

Knight, während sie einander umkreisten. »Haben Sie mir nie verraten. Reizend. Wirklich reizend.«

»In meinem Geschäft«, erwiderte Delacroix höhnisch, »muss man sich auf sich selbst verlassen können.«

Im Eingang schlugen Schofield und Wexley aufeinander ein.

Wexley war größer und kräftiger als Schofield und ebenfalls ein erfahrener Kämpfer.

Schofield hingegen war schneller; seine mittlerweile berüchtigten Reflexe ermöglichten es ihm, Wexleys gefährlicheren Hieben auszuweichen.

Nach den Strapazen der vergangenen vierundzwanzig Stunden, dem Absturz der X-15 und dem Abtransport nach Frankreich war sein Energievorrat jedoch nahezu erschöpft.

Deshalb neigte er sich bei einem Hieb zu weit vor.

Wexley stieß unerbittlich in die Bresche und versetzte ihm einen Faustschlag auf die Nase, die jeden anderen Mann getötet hätte. Schofield taumelte, schaffte es aber, noch im Fallen einen mörderischen Treffer auf Wexleys Adamsapfel zu landen.

Beide Männer fielen zu Boden – Wexley lag keuchend im offenen Eingang, während Schofield neben ihm am Türrahmen zusammengesackt war.

Wexley richtete sich stöhnend auf die Knie und zog ein Warlock-Jagdmesser aus dem Stiefel.

»Zu spät, Arschloch«, sagte Schofield.

Seltsam dabei war, dass er keine Waffe in Händen hielt. Er hatte etwas Besseres: Killians Fernsteuerung.

»Das ist für McCabe und Farrell«, sagte er und drückte eine Taste.

Sogleich donnerte die Stahltür aus der Decke, krachte wie eine Ramme auf Wexleys Kopf nieder, schmetterte ihn gegen den Steinboden – *Krack!* – und zerquetschte ihn.

Als Wexley tot war, wandte Schofield sich dem Mann zu, um den es ihm eigentlich ging.

Er stand hinter dem Schreibtisch.

Jonathan Killian.

Knight kämpfte noch mit Delacroix, als er sah, dass Schofield sich Killian näherte.

Nicht dass Knight sich um Killian gesorgt hätte. Weit gefehlt. Er machte sich Sorgen um Schofield.

Doch er kam nicht weg von Delacroix …

Schofield blieb direkt vor Killian stehen.

Der Gegensatz hätte nicht größer sein können. Schofield war verdreckt, blutverschmiert, mit blauen Flecken übersät und völlig erschöpft. Killian dagegen war abgesehen vom abgerissenen Ohrläppchen und der verletzten Hand nach wie vor relativ adrett und sauber, der Anzug makellos.

Hinter ihnen gähnte die Öffnung des geborstenen Panoramafensters, durch das man auf den Atlantik blickte.

Draußen tobte ein Sturm. Blitze zerrissen den Himmel. Regen peitschte durch die Fensteröffnung.

Schofield musterte Killian emotionslos.

Als er unverwandt schwieg, setzte Killian ein affektiertes Grinsen auf.

»Nun, Captain Schofield? Was haben Sie jetzt vor? Wollen Sie mich töten? Ich bin ein wehrloser Zivilist. Ich habe keine militärische Ausbildung genossen. Ich bin unbewaffnet.« Killians Augen wurden schmal. »Aber ich glaube, Sie können mich gar nicht töten. Wenn Sie mich jetzt im Dienst kaltblütig töten würden, wäre dies mein letzter Sieg und vielleicht meine größte Leistung. Denn es würde lediglich eines beweisen: *dass ich Sie gebrochen habe*. Ich habe den letzten guten Menschen der Welt zu einem kaltblütigen Mörder werden lassen. Dabei habe ich doch lediglich ihre Freundin getötet.«

Schofield hielt Killians Blick stand.

Seine ganze Erscheinung war unnatürlich ruhig.

Als er sein Schweigen schließlich brach, klang seine Stimme leise, gefährlich.

»Sie haben mal gemeint, Westler hätten kein Verständnis für Selbstmordattentäter«, sagte er langsam. »Weil Selbstmordattentäter keinen Wert auf Fairness legten. Für einen Selbstmordattentäter sei der Kampf bedeutungslos, weil er einen viel wichtigeren Krieg gewinnen wolle: einen psychologischen Krieg, in dem der verliert, der im Zustand des Entsetzens oder der Angst stirbt – *gegen seinen Willen.*« Schofield stockte. »Während der gewinnt, der für den Tod emotional bereit ist.«

Killian runzelte die Stirn.

Schofield zuckte mit keiner Wimper, auch nicht, als ein abgrundtief fatalistisches, nihilistisches Lächeln in seine Züge trat.

Dann packte er Killian grob beim Hals, zog den Milliardär dicht an sich heran und knurrte: »Sie sind emotional nicht bereit zu sterben, Killian. Ich schon. Und deshalb werde ich siegen.«

»Allmächtiger, nein …«, stammelte Killian, als er begriff, was Schofield vorhatte. »Nein!!!«

Den kreischenden Jonathan Killian mit sich ziehend, trat Shane Schofield durch das geborstene Panoramafenster in den Sturm hinaus und beide Männer – der Held und der Schurke – stürzten aus hundertzwanzig Metern Höhe auf die zerklüfteten Felsen hinab.

In dem Moment, als Schofield Killian zu sich herzog, stürzte sich Aloysius Knight auf Delacroix.

Ein rascher Ausfallschritt nach links hatte Delacroix veranlasst, eins seiner Messer tief in die holzgetäfelte Wand zu stoßen – was Knight eine Atempause verschaffte, sodass er den Schneidbrenner von der Mehrzweckweste lösen, ihn Delacroix in den Mund rammen und zünden konnte.

Die blaue Schneidbrennerflamme bohrte sich geradewegs durch Delacroix' Schädel, trat fauchend an dessen Hinterkopf aus und schleuderte verbrannte Gehirnmasse durch den Raum. Der Schweizer Bankier sackte augenblicklich tot zusammen, im Schädel ein an den Rändern verkohltes Loch.

Als Knight hinter dem zusammengebrochenen Delacroix hervortrat, bekam er gerade noch mit, wie Shane Schofield in den Sturm hinaustrat und den schreienden Killian mit sich riss.

Schofield stürzte mit Jonathan Killian durch den Regen.

Die Felswand raste an ihnen vorbei, während Schofield auf die von den Wogen des Atlantiks überspülten Felsen blickte, die sein Leben beenden würden.

Im Fallen wurde er von einem seltsamen Frieden erfasst. Das war das Ende und er war bereit dafür.

Dann auf einmal prallte etwas gegen seinen Rücken, er verspürte einen Übelkeit erregenden Ruck …

… und sein Fall wurde abrupt gestoppt.

Jonathan Killian schrumpfte immer mehr – er stürzte immer weiter durch den Regen, bis er auf den Felsen am

Fuß der Klippen prallte, wo er sich obszön krümmte, ehe er in einer Blutwolke verschwand. Sein Gebrüll war jäh verstummt.

Schofield aber stürzte nicht mehr tiefer.

Er baumelte am Ende des Seils eines Maghooks, das aus dem Panoramafenster hing – den Maghook hatte Aloysius Knight zuvor Mother abgenommen und nach Schofields Sprung im letzten Moment aus dem Fenster lehnend abgefeuert – worauf sich dessen knollenförmiger Magnetkopf an die im Rückenteil von Schofields geborgter Flakweste eingearbeitete Metallplatte geheftet hatte.

Schofield ließ sich zum Büro hochhieven wie ein Fisch an der Angel. Schließlich zog Knight ihn ins Büro.

»Tut mir Leid, Kumpel«, sagte Knight. »Aber so konnte ich Sie nicht gehen lassen. Übrigens glaube ich, dass Sie mit Killian jetzt quitt sind.«

Zehn Minuten später, als gerade die Sonne hinter dem Horizont zum Vorschein kam, raste ein Aston Martin von der Forteresse de Valois fort, am Steuer Aloysius Knight, auf den übrigen Sitzen Shane Schofield, Mother und Rufus.

Der Wagen fuhr die zum Flugplatz führende Nebenstraße entlang. Dort nahmen die Insassen des Wagens nach einem sehr einseitigen Feuergefecht einen Axon-Helikopter in ihren Besitz und flogen der aufgehenden Sonne entgegen.

Im Verlauf der folgenden Monate kam es überall auf der Welt zu merkwürdigen Vorkommnissen.

Eine Woche nach den dramatischen Ereignissen wurde in Mailand, Italien, gemeldet, bei der Aerostadia-Italia-Flugshow sei bei einem Einbruch ein Flugzeug aus einem abgelegenen Hangar entwendet worden.

Nach dem mit Enttäuschung aufgenommenen Ausfall des Auftritts der sagenumwobenen amerikanischen X-15-Raketenflugzeuge kam den Veranstaltern diese Art Publizität höchst ungelegen.

Augenzeugen berichteten, bei dem entwendeten Flugzeug handele es sich um einen schlanken, schwarzen Kampfjet, der senkrecht starten könne. Obwohl die Beschreibung auf die experimentelle russische Sukhoi S-37 passte, beeilten sich die Sprecher der Flugshow und italienische Luftwaffenoffiziere zu versichern, dass der Auftritt eines solchen Flugzeugs bei der Show nicht vorgesehen gewesen sei.

In der Vorweihnachtszeit kam es bei den reichsten Familien der Welt zu einer bedauerlichen Häufung von Todesfällen.

Randolph Loch verschwand bei einer Safari in Südafrika. Die ganze Jagdgesellschaft blieb spurlos verschwunden.

Im März erlag der griechische Großreeder Cornelius Kopassus im Schlaf einem Herzanfall.

Arthur Quandt wurde im Bad seiner Jagdhütte in Aspen zusammen mit seiner Geliebten tot aufgefunden.

Warren Shusett wurde in einem abgelegenen Landhaus ermordet.

J. D. Cairnton, der Besitzer eines großen Pharmaziekonzerns, wurde in der Nähe des Firmenhauptsitzes in New York von einem LKW erfasst und getötet. Der Fahrer des Wagens wurde nie gefunden.

Erben übernahmen die Wirtschaftsimperien.

Die Welt drehte sich weiter.

Die einzige Verbindung zwischen den Todesfällen stellte eine vertrauliche Mitteilung an den Präsidenten der Vereinigten Staaten dar.

Sie lautete: »SIR, ES IST VORBEI. MAJESTIC-12 EXISTIERT NICHT MEHR.«

Mallorca, Spanien
9. November, 11.00 Uhr

Der gemietete Volkswagen umkreiste die charmante, gepflasterte Piazza auf Mallorca, dem berühmten Zufluchtsort der Reichen und Erholungsuchenden.

»Wo fahren wir eigentlich hin?«, fragte Rufus.

»Wir treffen uns mit unserem Auftraggeber«, antwortete Knight. »Mit der Person, die uns engagiert hat, damit wir Captain Schofields Leben schützen.«

Knight parkte vor einem Straßencafé.

Ihr Auftraggeber wartete bereits.

Es handelte sich um eine Frau. Sie saß an einem der Tische auf dem Trottoir und rauchte eine Zigarette, die Augen hinter einer undurchsichtigen Dior-Sonnenbrille verborgen.

Sie wirkte ausgesprochen distinguiert – Ende vierzig, dunkles Haar, hohe Wangenknochen, porzellanweiße Haut, ihr Auftreten das einer kultivierten, selbstsicheren Frau.

Sie hieß Lillian Mattencourt.

Milliardenschwere Besitzerin des Kosmetikimperiums Mattencourt.

Die reichste Frau der Welt.

»Wenn das nicht mein Ritter in schimmernder Rüstung ist«, sagte sie zur Begrüßung. »Mein lieber Knight. Bitte nehmen Sie doch Platz.«

Mattencourt, vor sich eine Tasse Tee, lächelte warmherzig.

»Aloysius, das haben Sie gut gemacht. Und dafür sollen Sie fürstlich belohnt werden.«

»Warum?«, fragte Knight. »Warum wollten Sie verhindern, dass er getötet wird?«

»Ach, mein hinreißender junger Ritter«, sagte Lillian Mattencourt. »Liegt das nicht auf der Hand?«

Knight hatte sich bereits seine Gedanken gemacht. »Die Majestic-12 wollten einen neuen Kalten Krieg auslösen. Und Jonathan Killian wollte globale Anarchie. Ihr Vermögen hingegen gründet auf dem Gegenteil von beiden. Sie wollen, dass die Menschen sich sicher fühlen, dass sie glückliche kleine Konsumenten sind. Ihr Vermögen hat die Aufrechterhaltung des globalen Friedens und Wohlstands zur Voraussetzung. In Kriegszeiten kauft niemand Kosmetik. Ein Krieg hätte Ihren Ruin bedeutet.«

Mattencourt wischte seine Argumente mit einer Handbewegung fort. »Mein lieber Junge, sind Sie immer so zynisch? Was Sie da sagen, stimmt natürlich. Dennoch macht es nur einen kleinen Teil meiner Überlegungen aus.«

»Was war der eigentliche Grund?«

Mattencourt lächelte. Dann wurde sie todernst. »Aloysius. Obwohl mein Nettovermögen das der meisten anderen Leute übersteigt, und ungeachtet der Tatsache, dass mein Vater Mitglied in ihrem Club war, haben Randolph Loch und seine Freunde sich jahrelang nur deshalb hartnäckig geweigert, mich in ihren Rat aufzunehmen, weil ich eine Frau bin.

Kurz gesagt, nachdem ich jahrelang zahlreiche Zweideutigkeiten und sexuelle Anspielungen über mich ergehen lassen musste, reichte es mir irgendwann. Als ich dann aus Quellen der französischen Regierung von der Kopfgeldjagd erfuhr, hielt ich den Zeitpunkt für gekommen, ihnen eine Lektion zu erteilen. Ich wollte *ihnen wehtun,* Aloysius.

Und der geeignete Weg, dies zu erreichen, schien mir darin zu bestehen, ihnen das zu nehmen, was ihnen am meisten bedeutete – nämlichen ihren kostbaren Plan. Wenn sie bestimmte Leute töten wollten, würde ich sie am Leben erhalten. Wenn sie die bestehende Weltordnung zerstören wollten, würde ich sie bewahren.

Von Captain Schofield hatte ich bereits gehört. Sein Ruf eilt ihm voraus. Wie Sie ist auch er ein nahezu unverwüstlicher junger Mann. Wenn jemand in der Lage war, die Majestic-12 zu besiegen, dann er. Deshalb wollte ich, dass Sie ihn beschützen.«

Lillian Mattencourt reckte die Nase und sog die frische Mittelmeerluft ein, als Zeichen, dass die Unterredung beendet war.

»Und jetzt ziehen Sie von dannen, mein tapferer kleiner Fußsoldat. Gehen Sie. Sie haben Ihren Auftrag erledigt und Ihre Sache gut gemacht. Heute Abend wird das Geld auf Ihrem Konto sein. 130,2 Millionen Dollar, was dem Gegenwert von sieben Köpfen entspricht, wenn ich mich nicht irre.«

Sie erhob sich, setzte den Hut auf und schritt zu dem Mercedes 500, der auf der anderen Seite der Piazza abgestellt war.

Sie war bereits eingestiegen und wollte gerade losfahren, als Knight die schattenhafte Gestalt bemerkte, die nicht weit entfernt in der Mündung einer Gasse stand.

»Dieser schlaue Fuchs«, sagte Knight einen Sekundenbruchteil bevor Lillian Mattencourt den Zündschlüssel herumdrehte.

Die Explosion erschütterte die ganze Piazza.

Topfpflanzen flogen übers Pflaster. Tischsonnenschirme wurden umgestülpt. Passanten rannten auf die brennenden Überreste von Lillian Mattencourts Mercedes zu.

Der Mann, der in der Gassenmündung gestanden hatte, näherte sich beiläufig Knights Tisch und setzte sich.

Sein vernarbtes Gesicht war hinter einer Sonnenbrille, sein kahler Schädel unter einer Kappe verborgen.

»Sieh an, Demon«, sagte Knight einfach.

»Hallo, Captain Knight«, meinte Demon Larkham. »Vor zwei Wochen haben Sie mir etwas gestohlen. Aus einem Frachtflugzeug, das zwischen Afghanistan und Frankreich unterwegs war. Drei Köpfe, wenn ich mich recht erinnere. Entspricht 55,8 Millionen Dollar Kopfgeld.«

In der Nähe machte Knight drei weitere Angehörige der IG-88 mit ausgebeulten Jacketts aus, die ihn und Rufus misstrauisch beäugten.

Der Fluchtweg war ihnen versperrt.

»Ach, die.«

Demon Larkham sprach leise. »Jemand anders hätte Sie deswegen getötet, aber ich bin nicht so. Ich finde, so etwas kommt in unserem Metier eben vor. Das liegt in der Natur des Spiels und ich spiele es gern. Abschließend glaube ich, dass das, was auf dem Schlachtfeld geschieht, auch dort ruhen sollte. Was halten Sie davon, wenn wir in Anbetracht dieses bedauerlichen Vorfalls« – Demon deutete auf die qualmenden Überreste von Lillian Mattencourts Wagen – »und der Geldsumme, die Sie soeben in Flammen haben aufgehen sehen, die Schuld als beglichen betrachten würden.«

»Ich finde, das ist eine gute Idee«, erwiderte Knight gelassen und schmallippig.

»Bis zum nächsten Wiedersehen«, sagte Demon und erhob sich. »Bis zur nächsten Safari.«

Demon Larkham und seine Männer entfernten sich und Aloysius Knight blieb nichts anderes übrig, als ihnen wehmütig und kopfschüttelnd nachzusehen.

Mothers Haus
Richmond, Virginia, USA
1. März, 12.00 Uhr mittags
Vier Monate später

Die Sonne schien auf das Barbecue, das in Mothers Hof stattfand.

Es war Sonntag, und es hatten sich einige wenige enge Freunde des Hauses versammelt.

Mothers Trucker-Ehemann Ralph nahm sich mit einem überdimensionalen Bratenwender der Würstchen an. Ihre Nichten waren im Haus und sangen Karaoke zu Britney Spears neuesten Hits.

David Fairfax saß unter der Wäscheleine in einem Liegestuhl, trank ein Bier und plauderte mit Book II. und Mother über die Abenteuer, die sie im vergangenen Oktober erlebt hatten: Geschichten über Verfolgungsjagden auf Parkplätzen in der Nähe des Pentagons und in Bürotürmen in London, über Zulu-Kopfgeldjäger, britische Kopfgeldjäger und ihre gleichzeitig erfolgten Angriffe auf Supertanker im Atlantik und im Pazifik.

Auch über Aloysius Knight wurde geredet.

»Wie ich höre, hat die Regierung seine Akte bereinigt, die Kopfgeldjagd abgeblasen und ihn von der Liste der meistgesuchten Personen gestrichen«, berichtete Fairfax. »Es hieß sogar, er könne wieder in die Spezialeinsatzkräfte eintreten, wenn er wolle.«

»Und, hat er das getan?«, wollte Book II. ganz genau wissen.

»Ich glaube, er ist nicht mal in die Staaten zurückgekehrt«, antwortete Fairfax. »Mother? Was wissen Sie über Knight?«

»Hin und wieder ruft er an«, sagte sie, »aber es stimmt, er ist nicht wieder zurückgekehrt. Ich wüsste nicht, wie ich mich an seiner Stelle verhalten würde. Und was die Spezialeinsatzkräfte angeht – ich glaube, Knight ist kein Soldat mehr. Ich glaube, er ist jetzt ein Kopfgeldjäger.«

Wo sie gerade an Knight dachte, blickte Mother sich über die Schulter um.

In einer Hofecke saß Schofield, ganz für sich allein – glatt rasiert, mit Jeans und T-Shirt bekleidet und einer verspiegelten Oakley-Sonnenbrille auf der Nase. Er nippte an einer Cola und starrte ins Leere.

Seit seinem Erscheinen hatte er mit niemandem gesprochen, was nicht ungewöhnlich für ihn war. Gants Tod hatte ihn schwer getroffen. Seitdem war er auf unbestimmte Zeit beurlaubt, und es sah nicht so aus, als würde er den aktiven Dienst in nächster Zeit wieder aufnehmen.

Die anderen ließen ihn nach Möglichkeit in Ruhe.

In diesem Moment aber, als Ralph gerade die Zwiebeln brutzelte, klingelte die Türglocke.

Ein Kurierdienst mit einer Sendung für Scarecrow, ausgeliefert an Mothers Adresse.

Ein großer kartonierter Umschlag.

Mother brachte ihn Schofield. Der öffnete den Umschlag. Darin steckte eine Karte mit einem bescheuerten Cowboy-Cartoon und der Aufschrift: »HEUTE BEGINNT DEIN NEUES LEBEN, COWBOY!«

Die Innenseite füllte eine ausführliche handschriftliche Nachricht:

SCARECROW,

ES TUT MIR LEID, DASS ICH HEUTE NICHT KOMMEN KONNTE, ABER ES HAT SICH EIN NEUER JOB AUFGETAN.

ALS ICH NEULICH MIT MOTHER TELEFONIERT HABE, WURDE MIR KLAR, DASS ICH VOR VIER MONATEN VERGESSEN HABE, IHNEN ETWAS ZU SAGEN.

Offen gesagt lief meine vertragliche Verpflichtung, Ihr Leben zu beschützen, nämlich aus, als Sie die Rakete über Mekka entschärft hatten. Meine Aufgabe war es, Sie »bis 12 Uhr mittags, den 26. Oktober, oder so lange zu beschützen, bis der Grund für Captain Schofields Eliminierung nicht mehr gegeben ist«.

Bislang bin ich noch nie vom Wortlaut eines Vertrags abgewichen. Um ehrlich zu sein, habe ich tatsächlich erwogen, Sie im Verlies im Stich zu lassen – schliesslich war der Grund für Ihre Eliminierung tatsächlich nicht mehr gegeben.

Aber nachdem ich erlebt hatte, wie Ihre Männer – und Frauen – ihnen im Verlauf dieses schrecklichen Tages loyal zur Seite standen, beschloss ich zu bleiben und an ihrer Seite weiterzukämpfen.

Loyalität ist etwas, das einfach passiert. Sie zeigt sich in Form eines freiwilligen selbstlosen Akts: Als freundliches Wort, aufmunternde Geste, unverlangte Unterstützung. Ihre Leute stehen loyal zu Ihnen, Captain, weil Sie etwas ganz Seltenes sind: ein guter Mensch.

Bitte leben Sie wieder. Es wird eine Weile dauern. Glauben Sie mir, ich weiss Bescheid. Aber lassen Sie die Welt noch nicht hinter sich – bisweilen ist sie ein Schrecklicher, manchmal aber auch ein wundervoller Ort und mehr denn je braucht sie Männer wie Sie.

Dies möchte ich Ihnen sagen, Shane ›Scarecrow‹ Schofield. Sie haben *meine* Loyalität gewonnen, was bislang noch keinem Menschen für längere Zeit gelungen ist.

Wann immer und wo immer Sie Hilfe brauchen, rufen Sie mich, und ich werde kommen.

Ihr Freund,
der Schwarze Ritter
P. S. Ich bin sicher, sie wacht über Sie.

Schofield klappte die Karte zusammen.

Und erhob sich.

Ließ den Hof hinter sich und schritt die Einfahrt entlang, zu seinem am Straßenrand abgestellten Wagen.

»Hey!«, rief Mother besorgt. »Wo willst du denn hin, Mann?«

Schofield wandte sich lächelnd zu ihr um – ein trauriges, aber aufrichtiges Lächeln. »Danke, Mother. Danke, dass du dir um mich Sorgen gemacht hast. Ich verspreche dir, es wird nicht mehr lange nötig sein.«

»Was hast du vor?«

»Was ich vorhabe?«, sagte er. »Ich werde versuchen weiterzuleben.«

Am nächsten Morgen erschien er im Personalbüro des Hauptquartiers der Marines im Navy-Annex-Gebäude in Arlington.

»Guten Morgen, Sir«, grüßte er den Dienst habenden Colonel. »Mein Name ist Shane Schofield, genannt Scarecrow. Ich melde mich zum Dienst zurück.«

Abdruckgenehmigungen

Der Abdruck des Gedichts ›The second Coming‹ von W. B. Yeats erfolgt mit freundlicher Genehmigung von A. P. Watt Ltd. zugunsten von Michael B. Yeats.

The Coming Anarchy: Shattering Dreams of the Post Cold War von Robert Kaplan. Zuerst erschienen in *Atlantic Monthly*, Februar 1994. Copyright © Robert Kaplan 1994. Nachdruck mit Genehmigung von Brandt & Hochman Literary Agents, Inc.

The Death of the West: How Dying Populations and Immigrant Invasions Imperil Our Country and Civilization von Patrick J. Buchanan. Copyright © Patrick J. Buchanan 2002. Nachdruck mit Genehmigung von St. Martins Press, LLC.

Es wurden alle Anstrengungen unternommen, um die Inhaber der Copyrights des in diesem Buch verwendeten Materials ausfindig zu machen. Sollte jemand unbeabsichtigt übersehen worden sein, wird der Verlag den Betreffenden selbstverständlich bei nächster Gelegenheit entschädigen.

Dank

Ich weiß nicht, wie es Ihnen geht, aber wenn ich ein Buch lese, sagen mir die in der Danksagung aufgeführten Namen zumeist wenig. Entweder sind es Freunde des Autors oder sie haben ihm bei der Recherche oder beim Veröffentlichen geholfen.

Aber lassen Sie sich gesagt sein, ein herzlicher, öffentlich ausgesprochener Dank ist genau das, was diese Leute verdienen.

In meinen früheren Büchern habe ich auf die Danksagungsseite folgenden Satz geschrieben: »Wer einen Schriftsteller kennt, sollte niemals unterschätzen, was Ermutigung bewirken kann.«

Glauben Sie mir, Schriftsteller – überhaupt alle kreativen Menschen – haben Ermutigung bitter nötig. Sie treibt uns an, bringt uns vorwärts. Ein Wort der Ermutigung vermag tausend kritische Kommentare aufzuwiegen.

Auch wenn Sie, verehrter Leser, vielleicht nicht alle im Folgenden aufgeführten Personen kennen mögen, hat mich doch jede auf ihre Weise *ermutigt*. Dank ihrer Hilfe ist dieses Buch reicher.

So.

Auf der Freundesseite:

Auch diesmal wieder danke ich Natalie Freer für ihre Gesellschaft und ihr Lächeln und dafür, dass sie das Buch wiederum in Sechzig-Seiten-Brocken gelesen hat; John Schrooten, meiner Mutter und meinem Bruder Stephen danke ich dafür, dass sie mir ihre ehrliche Meinung gesagt haben. Und meinem Dad für seine stillschweigende Unterstützung.

Nik und Simon Kozlina, weil sie mit mir Kaffee trinken

waren, wenn ich es nötig hatte, und Bec Wilson fürs allwöchentliche Essen am Mittwochabend. Und schließlich noch Daryl und Karen Kay und Don und Irene Kay, die großartige Testleser waren, zähe Ingenieure und gute Freunde.

Auf der technischen Seite:

Mein besonderer Dank gilt dem bemerkenswerten Richard Walsh von BHP Bilton, der mich in einem Kohlebergwerk in Appen auf einen fantastischen Trip mitgenommen hat – dank dieser Erfahrung sind die Bergwerksszenen in diesem Buch besonders authentisch geworden!

Und natürlich danke ich auch wieder herzlich meinen erstaunlichen amerikanischen Militärberatern, nämlich Captain Paul Woods, US Army, sowie Gunnery Sergeant Kris Hankison, USMC (im Ruhestand). Es ist unfassbar, wie viel diese beiden Burschen wissen – daher gehen die Fehler in diesem Buch auf meine Kappe!

Und abermals danke ich allen bei Pan Macmillan für ihren großen Einsatz. Das Team bei Macmillan ist wundervoll: angefangen vom Lektorat über die Öffentlichkeitsarbeit bis zu den Vertretern.

Wer einen Schriftsteller kennt, sollte niemals unterschätzen, was Ermutigung bewirken kann.

M. R.